Priska Buchsbaum

Der Rosenhof

GOLDMANN

Buch

August 1914. Am Bahnhof von Freiburg im Breisgau treffen drei Frauen aufeinander, die unterschiedlicher kaum sein könnten. Nur eines haben Helene, Pauline und Else gemeinsam: Sie alle verabschieden an diesem Tag einen Angehörigen in den Krieg.
Für Helene ist der Abschied von ihrem dominanten Ehemann Robert insgeheim ein Lichtblick. Während seiner Abwesenheit wird sie als Krankenschwester in einem Freiburger Lazarett arbeiten und ihrem Traum vom Medizinstudium einen Schritt näher kommen.
Pauline hingegen fällt die Trennung von ihrem Bruder Georg sehr schwer. Und sie bangt nicht nur um ihn, sondern auch um ihren heimlichen Verlobten, den Franzosen André, der auf der gegnerischen Seite kämpft.
Else muss zusehen, wie ihr einziger Sohn Julius in den Krieg zieht, und den Winzerhof der Familie allein weiterführen. Sowohl Helene als auch Pauline finden dort eine Unterkunft. Else führt den Hof mit strenger Hand und starren Moralvorstellungen, doch dahinter verbirgt sich ein großes Herz. Und schon bald wird aus der Schicksalsgemeinschaft eine unerwartete Freundschaft …

Autorin

Priska Buchsbaum ist das Pseudonym einer Schweizer Autorin, die sich schon seit frühester Jugend für europäische Geschichte begeistert. Schuld daran sind sowohl ihre jahrelange Tätigkeit im Tourismus als auch ihre eigenen multikulturellen Wurzeln. Sie liebt es, ausführlich zu recherchieren und die Schauplätze ihrer Romane zu erkunden.

Priska Buchsbaum

Der ROSEN HOF

Roman

GOLDMANN

MIX
Papier | Fördert gute Waldnutzung
FSC® C083411

Penguin Random House Verlagsgruppe FSC® N001967

1. Auflage
Originalausgabe Februar 2026

in der Penguin Random House Verlagsgruppe GmbH,
Neumarkter Straße 28, 81673 München
produktsicherheit@penguinrandomhouse.de
(Vorstehende Angaben sind zugleich
Pflichtinformationen nach GPSR.)

Dieses Werk wurde vermittelt durch die
Michael Meller Literary Agency GmbH, München.
Umschlaggestaltung: UNO Werbeagentur, München
Umschlagmotive: mauritius images / Daniel Schoenen /
imageBROKER; FinePic®, München
Redaktion: Dr. Ulrike Brandt-Schwarze
LS · Herstellung: ik
Satz: Uhl + Massopust, Aalen
Druck und Bindung: CPI books GmbH, Leck
Printed in the EU
ISBN: 978-3-442-49551-1

www.goldmann-verlag.de

Personenverzeichnis

Die Vornamen der Personen erscheinen in alphabetischer Reihenfolge.

Ambrosius Appel: Anwalt in Freiburg

André Moreau: Fotograf aus Paris, Infanterist im 301e régiment du 5e corps d'armée

Arthur Faller, Prof. Dr.: Oberstabsarzt im Freiburger Militärlazarett in der Hildaschule

Dorle: Magd auf dem Rosenhof in Sankt Georgen

Else Lauer: Witwe, führt den Rosenhof, den Winzerhof der Familie

Emma: Küchenmagd auf dem Lauerer Rosenhof

Erna: Telefonistin

Ernst Kantelberg: verletzter Soldat im Lazarett in der Hildaschule

Ernestine, genannt Stine: aus Frankfurt, Krankenschwester im Lazarett in der Hildaschule

Erwina Faller: Schwester von Prof. Dr. Arthur Faller

Eugen: Reservist in der Karlskaserne und Lastwagenfahrer für die Militärlazarette

Friedrich Schäfer: Sanitätsfeldwebel im Lazarett in der Hildaschule

Georg Seibold: aus Tübingen, Paulines älterer Bruder, Gefreiter im Verstärkungstrupp des 10. Württembergischen Infanterie-Regiments Nr. 180

Gisela Erhardt: Roberts Mutter

Greta: aus München, Krankenschwester im Lazarett in der Hildaschule

Guscht: Knecht auf dem Rosenhof

Hannes: oberster Hofknecht auf dem Rosenhof

Helene Erhardt: aus Ulm, Krankenschwester im Freiburger Militärlazarett in der Hildaschule

Helmer: Knecht auf dem Rosenhof

Herfried Augustus Erhardt: aus Ulm, Roberts Vater

Isidor Lämmle: Postrat am Post- und Telegraphenamt in Freiburg im Breisgau

Josef: Krankenwärter im Lazarett in der Hildaschule

Josefine Berger: Leiterin des Sekretariats des Freiburger Frauenklubs

Julius Lauer: Elses einziger Sohn und Erbe des Lauerer Weinguts, Offizier im 5. Badischen Infanterie-Regiment Nr. 113

Leni: Magd auf dem Rosenhof

Luise Sachs: Arbeiterin in der Baumwollfabrik Krumeich

Marie (Mariele) Sachs: Luises Tochter

Mina Sahner: Kollegin von Pauline im Post- und Telegraphenamt in Freiburg im Breisgau

Oberwachtmeister Kunzenbacher: Befehlshabender auf dem I. Polizeirevier an der Kaiserstraße

Pauline Seibold: Damenschneiderin aus Tübingen

Robert Erhardt, Dr.: aus Ulm, Helenes Ehemann, Arzt im Frontlazarettarzt im Württembergischen Infanterie-Regiment König Wilhelm I.

Selma: Köchin auf dem Rosenhof

Toni: Stallbursche auf dem Rosenhof

Theobald Sahner, Prof. Dr.: Minas Vater

Viktor von Lüdow, Dr.: Arzt im Lazarett in der Hildaschule

Xaver Alois Sählinger: Großbauer in Sankt Georgen

1 – Wie Federn im Wind

7. August 1914, Bahnhof von Freiburg im Breisgau

Es war der bisher heißeste Tag des Jahres, und das ganze Land jubelte dem Krieg entgegen.

Keuchend eilte Helene ihrem Mann hinterher und versuchte, ihn inmitten des Getümmels nicht aus den Augen zu verlieren. Ein Glück, dass Robert so groß war.

Die Pferdedroschke hatte etwa fünfzig Meter vor dem Eingang zum Bahnhof halten müssen. Menschenmengen drängten sich durch die Straßen, sodass Karren, Kutschen und Automobile nicht mehr weiterkamen.

Einen kurzen Moment lang taumelte Helene, blieb stehen und fächelte sich mit der Hand Luft zu. Vergebens. In dieser Hitze schien ihr das Korsett noch enger als sonst. Schweiß rann ihr über den Nacken, tränkte den Kragen ihrer Bluse. Deren lange Ärmel klebten bereits auf der Haut.

Sie blinzelte gegen das Sonnenlicht an, dem auch der breitkrempige Hut nichts entgegenzusetzen vermochte. Die Luft rundum war erfüllt von Stimmen, Applaus, donnernden Paukenschlägen und begeisterten Rufen. Sie galten den Soldaten, die in strammen Reihen, von einer Blaskapelle angeführt, von der Karlskaserne über die Bahnhofstraße heranmarschierten. Bis vor einer Woche hatten sie noch ihren Alltag gelebt – als Väter, Brüder und Söhne. Nun trugen sie alle stolz dieselben feldgrauen Uniformen mit den Pickelhauben, den blank geputzten Marschstiefeln sowie Gewehr und Tornister auf dem Rücken. In ihren Gesichtern glänzte freudige Erwartung. Vor sieben Tagen hatte der Kaiser die Generalmobilmachung verkündet.

Ja, vor sieben Tagen hatte Helene noch im Garten ihres Hauses in Lehr bei Ulm unter dem Apfelbaum gesessen und Kirschen entsteint, als der Bote des württembergischen Kriegsministeriums ihrem Ehemann Robert den Einberufungsbefehl überbracht hatte. Und jetzt stand sie hier vor dem Bahnhof von Freiburg im Breisgau. Nicht mehr im Königreich Württemberg, sondern im Großherzogtum Baden. Nicht mehr zu Hause, sondern in einer Stadt, in der sie keine Menschenseele kannte.

Sie schluckte. Ihr Mund war staubtrocken.

Im selben Moment stieß sie einer der Passanten im Vorübergehen an. Helene taumelte. All die lauten Stimmen. Das Dröhnen der Pauken und Trompeten. Diese Hitze.

Der harte Griff an ihrem Oberarm brachte sie jedoch sogleich wieder zur Besinnung.

»Was stehst du hier herum? Ich bin spät dran«, hörte sie Roberts Stimme an ihrem Ohr.

Ohne ihre Antwort abzuwarten, zog er sie neben sich her.

Vor ihnen erhob sich das Bahnhofsgebäude – ein Steinbau mit einem eckigen Glockentürmchen auf dem fast flach auslaufenden Walmdach. Wie von einer unsichtbaren Flut erfasst, strömten Reservisten in Zivilkleidung, Soldaten und ihre Angehörigen durch die hohen Eingangstüren, Helene und Robert mit ihnen.

In der Empfangshalle war der Geräuschpegel der Stimmen und Rufe noch lauter, das Gedränge noch enger, ehe sich die Menge aufteilte und durch die links und rechts um einen offenen Innenhof verlaufenden Verbindungshallen in Richtung der Gleise drängte.

Die Hand noch immer an ihrem Arm, führte Robert Helene nach rechts, vorbei an den Warteräumen der Ersten und Zweiten Klasse, bis sie schließlich die riesige Bahnsteighalle mit den zwei Gleisen erreichten.

Ein Zug wartete bereits ganz vorne an Bahnsteig Nummer 1, wo ein heilloses Durcheinander aus Reservisten und Gepäckstücken herrschte. Vor den außerhalb des Bahnhofgebäudes stehenden Wagen reihte sich ein Trupp von Soldaten ein. Mehrere Schaffner wedelten mit den Armen in Richtung der Waggons. Offiziere bellten Befehle, in dem vergeblichen Versuch, Ordnung in die Reihen der Einsteigenden zu bringen, während Frauen ihren Männern und Söhnen zum Abschied Blumen in die Knopfleisten steckten.

»Nicht zu glauben, was hier für ein Zustand herrscht. Eine Schande ist das!«, grollte Robert mit Blick auf das Getümmel und schüttelte den Kopf.

»Die Familien wollen sich doch nur verabschieden«, wandte Helene in beschwichtigendem Tonfall ein und presste sogleich die Lippen aufeinander, damit er das nervöse Zucken nicht bemerkte.

Seit er den Marschbefehl erhalten hatte, war Robert in der Stimmung eines wütenden Stiers, der jederzeit durchzugehen drohte. Sogar die Bediensteten zu Hause hatten seither nur noch zu flüstern gewagt. Sie sollte ihn nicht noch mehr reizen. Trotzdem … Dass ausgerechnet er, der im ganzen Reich gefeierte Chirurg Doktor Robert Erhardt, sich trotz aller Beziehungen nicht über den kaiserlichen Einberufungsbefehl hatte hinwegsetzen können, hatte etwas Ironisches an sich. Ausgerechnet Robert, der es bei Gott nicht gewohnt war, dass irgendjemand ihm Befehle erteilte.

Doch ihr Ehemann schnaubte nur. »Verabschieden kann man sich auch auf eine gesittete Art und Weise ohne dieses Affentheater.« Ohne weiter darauf einzugehen, wandte er sich an den ein paar Schritte entfernt stehenden Bahnwärter und rief in seinem üblichen schneidenden Befehlston: »Wo fährt der Zug in Richtung Karlsruhe?«

Der ältere Beamte sah auf und trat sogleich zurück. Dabei fiel ihm die kleine rote Signalfahne herunter, die er unter seinen rechten Arm geklemmt hatte.

Eilig bückte er sich danach, wobei ihm um ein Haar die Uniformkappe vom Kopf gerutscht wäre. Dann richtete er sich wieder auf, zog die viel zu große Dienstjacke straff, griff nach dem Klemmbrett unter dem linken Arm und begann, in den dort festgemachten Papierzetteln zu blättern.

Der Ärmste. Helene konnte seine Nervosität nachfühlen. Dieselbe Reaktion löste Robert bei den meisten Leuten aus, die ihm unerwartet begegneten.

Jetzt, in seiner Uniform, wirkte er sogar noch größer als sonst: Dr. Robert Erhardt – Sanitätsoffizier des 6. Württembergischen Infanterie-Regiments König Wilhelm I. Auf seinen Schultern prangten die silbernen Achselstücke mit den zwei Sternen und dem Äskulapstab, die ihn als Hauptmann und Arzt auswiesen. Dazwischen, in verschnörkelten Stickereien, war das Regimentsemblem zu erkennen: eine Krone, der Buchstabe *W* und die Ziffer *I*. An der Schirmmütze waren die üblichen zwei Kokarden zu sehen – oben die rot-weiß-schwarzen Ringe des Deutschen Kaiserreichs, darunter in Schwarz-Rot-Schwarz die Farben Württembergs.

Robert war kein unattraktiver Mann, ganz im Gegenteil. Er hatte jedoch etwas Unnahbares an sich. Etwas – wie hatte es Helenes Bekannte neulich während ihres Besuchs mit einem bewundernden Hauchen in der Stimme ausgedrückt? – urwüchsig Männliches. Damit meinte sie wahrscheinlich die Aura aus Autorität, die Robert umgab und die er während seiner medizinischen Karriere noch perfektioniert hatte. Erst am Stuttgarter Katharinenhospital und seit zwei Jahren als Chefarzt für Chirurgie am Klinikum auf dem Safranberg in Ulm. Der Umstand, dass seine Familie vermögend war und im ganzen Kaiserreich Ansehen genoss, tat Roberts Attraktivität in den Augen der weiblichen Gesellschaft zudem keinen Abbruch. So zumindest ließen sich die Blicke deuten, die ihm die jungen Pflegeschwestern am Ulmer Klinikum im Vorübergehen heimlich und unter ihren Hauben errötend zuwarfen.

Ja, Ansehen und Vermögen – das waren die Attribute, die jeden Makel eines Menschen wettmachten. Wahrscheinlich war das auch der Grund, warum Robert ausgerechnet sie, Helene, geheiratet hatte, obwohl sie beide außer dem Interesse an Medizin rein gar nichts verband.

Seine anerzogene Strenge hatte ihn schon früher immer älter wirken lassen, als er tatsächlich war. Jetzt, mit seinen vierzig Jahren, verliehen ihm die Falten an den Mundwinkeln einen geradezu herablassenden Gesichtsausdruck. Trotzdem hielt Robert die Schultern noch immer gereckt und legte großen Wert auf regelmäßige Bewegung und Sportaktivitäten. Vor ein paar Jahren war er sogar dem lokalen Fechtverein beigetreten. Und Helene wusste, wie stolz er auf sein noch immer volles, wenngleich schon leicht ergrautes Haar war. Er trug es stets in perfekter Länge, mit einem perfekt gezogenen Seitenscheitel und einer perfekt getrimmten Linie im Nacken.

Es waren aber vor allem seine durchdringend hellblauen Augen hinter den runden Brillengläsern, die sein Gesicht noch härter machten. Es war lange her, dass Helene einen Hauch von Wärme darin gesehen hatte. Das war bei der Geburt seines Sohnes gewesen.

Fügte man noch die markante Linie seines Oberlippenbarts hinzu – o ja, dann ergab sich daraus eine Miene, die einen das Fürchten lehren konnte. Erst recht, wenn sich seine Lippen in der Mitte wölbten, wenn Robert sich ärgerte. Genau das musste jetzt auch der bedauernswerte Bahnwärter erleben.

Robert hob das Kinn noch ein Stück höher und sah auf den Beamten herab. »Nun? Hat es Ihnen die Sprache verschlagen?«

»A… Auf Gleis 2«, stotterte dieser mit kratziger Stimme und räusperte sich angestrengt. »Der Zug in Richtung Karlsruhe fährt in zehn Minuten auf Gleis Nummer 2 ein.« Mit der rechten Hand deutete er auf den gegenüberliegenden Bahnsteig.

Zum Glück hatte Robert sein Gepäck, bis auf die Ledertasche in seiner Hand, bereits von Ulm aus zum Sammelort des Armeeverbands in Saarbrücken vorausgeschickt. Auch auf Bahnsteig 2 zwängten sich die Leute Schulter an Schulter aneinander vorbei.

Robert stellte die Tasche neben sich auf den Boden. »Ich erwarte von dir ein tadelloses Verhalten, Helene«, sagte er dann und verschränkte die Hände hinter dem Rücken. »Ich habe all meine Beziehungen spielen lassen müssen, um einen Aufschub meines Marschbefehls zu erhalten, nur damit ich dich erst hierher nach Freiburg bringen kann, das weißt du, oder?«

Da war sie wieder, diese Mischung aus Tadel und Vorwurf in seiner Stimme. Helene hatte Jahre gebraucht, um sich daran zu gewöhnen, doch sie fühlte den schmerzhaften Stich in der Magengrube noch immer oft genug.

Das alles ist deine Idee gewesen, nicht meine, hätte sie am liebsten erwidert. Stattdessen senkte sie den Blick auf ihre Hände. »Natürlich, mach dir keine Sorgen.«

Robert stieß ein schnaubendes Lachen aus. »Ich mache mir

keine Sorgen. Du kennst die Konsequenzen, sollte mich auch nur eine schlechte Nachricht von Professor Faller erreichen.«

Helene biss sich auf die Zunge, hob den Kopf wieder und reckte die Schultern. Eine kläglich-kleine Demonstration von Trotz, die jedoch rein gar nichts nutzte. Das wusste Helene nur zu gut. Sie war schließlich nicht freiwillig nach Freiburg gekommen, sondern weil Robert darauf bestanden hatte. Dafür hatte er Himmel und Hölle in Bewegung gesetzt und unzählige Briefe und Telegramme verschickt. Aber nicht etwa aus Sorge, dass sie allein in Ulm zurückblieb.

»Er hat mir sein Wort darauf gegeben, mich über alles zu informieren, was im Lazarett vor sich geht«, fuhr Robert ungerührt fort. Mit »er« meinte er Arthur Faller, einen seiner langjährigen Arztkollegen und nun Oberstabsarzt im künftigen Militärlazarett in der Freiburger Hildaschule. Helene hatte ihn am Tag zuvor persönlich kennengelernt.

Das Lazarett war zwar noch im Aufbau, erst mussten sämtliche Räume geleert, gereinigt, desinfiziert und falls nötig für die Versorgung von Verletzten umgebaut werden, aber vom nächsten Tag an würde sie Professor Faller bei der medizinischen Instandsetzung unterstützen und anschließend unter ihm als Krankenschwester arbeiten. Unter dessen ständiger Kontrolle. Dafür hatte Robert gesorgt.

Drei Tauben flatterten, wohl durch das Dröhnen der Tuba der eben einmarschierenden Blaskapelle aufgeschreckt, durch die Halle davon. Zurück blieben ein paar durch die Luft tanzende Flaumfedern.

»Ich bin ausgebildete Krankenschwester und weiß, was ich zu tun habe. Es wird nichts zu berichten geben«, erwiderte Helene nur. Merkte Robert eigentlich nicht, wie absurd die ganze Situation war?

Schon seit ihrer Kindheit war sie fasziniert von Medizin gewesen. Sehr zum Leidwesen ihrer Mutter, die nicht hatte begreifen können, warum sich ihre Tochter zu Weihnachten ein Stethoskop statt einem Paar neuer Perlmutthaarkämme wünschte. Ihr Vater hingegen, ebenfalls ein renommierter Arzt und Dozent an der Medizinischen Fakultät von Tübingen, hatte sie in ihrem Eifer unterstützt, sie sogar zu einer Pflegeschwesterausbildung am Ludwig-Wilhelm-Krankenheim in Karlsruhe ermutigt. Helene erinnerte sich noch heute an das überwältigende Gefühl, als sie ihm zum ersten Mal beim Nähen einer Wunde an der Hand des Gärtners hatte assistieren dürfen. Daraufhin hatte sie sich in ihrer Vermessenheit schon als Oberärztin eines Klinikums gesehen, obwohl Frauen damals im Deutschen Kaiserreich der Zutritt zu einem Medizinstudium noch gar nicht gewährt gewesen war. Das hatte sich zum Glück nur ein paar Jahre später geändert, und die medizinische Welt stand Frauen seither endlich offen.

Hätte Robert nicht eines Tages völlig unerwartet um ihre Hand angehalten, hätte ihr in ihrer Einfältigkeit die Aufmerksamkeit des gut aussehenden, ambitionierten Arztes nicht so sehr geschmeichelt und wäre Vater nicht kurz nach der Hochzeit an einem Infarkt gestorben, wäre vielleicht alles anders gekommen. So aber waren all ihre Träume zerplatzt wie eine zu hoch fliegende Seifenblase. Denn ihr Ehemann hielt rein gar nichts von ihrer Idee, Ärztin zu werden.

Auch jetzt runzelte Robert nur die Stirn. »Umso besser, wenn du dir über deine Pflichten im Klaren bist. Ich würde mich ungern bei einem angesehenen Kollegen für das Verhalten meiner Ehefrau entschuldigen müssen. Außerdem werde ich Wichtigeres zu tun haben, als mir Gedanken über dich zu machen.« Trotz der Hitze zog er sich die schwarzen Lederhandschuhe über.

Da. Erneut fühlte Helene das heftige Zusammenziehen direkt

unterhalb des Rippenbogens, und sie konzentrierte sich mit aller Kraft auf ihre Atmung. Ein und aus. Ein und aus. Ein und aus. Keine Regung zeigen. Sich auf keinen Fall anmerken lassen, wie sehr seine Worte schmerzten. Auch das hatte sie in den Jahren ihrer Ehe gelernt.

»Wenn du erlaubst, werde ich Christian schreiben«, sagte sie schließlich mit dem betont neutralen Tonfall, den sie perfekt beherrschte, wappnete sich jedoch instinktiv gegen Roberts Reaktion. Wie immer, wenn sie ihm ihre verwundbarste Stelle offenbaren musste.

Ohne dass sie sich dagegen hätte wehren können, drängte sich das von weizenblonden Haaren umrahmte Gesicht eines kleinen Jungen mit großen neugierigen Augen in ihre Gedanken. Ja, neugierig und nachdenklich war er schon immer gewesen – Christian, ihr Sohn. Ihr herzensguter, süßer Junge, dessen Lieblingsspeise Maultaschen in Brühe waren und der bunte Vogelfedern sammelte. Im Oktober würde er elf Jahre alt werden. Bestimmt war er schon wieder ein ganzes Stück gewachsen, seit sie ihn zu Ostern das letzte Mal im Internatsgymnasium von St. Afra in Roßleben besucht hatten. Gott, wie sehr Helene ihn vermisste.

Robert nickte knapp. »Meinetwegen, schreib ihm. Aber nicht zu häufig, das lenkt ihn nur ab. Er muss sich auf den Unterricht konzentrieren.«

»Die Briefe einer Mutter haben einem Kind noch nie geschadet. So weiß er wenigstens, dass ich ihn nicht vergessen habe, wenn ich ihn schon nicht öfters sehen kann.« Wider besseres Wissen hatte sich Helene diesen Kommentar nicht verbeißen können.

Prompt fühlte sie den Druck kräftiger Finger an ihrem Handgelenk, während Robert so nahe an sie herantrat, dass sie seine geflüsterten Worte trotz des Lärms rundum auch wirklich hören konnte. »Vergiss nicht, meine Liebe: Wie oft du den Jungen siehst, hängt ganz allein von dir und deinem Verhalten ab.«

Im nächsten Moment trat er einen Schritt zurück, auf dem Gesicht den üblichen kühlen Ausdruck, als wäre nichts geschehen. Er zog seine Taschenuhr hervor, blickte kurz auf das Ziffernblatt. Dabei zogen sich seine Augenbrauen vor Empörung zusammen, und er schnalzte mit der Zunge. »Zehn Minuten hat der Bahnwärter gesagt. Die sind schon fast um, und der Zug ist noch nicht da.«

Helene schwieg. Es war alles zwischen ihnen gesagt. In diesem Moment kam ein anderer Soldat auf Robert zu. Ein Offizier, wie sie an dem Abzeichen auf der Schulterklappe erkannte. Salutierend stellte er sich ihnen als Carl von Grollmann vor, Oberleutnant des Badischen Leib-Grenadier-Regiments 109 und ebenfalls auf dem Weg nach Karlsruhe.

Egal ob mit Ärzte- oder Offizierskollegen, wie immer schien Robert innerhalb kürzester Zeit so sehr in das Gespräch vertieft, dass er seine Ehefrau gar nicht mehr wahrnahm.

Unauffällig trat Helene einen Schritt zurück, während die Männer redeten. Natürlich ging es in dem Gespräch um den Krieg. Darum, dass die Kriegserklärung an die Entente-Staaten Russland, Großbritannien und Frankreich längst überfällig und reine Selbstverteidigung gewesen sei. Diese hätten das Kaiserreich schließlich schon seit Jahren politisch übergangen – sogar regelrecht umzingelt und bedroht. Vor allem die Engländer. Ja, die hätten sich seit dem anglo-russischen Bündnis von vor sieben Jahren ohnehin als die Schwächlinge erwiesen, die sie schon immer gewesen waren. Kein Wunder, seit die Kaiserliche Marine ihre Flotte stetig ausbaute und der Erwerb deutscher Kolonien immer weiter anwuchs, sei man in London natürlich alarmiert gewesen. Es zeige aber nur einmal mehr, wie rückgratlos die Briten seien, wenn sie sich nebst den französischen Gockeln nun auch noch mit dem Zarenreich verbünden mussten, um gegen die Deutsch-Habsburgische Koalition die Brust zu recken. Ein Hohn sei das. Umso mehr, wenn man die deutsche Abstammung sowohl des britischen Königs Georg V. als auch des Russenzaren Nikolaus II. bedachte.

Wie oft hatte Helene dieselben Reden bereits gehört. Nicht weil Robert ihr die ganzen politischen Hintergründe erklärte, sondern weil sie heimlich lauschte, wenn er mit seinen Freunden und Kollegen daheim im Salon darüber diskutierte. Einer der Vorteile, wenn man unsichtbar war.

So hatte sie die Männer sogar über die Pläne der Obersten Heeresleitung mutmaßen hören. Demnach sollte der Großteil der deutschen Truppen so schnell wie möglich über Belgien und das Elsass an die Fronten im Westen geschickt werden. Mit dem Ziel, Frankreich innerhalb nur weniger Wochen von Norden und Süden her zu zerschlagen, ehe die Truppen anschließend gegen Russland in den Osten verlegt würden. Wie alle war sich auch Robert sicher, dass der Krieg spätestens bis Dezember gewonnen sein würde.

Die lauten Paukenschläge der Musikkapelle brachten Helene wieder zurück ins Hier und Jetzt. Rechts von ihr diskutierte Robert immer noch mit dem badischen Oberleutnant.

Schweiß rann ihr über den Rücken und tränkte das Innenfutter des Korsetts. Gott im Himmel, in diesem überdachten Bahnhof und mit diesen vielen Leuten staute sich die Hitze, ohne dass auch nur ein Lüftchen Erleichterung zu bringen vermochte. Hätte Robert nicht in ihrer Nähe gestanden, hätte sie den Hut vom Kopf genommen und ihn als Fächer benutzt. Aber so lieber nicht.

Stattdessen fächelte sie sich verstohlen mit der kleinen Handtasche Luft zu, hielt jedoch mit einem Mal inne, als ihr Blick auf den gegenüberliegenden Bahnsteig fiel. Auf die junge Frau in einem fuchsiafarbenen Kleid, dessen luftige Falten von einem breiten Band an der Taille zusammengehalten wurden. Die Ärmel waren so kurz, dass sie ihr nur bis knapp über die Ellenbogen reichten. Ein ungewöhnlicher, fast schon unerhörter Schnitt, aber das Kleid stand ihr hervorragend. Die Farbe zauberte ein gesundes Leuchten auf ihre Wangen, und die gekonnt gelegten Falten betonten ihre Figur.

Mehrere Strähnen hatten sich aus der dunkelbraunen Hochsteckfrisur der Frau gelöst, während sie sich, mit dem Hut in der rechten Hand winkend und mit der Linken den Rock raffend, durch die Menge zwängte. In Richtung des Zuges, der am Ende des Bahnsteigs zur Abfahrt bereitstand. Der Zugführer schwenkte bereits ein weißes Fähnchen.

Die junge Frau winkte wieder, rief irgendjemandem etwas zu, ihre Worte gingen jedoch im allgemeinen Tumult unter. Dennoch drehten sich ein paar Leute in ihrer unmittelbaren Nähe verwundert um.

Fast hatte sie den letzten Waggon erreicht. Wäre da nicht die robuste, etwas ältere Frau mit dem runden Gesicht und dem braungrauen Haarknoten gewesen, die just in dem Moment einen Schritt zurück machte.

Die Jüngere versuchte, nach links auszuweichen.

Zu spät. Eine Gepäckkiste stand ihr im Weg.

Helene hielt gebannt die Luft an, als die beiden Frauen mit Wucht zusammenprallten.

Ein durchdringend schriller Pfiff ließ sie zusammenfahren. Und im nächsten Moment versperrte der einfahrende Zug ihr die Sicht auf den gegenüberliegenden Bahnsteig.

Auf einmal kam Bewegung in die wartende Menge. Wie in

einer heranrollenden Welle strömten die Leute auf die Waggons zu. Es war ein Spezialzug, nur für den Truppentransport gedacht. Mit Kreide aufgemalte Parolen zierten die Wagen: *Mit dem Urlaubsexpress nach Paris* stand da. *Auf zum Preisschießen* oder *Zum Frühstück auf den Champs-Élysées.*

Direkt hinter der Lokomotive und dem Kohlewagen folgten die Wagen der Ersten und Zweiten Klasse für die Offiziere. Der Rest der Mannschaft musste mit den Wagen Dritter Klasse oder den Güterwagen vorliebnehmen. Der Zug war so lang, dass Helene die letzten Waggons gar nicht mehr sehen konnte, weil sie außerhalb des Bahnhofsgebäudes zum Stehen gekommen waren.

Wortlos folgte sie Robert bis zum Wagen der Zweiten Klasse. Vor der Tür drehte er sich zu ihr um. »Es ist so weit. Du kennst den Weg zurück?«, fragte er, doch es klang eher wie eine Forderung.

Helene nickte. »Ich finde mich schon zurecht.« Sie trat beiseite, als ein Offizier an ihr vorbei zur Tür drängte.

»Einsteigen! Bitte rasch einsteigen! Der nächste Zug wartet bereits«, rief der Bahnwärter in dem vergeblichen Versuch, die Musikkapelle zu übertönen, die nun zu einem beschwingten *Muss i denn zum Städtele hinaus* angesetzt hatte.

»Vorwärts! Alle Mann vorwärts!« – »Los, los! Wir sind hier nicht beim Kaffeekränzchen!« – »Beeilung, oder ich mache euch Beine!«, brüllten Vorgesetzte ihren Männern zu, um sie so schnell wie möglich in den Zug zu befördern.

Robert nahm die Ledertasche in seine linke Hand und reichte Helene seine rechte, ehe er sich vorbeugte, um sie auf die Wange zu küssen. Ganz kurz nur, seine Lippen berührten dabei kaum ihre Haut. »Also dann, leb wohl. In ein paar Wochen wird der ganze Spuk vorbei sein, und ich hole dich wieder hier ab.«

Damit drehte er sich um und bestieg nun seinerseits den Wagen. Er war nie ein Mann großer Abschiede gewesen.

Die Lokomotive zischte und tauchte den Bahnsteig in eine Wolke aus Dampf und Qualm.

Sofort trat Helene ein paar Schritte zurück, fand sich plötzlich in einer Traube aus winkenden, Blumen werfenden Frauen und weinenden Kindern wieder. Die Männer reckten die Köpfe durch die offenen Fenster, schwenkten ihre Kappen, lachten und scherzten. Auf ging's, um Paris zu erobern.

Durch eines der Fenster hindurch erhaschte sie einen Blick auf Robert, der in einem Viererabteil Platz genommen hatte. Er sah jedoch nicht auf.

Vom anderen Ende des Bahnsteigs her ertönte ein schriller Pfiff. Sogleich hob der Zugführer die rote Fahne, ehe er auf das Trittbrett des vordersten Personenwaggons sprang.

Mit einem Ruck setzte sich der Zug in Bewegung – erst langsam, dann immer schneller.

Die auf dem Bahnsteig Zurückgebliebenen eilten dem Zug noch so weit wie möglich nach. All die Frauen, die mit vor Stolz strahlenden Gesichtern ihre Taschentücher schwenkten, während sie ihren Männern, Brüdern und Söhnen ein letztes Lebewohl zuriefen und sich dann verstohlen die Tränen aus den Augen tupften.

Helene rührte sich indes nicht vom Fleck.

Es schien eine Ewigkeit zu vergehen, bis auch der letzte Waggon an ihr vorbeiratterte. Sie sah ihm nach, während er aus ihrem Blickfeld verschwand. Erst dann atmete sie langsam und tief aus, nahm den Hut vom Kopf, fächelte sich damit Luft zu und schloss genüsslich die Augen. Endlich etwas Kühle. Herrlich.

Sie blieb so lange dort stehen, bis sich der Bahnsteig rund um sie erneut mit Menschen füllte und der angekündigte nächste Zug einfuhr. Dann machte Helene auf dem Absatz kehrt und ging zurück zum Ausgang.

Mit zielstrebigem Schritt folgte sie der Bahnhofsstraße, die in die Bismarckstraße mündete. Das dreistöckige Lazarett im Gebäude der städtischen Volksschule, die auch Hildaschule genannt wurde, lag an der Ecke zur Rheinstraße und war schon von Weitem zu sehen.

Robert hatte ihr nicht einmal zugetraut, dass sie den Weg zurück fand. Eigentlich ein Wunder, dass er sie überhaupt dazu fähig hielt, in einem Lazarett zu arbeiten.

Augenblicklich fühlte sie, wie die lange unterdrückte Wut in ihr hochwallte, und sie musste kurz stehen bleiben, um nach Luft zu schnappen.

Dabei wusste Robert ganz genau, wie viel Herzblut sie in ihre Arbeit legte. Und sie war gut darin. Deshalb hatte ihr Vater sie auch oft und gerne darum gebeten, ihm in seiner Klinik zur Hand zu gehen. Sehr zu Helenes heimlicher Genugtuung, denn einer Bitte seines hochgeachteten Mentors hatte selbst Robert nicht widersprechen können.

Allmählich beruhigte sich ihr Atem wieder. Sie strich sich eine verirrte Haarsträhne aus der Stirn und wandte sich um. Die Straße war auch hier noch immer voll von Menschen. Die meisten waren junge Männer in Zivilkleidung – manche von ihnen kaum alt genug für einen Bartflaum –, die mit einem Koffer oder einer Pappschachtel unter dem Arm lachend und singend in Richtung Nordkaserne zogen, um sich dort freiwillig zu melden. Nach der zweiwöchigen Grundausbildung würden auch sie als Soldaten zum Bahnhof marschieren. Für Kaiser, Gott und Vaterland.

Zufällig fiel ihr Blick auf ein Schaufenster, und sie erschrak, als sie ihr eigenes Spiegelbild darin erkannte. Herrje, wie sah sie denn nur aus?

Das dunkelblonde, etwas zu feine Haar ließ sich auch unter

idealen Bedingungen nur mit Mühe frisieren. Jetzt klebte es ihr in wirren, feuchten Strähnen an der Kopfhaut, und ihr Gesicht glänzte vor Schweiß. So konnte sie sich unmöglich bei ihrer neuen Arbeitsstelle zeigen.

Sie stieß einen leisen Fluch aus und versuchte, die Haarklammern und Kämme zu richten. Vergebens. Rasch setzte sie den Hut wieder auf. Dann tauchte sie ihr Taschentuch in einen nahe gelegenen Brunnen und fuhr sich damit über Wangen, Nacken und Unterarme. Ah, was für eine Wohltat. Sogleich fühlte sie sich etwas besser.

Ein letzter Blick auf ihr Spiegelbild. Sie war schon als junges Mädchen viel zu groß und viel zu mager für das gängige Schönheitsideal gewesen. Mit dem knöchellangen Rock und dem Mieder wirkte sie auch jetzt noch wie eine dünne Weidenrute.

Helene strich sich eine Falte im Rock glatt. Im gleichen Moment fiel ihr die junge Frau von vorhin am Bahnhof wieder ein. Das Kleid, das sie getragen hatte … Dieser leichte, fließende Stoff. Diese Farbe. Beneidenswert, wie gut es zu ihr gepasst hatte. Es war wie für sie gemacht.

Sie schüttelte den Kopf und wandte sich zum Gehen. Nein, nie im Leben könnte sie selbst ein solches Kleid oder auch nur eine solch auffällige Farbe tragen. Um Himmels willen, Robert würde der Schlag treffen.

Robert.

Bei dem Gedanken an ihn straffte sie entschlossen die Schultern. Sie würde zwar nie ein solches Kleid tragen, aber das war nicht weiter wichtig. Stattdessen erwartete sie morgen der erste Arbeitstag als Krankenschwester. Allerdings unter Kontrolle und indirekter Bewachung. Trotzdem lächelte Helene und schritt noch schneller voran.

2 – Steinige Wege

7. August 1914, Bahnhof von Freiburg im Breisgau

Der Schmerz stach in Paulines Seite, während sie durch den Empfangsraum des Bahnhofs und am Innenhof vorbei in Richtung der Gleise hastete.

Himmel, Herrgott und Zwirn, was standen die Leute da denn alle nur im Weg herum?

Während sie sich mit den Ellenbogen durch die Menge drängte, flog ihr Blick über die Gestalten der vorübergehenden Soldaten.

Fieberhaft suchte sie jenes schmale Gesicht mit dem ständig schief grinsenden Mund und dem eckigen Kinn mit einer halbmondförmigen Narbe in der Mitte. Auf dem Nasenrücken prangte dort ein Knubbel, wo sich Georg bei einer Schlägerei die Nase gebrochen hatte, als er dreizehn gewesen war und sie, Pauline, gerade einmal neun. Dazu die fröhlichen nussbraunen Augen, die unter den dunklen Fransen hervorblitzten. Es war zwar schon drei Jahre her, seit sie ihren Bruder zuletzt gesehen hatte, aber sie würde ihn überall erkennen.

Und wenn sie ihn nicht rechtzeitig fand? Sie wusste nur, dass sein Regiment an diesem Morgen aus Tübingen hier in Freiburg eintreffen würde, um sogleich an die elsässische Front weiterverladen zu werden. So hatte Georg in seinem Brief geschrieben.

Wenn sie es doch nur eher zum Bahnhof geschafft hätte. Wenn ihr neuer Vorgesetzter auf dem Telegraphenamt nur nicht so viel Zeit mit seiner Willkommensrede an die neuen Mitarbeiterinnen vertrödelt hätte.

Endlich erreichte Pauline die Halle mit den zwei Bahnsteigen. Die Stimmen der vielen Menschen hallten von der hohen Decke wider – so laut, dass es einem in den Ohren rauschte. Wie sollte sie Georg in diesem Getümmel rechtzeitig finden?

Hektisch blickte sie sich um, sah eine Gruppe von Soldaten, die, die Tornister und Decken auf den Rücken geschnallt, auf ihren Zug warteten. Auf den Achselklappen auf ihren Schultern war in roten Zahlen die Nummer 113 zu lesen.

Sie hatte keine Ahnung von Uniformen oder sonstigen militärischen Abzeichen, wusste jedoch, dass die Nummern auf Schultern und Helm die des zugehörigen Regiments waren. Zu welchem Regiment gehörte Georg gleich noch?

Pauline kniff die Augen zu, raffte sämtliche Erinnerungsfetzen zusammen. 180 – richtig, er war im 10. Württembergischen Infanterie-Regiment Nummer 180.

Kurz entschlossen ging sie auf die Soldaten zu und setzte ihr gewinnendstes Lächeln auf. »Entschuldigen Sie, die Herren. Können Sie mir vielleicht sagen, wo ich das Infanterie-Regiment Nummer 180 finde? Ich suche meinen Bruder.«

Die Männer drehten sich zu ihr um. Sie waren alle noch jung, um die achtzehn, neunzehn Jahre alt vielleicht. Ein paar von ihnen trugen dünne Oberlippenbärtchen, ein anderer eine Brille. Ihrer aller Augen weiteten sich, sobald ihre Blicke auf Paulines Kleid fielen.

In Gedanken stieß sie eine stumme Verwünschung aus.

Schon wieder dieses Gegaffe. Ihr neuer Vorgesetzter hatte heute Morgen ganz ähnlich reagiert. Gab es denn in Freiburg nur Hinterwäldler? Dabei entsprachen sowohl der Schnitt wie auch der Stoff der neusten französischen Mode. Pauline musste es schließlich wissen, sie hatte nicht umsonst in den vergangenen drei Jahren eine Schneiderinnenausbildung in dem berühmten Pariser Modehaus Maison Worth gemacht, zu dessen Kundinnen unter anderem die Kaiserin Elisabeth von Österreich gezählt hatte.

Doch anstelle eines Lebens inmitten der schillernden Pariser Modewelt stand sie nun hier am Bahnhof von Freiburg im Breisgau und musste sich von diesen Tölpeln beäugen lassen, nur weil sie ihr selbst entworfenes und eigenhändig genähtes Kleid trug.

»S'Infanterie-Regiment Nummere 180? Des isch aber keis vu uns«, erklärte der Bebrillte endlich und sah sich fragend zu den anderen um.

»Stimmt«, pflichtete ihm einer der Bartträger bei. Dann wandte er sich wieder Pauline zu. »Gehört das Regiment zu den Württembergern?«

Sie nickte eifrig. »Ja, aus Tübingen.«

»Deno sin des waschins de dert hinte.« Mit dem Daumen zeigte der Bebrillte über seine Schulter in Richtung des Zuges, der am äußersten Gleisende stand. »Aber de fahre gli los.«

Im gleichen Moment entdeckte Pauline ihren Bruder bei der Tür zum letzten Waggon. In der feldgrauen Uniform mit der Pickelhaube, den Tornister aus Kalbsfell mit der gerollten Decke auf den Rücken geschnallt, das Gewehr in der rechten Hand. Und er blickte suchend in die Menge.

»Georg!«

Sie raffte mit der einen Hand den Rock, hielt mit der anderen ihren Hut fest und rannte los. Die Absätze ihrer Schuhe klapperten laut, während sie sich, so schnell sie konnte, durch die Menge drängte. Es war ihr gleich, ob sie jemandem die Ellenbogen in die Seite rammte oder nicht.

Nur noch ein paar Meter. Sie war gerade noch rechtzeitig gekommen, dem Himmel sei Dank!

Ein schriller Pfiff ertönte aus der Entfernung.

Keuchend hob sie die Hand und winkte.

Aus dem Augenwinkel bemerkte sie die Bewegung einer Gestalt rechts von ihr. Sie wollte instinktiv nach links ausweichen. Wäre da nicht die riesige Gepäckkiste gewesen. »Geo… ahh!«

»Vorsicht!« Die Stimme eines Mannes ging im lauten Schnaufen eines einfahrenden Zuges unter.

Der Atem blieb Pauline in der Kehle stecken, als sie frontal gegen eine Frau prallte.

Als wäre die Zeit auf einmal stehen geblieben, sah sie deren rundes Gesicht nur gerade eine Handbreit vor sich. Sie erkannte die Falten an ihrer Stirn und zwischen den Augenbrauen, die feinen Äderchen an ihren Wangen, die einzelnen grauen Härchen, die das sonst braune, zu einem Dutt hochgesteckte Haar an den Schläfen aufhellten. Die graublauen Augen der Dame weiteten sich. Sie roch nach Flieder und Lavendel.

Der Aufprall brachte Pauline aus dem Gleichgewicht, sie taumelte zwei Schritte zurück. Das Stoffhandtäschchen glitt ihr aus der Hand und fiel zu Boden.

Sie fühlte keinen Schmerz. Stattdessen hörte sie die Frauenstimme, die selbst den Lärm rundum übertönte und klang wie das Schnattern einer wütenden Elster: »Passen Sie doch auf!«

Pauline blinzelte. Sie konzentrierte sich mit aller Kraft auf die Gestalt der matronenhaften Frau, die mit in die Hüften gestemmten Fäusten vor ihr stand und sie mit einem Blick bedachte, der selbst Tote hätte vor Schreck erbleichen lassen. Sie trug einen schlichten schwarzen Rock, dazu eine weiße Bluse mit breitem

Kragen und Rüschen an der Knopfleiste, die ihren fülligen Busen nur noch mehr betonten. Auf dem altmodischen Strohhut hing ein Bund roter Keramikkirschen als Dekoration.

Doch dann war da diese tiefe, ruhige Stimme zu Paulines Linker: »Haben Sie sich verletzt?« Ein Soldat stand neben ihr, hielt ihr das Handtäschchen hin. Er lächelte freundlich, doch sein Gesicht war ernst. Ein gepflegter, jedoch von der Sonne gebleichter Oberlippenbart verriet, dass er sich oft im Freien aufhielt. Er hatte dieselben graublauen Augen wie die herrische Matrone. War das deren Sohn?

»Es ist nichts passiert«, erwiderte Pauline, nahm die Tasche entgegen und richtete sich in einer fahrigen Geste den Hut.

»Nichts passiert?«, rief die Frau. »Was für eine Dreistigkeit!«

»Mutter, bitte beruhige dich«, sagte der Soldat in beschwichtigendem Tonfall an die Ältere gewandt.

Aber diese beachtete ihn nicht, fuhr stattdessen weiterhin Pauline an: »Ich hätte zu Boden fallen und mir etwas brechen können. Haben Sie denn keine Augen im Kopf?« Sie schnaubte. Ihre Wangen zitterten, während sie Pauline abschätzig vom Scheitel bis zur Sohle musterte. »Es ist außerdem unschicklich, wildfremde Leute anzurempeln. Aber was will man von einer so impertinenten Person auch anderes erwarten.«

Wären die Umstände andere gewesen und hätte Pauline mehr Zeit gehabt, hätte sie möglicherweise genug Geduld aufgebracht, um sich zu beherrschen oder sogar zu entschuldigen. Nichts davon war jedoch im Moment der Fall. Und hatte die Matrone sie tatsächlich eben impertinent genannt?

»Was stehen Sie auch hier herum und versperren den Weg?«, gab sie nicht minder wütend zurück und reckte das Kinn. »Zudem sehen Sie wirklich nicht so zierlich aus, dass Sie sich wegen einem Schubs etwas brechen könnten, also tun Sie nicht so zimperlich.« Wenn schon impertinent, dann auch richtig. Sie war schon mit ganz anderen Furien fertiggeworden.

Ein paar der Umstehenden grölten vor Vergnügen, andere applaudierten sogar.

Sogleich plusterte sich die Matrone noch mehr auf. Die Haut an ihrem Hals rötete sich. »Das ist ja wohl der Gipfel!«

Ein durchdringender Pfiff ließ Pauline im selben Augenblick herumfahren.

O Gott, Georg.

Sie sah ihn noch immer dort stehen, suchend in die Menge blicken.

Der Zugführer auf dem Trittbrett des hintersten Waggons schwenkte die Fahne.

Pauline rannte los, so schnell sie konnte. »Georg!«

Da. Jetzt hatte er sie ebenfalls gesehen. Ein Lächeln erhellte seine Miene. Jenes warme, spitzbübische Grinsen, das sie immer an ihm geliebt hatte.

Doch der Zug hinter ihm rollte bereits langsam an.

»Los, einsteigen, Soldat. Das ist ein Befehl!«, brüllte ein Offizier aus dem Wagenfenster.

Sie sah, wie Georg kurz zögerte, zuerst zu seinem Vorgesetzten blickte, dann wieder zurück zu ihr.

Er hob die Hand – ein kurzes Winken zum Abschied –, dann drehte er sich um, sprang gerade noch rechtzeitig auf, ehe der Zug an Fahrt aufnahm, und schloss die Tür hinter sich.

»Georg!« Paulines Stimme drohte, sich zu überschlagen, als sie ihm nachschrie. Der Schmerz an ihrer Seite raubte ihr schier den Atem. Sie blieb keuchend stehen.

Im nächsten Moment sah sie, wie er sich halsbrecherisch aus dem nächstliegenden Fenster lehnte und ihr winkte.

»Pass auf dich auf! Versprich es mir«, rief sie ihm nach, ohne zu wissen, ob er sie überhaupt noch hören konnte. Schließlich war auch der letzte Waggon durch die Ausfahrt verschwunden und Georg mit ihm.

Pauline blieb reglos stehen. Erst als ein Windstoß des nächsten einfahrenden Zuges sie traf, bemerkte sie die Tränen auf ihrem Gesicht. Rasch wischte sie sich die Wangen trocken. Du liebe Güte, sie war doch sonst nie so rührselig gewesen.

Sie legte die Hand auf den Bauch – ganz kurz nur –, ehe sie sich der Geste bewusstwurde und sich stattdessen hastig über die Stirn strich.

Dann drehte sie sich um und verließ die Bahnhofshalle.

Kurz darauf stand Pauline wieder vor ihrem neuen Arbeitsplatz im Hauptpost- und Telegraphenamt. Dieses befand sich an der Eisenbahnstraße 60, nicht weit vom Bahnhof entfernt. Ein klobiger, zweistöckiger Bau mit strengen Linien, die auch die vier antik anmutenden Säulen mit dem Balkon im oberen Stock nicht zu verschönern vermochten.

Mit einer Hand hielt sie den Hut fest, während sie den Kopf in den Nacken legte und nach oben blickte.

ERBAUT UNTER KAISER WILHELM I. war in großen prägnanten Lettern oben an der Frontseite eingemeißelt. Direkt darüber, flankiert von je zwei Reichsadlern und überkront von einem Wappen des Großherzogtums Baden, war der Schriftzug *KAISERLICHES POSTAMT* zu lesen. Hier würde sie von nun an als eine der insgesamt sieben neuen Telefonistinnen arbeiten.

Pauline seufzte tief auf. Von einer vielversprechenden Damenschneiderin aus Paris zu einem Fräulein vom Amt – wer hätte gedacht, dass der Weg so kurz war.

Die Notwendigkeit zwang sie jedoch dazu. Nach ihrer Rückkehr aus Frankreich vor nunmehr zwei Monaten war sie noch frohen Mutes in sämtlichen größeren Maßschneidereien in Freiburg und dessen Umkreis vorstellig geworden. In insgesamt einundzwanzig Ateliers. In allen hatte sie die Mappe mit ihren eigenen Entwürfen, die hervorragenden Zeugnisse sowie das Empfehlungsschreiben des Modehauses Maison Worth vorgelegt.

Doch die Realität war ernüchternd gewesen: Denn schon als der Krieg vorerst nur als dunkle, bedrohliche Wolke über dem Reich gehangen hatte, waren neue Kleider von einem Tag auf den anderen zu einem Luxusgut geworden, auf das kaum jemand mehr Wert legte. Niemand hatte ihr auch nur eine mickerige Stelle angeboten.

Vielleicht hätte sie es doch daheim in Württemberg versuchen sollen. In ihrer Heimatstadt Tübingen zum Beispiel. Zugegeben, mit diesem Gedanken hatte sie während der vergangenen Wochen mehr als einmal geliebäugelt. Sie war seit Jahren nicht mehr dort gewesen.

Sogleich drang die Erinnerung an die winzige, dunkle Kellerwohnung, in der sie zusammen mit Georg und den Eltern gehaust hatte, in Paulines Gedanken und ließ sie erschaudern. Ein einziger Raum mit einem Bett, einem Herd, einem Tisch und dem Schrank in der Ecke. Georg und sie selbst hatten auf dem Boden geschlafen, das Bett war nachts von den Eltern benutzt und tagsüber an einen Schichtarbeiter vermietet worden.

Sie roch noch immer den Schimmel an den ständig feuchten Wänden und fühlte die Kälte, die auch im Sommer bis tief in die Knochen drang. Durch das kleine Klappfenster direkt unter der Decke waren nie genug Licht oder Wärme in den Raum gelangt.

Entschieden schob sie die Erinnerung beiseite und stieg die Treppenstufen zum Eingang hinauf. Nein, eine Rückkehr nach Tübingen kam nicht infrage. Sie hatte viel zu viel an Arbeit, Zeit und Kraft investiert, um von dort wegzukommen. Jetzt zurückzugehen, würde sich wie ein Versagen anfühlen. Außerdem musste sie sich an ihren Plan halten, und dazu passte Tübingen ganz und gar nicht.

Ihre Hand lag bereits am Torgriff, als ihr Blick auf den schlichten silbernen Ring an ihrem Finger fiel.

»Oh.« Um Himmels willen, den hatte sie völlig vergessen. Rasch zog sie ihn von der Hand und ließ ihn in ihre Tasche fallen. So absurd es klang, war sie nun beinahe froh, dass sie Georg verpasst und ihm wegen ihrer Schusseligkeit nicht noch hatte Rede und Antwort stehen müssen, weshalb sie einen Ehering trug, obwohl sie doch gar nicht verheiratet war. Die Antwort wäre alles andere als einfach gewesen. Wahrscheinlich hätte Georg ihre Beweggründe auch gar nicht verstanden.

Tatsächlich hatte sie den Ring gleich nach ihrer Rückkehr aus Frankreich gekauft. Sie hatte rasch festgestellt, dass er sie vor anzüglichen Blicken und Avancen der vielen jungen, an die Front ziehenden Soldaten schützte, indem er sie als verheiratete Frau auswies. Der Ring war außerdem Teil ihres Vorhabens – ihre Absicherung für den schlimmsten Fall.

Zwar war dieser Plan zugegebenermaßen noch längst nicht bis in alle Details ausgereift, im Gegenteil, ihr Leben war dadurch sogar noch komplizierter geworden, aber Pauline brauchte etwas, woran sie sich festhalten konnte, um den nötigen Mut zum Weitermachen nicht zu verlieren, obwohl viele Tücken und Gefahren auf ihrem Weg lauern konnten. Vor allem, wenn sie den Ring vor lauter Eile vergaß und ihn am falschen Ort und im völlig falschen Moment trug. So wie jetzt, als sie ihre Stelle als Telefonistin antrat, zu der nur unverheiratete Frauen zugelassen waren.

Mit einem Ruck stieß Pauline das Eingangstor auf und trat ein.

»Nun? Haben Sie Ihren Bruder noch verabschieden können?«, fragte der Mann mit der runden Nickelbrille und der Glatze, der sie wenig später in der Eingangshalle empfing. Sein Name war Lämmle – Isidor Lämmle –, in seiner Position als Postrat war er Paulines oberster Vorgesetzter.

»Ja, ich bin Ihnen für das Verständnis sehr verbunden.« Sie nickte ehrlich dankbar. Postrat Lämmle hatte sie vorhin bereitwillig an ihrem Einarbeitungstag zum Bahnhof gehen lassen, damit sie Georg vor seiner Abreise noch sehen konnte.

Er schmunzelte gütig. »Aber ich bitte Sie, das ist doch selbstverständlich. Wir alle tragen unseren Teil zur Unterstützung unserer tapferen Soldaten bei, nicht wahr?« Sogleich verschwand das Schmunzeln, machte einer ernsten Lehrmeistermiene Platz, und er wedelte mit dem Zeigefinger vor Paulines Gesicht. »Dass mir das jedoch nicht zur Gewohnheit wird. Ich hoffe, wir haben uns verstanden.«

Ohne auf ihre Antwort zu warten, richtete er sich zu seiner vollen Größe auf, schlug die Fersen zusammen und bedeutete ihr mit einem zackigen Schwung seines Arms, ihm zu folgen.

Er führte sie durch einen langen Gang, an dessen Ende eine breite Doppeltür mit farbigen Glasscheiben lag.

Schon von Weitem waren die Frauenstimmen durch die verschlossene Tür zu hören. Dahinter verbarg sich, wie Pauline bereits wusste, der Betriebssaal des Fernmeldeamtes. Diesen hatte man ihr und den anderen rund vierzig Bewerberinnen schon vorgestern während der Eignungsprüfung gezeigt.

Als sich die Tür öffnete, war es, als sprudelten einem die Stimmen in allen Tonhöhen und Variationen entgegen. Zwar war eine reine, hochdeutsche Aussprache oberste Pflicht, trotzdem konnte Pauline hier und die typische alemannische Einfärbung in der Betonung einzelner Wörter und Sätze ausmachen.

Ungefähr dreißig Frauen saßen hier auf hohen Stühlen an einer langen Schaltwand. Jede von ihnen trug einen granitgrauen, uniformähnlichen Überkittel. Dazu waren sie alle mit einer Hör- und Sprechgarnitur ausgestattet, die aus einem Einfachkopfhörer und einem Brustmikrophon bestand.

»Hier ist Ihr heutiger Arbeitsplatz.« Herr Lämmle führte sie zu einem freien Stuhl fast am Ende der Wand, wo eine dunkelhaarige junge Frau auf sie wartete. »Fräulein Mina kennen Sie ja bereits«, sagte er. »Sie ist eine unserer besten Mitarbeiterinnen und wird Sie während der Wochen der Einarbeitung in Ihren Aufgabenbereich einführen.« Er nickte kurz, machte auf dem Absatz kehrt und ging zurück zu seinem auf der gegenüberliegenden Seite des Raumes auf einem Podest stehenden Arbeitstisch. Von dort aus hatte er den Überblick über den ganzen Saal – sowohl auf die Telefonistinnen an den Vermittlungsschränken als auch auf die Schichtaufseherinnen an den Pulten dahinter.

Mina Sahner, die junge Frau, zu der Herr Lämmle sie gebracht hatte, war die derzeitige Schichtleiterin und damit verantwortlich für die fehlerlose Beantwortung und Weiterleitung aller eingehenden Telefonverbindungen. Sie gehörte außerdem zu den pflichtbewusstesten Menschen ihres Alters – sie mochte noch nicht einmal zwanzig Jahre alt sein –, denen Pauline je begegnet war.

Den Eindruck hatte sie bereits während der Prüfung auf sie gemacht. Denn Mina war eine der Prüferinnen gewesen. Mit kritischer Miene hatte sie die Bewerberinnen während des Schreibmaschinendiktats beaufsichtigt. Auch während der anschließenden mündlichen Sprachprüfung hatte sie im Hintergrund gesessen und sich Notizen gemacht.

Mit minutiöser Genauigkeit erklärte sie ihr nun jeden einzelnen Handgriff, jedes einzelne Vorgehen.

Jede Mitarbeiterin trug die Verantwortung für rund zweihundert Anschlüsse auf dem Vermittlungsschrank, auf dem sich eine kleine Klappe öffnete, sobald eine Vermittlung verlangt wurde. Die Telefonistin hatte den Anschluss daraufhin mit einem Kabel zu verbinden und die Zielnummer des Anrufs zu erfragen. Selbst der Wortlaut dieses Gesprächs war genaustens vorgegeben.

»Das Gespräch wird mit ›Hier Amt, was beliebt?‹ angenommen. Andere Begrüßungsfloskeln sind nicht erlaubt«, erklärte Mina. »Ist der gewünschte Teilnehmer frei, melden wir das mit ›Bitte rufen‹ an und stellen die Leitung her. So, siehst du?« Routiniert steckte sie das Verbindungskabel in die vorgesehene Öffnung.

Die Arbeitszeit betrug zweiundvierzig Stunden die Woche, jede zweite Woche stand eine Nachtschicht an. Die Mitarbeiterinnen hatten zudem Anrecht auf zwei Pausen von jeweils dreißig Minuten am Tag. Ohne Erlaubnis durften sie sich außerhalb dieser Zeiten nicht von ihrem Platz entfernen. Das hatte ihnen Herrn Lämmle bereits erläutert. Die Arbeit war monoton, aber dennoch anspruchsvoll und zu gewissen Zeiten auch hektisch, der Lohn aber immerhin besser als in einer Fabrik.

Pauline wusste noch immer nicht, wie sie es geschafft hatte, eine dieser begehrten Stellen zu ergattern. Sie hatte die Annonce zufällig in der Zeitung entdeckt und war nach all den unzähligen Absagen viel zu verzweifelt gewesen, um sich einen weiteren Gedanken daran zu erlauben, ob sie überhaupt eine Chance haben könnte. Telefonistinnen kamen in der Regel aus gutem Hause und waren gebildet, sprachen wenn möglich sogar mindestens eine Fremdsprache.

Pauline brachte zwar Französisch fließend in Wort und Schrift mit, aber ihr Zuhause war alles andere als vornehm gewesen, und sie hatte außer den paar Jahren Grundschule nur drei Jahre an der Handels- und Gewerbeschule des Lette-Vereins in Berlin vorzuweisen. Dort hatte sie neben der gewerblichen Ausbildung zur Damenschneiderin Buchhaltung, Telegraphie und Maschinenschreiben gelernt. Wie sie damals an diese Freistelle gekommen war, hatte sie bei der Bewerbung allerdings wohlweislich verschwiegen.

Denn sie wollte nicht riskieren, deswegen schon von vorneherein abgelehnt zu werden. Sie brauchte das Geld. Für sich und für das Kind, das sie unter dem Herzen trug.

Ein weiterer Grund, weshalb sie nicht zurück nach Tübingen gehen konnte, wo die Hälfte der Bewohner sie kannte. Sie, Pauline Seibold, die Tochter eines Trunkenbolds und einer Tagelöhnerin. Pauline Seibold, die in der Gosse geboren war und etwas Besseres hatte sein wollen. Ja, genau die Pauline Seibold, die nun ein uneheliches Kind erwartete.

Zweifellos würde man sich daheim in Tübingen das Maul über sie zerreißen und sie als lasterhaft anprangern, als gefallenes Mädchen. Der Apfel fiel schließlich nie weit vom Stamm, und wer aus dem Dreck kam, der blieb auch dort. Das könnte sie zwar alles noch verkraften, es hatte sie nie gekümmert, was die Leute von ihr dachten.

Das Kind hingegen …

Mit einer unverheirateten Mutter wäre das unschuldige Geschöpf schon von Geburt an den Vorurteilen der Gesellschaft ausgesetzt und mit einem Schandfleck gezeichnet, an dem es nicht die geringste Schuld trug. Etwas, das Pauline niemals ertragen könnte. Genau deshalb hatte sie sich ihren Plan zurechtgeschneidert.

Hier in Freiburg kannte sie schließlich keiner, und niemand wusste von ihrer Herkunft. Wer sollte also hinterfragen, ob sie wirklich verheiratet oder nur verlobt war? Ob es nun ihr Ehemann oder ihr Verlobter war, der an der Front stand? Geschweige denn, für welche Seite er kämpfte.

Es war Stunden später, als Mina neben Pauline von ihrem Stuhl aufstand.

»Gut«, sagte sie zu den versammelten sieben neuen Telefonistinnen »Eure erste Schicht habt ihr nicht schlecht gemeistert. Macht weiter so, und nach der Probezeit steht einer festen Anstellung nichts im Wege.« Mit einem Wink bedeutete sie ihnen, ihr zu folgen, und ging voraus in einen durch eine Tür abgetrennten Raum im hinteren Teil des Betriebssaals.

Jemand hatte sich bemüht, es hier so freundlich wie möglich zu gestalten und eine Art Kaffeehausatmosphäre zu schaffen.

Pauline knirschte jedoch beim Anblick der fünf Tische mit den butterblumengelben Tischdecken und den bordeauxroten Sitzpolstern der Stühle mit den Zähnen. Was für eine himmelschreiende Farbzusammenstellung.

»Unseren Pausenraum kennt ihr inzwischen ja auch bereits«, erklärte Mina mit unverhohlenem Stolz.

An den Wänden rechts und links standen lange Schrankkommoden mit gläsernen Schiebetüren, durch die Teller, Gläser und Tassen zu sehen waren. Sternförmig gehäkelte Plätzchen lagen auf den Kommoden und dienten als Untersetzer für Vasen aus Einmachgläsern mit dicken Hortensienbüscheln. Auf dem kleinen Herdofen in der einen Ecke des Raums entdeckte Pauline einen kupfernen Wasserkessel. Direkt daneben befand sich das Spülbecken.

Ein weiterer Blickfang war das kleine, runde Biedermeiertischchen aus dunkel gebeiztem Holz, auf dem eine Topfpflanze stand. Wenn Pauline sich recht erinnerte, nannte man diese Pflanze auch Friedenslilie. Darüber an der Wand hingen zwei Porträts in glänzend polierten Holzrahmen: links Kaiser Wilhelm II. mit seinem typischen Oberlippenbart mit den nach oben gezwirbelten Spitzen, in Gardeuniform und mit Orden behängter Brust.

Rechts von ihm Großherzog Friedrich II. von Baden – ebenfalls in Uniform, wenngleich weit weniger pompös in der Erscheinung, dafür mit durchdringend hellen Augen.

Pauline zwang sich zu einem Lächeln. »Wie hübsch.«

Ohne einen weiteren Kommentar überreichte ihnen Mina die Stechkarten, die sie von nun an immer bei Dienstantritt und -austritt in die Stempeluhr beim Eingang stecken sollten, damit ihre genauen Arbeitsstunden erfasst wurden. Zudem erhielten sie je eine Abschrift der Verhaltensregeln für das Personal sowie einen Schlüssel für ihr Schränkchen in der Garderobe. Zu dieser gelangte man direkt vom Pausenraum aus. Dort hatte Pauline auch ihren Koffer stehen lassen. Seit ihrer Ankunft in Freiburg hatte sie die Nächte in einer schäbigen und dennoch viel zu teuren Pension verbracht. »Herr Lämmle hat mir eine Unterkunftsvermittlung zugesichert«, sagte sie darum an Mina gewandt, als die anderen Frauen schon in Richtung Garderobe vorausgegangen waren.

»Richtig, das hätte ich fast vergessen. Hier.« Rasch pflückte die Jüngere einen Zettel von ihrem Klemmbrett und reichte ihn Pauline. Auf dem Papier war eine von Hand geschriebene Adresse zu lesen. »Auf dem Lauerer Rosenhof ist noch ein Zimmer frei«, sagte Mina. »Die Winzerei liegt zwar etwas außerhalb, in Sankt Georgen, aber die Unterkünfte sind sauber und günstig. Frag nach Else Lauer. Sie ist die Besitzerin.«

So kam es, dass Pauline ihren Koffer wenig später über Straßen, Schotter- und Kieswege zu ihrer neuen Unterkunft schleppte.

Die Sonne stand schon tief, es mochte kurz nach sieben Uhr abends sein. Die Hitze des Tages hing jedoch noch immer zwischen den Hügeln des Umlands, und kein einziger Windhauch brachte Erleichterung.

Mit jedem Schritt schien der Koffer schwerer zu werden. Pauline fühlte ihre Arme kaum noch, und der Henkel hinterließ wütend rote, schmerzende Abdrücke auf ihren Handflächen.

Mit einem Aufstöhnen stellte sie den Koffer auf dem Schotterweg ab und streckte den Rücken durch. Sogleich fuhr ihr der Schmerz in die Muskeln an der Schulter und der Seite.

Sie wischte sich mit dem Handrücken über die Wangen, wo sich ein kleines Schweißrinnsal gebildet hatte. Gott, wie weit war es denn noch?

Das Dorf Sankt Georgen lag im Südwesten Freiburgs, linker Hand am Fuß sanfter Weinberghügel, im Westen gesäumt von dichtem Mischwald und Feldern. Schon von Weitem sah Pauline die ersten Häuser und einen Kirchturm, der über die Dächer ragte.

Der Winzerhof der Familie Lauer befände sich am südlichen Ende des Dorfes, hatte Mina erklärt.

»Natürlich. Am Dorfanfang wäre ja auch viel zu einfach gewesen«, murmelte Pauline und nahm seufzend den Koffer wieder auf. Zugleich fühlte sie ein kurzes, schmerzhaftes Ziehen im Unterleib. Sofort ließ sie den Koffer fallen, legte schützend die Hände auf den Bauch und atmete ein paarmal tief ein.

Noch sah man ihr die Schwangerschaft nicht an. Bis zur Geburt blieben ihr noch sechs Monate Zeit. Bis dahin wäre der Krieg hoffentlich längst vorbei, und sie könnte wieder zurück nach Frankreich. Zurück zu André.

Einen Moment lang wurde es ihr eng um die Brust. Erst war André an die Front gezogen, und jetzt auch noch Georg. Keiner von ihnen wusste von dem Kind. Was, wenn sie den einen oder den anderen nie mehr wiedersah? Oder sogar beide?

Trotzig schob sie den Gedanken an ihren Verlobten und ihren Bruder beiseite und griff wieder nach dem Koffer.

Nicht jetzt. Erst einmal musste sie sich auf sich selbst konzentrieren und darauf, dass sie endlich diesen vermaledeiten Winzerhof fand.

Die Sonne berührte schon fast den Horizont, als Pauline vor einem imposanten Fachwerkbau mit Spitzdach stand. Vor den Fenstern im Erdgeschoss standen Blumenkästen mit buschigen weißen und roten Geranien. Eine Mauer mit Doppeltor verband das Haupthaus mit einem etwas schlichteren Nebengebäude. Die beiden Tore waren riesig, so breit und hoch, dass ein Traktor oder ein beladenes Fuhrwerk problemlos hindurchpassten, und umwachsen von einem dichten Flechtwerk aus hellrosafarbenen Kletterrosen. Daher also der Name »Rosenhof«.

Das rechte Tor stand offen. Als Pauline eintrat, lag ein weiter Innenhof mit einem Ziehbrunnen in der Mitte vor ihr. Auf der gegenüberliegenden Seite des Platzes befand sich ein frei stehendes Gebäude. Das mussten die Unterkünfte der Bediensteten sein, während in dem Bau rechter Hand die Ställe sowie die Schuppen untergebracht waren. Der Geruch nach Stroh und Vieh war unverkennbar.

Dichtes sattgrünes Efeu überwucherte die östliche Ecke des Haupthauses und fast die gesamte Wand des Nebengebäudes. Lavendel blühte in runden Tonkübeln links und rechts neben den Treppenstufen zur Eingangstür und verströmte einen herrlichen Duft. Daneben summten Bienen geschäftig zwischen den saftigroten Blüten eines Rosenstrauchs.

Auf der gegenüberliegenden Seite des Hofplatzes, direkt vor den Schuppen, erblickte Pauline zwei Knechte, die über einen mit Wasser gefüllten Holzzuber gebeugt saßen und Spaten von Erde säuberten. Ein beinahe unwirkliches Bild des Friedens.

Pauline stellte ihren Koffer ab und wollte gerade auf die beiden Männer zugehen, als sie eine Frauenstimme hinter sich hörte: »Kann ich Ihnen helfen?«

Sie drehte sich um.

Und es war einer jener wenigen Momente in ihrem Leben, die sie sprachlos machten: Vor ihr stand die Matrone vom Bahnhof.

3 – Dort im Westen

7. August 1914, Sankt Georgen, Lauerer Rosenhof

Im Abendlicht wirkte das Gesicht der älteren Frau noch strenger.

Sie hatte sie ebenfalls wiedererkannt, Pauline sah es ihrer Miene an. An dem kurzen Hochziehen der Augenbrauen. An den Nasenflügeln, die sich unter einem empörten Atemholen blähten. An ihrer Gestik, als sie, wie schon heute Morgen am Bahnhof, die Fäuste in die Hüften stemmte.

Ihr Auftreten ließ keinen Zweifel aufkommen: Sie war die Besitzerin und unumstrittene Herrin des Hofes. Ausgerechnet *sie* musste diese Else Lauer sein.

Das kam davon, wenn man das Glück zu lange herausforderte. Irgendwann hatte die Retourkutsche ja kommen müssen. Pauline straffte die Schultern und unterdrückte ein Stöhnen, als sie den Koffer wieder aufhob und sogleich das wütende Brennen an der Handfläche spürte.

»Man hat mir gesagt, hier wäre ein Zimmer zur Miete frei. Hätte ich allerdings gewusst …« Sie erwiderte den Blick der Weinbäuerin. »Machen Sie sich keine Sorgen, ich werde wieder gehen.« Erhobenen Hauptes schritt sie an der Frau vorbei.

Nein, sie würde sich weder für das Verhalten von heute am Bahnhof entschuldigen, noch würde sie um ein Zimmer betteln, das ihr die Hausherrin ohnehin nie geben würde. Pauline kannte die Leute, die sich für etwas Besseres hielten, schon seit ihrer Kindheit zur Genüge.

»Wo steht geschrieben, dass wir vor denen die Köpfe einziehen müssen? Deren Hintern stinkt genauso wie unserer, auch wenn sie feine Kleider tragen«, hatte Georg ihr früher immer eingeschärft. Sie hatte ihr Leben lang nie vor anderen gekuscht und würde es auch jetzt nicht tun.

Pauline hatte schon fast das Tor erreicht, als sie die Stimme der Winzerin hinter sich hörte: »Sind Sie etwa den ganzen Weg von Freiburg bis hierher zu Fuß gelaufen?«

Sie blieb stehen und drehte sich langsam um.

Anders als am Bahnhof trug Else Lauer nun einen schlichten Rock mit Schürze, dazu ein ebenso schmuckloses Hemd, dessen Ärmel sie bis zu den Ellenbogen hochgekrempelt hatte. Da waren keine Rüschen mehr und auch kein Hut mit falschen Kirschen als Dekoration. Die einfache Kleidung betonte zugleich die stämmige Figur der Weinbäuerin. Sie war groß, und ihre Schultern waren breit von harter Arbeit. Kratzer prangten auf ihren Unterarmen. Schmutz vermischt mit Schweiß hatte sich in der Hautfalte an ihrem Hals eingenistet, doch das schien sie nicht im Geringsten zu kümmern. Sie musterte Pauline mit ungerührter Miene.

»Ja«, antwortete Pauline endlich.

»Dann werden Sie es nicht zurück in die Stadt schaffen, bevor es Nacht wird.« Mit einem Ruck des Kinns deutete sie auf Paulines Füße. »Schon gar nicht mit den Schuhen da.«

Ihre Schuhe? Was sollte denn damit sein? Pauline senkte ebenfalls den Blick. Mit dem elegant geschwungenen Absatz und den zwei feinen, dekorativen Schlaufenöffnungen auf dem Fußrücken entsprachen sie zwar der neusten Pariser Mode und die bordeauxrote Farbe des Leders passte perfekt zu ihrem Kleid. Doch nach dem langen Marsch auf Feld- und Kieswegen strotzten sie vor Staub. Im letzten Moment unterdrückte sie den Drang, sich die Schuhspitzen an den Unterschenkeln sauber zu reiben.

»Warum sind Sie denn nicht mit der Straßenbahn bis nach Haslach gefahren? Damit hätten Sie sich den Weg um die Hälfte verkürzt«, fügte die Winzerin hinzu.

Pauline horchte auf. Es gab eine Straßenbahn? Davon hatte ihr Mina nichts gesagt.

Resigniert stieß sie die Luft aus. »Wenn ich das gewusst hätte.«

Else Lauers Augen verengten sich – ganz kurz nur –, ehe sie fragte: »Wie heißen Sie überhaupt, und wer hat Ihnen das Zimmer hier vermittelt?«

»Die Schichtleiterin auf dem Post- und Telegraphenamt hat mir die Adresse gegeben. Ich arbeite seit heute dort. Und mein Name ist Pauline Seibold«, antwortete sie wahrheitsgetreu, während sie den Koffer neben sich auf den Boden stellte und mit der Hand so unauffällig wie möglich über den Rock strich. Das linderte zwar den Schmerz an der Handfläche nicht, trocknete aber zumindest den Schweiß. Aus dem Augenwinkel sah sie die beiden Knechte, die in ihrer Arbeit innegehalten hatten und die Szene gespannt verfolgten.

»Dann kommen Sie nicht aus der Gegend?«

»Nein, aus Tübingen.«

»Und wie alt sind Sie?«

»Ich bin letzten März dreiundzwanzig geworden.«

»Was war denn Ihre bisherige Tätigkeit?«

Auf diese Frage war Pauline vorbereitet. Sie strich eine Falte auf dem Rock glatt und antwortete mit einem selbstbewussten

Lächeln: »Ich bin gelernte Damenschneiderin. Meine Ausbildung habe ich an der Handels- und Gewerbeschule in Berlin gemacht.«

Der Blick der Winzerin fiel prüfend auf Paulines rechte Hand. »Dann sind Sie nicht verheiratet? Soweit ich weiß, dürfen Telefonistinnen nicht einmal verlobt sein.«

Pauline nickte und hob die Hand. Zum Glück hatte sie den Ring nach der Arbeit in der Tasche gelassen.

Bei der skeptischen Miene der Zimmerwirtin kamen ihr jedoch Zweifel. Vielleicht hätte sie ihn doch anstecken sollen. Verheirateten Frauen gegenüber zeigte man sich in der Regel weniger misstrauisch. Sie waren bereits gebunden, trugen Verantwortung und sorgten daher seltener für Unruhe oder Ärgernisse.

Prompt runzelte Else Lauer die Stirn. Hatte ihre Stimme bis eben noch einen fast gemäßigten Tonfall angenommen, schwang da auf einmal erneut diese scharfe, vorwurfsvolle Note mit, als sie fragte: »Wen haben Sie denn heute am Bahnhof verabschiedet, wenn nicht Ihren Gatten?«

Sogleich straffte Pauline den Rücken, und sie fühlte, wie die Wut in ihr zu brodeln begann. Es war eine Sache, Fragen zu ihrer Herkunft zu stellen. Es war jedoch etwas ganz anderes, sich Unterstellungen zu erlauben, ohne sie überhaupt zu kennen. Was bildete sich diese Person ein, ihr gegenüber den Moralapostel zu spielen?

Aber nach dem heutigen Tag war Pauline völlig ausgelaugt und zu erschöpft, um sich auf Respekt oder irgendwelche Nettigkeiten zu besinnen. »Es geht Sie zwar rein gar nichts an, aber wenn Sie es unbedingt wissen wollen: Ich habe meinen Bruder verabschiedet, der in Richtung Elsass gezogen ist«, erklärte sie und ärgerte sich zugleich noch mehr, weil ihre Stimme vor Wut zitterte.

Unbewusst ballte sie die Hände zu Fäusten. »Und soll ich Ihnen noch etwas sagen? Ich hatte Georg seit ganzen drei Jahren nicht mehr gesehen und konnte ihn heute nicht einmal mehr zum Abschied umarmen.« Den letzten Satz stieß sie fast heiser aus und presste die Lippen fest zusammen, damit nicht noch mehr Unbedachtes heraussprudeln konnte.

Es musste an der Anspannung der letzten Wochen liegen, dass sie mit einem Mal eine bleierne Müdigkeit erfasste. Die Versuchung war groß, ihr nachzugeben. Sich nur kurz hinzusetzen. Sich auszuruhen.

Doch Pauline blieb, die Fäuste noch immer an ihren Seiten geballt, dort stehen, hielt sich aufrecht und erwiderte den Blick der Winzerin. Reglos. Unnachgiebig. Mehrere, scheinbar unendlich dauernde Atemzüge lang.

Bis das wütende Miauen zweier, sich beim Eingang zum Pferdestall balgenden Katzen sie beide zusammenfahren ließ.

Sofort fuhr die Weinbäuerin herum und fuchtelte mit den Armen. »Husch! Verschwindet, ihr Viecher! Und ihr zwei …«, herrschte sie die beiden Knechte an, »… macht euch gefälligst nützlich, statt hier Maulaffen feilzuhalten.« Da war es wieder. Dasselbe gebieterische Auftreten wie am Morgen am Bahnhof.

Aufgeschreckt suchten die beiden Katzen das Weite, und die Knechte beugten die Köpfe wieder über ihre Arbeit.

Dann wandte sich die Hausherrin erneut an Pauline, griff unter ihre Schürze und zog einen klimpernden Schlüsselbund hervor. »Das Zimmer kostet vier Mark die Woche. Für Essen und sauberes Wasch- und Bettzeug kommt noch mal eine Mark extra jede Woche dazu. Was das Essen anbelangt, gibt es täglich Frühstück und Abendbrot, zudem eine kleine Mittagsmahlzeit am Sonntag«, sagte sie, ohne eine Miene zu verziehen.

Wie bitte? Pauline hielt verwirrt inne. Hieß das …?

»Ich verlange eine pünktliche Zahlung und dass sich alle an die Hausregeln halten.«

Rasch rechnete Pauline im Kopf nach. Fünf Mark die Woche. Das machte im Monat fast ein Drittel ihres Telefonistinnengehalts aus, war jedoch immer noch weniger, als sie in Paris bezahlt hatte. »Einverstanden.«

Mit einer knappen Kopfbewegung deutete die Winzerin in Richtung des Nebenhauses. »Nachtruhe ist um zehn Uhr. Das Frühstück steht um fünf bereit.« Damit ging sie ohne eine weitere Aufforderung voraus.

Das Zimmer im ersten Obergeschoss erwies sich als deutlich geräumiger und heller als die Kellerwohnung, in der Pauline aufgewachsen war. Zwei Betten waren zusammen mit zwei schmalen Holzschränken jeweils an den gegenüberliegenden Wänden platziert. Neben jedem Bett standen ein Stuhl und ein Nachttisch mit einem Lämpchen. Eine schnörkellose, nüchterne Einrichtung, aber sie war sauber. Abendlicht drang durch das geöffnete Fenster, hüllte den Raum in einen rötlich-goldenen Schein und brachte den Geruch nach warmer Erde und Sommer mit sich. Grillen zirpten draußen im Efeu.

»Sie haben Glück. Im Moment haben Sie das Zimmer für sich allein«, erklärte die Winzerin, während sie Pauline einen gefalteten, nach Kernseife riechenden Wäschestapel, bestehend aus Leintuch, den Bezügen für Kissen und Bettdecke sowie zwei Handtüchern und einem Waschlappen, auf die Arme legte. »Das kann sich aber bald ändern. Natürlich verlange ich von Ihnen dann auch nur noch die Hälfte des Zimmerpreises. Das hier ist ein anständiges Haus, und ich bin ein ehrlicher Mensch.«

Pauline wunderte sich, dass sie ihr das fraglos glaubte. »Das Zimmer ist sehr gemütlich. Ich danke Ihnen«, sagte sie.

Die Hausherrin sah sie einen Augenblick forschend an, dann nickte sie. »Richten Sie sich ein, wie Sie wollen. Hauptsache, es herrscht Ordnung. Abendbrot gibt's in einer Stunde in der

Küche im Haupthaus.« Einen winzigen Moment lang blieb ihr Blick an Paulines Taille hängen, und ihr Mundwinkel zuckte, als sie sagte: »Im Gegensatz zu mir sehen Sie so zierlich aus, als könnte Sie ein Windhauch umstoßen. Anständiges Essen wird Ihnen nicht schaden. Oder sind Sie etwa zimperlich?« Ohne die Antwort abzuwarten, drehte sie sich um und schloss die Tür hinter sich.

Pauline starrte auf die geschlossene Tür. Sprachlos. Schon zum zweiten Mal heute. Doch dann lachte sie kurz auf und ließ sich auf das nächststehende Bett fallen. Die Federn der Matratze ächzten, als sie die Schuhe von den Füßen streifte und sich der Länge nach ausstreckte. Was für eine Wohltat.

Wenn Pauline eines in ihrem bisherigen Leben gelernt hatte, dann war das, den Charakter eines Menschen einzuschätzen. Else Lauer mochte streng in ihren Ansprüchen und forsch im Tonfall sein. Aber allein die Tatsache, dass sie ihr trotz des Vorfalls am Bahnhof das Zimmer vermietete, ließ zumindest einen guten Kern in ihr vermuten. Und sie hatte anscheinend sogar so etwas wie Humor. Kaum zu glauben.

Sogleich fühlte Pauline, wie die Müdigkeit ihren Körper erneut ergriff. Jetzt einfach nur liegen bleiben, die Augen schließen und schlafen. Was für ein herrlicher Gedanke. Wäre da nicht das schmerzhafte Knurren in ihrem Magen gewesen. Sie hatte seit gestern Mittag nichts gegessen.

Also stand sie schwerfällig auf, tapste ohne Schuhe zum Fenster, das direkt nach Westen zeigte. Die Sonne war inzwischen hinter dem kleinen Hügel am Horizont untergegangen. Dahinter lagen der Rhein und das Elsass und nur ein paar wenige Kilometer weiter westlich die Grenze zu Frankreich.

Auf einmal war es, als schnüre ein unsichtbares Band aus Angst Paulines Brust zusammen. Sie hielt sich am Fensterrahmen fest, um nicht zu taumeln, während ihr das laute Pochen ihres Herzschlags in den Ohren dröhnte.

Sie schluckte, mit aller Kraft darum bemüht, gegen das bedrückende Gefühl in sich anzukämpfen. Sie war nie eine ängstliche Person gewesen, das Leben hatte sie früh gelehrt, fest auf eigenen Beinen zu stehen und für ihre Träume zu kämpfen. Umso verwirrender war diese plötzliche Gefühlsduselei.

Sie war in der Hoffnung hierher ins Großherzogtum Baden gekommen, dass sich die Distanz auf diese Weise nicht ganz so unüberwindbar anfühlen würde. Denn irgendwo dort im Westen waren sie jetzt – die zwei Menschen, die sie mehr als ihr eigenes Leben liebte: ihr Verlobter André und nun auch Georg. Dennoch schienen sie beide auf einmal weiter von ihr entfernt als jemals zuvor. Dort im Westen. Dort, wo Krieg herrschte.

Noch nie zuvor in ihrem ganzen Leben hatte sich Pauline so hilflos gefühlt. So verletzlich und allein.

»Nein.« Entschlossen schüttelte sie den Kopf, hob die Schultern und drehte sich mit einem Ruck um. Sie würde sich nicht von der Angst bestimmen lassen. Niemals. Und sie würde auch nicht daran denken, was André und Georg zustoßen könnte.

Rasch packte sie ihren Koffer aus, holte in der bereitstehenden Kanne Wasser aus dem Ziehbrunnen unten im Hof und wusch sich gründlich, ehe sie in ein schlichteres Alltagskleid schlüpfte und hinunter in die Küche zum Essen ging.

Else Lauer stand am Herd und schnitt Brot. Die Frau neben ihr mit dem runden Gesicht, den verschwitzten roten Wangen und dem weißen, um das Haar geschlungene Tuch musste die Köchin sein.

Die Winzerin sah nur kurz von ihrer Arbeit auf, als Pauline eintrat. »Da sind Sie ja. Das ist Selma, unsere Köchin. Ihr Tisch steht dort drüben in der Ecke«, sagte sie und zeigte mit dem Messer erst auf die Frau neben ihr und dann in Richtung eines separat stehenden Tischchens beim Fenster. Ein einzelnes Gedeck lag dort bereit – eine sorgfältig gefaltete Serviette, ein Löffel, ein Glas mit einem kleinen Wasserkrug und eine Vase mit einer roten Geranienblüte.

Auf der anderen Seite des Fensters stand ein langer Holztisch mit zwei Bänken, an dem schon drei Knechte, ein junger Bursche und zwei Mägde saßen. Ein etwa siebzehnjähriges Mädchen mit dem Gesicht voller Sommersprossen schöpfte Suppe aus einem großen Topf in die Teller, hielt jedoch sogleich in ihrem Tun inne, als sie Pauline sah, und starrte sie mit großen Augen an.

Gute Güte, entweder sehe ich tatsächlich so fürchterlich aus, oder das Mädchen ist ängstlicher als ein Reh, dachte Pauline. Einen solchen ersten Eindruck hatte sie jedenfalls noch bei niemandem hinterlassen.

Sie setzte sich an ihren Platz und nickte lächelnd zum Nebentisch. »Guten Abend.«

Sofort wandten sich alle Blicke zu ihr.

»Des isch d'Pauline. De wohnt jetz do in Miete, also benämme eich gfälligschd«, rief die Köchin vom Herd her.

Eine der Mägde winkte Pauline zu. Sie war jung – vielleicht ein paar Jahre jünger als sie selbst – und von kleiner, aber stämmiger Gestalt mit breiten Händen, die zweifellos zupacken konnten. Das dichte weizenblonde Haar hatte sie zu Zöpfen geflochten und in einem Kranz um den Kopf gelegt. Ihre Augen leuchteten keck, während sie lächelte. Ihre von der Arbeit im Freien gebräunten Pausbacken erinnerten Pauline unweigerlich an die Putten, die die Kandelaber auf dem Pont Alexandre III in Paris zierten.

»Lassen Sie sich nicht von den Hofangestellten stören.« Frau Lauer stellte einen Teller voller dampfender Suppe vor sie hin.

Sogleich drang Pauline der köstliche Geruch von Brühe in

die Nase, und ihr Magen knurrte erwartungsvoll. »Machen Sie sich meinetwegen keine Umstände«, erwiderte sie. »Es würde mir auch ganz und gar nichts ausmachen, am gleichen Tisch zu sitzen. Wirklich. Das wäre sowieso viel einfacher.«

Kurzerhand stand sie auf und nahm ihren Teller.

»Aber, das geht doch nicht«, wandte die Winzerin ein. Ihre Miene zeigte völlige Verwirrung.

Pauline ging zielstrebig an ihr vorbei und trat an den großen Tisch der Hofarbeiter heran. »Warum denn nicht? Das Essen ist dasselbe. Der einzige Unterschied ist der, dass ich dafür bezahle, während die Mägde und Knechte dafür arbeiteten.« Sie schaute in die Runde und fuhr fort: »Macht es euch etwas aus, wenn ich mich zu euch an den Tisch setze? Allein zu essen, ist nämlich fürchterlich trostlos.«

Im ersten Moment blickten die Mägde und Knechte sie verdattert an. Das junge Mädchen mit den Sommersprossen ließ vor Schreck den Löffel in den Topf fallen, sodass überall auf dem Tisch Suppenspritzer landeten.

»Hier, setz dich«, sagte die junge Frau mit den blonden Haaren schließlich und rückte ein Stück beiseite.

Else Lauer stand derweil noch immer mit gerunzelter Stirn da, als würde sie die Welt nicht mehr begreifen. Dann drehte sie sich mit einem entrüsteten Schnauben, aber ohne ein weiteres Wort um, nahm sich einen Teller Suppe und ein Stück Brot und verließ die Küche.

Pauline sah ihr nach und seufzte in Gedanken auf. Verflixt, wenn sie doch nur nicht immer so spontan wäre. Jetzt hatte sie es schon am ersten Abend fertiggebracht, ihre Zimmerwirtin zu verärgern.

»Keine Sorge.« Als hätte sie ihre Gedanken gelesen, schnalzte die blonde Magd mit der Zunge und senkte ihren Löffel wieder in die Suppe. »Die Herrin isst immer allein.« Mit gespitzten Lippen blies sie auf die dampfenden Flädlestreifen. »Ich bin übrigens die Leni«, sagte sie dann, ehe sie geräuschvoll die Brühe von ihrem Löffel schlürfte. Noch immer kauend deutete sie mit dem Kinn auf die anderen Leute am Tisch. »Und das sind Helmer und Guscht, sie kümmern sich um die Wingerte.« Sie griff nach dem Weinkrug auf dem Tisch und wollte Paulines Glas auffüllen.

Doch diese kam ihr rasch zuvor, bedeckte das Glas mit der Hand und erklärte: »Nein danke, Wasser reicht völlig.« Wingerte? Ob damit die hiesigen Weinberge genannt wurden? Pauline hatte ihrer Lebtag noch nie mit Weinbau zu tun gehabt, aber sie kannte zumindest den Begriff ›Wengerter‹. So nannte man daheim in Tübingen die Besitzer von Weingärten.

Mit einem Schulterzucken füllte die Magd das eigene Glas, ehe sie den Krug weiterreichte. »Da drüben sitzt unser weiser Hannes. Er ist verantwortlich für Stall, Hof und Forst und auch für die Tagelöhner.« Die Angesprochenen blickten nur kurz von ihren Tellern auf, nickten Pauline zu oder brummten zur Begrüßung. Hannes war der Älteste der drei, sein Haar und der dichte Bart hatten bereits die Farbe von Granit. Helmer und Guscht hingegen mochten zwar keine Jungspunde mehr, doch allerhöchstens um die dreißig Jahre alt sein. Mit seiner sehnigen Gestalt überragte Helmer alle am Tisch um einen ganzen Kopf, während Guschts Schultern so breit waren, dass sie ein Joch hätten tragen können.

»Und der junge Gockel hier heißt Toni. Er ist der Stallbursche.« Kichernd wuschelte Leni mit der Hand durch das Haar des Jungen. »Nimm dich bloß vor ihm in Acht, er hält sich für besonders schlau und stibitzt uns am Waschtag immer die Unterröcke von der Leine.«

»Stimmt gar nicht«, gab Toni entrüstet zurück. Dabei wurden

seine Ohren so rot wie Mohnblumen, während rundum alle lachten. Sogar die Köchin Selma.

»Mein Name ist Dorle«, rief die Frau neben Leni und streckte Pauline über den Tisch hinweg die Hand entgegen. Ihr Händedruck war fest, was zu ihrer Erscheinung passte – ihrer hageren Statur, dem ernsten Gesicht mit den dünnen Lippen und den buschigen, streng wirkenden Augenbrauen. Sie musste schon etwas älter sein, vielleicht um die fünfunddreißig, schätzte Pauline. Das Leben aus harter Arbeit hatte tiefe Falten auf ihre Stirn und in die Augenwinkel gegraben. In ihrem nussbraunen Haar war jedoch noch kein einziger grauer Faden zu sehen. Im Gegensatz zu Leni hatte sie das Haar straff zurückgekämmt und einen einzelnen Zopf am Hinterkopf zu einem schneckenförmigen Dutt gewickelt, was ihrem Aussehen noch mehr Härte verlieh.

»Unser scheuer Rotschopf da ist Emma«, sagte Leni und deutete auf die junge Küchenmagd mit den Sonnensprossen.

Pauline lächelte sie an, doch das Mädchen zuckte sogleich zusammen, als hätte sie sich am heißen Topf verbrannt, machte auf dem Absatz kehrt und flüchtete zurück an den Herd.

»Sie ist zu allen Fremden so«, flüsterte Leni ihr zu. »Sie hat nicht alle Tassen im Schrank, meint es aber nicht böse.« Zur Verdeutlichung ihrer Worte zeichnete sie mit dem Zeigefinger neben ihrer Schläfe kleine Kreise in die Luft. Als wäre damit alles Nötige gesagt, senkte sie den Kopf wieder über ihren Teller und schlürfte weiter.

Was das Essen anging, so hatte die Hausherrin wirklich nicht übertrieben. Die Flädlestreifen in der Suppe waren fast fingerdick und mit Petersilie gewürzt. Es war außerdem lange her, dass Pauline eine so herzhafte Fleischbrühe gegessen hatte. Dazu gab es Brot mit Schmalz und Käse.

Völlig erschöpft, aber satt sank sie an jenem Abend in ihr Bett

Ein letzter Blick auf die gerahmte Fotografie auf dem Nachttischchen. Ein Selbstporträt von André.

Sachte fuhr sie mit dem Zeigefinger den Linien seines Gesichts nach. Dem markanten Schwung seiner Wangen. Seinen Lippen, die sich im Anflug eines Lächelns kräuselten. Am meisten liebte sie seine Augen. Sie waren von einem solch hellen Wassergrau, wie sie es noch nie zuvor gesehen hatte.

»Hab keine Angst, *mon cœur*. Wir werden uns bald wiedersehen«, hatte er ihr beim Abschied auf dem Bahnsteig in der Gare de Lyon zugeflüstert und sie dann ein letztes Mal geküsst. Gott, seither schien eine Ewigkeit vergangen zu sein.

Pauline schloss die Augen und hielt das Gesicht des Liebsten mit aller Kraft in Gedanken fest. Jedes seiner Lachfältchen, den dunklen Bogen seiner Augenbrauen und die zwei Furchen dazwischen, die ihn jedes Mal so ernst scheinen ließen, wenn er sich bei seiner Arbeit konzentrierte. Seinen Geruch nach Bergamotte, Moos und Fixiermittel.

»Bleib am Leben. Bitte bleib am Leben. Für mich – für uns.« Ein geflüstertes Gebet, das in der Dunkelheit der Nacht verhallte.

Mit der einen Hand am Bild ihres Verlobten und der anderen schützend auf ihren Bauch gelegt, schlief Pauline ein. Ja, bald würde sie ihn wiedersehen.

Doch dann kam der Krieg bis fast vor die Tore Freiburgs.

Artikel der Titelseite des Morgenblatts der *Freiburger Zeitung*, Dienstag, 11. August 1914

Das Gefecht bei Mülhausen

Berlin. Amtlich wird über das Gefecht bei Mülhausen berichtet: Der von Belfort ins Oberelsass bis Mülhausen vorgedrungene Feind, anscheinend das VII. französische Armeekorps und eine Infanterie-Division der Besatzung von Belfort, wurde heute von unseren Truppen aus seiner verstärkten Stellung westlich von Mülhausen in südliche Richtung zurückgeworfen. Die Verluste unserer Truppen sind nicht erheblich, die der Franzosen dagegen groß.

Nach einer ebenfalls aus amtlichen Quellen schöpfenden ergänzenden Meldung der Telegraphen-Union wurde der Feind gestern Abend von uns angegriffen, heute Vormittag aus den verschanzten Stellungen herausgeworfen und total geschlagen.

Artikel der Titelseite des Morgenblatts der *Freiburger Zeitung*, Donnerstag, 13. August 1914

Die Gefechte an der deutschen Westgrenze

Berlin. Bei Mülhausen nahmen die deutschen Truppen zehn französische Offiziere und 513 Mann gefangen; außerdem erbeuteten sie vier Geschütze, zehn Fahrzeuge und eine große Anzahl Gewehre. Der deutsche Boden ist vom Feind gesäubert.

Bei Lagarde (Lothringen) machen die Deutschen über 1 000 unverwundete Kriegsgefangene, das heißt ein Sechstel der beiden am Gefecht beteiligten französischen Regimenter.

Artikel der Titelseite des Morgenblatts der *Freiburger Zeitung*, Donnerstag, 19. August 1914

Siegreiche Gefechte gegen Frankreich

Berlin. Bayerische und badische Truppen schlugen bei Weiler, 15 km nordwestlich von Schlettstadt, die bis dahin vorgedrungene 55. französische Infanteriebrigade, brachten ihr schwere Verluste bei und warfen sie über die Vogesen zurück.

Eine japanische Note an Deutschland

Berlin. Der hiesige japanische Geschäftsträger übermittelte im Auftrag seiner Regierung dem Auswärtigen Amte eine Note, worin unter Berufung auf das englisch-japanische Bündnis der sofortige Rückzug der deutschen Kriegsschiffe aus japanischen und chinesischen Gewässern oder die Abrüstung dieser Schiffe, ferner bis zum 15. September die bedingungslose Übergabe des gesamten Pachtgebietes Kiautschou an die japanischen Behörden und unbedingte Annahme dieser Forderung bis zum 23. August verlangt wird.

Französische Brieftaubenstation in Baden?

Stuttgart. Das königliche Generalkommando gibt hiermit bekannt, dass bei Andernach eine französische Brieftaube abgefangen wurde, die genaue Angaben über deutsche Truppentransporte beförderte. Württemberg, vielleicht auch Baden kommen sehr wahrscheinlich als Auslassungsort in Betracht. Es besteht die Möglichkeit, dass mehrere französische Brieftaubenstationen in genannten Gebieten in Betrieb sind.

4 – Im Schein der Laternen

25. August 1914, Freiburg, Militärlazarett in der Hildaschule

»Schwester. Aufwachen.«

»Was?« Helene schreckte aus dem Tiefschlaf auf, als sie das vorsichtige Rütteln an der Schulter spürte.

Sogleich schoss ein stechender Schmerz in ihre rechte Nackenseite. Das aufgeschlagene Buch auf ihren Knien fiel raschelnd zu Boden.

Sie blinzelte schlaftrunken und versuchte, sich zu orientieren. Dann erkannte sie das runde Gesicht des Krankenwärters über sich. »Oh, Sie sind es, Josef. Entschuldigen Sie, ich war eingeschlafen.«

Die Wangen des älteren Mannes blähten sich, während er lächelte. »Das sehe ich.« Sogleich wurde seine Miene wieder ernst, und er richtete sich auf. »Ich hatte Ihnen doch eigens die Liege hingestellt, damit Sie mir nicht immer auf dem Stuhl einschlafen.«

Erst jetzt wurde sich Helene endgültig bewusst, wo sie sich befand. Nicht nur der Nacken schmerzte, sondern auch ihr Rücken, und vom langen Sitzen auf dem Holzstuhl prickelte es unangenehm in ihrem linken Bein.

Der Geruch nach Kampfer und ausgekochten Baumwollstoffbinden drang ihr in die Nase. Auf dem Kistenstapel neben ihr brannte noch immer das Petroleumlämpchen und erhellte den kleinen Raum der Vorratskammer. Mit Tiegeln, Flaschen und Verbandsstoff gefüllte Regale bedeckten drei der Wände. Eingequetscht zwischen Tür und Stuhl stand eine Pritsche am Boden. Eine ordentlich zusammengefaltete Decke lag dort unberührt neben einem Kissen bereit.

Sie hatte nur noch ein paar Zeilen lesen wollen, um die Gedanken zu beruhigen. Daran erinnerte sich Helene noch, bevor ….

Sie sprang auf, ignorierte dabei den Schmerz in den verkrampften Muskeln. »Wie spät ist es?«

»Kurz nach halb vier«, erwiderte Josef. »Ich habe Sie so lange wie möglich schlafen lassen, aber der Zug aus dem Zwischenlager in Kolmar soll in einer Viertelstunde ankommen.«

»Danke, Josef. Ich bin gleich so weit.« Eilig drehte sie dem Krankenwärter den Rücken zu und sah zur Wand. Aus dem winzigen Spiegel, der kaum größer war als eine Handfläche, blickte ihr ein müdes Gesicht mit tiefschwarzen Ringen unter den Augen entgegen. Kein Wunder, sie hatte gerade mal drei Stunden Schlaf gefunden. Und gleich kam ein neuer Lazarettzug voller verwundeter Soldaten von der Front an.

Auf der Kiste neben dem Lämpchen stand ein Emaillebecken mit frischem Wasser, daneben lag ein Tuch zum Abtrocknen. Josef musste ihr das hingestellt haben.

Sie lächelte. Lieber guter Josef.

Das Wasser war zwar lauwarm, aber es reichte für eine kleine Erfrischung. Kurz schloss Helene die Augen und tätschelte sich die Wagen in der vagen Hoffnung, die Müdigkeit so endgültig zu vertreiben.

Dann rasch die Haarkamme richten sowie den gestärkten Kragen der blau-weiß gestreiften Schwesterntracht. Oberteil und Rock waren zerknittert. Sie hätte Letzteren doch besser ausgezogen. Das kam davon, wenn man vor Erschöpfung nachlässig wurde.

An der Manschette der rechten Hand klebte noch immer ein kleiner Blutfleck. Der stammte von gestern, als sie die Wunde eines neu angekommenen Soldaten frisch verbunden hatte. Kurzerhand krempelte Helene beide Ärmel bis zur Mitte des Unterarms auf, ehe sie nach einer sauberen Schürze aus einem Stapel im Regal griff. Die vorgeschriebene Schleife am Rücken band sie inzwischen schon blind. Mit zwei Haarklammern steckte sie sich noch die weiße, gestärkte Haube fest. Fertig.

Ein letzter Blick auf die am rechten Schürzenträger befestigte Uhr. Noch zehn Minuten bis vier.

Eilig trat sie aus der Vorratskammer in den Flur und ging vorbei an der Teeküche und den offenen Türen der Bettenzimmer. Hier, in den ehemaligen Unterrichtsräumen im Erdgeschoss der Hildaschule, lagen die Schwerstverwundeten. Je leichter die Verletzung, desto höher das Stockwerk. Die ganz oben im dritten Stock Untergebrachten standen entweder kurz vor der Entlassung, oder ihre Verletzungen erlaubten ihnen, die Treppen selbstständig hochzusteigen.

Wie in jedem Stock saß auch hier ein Wachmann auf einem Stuhl im Gang. Wortlos nickte er Helene zu.

Im Vorübergehen glitt ihr Blick über die Bettenreihen in den Zimmern. Das Lazarett in der Hildaschule war eines der vergleichsweise kleineren Ortslazarette Freiburgs. Rund hundert Betten standen in dieser Abteilung bereit. Zweihundertfünfundachtzig in einundzwanzig Zimmern waren es insgesamt. Davon waren inzwischen fast alle belegt. Wenn das so weiterginge, würden sie weitere Nebenräume frei machen und Betten in die Gänge stellen müssen.

Im Licht der Petroleumlampen sah sie die schlafenden Gestalten der Männer, von denen viele mit ihren von dicken Verbänden umwickelten Körpern kaum mehr als solche zu erkennen waren.

Sofort drang ihr der Geruch von Äther in die Nase. In den Zimmern schien alles ruhig. Bis auf die Schnarchgeräusche und gelegentliches Stöhnen war nichts zu hören.

Als sie den Haupteingang erreichte, sah Helene, dass die beiden anderen für den Frühdienst eingeteilten Pflegeschwestern und Josef mit einer Gruppe Krankenwärter bereits dort warteten.

»Noch nichts?«, fragte sie und trat zu den Schwestern, die dieselbe Uniform trugen wie sie. Nur waren sie rund zehn Jahre jünger und kamen direkt aus der Schwesternschule des Roten Kreuzes.

»Nein, noch nichts«, antwortete eine der beiden. Ihr Name war Ernestine – kurz Stine genannt. Ein auf den ersten Blick zart und schüchtern wirkendes Geschöpf, doch wer sich von diesem Anschein trügen ließ, wurde spätestens dann eines Besseren belehrt, wenn es darum ging, die Hände der vorwitzigen Patienten abzuwehren. Helene hatte noch nie zuvor eine Frau so kernig auf Hessisch fluchen hören, denn Stine kam ursprünglich aus Frankfurt.

Die junge Schwester neben Stine schüttelte den Kopf. »Ich schätze, der Zug ist eben erst im Bahnhof eingefahren.« Das war Greta. Sie gehörte zu jenen Menschen, die in einer Menge kaum jemandem auffielen, weil sie so unscheinbar waren. Diesen Makel, wenn man es überhaupt als solchen bezeichnen konnte, machte die junge Münchnerin mit Arbeitseifer wett. Sie war stets die Erste bei Dienstantritt und fand Arbeit, wo andere nicht einmal danach suchten.

Alle in der Gruppe drehten sich um, als zackige Schritte zu hören waren und der groß gewachsene, weißhaarige Mann mit der Uniform unter dem Ärztekittel aus dem Gang trat. Professor Doktor Arthur Faller, der Oberstabsarzt des Lazaretts in der Hildaschule.

In Gedanken atmete Helene auf. Ein Glück, dass *er* heute Nacht Aufsichtsdienst hatte. Das bedeutete, dass sie ohne zusätzliche Hindernisse arbeiten konnten. Faller war zwar strikt in seinen Anweisungen, aber sobald man ihn von deren genauer Ausführung überzeugte, mischte er sich, ganz im Gegensatz zu den anderen Lazarettärzten, nicht ständig in die Behandlung der Patienten ein.

»Guten Morgen, Herr Professor.« Sie knickste zur Begrüßung. Stine und Greta taten es ihr gleich.

»Morgen. Ich bezweifle allerdings, dass er gut wird«, gab Faller zurück. In seinen Worten lag keinerlei Vorwurf, nur unverblümte Offenheit. Eine weitere der Eigenheiten, die Helene während der vergangenen Wochen an ihm schätzen gelernt hatte.

Trotz seines Alters trat er in Soldatenmanier vor die Gruppe und ließ den Blick über die Runde gleiten, ehe er die Brille von der Nase nahm und sie sich am Zipfel seines Kittels sauber rieb. Ungeachtet der unchristlichen Tageszeit saß seine Uniform perfekt. Sein Bart war gekämmt, sein sonst stets tadellos frisiertes Haar jedoch am Hinterkopf zerzaust. Man hatte ihn wohl ebenfalls gerade erst aus dem Bett gerissen.

»Die Linienkommandantur hat einen Lazarettzug mit insgesamt vierhundert Verletzten gemeldet. Hoffen wir, dass sie es dieses Mal schaffen, die Verteilung richtig zu organisieren«, erklärte der Oberstabsarzt mit ruhiger, befehlsgewohnter Stimme und sprach damit zugleich eine der Befürchtungen aus, die alle beschäftigten.

Denn niemand, wahrscheinlich nicht einmal die Oberste Heeresleitung, hatte mit einem solchen Massaker gerechnet, wie es seit

Kriegsbeginn auf sämtlichen Schlachtfeldern sowohl im Osten als auch an der Westfront stattfand. Die Listen der Gefallenen in den Zeitungen wurden von Tag zu Tag länger. Und damit auch die Zahl der Verletzten, die zurück in die Heimat transportiert werden mussten, weil die Feld- und Etappenlazarette in Frontnähe die Massen an Verwundeten nicht mehr bewältigen konnten.

Die Anzahl der Lazarette, die deshalb nur schon im vergangenen Monat im gesamten Reich im Auftrag der Heeresleitung aus dem Boden gestampft worden waren, belief sich auf die Tausende. Allein in Freiburg waren es inzwischen bereits deren fünfzehn, und weitere standen in Planung.

Exerzierhäuser, Turnhallen, Schulgebäude, Brauereien, Festsäle … Jeder großflächige, trockene Platz war gut genug, um die dreitausend bisher in der Stadt angekommenen Kriegsversehrten unterzubringen. Wobei sämtliche Krankeneinrichtungen – egal ob Feld-, Etappen- oder Heimatlazarett – dem militärischen Heeressanitätswesen unterstellt waren und von diesem befehligt und verwaltet wurden.

Doch auch, was das anbelangte, waren die militärischen Stellen mit der riesigen Aufgabe des Transports und der Verteilung Hunderttausender Patienten überfordert. Allen Bemühungen zum Trotz war es schier unmöglich, den Überblick über alle Lazaretteinrichtungen und deren Bettenverfügbarkeit zu behalten. Aus diesem Grund hatten sie erst vorgestern in der Hildaschule vierundvierzig Versehrte aufgenommen, nachdem diese in dem ursprünglich zugeteilten Garnisonslazarett keinen Platz mehr gefunden hatten.

Der fehlende Platz war dabei nicht einmal das einzige Problem: Helene erinnerte sich nur ungern an den Tag vor einer Woche, als die Lieferung von Äther aufgrund eines organisatorischen Engpasses schon wieder nicht pünktlich eingetroffen war. Das kam mittlerweile nur allzu oft vor. In Gedanken hörte sie noch immer die Schreie der armen Seelen, die ohne Betäubungsmittel hatten operiert werden müssen.

Die Ankunft eines Lazarettzugs war daher wie eine Art makabre Lotterie. Trotz der Vorabmeldungen konnte niemand mit Sicherheit vorhersagen, was einen erwartete.

»Sobald die Wagen ankommen, wissen Sie, was zu tun ist. Bleiben Sie ruhig, und handeln Sie überlegt«, sagte Professor Faller in die Runde, ehe er den Kopf in Helenes Richtung wandte. »Schwester Helene, Sie übernehmen mit mir zusammen die Ersteinschätzung.«

Augenblicklich fühlte sie, wie sich ihr Herzschlag beschleunigte.

Bevor sie jedoch etwas darauf erwidern konnte, hatte der Professor sich bereits umgedreht und stieß die Türflügel auf.

Mit aller Kraft darum bemüht, sich nichts von ihrer Aufregung anmerken zu lassen, nahm Helene eine der Laternen, die Greta ihr reichte, und folgte den anderen nach draußen.

Es war nicht das erste Mal, dass Professor Faller ihr ein gewisses Maß an Verantwortung übertrug. Von allen Krankenschwestern in der Hildaschule war sie schließlich diejenige mit der längsten medizinischen Erfahrung. Dabei hatte es sich jedoch bisher immer um Kleinigkeiten wie die Überwachung einer Wunddrainage gehandelt. Ein Fehler in einer Ersteinschätzung konnte hingegen fatale Folgen haben und über Leben oder Tod eines Verwundeten entscheiden.

Nicht, dass sie an ihren eigenen Fähigkeiten zweifelte – sie hatte genug Erfahrung, um sich das durchaus zuzutrauen. Aber was, wenn das nur ein Vorwand war, um sie zu einem Fehler zu verleiten, über den dann unverzüglich Robert in Kenntnis gesetzt wurde?

In respektvollem Abstand stellte sich Helene auf der Eingangstreppe hinter Professor Faller. Die frühe Morgenluft war erfrischend kühl und roch nach Tau. Ein wahrer Segen nach den vergangenen Tagen, in denen sich die schwüle Hitze angestaut hatte.

Von Weitem konnte sie das Klappern von Hufen auf Pflastersteinen hören. Es gab zwar in Freiburg inzwischen einige motorisierte Sanitätsfahrzeuge, jedoch längst nicht genug, um alle Verletztentransporte zu übernehmen. Viele Verwundete wurden deshalb noch immer mit Pferdekarren vom Bahnhof in die Lazarette gebracht.

Helene schloss kurz die Augen, holte tief und lange Atem, fühlte das erwartungsvolle Kribbeln auf der Haut.

Während der letzten Wochen hatte sie viel dazugelernt. Es war erstaunlich, wie rasch man sich an etwas zuvor Unfassbares gewöhnen konnte. Wie schnell man Tatsachen aus purer nüchterner Notwendigkeit zu akzeptieren begann, um sich selbst gegen die dahinterliegende Brutalität abzuschotten. Gegen all die Dinge, die sie seither gesehen hatte. Verletzungen, die weit jenseits ihrer Vorstellungskraft lagen. Und die meisten der Männer waren noch so jung.

Das Hufgeklapper wurde immer lauter.

Helene fühlte, wie sich ihr Herzschlag mit einem Mal beruhigte. Mit jedem Atemzug wurden ihre Gedanken klarer. Als ob ihr Verstand nach und nach die Kontrolle über ihren Körper übernehmen und die Emotionen irgendwo tief in ihr vergraben würde. So fühlte es sich immer an, wenn sie sich für die kommende Arbeit wappnete. Ein letzter Moment der Besinnung. Ein letzter Augenblick des Kräftesammelns.

»Da sind sie«, hörte sie Professor Fallers Stimme und sah auf.

Vier von Planen bedeckte Pferdewagen. Auf jeder Wagenseite war ein rotes Kreuz auf weißem Grund aufgemalt.

Josef und die restlichen Krankenwärter waren bereits unten an der Treppe zur Stelle, ehe die Pferde zum Stehen kamen.

»Wir haben zwanzig Mann dabei«, rief der Fahrer des ersten Karrens und sprang vom Bock herunter. »Ein paar davon in ziemlich üblem Zustand. Ein Wunder, dass sie es überhaupt bis hierher geschafft haben.«

»Jemand soll Doktor von Lüdow herrufen! Wir brauchen alle verfügbaren Hände«, bellte Professor Faller über die Schulter, während er die Treppenstufen hinuntereilte.

Alle anderen brauchten jedoch weder weitere Befehle noch Zeichen – sie wussten, was sie zu tun hatten: Im Schein der mitgebrachten Laternen rannten sofort jeweils vier Wärter zu einem Wagen, schlugen die Planen zurück.

In jedem Karren waren vier Verletzte auf Krankentragen in die eigens für den Transport gefertigten Eisengestelle geschoben worden. Ein fünfter lag direkt auf der Ladefläche.

Helene hob die Laterne in die Höhe, während sie zu dem letzten Wagen ging und zusah, wie die Wärter den ersten Verletzten aus dem Wagen zogen.

»Vorsichtig. Nicht zu ruckartig. So ist es gut. Lasst mich sehen.« Im Schein der Laterne betrachtete sie den Versehrten, der sie nur stumm anstarrte. Ein Verband war um seine Stirn gewickelt. Wo einmal sein rechter Arm gewesen war, lag nun ein mit blutverschmiertem Verbandsstoff umwickelter Stumpf. An einem Knopf seines Hemds hing ein Zettel mit Rang, Vor- und Zunamen, dem Truppenteil und dem Datum seiner Verwundung: Gefreiter, Krüger Wilhelm, Infanterie-Regiment Nr. 172, 18. August 1914.

Vorsichtig berührte Helene das Gesicht des Verletzten. Seine Haut war warm und feucht, die Augen glänzten vor Fieber, und sein Atem ging keuchend. Sofort drang ihr der faulige Geruch nach Eiter in die Nase.

»Willkommen in Freiburg, Gefreiter Krüger«, sagte sie mit einem sanften Lächeln, während sie den Blick über seinen Körper gleiten ließ und mit der freien Hand dabei wie beiläufig seinen Puls fühlte.

»Verdacht auf Sepsis«, rief sie Greta zu. »Verbände wechseln und Wunden reinigen.« Mehr konnten sie nicht tun, aber das würde sie niemals laut aussprechen. Nicht vor den Verletzten.

Die jüngere Schwester nickte und kritzelte eine Notiz auf einen rosaroten Zettel, den sie dem Gefreiten ebenfalls an den Hemdknopf heftete. Hilflosigkeit gehörte längst zu ihrem Alltag. Denn in die Heimat wurde nur verlegt, wer schwerstverwundet oder ansteckend krank und damit langfristig nicht mehr, falls überhaupt je wieder, kampffähig war. Leichte Verletzungen wurden direkt in den Frontlazaretten verarztet, um den schnellstmöglichen Wiedereinsatz zu gewährleisten.

Schon wandte sich Helene dem nächsten Verletzten zu. Einem Musketier derselben Einheit. Er hatte eine Schusswunde in der Schulter und eine im linken Oberschenkel. Der Einschuss an der Schulter schien das Schlüsselbein zertrümmert zu haben. Er wimmerte vor Schmerzen, doch seine Pupillen reagierten auf das Licht, und sein Puls war kräftig. Keine vordringliche Weiterbehandlung nötig.

Einen nach dem anderen wurden die Soldaten aus den Sanitätswagen geladen. Helene richtete all ihre Sinne auf sie. Tastete vorsichtig. Befühlte, beobachtete und tröstete. Rasch und doch so gründlich wie möglich.

Ganz beiläufig nahm sie wahr, dass inzwischen weitere Wärter hinzugeeilt waren, um beim Hineintragen zu helfen.

Gerade beugte sie sich über einen Verletzten aus dem zweithintersten Wagen, als sie die Männerstimme hinter sich hörte: »Lassen Sie, Schwester. Ich kümmere mich darum.«

Sie trat gerade noch rechtzeitig beiseite, ehe sich der Mann in weißem Kittel vordrängte. Helene hatte ihn bereits an der Stimme erkannt. Kein anderer Arzt hier gab auf so elitäre Art Befehle wie Doktor Viktor von Lüdow es tat.

Gehorsam machte sie einen Schritt zurück, ließ den Arzt passieren. Zu widersprechen, stand ihr nicht zu. Und zu ihrem Erstaunen stellte sie fest, dass das der letzte der Verwundeten des Transports gewesen war.

Aufatmend strich sich Helene eine Haarsträhne aus der Stirn und sah zu, wie die Wärter den Soldaten die Treppe hochtrugen und Doktor von Lüdow zusammen mit Greta und Stine ihnen folgten.

»Ausgezeichnete Arbeit.«

Sie wandte sich um. Im Schein der Laterne erkannte sie Professor Faller, der sie mit ernstem Gesicht betrachtete. Ein Lächeln ließ kurz seinen Bart erzittern. Dann nickte er ihr zu. »Kommen Sie. Es gibt noch einiges für uns zu tun.«

Damit hatte er recht. Denn das war erst der Anfang ihrer Arbeit gewesen. Der eine oder andere Versehrte brauchte eine sofortige Weiterbehandlung. Alle Übrigen mussten ebenfalls versorgt werden. Zwar hatten sich die Frontsoldaten üblicherweise bereits im Etappenlager einer Entlausung unterziehen müssen, um ein Ausbreiten von Ungezieferseuchen einzugrenzen. Sicherheitshalber wurden sämtliche Lazarettzugänge jedoch noch einmal so gut wie möglich gewaschen und in die einheitlichen blau-weiß gestreiften Krankenuniformen gekleidet.

Bei anderen – wie auch dem Gefreiten Krüger – blieb ihnen nichts weiter übrig, als abzuwarten. Die einzige Hoffnung bestand hier im Überlebenswillen des Verletzten und darin, dass sich der Körper selbst zu heilen vermochte. Aus demselben Grund wurden diese Schwerverletzten nach einer ersten Notverarztung an der Front in die Etappenlazarette verfrachtet, wo man sie in der Regel zwei Tage lang warten ließ. Wer während dieser Zeit starb, hätte den Weitertransport mit größter Wahrscheinlichkeit ohnehin nicht überlebt und nur unnötigen Aufwand bewirkt. Auch das hatte Helene inzwischen gelernt.

Als die Sonne aufging, waren alle zwanzig Neuankömmlinge versorgt und in ihren Betten untergebracht. Hier sollten sie nun wieder zur Ruhe kommen und sich von den Strapazen der Front erholen. Die nächsten Stunden und Tage würden alle weiteren Notwendigkeiten zeigen.

Zufrieden ging Helene den Gang entlang und kontrollierte die Bettenzimmer.

Allmählich erwachte der übliche Lazarettbetrieb rundum. Der Duft von frisch aufgebrühtem Kaffee lag in der Luft. Sie hörte das Rattern des kleinen Holzkarrens, mit dem das Frühstück an die Patienten verteilt wurde.

Morgenlicht drang durch die gegen Süden und Osten gerichteten Fenster und fiel auf die erst vor ein paar Tagen neu gestrichenen Wände.

Fast genau zwei Wochen zuvor, am 12. August, hatte das Lazarett in der Hildaschule die Tore geöffnet. Innerhalb von nur vier Tagen war bereits die Hälfte aller Betten belegt gewesen, während zugleich überall noch die letzten Umbauarbeiten stattfanden. Mit viel Mühe und wenig Schlaf hatten sie das Lazarett jedoch seither zu einer einigermaßen betriebstüchtigen Institution gemacht, die insgesamt achtundzwanzig Krankenwärter, Pfleger und Pflegeschwestern sowie drei Ärzte nebst ebenso vielen Assistenzärzten beschäftigte.

Als Zweigstelle des Garnisonslazaretts war die Hildaschule eine rein militärische Anstalt und unterstand somit gänzlich der Militärbehörde. Was wiederum die entsprechend spartanische

Einrichtung erklärte. Immerhin gab es die zwei Tagesräume im Erdgeschoss, die mit einer Bibliothek sowie einem Klavier ausgestattet waren, und in den oberen zwei Stockwerken lag je ein neu eingerichtetes Badezimmer.

»Verzeihung.«

Sofort drehte sich Helene zu der Frauenstimme um und erkannte die Gestalt einer älteren Dame in einem schlichten grauen Kleid mit schneeweißer Schürze. »Oh, Fräulein Faller, Sie sind es.«

Die Angesprochene zwinkerte schelmisch und stieß zugleich ein leises, zufriedenes Glucksen aus. »Habe ich Sie etwa erschreckt?«

Erwina Faller war Professor Fallers Schwester. Sie mochte um die siebzig Jahre alt sein, war angeblich nie verheiratet gewesen und widerlegte mit ihrer unverwüstlichen Fröhlichkeit das Klischee einer alten, vertrockneten Jungfer.

»Ich bringe die Morgenmahlzeiten für unsere besonderen Patienten«, trällerte sie und zeigte auf den dreistöckigen Holzkarren, auf dem mehrere Teller voll mit Haferschleim standen.

Sämtliche Mahlzeiten wurden der Hildaschule in der Regel von der städtischen Volksküche gebracht. Außer denjenigen für die Magenkranken oder Patienten mit speziellen Bedürfnissen. Diese wurden täglich in den drei hauseigenen Teeküchen von einer Gruppe freiwilliger Damen aus der Freiburger Bürgerschaft zubereitet. Erwina Faller war eine davon, und sie übernahm diese Aufgabe immer voller Elan. Das erkannte man an ihrem Gesicht, das stets vor Herzlichkeit strahlte.

Helene kam nicht um ein Lächeln umhin. Man musste diese Frau einfach mögen.

»Wunderbar, vielen Dank«, sagte sie und fasste nach dem Karrengriff. »Überlassen Sie das ruhig mir.«

Doch die Ältere legte die Hand auf ihre. »Sie sehen müde aus, Helene. Geht es Ihnen nicht gut?« Ihre Stimme war leise geworden und das Strahlen auf einmal verschwunden. Stattdessen umwölkte ehrliche Sorge ihren Blick, was die Ähnlichkeit mit ihrem Bruder noch mehr unterstrich.

»Doch, es geht mir ausgezeichnet«, beeilte sich Helene zu antworten. »Wegen der vielen Neuzugänge bekommen wir nicht allzu viel Schlaf, das ist alles.« Das war zwar nur ein Teil der Wahrheit, aber sie würde sich hüten, sich ausgerechnet bei der Schwester des Oberstabsarztes darüber zu beschweren, dass sie und die anderen Pflegeschwestern seit einer Woche keinen eigenen Schlafplatz mehr hatten.

Ja, es war vor allem diese Situation, die ihnen allen zu schaffen machte. Zu Beginn hatte sich Helene mit Stine, Greta und den übrigen drei Schwestern ein Zimmer oben im dritten Stock des Nordtrakts geteilt. Der Raum war zwar klein gewesen, hatte ihnen aber zumindest eine Rückzugsmöglichkeit geboten. Mit dem unerwarteten Anstieg der Patientenzugänge hatte die Lazarettverwaltung keine andere Wahl gehabt, als sie auszuquartieren. Die Verletzten von der Front benötigten die Betten schließlich viel dringender als das Pflegepersonal. Seither kamen sie alle unter, wo sie gerade Platz fanden, und wenn es auch nur auf einer Pritsche in der Vorratskammer war.

Doch Fräulein Faller schien nicht überzeugt. Sie schüttelte streng den Kopf. »Ich meine es ernst. Vor lauter Aufopferung scheinen Sie völlig zu vergessen, dass Sie sich auch um sich selbst kümmern müssen. Ich werde mit meinem Bruder sprechen.«

»Das ist sehr nett, aber nicht nötig. Wirklich«, wandte Helene eilig ein und schob den Karren in Richtung der nächsten Zimmertür. Dort drehte sie sich noch einmal zu der älteren Dame um und setzte ein entschuldigendes Lächeln auf. »Bitte verzeihen

Sie, aber ich sollte das Essen verteilen, solange es noch warm ist.« Damit betrat sie das Bettenzimmer, inständig hoffend, dass sie nicht zu unhöflich gewesen war.

Sie wusste nicht einmal, ob der Professor überhaupt von ihrer Lage Kenntnis hatte. Er kümmerte sich um die medizinische und geschäftliche Leitung. Die Verwaltung lag in den Händen des Lazarettinspektors, einem gewissen Herrn Thaler. Den hatte Helene jedoch bisher nur ein einziges Mal kurz durch die Gänge laufen sehen.

So oder so vermieden es die jüngeren Schwestern tunlichst, den Missstand zu melden, aus Angst, dass es sich womöglich mit einem negativen Vermerk in ihren Arbeitsreferenzen auswirken könnte. Und sie, Helene … Eher würde sie stehend hinter einem Schrank schlafen, als dass sie Robert einen Vorwand lieferte, um sie von hier wegzubringen. Oder noch schlimmer, dass er ihr den Kontakt zu Christian verbot.

Zusammen mit zwei Wärtern verteilte sie die Schüsseln. Manche Patienten konnten inzwischen wieder eigenhändig essen, andere brauchten Hilfe dabei.

Manchmal kam es auch vor, dass die Männer die Hilfe des Pflegepersonals strikt ablehnten. Wohl aus Scham nahm Helene an, vielleicht sogar aus Misstrauen. Es schien ihnen leichter zu fallen, wenn ihnen stattdessen ein Kamerad den Brei einflößte. So kam es oft vor, dass sich die Patienten gegenseitig halfen. Als ob zwischen Soldaten, die dasselbe Los teilten, ein unsichtbares Band bestünde. Eine Art Bruderschaft, die Außenstehende niemals nachvollziehen könnten.

Als Helene mit der Schale in der Hand zum nächsten Patientenbett trat, merkte sie sofort, dass etwas nicht stimmte. Es war einer der Verletzten, die heute Morgen angekommen waren. Der Verband am Kopf war verrutscht. Sein Gesicht war bleich, fast wächsern und bedeckt mit kaltem Schweiß, während er unruhig die Beine bewegte.

Sofort stellte sie die Schüssel auf dem Nachttisch ab, sah auf die Schiefertafel über dem Bett. Wie bei allen anderen Verletzten auch waren auf dieser Name, Dienstgrad, Truppenteil und das Zugangsdatum erfasst. Darunter waren auf einer handgeschriebenen Liste Informationen über die Art der Verwundung, die verschriebene Verköstigung sowie Puls- und Temperaturmessungen notiert.

Steinmüller Eugen, Kanonier stand dort. Er war einer der Verletzten, die Doktor von Lüdow eingewiesen hatte. Helene erkannte dessen Schrift.

Offene Platzwunde an Kopf hinten, Prellung an Rücken, Schulter und Bauchbereich links.

Doch sowohl Temperatur als auch die Pulsmessung waren unauffällig gewesen.

Der Verletzte stöhnte laut auf.

»So geht das schon eine ganze Weile«, meldete sich der Mann aus dem Nebenbett zu Wort. »Hat wohl ganz schöne Schmerzen, der arme Kerl.«

Helene beugte sich tiefer über den Verwundeten, strich ihm mit der einen Hand über die klamme Haut an seiner Wange. Mit der anderen griff sie an sein Handgelenk. Sein Puls raste. »Soldat Steinmüller, können Sie mir sagen, wo genau die Schmerzen sind?«

Er riss keuchend die Augen auf. »Mein Bauch. Gott im Himmel, mein Bauch.«

Sie schlug die Decke zurück, schob das Hemd hoch und erstarrte, als sie den dunkelblauen Bluterguss an seinem linken Oberbauch sah.

Auf den ersten Blick schien es tatsächlich eine Prellung zu sein.

Aber diese verursachten keine solchen Schmerzen. Und auch keinen schockähnlichen Zustand.

So vorsichtig wie möglich berührte sie die Stelle, fühlte die harte Bauchdecke.

Sogleich stöhnte der Verletzte erneut auf.

»Ruf Professor Faller und Doktor von Lüdow! Schnell!«, rief sie dem nächststehenden Krankenwärter zu, ehe sie sich wieder an den im Bett Liegenden wandte: »Ich fürchte, Sie haben weit mehr als nur eine Prellung am Bauch.« Sie fasste nach seiner Hand. »Keine Angst, wir kümmern uns um Sie. Es wird alles gut.«

Es schien eine Ewigkeit zu dauern, bis die beiden Ärzte endlich das Zimmer betraten.

»Der Patient zeigt Unruhe und Anzeichen eines Schocks. Sein Puls ist erhöht«, rief sie ihnen zu. »Die blessierte Stelle am Oberbauch ist hart und druckempfindlich. Ich vermute eine Milzruptur mit einer möglichen intraabdominalen Blutung.«

»Bei einer Prellung ist Druckempfindlichkeit völlig normal.« Doktor von Lüdow verwarf den Einwand mit einem Kopfschütteln, ehe er die Hände hinter dem Rücken verschränkte und Helene mit hochgezogenen Augenbrauen musterte.

Er war ein Mann in den besten Jahren. Nicht allzu groß, jedoch mit einem athletischen Körperbau. Die seltsam lang gezogene Form seines Gesichts wurde durch den spitz zulaufenden Kinnbart noch verstärkt. Schon seit sie ihm zum ersten Mal begegnet war, fand Helene, dass er mit seinem straff nach hinten gekämmten Haar und dem auffällig herzförmigen Haaransatz einem Frettchen glich.

»Ihr Eifer in allen Ehren, Schwester, aber hätten wir es hier wirklich mit einer Milzruptur und inneren Blutungen zu tun, wäre der Mann längst tot«, schloss er und lächelte gönnerhaft. Während seiner ganzen Ausführung hatte er den Verletzten keines einzigen Blickes gewürdigt. Nur Professor Faller beugte sich zu dem Patienten hinunter, prüfte sowohl dessen Pulsschlag als auch den Bluterguss an seinem Oberbauch.

Helene schüttelte indes energisch den Kopf, während sie sich zugleich um Mäßigung mühte. Einem Arzt zu widersprechen, könnte Folgen haben. Folgen, über die sie gar nicht nachdenken wollte. Robert könnte davon erfahren.

Christian.

Sie sollte schweigen, sie war nur eine Pflegekraft, was kümmerte es sie?

Doch sie verfluchte ihre verräterischen Skrupel aus tiefster Seele, als sie sagte: »Die Symptome einer Milzruptur können sogar erst nach Tagen auftreten.« Wie konnte ein so selbstherrlicher Mensch überhaupt Arzt sein? »Die Schmerzen, der rasende Puls, die harte Bauchdecke«, versuchte sie es erneut. Irgendjemand musste ihr doch zuhören. »Alle Anzeichen sprechen da...«

»Schwester Helene hat recht.« Professor Fallers Stimme brachte sie augenblicklich zum Schweigen.

Und mit einem Schlag war die Hektik im ganzen Raum zu spüren, als er den Wärtern zurief: »Eine Trage! Schnell! Der Mann muss umgehend operiert werden. Und Sie ...« Noch im Umdrehen sah er Helene an. »... Sie werden mir dabei assistieren.«

5 – Pflichten

25. August 1914, Sankt Georgen, auf dem Weg zur Straßenbahn in Haslach

Pauline schritt entschieden voran. Inzwischen kannte sie jedes Grasbüschel, jeden Strauch und jedes Mäuerchen auf dem Weg zur Haltestelle der Straßenbahn in Haslach. Wie sie inzwischen erfahren hatte, gab es sogar einen Zug, der normalerweise zweimal täglich zwischen Freiburg und dem südlicher gelegenen Schliengen verkehrte und in Sankt Georgen Halt machte. Der Bahnhof lag auch nur einen Steinwurf vom Lauerer Winzerhof entfernt. Doch während des geltenden Kriegsfahrplans waren die Zugverbindungen im Reich erst seit ein paar Tagen und nur auf vereinzelten Strecken wieder aufgenommen worden.

Die warmen Strahlen der Morgensonne versprachen einen weiteren heißen Tag. Die Luft roch nach trockenem Gras und Hühnermist. Der Himmel strahlte in gleißendem Blau, nur am Horizont im Norden tummelten sich ein paar Wölkchen. Ein kleines Mädchen trieb zwei weiße Ziegen vor sich her über die Straße. Weiter vorne lagen zwei Hunde faul im Schatten und hoben nicht einmal die Köpfe, als ein Pferdegespann neben ihnen vorbeiratterte.

Wüsste man es nicht besser, hätte man das Bild für friedvoll und idyllisch halten können. Fast, als wäre hier in diesem bäuerlichen Ort vor den Toren Freiburgs alles beim Alten geblieben.

Doch Pauline hatte keine Zeit für solche Gedanken. Sie musste sich beeilen. Ihre eleganten Schuhe hatte sie längst gegen ein Paar schlichte Schnürstiefel eingetauscht. Das hatte sie zwar einige Überwindung gekostet, im Nachhinein musste sie jedoch zugeben, dass die Stiefel viel praktischer und auch bequemer waren.

Die Straßenbahnlinie Nummer 5 führte über den Stühlinger Kirchplatz direkt zum Hauptbahnhof. Dort stieg Pauline aus, schlug jedoch nicht wie üblich den Weg in Richtung Telegraphenamt ein, sondern betrat stattdessen den Bahnhof.

Denn heute ging sie nicht zur Arbeit. Sie hatte sich absichtlich für zwei Nachtschichten einteilen lassen, nur um freizubekommen. Heute, am dritten Mittwoch des Monats. Wie vereinbart.

Sie brauchte nicht einmal auf dem Fahrplan nachzusehen, auf welchem Gleis der Neunuhrzug nach Kolmar fuhr. Sie hatte sich noch gestern danach erkundigt.

Die vergangenen Wochen waren eine Zeit des Bangens gewesen, während sich die Meldungen über das erneute Vorrücken der Franzosen bis vor Mülhausen überschlugen. Erst recht, als in den Nächten ein unheimlicher rötlicher Schein am südwestlichen Horizont erglüht war und man das Grollen der Artilleriegeschütze sogar in Sankt Georgen hatte hören können.

Doch selbst das hätte Pauline nicht abgehalten. Sie musste nach Kolmar. Wie und auf welchem Weg auch immer.

Der Bahnsteig war voller Soldaten. Sie gehörten inzwischen schon zum üblichen Stadtbild Freiburgs, und jeden Tag schienen es mehr zu werden – ob auf Zwischenetappe vor dem Weitermarsch oder als dauerhafte Besatzung der hiesigen Garnison.

Was für ein Gedränge, als der Zug einfuhr. Mit viel Glück und Einsatz ihrer beiden Ellenbogen ergatterte Pauline einen freien Sitzplatz in der dritten Klasse. Neben ihr am Fenster saß eine alte Frau mit einem gackernden Huhn in einem Weidenkäfig auf dem Schoß.

Obwohl es sich um einen offiziellen Personenzug handelte, waren sämtliche übrigen Plätze des Waggons von Soldaten besetzt. In Gedanken atmete Pauline auf, als die Männer sie nicht weiter beachteten. Sie hatte sich am Morgen bewusst für einen schlichten dunkelgrauen Rock mit einer Bluse in derselben Farbe entschieden. Heute hatte sie nicht die Absicht aufzufallen. Auf dem Weg zum Bahnhof hatte sie sich außerdem ihren Silberring wieder angesteckt.

Wenn die Männer nur endlich mit diesem Gejohle aufhören würden. Kurz nach der Abfahrt zog einer von ihnen auch noch seine Mundharmonika hervor und begann, eine beschwingte Melodie zu spielen, während die anderen klatschend den Takt vorgaben und mitsangen.

Himmel, Herrgott und Zwirn, was für ein Lärm. Dabei waren Paulines Nerven ohnehin schon aufs Höchste angespannt. Sie konnte sogar das Trommeln in ihrer Brust spüren. Wenn die Soldaten wüssten, aus welchem Grund sie nach Kolmar fuhr …

Sie setzte sich gerade hin, zog ein Buch aus ihrer Tasche – die Novelle *Tonio Kröger* von Thomas Mann – und versuchte, sich auf diese Weise abzulenken. Mit dem ganzen Lärm rundum ein unmögliches Vorhaben.

Empört aufschnaubend ließ sie das Buch wieder sinken. »Entschuldigen Sie …«, rief sie. »Hallo, entschuldigen Sie, aber könnten die Herren bitte etwas leiser sein?« Vergebens.

Sie wandte den Blick zu der alten Frau neben ihr. Die Ärmste schien von den Soldaten dermaßen eingeschüchtert, dass sie sich in die hinterste Ecke der Sitzbank drückte, als versuche sie, sich unsichtbar zu machen.

Diese rücksichtslosen Kerle. Am liebsten hätte Pauline einem nach dem anderen gegen das Schienbein getreten. Doch sie besann sich gerade noch rechtzeitig eines Besseren.

Contenance wahren. Das diente ihrer Sache viel eher. Selbst wenn sie dafür alle verfügbare Kraft aufbringen musste, denn ruhig zu bleiben, das entsprach ganz und gar nicht ihrem Wesen.

In einem erneuten Versuch senkte sie den Blick auf das Buch, blieb jedoch ständig bei demselben Satz hängen. Mit dem ganzen Tumult rundum und ihrer eigenen Aufregung konnte sie sich unmöglich konzentrieren.

Um sich zu beruhigen, langte Pauline in ihre Handtasche. Dort, in der versteckten Öffnung des Innenfutters, konnte sie den Umriss der beiden Umschläge ertasten. Einer davon war ein Brief. In Gedanken hatte sie sich die Worte schon seit Wochen zurechtgelegt, jedoch sicherheitshalber erst gestern Abend spät im Schein einer Kerze niedergeschrieben. Vorsicht war das allerhöchste Gebot. Das hatte sie André versprechen müssen.

Im Geist stellte sie sich sein Gesicht vor, wenn er den Brief lesen würde. Den Glanz in seinen Augen, wenn er erfuhr, dass er bald Vater würde. Sie hatte lange überlegt, ob sie es ihm überhaupt schreiben sollte, er sorgte sich ohnehin schon genug um sie. Aber er hatte ein Recht darauf, es zu erfahren, und vielleicht – ja, vielleicht – half es ihm, am Leben zu bleiben. Jeder noch so winzige Funken Hoffnung war gut genug.

Im zweiten Umschlag lag alles, was sie sich seit ihrer Ankunft in Freiburg hatte vom Mund absparen können: insgesamt fünfzig Mark.

»Da! Da sind schon wieder Flugzeuge!« Der Ruf eines Soldaten ließ den Lärm mit einem Schlag verstummen.

Sofort drängten die Männer an die Fenster, spähten angestrengt hinaus.

Jetzt sah auch Pauline die drei immer größer werdenden Punkte am Himmel.

»Sind das die Franzen oder unsere? Kann es einer erkennen?«, rief ein junger Soldat von einer der hinteren Viererbänke aus.

Pauline beobachtete, wie die Maschinen eine Schleife flogen und zum Tiefflug ansetzten.

Der ihr gegenübersitzende Uniformierte schüttelte den Kopf. »Ich wette, das sind keine Franzosen, sondern Engländer.«

Die drei Flugzeuge kamen näher. Immer näher.

»Heilige Maria, Mutter Gottes«, murmelte die alte Frau neben Pauline und bekreuzigte sich. Dann umklammerte sie den Weidenkäfig mit beiden Armen, als könnte sie sich daran festhalten.

Pauline hielt den Atem an. Es war nicht das erste Mal, dass sie solche Flugmaschinen sah. Während der letzten Tage waren immer wieder welche über Freiburg aufgetaucht und hatten die Menschen neugierig aus den Häusern gelockt. Laut ratternde Doppeldecker. Entweder im Alleinflug oder als Geschwader. Manchmal flogen sie so tief, dass man die Kokarden an ihren Flügeln mit bloßem Auge erkennen konnte: ein roter Punkt mit weiß-blauen Ringen für die Engländer oder ein blauer Punkt mit weiß-roten Ringen für die Franzosen.

Aber diese Flieger hier … Sie waren viel zu tief. Viel zu nah. Und sie hielten genau auf den Zug zu.

»Was haben die denn vor?« – »Die drehen bestimmt gleich wieder ab.« – »Sind sie bewaffnet?« – »Jetzt seh' ich's. Es sind tatsächlich Engländer!« Die Stimmen der Soldaten wurden immer lauter.

Im Nachhinein hätte Pauline nicht einmal sagen können, warum sie weiterhin gebannt auf die heranrasenden Flugzeuge starrte, statt sich zu rühren. Wie leicht und zerbrechlich sie schienen. Hölzerne Streben und im Kreuz gespannte Drähte zwischen den Doppelflügeln. Ein Propeller vorne an der Spitze. Das im Wind flatternde Halstuch von einem der Piloten.

»Die wollen den Zug rammen!«

Gerade noch rechtzeitig zogen die Piloten die Maschinen hoch.

Ohrenbetäubendes Rattern und Getöse waren zu hören, als die Flugzeuge über den Zug hinwegdonnerten, nur um anschließend abzudrehen und so rasch in Richtung Westen zu verschwinden, wie sie gekommen waren.

Erst jetzt wagte Pauline wieder zu blinzeln, und sie sank gegen die Rückenlehne. In ihren Ohren rauschte es dröhnend. Sie merkte, dass sie das geöffnete Buch noch immer mit beiden Händen umklammert hielt.

»Machen Sie sich keine Sorgen, das waren Aufklärer. Die wollten uns nur einen Schrecken einjagen«, hörte sie den ihr gegenübersitzenden Soldaten sagen und sah auf.

»Das ist ihnen auch hervorragend gelungen«, erwiderte sie keuchend. Gott, wie sie diesen elenden Krieg hasste.

Die Fahrt von Freiburg ins Elsass dauerte gerade einmal zwei Stunden, ging zuerst nach Breisach, dann über den Rhein und weiter über Neubreisach und Sundhofen. Trotzdem kam es Pauline vor, als wolle die Reise kein Ende nehmen.

Als sie schließlich am Bahnhof von Kolmar ausstieg, war die Hektik rundum sogleich zu spüren. Während die Züge ab Freiburg Soldaten nach Westen beförderten, waren es hier hauptsächlich Zivilpersonen – Frauen, Kinder und ältere Herrschaften –, die, mit Taschen, Körben und Koffern bepackt, in die entgegengesetzte Richtung drängten. Der Krieg lag hier noch deutlicher in der Luft, man konnte seinen bitteren Gestank überall riechen.

Ein Blick auf die Bahnhofsuhr verriet Pauline die Uhrzeit: Viertel vor elf. Sie musste sich beeilen.

Ihr Weg führte vom Bahnhof aus vorbei am Marsfeld, quer

durch die Altstadt, dann in östlicher Richtung wieder aus der Stadt hinaus und über den Fluss Ill bis nach Horburg. Die Strecke war ihr nicht fremd. Sie war bereits im Juli hier gewesen. Es fühlte sich an, als sei seither ein halbes Leben vergangen.

Damals war der kleine Vorort Kolmars noch voller Leben gewesen. Kinder hatten auf der Straße gespielt, und die Menschen hatten sie freundlich angelacht. Jetzt jedoch konnte sie die misstrauischen Blicke der Leute im Vorübergehen regelrecht auf der Haut prickeln fühlen. Kein Wunder, Mülhausen lag nicht weit entfernt, und die Front verlief nur wenige Kilometer westlich von hier in den Kämmen der Vogesen.

Sie war außerdem eine Fremde. Seit vor ein paar Tagen die ersten Gerüchte laut geworden waren, dass mehrere französische Verbände über die Grenze ins Reich gelangt seien, um zu spionieren und wo immer möglich zu sabotieren, kursierten innerhalb kürzester Zeit die wildesten Geschichten dazu. In den Zeitungen wurden die Bürger dazu aufgerufen, verdächtige Gestalten zu melden. Erst gestern hatte Pauline während der Essenspause Arbeitskolleginnen erzählen hören, dass der Feind das Einschleusen von Cholerabazillen in das städtische Wasserversorgungssystem plane. Die Angst vor Spionen wuchs mit jedem Tag, und man vertraute oft nicht einmal mehr dem eigenen Schatten.

Der Turm der protestantischen Kirche mit dem spitzen Holzdach war schon von Weitem zu sehen. Die Glocken schlugen zwölf, als Pauline sich eilig ein dunkelblaues Tuch um den Kopf band und das schwere Holztor am Eingang zum Kirchenschiff aufstieß. Sie atmete auf, als die Kühle sie auf einmal umgab.

Das Innere war schlicht. Sonnenlicht fiel durch die hohen Buntglasfenster entlang des Mittelschiffs und warf unzählige farbige Flecken auf die gegenüberliegenden, weiß getünchten Wände wie ein riesiges Kaleidoskop. Eine aus Sandstein gemeißelte Kanzel bildete die räumliche Abtrennung zur Apsis mit Altar und Taufbecken.

Trotz der Tageszeit war das Gotteshaus gut besucht, fast die Hälfte der Bänke war besetzt. Mit gefalteten Händen und tief ins Gebet versunken saßen die Gläubigen da. In Zeiten wie diesen suchten die Menschen wohl mehr denn je nach Antworten auf das eigene Flehen.

Pauline setzte sich in die vorletzte Bankreihe, ganz außen in der Nähe der Wand, presste die Tasche an sich und schloss die Augen. Wartete.

Anfangs wirkte die Stille beruhigend. Wirklich still konnte es allerdings mit all den Leuten rundum gar nicht werden. Sie hörte das Scharren von Füßen auf dem Steinboden, das leise Knarzen der Holzbänke, ab und zu auch ein leises Schluchzen.

Und mit einem Mal kamen ihr Zweifel: Was, wenn alles vergebens war und der Schmuggler nicht kam? Was, wenn er sie nicht ansprach? Das dunkelblaue Tuch war zwar das ausgemachte Erkennungszeichen, doch die meisten Frauen hier trugen ähnliche Kopfbedeckungen.

Außerdem kannte sie weder sein Gesicht noch seinen richtigen Namen. Sie sollte ihn einfach Emil nennen, hatte André gesagt. Er hatte den ganzen Plan ausgetüftelt und organisiert – in weiser Voraussicht damit rechnend, dass der Briefverkehr zwischen Frankreich und dem Kaiserreich unmittelbar nach Kriegsbeginn zumindest vorübergehend eingestellt werden würde. Ein Kontakt war somit von einem Tag auf den anderen unmöglich geworden, und Pauline konnte André nicht einmal mitteilen, wo sie nun lebte oder erfahren, wie es ihm ging. Außer jemand wie Emil brachte ihren Brief – natürlich gegen Bezahlung – über die Grenze.

Sobald er ihre Nachricht erhalten hätte, würde André versuchen, ihr über seinen in der Schweiz lebenden Onkel zu antworten. Zu Paulines Sicherheit und damit auch wirklich keinerlei Rückschlüsse auf sie möglich waren, würde er den Brief jedoch nur an eine Schließfachadresse hier in Horburg schicken.

Um ihm wenigstens einen Anhaltspunkt zu geben, wo sie jetzt lebte, hatte sie nur geschrieben: *... in dem Ort, nahe eines Münsters, der den heiligen Namen meines Bruders trägt ...* Mehr wagte sie nicht preiszugeben. Denn was sie hier tat, war Fraternisieren mit dem Feind, darauf standen drakonische Strafen.

Deshalb war sie bereits vergangenen Juli hergekommen und hatte bei dem kleinen Postschalter dort im Lebensmittelladen Eisener – der lag gleich um die Ecke – ein Schließfach unter dem Mädchennamen ihrer Mutter eröffnet. Die gefälschte Passkarte, die sie dafür hatte vorlegen müssen, hatte ein Vermögen gekostet, war jedoch bis jetzt jeden einzelnen Pfennig wert gewesen.

Pauline sog tief Luft ein. Mit etwas Glück und sofern der Postweg über die Schweiz offenblieb, könnten André und sie sich auf diese Weise wenigstens ab und zu Nachrichten zukommen lassen. Sie wollte auch gar nicht wissen, wie es kam, dass er Verbindungen zu einem Schmuggler hatte. Solange alles nach Plan verlief und ihr Brief heil bei ihrem Liebsten ankam, stellte sie rein gar nichts infrage.

Sie erstarrte, als sie das kurze Räuspern hinter sich vernahm. Dann das leise Fingertrommeln gegen die Rückenlehne der Holzbank. Erst zweimal, dann dreimal. Das vereinbarte Zeichen.

Es rauschte in Paulines Ohren. Sie fühlte das heftige Klopfen ihres Herzens in ihrer Brust, ihr Mund war vor Aufregung staubtrocken.

Mit aller Kraft kämpfte sie gegen die Versuchung an, sich umzudrehen. André hatte ihr jedoch eingeschärft, genau das nicht zu tun, denn damit gefährde sie Emils Inkognito und dementsprechend das gesamte Vorhaben. Als Antwort murmelte sie stattdessen nur ein kurzes »Amen«. Wie abgemacht.

Mit fahrigen Fingern zog sie die beiden Umschläge aus der Tasche, legte sie neben sich auf die Bank und ließ die Hand einen Atemzug lang beschützend darüber liegen. In diesen beiden unscheinbaren Kuverts war alles, was sie hatte – ihr Herz und ihr ganzes angespartes Geld. Es fiel ihr schwer loszulassen.

André. Das Kind, das sie trug. Sein Kind.

Nein, sie durfte jetzt nicht aufgeben. Es musste sein.

Mit einem Ruck stand sie auf, wandte sich zum Gehen. Als sie einen Kontrollblick auf die Briefe werfen wollte, sah sie dort nur noch die leere Sitzfläche. Die Umschläge waren fort. Aus den Augenwinkeln erkannte sie die Silhouette eines sitzenden Mannes auf der Bank hinter ihr: völlig unscheinbar in Größe, Statur und Kleidung. Sie sah, wie er die Umschläge geschwind in die Innentasche seiner Jacke steckte und dann den Kopf wie zum Gebet neigte.

Den Blick eisern zu Boden gesenkt, verließ Pauline die Kirche. Sobald sie die Schwelle nach draußen überschritten hatte, zog sie sich das Tuch vom Kopf.

Sie blinzelte, als das grelle Sonnenlicht sie blendete. Das Herzklopfen war verschwunden, und sie staunte über die Ruhe, die sie auf einmal empfand. Mit gestrafften Schultern schlug sie dann den Weg zurück nach Kolmar ein.

Es war getan. Jetzt blieb ihr nur noch übrig zu hoffen.

Als sie wieder in Freiburg eintraf und den Rosenhof erreichte, war es bereits später Nachmittag.

Mit der Zeit hatte sich Pauline allmählich an den Winzerhof und die hier lebenden Menschen gewöhnt. Sie waren ein eigenartiges Völkchen. Sie lebten und arbeiteten zusammen, obwohl sie nicht miteinander verwandt waren. Ein solches Haushaltskonzept war ihr bisher völlig fremd gewesen. Vielleicht auch, weil sie sich zu lange nur um sich selbst hatte kümmern müssen.

Sowohl die Mägde als auch die Knechte schienen sich bereits seit einer Ewigkeit zu kennen. Sie lachten und scherzten oft miteinander, stritten und zankten. Und doch herrschte zwischen ihnen eine respektvolle Vertrautheit. Jeder von ihnen hatte seine Stellung, kannte seine Aufgabe, war zugleich Teil eines perfekt eingespielten Betriebes.

Eine Gemeinschaft. Der Gedanke war faszinierend und hatte zugleich etwas Tröstendes, fand Pauline. Konnte in Zeiten wie diesen nicht jeder einen solchen Zusammenhalt gebrauchen?

Mit den Tagen hatten auch die Hofbewohner angefangen, sich mit ihr abzufinden. So ließen Leni und Dorle sie inzwischen bereitwillig beim Erbsenpulen mithelfen oder am Waschtag beim Wäschewringen Hand anlegen.

Bei solchen Gelegenheiten zeigten sich die beiden Mägde stets von ihrer gesprächigsten Seite. O ja, sie entpuppten sich sogar als richtige Quasseltanten. So hatte Pauline auch erfahren, dass die Lauers schon seit Generationen zu den alteingesessenen Winzerfamilien Sankt Georgens gehörten: »Es heißt, der Ururgroßvater des verstorbenen Herrn wäre ein Hauptmann in den kaiserlich-bayrischen Truppen gewesen, der sich hier nach der gewonnenen Schlacht gegen die Franzosen niedergelassen hat«, hatte Dorle erklärt, während sie die Leintücher mit einem langen Holzstab ins siedende Wasser drückte. Mit dem Kinn hatte sie dabei in südliche Richtung gezeigt, wo sich der bewaldete Hügelstreifen erhob. An dessen Westhängen, so wusste Pauline inzwischen, lag einer der Weinberge der Familie Lauer. Ein anderer befand sich etwas weiter östlich an einer Erhebung namens Lorettoberg.

Auch die sonst wortkargen Knechte begrüßten sie nun mit einem beinahe deutlich ausgesprochenen »Morgen« statt nur mit einem Brummen, und Toni, der Stallbursche, schenkte ihr beim gemeinsamen Frühstück Milch aus der Kanne ein. Manchmal, wenn sie Glück hatte und Hannes, der Hofknecht, Besorgungen in der Stadt zu machen hatte, ließ er sie sogar auf dem Pferdekarren mitfahren.

Und die Hausherrin …

Nun, es war fast unmöglich, Else Lauer ganz und gar zu durchschauen, auch das hatte Pauline rasch begriffen. Nicht nur schien die Winzerin schier unermüdlich. Als gäbe es auf dem Hof nicht schon genug zu tun, fuhr sie mehrmals die Woche in die Stadt, um als Präsidentin des lokalen Frauenvereins Armensammlungen und den Versand von Liebesgaben an die Frontsoldaten zu organisieren.

Diese Wohltätigkeit stand in völligem Gegensatz zu ihrer sonst so unnahbaren Art. Diese hatte jedoch nichts mit Hochmut zu tun, das hatte Pauline inzwischen erkannt. Denn eine hochmütige Person würde bestimmt niemals die ganze Nacht lang neben einer der Kühe im Stall wachen, weil sich deren Euter entzündet hatte. Ebenso wenig würde sie nicht kurzerhand selbst unter den Pferdeanhänger kriechen, um eine lockere Schraube an der Hinterachse anzuziehen, als keiner der Männer zugegen war. Andererseits war die Weinbäuerin auch stets die Erste, die morgens in der Küche stand, und die Letzte, die abends die Runde machte, um sämtliche Lichter im Haupthaus zu löschen.

Ihre Anwesenheit war allgegenwärtig. Wie ein über Hof und Leute wachender Geist. Und mehr als einmal hatte Pauline bereits über das Verhältnis zwischen der Winzerin und ihren Arbeitern gestaunt. Wie zum Beispiel an jenem Tag, als sie dem jungen Toni einen Holzsplitter aus dem Daumen zog, nachdem sich die Wunde entzündet hatte. Erst säuberte und verband sie den Daumen so sachte und sorgfältig wie eine Mutter, rügte den Stalljungen jedoch gleich danach so polternd wie ein Hagelsturm, weil er mit dem Kopf ständig sonst wo, nur nicht bei der Arbeit war.

Else Lauers Wort war Gesetz auf dem Hof und wurde befolgt. Sie bot ihren Leuten Arbeit, Essen und Unterkunft, forderte dafür aber Gehorsam und Tüchtigkeit. So hatte sie es offenbar schon immer gehandhabt. Erst recht, seit ihr Ehemann verstorben war.

»Das war vor sieben Jahren«, hatte Leni Pauline erzählt. »Ein Unfall im Weinberg. Er ist von einer der Steinmauern zwischen den Rebzeilen gestürzt und mit dem Hinterkopf aufgeschlagen. Ein kräftiger Mann, groß wie eine Eiche, aber nach dem Sturz ist er nicht mehr aufgewacht.«

Was für ein tragisches Unglück. Das erklärte jedoch zugleich die harte Hand, mit der Else Lauer den Rosenhof führte. Nach dem Tod ihres Mannes war das Gut zwar an den einzigen Sohn Julius übergegangen, doch der war in den Krieg gezogen. Während seiner Abwesenheit trug seine Mutter die Verantwortung für den Familienbesitz. Allein. Eine Herkulesaufgabe, die nur gelang, wenn sich alle Hofbewohner blind aufeinander verlassen konnten.

Sobald Pauline nun durch das Doppeltor in den Innenhof trat, merkte sie sofort, dass etwas anders war als sonst.

Wo waren sie denn alle? Der Platz lag menschenleer da. Man hörte nicht einmal wie sonst Tonis fröhliches Pfeifen aus dem Stall. Stattdessen stand die Eingangstür zum Haupthaus offen.

Neugierig trat Pauline ein. Stimmen kamen aus der Küche. Seltsam, fürs Essen war es noch viel zu früh. Im Türrahmen blieb sie erstaunt stehen. An dem langen Esstisch saßen oder standen die Hofbewohner alle versammelt – Else Lauer, die Mägde, Hannes, Toni und die Knechte. Auch die Köchin Selma und Emma. Ihre Gesichter waren ernst, während sie den Worten der Hausherrin lauschten.

Diese hob nur kurz den Kopf, als sie Pauline erkannte, wandte den Blick jedoch sogleich wieder zurück auf die Zeitung in ihrer Hand.

Ich sollte besser gehen, dachte Pauline. Trotz allem gehörte sie nicht zum Haushalt, und was immer hier besprochen wurde, ging sie nichts an.

Doch etwas hielt sie zurück. Else Lauers Stimme. Darin schwang zwar die übliche Strenge mit, heute klangen ihre Worte allerdings anders als sonst und eigenartig bemüht, während sie vorlas: *»Es haben sich alle Militärpflichtigen mit Jahrgang 1892 und älter zu melden.«* Sie hob den Kopf, richtete den Blick auf die beiden Knechte. »Die Musterung findet morgen ab acht Uhr in der Gartenhalle an der Bertoldstraße 44 statt.«

Helmer nickte nur stumm. Guscht hielt den Blick auf seine Hände gesenkt. Seine Miene war ausdruckslos.

Mit einen Schlag war es Pauline, als ob die Luft im Raum auf einmal erkaltete. Sie fröstelte.

Ein Musterungsbefehl.

Da war es wieder. Dieses ohnmächtige Gefühl, wenn man zwar genau wusste, dass sich etwas Unvermeidliches anbahnte, man sich jedoch mit naiver Blindheit an die Hoffnung klammerte und die Augen vor dem Kommenden verschloss. Wie hatte sie nur vergessen können, dass beide Knechte noch im dienstfähigen Alter waren?

Mit einem Ruck schoss Toni hoch. »Wenn Helmer und Guscht in den Krieg ziehen, dann geh ich mit«, verkündete er und reckte trotzig das Kinn vor.

Doch Hannes zog ihn unerbittlich am Arm auf die Sitzbank zurück. »Setz dich hin, du Dummkopf. Du weißt ja gar nicht, was du da sagst.«

Hannes – er hingegen musste wissen, wovon er redete, überlegte Pauline. Er war vielleicht zu alt für diesen Krieg, musste aber denjenigen gegen die Franzosen vor vierzig Jahren miterlebt haben, hatte womöglich als junger Bursche sogar mitgekämpft.

Niemand sonst sagte mehr ein Wort. Reglos saßen sie da. Fast, als hätte ihnen die Nachricht die Stimmen gestohlen. Nur die Köchin Selma wischte sich verstohlen mit dem Schürzenzipfel über die Augen und griff nach Emmas Hand.

Mit einer resoluten Geste faltete Else Lauer die Zeitung zusammen, ehe sie aufstand. »Ich will euch nichts vormachen. Der Zeitpunkt von Helmers und Guschts Einberufung ist mehr als unglücklich. In ein paar Wochen beginnt die Weinlese, und wir alle wissen, wie viel Arbeit vor dem Winter auch im Forst anfällt. Wir brauchen darum jedes verfügbare Paar Hände. Zudem müssen die Arbeiten neu eingeteilt werden. Das bedarf einer gewissen Umgewöhnung. Wir alle werden uns anpassen müssen.«

An die beiden Knechte gerichtet, fuhr sie fort: »Von euch beiden erwarte ich, dass ihr morgen pünktlich zur Musterung erscheint. Ihr vertretet schließlich den guten Namen des Rosenhofs.« Der Stoff ihres Rocks ballte sich, als sie sich ohne ein weiteres Wort zum Gehen wandte.

Pauline traute ihren Ohren nicht. »Dass sie pünktlich sind? Ist das alles?«, rief sie. »Sie können die beiden doch nicht einfach so gehen lassen.«

Die Winzerin blieb stehen. Ihre Miene wirkte völlig beherrscht, und ihre Stimme klang ruhig. »Das Aufgebot ist ein offizieller Befehl. Dem kann man sich nicht widersetzen.«

Hannes räusperte sich hinter ihr. »Wir haben damit gerechnet.

Es war nur eine Frage der Zeit. Wer sich nicht zur Musterung zeigt, gilt als Deserteur.«

»Und Helmer und Guscht sind keine Deserteure«, rief Leni und schüttelte bestimmt den Kopf. Wenngleich ihr Gesicht auf einmal wächsern wirkte.

»Das weiß ich.« Mit einer ungeduldigen Geste wischte Pauline die Einwände weg. »Ich will damit sagen, dass Guscht und Helmer jetzt umso mehr ein paar aufmunternde Worte verdient hätten. Vielleicht sogar ein Lächeln. Zumindest aber etwas Herzlichkeit.«

Warum verstanden sie denn nicht? Was war daran so schwer zu begreifen?

Else Lauer starrte sie an, ihre Miene ein Wechselspiel zwischen Unverständnis und Entrüstung. Bis sie mit fast schon stoischer Bestimmtheit erklärte: »Wozu soll das gut sein? Wir alle haben unsere Pflicht zu tun. Jeder auf seine Weise.«

Fassungslos sah Pauline der Winzerin nach, als sie die Küche ohne ein weiteres Wort verließ.

Artikel der Titelseite des Morgenblatts der *Freiburger Zeitung*, Mittwoch, 9. September 1914

Eine Schlacht bei Paris

Nach einer Rotterdamer Meldung des *Berliner Tageblatts* aus Paris tobt gegenwärtig bei Paris eine allgemeine Schlacht. Die Meldung sagt weiter, dass der französische linke Flügel mit dem rechten deutschen Flügel Fühlung habe. Auch englische Truppen haben sich an dem Angriff gegen die deutsche Armee beteiligt. Nach einer weiteren Meldung sei die große Schlacht, von der die französische Regierung Mitteilung machte, süd-östlich von Paris im Gange. Aus dieser Richtung werde in der Hauptstadt Geschützdonner vernommen.

Ertappte Minenleger

Etwa 150 gefangene Engländer passierten am Donnerstag, vom Rhein kommend, den Osnabrücker Hauptbahnhof. Wie dem *Osnabrücker Tagblatt* gemeldet wird, hatten die Engländer, als Fischer verkleidet, versucht, in der Emsmündung Minen zu legen. Dabei wurden sie vom deutschen Militär überrascht, festgenommen und gezwungen, einige bereits gelegte Minen selbst wieder aufzufischen.

Donnerstag, 10. September 1914

92 000 russische Gefangene

Die Zahl der russischen Gefangenen, die nunmehr nach Westen befördert worden sind, betrug am 5. September 92 000 Mann.

Abendblatt der *Freiburger Zeitung*, Donnerstag, 10. September 1914

Schwere Kämpfe bei Paris und westlich Verdun

Östlich Paris, in ihrer Verfolgung an und über die Marne vorgedrungene Heeresteile sind bei Montmirail von überlegenen Kräften angegriffen worden. Sie haben in schweren zweitägigen Kämpfen den Gegner aufgehalten und selbst Fortschritte gemacht. Als der Anmarsch neuer feindlicher Kolonnen gemeldet wurde, ist unser Flügel zurückgenommen worden. Der Feind folgte an seiner Stelle. Als Kriegsbeute dieser Kämpfe sind bisher 50 Geschütze und einige 1 000 Gefangene gemeldet. Die westlich Verdun kämpfenden Heeresteile befinden sich in fortschreitendem Kampfe. In Lothringen und in den Vogesen ist die Lage unverändert.

Artikel im Morgenblatt der Schweizer Zeitung *Der Bund*, Freitag, 11. September 1914

Indische Hilfstruppen

London. Aus Simlo meldet man die Übersendung von 70 000 indischen Soldaten nach Europa. Man wird ihnen drei Brigaden Kavallerie folgen lassen.

Die Haltung der Türkei

Paris. Der *Messagero* erfährt: Eine türkische Armee sei zwischen Jaffa und Gaza angesammelt worden, um im Falle eines Eingreifens der Türkei in den Krieg in Ägypten einzuziehen. Ein englisches Geschwader habe sogleich die Küste von Syrien blockiert.

6 – Die feldgraue Stadt

21. September 1914, Freiburg

Der plötzliche Ruck der Bremsung brachte Helene aus dem Gleichgewicht. Sofort griff sie nach dem offenen Fensterrahmen der Lastwagentür und klammerte die Finger daran fest.

»Entschuldigung«, brummte der Fahrer und rückte seine Mütze gerade, hielt den Blick jedoch stur auf die Karlstraße in Richtung Stadtzentrum gerichtet, auf der es jetzt, mitten an einem Montagmorgen, vor Fuhrwerken, Militärlastwagen und Menschen in Uniform nur so wimmelte.

»Machen Sie sich keine Sorgen, Eugen. Ich bin nicht aus Zucker«, gab Helene zurück. Wie tapfer das geklungen hatte. Dabei hätte sie am liebsten so lange die Augen zugekniffen, bis dieses höllische Gefährt endlich wieder zum Stehen kam. Sie wusste sehr wohl, welche Vorteile die modernen Fahrzeuge im Vergleich zu den alten Pferdewagen hatten. Sie waren nicht nur bedeutend schneller, sondern konnten dazu noch viel mehr an Ladegewicht befördern. Doch von dem Motorengestank wurde ihr jedes Mal übel, und das laute Rattern dröhnte unangenehm in den Ohren.

Das würde sie aber natürlich niemals zugeben. Erst recht nicht, wenn sie dadurch eine der wenigen, dafür umso willkommeneren

Möglichkeiten verpasst hätte, um die Hildaschule zu verlassen. Und das sogar in offiziellem Auftrag, wie etwa dem Austausch von Reservebeständen. Das war eine vor allem in den fünf unter Militärverwaltung stehenden Reservelazaretten Freiburgs gängige Praxis. Die Ausgabe und Verteilung von Verbandsmaterial und Krankenbedarfsartikeln an sämtliche Militär-, Vereins- oder Privatlazarette Freiburgs fiel eigentlich unter die Verantwortung der entsprechenden Abteilung der Chirurgischen Klinik, und auch mit den Freiburger Apotheken war eine Vereinbarung für die Versorgung mit Arzneien getroffen worden. Beide konnten jedoch den Ansturm der nötigen Lieferungen oft kaum bewältigen. So half man sich untereinander, so gut man konnte.

Vorhin hatte Helene beim Garnisonslazarett im nördlichen Stadtteil Herdern einen Vorrat an Jodgazen gegen Gipsbinden eingetauscht. Die Kiste mit den zehn Schachteln voller Spritzenkanülen hinten auf der Ladefläche war für das Reservelazarett beim Exerzierhaus an der Sautierstraße bestimmt. Dafür hatte man ihnen die lange ersehnten Procain-Ampullen versprochen.

Zuvor hatte Eugen, der Fahrer des Lastwagens, jedoch noch einen Dokumentenordner an der Karlskaserne abzugeben.

Der Weg führte vom noblen Stadtteil Herdern mit seinen prächtigen Villen und Alleen in südlicher Richtung bis zum Alten Friedhof. Über die Zähringer Straße und die Kaiserstraße gelangten sie zum Siegesdenkmal direkt vor der Karlskaserne. Einem wuchtigen, vierstöckigen Bau, der seine Absicht, Größe und Wehrhaftigkeit zu demonstrieren und beim Betrachter Eindruck zu schinden, nicht verfehlte.

Ein hoher Rundbogen in der westlichen Gebäudefront führte direkt in den Innenhof. Mit einem röchelnden Stottern kam der Lastwagen dort zum Stehen.

»Dauert wohl nicht allzu lange, aber vielleicht wollen Sie sich derweil etwas die Beine vertreten«, sagte Eugen, während er die Wagentür aufdrückte. Mit dem Kinn deutete er in Richtung Süden. »Da entlang geht's direkt in die Altstadt und zum Münster.«

Helene zögerte. Mit einer solchen Gelegenheit hatte sie nicht gerechnet. Durch die malerischen Straßen Freiburgs zu flanieren … Gerade weil sie ihre Schwesternpflicht sehr ernst nahm, waren diese kurzen Momente des Atemholens für sie so wertvoll geworden.

Kurz meldeten sich ihre bereits in Fleisch und Blut eingesickerten Skrupel: Was, wenn sie deswegen zu spät zurück zur Hildaschule kamen? Jemand könnte sich über sie beschweren. Es fiel Helene ohnehin immer schwerer, sich gegen diesen verführerischen, gefährlichen Anschein von Freiheit zu wehren, den die sechs Wochen der Trennung von Robert hervorgebracht hatten.

Doch ein Blick auf ihre kleine Taschenuhr verriet ihr, dass noch mehr als genug Zeit übrig war. Außerdem war es ein herrlicher Frühherbsttag, und an einem kleinen Spaziergang durch die Altstadtgassen konnte schließlich nichts Verwerfliches sein. Vielleicht fand sie sogar ein passendes Geburtstagsgeschenk für Christian. Er wünschte sich doch schon seit Langem eines dieser Flugzeugmodelle. Nicht zuletzt hätte Eugen so auch die Möglichkeit zu einem Schwatz mit seinen Kameraden hier in der Kaserne, wo er üblicherweise als Reservist diente, wenn er nicht als Lastwagenfahrer für die Militärlazarette einsprang.

Helene packte ihre Umhängetasche, kletterte vom Wagen und strich den Rock ihrer Krankenschwesterntracht sorgsam glatt – eine aus unauffälligem hellblauen Baumwollstoff gefertigte Uniform mit weißen Manschetten und Kragen, dazu eine Binde mit einem roten Kreuz am Arm. Normalerweise war das Tragen der Schwesternkleidung außerhalb des Lazaretts nicht Vorschrift. Außer wenn sie, so wie heute, in offiziellem Auftrag unterwegs war.

»Gut, dann treffen wir uns in einer Dreiviertelstunde wieder hier«, sagte Helene, während sie sich den ledernen Taschenriemen umschlang, sodass er quer über ihrer Brust zu liegen kam.

Eugen nickte und brummte zur Antwort ein kaum verständliches »Scho rächt«, ehe er sich mit einer Dokumentenmappe unter dem Arm zum Gehen wandte.

Wenig später stand Helene vor dem Kornhaus am Münsterplatz. Die Hand zum Schutz gegen die Morgensonne über die Augen gelegt, hob sie den Blick zum Turm des Gotteshauses empor. Wie immer erinnerte der Bau sie an das Münster von Ulm. Dessen Hauptturm war zwar noch höher, schien jedoch mit all dem gotischen Fassadenwerk zugleich auch viel schwerer, strenger in seinen Linien. Dagegen wirkte das Freiburger Münster geradezu erfrischend nüchtern.

Einen Moment lang blieb Helene stehen, schloss die Augen und genoss die Wärme der Sonnenstrahlen auf den Wangen. Was für ein herrliches Gefühl. Die vielen Gerüche – nach Bohnenkraut, Melisse und Minze, statt nach Äther und Kampfer – und die Stimmen der Leute rundum.

Heute herrschte reges Markttreiben auf dem Platz. Vor allem auf dessen Südseite drängten sich die Verkaufsstände Kante an Kante. Dazwischen priesen Bäuerinnen ihre Erzeugnisse in am Boden stehenden Weidenkörben oder Lattenkisten an.

Wie unwirklich das Marktgetümmel im Gegensatz zum Alltag im Lazarett erschien.

Helene nahm sich Zeit, schlenderte durch die Reihen der Marktstände und bewunderte die schönen, gepflegten Häuser rund um den Platz.

Aber nanu … Um diese Jahreszeit sollte das Angebot eigentlich viel vielfältiger sein: Kopfsalat, Bohnen und würzig riechende

Fenchelknollen oder saftige Beeren. Zu ihrer Verwunderung sah Helene jedoch, dass einige der Stände bereits leer geräumt oder die Schirme gar nicht erst aufgespannt worden waren.

Durch die Münstergasse gelangte sie auf die geschäftige Kaiserstraße. Läden und Geschäfte reihten sich hier dicht aneinander. Typische Biedermeierfassaden wechselten sich mit den etwas neueren, vom Jugendstil geprägten Gebäuden ab. Die ausgerollten Markisen vor den Ladeneingängen sorgten zusammen mit den gestrichenen Fensterläden für fröhliche Farbkontraste.

Mit einem schrillen Geklingel kündigte sich die sich nähernde Straßenbahn an. Ein paar Fußgänger eilten hastig beiseite.

Freiburg war eine hübsche Stadt mit dem leichten, beinahe verträumten Flair, das sie umgab, den engen, verwinkelten Gassen der Altstadt und den sogenannten Bächle – jenen kleinen, entlang den Gehwegen der Alt- und Innenstadt verlaufenden Wasserrinnen.

Auf den ersten Blick schien es, als wäre alles beim Alten geblieben. Doch der Schein trog. Man brauchte nur die Leute auf den Straßen zu betrachten, um zu bemerken, wie sehr sich Freiburg in den letzten paar Wochen verändert hatte. So waren unmittelbar nach der reichsweiten Mobilmachung praktisch alle Männer im diensttauglichen Alter aus dem Stadtbild verschwunden. Als bestünde die Bevölkerung Freiburgs nur noch aus Frauen, Kindern oder alten und kriegsuntauglichen Männern.

Die nächste Wandlung war innerhalb kürzester Zeit gekommen und hatte die Stadt wie eine unaufhaltsame Woge überrollt: Aufgrund ihrer Nähe zum Feindesland war Freiburg zur Garnison erklärt worden – zur Grenzmark und zum tapferen Grenzposten am Rhein. So war die Stadt nicht nur Kommandositz der 29. Heeresdivision des XIV. Armeekorps, sondern zudem Hauptquartier des Oberbefehlshabers über das südliche Oberelsass. Sie diente somit als Verbindungs- und Versorgungszentrum des Südabschnitts der Westfront. Die Karlskaserne sowie die Friedrichkaserne in Herdern beherbergten das 113. Infanterie-Regiment. Drüben, im dem Bahnhof gegenüberliegenden Stadtteil Stühlinger, kasernierte das 76. Artillerieregiment. Hinzu kamen nun noch die Reservisten verschiedener Truppengattungen, deren Hauptkontingent in Freiburg zusammengezogen wurde. Nicht zu reden von den Tausenden jungen Männern aus der gesamten Region, die durch die städtischen Rekrutierungsstellen in die Ausbildungslager drüben auf dem Heuberg geschleust wurden.

Seither gehörte der Anblick der Soldaten in ihren feldgrauen Uniformen zum Alltag. Sie waren überall – auf den Straßen, in den Cafés und Geschäften. Helene hatte vorhin sogar ein paar von ihnen auf dem Markt gesehen.

In einer Bäckerei kaufte sie sich ein Apfelküchle und biss noch vor der Ladentür genüsslich hinein. Sogleich schmeckte sie die leicht herbe Säure des Apfelrings, gefolgt von der Süße des Zuckers. Ah, was für eine Köstlichkeit.

Noch während sie aß, schlenderte sie weiter in Richtung Franziskanerplatz. Sie verlangsamte jedoch augenblicklich den Schritt, als sie die Menschentraube sah, die sich dort unter den Bogenarkaden beim Neuen Rathaus versammelt hatte.

Hauptsächlich Frauen standen dort, in ihren Händen zerknüllte Taschentücher. Auch ein paar wenige ältere Männer mit tief in die Augen gezogenen Kappen oder Hüten waren dabei. Schweigend und mit ernsten Gesichtern drängten sie alle sich vor der Reihe mit Plakaten der Gefallenenlisten. Diese waren inzwischen schon so lang geworden, dass man sie seit ein paar Wochen hier am Rathaus sowie bei der Redaktion der *Freiburger Zeitung* beim Martinstor aushängte.

Helene schluckte den letzten Bissen hinunter, der mit einem

Schlag allen Geschmack und seine Süße verloren hatte, wischte sich eilig die Finger sauber und warf die Papiertüte im Vorübergehen in einen Abfallkübel.

Mit einem Mal beschleunigte sie ihre Schritte. Es war Zeit. Sie musste zurück zur Karlskaserne, Eugen wartete bestimmt schon auf sie.

Als Lazarettschwester sollte sie zwar eigentlich abgehärtet sein, schließlich begegnete sie tagtäglich den Wunden und Narben, die der Krieg zurückließ. Daran würde sie sich jedoch nie gewöhnen können. Das war ihr persönlicher Fluch und insgeheim zugleich ihr größter Stolz.

Sie biss die Zähne zusammen und schritt zielstrebig voran.

Wahrscheinlich hätte Robert über diese Gefühlsduselei gelacht, sie als typisch weibliche Emotion abgetan und damit einen weiteren Grund gefunden, weshalb Frauen nicht zur Ausübung von medizinischen Berufen bestimmt seien.

Aber war Empathie nicht mindestens ebenso wichtig, um die Bedürfnisse eines Patienten zu erkennen? Und gehörte nicht gerade dieses Einfühlungsvermögen zu den menschlichsten Attributen überhaupt?

Ach, wenn sie doch nur noch einmal mit ihrem Vater darüber diskutieren könnte. So, wie sie es früher, vor ihrer Heirat, immer getan hatte. Dort, in seinem Arbeitszimmer, begleitet vom lauten Ticken der Standuhr.

Die Erinnerung brachte Helene zum Lächeln.

Als Einzelkind einer vermögenden Familie hatte sie eindeutig mehr Privilegien genossen als sonst für Töchter üblich. Vater war zudem sehr liberal gesinnt gewesen und hatte ihr eine aufgeklärte Erziehung angedeihen lassen. Allerdings stellten Privatschulen und Internate in seinen Augen einen Nährboden für Kleingeister mit viel zu elitärem Gedankengut dar, während die öffentlichen Schulen Mädchen seinerzeit nur eine bedingte Förderung gewährten. Deshalb war Helene zu Hause von einem Privatlehrer und einer Gouvernante unterrichtet worden. Auf Letzterer hatte Mutter trotz aller Nachsicht gegenüber den exzentrischen Ansichten ihres Ehemanns bestanden.

Wenn Helene im Nachhinein darüber nachdachte, hatte Vater in ihr wohl insgeheim eine Art Ersatz für den nie vergönnten Sohn gesehen. Sie war etwa dreizehn gewesen, als sie ihn in die Eberhard-Karls-Universität hatte begleiten dürfen. Er erlaubte ihr sogar, in den Büchern in seinem Arbeitszimmer zu schmökern, während er Vorlesungen hielt. Irgendwann war es ihr jedoch in dem nach Staub und abgestandenem Tabak riechenden Raum zu langweilig geworden, und sie hatte sich aus dem Zimmer geschlichen.

Es war nicht schwer gewesen, den Vorlesungssaal zu finden. Dort, in einer Nische unter der Sitztribüne kauernd, hatte sie zum ersten Mal heimlich einem von Vaters Vorträgen gelauscht. Über die Anatomie und Mechanik des Articulatio genus, des Kniegelenks. Daran erinnerte sie sich noch, als wäre es gestern gewesen.

Dieser ersten Lektion waren noch viele weitere gefolgt, ohne dass irgendjemand sie entdeckte. Bis sich jedoch eines Tages so viel Staub in Helenes Nase verfing und sie ein lautes Niesen nicht länger unterdrücken konnte.

Noch immer sah sie den verwunderten Blick des jungen Mannes vor sich, der direkt über ihr gesessen hatte und sich nun zusammen mit der ganzen Sitzreihe seiner Kommilitonen zu ihr herunterbeugte. So waren sich Robert und sie zum allerersten Mal begegnet: er, der groß gewachsene, zielstrebige Medizinstudent, und sie, die um acht Jahre jüngere, viel zu neugierige Arzttochter aus angesehenem Hause.

Nach ihrer Entdeckung hatte Vater sie erst gescholten wie noch nie zuvor in ihrem Leben und sie anschließend eine ganze Woche lang keines einzigen Wortes gewürdigt.

Helene hatte mit dem Schlimmsten gerechnet, als er sie schließlich in sein Arbeitszimmer zitierte.

Der Raum war wie ein Behandlungszimmer eingerichtet gewesen, mit einem schweren Schreibtisch an der Wand und Holzregalen mit unzähligen kleinen Glasflaschen und Tiegeln sowie einer Behandlungsliege vor dem Fenster. Ab und zu behandelte Vater hier noch kleinere Fälle aus der Nachbarschaft und dem Bekanntenkreis, sofern es seine Zeit zuließ.

Jetzt jedoch lagen dort auf der Behandlungsliege, fein säuberlich auf einem Tuch platziert, eine Nierenschale aus Emaille, daneben mehrere Klammern, Pinzetten und Scheren sowie ein Schweinsfuß.

»Du willst mehr über Medizin wissen? Dann komm her und lerne«, hatte Vater dann gesagt und sie näher gewinkt. An jenem Tag hatte er ihr beigebracht, wie man eine kleine Schnittwunde mit einer Einzelknopfnaht verschloss.

Es war früher Nachmittag, als Eugen den Lastwagen mit quietschenden Bremsen im Innenhof der Hildaschule anhielt. Aufatmend kletterte Helene vom Beifahrersitz.

Schon eilten zwei Pflegehelfer herbei, um beim Abladen zu helfen.

»Vorsicht! In der Kiste sind Ampullen«, mahnte Helene die Männer. »Sämtliche Waren müssen sofort zur Bestandsaufnahme.« Über die Lagerbestände jeder Mullbinde, jeder Spritze und jeder noch so winzigen Sicherheitsnadel wurde peinlich genau Buch geführt. Dafür war der diensthabende Sanitätsoffizier zuständig, ein fast schon kleinlich-penibler Sanitätsfeldwebel namens Friedrich Schäfer. Am Morgen hatte er auch die ganzen Ausgänge für die Tauschgeschäfte bewilligen müssen und wartete bestimmt schon ungeduldig auf die erwarteten Eingänge.

»Wird gemacht«, antwortete der jüngere der beiden Helfer und grinste. »Da kommt der Schäfer ja ordentlich ins Schwitzen heute. Eben ist auch schon eine Lieferung an Verbandsmaterial gebracht worden.« Mit dem Kinn deutete er auf den ein paar Schritt weiter vorne stehenden Pferdewagen.

Der war Helene zuvor gar nicht aufgefallen. Ein Zweispänner mit einem einfachen Karren ohne Verdeck. Ein Privatgespann also. Auf dessen Ladefläche stapelten sich noch immer mehrere, zu säuberlichen Paketen geschnürte Ballen Verbandsstoff. Ein graubärtiger Mann stand wartend neben den Pferden. Sein Sakko war zwar an den Ellenbogen mit einem ovalen Flicken versehen, aber sonst sauber. An der Cordweste, die er darunter trug, fehlte der unterste Knopf, dafür glänzte die Silberkette der Taschenuhr, als wäre sie neu.

Im selben Moment trat eine Frau aus dem Hintereingang in den Hof. Eine eindrückliche Erscheinung mit rundlichem Gesicht und breiten Schultern. Der dunkelbraune Stoff ihres Rocks wallte bei jedem ihrer Schritte.

Seltsam, Helene hatte das Gefühl, sie irgendwo schon einmal gesehen zu haben. Nur wo?

»Es sind insgesamt fünfzehn Ballen. Vermerken Sie das dieses Mal bitte korrekt auf Ihrer Liste«, rief die Frau über die rechte Schulter hinweg dem hinter ihr hereilenden Sanitätsfeldwebel Schäfer zu.

Dieser musste sich richtiggehend sputen, um ihr zu folgen. In den Händen hielt er ein Klemmbrett mit einem Stapel Zettel darauf. Hinter ihm schob ein weiterer Helfer eine Sackkarre vor sich her.

»Die Angaben der letzten Lieferung waren nämlich falsch quittiert. Das hat mich einige unnötige Diskussionen gekostet, und dafür habe ich wirklich keine Zeit.« Ohne weiteres Federlesen griff die Frau nach einem der Pakete und lud es dem Pfleger auf die Arme.

Fasziniert beobachtete Helene Schäfers pikierte Miene, als er erwiderte: »Ich muss doch sehr bitten, Frau Lauer. Bei all den Lieferungen, die täglich hier eingehen, kann leicht ein Fehler passieren. Wer auch immer seitens Ihres Frauenvereins die Empfangsquittung entgegengenommen hat, hätte die falsche Angabe ebenfalls bemerken sollen.«

Sie hatte den Offizier schon öfters gereizt erlebt, jedoch noch nie zuvor bemerkt, dass sich seine Wangen – so wie jetzt – rot verfärbten. Wie gesagt, war Schäfer ein unverbesserlicher Pedant. Dass es irgendjemand wagte, ihn und seinen Zuständigkeitsbereich zu kritisieren, brachte offensichtlich sein ganzes Weltbild ins Wanken. Es war deshalb auch nicht weiter erstaunlich, dass er versuchte, den Fehler wenigstens zum Teil zurückzuschieben.

Die Matrone fuhr mit einem Ruck herum. Ihre Lippen spitzten sich, während sie den Feldwebel vor sich mehrere Atemzüge lang mit einem stechenden Blick musterte.

Dieser reckte die Schultern sogleich noch etwas höher. Sein Adamsapfel begann zu zucken. Unterdessen hatte der Pflegehelfer auch das zweite Paket auf die Karre gelegt, konnte nun jedoch nicht mit dem Beladen weitermachen, ohne entweder die Matrone oder Feldwebel Schäfer beiseitezuschieben. Ratlos stand der arme Kerl da und fühlte sich sichtlich unwohl.

Helene beobachtete die Szene gespannt. Um Himmels willen, die Frau würde Schäfer wohl kaum die Stirn bieten wollen, er war schließlich ein Offizier.

Aber dann zuckte auf einmal ein spöttisches Lächeln an ihrem

Mundwinkel, und sie entgegnete: »Fünfzehn Ballen, wie gesagt. Und seien Sie versichert, ich werde die Quittung genaustens kontrollieren.« Damit wandte sie sich erneut dem Wagen zu und griff nach dem nächsten Packen.

»Alles abgeladen. Brauchen Sie noch etwas, Schwester Helene?«, hörte sie auf einmal Eugens Stimme neben sich.

Sofort fuhr sie herum und fühlte sich zugleich ertappt. »Wie? … Nein, das wäre alles. Vielen Dank.« Sie verabschiedete sich mit einem kurzen Nicken und eilte dann zur Tür, damit niemand ihre glühenden Wangen bemerkte.

Wie peinlich. Es war ungehörig, andere Leute zu belauschen, selbst wenn einen das Spektakel insgeheim noch so sehr amüsierte. Außerdem riefen sie ihre Pflichten und die Arbeit.

Rasch stieg sie die Treppe in die große Eingangshalle hoch. Das medizinische Vorratslager lag am Ende des Südflügels. Zuallererst musste sie dort den Wareneingang kontrollieren und bestätigen, denn ihr stand absolut nicht der Sinn danach, Feldwebel Schäfer noch mehr zu verärgern.

Auf dem Rückweg würde sie dann in der kleinen Putzkammer, wo sie zurzeit schlief, auch gleich ihre Straßenstiefel gegen die etwas bequemeren Arbeitsschuhe eintauschen.

Sie bog gerade in den breiten, von hohen Fenstern erhellten Gang in Richtung Südflügel ein, als sie aus den Augenwinkeln die Gestalt wahrnahm, die gebückt und schwankenden Schrittes durch den Südeingang trat.

»Hilfe! Helfen Sie mir. Bitte! Meine Tochter … mein Kind …« Die Rufe der Frau hallten durch die Gänge.

Instinktiv wandte sich Helene um, sah die zierliche Frauengestalt in einem grauen Arbeiterinnengewand. In ihren Armen lag ein lebloses kleines Bündel Mensch.

7 – Mariele

21. September 1914, Freiburg, Lazarett in der Hildaschule

Erschöpft sank die Frau auf die Knie. Tränen rannen ihr übers Gesicht. »Bitte helfen Sie mir. Ich weiß nicht, wohin ich sonst gehen soll«, flehte sie und hob mit letzter Kraft das Kind in ihren Armen hoch.

Ohne zu zögern, eilte Helene zu ihr. Ein Blick reichte, um die Brandwunden auf dem entblößten Arm des Mädchens zu erkennen. Sie mochte ungefähr sieben oder acht Jahre alt sein. Strähnen von flachsblondem Haar hatten sich aus den beiden Zöpfen gelöst. Kehlig wimmernd klammerte sie sich an ihrer Mutter fest.

»Was ist geschehen?«, hörte Helene die Stimme ihrer Mitschwester Stine und sah jedoch nicht einmal auf, als sie deren Anwesenheit neben sich wahrnahm. Mit eingeübter Nüchternheit ließ sie stattdessen den Blick über den mageren, in ein einfaches Kleidchen gehüllten Kinderkörper gleiten. Das Leibchen war an Brust und Armen durchnässt, der rechte Ärmel bis zur Schulter aufgerissen und entblößte die zornig-roten Verbrennungen, die sich vom Ellenbogen über den ganzen Oberarm bis hin zur Schulter erstreckten. An der Innenseite des Oberarms begannen sich bereits Blasen auf der Haut zu bilden. Im selben Moment stieg Helene der Geruch von Holzkohlerauch und Rübensuppe in die Nase.

»Ein Unfall in der Volksküche drüben an der Weberstraße.« Die Stimme der Mutter bebte. »Ein Suppenkessel voll kochender Brühe ist umgekippt. Mein Mariele hat direkt neben der Kochstelle gestanden.«

Vorsichtig, um die verbrühten Stellen möglichst nicht zu berühren, tastete Helene nach dem Puls. Sie konnte nirgends Nekrosen entdecken. Ein Glück. Um sich ein vollständiges Bild machen zu können, müssten sie jedoch erst sämtliche Stofflappen von der Haut lösen. Sie beugte sich näher über das Kind. »Marie.«

Beim Klang ihres Namens hörte das Mädchen kurz auf zu wimmern, drehte den Kopf und starrte Helene an. Ihre Pupillen waren vor Schmerzen geweitet, ihr Atem ging gepresst, und der Puls raste.

»Sch, es wird alles gut«, flüsterte Helene und strich dem Kind sanft übers Haar. Aus den Augenwinkeln nahm sie eine Bewegung wahr, wandte nur kurz den Blick und erkannte Stine, die sich wortlos neben ihr auf den Boden gekniet hatte.

Sie hob den Kopf. Erst jetzt bemerkte sie auch die Reihe von Zuschauern bestehend aus Krankenpflegern und auf Krücken gestützten oder bereits wieder gehfähigen Patienten, die sie umringten. Ihre Blicke eine Mischung aus Neugier und Ratlosigkeit.

»Ich brauche eine Trage! Schnell«, herrschte sie die zwei nächststehenden Pfleger an. Was standen die Männer denn bloß nutzlos da herum wie Weidenstöcke? Das Kind riskierte einen Kreislaufkollaps. An Stine gewandt wisperte sie: »Die Kleine braucht Schmerzmittel, und die verbrannten Stellen müssen mit destilliertem Wasser gewaschen werden.«

»Was geht hier vor sich?« Die befehlshaberische Stimme Doktor von Lüdows ließ alle die Köpfe wenden. Augenblicklich trat die Menge beiseite.

Mit blank geputzten Stiefeln und tadellos sitzender Uniform unter dem weißen Ärztekittel baute er sich vor Helene auf, ließ den Blick von ihr zu der noch immer am Boden knienden Arbeiterin und ihrer Tochter gleiten. Sofort verdunkelte sich seine Miene.

Doch Helene beachtete ihn nicht weiter, denn just in dem Moment eilten die zwei Pfleger mit der Trage herbei, stellten diese neben dem verletzten Kind ab.

Sachte legte sie der Mutter die Hand auf den Arm. »Wie ist Ihr Name?«

»Luise – Luise Sachs«, erwiderte die Frau und verfiel wieder ins Schluchzen. »Heilige Jungfrau, vergib mir. Das wäre nie passiert, wenn ich die Kinder nicht hätte alleinlassen müssen. Aber jetzt, wo mein August eingezogen worden ist, muss ich doppelte Schichten in der Fabrik machen. Das Geld reicht sonst vorne und hinten nicht.«

Helene griff nach ihrer Hand. »Luise, Sie müssen jetzt ruhig bleiben. Ich verspreche Ihnen, wir werden unser Möglichstes tun. Damit wir uns jedoch um Marie kümmern können, müssen Sie sie auf die Trage legen.« Sie streckte die Arme aus, um der Frau zu helfen.

Doch prompt donnerte von Lüdows Stimme durch die Halle und ließ alle erstarren: »Das kommt auf gar keinen Fall infrage.« Sogleich wurde Maries Wimmern noch lauter – ob vor Schreck oder vor Schmerz konnte Helene nicht sagen.

Sie fuhr auf die Beine, wandte sich zu dem Arzt um. »Das Kind hat schwere Verbrühungen an den oberen Extremitäten und braucht dringend eine Behandlung.«

»Sollten Sie es nicht bemerkt haben, Schwester Helene, dies ist ein Militärlazarett und kein Kinderklinikum. Zivilpersonen haben hier nichts zu suchen. Um diese kümmert sich das Hospital.«

»Da war ich schon«, rief Luise Sachs dazwischen. »Dort hat man mich fortgeschickt. Sie haben keine Betten frei. Außer für Soldaten und Leute, die dafür bezahlen können.«

Helene versuchte es erneut mit leisen, aber eindringlichen Worten. »Ich bitte Sie, Herr Doktor. Wir dürfen sie nicht einfach wegschicken. Diese Leute haben keine Möglichkeit, die Wunden richtig zu versorgen. Kommt es zu einer Infektion, könnte das schwerwiegende Folgen für das Kind haben.«

»Wollen ausgerechnet Sie mich etwa belehren?« Von Lüdows Antwort kam prompt, mit einer eisigen Kälte in der Stimme und so laut, dass es rundum jeder hören konnte. »Ich bin hier der Arzt und Sie nur eine Krankenschwester, vergessen Sie das nicht.«

Sofort trat Helene zurück, schluckte und schüttelte den Kopf. »Es liegt mir fern, Sie in irgendeiner Weise …«

»Dann halten Sie sich gefälligst an meine Befehle«, fiel er ihr ins Wort. »Hier an der Hildaschule behandeln wir die Männer, die ihren Dienst am Vaterland tun. Für alle anderen ist kein Platz.« An die Frau am Boden gerichtet, sagte er dann: »Es tut mir leid, gute Frau, aber wir können Ihnen nicht helfen.« Sein Kittel flatterte, als er auf dem Absatz kehrtmachte.

»Sie sollten sich wirklich in Grund und Boden schämen«, ertönten auf einmal die strengen Worte einer Frau vom Eingang her.

Von Lüdow hielt mitten in der Bewegung inne, wandte sich in die Richtung, aus der die Stimme gekommen war.

Helene tat es ihm gleich. Und sie traute ihren Augen nicht, als sie die Matrone von eben sah, die nun hoch erhobenen Hauptes dort beim Eingang stand und ihren vorwurfsvollen Blick unverwandt auf von Lüdow gerichtet hielt.

Im selben Augenblick fiel Helene mit einem Schlag wieder ein, woher sie sie kannte. Damals am Bahnhof von Freiburg, als sie Robert verabschiedet hatte. Ja, sie war eine der beiden Frauen gewesen, die auf dem gegenüberliegenden Bahnsteig aufeinandergeprallt waren.

Vor Empörung schnaubend fuhr von Lüdow die Frau an. »Ich verbiete mir eine solche Respektlosigkeit. Wer sind Sie überhaupt?«

Die Fremde ließ sich jedoch nicht einschüchtern. Im Gegenteil, sie warf sich in die üppige Brust. »Mein Name ist Else Lauer.« Ohne zu zögern, trat sie näher. »Ich verlange, dass dieses Kind unverzüglich behandelt wird. Sehen Sie denn nicht, wie das arme Ding leidet?«, rief sie und deutete mit der Hand auf Marie, die noch immer in den Armen ihrer verzweifelten Mutter lag.

»Sie haben hier nichts zu verlangen«, brüllte der Arzt.

Vom Tumult angelockt, hatten sich inzwischen noch mehr Leute um sie versammelt. Nun meldeten sich auch ein paar der Patienten zu Wort: »Dem Kind zu helfen, schadet doch keinem«, rief einer der Männer, während er sich mit einem Arm auf seine Krücke stützte.

»Stimmt. Da könnt' man doch ruhig ein Auge zudrücken«, meinte ein anderer Patient mit dem Arm in der Schlinge. Rundum brummten die Männer zustimmend. Mehr wagte keiner von ihnen zu sagen. Als Arzt hatte Doktor von Lüdow den Rang eines Offiziers und war somit den meisten von ihnen übergeordnet.

»Da hören Sie es.« Triumph lag in Else Lauers Stimme.

Helene beachtete die beiden Streithähne jedoch nicht weiter und beugte sich wieder über Marie. Rasch kontrollierte sie deren Puls.

Er war beschleunigt. Kein Wunder, das Kind hatte Angst und bestimmt höllische Schmerzen. Die Kleine musste so schnell wie möglich aus den nassen Kleidern. Sie drohte sonst zu unterkühlen, und unter dem Stoff war die Haut vielleicht noch an weiteren Stellen verletzt, die so gar nicht zu erkennen waren.

Helene hätte schreien mögen. Wie viel unnötige Zeit musste denn noch mit Diskussionen verloren gehen?

Kurzerhand winkte sie einen der Pfleger herbei und flüsterte ihm zu: »Rufen Sie Professor Faller. Er soll so rasch wie möglich herkommen.« An Stine gewandt raunte sie: »Hol Aspirin, destilliertes Wasser, einen Tiegel Brandliniment und ein paar Gazetücher. Dann bring alles in den Südflügel. Ganz hinten im Liegesaal. Dort, wo der Paravent steht.«

Stine nickte, stand auf und hastete sofort davon.

»Schnell«, raunte Helene Luise Sachs zu und half ihr vorsichtig, das Kind auf die Trage zu legen. Dann hielt sie einen Atemzug lang inne. Lange genug, um sich der Tragweite ihres Vorhabens bewusst zu werden.

»Was geschieht denn nun?« Luise Sachs' Stimme klang heiser vor Angst und Aufregung. Die kleine Marie lag derweil zitternd und mit geweiteten Augen da, klammerte sich an die Hand ihrer Mutter.

Es kostete Helene eine schier unsägliche Anstrengung, ein zuversichtliches Lächeln aufzusetzen. »Jetzt kümmern wir uns um Marie.«

»Ruf einer den Polizeiwachtmeister her. Diese unbefugten Zivilpersonen gehören entfernt«, hörte sie Doktor von Lüdow poltern.

Sogleich stemmte Else Lauer die Fäuste in die Hüften. »Unbefugte Zivilpersonen? Was erlauben Sie sich?« Sie blähte entrüstet die Wangen.

»Sollten wir's nicht besser gut sein lassen, Herrin?« Irgendwann war der bärtige Mann in Sakko und Weste von draußen hereingetreten und wandte sich nun respektvoll-besänftigend an die Frau.

Doch diese fegte seinen Vorschlag mit einem resoluten Händewedeln weg. »Ich will auf der Stelle den Oberstabsarzt sprechen.« Mit dem Finger zeigte sie strafend auf von Lüdows Brust. »Was Sie hier tun, nennt sich unterlassene Hilfeleistung. Meines Wissens haben Sie doch einen Eid geleistet. Gilt der etwa nicht mehr während der Dauer des Kriegsrechts?«

Von Lüdows Gesicht lief rot an. »Das ist doch …«

Else Lauer fiel ihm ins Wort. »Eine Schande. Jawohl, da haben Sie ganz recht!«

Helene biss die Lippen zusammen, sah über die Schulter zurück, wohin der Pfleger vorhin verschwunden war.

Wo blieb denn nur Professor Faller? Sie konnten nicht mehr länger warten. Marie … Ihr Puls war kaum noch zu ertasten.

»Helfen Sie mir«, sagte sie zu dem zweiten Pfleger und fasste selbst nach den Griffen auf der anderen Seite der Trage.

Während Doktor von Lüdow und Else Lauer sich noch immer lauthals gegenseitig ankeiften, schien niemand das Grüppchen zu bemerken, als sie die Eingangshalle verließen.

Ihre Schritte hallten durch den Gang.

»Da lang. Beeilung.« Nach links in den Krankenschlafsaal. Durch den Gang in der Mitte ganz nach hinten.

»Was ist denn das für ein Radau da draußen, Schwester?«, rief einer der dort liegenden Patienten und stützte sich auf dem Ellenbogen hoch, während sein Bein wegen einer Schrapnellverletzung am Unterschenkel in eine Beinlade geschnallt war.

»Alles in Ordnung, Gefreiter Müller. Bleiben Sie mal schön brav liegen«, gab der Pfleger im Vorübereilen zurück, warf Helene jedoch einen Blick zu, der seine Zweifel mehr als deutlich machte.

Sie biss die Zähne zusammen und verbot sich jeden weiteren Gedanken an die möglichen Konsequenzen. Als Krankenschwester hatte sie sich um Patienten zu kümmern – egal, ob Soldaten oder ein kleines Mädchen –, und genau das würde sie auch tun.

In der äußersten Ecke des Schlafsaals, hinter einem Wandschirm von neugierigen Blicken geschützt, setzten sie die Trage ab.

Kurz darauf kam Stine herbeigeeilt, Arme und Hände beladen mit Verbandsutensilien und mehreren Glasflakons. »Ging leider nicht schneller. Ich musste einen Umweg außen herum machen. Der von Lüdow hätte mich sonst gesehen«, stieß sie keuchend hervor, während sie sich neben Helene auf den Boden kniete.

Diese nahm die Utensilien entgegen. »Geh jetzt. Ich will nicht, dass du meinetwegen Scherereien bekommst.«

Doch Stine schüttelte entrüstet den Kopf und erklärte dann in ihrem breitesten Hessisch: »Ha, esu weit kummt's noch.« Ohne mit der Wimper zu zucken, sortierte sie die Verbandssachen auf dem Boden.

Helene griff nach ihrer Hand, drückte sie dankbar – ganz kurz nur, die Zeit war ohnehin schon knapp. Der Tumult von draußen in der Eingangshalle drang bis hierher.

»Gehen Sie«, wies sie den Pfleger an, der betreten danebenstand. Helene konnte es ihm nicht verübeln. »Informieren Sie Professor Faller, wo wir sind, sobald er kommt.«

Aus dem Augenwinkel sah sie, wie er davoneilte, dann richtete sie ihre Konzentration wieder auf das Kind. Vorsichtig begann sie, das Kleidchen aufzuschneiden und den Stoff zu lösen. Sachte, Stück für Stück, um die Haut darunter nicht noch mehr zu verletzen.

»Hier, trink das für mich, ja?« Stine hielt Marie derweil eine Schnabeltasse an die Lippen. Darin hatte sie zuvor etwas Aspirinpulver in Wasser aufgelöst. »Gut so. Braves Mädchen.« Vorsichtig tupfte sie der Kleinen ein dünnes Rinnsal an Flüssigkeit vom Kinn.

Nebeneinander kniend arbeiteten sie stumm weiter. Sie brauchten keine Worte, jede von ihnen wusste genau, was zu tun war.

Das Kind hatte Glück im Unglück gehabt, die Verbrennungen erstreckten sich im Wesentlichen auf den rechten Arm, die Schulter und bis etwa zur Mitte des Thorax'. An einigen Stellen, vor allem dort, wo der nasse Stoff auf der Haut kleben geblieben war, hatte sich die oberste Hautschicht in Fetzen gelöst. Darunter kam die empfindliche, gerötete, manchmal blutig-wässernde Unterhaut zum Vorschein.

Mit raschen, aber sorgfältigen Handgriffen reinigten sie die verletzten Flächen erst mit destilliertem Wasser, versuchten dabei, Stofffasern und Verunreinigungen, so gründlich es ging, zu entfernen. Die geschundene Kinderhaut war höchst anfällig für Infektionen.

Immer wieder prüfte Helene dabei Maries Puls und ihre Atmung. Beides wurde immer regelmäßiger. Sehr gut. Das Schmerzmittel schien zu wirken. Die Kleine wimmerte nur noch kaum hörbar, als sie die Wunden mit einem Brandliniment aus Leinöl, Kalkwasser und Thymol betupften. Die Lösung wirkte sowohl kühlend als auch antiseptisch.

Gerade als Helene den letzten der sterilen Gazestreifen auf der Wunde platzieren wollte, hörte sie das Trampeln von mehreren Stiefelpaaren hinter dem Wandschirm.

Sie schloss kurz die Augen und holte tief Atem. Es war so weit. Das Fallbeil über ihrem Kopf begann zu schwirren.

Verzeih mir, Christian, mein Liebling. Aber ich musste es tun.

Sie wischte sich die Hände an einem Lappen sauber und kam langsam auf die Beine. Gerade noch rechtzeitig, ehe der Paravent mit einem Ruck beiseite geklappt wurde. Vor ihr stand Professor Faller, hinter ihm seine Entourage bestehend aus Doktor von Lüdow, dem Sanitätsfeldwebel Schäfer und einem Polizeibeamten in Uniform. Letzterer musste der diensthabende Wachtmeister sein. Diese wechselten so häufig, dass sich Helene die Namen nicht merken konnte.

»Da. Sehen Sie, Herr Professor. Es ist, wie ich Ihnen gesagt habe. Wir haben es hier mit einer Missachtung direkter Befehle zu tun«, erklärte von Lüdow mit Blick auf die kleine Marie und ihre Mutter, jedoch nun in einem völlig nüchternen Tonfall. So, als bestätige er eine längst gesicherte These.

Helene straffte den Rücken. »Das war keine Befehlsmissachtung, sondern eine simple Hilfeleistung«, gab sie ruhig an den Arzt gewandt zurück. »Während Ihrer endlosen Diskussionen hätte das Kind einen Kreislaufschock erleiden können.« Sie wandte den Blick zu Professor Faller. »Hätte ich Marie einfach dort liegenlassen sollen, ohne etwas zu unternehmen? Was hätte das denn für ein schlechtes Bild auf das Lazarett in der Hildaschule geworfen?«

Im gleichen Augenblick ertönte eine heisere Männerstimme aus dem Hintergrund: »Wie geht es der Kleinen denn nun? Sie wird es doch schaffen, oder?«

Helene traute ihren Augen nicht, als sie die Schar dort sah. Darunter waren nicht nur die Patienten aus dem hiesigen Saal, sie erkannte auch ein paar der Männer, die den Geschehnissen bereits vorhin in der Eingangshalle beigewohnt hatten. Allesamt waren sie in die gestreiften Krankenhaus-Schlafuniformen gekleidet. Ein paar von ihnen trugen Morgenmäntel darüber und hatten Pantoffeln an den Füßen. Andere lagen in ihren Betten oder stützten sich auf Krücken, die Verletzungen in Mull- oder Gipsverbänden eingewickelt. Viele mit Blutergüssen und Schrammen auf der Haut. Gesichter jeden Alters – junge, mit zum Teil noch geradezu kindlichen Zügen, ältere, in die das Leben Fältchen und Furchen gepflügt hatte –, die Mienen ernst und fragend.

Ein Räuspern ließ Helene den Blick zurück zu Professor Faller wenden.

Ein winziges Zucken an den Lippen, dann wurde er wieder ernst und nickte Helene zu, ehe er mit ruhiger entschiedener Stimme verkündete: »Sie haben es gehört, Schwester Helene. Wie geht es dem Kind also?«

Erstaunt sah Helene zu dem Professor auf. Doch Faller verschränkte die Hände hinter dem Rücken. Seine Miene war undurchdringlich, während er den Blick erst auf das Kind auf der Trage richtete, dann auf Helene. »Nun? Wir sind alle gespannt. Wie ist Ihre Diagnose?«

Im ersten Moment war Helene sprachlos. Damit hatte sie nicht gerechnet.

Sie schluckte und zwang sich zur Ruhe. Sie hatte zwar keinen Doktorabschluss in Medizin und maßte sich auch keineswegs das Wissen eines studierten Arztes an. Doch sie hatte einige Erfahrung, kannte ihre Fähigkeiten.

Es gelang ihr sogar, Doktor von Lüdows Schnauben zu ignorieren, als sie, die Hände vor dem Schoß übereinandergelegt, begann, ihren Befund zu erläutern. Punkt für Punkt – konzentriert und ohne zu zögern. »Die Patientin scheint im Moment schmerzfrei und ihr Zustand stabil zu sein«, schloss sie ihren Diskurs. »Die Wunden sind gesäubert und behandelt. Um eine gute Heilung ohne Infektion zu gewährleisten, halte ich eine weitere Behandlung in einer medizinischen Einrichtung jedoch für unerlässlich.«

»Das steht außer Frage«, sagte Doktor von Lüdow. »Hier an der Hildaschule ist das jedoch unmöglich.« Mit einer umfassenden Geste deutete er auf den Saal voller Männer.

Professor Faller hatte während Helenes Ausführung nur aufmerksam zugehört, sich jedoch mit keinem Wort geäußert. Mit einem Ruck drehte er sich zu den versammelten Patienten um und erklärte mit ruhiger, unmissverständlich autoritärer Stimme: »Wie die Herren gehört haben, geht es dem Kind dank der Fürsorge von Schwester Helene und Schwester Stine den Umständen entsprechend. Das Spektakel ist hiermit beendet. Gehen Sie nun wieder in ihren eigenen Schlafsaal zurück, damit der ordentliche Betrieb weitergeführt werden kann. Hier gibt es nichts mehr zu sehen.«

Er wartete so lange, bis auch der letzte der Männer entweder aus dem Saal geschlurft oder mithilfe eines Pflegers wieder auf sein Bett zurückgesunken war, ehe er den Wandschirm zurechtrückte. So, dass keine unbefugten Blicke mehr auf das Grüppchen rund um Marie fallen konnten.

Er nahm die Brille von der Nase und sah erst Marie und deren Mutter an, dann Helene und Stine. »Nun. Fangen wir bei Ihnen beiden Schwestern an. Sie haben sich beide über den Befehl eines Ranghöheren hinweggesetzt.«

Schon schnappte Stine nach Atem, um etwas darauf zu erwidern. Doch der Professor hob nur die Hand. »Ich zweifle keinen Moment lang daran, dass Sie nur in allerbestem Wissen und Gewissen gehandelt haben. Nichtsdestotrotz lag die Entscheidung nicht in Ihrer beider Ermessen, sondern in der des diensthabenden Arztes. Und ich muss Doktor von Lüdow recht geben: Hier ist weiß Gott nicht der richtige Ort für ein kleines Mädchen. Wir haben keine Möglichkeit, sie für die weitere Behandlung unterzubringen.«

»Aber wo soll ich denn sonst mit meinem Mariele hin?« Erneut klang Luise Sachs' Stimme tränenerstickt. Sie wandte sich mit verzweifeltem Blick an Helene. »Sie haben doch gesagt, die

Brandwunden könnten sich entzünden, wenn sie nicht richtig versorgt werden.«

»Und das können wir auf keinen Fall zulassen«, ertönte mit einem Mal eine Frauenstimme von jenseits des Paravents. Und die Blicke aller Anwesenden wurden groß, als Else Lauer in aller Ruhe hervortrat, wie wenn nichts gewesen wäre.

Sogleich fuhr Doktor von Lüdow auf: »Sie schon wieder?« An den Polizeibeamten gewandt polterte er weiter: »Nehmen Sie diese Person sofort fest und führen sie ab. Sie hat hier nichts zu suchen.«

Helene hielt den Atem an.

»Ganz im Gegenteil«, sagte Else Lauer ungerührt. »Es geht hier um das Wohl einer Freiburger Bürgerin und ihres Kindes. Als Präsidentin des lokalen Frauenvereins ist es sogar meine Pflicht, mich hierum zu kümmern.«

Ohne die anderen Männer eines weiteren Blickes zu würdigen, trat sie vor Professor Faller hin und reichte ihm die Hand. Ein Lächeln erhellte dabei ihr Gesicht. »Herr Oberstabsarzt, was für eine Freude, Sie wiederzusehen.«

Fassungslos starrte Helene auf die Szene. Die beiden kannten sich?

»Frau Lauer.« Einen klitzekleinen Moment lang wirkte Faller erstaunt, aber er fing sich sogleich wieder und erwiderte den Gruß – zwar höflich, wenn auch deutlich distanziert. »Die Freude ist ganz meinerseits. Allerdings …«

»Oh, ich hoffe, Sie verzeihen mir meine abrupte Einmischung«, kam ihm Else Lauer zuvor. »Ich hatte eigentlich nur vor, die allwöchentliche Lieferung an Verbandsmaterial vorbeizubringen, als ich leider Zeugin dieses bedauernswerten Vorfalls von eben geworden bin.« Sie warf einen Blick auf Marie und ihre Mutter. »Wie ich gehört habe, geht es dem Kind den Umständen entsprechend. Es ist ein Segen, dass die Hildaschule solch zuverlässige und pflichtbewusste Krankenschwestern hat. Nicht auszudenken, was sonst aus der Kleinen geworden wäre.«

Zwar strafte sie von Lüdow noch immer mit völliger Nichtachtung, der Seitenhieb in seine Richtung war jedoch unmissverständlich gewesen. Helene sah, wie sich die Ader an dessen Stirn vor lauter unterdrücktem Ärger verdickte. Doch er konnte nichts darauf erwidern, ohne sich zugleich eine Blöße zu geben.

»Auf der nächsten Vereinsversammlung werde ich nur in den allerhöchsten Tönen über den hiesigen Lazarettbetrieb berichten können«, fuhr Else Lauer fort. »Umso mehr, weil wir bestimmt eine geeignete Lösung für das Mariele finden werden. Könnte sie denn nicht zum Beispiel im Schlafraum der Krankenschwestern untergebracht werden?«

Helene biss sich auf die Zunge, sah zu Stine hinüber, deren Gesichtsausdruck ihre eigenen Gedanken spiegelte.

Marie bei ihnen unterbringen? Greta und Stine schliefen zurzeit zusammen mit zwei weiteren Pflegeschwestern auf Pritschen im Badesaal, und sie selbst in der Putzkammer. Wie sollten sie unter diesen Umständen noch Platz für das Kind finden?

Bestimmt würde Professor Faller Else Lauers Idee gleich mit einer plausiblen Begründung verwerfen. Wusste er denn nicht, wie es um die Unterkunftssituation der Krankenschwestern an der Hildaschule stand?

Doch sie traute ihren Ohren nicht, als Faller nachdenklich den Kopf schief legte und meinte: »Das wäre in der Tat gar keine schlechte Idee.«

Sie starrte ihn an. Was sagte er denn da? Wie stellte er sich das vor?

»Na also, damit wäre das Problem doch gelöst.« Else Lauer wirkte zufrieden.

»Nein, das geht nicht.« Erst als die Anwesenden die Blicke zu ihr wandten, wurde sich Helene ihrer Worte bewusst, und sie machte augenblicklich einen Schritt zurück.

»Warum sollte das denn nicht gehen?«, fragte Faller mit einem Stirnrunzeln.

Helene schluckte, sah hektisch von einem zum anderen. Himmel, was hatte sie da nur getan?

Feldwebel Schäfer – er wusste auf jeden Fall Bescheid, er teilte ihnen jeden Tag den Schlafplatz zu – tat, als ginge ihn die Angelegenheit nicht das Geringste an.

»Wegen des Platzes«, sagte Stine ausweichend. »Wir haben schon jetzt kaum genug.«

»Was sagen Sie da? Die Unterkünfte der Pflegepersonen oben im dritten Stock des Nordtrakts sind mehr als geräumig.« Professor Fallers Miene wirkte auf einmal konsterniert-tadelnd.

Stine schnaubte. »Die Unterkünfte des Pflegepersonals? Von dort sind wir doch schon vor Wochen ausquartiert worden.«

Offenbar hatte der Professor tatsächlich nicht die geringste Kenntnis von ihrer Situation.

Das machte Helene mutiger. »Vielleicht kann Ihnen Feldwebel Schäfer die Frage besser beantworten.« Unverwandt richtete sie den Blick nun auf den Sanitätsoffizier.

Der begann auf einmal hektisch zu blinzeln. »Nun ja, ich …«

»Kann mir nun endlich jemand eine befriedigende Antwort geben, oder sollen wir den ganzen restlichen Tag hier verplempern?« Mit einer fließenden Bewegung setzte sich der Professor die Brille wieder auf. Damit wirkte sein Gesicht gleich noch eine Spur strenger.

»Also, es ist so …« Schäfer räusperte sich, hob das Klemmbrett in seiner Hand, als wäre es ein Schild, und blätterte in den angehefteten Zetteln herum.

»Nun reden Sie schon.« Fallers Stimme klang jetzt eindeutig gereizt.

Sogleich stand Schäfer stramm und schlug dabei die Fersen zusammen. »Jawohl, Herr Oberstabsarzt. Die Umstände haben uns leider keine andere Wahl gelassen, als die für das weibliche Pflegepersonal vorgesehenen Räumlichkeiten stattdessen für weitere Patientenbetten aufzuwenden.«

Und damit war die Wahrheit endlich zutage gekommen. Im Gegenteil, auf einmal schien der Sanitätsfeldwebel gar nicht mehr zu bremsen. Er erwähnte sogar die kurzfristige Änderung von Helenes Unterbringung für heute Nacht, die eine größere, in der Putzkammer zu verstauende Lieferung an Natronseife leider unumgänglich machte.

Davon hatte sie noch gar nichts gewusst.

Während der Feldwebel redete, wurde Professor Fallers Miene immer düsterer, seine buschigen silbernen Augenbrauen wölbten sich immer mehr.

Doch es war Else Lauer, die dem Feldwebel kurzum ins Wort fiel: »Soll das etwa heißen, dass die Krankenschwestern hier an der Hildaschule keine richtige Unterkunft haben? Keinen Ort, an den sie sich zum Ausruhen zurückziehen können?« Sie sah Helene und Stine an. Dann glitt ihr vorwurfsvoller Blick zurück zu Professor Faller. »Ich brauche Ihnen wohl nicht zu sagen, wie wenig das den höheren Stellen gefallen wird, sollten sie davon erfahren.«

»Es geht mir genauso, das versichere ich Ihnen«, erwiderte Faller. Der gepresste Ton seiner Stimme ließ auch nicht den geringsten Zweifel daran aufkommen. »Ich kann außerdem nicht glauben, dass man mich über diesen Zustand vorsätzlich im Dunkeln gelassen hat.« Sein vorwurfsvoller Blick glitt über die Runde und blieb auf Feldwebel Schäfer haften. Dessen Stirn glänzte inzwischen vor Schweiß, und er schob sich in einer fahrigen Geste die Brille auf dem Nasenrücken nach oben.

»Und was wollen Sie nun dagegen unternehmen?« Else Lauer dachte offenbar nicht daran, lockerzulassen. Sie muss reichlich Einfluss haben, dass sie sich als Frau überhaupt das Recht dazu herausnehmen kann, ging es Helene durch den Kopf.

»Und was wird aus meinem Mariele?«, wagte Luise Sachs zu fragen.

Zu Helenes größter Verwunderung war es jedoch ausgerechnet Doktor von Lüdow, der mit dem ersten brauchbaren Vorschlag auftrumpfte. »Ich kenne den Oberarzt des Städtischen Hospitals. Wenn ich ihm den Sachverhalt erkläre, kann ich ihn vielleicht dazu überreden, das Kind doch aufzunehmen.«

Professor Faller stieß schnaubend den Atem aus, nickte aber. »Gut, versuchen Sie es. Und wenn er sich querstellt, werde ich persönlich mit ihm sprechen. Was allerdings das andere Problem angeht …« Mit noch immer ärgerlich gerunzelter Stirn drehte er den Kopf zu Helene und Stine.

»Von wie vielen Krankenschwestern ist hier überhaupt die Rede?«, fragte Else Lauer.

Helene besann sich einen Moment, ehe sie antworte: »Wir sind insgesamt zu fünft. Zwei arbeiten zurzeit auf den Stationen im zweiten Stock, und eine weitere Schwester hat heute frei.«

»Fünf also.« Else Lauer spitzte die Lippen, während sie kurz nachdachte.

Die Keramikkirschen auf ihrem Hut klickerten leise, als sie sich zu Professor Faller umdrehte. »Im Sinne der guten Zusammenarbeit könnte ich vielleicht eine Lösung anbieten«, sagte sie dann, und ein kurzes zufriedenes Lächeln erhellte plötzlich ihr Gesicht.

8 – Das Geheimnis

21. September 1914, Freiburg, Hauptpost- und Telegraphenamt

Der Duft von Hagebuttentee waberte durch die Luft, während Pauline an einem der ruhigeren Ecktische im Pausenraum des Telegraphenamtes saß.

Sogleich fühlte sie das inzwischen schon vertraut gewordene Blubbern im Unterleib. Sie hatte den säuerlichen Geruch von Hagebutte nie gemocht. Ihr Ungeborenes schien dieselbe Abneigung dagegen zu haben.

Sachte fuhr sie mit der Hand über den Bauch, darauf bedacht, dass es so aussah, als würde sie sich den Stoff ihres Kittels glatt streichen. Natürlich wusste niemand hier von ihrem Zustand. Man hätte ihr auf der Stelle gekündigt, und das wäre in ihrer Situation fatal gewesen.

Zwar machte sich Pauline nichts vor, wenn der Krieg doch länger als erwartet dauerte, würde sie eine Lösung finden müssen. Irgendwann könnte sie die Schwangerschaft nicht mehr verheimlichen, auch wenn sie das Korsett noch so eng schnürte.

Der Gedanke hatte ihr bis jetzt schon so manche schlaflose Nacht beschert. Ein, zwei Monate blieben ihr noch, bestenfalls drei, länger würde sie die Wahrheit kaum vertuschen können.

Sie nahm einen Schluck aus dem Wasserglas, klaubte mit dem Zeigefinger die letzten Krümel vom Leinentuch, in das sie ihr Butterbrot heute Morgen beim Frühstück eingeschlagen hatte.

Im Weltbild der Gesellschaft des Kaiserreichs galt man als unverheiratete Schwangere entweder als gefallene, von einem Wüstling verführte Unschuld oder – noch viel schlimmer – als lasterhaftes Weib ohne Anstand oder Scham und mit entsprechend geistiger Schwachheit. Eine anständige, intelligente Frau käme schließlich gar nicht erst auf die Idee, ein Kind in die Welt zu setzen, wenn ihr die Unterhaltsbedingungen dazu fehlten. Andererseits machte sich strafbar, wer zu einer Engelmacherin ging und das Ungeborene wegmachen ließ.

So blieb den meisten Frauen nur, das Kind entweder im Findelhaus abzugeben, oder sie bezahlten eine Bekannte oder eine Nachbarin für die Betreuung, während sie arbeiten mussten.

Ersteres wäre für Pauline ohnehin niemals infrage gekommen. Ebenso wenig wie die zweite Option.

Es blieb noch eine weitere Möglichkeit: eines dieser Versorgungsheime der städtischen oder kirchlichen Fürsorge. Doch allein bei dem Gedanken daran wurde ihr übel.

Wie immer während der Essenspause barst der Raum schier vor Geschnatter der Frauen an den Tischen rundum. Sie alle gehörten zur Frühschicht.

Eisern versuchte Pauline, die Stimmen und ihre Sorgen auszublenden und sich wieder auf Georgs Brief zu konzentrieren. Er war heute Morgen angekommen. Der erste Brief ihres Bruders, seit sie ihm ihre neue Anschrift in Freiburg mitgeteilt hatte. Das Papier war übersät mit Schlieren, die Ecken waren geknickt, und die mit Bleistift gekritzelten Wörter manchmal nur schwer zu entziffern. Aber es war ein Lebenszeichen.

6. September 1914, St. Dié

Mein liebes Lienchen,

entschuldige die Krakelei. Der Wagen, in dem ich gerade sitze, rumpelt gewaltig.

Wie geht es Dir? Gut hast Du ausgeschaut, als wir uns neulich am Bahnhof, wenn auch nur von Weitem, gesehen haben. Bist eine richtige Dame geworden, Schwesterherz.

Gut, dass Du inzwischen eine Bleibe in Freiburg gefunden hast. So sind wir gar nicht weit voneinander entfernt: Anfang August sind wir zum Grenzschutz in Markirch abkommandiert worden. Dann in Rothau. Dort oben ging's ziemlich hoch her mit den Franzen. Die sind zäh und haben unsere Stellungen immer wieder zu überrennen versucht. Aber wir haben ihnen jedes Mal ordentlich Feuer gegeben. Kein Wunder, mit ihren roten Uniformhosen sieht man sie im Feld schon von Weitem. Nachdem wir so viele von ihnen gefangen genommen haben, ist es unserem Spieß jedoch zu bunt geworden, und sein Befehl hat gelautet: »Keine weiteren Gefangenen mehr. Schießt sie ab wie die Hasen.« Und genau das haben wir gemacht.

Pauline stockte der Atem, und sie ließ den Brief auf den Tisch sinken. Georg war schon immer ein Draufgänger gewesen – hart im Nehmen und Geben, aber eigentlich mit einem butterweichen Herzen tief in der Brust. Die Kaltblütigkeit, die jedoch hier aus seinen Worten sprach, war schwer zu ertragen. So hatte sie ihren Bruder noch nie zuvor reden hören. Vor allem, was er von den französischen Soldaten schrieb …

Sie hatte sich diesen Gedanken während der vergangenen Wochen stets strikt verboten. Auch weil sie bis jetzt davon überzeugt gewesen war, dass die Wahrscheinlichkeit nahezu ans Unmögliche grenzte. Aber war dem tatsächlich so? War es wirklich so unwahrscheinlich, dass sich André und Georg zur selben Zeit und auf demselben Schlachtfeld gegenüberstünden? Der Gedanke war schier unerträglich.

Sie holte tief Atem und nahm den Brief wieder auf.

Während eines dieser Gefechte hat mich ein Granatsplitter an der Schulter getroffen, und ich habe eine Woche lang im Etappenlazarett gelegen. Keine Angst, inzwischen bin ich wieder heil genug und nun auf dem Weg nach Saarburg. Die Verletzung zwickt nur noch ein wenig, wenn ich den Arm zu stark beanspruche.

Ansonsten geht es mir gut. Das Essen ist ordentlich und vor allem reichlich.

Pauline sah auf, als sie die Anwesenheit einer Person bemerkte.

Vorsichtig den Rock raffend nahm die junge, dunkelhaarige Frau mit den feinen, fast schon porzellanpuppenartigen Gesichtszügen ihr gegenüber am Tisch Platz. Mina hatte sie damals an ihrem allerersten Tag hier eingeführt. Sie arbeitete bereits seit drei Jahren als Telefonistin. Länger als jede andere der insgesamt achtzig Frauen, die hier auf dem Post- und Telegraphenamt in drei Schichten rund um die Uhr die Telefonverbindungen betreuten. Deswegen hatte sie auch von allen die größte Erfahrung und schaffte es mit beneidenswerter Mühelosigkeit, die rund zweihundert Anschlüsse auf ihrem Schrankbereich im Auge zu behalten.

Mit geradem Rücken saß die Arbeitskollegin nun da, strich eine Stoffserviette vor sich auf dem Tisch glatt, ehe sie einen Apfel darauf platzierte. »Darauf habe ich mich schon den ganzen Morgen gefreut«, sagte sie. Andere Frauen hätten dabei wohl gelächelt, Mina Sahner hingegen spitzte die Lippen und runzelte die Stirn.

Wie immer hatte sie das volle Haar auf dem Oberkopf gescheitelt und in säuberlich gewellten Rollen zu einem großen Knoten am Hinterkopf hochgesteckt. Keine einzige Locke außer Form oder höher, als es die Vorschrift erlaubte, damit sich die Sprechgarnitur mit dem Kopfhörer nicht in den Haaren verfing. Dazu trug sie, wie alle hier angestellten Frauen, den unförmigen grauen Überkittel mit den Schulterklappen. Der sollte einerseits dazu dienen, dass die Kleidung sauber blieb, eine einheitliche Uniform stärke zudem den Gemeinschaftssinn, sagte Postrat Lämmle immer.

Nun, zumindest diente es dazu, dass sie alle wie biedere, farblose Gestalten aussahen, fand Pauline.

Nichtsdestotrotz konnte sie sich beim Anblick der Kollegin ein Schmunzeln nicht verkneifen. Keiner von ihnen stand Biederkeit so gut wie Mina. Und das war auch überhaupt nicht böse gemeint, ganz im Gegenteil: Sie trug den vorgeschriebenen Arbeitskittel mit Stolz, als wäre er ihr auf den Körper geschneidert. Ja, das Platingrau unterstrich ihre feinen Gesichtszüge sogar noch zusätzlich.

Pauline hingegen tat sich mehr als schwer mit dieser Farblosigkeit. Inzwischen hatte sie schon zweimal einen Verweis kassiert, weil sie die Knöpfe des Kittels nicht ganz bis unters Kinn zugeknöpft oder die Ärmel so weit hochgekrempelt hatte, dass man die Bluse darunter sehen konnte.

Umso erstaunlicher war es, dass Mina, obwohl sie beide im Grunde keinerlei Gemeinsamkeiten hatten – weder im Charakter noch was ihre Herkunft betraf –, während den vergangenen Wochen dem am nächsten gekommen war, was Pauline eine gute Bekannte nennen würde. Sie war immerhin nicht so geschwätzig wie die anderen Frauen. Unter der Fassade aus strengem Pflichtbewusstsein verbarg sie außerdem einen zielsicheren Scharfsinn und manchmal sogar eine Prise Humor.

»Ein Brief von deinem Liebsten?«, fragte Mina, während sie den Apfel mit einem Messer in auf den Millimeter genau gleich breite Viertel schnitt.

»Von meinem Bruder Georg«, antwortete Pauline wahrheitsgetreu und ignorierte mit aller Mühe den Stich, der ihr bei der Frage in die Brust gefahren war. »Er war bei den Vogesen-Schlachten dabei.« Rasch faltete sie den Brief wieder zusammen und steckte ihn ein. Sie würde ihn heute Abend auf ihrem Zimmer weiterlesen. Bei dem ganzen Geschwätz und Gelächter hier fand sie ohnehin keine Ruhe.

Der Pausenraum sah noch immer genauso aus wie wie an jenem Tag, als Mina ihn ihr zum ersten Mal gezeigt hatte: mit denselben gehäkelten Deckchen auf den Kommoden, den gleichen bordeauxroten Sitzpolstern an den Stühlen, und dort an der Wand sahen Kaiser Wilhelm und Großherzog Friedrich noch immer in ihren Gemälden auf die Frauen herab. Einzig die Tischdecken waren jetzt hellblau, und in den Vasen standen nun Dahlien in verschiedenen Farben. Jemand hatte sogar je einen Bund davon oben auf die Holzrahmen der Regentenporträts gesteckt.

Die große Uhr an der Wand schlug zwölf. In einer Viertelstunde war Paulines Mittagspause vorbei, und es folgten die letzten vier Stunden ihrer Schicht.

Die Kolleginnen am Nachbartisch packten bereits ihre Brotbüchsen wieder ein. »Kommt, machen wir noch eine kurze Runde ums Haus«, schlug eine von ihnen vor. Ein hübsches, blutjunges Ding mit aschblondem Haar und Apfelbäckchen.

Eine der anderen Frauen kicherte. Sie mochten beide ungefähr im selben Alter sein. »Vielleicht sehen wir dabei ja deinen Günther«, rief sie so laut, dass alle im Raum es hören konnten, und machte dazu eine vielsagende Miene. »Er sieht ja auch richtig schneidig aus in seiner Uniform.«

»Jeder Mann sieht gut aus in Uniform«, warf eine andere Kollegin lachend dazwischen. »Ein Glück, dass wir hier in Freiburg geradezu die Qual der Wahl haben.«

Alle am Tisch fielen in das Gelächter mit ein. Dann hakten sich die Frauen gegenseitig unter und verließen, noch immer schwatzend, den Pausenraum.

Mina sah ihnen kopfschüttelnd nach. »Manchmal benehmen sie sich wirklich wie eine Schar Hühner. Ständig gackernd und um irgendeinen armen Gockel herumflatternd.«

»Lass sie doch«, meinte Pauline nachsichtig. »Wenigstens finden sie etwas Positives an der ganzen Situation.« Wie könnte sie ihnen ihren Übermut übel nehmen, in dem Alter war sie schließlich nicht anders gewesen. Auf dem Weg nach Paris, voller Träume, Erwartungen und Tatendrang. Allerdings war seinerzeit der Gedanke an Krieg noch weit entfernt gewesen.

Doch Mina stieß nur missbilligend den Atem aus. »Sie sind viel zu blauäugig. In ihrer Einfalt sehen sie nur, was sie sehen wollen, und vergessen dabei, was das alles mit sich bringt.«

Im Stillen seufzte Pauline auf. Sie mochte Mina wirklich. Manchmal vergaß sie jedoch, dass die Kollegin aus einer Familie von Pädagogen kam. Ihr Vater war noch immer Privatdozent für Philosophie an der Großherzoglich Badischen Albert-Ludwigs-Universität hier in Freiburg, und ihre Mutter war bis zu ihrer Heirat Lehrerin an der Höheren Töchterschule in Hannover gewesen. Ganz entgegen der allgemeinen patriotisch gesinnten Stimmung unter der pädagogischen Elite zählten Minas Eltern, vor allem ihr Vater, aber erstaunlicherweise zu den Kriegsskeptikern. Und dieselben Ansichten hatten sie anscheinend auch ihrer Tochter weitervererbt. Jedenfalls ließ Mina kaum je eine Gelegenheit verstreichen, um ihre Überzeugungen darzulegen.

»Sie sollten sich lieber darüber Gedanken machen, wie die

Stadt diese Massen von Soldaten verpflegen soll«, führte sie nun unbeeindruckt aus. »Das Militär ist nahezu völlig auf die Unterstützung der regionalen Bauern angewiesen. Es heißt, einige von ihnen seien bereits von der Stadtkommandantur zu größeren Lieferungen angehalten worden.«

Sie beugte sich vor, tippte mit dem Zeigefinger auf die Tischplatte. »Wenn die ganzen Erzeugnisse der Bauern jedoch ans Militär gehen, bleibt immer weniger für die Zivilbevölkerung übrig. Es ist nur noch eine Frage der Zeit, bis die Preise auf den Märkten in die Höhe schnellen, weil die Nachfrage das Angebot übersteigt. Und das wird erst der Anfang sein.«

Das klang zwar alles bestechend schlüssig, trotzdem …

»Nun hör doch auf mit dieser Angstmacherei. So weit wird es gar nicht erst kommen«, mischte sich eine andere Telefonistin vom Tisch neben ihnen ein – Pauline wusste, dass sie Erna hieß. »Bis zum Jahresende ist der Krieg vorbei, und alles geht wieder seinen gewohnten Gang. Hier steht es.« Sie hob eine Ausgabe der aktuellen Morgenausgabe der *Freiburger Zeitung* in die Höhe und zeigte mit dem Finger auf den Artikel. »Im Angriff auf die französisch-englischen Truppen bei Reims haben wir Fortschritte gemacht. Und der Reichskanzler sagt, dass nichts von dem stimmt, was in den ausländischen Blättern behauptet worden ist. Alles nur Lügenpropaganda der Engländer. Im Gegenteil, bei Paris haben wir weder Geschütze verloren, noch sind deutsche Soldaten in Gefangenschaft geraten. Stattdessen sind geschätzt bis jetzt schon über 150 000 Russen in Masuren umgekommen.«

Mit triumphierender Miene hielt sie Mina die Zeitung hin. »Kannst es ja selbst nachlesen. Lange halten die doch gar nicht mehr gegen uns durch. Unsere Armee ist den Gegnern hundertfach überlegen.«

Mina blinzelte nur kurz und antwortete mit sachlichem Lehrerinnentonfall: »Erstens vermischst du da Äpfel mit Birnen. Der Erfolg einer Schlacht lässt sich nicht nur anhand der Anzahl Gefangener oder des Verlusts an Geschützen messen. Geschweige denn, dass es unrealistisch ist, die Kampfhergänge im Osten und Westen zu vergleichen. Allein schon die Proportionen sind völlig verschieden. Und zweitens: Wer sagt denn, dass diese ganzen Meldungen in der Zeitung nicht auch Propaganda sind?« Wie um ihre Worte zu unterstreichen, legte sie die Stirn in Falten. Dann lehnte sie sich im Stuhl zurück und biss genüsslich in einen ihrer Apfelschnitze.

Erneut seufzte Pauline in Gedanken auf. So groß Minas Klugheit auch war, ihre Toleranz gegenüber Andersdenkenden war umso geringer, und das ließ sie diese auf die eine oder andere Art auch spüren. Meistens, indem sie umgehend ihre Gegenargumente vorbrachte, die zwar wohl durchdacht sein mochten, jedoch oft sehr besserwisserisch klangen.

Das war der Grund, weshalb die Mehrheit der hier angestellten Frauen sich so wenig wie möglich mit ihr einließen. Kein Wunder. Sie hatte häufig eine derart subtil herausfordernde Art an sich, dass sich einige Leute auf die Füße getreten fühlten und entsprechend reagierten. Genau so wie die Kollegin jetzt.

Einen Atemzug lang zeigte Ernas Miene Verwirrung. Dann stand sie so abrupt auf, dass die Stuhlbeine laut über den Holzboden scharrten. »Schämen solltest du dich«, zischte sie Mina an.

»Ich wüsste nicht, wofür«, gab diese unbeeindruckt zurück.

»Für deine Schmähreden.«

»Schmähreden?«

»Ja, so wie das, was du vorhin gesagt hast!«, ereiferte sich Erna, und ihre Stimme wurde immer schneidender.

Mina blieb völlig ruhig. »Ich habe lediglich Fakten geschildert.«

»Von wegen! Du hast das, was hier steht, als Propaganda bezeichnet.« Erna wedelte mit den raschelnden Zeitungsseiten in der Luft herum.

»Ich habe nur die Möglichkeit in Betracht gezogen. Eine absolut legitime Überlegung. Jede im Krieg beteiligte Regierung wäre sehr nachlässig, würde sie keine Propaganda betreiben«, entgegnete Mina mit einem Schulterzucken.

»Na, na, na«, mischte sich Pauline ein und versuchte, die Situation zu entschärfen. »Das ist doch wirklich kein Grund für einen Streit.« Sie warf einen warnenden Blick in Minas Richtung.

Allerdings fand auch sie Ernas Reaktion übertrieben patriotisch. Und normalerweise war sie ebenfalls kaum ums Wort verlegen, stand für ihre Meinung ein und tat diese mindestens ebenso laut kund. Wahrscheinlich war Mina ihr genau deswegen so sympathisch, selbst wenn deren Wissenshorizont den ihrigen um Weiten übertraf. Es mochte jedoch an ihrem Zustand liegen, dass sie in letzter Zeit so viel ruhiger geworden war und den Frieden suchte, wo immer sie ihn finden konnte. Das allein war schon erstaunlich genug.

»Außerdem haben wir während unserer knappen Mittagspause Besseres zu tun, als uns gegenseitig wegen etwas anzukeifen, auf das wir nicht den geringsten Einfluss haben, oder?«, sagte sie schließlich und sah von einer Frau zur anderen.

Im selben Moment schlug die Wanduhr Viertel nach. Die Tür zur Garderobe öffnete sich, und die restlichen Telefonistinnen ihrer Schicht kamen aufgeregt kichernd von ihrem Spaziergang zurück. Offensichtlich hatte dieser die Absichten der Damen zur vollsten Zufriedenheit erfüllt.

»Nun denn …« Mina wischte das Messer sauber und faltete ihre Serviette sorgfältig zusammen, ehe sie von ihrem Stuhl aufstand. »Machen wir weiter. Kommst du auch?«, fragte sie Pauline.

»Gleich«, antwortete sie und ließ die übrigen Frauen am Tisch vorbei, ehe sie sich erhob.

»Du solltest dich besser vorsehen, mit wem du am Tisch sitzt.« Die leisen Worte klangen scharf und gehässig, während Erna an ihr vorbeirauschte, ohne sie eines weiteren Blickes zu würdigen.

Fassungslos sah Pauline ihr nach. War es also tatsächlich schon so weit, dass sie sich untereinander wegen dieses elenden Krieges anfeindeten, nur weil nicht alle die gleiche Meinung vertraten?

Doch ihr blieb nicht die Zeit, um länger darüber nachzudenken. Die Arbeit rief, ehe Postrat Lämmle gar noch mit einem vorwurfsvollen Räuspern sein kleines Notizbuch zückte, um jedes noch so winzige Fehlverhalten darin zu notieren.

Rasch wandte sie sich zum Gehen. Dabei fiel ihr Blick auf die Gemälde an der Wand. Kaiser Wilhelm und Großherzog Friedrich schauten aus ihren Bilderrahmen auf sie herab.

Einen Atemzug lang zögerte sie, schaute über die Schulter zurück, um ganz sicherzugehen, dass niemand sie beobachtete. Kurzerhand streckte sie den beiden Regenten die Zunge heraus, ehe sie hinauseilte.

Der Nachmittag verlief erstaunlich ruhig. Im Vergleich zu anderen Tagen gingen heute nur wenige Anrufe ein.

Wie alle neuen Mitarbeiterinnen im Telefondienst war auch Pauline noch in der Probezeit. Trotzdem ließ man sie bereits selbstständig Anrufe annehmen und weitervermitteln.

Bei den hier im Betriebsraum eingehenden Telefonaten wurde unterschieden zwischen den lokalen Ortsanschlüssen innerhalb der Stadt Freiburg und den umliegenden Dörfern. Um diese kümmerten sich die Kolleginnen an den kleineren Vermittlungsschränken im hinteren Teil des Saals.

Pauline war jedoch für die Fernvermittlungen von und nach

außerhalb zuständig. Aus diesem Grund war ihr Arbeitsplatz an einem der großen Schränke mit jeweils zweihundert Anschlüssen. Die eingehenden Anrufe wurden durch kleine herunterfallende Metallklappen in der oberen Schrankhälfte signalisiert. Die ausgehenden Leitungen befanden sich direkt darunter. Zu jeder Verbindung gehörten sowohl ein Kippschalter als auch ein Kabelpaar bestehend aus einem roten und schwarzen Stecker.

Die sich immer wiederholenden Abläufe waren ihr inzwischen schon ins Blut übergegangen: Sobald an einem der Anschlüsse vor ihr ein Anruf einging und die kleine Klappe herunterfiel, legte sie den dazugehörigen Schalter um und öffnete die Leitung, indem sie das rote Kabel in die Klappenöffnung steckte.

»Hier Amt, was beliebt?«, hatte sie dann in den Hörer zu fragen.

Der gewünschte Anschluss wurde daraufhin angerufen, indem sie den schwarzen Stecker mit der entsprechenden Öffnung verband und die Leitung mittels einer kleinen Kurbel herstellte. Die Vermittlung war freigegeben, sobald sie den Kippschalter in die entgegengesetzte Richtung drückte. Wurde das Gespräch beendet, klappte das Metallplättchen erneut herunter. Nun durfte sie nicht vergessen, beide Nummern und die Gesprächsdauer auf einem Zettel zu notieren, den sie dann an eine der Schichtleiterinnen zur Verrechnung weiterreichte.

Ab und zu verlor Pauline noch immer die Übersicht und verwechselte die ausgehenden Anschlüsse. Der Druck des Kopfhörers verursachte ihr oft Kopfschmerzen. Nach einer geschäftigen Schicht war sie manchmal sogar heiser, und das Summen in den Ohren wurde sie meistens erst auf dem Heimweg wieder los. Aber sie hatte einen geregelten Verdienst. Die Beschäftigung half ihr außerdem über dieses erdrückende Gefühl von Hilflosigkeit hinweg, das sie in letzter Zeit ab und zu befiel.

Auch das musste ein Zeichen der Schwangerschaft sein. Denn die Empfindungen waren völlig neu und ungewohnt für sie. Pauline war sonst immer eine Kämpfernatur und stolz darauf gewesen. Sie hatte sich durch nichts und niemanden unterkriegen lassen. Schon als kleines Kind von acht Jahren hatte sie von einer besseren Zukunft geträumt und alles getan, um der Dunkelheit und der Enge der elterlichen Wohnung zu entfliehen. Für zwei Pfennig und eine Scheibe Brot am Tag hatte sie damals nach der Schule jeweils die Stoffreste in der Werkstatt des Schneidermeisters Ebinger zusammengekehrt und den Boden gefegt.

Als sie sich nun um vier Uhr dreißig am Nachmittag die Sprechgarnitur vom Kopf zog und den Stuhl der Kollegin der Spätschicht überließ, schmerzte ihr Rücken vom langen Sitzen. Doch morgen hatte sie zum ersten Mal nach zehn Tagen endlich wieder frei und würde nach Kolmar fahren. Vielleicht lag ja eine lang ersehnte Nachricht von André in ihrem Postfach.

Allein schon der Gedanke daran brachte die Sonne in Paulines Gemüt zurück.

Sie hängte den Arbeitskittel in das Garderobeschränkchen, nahm stattdessen Mantel, Hut und Tasche und winkte den Kolleginnen zum Abschied zu, ehe sie das Tor zum Ausgang aufstieß. Draußen auf den Treppenstufen hinunter zur Straße hielt sie kurz inne und atmete befreit auf.

Bis zur Haltestelle der Straßenbahn beim Hauptbahnhof waren es nur ein paar Schritte.

Die Uhr am Bahnhofsgebäude zeigte zwanzig Minuten vor fünf. Mit etwas Glück würde sie die nächste Straßenbahn um Viertel vor noch erwischen. Seit den Verkehrsbetrieben Freiburgs immer mehr Schaffner und Fahrer fehlten, wurden auch die Verspätungen immer häufiger.

Pauline schritt zügig aus, gelangte von der Eisenbahnstraße bis zur Bahnhofstraße. Die Haltestelle der Straßenbahn befand sich direkt vor dem Eingang zum Bahnhof.

Sie raffte den Rock, eilte über die Kreuzung, wich einem hupenden Militärlastwagen aus, als sie auf einmal das Rufen einer tiefen Männerstimme hörte. »Heda, Fräuleinchen!«

Pauline blickte sich um und staunte, als sie die beiden Gestalten auf dem Bock des herannahenden Pferdewagens erkannte: Hannes und Else Lauer.

Was machten die beiden denn hier? Pauline winkte.

»Wenn Sie auf dem Heimweg sind, können wir Sie mitnehmen«, rief die Winzerin ihr zu.

Das ließ sich Pauline nicht zweimal sagen. Schnell wich sie einem röhrenden Automobil aus und lief auf das Gespann zu. Sie sah Hannes schmunzeln, während er den Wagen neben ihr zum Stehen brachte. »Dann steigen Sie mal schnell auf«, sagte er. Neben Else Lauer selbst war er der einzige Bewohner des Rosenhofs, der sie noch immer siezte. Mit allen anderen war sie schon längst zum viel simpleren Du übergegangen.

»Das trifft sich gut.« Frau Lauer saß wie immer hoch aufgerichtet neben dem Knecht, deutete jetzt jedoch mit einem Kinnrucken hinter sich. »So lernen Sie auch gleich Ihre neue Zimmergefährtin kennen.«

Zimmergefährtin?

Erst jetzt entdeckte Pauline die Frau in dem schlichten dunkelbraunen Kostüm, die auf einem Koffer hinten auf der Ladefläche saß und eine Reisetasche sowie ein Handtäschchen auf den Knien balancierte.

Die Frau rückte den Koffer platzmachend zur Seite und hob den Blick. Als sie Pauline ansah, zeigte ihre Miene einen winzigen Augenblick lang Verwirrung. Dann weiteten sich ihre Augen, sie blinzelte ungläubig. Bis ein Lächeln ihre Züge erhellte und sie Pauline die Hand entgegenstreckte. »Warten Sie, ich helfe Ihnen.«

Ohne zu zögern, ergriff Pauline die Hand, raffte den Rock und hievte sich hoch. Mit einem uneleganten Plumps kam sie auf einem aufgerollten Seil gegenüber der Fremden zu sitzen.

»Das ist Helene Erhardt. Sie ist Krankenschwester am Militärlazarett in der Hildaschule und wird von nun an auch auf dem Hof wohnen«, rief Else Lauer über die Schulter nach hinten.

Augenblicklich fühlte Pauline, wie Panik in ihr hochkroch. Sie hatte damit gerechnet, irgendwann eine Zimmernachbarin zu bekommen. Aber heiliger Himmel, ausgerechnet eine Krankenschwester!

»Bitte. Helene reicht völlig«, sagte die blonde Frau mit einem offenen Lächeln, das die dunklen Ränder der Müdigkeit unter ihren Augen kurz wegwischte. »Und wir sollten uns duzen.«

»Freut mich sehr, ich heiße Pauline.« Ihre Stimme klang auf einmal wie ein Krächzen, und sie räusperte sich.

Im gleichen Moment fuhr der Wagen mit einem Ruck an. Gerade noch rechtzeitig hielt Pauline sich am Rand fest, um das Gleichgewicht nicht zu verlieren.

»Ich hoffe, es macht dir nichts aus, wenn ich mich in deinem Zimmer einniste?«, rief ihr Helene zu. »Das alles kommt recht plötzlich. Ich habe selbst auch gar nicht damit gerechnet.« Dabei wankte ihr Oberkörper im Rhythmus des Pferdegespanns.

Pauline zwang sich zu einem unbeschwerten Tonfall und winkte ab. »Ach wo. Ich bin froh, etwas Gesellschaft zu haben.« So unauffällig wie möglich betrachtete sie ihre neue Zimmergenossin nun genauer. Auf den ersten Blick wirkte Helene völlig unscheinbar. So gesetzt und ruhig. Die dunkle Kleidung machte sie blass und ließ sie völlig im Hintergrund verschwinden. Das streng zu einem simplen Knoten gesteckte Haar betonte ihre hohen

Wangenknochen und ließ sie gleich viel älter wirken, als sie wahrscheinlich war. Pauline schätzte sie auf fünfunddreißig oder mehr. Dem Ring an ihrer rechten Hand nach zu urteilen, war sie verheiratet. Bestimmt war ihr Ehemann an der Front, sonst wäre sie wohl kaum allein hier.

»Du bist also Krankenschwester?«, fragte Pauline.

Helene nickte. »Mein Mann und ich sind aus Ulm hergekommen. Robert ist jedoch schon seit Kriegsbeginn als Frontarzt nach Frankreich abkommandiert worden. Er beaufsichtigt dort eines der Feldlazarette.«

Helenes Arbeit erklärte die vom ewigen Händewaschen trockene Haut an ihren Händen und die säuberlich kurz geschnittenen Nägel. Trotzdem stutzte Pauline. Warum erzählte Helene nur von ihrem Mann? Sie hatte sie doch gar nicht nach ihm gefragt. »Du arbeitest also hier in einem der Lazarette?«, hakte sie nach.

Helene blinzelte. So, als wundere sie sich, dass sich irgendwer dafür interessierte. »Ja.« Mehr gab sie nicht zur Antwort.

Doch Pauline fuhr unbeirrt fort: »Dann musst du einige Ahnung von Medizin haben, nicht wahr? Fast wie ein Arzt.« Eine einfältig klingende Frage. Aber sie versuchte auf diese Weise, mehr über Helene zu erfahren. Sie wären schließlich bald zu zweit im gleichen Zimmer, und als Krankenschwester konnte Helene die Zeichen einer Schwangerschaft bestimmt blind erkennen. Was, wenn sie Pauline verriet?

Prompt erschien wieder ein Lächeln auf Helenes Gesicht. »Ich weiß so einiges, ja. Ich wollte früher eigentlich immer Ärztin werden.«

»Ach?« Es kostete Pauline alle Kraft, so unbekümmert wie möglich zu klingen. Ärztin, auch das noch. »Was für ein Glück. So ist gleich jemand zur Stelle, der weiß, was zu tun ist, wenn sich Toni, der Stallbursche, mal wieder beim Schleifen der Sense fast den Finger abreißt.«

Hannes ließ ein belustigtes Brummen hören, und Else Lauer warf ihr einen von einem Stirnrunzeln begleiteten Blick über die Schulter zu.

Kein Zweifel, Pauline würde ihr Geheimnis in Zukunft noch vorsichtiger hüten müssen. Keine Ahnung, wie sie das anstellen sollte.

Titelseite der britisch-kanadischen Abendzeitung *Evening Record*, Donnerstag, 1. Oktober 1914

Rückzug der deutschen Hauptstreitmacht.

Meldung der United Press. Britische Militärexperten erwarten eine Verlagerung der deutschen Hauptstreitmacht nach Belgien, da eine Öffnung der Schlachtposition an der Aisne unumgänglich scheint. Befürchtungen verstärken sich, dass Antwerpen einem Beschuss der Belagerungskanonen nicht lange Stand halten kann.

Titelseite des Morgenblatts der *Freiburger Zeitung*, Samstag, 10. Oktober 1914

Antwerpen gefallen!

Großes Hauptquartier, 9. Oktober abends. Freitag fielen mehrere Forts der inneren Befestigungslinie Antwerpens. Die Stadt ist seit Nachmittag in deutschem Besitz.

Artikel der Morgenausgabe der *Freiburger Zeitung*, Sonntag, 18. Oktober 1914

Der drohende russisch-türkische Krieg

Köln. Die *Kölnische Zeitung* gibt einen Bericht des *Corriere della Sera* weiter: Die aus achtzehn Einheiten bestehende russische Schwarzmeer-Flotte fuhr am Hafen von Varna vorüber in Richtung Konstantinopel und gab einige Schüsse ab. Die lokalen Blätter glauben, das bilde den Beginn der Feindseligkeiten gegen die Türkei wegen der Schließung der Dardanellen.

Titelseite der britisch-kanadischen Abendzeitung *Evening Record*, Freitag, 30. Oktober 1914

Odessa bombardiert; Türkei beschuldigt

Washington. Vergangene Nacht ist die Stadt Odessa bombardiert worden. Die Nachricht basiert auf Berichten des amerikanischen Konsuls. Über den Umfang der Zerstörung gibt es keine Angaben. Offizielle Stellen gehen davon aus, dass die Bombardierung von türkischer Hand erfolgte.

Russland erfreut über Kriegseintritt der Türkei – die Türkeifrage kann nun ein für alle Mal geregelt werden

Petrograd. [...]Der deutsche, unter türkischer Fahne fahrende Kreuzer *Breslau* ist vor Feodosia erschienen. Nachdem die von zwei an Land geschickten Offizieren geforderte Kapitulation vom russischen Gouverneur abgelehnt worden ist, hat die *Breslau* mit dem Beschuss des Hafens begonnen.

Titelseite der Morgenausgabe der *Freiburger Zeitung*, Samstag, 31. Oktober 1914

Krieg zwischen Russland und der Türkei – die Türken beschießen Sewastopol

Die *Frankfurter Zeitung* meldet aus Konstantinopel: Der türkische Kreuzer Sultan Janos Selim hat Sewastopol erfolgreich beschossen und die Stadt in Brand gesteckt.

9 – Der Fremde vor dem Tor

31. Oktober 1914, Wingert der Familie Lauer
am Lorettoberg bei Freiburg

Die Weinlese begann. Dabei fehlten nicht nur Guscht und Helmer, sondern auch die übrigen männlichen Lesehelfer, die alle inzwischen eingezogen worden waren. Jedes verfügbare Paar Hände wurde in den Wingerten gebraucht, und niemandem auf dem Rosenhof blieb mehr Zeit, um über die eigenen Probleme nachzudenken.

Pauline blies sich in die steif gefrorenen Hände. Ein vergeblicher Versuch, die Finger aufzuwärmen. Nicht einmal die wollenen Armstulpen nützten mehr etwas.

Es war fünf Uhr in der Früh, der Morgen noch kaum mehr als ein schwaches Glimmen am Horizont. Stattdessen waren da die Lichtpunkte der Laternen, die sich wie ein Schwarm Glühwürmchen über die Weinstockterrassen des Lorettoberges von der Talsohle bis hinauf zur Waldlinie verteilten. Da waren die reglosen Lichter der Laternen, die an Holzstangen zwischen den Rebzeilen hingen. Andere bewegten sich. In ihrem Schein erkannte man die Gestalten ihrer Träger. Die hin und her schaukelnden Lichtpunkte gehörten zu den Laternen an den Ochsenkarren.

Die Kälte prickelte auf der Haut an Paulines Wangen und der Stirn. Sie fröstelte und zog den Mantel noch enger um ihre Mitte. In Gedanken träumte sie sich wieder zurück in ihr Bett, aus dem sie Else Lauers lautes Klopfen an die Zimmertür vor nicht einmal einer Stunde gerissen hatte.

Ihr entfuhr ein Seufzen.

Jetzt, wo ein Großteil der Männer fehlte, pilgerten Alte, Frauen und Kinder – ja, ganze Schulklassen – in die Weinberge hinauf. Zusammen mit Helene hatte auch Pauline sofort eingewilligt mitzuhelfen. Es war ihr nur recht und billig erschienen, die Winzerin zu unterstützen. Sie hatte nicht vergessen, dass diese ihr nach ihrem ersten, unglücklichen Aufeinandertreffen sehr wohl hätte das Zimmer verweigern können.

Je mehr sie sich außerdem nützlich machte, desto eher konnte sie Helene und die Hofbewohner von ihrer Schwangerschaft ablenken. Das hoffte sie zumindest. Es war ein Glück, dass sich ihr inzwischen unverkennbar angeschwollener Bauch jetzt in der kalten Jahreszeit mit Mänteln und Wolljacken kaschieren ließ. Zudem fühlte sie sich so kräftig und voller Tatendrang wie schon lange nicht mehr.

»Pauline!« Der Ruf riss sie aus ihren Gedanken, und sie wandte sich um.

Ein paar Rebzeilen weiter oben erkannte sie Helene und die beiden Mägde Leni und Dorle im Licht einer Laterne stehen und sie näher winken. »Komm her. Hier ist es ein bisschen wärmer.«

Pauline bezweifelte es, überließ sich jedoch gern der Hoffnung. Die vom Raureif bedeckten Grasbüschel knisterten unter ihren Schritten, als sie zu den Frauen trat. Die Winterkälte war völlig unerwartet gekommen. Auf den höheren Schwarzwaldgipfeln war bereits Ende September der erste Schnee gefallen, und die ungewöhnlich eisigen Temperaturen hatten sich durch den ganzen

Oktober hindurch im Südwesten der Region festgekrallt. Der überraschende Kälteeinbruch hatte die Traubenlese von einem Tag auf den anderen zum wichtigsten Ereignis aller Weinbauern in und um Freiburg gemacht – sogar noch wichtiger als der Krieg. Doch wegen der fehlenden Arbeitskräfte hatte die Lese viel länger gedauert als üblich.

»Hier, das wird dich bestimmt aufwärmen.« Dorle goss eine dampfende Flüssigkeit aus einer Kanne ein und reichte ihr die verbeulte Emailletasse.

Dankbar schloss Pauline die Finger darum, blies in die Flüssigkeit, nippte vorsichtig, um sich die Lippen nicht zu verbrennen. Als sie den mit reichlich Honig gesüßten Pfefferminztee schmeckte und sich bald schon ein wohlig-warmes Gefühl in ihrer Brust ausbreitete, schloss sie die Augen. Ah, was für eine Wohltat.

Trotz der frühen Morgenstunde waren viele Leute in den Lauerer Wingert gekommen. In Anbetracht der Situation hatten die Winzer der Gegend ihre sonstige Rivalität beiseitegelegt und halfen sich nun gegenseitig mit Arbeitsbrigaden aus. Tagelang hatten sie von morgens früh bis spätabends in den Weinbergen gestanden, Zeile um Zeile der kostbaren Trauben gelesen und so einen Weinberg nach dem anderen bearbeitet.

Alle drehten sich jetzt um, als Else Lauers Stimme von der Zeile weiter oben ertönte: »Heut ist der letzte Tag der heurigen Spätlese«, rief die Winzerin, deren Gesicht im Schein der Laternen leuchtete. »Hinter uns liegen lange, harte Wochen, aber dank euch allen haben wir es geschafft. Nach der schlechten Ernte im vorigen Jahr haben wir endlich wieder einen guten Jahrgang.« Sie lächelte kurz und nickte. Dann nahm ihre Stimme den üblichen Befehlston an. »Strengen wir uns also noch ein letztes Mal an, ehe am Abend für jeden auf dem Rosenhof ein Teller Käsespätzle wartet.«

Ein erwartungsvolles »Aaah« ertönte zur Antwort von ringsumher. Hier und da klatschte sogar jemand. Es war Tradition, dass der Winzer, in dessen Wingert gearbeitet wurde, allen eine Vesper anbot – eine Zwischenmahlzeit, die direkt im Weinberg gegessen wurde. Abends, nach getaner Arbeit, gab es dann ab und zu noch ein Essen in geselliger Runde, und bei kaum einer anderen Weinbauernfamilie fiel das so deftig aus wie bei den Lauers. So hatte Leni Pauline erklärt.

»Wenn ich mehr Trauben als die anderen schneide, kriege ich dann auch eine größere Portion?«, rief eine heisere Jungenstimme aus einer der oberen Zeilen.

Ein paar Schritte von Pauline entfernt schnaubte Toni und verzog die Lippen zu einem schiefen Grinsen. »He, ä Renner in de Buuch un ä Veschberbrot kasch ha, meh nit. Ich bin einewäg viel schnella we du.«

Das sorgte allerseits für Gelächter.

»Würdet ihr beiden so fleißig arbeiten, wie ihr prahlt, wären wir schon vorige Woche mit der Lese fertig geworden«, entgegnete Hannes mit seiner üblichen dunklen Stimme, doch sogar er konnte sich ein Schmunzeln nicht verkneifen.

Auch Else Lauers Mundwinkel zuckten. »Wie ich sehe, können es ein paar von euch kaum erwarten, mit der Arbeit anzufangen.« Wie um ihre Worte zu untermauern, griff sie dann mit der einen Hand nach einer der prallen Traubenrispen im Rebstock vor ihr, schnitt sie mit einem kurzen gezielten Zangenschnitt am Stiel ab und hielt sie in die Höhe. »Also los!«

»Ihr habt es gehört!« Hannes klatschte anfeuernd in die Hände.

Und mit diesem Kommando begannen sie mit der Arbeit, nach den vergangenen Wochen wussten alle genau, was zu tun war. Schon bei Ankunft auf dem Lorettoberg heute früh hatte Hannes alle Arbeiter und Arbeiterinnen auf die einzelnen Zeilen aufgeteilt. Der Großteil der Frauen und Mädchen schnitten die Trauben, sammelten diese in Körben, nachdem sie sie von Blattwerk, Dreck oder verschrumpelten Beeren befreit hatten. Dabei galt es schnell, aber dennoch sorgfältig zu arbeiten und so wenige Beeren wie möglich zu zerquetschen oder fallen zu lassen. Auch das Naschen war nur den Kindern erlaubt.

Sobald die Körbe voll waren, wurden sie in Holzbütten geschüttet, die junge Burschen dann auf dem Rücken zu den großen Fässern auf den Pferde- oder Ochsenwagen trugen und dort in den Holztrichter leerten. Das Bedienen der Traubenmühle war Aufgabe der Kinder oder älteren Männer. Mit den Karren wurden die mit Maische gefüllten Fässer schließlich in die Keltereien der Winzergenossenschaften gebracht.

Als es hell wurde, stimmten die ersten Frauen ein Lied an, und auch Pauline und Helene fielen mit ein. Das Repertoire war erstaunlich vielfältig, reichte von allseits bekannten Volksliedern wie *Am Brunnen vor dem Tore* bis hin zu beschwingten Weisen wie *Oh, du lieber Augustin* oder *Rosestock, Holderblüh.*

Die meisten Lieder kannte Pauline zwar noch von früher, aber es war Jahre her, seit sie sie zuletzt gehört, geschweige denn gesungen hatte. Andere hingegen waren ihr bisher fremd gewesen, und sie brauchte ein paar Anläufe, bis sie den Text auswendig konnte. Dann aber sang sie voller Inbrunst mit. Manchmal klang der Chorgesang sogar ganz annehmbar, vor allem aber erleichterte das Singen die Arbeit. Denn diese war anstrengend und mühselig. Von der ständig gebeugten Haltung schmerzte abends der Rücken so sehr, dass man kaum noch aufrecht zu gehen vermochte, und Pauline konnte nicht mehr zählen, wie oft sie sich mit der Traubenschere schon in die Finger gezwickt hatte.

Trotzdem fand sie mittlerweile tatsächlich Gefallen daran. Es tat gut, sich nützlich, als Teil einer Gemeinschaft zu fühlen. Es tröstete sie vor allem über die Tatsache hinweg, dass sie noch immer kein Lebenszeichen von André hatte. Kein Wort. Nichts.

Was, wenn er ihren Brief, allen durchdachten Plänen zum Trotz, nie erhalten hatte?

Nach all den Wochen wollte sie sich diese Möglichkeit zwar noch immer nicht recht eingestehen, doch die Hoffnung schwand. Jeden Tag ein kleines Stückchen mehr. An ihrer Stelle wuchs die innere Unruhe.

War er etwa gefallen? Vielleicht saß er auch in irgendeinem Gefangenenlager. In den Zeitungen war immerzu von Tausenden von gegnerischen Gefangenen zu lesen. Wenn dem so wäre, würde sie nie davon erfahren.

Trotzig schob Pauline den Gedanken beiseite.

»Es war in alten Zeiten, ein schwäb'scher Fiedelmann …« Sie hörte, wie die Frauen ein neues Lied anstimmten und beeilte sich mitzusingen: »Der kräftig strich die Saiten und lust'ge Mären spann …«

Mit der Linken griff sie nach der nächsten Traubenrispe, schnitt diese mit der Schere in ihrer Rechten ab. Vorsichtig pflückte sie Laub und vertrocknete Rankenreste zwischen den gelblich-grünen Beeren heraus, ehe sie sie in den Korb legte und nach der nächsten Rispe griff.

Schneiden. Säubern. In den Korb legen.

»Mit Friederich, dem andern, in's Wälschland zog er ein …«

Schneiden. Säubern. In den Korb legen. Den Korb zum nächsten Rebstock schieben und weiter. Pauline hätte es mittlerweile sogar im Schlaf machen können.

Inzwischen hatte leichter Nieselregen eingesetzt. Dennoch war ihr durch die Arbeit warm geworden und, wie die meisten anderen Frauen auch, hatte sie den Mantel abgelegt. Darunter trug sie, wohlbedacht, einen Arbeitsrock mit einer weiten Strickjacke darüber, deren Ärmel sie falls nötig bis zu den Ellenbogen hochkrempeln konnte.

»Und kostete im Wandern von einem jeden Wein …«

»Von einem jeden Wein«, wiederholte ein Teil der Frauen mit hellen Stimmen.

Die Rebstöcke waren nicht sehr hoch, reichten einer durchschnittlich großen Frau ungefähr bis zur Schulter, sodass man sich gegenseitig auf der entgegensetzten Seite der Zeile sehen konnte. Direkt gegenüber erkannte Pauline Helenes schlanke Gestalt. Wie alle anderen hatte diese ihr Haar mit einem Tuch zusammengebunden. Zum Schutz gegen die Kälte trug sie gestrickte Fingerlinge an den Händen. Ihre Bewegungen waren ruhig, jedoch flink und gezielt. In den paar Wochen, in denen sie nun schon auf dem Lauerer Winzerhof wohnte, hatte sich eine gesunde Farbe auf ihre Wangen geschlichen. Erst recht, seit sie, sooft es ihre Schichten im Lazarett erlaubten, bei der Traubenlese mitarbeitete.

Entgegen Paulines Befürchtungen hatte sich Helene als sehr angenehme und zurückhaltende Zimmergenossin entpuppt. Sie plauderten sogar ab und zu über Belanglosigkeiten oder erzählten sich gegenseitig aus ihrem Leben, von ihren Familien. Zum Beispiel von Helenes Sohn Christian, der in einem Internat lebte. Oder von Paulines Bruder Georg. Ihre Gespräche blieben jedoch stets höflich distanziert und ohne die andere mit überschwänglicher Vertraulichkeit zu überschwemmen.

»Und als auf seinem Zuge er nach Neapel kam, quoll ihm aus ird'nem Kruge ein Tropfen wundersam …«

Jede von ihnen hatte zum Glück in ihrer Zimmerhälfte einen eigenen Wandschirm zur Verfügung, hinter dem sie sich umziehen und waschen konnten. Je nachdem, wie ihre Arbeitsschichten im Lazarett eingeteilt waren, blieb Helene auch oft zwei Tage am Stück fort, und Pauline hatte das Zimmer wieder ganz für sich allein.

»Er trank mit durst'gem Munde und rief den Wirt herbei: Viel lieber, gebt mir Kunde, was für ein Wein das sei …«

»Was für ein Wein das sei.«

Außerdem schien sich Helene ausgezeichnet mit den Winzergebräuchen auszukennen. »Meine Tante hat einen Weinbauern aus dem Remstal geheiratet. Als Kind war ich oft dort und habe mitgeholfen«, hatte sie erklärt.

Im Gegensatz dazu war der Weinbau in Paulines bisherigem Leben nur etwas für die feinen Leute gewesen, nicht für die Familie eines Tagelöhners. Kein Wunder, dass ihr diese eigenartige Winzersprache anfangs ziemlich fremd erschienen war. Sie konnte sich zwar noch längst nicht alle Begriffe merken. Inzwischen wusste sie jedoch, dass mit »Bampel« die jungen grünen Rebzweige gemeint waren, dass man die seitlich am Weinberg verlaufende Mauer als »Beckenmauer« bezeichnete, oder dass »Elbling« der Name einer Rebsorte war. Zudem hatte sie selbst schon unzählige »Bütten« auf dem Rücken getragen.

Mit einem kräftigen Ruck schob Pauline den schwer gewordenen Korb weiter. Sie war schon fast am Ende der Rebzeile angekommen. Auf dieser Seite des Wingerts musste man besonders vorsichtig sein. Das Hanggefälle war hier, auf der Grasnarbe nahe der Mauer, so steil, dass man mit einem falschen Tritt das Gleichgewicht verlieren konnte. Um den Büttenburschen das Hochtragen zu erleichtern, waren die Schwellentritte mit schweren Holzplanken verstärkt.

Pauline hatte die letzte Traubenrispe gerade erst in den Korb gelegt, als auch schon ein schlaksiger kornblonder Junge herbeigeeilt kam. Er hob den Lesekorb ohne Mühe auf und schüttete den Inhalt in seine Bütte.

»So kräftig müsste man sein«, sagte Pauline, runzelte die Stirn und verbiss sich zugleich den Wunsch, ihren verkrampften Rücken zu dehnen.

Der Bursche grinste selbstgefällig. »Das? Ach, das ist gar nichts. Ich habe schon viel Schwereres getragen.« Dabei reckte er die Schultern noch ein Stück höher, ehe er nun auch nach Helenes Korb griff und diesen mit Schwung hochhob.

»Soso.« Schmunzelnd stemmte Pauline die Fäuste in die Hüften und gab mit sanftem Spott zurück: »Gut zu wissen, dass ihr Mannsbilder also doch zu etwas Nützlichem zu gebrauchen seid.«

Helene und ein paar der in den oberen und unteren Rebzeilen arbeitenden Frauen lachten.

»Nützlich sind sie aber nur, wenn sie es auch wollen. Und genau daran hapert es meistens«, rief eine von ihnen.

»Stimmt«, meinte eine andere. »Das machen die Männer mit Absicht. Sonst müssten sie ja gar noch einen Teil unserer Arbeiten erledigen. Der Himmel bewahre …«

Das Lachen wurde immer lauter, während die Ohren des Burschen immer röter anliefen. Er öffnete den Mund, um etwas darauf zu sagen, klappte ihn jedoch sogleich wieder zu und wusste offenbar gar nicht, wo er hinschauen sollte.

Es war Helene, die schlussendlich Mitleid mit dem Jungen hatte. »Wir scherzen nur, keine Angst«; sagte sie kichernd, während sie sich ein vertrocknetes Rebenblatt vom Jackenärmel zupfte, das sich dort in den Strickmaschen verfangen hatte.

»Ja, das war wirklich nicht böse gemeint«, fügte Pauline hinzu, eisern darum bemüht, nicht laut aufzulachen.

Doch das schien den Jungen vollends zu verwirren. Er blinzelte, schaute erst von Helene zu Pauline, schließlich zu den übrigen Frauen. Etwas Unverständliches brummelnd packte er dann den Riemen seiner Bütte, hievte diese mit Schwung auf seinen Rücken und drehte sich eilig in Richtung Aufstieg. So schnell, dass der Anblick die Frauen noch mehr zum Lachen brachte.

»Du lieber Himmel, der arme Kerl tut mir beinahe leid.« Pauline wischte sich eine Träne aus den Augen, als sie sich zu Helene umwandte. Ah, das hatte so unglaublich gutgetan. Vor lauter Lachen hatte sie sogar Seitenstechen bekommen.

Doch im selben Moment hörte sie den Aufschrei aus vielen Kehlen gleichzeitig: »Er fällt!« – »Vorsicht!«

Sie drehte den Kopf, sah, wie der Bursche von eben bäuchlings über das Gras den Abhang herunterrutschte. Direkt auf sie zu. Die Bütte noch immer auf seinem Rücken. Trauben kullerten daraus hervor.

Irgendjemand fasste nach ihrem Arm. »Pass auf!«

Doch schon fühlte Pauline, wie die Wucht des Aufpralls sie von den Beinen riss. Sie hörte ihren eigenen Schrei in den Ohren gellen. Alles verschwamm vor ihren Augen, während sie fiel.

Instinktiv versuchte sie, sich seitlich wegzudrehen, legte den einen Arm schützend um ihren Bauch, streckte den anderen aus, um den Fall abzubremsen, um sich irgendwo festzukrallen, egal wo.

Dann der Aufprall mit der linken Körperseite auf den Boden. Der Geruch von kalter Erde und Gras. Und schließlich der Schmerz, der wie ein gleißender Blitz durch Paulines Arm fuhr und ihr den Atem raubte.

Benommen blieb sie liegen. Jede Bewegung, jedes Nach-Luft-Schnappen brachte eine erneute Schmerzwoge mit sich.

»Pauline!« Helenes Stimme. Vorsichtige Hände, die ihr Gesicht, ihre rechte Schulter und Körperseite abtasteten.

Da war eine Bewegung an ihrem Rücken. Sie vernahm ein heiseres Stöhnen, das Rascheln von Gras und ein hölzernes Knarzen, als die Gestalt hinter ihr sich hochrappelte.

Pauline riss die Augen auf, als ihr etwas Feuchtes, Glitschiges ins Gesicht klatschte und über ihre Wange rann.

»Es sind nur zerquetschte Trauben«, hörte sie Helene sagen, sah auf und erkannte deren Blick, der prüfend über Paulines Gesicht und ihren Körper glitt.

Hastig zog Pauline die noch immer auf ihrem Unterleib liegende Hand weg, wollte sich stattdessen damit aufstemmen, hielt jedoch aufkeuchend inne.

»Langsam.« Leiser Tadel lag in Helenes Stimme, während sie sie unter der rechten Achsel fasste und ihr half, sich aufzusetzen.

Jetzt sah Pauline auch die anderen Arbeiterinnen mit besorgten Mienen und den jungen Burschen, der inzwischen wieder auf die Beine gekommen war. Seine Hose war völlig verdreckt und der Stoff am linken Bein bis zum Knie hoch aufgerissen. Zwei Frauen halfen ihm, die Bütte von der Schulter zu nehmen. Er schüttelte die rechte Hand, an deren Kante ein blutiger Schnitt klaffte. Wahrscheinlich hatte er versucht, sich an den Rebstöcken festzuklammern. Bis auf ein paar Schrammen an der Wange und einem ziemlich angeknacksten Stolz schien er jedoch sonst nicht verletzt zu sein.

»Was ist passiert?«, ertönte auf einmal Else Lauers Stimme. Die Leute traten sofort beiseite, als die Winzerin, gefolgt von Hannes, mit langen Schritten durch die Rebzeile herbeimarschiert kam.

»Der Max vom Kölble-Hof ist ausgerutscht und ein Stück weit den Hang hinuntergeschlittert. Dabei hat er die Pauline umgestoßen«, erklärte Dorle und ließ zur Verdeutlichung ihrer Worte den ausgestreckten Arm in Richtung Tal schwingen.

»Das war keine Absicht«, brummte der junge Max und sah betreten zu Boden. »Ich wollt' mich beeilen, weil's oben noch mehr volle Körbe gibt. Aber wegen des Nieselregens ist das Gras hier rutschig.«

»Natürlich war das keine Absicht.« Mit zusammengebissenen Zähnen und von der Magd Leni gestützt, rappelte sich Pauline auf die Beine. »Es ist zum Glück nichts weiter geschehen.« Prompt sog sie jedoch zischend den Atem ein, als erneut ein glühender Schmerz durch ihren Arm schoss.

Helene, die derweil Max' Hand begutachtet hatte, eilte sofort wieder an ihre Seite. »Langsam.«

An Else Lauer gewandt fügte sie hinzu: »Es wäre besser, wenn wir beide nach oben zu den Karren bringen, wo ich mich um sie kümmern kann.«

Gesagt, getan. Wenig später saß Pauline, gegen ein Wasserfass gelehnt, auf einem der Pferdewagen und beobachtete Helene, die den Schnitt an Max' Hand untersuchte.

Vorsichtig presste sie sich mit der rechten Hand den verletzten Arm gegen die Brust und zog die Beine an.

Das war knapp gewesen eben. Zum Glück hatte sie sich gerade noch rechtzeitig aufgerichtet, ehe irgendwer die Rundung ihres Bauchs bemerkte, während sie dagelegen hatte wie ein Maikäfer auf dem Rücken.

Zugleich schalt sie sich im Geiste selbst, weil sie einfältig und unvorsichtig geworden war. Ja, sie hatte sich von dem Leben auf dem Rosenhof von einem trügerischen Gefühl der Sicherheit einlullen lassen. So sehr, dass sie jeden Gedanken an einen Plan für den Ausweg aus ihrer misslichen Lage viel zu lange vor sich hergeschoben hatte. Das kam nun davon.

»Wie fühlen Sie sich?«

Pauline wandte den Blick zu der Winzerin, die ihr eine Emailletasse mit einer dampfenden Flüssigkeit darin hinhielt. »Nach dem Schreck tut Ihnen eine warme Tasse Tee bestimmt gut.«

»Danke.« Als ob Pfefferminztee ihr Problem lösen könnte. Dennoch war die Geste gut gemeint, das wusste Pauline sehr wohl. Sie streckte die heile Hand nach der Tasse aus, biss jedoch sogleich die Zähne zusammen, als die Bewegung erneuten Schmerz verursachte.

»Sie haben beide großes Glück gehabt«, sagte Else Lauer leise mit Blick auf Helene und den jungen Max.

Dessen Verletzung an der Hand war offenbar nicht so tief, dass sie genäht werden musste. Zum Säubern der Wunde nahm Helene ihr Taschentuch und tränkte es kurzerhand mit etwas Trester aus einer der Trinkflaschen, die Hannes ihr reichte. Die Flasche war wohl noch von der Vesper übrig geblieben.

Gekonnt knotete sie das Tuch dann als Verband fest. »Das muss vorerst genügen. Schau zu, dass kein Schmutz in die Wunde kommt. Heute Abend nach dem Essen kommst du noch einmal zu mir, dann verbinde ich dir die Hand richtig. Verstanden?«

Die Prozedur war Max offensichtlich nicht geheuer gewesen, denn er stand die ganze Zeit lang schon stocksteif da, hatte kaum zu blinzeln gewagt und nur einmal kurz gezuckt, als Helene den Schnitt mit dem Alkohol getränkten Tuch berührte. Jetzt schien er es kaum mehr erwarten zu können fortzukommen. Er nickte. »Jawohl, verstanden.« Dann drehte er sich auf dem Absatz um und rannte zurück in den Wingert, als wäre der Teufel persönlich hinter ihm her.

Lächelnd sah Helene ihm nach. »Ich glaube, er hat einen ziemlichen Schreck bekommen. Der Tag wird ihm jedenfalls noch eine Weile im Gedächtnis bleiben.« Dann drehte sie sich zu Pauline um. »Aber nun zur nächsten Patientin.«

Vorsichtig und mit konzentrierter Miene, tastete sie den ganzen Arm von der Schulter über den Ellenbogen bis zum Handgelenk ab. »Versuch, die Finger zu bewegen. Sehr gut. Schmerzt es, wenn ich hier drücke?« Sachte presste sie Daumen und Zeigefinger beidseitig des Ellenbogens.

Pauline schüttelte den Kopf. »Nein.«

»Keine Fehlstellung oder abnorme Beweglichkeit. Eine leichte Schwellung, jedoch sonst keine erkennbaren Rötungen«, murmelte Helene wie zu sich selbst.

Behutsam strich sie mit beiden Händen den Unterarm entlang und schloss dabei die Augen. So, als könne sie auf diese Weise allein durch die Berührung ihrer Finger eine innere Verletzung ertasten. »Spürst du irgendwo ein Kribbeln oder vielleicht ein Taubheitsgefühl?«

»Nein«, wiederholte Pauline.

»Ist der Arm gebrochen?«, fragte die Winzerin.

Helene öffnete die Augen wieder und schüttelte den Kopf. »Wenn, dann handelt es sich um eine glatte Fraktur ohne eine Verschiebung des Knochens.«

Pauline runzelte kritisch die Stirn. »Das klingt nicht besonders gut.«

Die Krankenschwester schmunzelte. »Im Gegenteil, das ist sogar sehr gut. Es bedeutet, dass die Verletzung in den meisten Fällen ohne größere Komplikationen heilt. Allerdings …« – ihr Gesichtsausdruck wurde ernst – »… wirst du dich in den nächsten Wochen schonen müssen.«

An die Winzerin und den ein paar Schritt weit danebenstehenden Hannes gewandt fügte sie hinzu: »Sie kann unmöglich weiter im Wingert arbeiten. Wenn es Ihnen recht ist, fahren Pauline und ich zurück zum Hof. Dort kann ich ihr den Arm schienen.«

Else Lauer presste kurz die Lippen zusammen, nickte jedoch. »Also gut, Hannes wird Sie beide fahren und zurückkommen. Wir brauchen den Wagen hier später noch.« Damit schien für sie alles Nötige gesagt. Sie drehte sich um und stieg ohne ein weiteres Wort die Böschung in den Wingert hinab.

Kurz darauf saß Pauline neben Helene auf der Ladefläche des

Pferdewagens, der über den Hügelpfad in Richtung Sankt Georgen rumpelte. Keine von ihnen sagte ein Wort.

Um ihr noch mehr Schmerzen zu ersparen, hatte Helene eine Schlinge um Paulines Arm gelegt und die Tuchecken in ihrem Nacken zusammengebunden. Ein Stapel aus mehreren gefalteten Jutesäcken unter dem Arm diente als Polster und machte die ruckelnde Fahrt so erträglich wie möglich.

Hannes lenkte den Wagen geschickt um ein Schlagloch auf dem Weg herum. Dort vorne, hinter der großen, am Wegrand stehenden Linde, war bereits das erste Haus von Sankt Georgen zu sehen.

»Von mir wird niemand etwas erfahren, aber du musst es Frau Lauer sagen.« Helenes Stimme war so leise, dass Pauline ihre Worte zuerst kaum recht wahrnahm.

Doch sobald sie verstand, riss sie den Kopf hoch.

Helene blickte sie unverwandt an. »Und zwar möglichst bald. Im wievielten Monat bist du?«

»Ich …« Pauline schüttelte den Kopf und schluckte. Schlagartig befiel sie Panik. Sie war ertappt, ihr Versteckspiel aufgedeckt. Himmel hilf.

Kurz dachte sie daran, alles abzustreiten. Doch was machte sie sich vor? Helene war Krankenschwester und nicht blind.

Und zugleich war da dieses unerwartete Gefühl von Erleichterung. Als ob ihr mit einem Mal eine zentnerschwere Last von den Schultern genommen worden war. Helene war eine warmherzige Person. Sie hatte versprochen, niemandem etwas zu verraten, und Pauline wollte ihr unbedingt glauben. Was hatte sie jetzt noch zu verlieren?

»Ungefähr Ende des fünften«, raunte sie und wandte den Blick kurz in Hannes' Richtung, um sicher zu sein, dass der auch wirklich nichts gehört hatte.

»Dann bleibt dir nicht mehr viel Zeit.«

Soeben schlug der Wagen den Weg nach links ein, wo bald schon rechter Hand das Eingangstor zum Rosenhof zu sehen sein würde.

Pauline holte tief Atem. »Ich weiß.«

»Weiß es der Kindsvater schon?«

»Ja. Wir sind verlobt«, fügte sie unnötigerweise hinzu. Als ob die Tatsache ihre Situation in irgendeiner Weise besser machen würde.

Helene nickte, und kurz glitt ein ernstes Lächeln über ihr Gesicht. »Gut. Dann könnt ihr noch rechtzeitig heiraten.«

»Das geht nicht«, flüsterte Pauline leise, schloss die Augen und fühlte plötzlich Tränen aufsteigen. Eilig blinzelte sie sie weg. Gute Güte, sie würde jetzt nicht auch noch anfangen zu heulen.

Sogleich lehnte sich Helene näher. »Was hast du eben gesagt? Ich habe nicht verstanden.«

Mit einem lang gezogenen »Brrrrrr« brachte Hannes die Pferde vor dem großen Tor zum Anhalten. Der Wagen ruckelte ein letztes Mal, ehe er endgültig zum Stillstand kam.

Pauline presste die Lippen zusammen. »Ich sagte …« Sie brach ab, als ihr Blick auf den Mann unter dem Vordach beim Eingangstor fiel.

An seinen Tornister gelehnt, saß er in der Mauerecke, die Beine ausgestreckt, lässig an den Knöcheln übereinandergelegt. Das Gewehr hielt er in seinen vor der Brust verschränkten Armen. Schlammspritzer klebten an seinen Stiefeln. Er hatte die feldgraue Uniformkappe tief ins Gesicht gezogen und schien zu schlafen.

Erst als Hannes ihm ein etwas ruppiges »Heda, hier ist kein Platz zum Ausruhen. Schleich dich gefälligst« zurief, schob der Soldat die Kappe zurück und sah auf.

Ein schmales Gesicht mit eckigem Kinn.

Er blinzelte zuerst verwirrt, dann klärte sich sein Blick, und sein Mund verzog sich zu einem schiefen Grinsen.

»Georg!« Es war, als löse sich ein dicker Knoten in Paulines Brust. Zugleich versuchte sie, die Panik zu ignorieren, die in ihr hochkroch.

Ihr Bruder wusste nichts. Weder von André noch davon, dass sie ein Kind erwartete.

10 – Herztöne

31. Oktober 1914, Sankt Georgen, Rosenhof

Die Köchin Selma schüttelte verständnislos den Kopf. »De Kochleffl? Fir was bruuchsch den?«

»Für eine Schiene«, erklärte Helene geduldig, hob zur Demonstration den eigenen Arm hoch und legte das flache, vom vielen Gebrauch schon dunkelbraun gewordene Holzstück der Länge nach an die Elle. »Daran kann ich Paulines Arm fixieren.« Zwar wäre eine richtige Vorderarmschiene um einiges besser gewesen, aber zur Not tat es die Kelle auch. Das Holz war stabil und die Oberfläche glatt geschliffen, sodass keine Gefahr von Hautverletzungen bestand.

Der Gedanke, dass man ausgerechnet eines ihrer Kochutensilien als Verbandswerkzeug benutzen wollte, schien Selma noch immer sehr befremdlich. Doch schließlich zuckte sie mit den Schultern. »Deno nimm'n halt, mir solls rächt si.«

Sie beugte sich näher zu Helene und deutete mit dem Kinn in Richtung Esstisch, wo Pauline und Georg in ihr Gespräch vertieft beieinandersaßen. »Un des isch jetz de Bröda vu de Pauline?«

»Ja, das ist Georg«, antwortete Helene und wandte den Blick ebenfalls zu den beiden Geschwistern. Kaum zu glauben, wie ähnlich sie sich waren, nur ein Blinder hätte die Verwandtschaft zu leugnen gewagt. Beide hatten dasselbe dunkle Lockenhaar, dieselbe störrische Stirn, dieselbe fast schon orientalisch anmutende Augenform. Und anscheinend auch den gleichen offenherzigen Charakter. Das zeigte zumindest die mit ausschweifender Gestik begleitete Art und Weise, wie sie miteinander sprachen. Kein Wunder, nach all den Jahren hatten sie bestimmt viel zu bereden.

Georg hatte inzwischen Mütze und Mantel der Uniform abgelegt und sich Hände und Gesicht gewaschen. Immer wieder beugte er sich vor und küsste seine Schwester auf die Stirn, kniff sie in die Wange oder hielt ihre Hand. Stets darauf bedacht, ihren verletzten Arm nicht zu berühren.

Pauline strahlte, ihre Augen leuchteten vor Freude. Sie lachte, während sie ihrerseits mit der gesunden Hand an den Haarsträhnen zupfte, die Georg in die Stirn fielen.

Helene sah jedoch sehr wohl, dass sie noch immer den weiten Mantel trug, obwohl es dank des Herdfeuers hier in der Küche angenehm warm war. Auch die zusammengefaltete Decke zum Polstern des Arms lag noch auf ihrem Schoß, kaschierte so die Wölbung des Unterleibs.

Offenbar wusste auch ihr Bruder nichts von der Schwangerschaft. Wie der wohl reagierte, wenn er davon erfuhr?

Helene seufzte verstohlen. Sie beneidete die Zimmergenossin wirklich nicht um ihre Lage.

»Ich störe nur ungern«, sagte sie, als sie mit der Kochkelle, Bandagen und einem Tiegel mit einer Salbe aus essig-saurer Tonerde auf dem Arm näher trat.

»Meinst du, Frau Lauer hat etwas dagegen, wenn Georg ein paar Nächte lang im Stall schläft?«, fragte Pauline hoffnungsvoll. »In der Stadt sind kaum bezahlbare Unterkünfte zu finden.«

»Ich würde dafür natürlich auf dem Hof mitarbeiten«, fügte Georg sofort hinzu. »Wie ich gehört habe, fehlen zwei der Knechte, und ich kann anpacken.« Er legte Pauline die Hand an die Wange. »Es tut so gut, dich wiederzusehen, Lienchen.«

Sie legte ihre Hand auf seine und hielt sie fest.

»Wir werden erfahren, was Frau Lauer davon hält, sobald sie aus dem Wingert kommt. Hannes hat ihr die Neuigkeit bestimmt schon mitgeteilt«, sagte Helene und konnte ein Schmunzeln beim besten Willen nicht unterdrücken. Die gegenseitige Zuneigung der Geschwister tat der Seele gut, und sie gönnte Pauline die Freude über das Wiedersehen von ganzem Herzen. Es mochte sie wenigstens im Moment über die Herkulesaufgabe hinwegtrösten, die noch vor ihr lag.

»Wollen wir hinauf ins Zimmer gehen, um die Schiene anzulegen? Du müsstest dafür den Oberkörper frei machen«, schlug sie vor und warf Pauline einen vielsagenden Blick zu.

Diese verstand sofort und stand auf, hielt dabei wohlbedacht das Polster der Decken mit dem gesunden Arm fest. »Ich bin gleich wieder da.«

Oben in der Ruhe ihrer Kammer half Helene ihr aus Mantel, Strickjacke und Wollweste und knöpfte ihr dann die langärmlige Bluse auf. Dabei eröffnete sich ihr zum ersten Mal ein genauerer Blick auf Paulines Unterleib. Erstaunlich, wie geschickt sie die Wölbung unter Rock und Gürtel kaschiert hatte. Das Korsett kam ihr zwar dabei zu Hilfe, war aber mit einer speziell für Schwangere angefertigten Schnürung versehen, die mehr Halt als Einengung gewährte.

»Hattest du bisher irgendwelche Beschwerden während der Schwangerschaft? Übelkeit, Schwindel, Kurzatmigkeit, Blutungen oder Schmerzen?«, fragte Helene sanft.

Pauline schüttelte den Kopf. »Morgendliches Erbrechen ganz

am Anfang, aber das war nach ein, zwei Wochen vorbei.« Sie reckte trotzig das Kinn vor.

Helene verstand. Bestimmt hatte sie noch mit kaum jemandem darüber gesprochen, dass sie in anderen Umständen war. »Dann warst du wohl auch bei keinem Arzt.« Das war keine Frage, sondern eine Feststellung.

Pauline schnaubte. »Was versteht ein Mann schon davon?«

»Ich weiß, viele Frauen schämen sich, mit einem Mann über eine so persönliche Angelegenheit wie eine Schwangerschaft zu sprechen. Aber Ärzte haben durchaus Erfahrungen, was die weibliche Anatomie angeht. Es geht bei vorgeburtlichen Untersuchungen aber zuallererst darum, festzustellen, ob sich der Fötus richtig entwickelt«, erklärte Helene und versuchte, so viel Nachsicht wie möglich in ihre Worte zu legen.

Mit ihrer Meinung über Gynäkologen stand Pauline bei Weitem nicht allein. Erst recht, seit überall im Kaiserreich die Stellung und Befugnisse der Hebammen einer wachsenden Konkurrenz durch Ärzte Platz machen mussten.

Deshalb erstaunte es Helene nicht weiter, als Pauline entschieden erwiderte: »Solange es mir gut geht, geht es doch auch dem Kleinen gut. Um das zu wissen, brauche ich keinen Mann, der mich womöglich noch von oben herab behandelt, weil ich nicht verheiratet bin.«

Vorsichtig verteilte Helene die Salbe auf Paulines Unterarm. Diese wirkte kühlend und würde gegen die Schwellung helfen.

»Dein Verlobter ist an der Front, nehme ich an?«, fragte sie beiläufig, während sie ein Gazetuch über die Salbenschicht legte. Sie konnte sich vorstellen, wie viel Überwindung es Pauline kostete, sich jemandem zu öffnen, und sie wollte ihr Vertrauen auf keinen Fall zerstören.

Trotzdem horchte Helene auf, als sie lediglich mit einem

simplen »Ja« antwortete und dann die Lippen fest zusammenpresste.

Wenig später hatte sie den Arm mit Selmas Holzkelle und einem Verband fixiert.

»So, das genügt fürs Erste.« Morgen würde sie Professor Faller darum bitten, eine der Pappschienen mitnehmen zu dürfen. Diese ließen sich der individuellen Form des Arms anpassen und verhinderten zudem ein Steifwerden der Gelenke.

»Ich bin zwar keine ausgebildete Hebamme, aber das eine oder andere Detail über Geburtshilfe haben wir auch in der Schwesternschule gelernt. Wenn du möchtest, kann ich dich untersuchen«, schlug Helene vor. »Es wäre nur eine äußerliche Untersuchung, natürlich«, fügte sie eilig hinzu, als Pauline sie erschrocken ansah. »Ich will dich auch wirklich zu nichts drängen. Sofern das Kleine richtig liegt, kann ich seine ungefähre Größe ertasten, um festzustellen, ob es richtig wächst. Mit etwas Glück lassen sich vielleicht sogar die Herztöne hören.«

Paulines Augen wurden groß. »Die Herztöne? In meinem Bauch?« Mit der gesunden Hand zeigte sie auf ihren Unterleib.

Helene nickte. »Ja. Mit einem Stethoskop ist das möglich«, erklärte sie, ging zum Schrank in ihrem Teil des Zimmers und holte die Ledertasche hervor, die sie auf dem Weg zur Arbeit immer bei sich trug. Darin hielt sie stets das Allernötigste an Erste-Hilfe-Ausrüstung bereit: Verbandsstoff, Mullbinden, eine Schere, mehrere Kompressen, ein Fläschchen Jodtinktur sowie das Stethoskop, das die Eltern ihr vor Jahren geschenkt hatten. Keines dieser modernen Exemplare mit Verbindungsschläuchen aus Gummi, sondern noch eines aus einem durchbohrten Hörrohr mit einer Ohrplatte aus Elfenbein und dem trichterförmigen, am Rand abgerundeten Ende, damit es beim Aufsetzen auf die auszukultierende Körperstelle nicht schmerzte. Es war Helenes liebstes Stück.

Pauline zögerte, als sie das Hörrohr sah, und legte die unverletzte Hand instinktiv auf den Bauch. Doch dann begann sie, die Schnüre des Mieders zu lösen, ehe sie mit entschiedener Miene sagte: »Also gut. Sieh nach, ob es dem Kind gut geht. Wie muss ich mich hinlegen?«

Mit angewinkelten Beinen und entblößtem Bauch lag sie schließlich auf dem Bett.

»Ich werde zuerst versuchen, die Größe abzutasten«, erklärte Helene, während sie sich die Hände rieb, um sie zu erwärmen.

Die Wölbung des Bauches zeigte die fortgeschrittene Schwangerschaft jetzt ganz offensichtlich. Unfassbar, dass sie, eine ausgebildete Krankenschwester und selbst Mutter, in all den Wochen nichts davon bemerkt hatte. Rückblickend machten nun jedoch so einige Dinge völlig Sinn: Zum Beispiel, dass sich Pauline sowohl morgens als auch abends immer so lange hinter ihrem Wandschirm verkrochen hatte. Es musste ein wahrer Kraftakt sein, das Schwangerschaftskorsett ohne Hilfe zu schnüren und zu lösen. Oder der Morgenrock aus mit farbigen Schmetterlingen bedruckter Seide, den weiten Falten und dem fast bis zu den Knien reichenden Ärmelausschnitt. Den trug Pauline ständig im Zimmer und legte ihn nur ab, sobald sie unter der Bettdecke lag.

Helene hatte das als Extravaganz einer jungen Damenschneiderin abgetan, ohne es weiter zu hinterfragen. Beim Betrachten der Kleider und Blusen in Paulines Schrank geriet ohnehin jede Frau in Verzückung. Es waren mehr Stücke, als Helene in ihrem eigenen Schrank zu Hause in Ulm besaß. Nicht zu reden von den außergewöhnlichen Schnitten und Stoffen.

»Spürst du schon, wie sich das Kind bewegt?«, fragte sie nun.

»Ja, vor ungefähr drei Wochen hat es angefangen«, erwiderte Pauline. »Auf einmal war da dieses Rumoren in meinem Bauch.

Erst dachte ich, dass ich womöglich etwas gegessen hätte, das mir nicht bekommen ist. Aber da waren keine Schmerzen.«

Sie sei ungefähr Ende des fünften Monats, hatte sie gesagt, erinnerte sich Helene. Das passte durchaus in den üblichen Zeitrahmen.

Vorsichtig legte sie die Hände direkt unter dem Rippenbogen an und schloss konzentriert die Augen. Zuerst ertastete sie weiches Gewebe, wanderte etwas tiefer, drückte die Finger sanft, bis sie die Härtung des Gebärmutteroberrandes fand. Die Höhe passte in etwa zur geschätzten Schwangerschaftsdauer.

Dann ließ sie die eine Hand auf der linken Seite der Wölbung ruhen, während sie sich mit den Fingern der Rechten weiter nach unten tastete.

Da. Die längliche Erhärtung musste der Kindsrücken sein.

Sanft drückte sie die Wölbung in Richtung der Hand auf der gegenüberliegenden Seite, bewegte nun die Finger der anderen Hand wiederum an der Bauchseite entlang. Die kleinen Knubbel der Hände und Füßchen des Kindes waren deutlich zu spüren.

Ihre Lippen weiteten sich zu einem Lächeln, als, wie zur Antwort, prompt ein Knuff zu bemerken war. »Oho, da wehrt sich jemand ganz empört gegen die Störung. Hier, spürst du es?« Sie fasste nach Paullnes Hand und legte sie auf die Stelle.

Erst zögerte diese, wagte offenbar kaum, die nackte Haut an ihrem Bauch zu berühren. Doch dann drückte sie ganz sachte mit den Fingern auf die Wölbung, und mit einem Mal begann ihr Gesicht zu strahlen. »Ich kann es fühlen.«

»Und hier oben liegt das Köpfchen. Sehr schön.« Noch lag das Kind in reiner Steißlage. Auch das war völlig normal, es hatte noch genügend Zeit und Platz, um sich in Geburtsposition zu bringen.

»Dann haben wir hier unten den Steiß. Das kann jetzt vielleicht etwas unangenehm sein.« Mit gespreiztem Daumen und

Zeigefinger drückte sie nun vorsichtig in die Darmbeinschaufel und verlagerte den Druck immer weiter nach oben, bis sie die leicht spitz zulaufende Wölbung des Kindssteißes fand.

»Ich weiß, was du denkst. Du hältst mich für eine dieser liederlichen Frauen, die sich jedem Mann an den Hals werfen oder so dumm sind und sich vom erstbesten Kerl schwängern lassen.«

Helene hob den Kopf und begegnete Paulines unverwandtem Blick. »Warum sollte ich so etwas denken?« Wie käme sie dazu, sie kannte Pauline schließlich kaum. Jede von ihnen hatte bisher nur gerade so viel von sich preisgegeben, um der Höflichkeit Genüge zu tun. Ihre Gespräche hatten sich auf reine Oberflächlichkeiten beschränkt. Sie wusste lediglich, dass ihre Zimmernachbarin aus Tübingen kam, bis vor dem Krieg als Damenschneiderin gearbeitet hatte und ihre Eigenständigkeit mit einem Selbstbewusstsein demonstrierte, um das Helene sie insgeheim beneidete. Ebenso um die zwanglose Schlagfertigkeit, mit der Pauline mit den Hofbewohnern umging.

Nicht, dass sich Helene den Mägden und Knechten gegenüber für etwas Besseres hielt oder sich genierte, ganz und gar nicht. Sie war einen solchen Ton einfach nicht gewohnt. Robert hätte eine derartige Vertraulichkeit zu Bediensteten auch nie in seinem Haus geduldet.

»Weil nun mal jeder so über eine schwangere, unverheiratete Frau denkt«, antwortete Pauline, während ein Schatten über ihre Züge fiel und das beseelte Strahlen von eben mit einem Schlag vertrieb.

»Aber du bist verlobt. Das ist eine völlig andere Situation«, wandte Helene ein.

Pauline lachte kurz auf. »Ja, du hast recht. Ich bin schließlich verlobt.« Es war ein freudloses Lachen, das in einem kurzen, erstickten Aufschluchzen versiegte.

Aber sie fing sich sogleich wieder und wischte sich mit einer energischen Geste die Tränen aus dem Gesicht. »Dann geht es dem Kind also gut?«

Erst nachdem Helene sämtliche Handgriffe noch einmal durchgeführt, Fundusstand, Stellung und zugleich die ungefähre Fruchtwassermenge geschätzt hatte, nickte sie zufrieden und griff nach dem Stethoskop. »Ich kann keine Auffälligkeiten entdecken. Lass mich nur noch kurz sehen, ob ich die Herztöne finde.«

Sie legte das Stethoskop an der Seite der Bauchwölbung an, wo der Rücken des Kindes lag, presste das Ohr darauf. Zuerst hörte sie nur ein Rauschen. Es brauchte ein paar Anläufe, bis sie das Pochen vernahm.

Helene setzte das Stethoskop etwas höher an.

Und da war es. Erst nur leise, dann ganz deutlich. Kräftig und regelmäßig. Ohne jedes verdächtige Nebengeräusch, das auf irgendwelche Anomalien schließen ließe.

»Kannst du etwas hören?«, fragte Pauline flüsternd.

»Ja.« Sie nickte. »Und es klingt, als wäre alles in bester Ordnung.«

»Bist du dir ganz sicher?«

»So sicher, wie ich mir nur sein kann.«

Erst jetzt zeigte sich erneut der Anflug eines Lächelns auf Paulines Gesicht, und sie atmete hörbar auf. »Gut.«

Mit dem geschienten Arm war das Anziehen weiß Gott keine leichte Angelegenheit. Sämtliche Hemden und Blusen waren so eng geschnitten, dass ein Abschneiden eines Blusenärmels die einzige Möglichkeit war. Darüber passte immerhin eine weit geschnittene Wolljacke, dank der man die Bauchwölbung kaum noch sah.

»Wann willst du es Frau Lauer und deinem Bruder sagen? Allzu lange kannst du es nicht mehr verheimlichen«, sagte Helene vorsichtig, während sie der Zimmergenossin den Jackenkragen richtete.

Pauline seufzte tief. »Ich weiß. Aber nicht heute. Erst muss ich Frau Lauer darum bitten, dass sie Georg im Stall übernachten lässt.« Dann griff sie nach Helenes Hand.

Diese schaute überrascht auf.

»Ich bin es gewohnt, mich um mich selbst zu kümmern, und die Leute, die mir jemals Hilfe angeboten haben, lassen sich an einer Hand abzählen. Darum danke«, sagte Pauline mit ernster Miene, wandte jedoch sogleich den Blick zum Fenster, als von unten im Innenhof auf einmal laute Stimmen ertönten.

Es waren viele Stimmen, und sie wurden immer lauter, begleitet von Hufgeklapper und dem Rattern von Wagenrädern. Die Arbeiter vom Weinberg waren zurück.

»Dann werde ich jetzt aber besser rasch nachsehen, was mein Bruder anstellt, ehe Frau Lauer ihn womöglich noch mit dem Teppichklopfer vom Hof jagt, weil sie ihn für einen Ganoven hält.« Eilig knöpfte sich Pauline die Wolljacke zu und lief zur Tür.

Soweit Helene es wenig später zumindest von Weitem beurteilen konnte, hielten sich Pauline und ihr Bruder tapfer gegenüber Else Lauers Verhör.

Zwar hatte Georg die Uniform inzwischen gegen Zivilkleidung eingetauscht, seine stramme Haltung war jedoch noch immer die eines Soldaten. Während Pauline anscheinend das Erklären übernommen hatte, nickte er ab und zu bekräftigend und sprach nur, wenn Frau Lauer das Wort direkt an ihn richtete.

»Meinst du, sie lässt ihn bleiben?«, flüsterte die Magd Dorle Helene zu, während sie die Brotkörbe auf den Tischen im Innenhof verteilten.

»Er wäre jedenfalls eine nützliche Hilfe für Hannes und Toni«, mischte sich Leni ein. »Er sieht außerdem wirklich flott aus. Auch ohne Uniform.«

»Awa!« Dorle zog die Mundwinkel empört nach unten und wedelte mit der Hand, als wollte sie eine Fliege verscheuchen. »Was du immer faselst.« Auf einmal machte sie große Augen und lehnte sich mit verschwörerischer Miene näher zu Helene. »Oho, schau doch, sie hat den Hannes hinzugerufen. Was das wohl heißen mag?«

Helene schüttelte den Kopf. »Ich habe keine Ahnung, aber er nickt.« Soviel sie inzwischen von dem wortkargen obersten Hofknecht wusste, bedeutete das zumindest nichts Schlechtes.

»Ich würde zu gerne hören, was sie reden«, wisperte Leni und vergaß vor lauter Neugier, den Weinkrug auf den Tisch zu stellen. Bis Toni, der Stalljunge, ihn ihr mit einem Kopfschütteln abnahm.

Es war noch immer kühl hier draußen, aber zumindest hatte der Nieselregen im Laufe des Nachmittags aufgehört.

Rund zwanzig Leute saßen an den langen Holztischen im Innenhof des Weinguts – die meisten von ihnen Frauen und Kinder. Als einzige Männer unter ihnen sah man entweder Burschen in Tonis Alter oder weißhaarige Männer mit langen Bärten, die zu alt für den Kriegsdienst waren.

Ein deftiger Duft nach Käse und gerösteten Zwiebeln hing in der Luft. Er ging von dem riesigen Kessel voller Spätzle aus, der auf der eigens angelegten Feuerstelle unter dem Stallvordach stand. Teller um Teller schöpfte Selma daraus. Nach den Wochen harter Arbeit ließen es sich die Leute an den Tischen schmecken.

»In den vorigen Jahren waren es mindestens doppelt so viele Tische. Es hat sogar eine Musikkapelle aufgespielt, und wir haben bis in die Nacht hinein getanzt. Das war vielleicht ein Fest«, hatte Leni gestern erzählt.

Die Leute schienen zwar allesamt gut gelaunt, lachten und

scherzten, von einem Fest konnte allerdings wirklich nicht die Rede sein, fand Helene. Man konnte den Krieg einen Moment lang vergessen, ganz aus den Gedanken verbannen ließ er sich jedoch nicht.

»Wie es aussieht, sind sie sich einig geworden«, flüsterte Dorle ihr im Vorbeigehen zu und deutete mit dem Kinn ans andere Ende des Hofes, wo Hannes und Georg sich nun die Hände schüttelten, während Pauline freudig strahlend danebenstand.

»Georg darf für die Dauer seines Fronturlaubs auf dem Hof bleiben. Als Entgelt für Kost und Logis wird er Hannes in den Weinbergen und im Forst zur Hand gehen. So braucht es einen Hilfsarbeiter weniger. Stellt euch vor! Einen ganzen Monat lang. Ich werde ihn einen ganzen Monat lang hierbehalten können«, rief sie kurz darauf und umarmte nacheinander Helene und Dorle vor lauter Aufregung.

»Das freut mich für euch.« Helene erwiderte die Umarmung. Ja, sie freute sich wirklich für Pauline und ihren Bruder, obwohl Georgs Anwesenheit deren Dilemma noch um einiges verkomplizieren würde.

Sie holte tief Atem, während sie den Holzbolzen am Zapfhahn drehte und zusah, wie der schäumende Tresterwein aus dem Fass in den Krug sprudelte. Wenn man es ganz genau nahm, machte sie sich sogar ein Stück weit mitschuldig, weil sie Pauline nicht verriet.

Sogleich biss sie sich auf die Zunge. Sie hasste allein schon den Gedanken daran, dass man eine uneheliche Schwangerschaft im selben Satz mit dem Wort Schuld verbinden könnte. Trotzdem hatte Pauline recht: Frauen, die ein außereheliches Kind in die Welt setzten, wurden von der Gesellschaft abgestempelt. Entschlossen sie sich andererseits zu einem Schwangerschaftsabbruch, so drohte ihnen jedoch wegen krimineller Fruchtabtreibung im schlimmsten Fall bis zu fünf Jahren Zuchthaus. So stand es in Paragraph 218 des Reichsstrafgesetzbuches.

Helene verurteilte diese scheinheilige, gutbürgerlich-christliche Ordnungsvorstellung aus tiefstem Herzen. Trieb doch genau diese viele Frauen vor lauter Verzweiflung und Armut oft zu lebensbedrohlichen Selbstversuchen, um eine heimliche Abtreibung herbeizuführen. Während ihrer Zeit an der Schwesternschule waren Helene mehrere solcher Fälle untergekommen. Ob Spülungen mit Seifenlauge, Alauninjektionen mittels Scheidenpulverbläsern oder Mutterspritzen – man behalf sich dabei mit allen erdenklichen, meist gefährlichen Mitteln. Nicht wenige Frauen starben dabei an Blutvergiftung oder weil sie wegen innerer Verletzungen verbluteten.

Allein dieser Umstand machte Helene unsäglich wütend. Und all das nur, weil die nationalstaatliche Politik des Kaiserreichs an einer möglichst hohen und damit wirtschaftlich ertragreichen Bevölkerungszahl interessiert war. Derweil platzten die Waisenhäuser der größeren Städte schier aus den Fugen. Die unzähligen Frauen, die während einer heimlichen Abtreibung gestorben waren, um dem gesellschaftlichen Stigma zu entgehen, kümmerten jedoch kaum jemanden.

Helenes Blick wanderte über die gemütlich plaudernden Anwesenden, bis er Pauline fand, die neben ihrem Bruder saß. Helene hatte sie noch nie zuvor so viel und herzlich lachen sehen.

Sie war eine beachtliche junge Frau, und dass Pauline sich trotz aller Widrigkeiten dazu entschlossen hatte, das Kind zu behalten, zeugte zudem von ihrem guten Charakter.

Und Helene würde sie unterstützen, wo sie nur konnte, das schwor sie sich.

Morgenausgabe der *Freiburger Zeitung*, Montag, 2. November 1914

Abbruch der diplomatischen Beziehungen zwischen der Türkei und der Triple Entente

Konstantinopel, 31. Oktober: Den Botschaftern Russlands, Englands und Frankreichs wurden die Pässe gestellt. Die russischen und englischen Botschafter reisten heute ab, der französische wird morgen folgen.

Titelseite der britischen Tageszeitung *Daily Mail*, Dienstag, 3. November 1914

Großbritannien erklärt Nordsee zur Kriegszone – Embargo gegen das Deutsche Kaiserreich

London. Die Kriegsadmiralität meldet: Die Verbindungen sämtlicher zivilen Handels- oder Zubringerschiffe von und zu den deutschen Nordseehäfen sind seit gestern eingestellt.

Titelseite der britisch-kanadischen Abendzeitung *Evening Record*, Donnerstag, 5. November 1914

Offizielle Kriegserklärung an Türkei

London. Das britische Außenministerium bestätigt, dass Großbritannien der Türkei offiziell den Krieg erklärt hat. Es wird dasselbe von Frankreich, Russland, Serbien Montenegro sowie möglicherweise von Belgien und Japan erwartet.

11 – Wahrheiten

November 1914, Sankt Georgen, Rosenhof

Georgs Anwesenheit auf dem Rosenhof war für Pauline ein lang ersehnter Segen.

Die Winzerin und auch Hannes zeigten sich zufrieden mit ihm. Er packte tüchtig mit an, scheute die Arbeit nicht – ob im Stall, beim Pflügen der steilen Weinberge oder wenn er mit Hannes im Wald die Bäume markierte, die Ende Dezember geschlagen werden würden.

Wenn sie doch nur die Zeit anhalten könnte. Stattdessen flogen die Tage mit atemberaubender Schnelligkeit dahin. Bald schon waren zwei Wochen vergangen.

Noch nie zuvor hatte Pauline sich so sehr beeilt, um nach der Arbeit in der Stadt zurück nach Sankt Georgen zu kommen. Die Verletzung an ihrem Arm war zwar noch nicht verheilt, sie hielt ihn darum tagsüber stets in der Schlinge, aber sie hatte statt ihrer üblichen Tätigkeit an der Schaltwand immerhin kleinere Aufgaben wie das Sortieren und Stapeln der Quittungen übernehmen können.

Manchmal kam Georg ihr mit dem Fuhrwerk voller Brennholz entgegen, sein übliches freches Grinsen auf dem Gesicht. Am allerschönsten war es jedoch, wenn sie ihn abends nach dem

Essen in geselliger Runde mit allen anderen zusammen sah, während er seine Geschichten erzählte.

Jetzt in der kalten Jahreszeit versammelten sich die Hofbewohner meistens in der Nähe des wärmenden Kachelofens. Hannes paffte dann versonnen an seiner Pfeife. Die Küchenmagd Emma saß neben ihm und strickte. Selma döste derweil in ihrem Schaukelstuhl, während Toni, Leni und Dorle Georg zuhörten. Wann immer es ihre Arbeit erlaubte, gesellte sich auch Helene zu ihnen.

Er war ein guter Erzähler, stellte Pauline nicht ohne Stolz fest. Er wusste genau, wann er seinen Worten das nötige Pathos verleihen musste oder wie er die Geschichte am besten ausschmückte, ohne dass sie übertrieben wirkte.

»Erzähl doch mal, wie das Leben an der Front so ist«, forderte Toni ihn wie fast jeden Abend auf und lehnte sich so weit vor, dass er nur noch auf den zwei Beinen seines Schemels balancierte. »Stimmt's, dass die Franzosen immer nur bis mittags angreifen, weil sie nach dem Essen zu faul sind, um weiterzukämpfen?«

»Wo du auch immer diesen Unsinn herhast«, brummte Hannes kopfschüttelnd. »Wenn das so wär, wäre der Krieg schon längst vorbei.«

Georg beugte sich vor und senkte die Stimme, als würde er Toni ein Geheimnis verraten. »Da hat dir aber jemand einen echten Bären aufgebunden, denn die Franzen sind gar nicht so faul. Sie rennen zumindest jedes Mal wie die Hasen, wenn wir ihre Stellungen angreifen.« Alle lachten über den Scherz.

Alle außer Pauline, aber zum Glück beachtete sie niemand.

Ebenso wie keiner der anderen zu bemerken schien, wie unecht Georgs Lachen klang, und wie sich sein Blick einen Atemzug lang verdunkelte, ehe er nach seinem Schnapsgläschen griff und das Kirschwasser in einem Zug hinunterstürzte.

Seit ihrem Wiedersehen fiel das Pauline nicht zum ersten Mal auf. Etwas an ihm war anders geworden – dunkler, unnahbarer. Er trank auch mehr als vorher, und es gab Momente, in denen sich sein Blick einfach im Nichts verlor, als wäre er im Geiste ganz woanders.

Das war der Hauptgrund, weswegen sie ihm noch nichts von ihrer Schwangerschaft gesagt hatte. Deshalb, und weil sich bisher einfach nicht die passende Gelegenheit dazu ergeben hatte.

»Wenn wir schon vom Rennen sprechen …« Georg grinste und sah Pauline an. »Wisst ihr eigentlich, wer damals in Tübingen die Schnellste der ganzen Jakobsgasse war?« Er zwinkerte ihr zu.

»Nicht doch.« Pauline verdrehte gequält die Augen. Sie wusste genau, was jetzt kam. »Hör schon mit diesen alten Geschichten auf. Die will bestimmt niemand hören.«

»Und ob.« Leni nickte indes eifrig. »Erzähl weiter.«

Natürlich ließ sich Georg nicht zweimal bitten. Genüsslich erzählte er einmal mehr aus ihrer beider Kindheit. Davon, dass Pauline sich schon seinerzeit, als knapp Zehnjährige, nichts hatte bieten lassen und sich sogar mit einem älteren Jungen aus der Nachbarschaft angelegt hatte.

»Lienchen hat ihn tatsächlich zu einem Wettrennen herausgefordert und gewonnen. Vor seinen versammelten Kumpanen. Sie war noch nicht mal ein Backfisch und er ein Halbstarker. Der arme Kerl ist damit monatelang zum Gespött der ganzen Straße geworden.«

»Er hat mir absichtlich Kleister ins Haar geschmiert, was hätte ich denn sonst tun sollen? Er war zu groß, als dass ich ihm eine Ohrfeige hätte verpassen können«, verteidigte sich Pauline und kicherte.

Sie dachte inzwischen kaum noch an diese Zeiten zurück. Dabei hatte es während ihrer Kindheit auch lichte Momente gegeben. Die Augenblicke jenseits der Kellerwohnung. Allen voran waren das die Stunden im Atelier des Schneidermeisters Ebinger gewesen.

Bei der Erinnerung an den mageren Schneider mit dem gutmütigen Gesicht und dem Haar, das ihm wie ein trockenes Strohbüschel vom Kopf abstand, wurde Pauline warm ums Herz. Ihm und seiner Frau verdankte sie alles. Sie waren die ersten Menschen gewesen, die ihr Talent und ihren Ehrgeiz erkannt hatten.

Sie war zehn gewesen, als die Ehefrau des Schneidermeisters ihr zeigte, wie man mit Nadel und Faden umging. So begann sie, beim Fegen des Ateliers die schönsten Stoffreste zu sammeln. Daraus nähte sie kleine Stoffpuppen, die sie dann auf einem kleinen hölzernen Bauchladen am Straßenrand verkaufte. Den Eltern gab sie jedoch nur die Hälfte des Verdienten ab. Den Rest steckte sie in eine Blechdose, die sie in der Schneiderei aufbewahrte. Ihr Vater hätte das Geld ohnehin bloß versoffen. Und ihre Mutter war seit ihrer Lungenentzündung kaum noch ansprechbar und dämmerte immer öfter tagelang in ihren Fieberträumen dahin.

Mit der Zeit gab Meister Ebinger Pauline wichtigere Aufgaben. Das säuberliche Aufrollen der Stoffballen zum Beispiel. Oder das Sortieren der Schnittmuster. Irgendwann ließ er sie sogar beim Feststecken des Stoffs auf der Modellpuppe helfen, erklärte ihr, welches Material sich für welchen Schnitt eignete und wie man Schnittmuster zeichnete.

Für Pauline eröffnete sich damit eine atemberaubende Welt aus Samt, Seide, Musselin, Baumwollbatist, Rüschen, Gazen, Spitzen und Schleifen in den prachtvollsten Farben und Mustern. Eine Welt, die so ganz anders und prächtiger war als alles, was sie bisher gekannt hatte.

»Ja, so ist mein Lienchen schon immer gewesen: sturer als eine bockige Ziege und unerschrocken wie eine Bärin.« Warmer Stolz schimmerte in Georgs Blick, als er über den Tisch hinweg Paulines Hand ergriff. »Und sobald sie sich etwas in den Kopf gesetzt hat, lässt sie sich von keinem etwas sagen. So war es auch damals, als sie verkündet hat, dass sie Damenschneiderin werden wolle. Wie alt warst du damals? Zwölf? Dreizehn?«

»Zwölf«, antwortete Pauline.

Um genau zu sein, war es eine Woche nach ihrem zwölften Geburtstag gewesen, und nur ein paar Tage, nachdem ihre Mutter gestorben war. Von jenem Tag an hatte sich Vater immer seltener daheim blicken lassen und wenn, dann war er meistens so sturzbetrunken gewesen, dass er seine eigenen Kinder nicht mehr erkannte und auf dem Boden einschlief, ehe er am nächsten Tag wieder verschwand.

Sie hatten keine Verwandten. So war es Georg gewesen, der sich von nun an um die kleine Schwester kümmerte, so gut er konnte. Inzwischen hatte er die Schule aufgegeben und arbeitete als Brauknecht in der Brauerei Marquardt. Sein Lohn und das wenige, das Pauline verdiente, reichten gerade so, um sie beide durchzubringen.

Seit Frau Ebinger ihr die Handhabung der Singer-Nähmaschine erklärt hatte, verbrachte Pauline nun jeden freien Moment im Atelier, schwänzte dafür manchmal sogar den Schulunterricht. Sie liebte das Rattern der Maschine, den Geruch nach Metall und Schmieröl, der ihr in die Nase drang, während sie an der Arbeit saß. Die ständige, gleichmäßige Bewegung mit dem Fußpedal, die so beruhigend wirkte. Es dauerte nicht lange, und Paulines Nähte waren tadellos.

Mit dreizehn nähte sie ihr erstes Kleid. In einem schlichten Schnitt, der Stoff war einfarbig und wies einen groben Webfehler auf, weshalb der Schneidermeister ihn ihr überhaupt überlassen hatte. Aber es war ihre allererste eigene Kreation gewesen. Die erste von vielen weiteren während der folgenden Jahre.

Doch damals war es Frauen im Königreich Württemberg noch nicht möglich gewesen, eine klassische Schneiderinnenlehre zu absolvieren, geschweige denn, eine Meisterprüfung abzulegen. Es wurde erwartet, dass Mädchen und junge Frauen ohnehin von Natur aus das Nähen und andere Handarbeiten beherrschten. Wozu sie also noch fördern?

Allen Widrigkeiten zum Trotz, dank seiner guten Verbindungen und weil er fest an Pauline glaubte, besorgte Meister Ebinger ihr eine Freistelle an der Handels- und Gewerbeschule des Lette-Vereins am Viktoria-Luise-Platz im preußischen Berlin-Schöneberg. Dort bekam sie neben dem Unterricht in Buchhaltung, Telegraphie und Maschinenschreiben vor allem eine gewerbliche Ausbildung zur Damenschneiderin, die sie als eine der Klassenbesten abschloss. Sie, das Mädchen aus der Kellerwohnung in der Tübinger Jakobsstraße.

Ausgerechnet die paar Lektionen in Telegraphie von damals waren es auch gewesen, die ihr die Anstellung auf dem Post- und Telegraphenamt hier in Freiburg ermöglicht hatten. Manchmal spielte einem das Schicksal seltsame Streiche.

»Stellt euch vor: Sie hat die letzten paar Jahre sogar in Paris gelebt und in einem Modehaus gearbeitet«, hörte Pauline ihren Bruder auf einmal sagen und erstarrte.

Georg schnalzte die Zunge vor gespielter Fassungslosigkeit, seine Augen funkelten jedoch schalkhaft. »Meine kleine Schwester bei den Franzosen.«

»Du hast in Paris gelebt?« – »Hast du den Eiffelturm gesehen? Ist er tatsächlich so hoch, wie es immer heißt?«, riefen Leni und Dorle aufgeregt im Chor.

Selma schreckte aus ihrem Halbschlaf auf. »Jesses nai, was isch bassiert?«

»D'Pauline het z'Frankriich gläbd«, erklärte Toni und warf Pauline dabei einen fast ehrfürchtigen Blick zu.

Die Köchin blinzelte verwirrt. »Z'Frankriich? Wieso denn des?«

»Ich habe dort bei Maison Worth gearbeitet. Das ist eines der bekanntesten Modehäuser Europas«, erklärte Pauline und tat die Worte mit einem Wink ab. »Es war eine spannende und lehrreiche Zeit, aber ich bin froh, dass ich gerade noch rechtzeitig vor Kriegsbeginn wieder zurückgekommen bin.«

Genau deshalb hatte sie diesen Teil ihrer Vergangenheit bisher nie erwähnt. Frankreich war inzwischen zum Kriegsgegner geworden, und jeder noch so winzige Bezug zum Feind des Kaiserreichs führte zu Fragen und Misstrauen.

Dorle atmete hörbar auf. »Da kannst du wirklich von Glück reden.«

»Jetzt erklärt sich auch, woher du deine ganzen feinen Kleider hast«, sagte Leni und tat, als richte sie sich mit gezierter Geste das Haar.

Erneut lachten alle am Tisch laut auf. Dieses Mal fiel auch Pauline erleichtert mit ein. Das war gerade noch einmal gut gegangen.

»Stoßen wir auf das Glück an. Davon kann man nie genug haben.« Georg füllte die auf dem Tisch stehenden Schnapsgläser auf und schob eines davon Pauline zu.

»Für mich nicht. Ich bekomme davon Magenbrennen«, sagte sie und schob das Glas der neben ihr sitzenden Helene zu.

Georg runzelte kurz die Stirn und zuckte jedoch mit den Schultern. »Dann halt nicht. Prost allerseits.«

»Prost«, erwiderte die Runde.

Pauline wandte den Kopf und begegnete Helenes Blick. Prompt

wurde ihr bewusst, dass die Zimmergenossin längst die Monate zurückgerechnet und erkannt haben musste, dass Pauline zu Beginn der Schwangerschaft noch in Frankreich gewesen war.

Trotzdem ließ sich die Lazarettschwester nichts weiter anmerken. Auch als sie sich beide später auf ihr Zimmer zurückzogen, verlor keine von ihnen ein Wort darüber, und Pauline war dankbar dafür.

In dieser Nacht fand sie keinen Schlaf. Zu viele Gedanken und Sorgen gingen ihr durch den Kopf. Sorgen um Georg. Davor, wie er reagieren würde, sobald sie ihm die Wahrheit sagte. Denn sie konnte es drehen und wenden, wie sie wollte, konnte den Moment auch noch so lange hinauszögern, schlussendlich führte kein Weg daran vorbei.

Morgen war der Tag, das hatte sie sich fest vorgenommen. Ja, morgen. Dann war Sonntag, und sie selbst und Helene hatten ausnahmsweise frei. Dass ihre Zimmergenossin anwesend sein würde, war auf seltsame Weise beruhigend.

Zwar würden auch alle anderen Hofbewohner zu Hause sein, aber genau das würde Georg, so hoffte sie zumindest, etwas zügeln.

Paulines Hoffnung schwand jedoch schlagartig, als sie ihrem Bruder am nächsten Morgen beim Stallzugang gegenüberstand und er mit weit aufgerissenen Augen auf ihre Körpermitte starrte.

»Du bist …«, keuchte er heiser.

»In anderen Umständen«, wiederholte sie und zog die Wolljacke über der Rundung ihres Bauchs glatt, sodass diese nicht mehr zu übersehen war.

Einen Moment lang war Georg wie gelähmt. Dann holte er tief Luft und brüllte so laut, dass man es bestimmt sogar bis zum Nachbarhof hörte: »Du bist schwanger?«

Pauline reckte das Kinn und straffte die Schultern. »Das sagte ich doch. Und bevor du dir irgendwelchen Humbug zusammenreimst: Ich bin verlobt.«

Schnaubend fuhr sich Georg mit den Fingern durchs Haar, seine Nasenflügel bebten. Dann packte er sie an den Schultern, schüttelte sie. »Bist du denn noch ganz bei Trost? Es ist Krieg, verflucht!«

»Lass mich los.« Sie riss sich aus seinem Griff los, ballte nun ihrerseits die Fäuste. »Ich weiß sehr wohl, dass Krieg ist. Aber sobald alles vorbei ist, werden wir heiraten.«

»Ha! Hat er dir das versprochen?« Georg verzerrte das Gesicht zu einer höhnischen Grimasse.

»Was ist hier los?«, ertönte auf einmal Else Lauers Stimme hinter ihnen.

Doch weder Pauline noch ihr Bruder schenkten ihr Beachtung. Stattdessen standen sie sich wie zwei wütende Bullen gegenüber.

»Das sagen sie doch alle, nur, um zu kriegen, was sie wollen.« Georg spuckte aus. »Warst du wirklich so dämlich und hast dich wegen ein paar leerer Versprechungen zum Soldatenflittchen machen lassen?«

Das Klatschen der Ohrfeige hallte wie ein Peitschenschlag über den Innenhof. Eine der Kühe muhte erschrocken auf.

»Nimm das sofort zurück, du Scheusal«, fauchte Pauline ihren Bruder an. »Für wen hältst du dich, dass du über andere urteilst, als wärst du etwas Besseres? Du hast keine Ahnung. Weder von mir noch vom Vater meines Kindes.«

»Wer ist der Kerl? Sag's mir«, brüllte Georg. »Ich werde ihn finden und mir vorknöpfen. Keiner hängt meiner Schwester ein Balg an und lässt sich womöglich an der Front totschießen, ehe er seiner Pflicht nachkommt.« Mit einem Aufknurren raufte er sich das Haar. »Was soll denn dann aus dir werden? Allein, unverheiratet und mit einer unehelichen Soldatenbrut am Hals. Wie willst du in diesen Zeiten ein Kind durchbringen? Verdammt, hast du überhaupt an die Folgen gedacht, bevor du dich auf den Erstbesten einlässt, der dir schöne Augen macht?«

»Genug, das reicht jetzt! Solche Reden dulde ich nicht in meinem Haus.«

Aus den Augenwinkeln nahm Pauline wahr, wie Else Lauer mit in die Seiten gestemmten Fäusten vortrat. Hinter der Winzerin erkannte sie Helenes Gestalt sowie Hannes' stämmige Silhouette. Sie trugen ihre Sonntagstracht, bereit für den Kirchgang.

In ihrer Wut ignorierte sie alle drei. »Für wie einfältig hältst du mich eigentlich? Und spiel dich hier nicht auf wie der Richter über meine Tugendhaftigkeit.« Sie stampfte mit dem Fuß auf. »Du hast in der Angelegenheit gar nichts zu bestimmen. Ich kann meine Entscheidungen sehr gut allein treffen.«

Mit puterrotem Gesicht donnerte Georg: »Und ob ich hier etwas zu bestimmen habe, ich bin dein Bruder!«

»Dann benimm dich gefälligst auch so, statt zu toben und mich anzubrüllen wie ein wildgewordener Hornochse«, schrie sie zurück.

»Du solltest dich nicht so aufregen«, warf Helene mit sanfter Stimme ein.

Doch Pauline war noch längst nicht fertig. »Was denkst du eigentlich, wie es mir dabei geht?« Sie machte einen Schritt auf ihren Bruder zu, bohrte ihm den Zeigefinger in die Brust. »Du hast keine Ahnung, was es heißt, der ganzen Welt etwas vorspielen zu müssen, weil die Leute mich sonst als verdorbenes Frauenzimmer abtun.«

Mit einem Ruck wandte sie sich zu dem Grüppchen Anwesender um. Außer der Winzerin, Helene und Hannes hatten sich inzwischen sämtliche Hofbewohner versammelt. »Es tut mir leid, dass ich euch allen die Wahrheit verschwiegen habe.« Entschlossen knöpfte sie die Wolljacke auf, sodass die verräterische Wölbung ihres Bauchs eindeutig zu erkennen war. »Ja, ich erwarte ein Kind, und ich habe keinen Ehemann. Nur einen Verlobten, der an der Front ist und von dem ich nicht weiß, ob und wann ich ihn wiedersehen werde.«

Schließlich drehte sie sich wieder zu Georg um und atmete tief ein. Jetzt kam der Moment, vor dem sie sich am meisten fürchtete. Der Moment der endgültigen Wahrheit.

Dabei hatte sie das Szenario ursprünglich ganz anders geplant: viel leichter verdaubar, in kleinen, harmlos klingenden Häppchen. Und schon gar nicht gekrönt von einem so ohrenbetäubenden Streit. Es würde sie nicht wundern, wenn Frau Lauer sie deswegen sogar vom Hof warf.

Sei's drum, jetzt gab es kein Zurück mehr. Pauline konnte und wollte sich nicht mehr länger verstecken.

Umso mehr staunte sie über die Ruhe, die sie auf einmal überkam. »Ich weiß ganz genau, welche Konsequenzen ich riskiere – für mich und für mein Kind.« Sie legte schützend die Hände auf den Bauch. »Aber es ist nicht so, wie du denkst. Ich wollte eigentlich gar nicht zurückkommen. André war jedoch nicht von seiner Überzeugung abzubringen, dass ich hier im Kaiserreich sicherer wäre. Als wir uns in Paris verabschiedet haben, hat er nicht gewusst, dass ich sein Kind erwarte.«

Trotz der unglücklichen Situation musste Pauline lächeln. »Ich habe es selbst erst gemerkt, nachdem ich in Karlsruhe angekommen war.«

Sie sah, wie Georgs Augen sich weiteten und sein Gesicht erstarrte, sobald er begriff.

»Der Name meines Verlobten ist André Moreau. Er ist Fotograf von Beruf. Wir haben uns kennengelernt, als er Aufnahmen der neuen Sommerkollektion für Maison Worth gemacht hat.«

Sie straffte den Rücken, hielt den Blick direkt auf ihren Bruder gerichtet. »Und ja, er ist Franzose.«

In nur einem langen Schritt trat Georg vor sie. So nah, dass sie seine harschen Atemstöße auf dem Gesicht spürte. Er roch nach Stroh und Rasierseife. Ein winziger Klecks davon hing noch immer an seiner linken Kotelette.

Er riss die geballte rechte Faust hoch, das Gesicht zu einer zornigen Fratze verzerrt.

Irgendjemand schrie entsetzt auf.

»Ich sagte, es ist genug!« Mit dem Ellenbogen machte sich Else Lauer Platz und schob sich dazwischen. »Auf diesem Hof herrscht kein Krieg. Wenn Sie Ihrer Schwester auch nur ein Haar krümmen, bekommen Sie es mit mir zu tun. Und glauben Sie mir, junger Mann, dann werden Sie sich wünschen, Sie wären in Ihrem Schützengraben.«

Georg hielt inne. Zitternd vor Anspannung. Die Knöchel seiner Faust traten weiß hervor. Er musste die Worte der Winzerin gehört haben, Pauline erkannte es an dem heftigen Zucken seiner Kiefermuskeln.

Sie regte sich nicht, hielt dem Blick ihres Bruders stand. Sie würde nicht nachgeben. Nein. Denn irgendwo tief verborgen unter dieser Panzerung aus blankem Zorn musste der alte, gutherzige Georg sein, den sie ihr ganzes Leben lang kannte und liebte. Er war doch die einzige Familie, die sie noch hatte.

Mit einem heiseren Aufbrüllen fuhr er auf einmal herum, schmetterte die Faust in den Holzrahmen des Stalltors und stampfte über den Hofplatz. Vorbei an den Hofbewohnern, die eiligst zurücktraten, in Richtung Eingangstor. Dort schob er den verdutzten kleinen Mann in der dunkelblauen Reichspostuniform einfach beiseite.

»Heda!«, beschwerte sich dieser.

Ohne ein weiteres Wort verschwand Georg nach draußen.

Erst jetzt wagte Pauline wieder, richtig zu atmen, und plötzlich schwindelte ihr. Sie taumelte.

»Vorsicht.« Else Lauers Stimme. Feste Hände, die sie stützten und sie rasch, aber bestimmt auf eine umgedrehte Lattenkiste niedersetzten. »Langsam. So ist's gut.«

Pauline blinzelte, als sich ihr Blickfeld wieder klärte und sie neben dem der Winzerin nun auch Helenes Gesicht vor sich erkannte.

Ein winziges Lächeln umspielte Helenes Lippen, während sie sie aufmerksam musterte und dabei ganz beiläufig zwei Finger an die Innenseite ihres Handgelenks legte. »Noch etwas schwach, aber das ist nicht weiter verwunderlich«, sagte sie und nickte zuversichtlich.

Doch Pauline hörte ihr nur noch am Rande zu. Ihre Aufmerksamkeit galt auf einmal Else Lauer, die sich zu dem Postboten umgewandt hatte. Einem kleinen Mann mit runzeligem Gesicht und eisgrauem Schnurrbart. Der stand noch immer dort beim Eingangstor. In der Hand hielt er einen Stapel Briefe.

Er räusperte sich, ehe er eilig die Mütze vom Kopf nahm und in den Hof trat.

»Heute ist doch Sonntag«, murmelte Pauline. Normalerweise wurde an Ruhetagen keine Post geliefert. Es gab nur einen einzigen Grund, weshalb heute und so früh morgens eine Zustellung erfolgte.

Auf einmal war es rundum seltsam still geworden.

»Guten Morgen«, sagte der Postbote mit knarzender Stimme, trat dabei von einem Fuß auf den anderen und versuchte ein hilfloses Lächeln, das jedoch völlig misslang.

Als Erster regte sich Hannes und trat vor den Uniformierten. »Was bringst du, Franz?«

»Ich … ähm …« Der Postbote schluckte und nahm den Brief

ganz zuoberst auf dem Stapel. Rasch steckte er die restlichen Umschläge zurück in seine Umhängetasche und sagte: »Ich habe ein Schreiben für Frau Lauer.« Seine Worte verhallten auf dem Innenhof wie ein Donnerschlag.

Pauline erstarrte. Es musste um Frau Lauers Sohn gehen, um Julius. In ihrer Erinnerung sah sie sein freundliches Gesicht wieder genau vor sich. Damals, als sie am Bahnhof von Freiburg mit seiner Mutter zusammengeprallt war. Das war doch erst vier Monate her.

Mit Helenes Hilfe kam sie schließlich auf die Beine. Ihre Knie fühlten sich noch immer etwas wackelig an, aber das spielte jetzt keine Rolle.

Sie wandte den Blick in Richtung der Winzerin, die reglos neben dem Stallzugang stand.

»Gib es mir«, sagte Hannes und wollte auf den Postboten zugehen.

»Nein.« Else Lauers Stimme klang bestimmt und so laut, dass alle sie hörten. »Das Schreiben ist an mich gerichtet, also nehme ich es auch selbst in Empfang.«

Mit gestrafften Schultern ging sie dem Uniformierten entgegen. Nur einmal schien sie auf dem Kopfsteinpflaster die Balance zu verlieren, taumelte kurz, fing sich aber gleich wieder.

Ohne ein Wort nahm sie den Umschlag und stieg die Treppenstufen zum Haupthaus hoch, wo sie die Tür leise hinter sich schloss.

Der Postbote verabschiedete sich eilig mit einem kurzen Nicken. So, als wolle er der ratlosen Betroffenheit entfliehen, die unter den Anwesenden zurückblieb.

An diesem Sonntag ging keiner von ihnen zum Gottesdienst. Erst recht nicht Pauline. Sie begab sich in ihr Zimmer und begann, den Koffer zu packen.

»So warte doch, bis sich die Lage etwas beruhigt hat, und

sprich dann noch einmal mit Frau Lauer.« Helene saß auf ihrem Bett und schüttelte den Kopf.

Pauline zuckte die Schultern. »Wozu? Damit sie mir ins Gesicht sagen kann, dass sie auf ihrem Hof keine so lasterhafte Person wie mich haben will? Nach der Vorstellung heute Morgen kann ich ihr das nicht einmal verübeln.« Sie schnalzte mit der Zunge. »Nicht, nachdem sich die Geschwister Seibold von ihrer allerbesten Seite gezeigt haben. Außerdem hat sie im Moment genug eigene Sorgen.«

Energisch schüttelte sie einen Unterrock aus, wollte ihn auf dem Bett zusammenfalten, sog aber sogleich zischend den Atem ein, als sie den warnenden Schmerz im Arm spürte.

»Was hast du denn nun vor?«, fragte Helene.

»Ich werde auf Georg warten. Wenn er noch mit mir sprechen will, gehen wir vielleicht gemeinsam, sonst halt nur ich allein. Ich werde schon eine Lösung finden«, erwiderte Pauline. Obwohl die Worte viel überzeugter geklungen hatten, als sie sich anfühlten. »Es war sowieso nicht geplant, dass ich so lange hier in Freiburg bleibe. Würde dieser verfluchte Krieg nicht ewig dauern, wäre ich schon längst wieder in Frankreich.« Wütend stopfte sie eine Bluse in den Koffer.

»Du solltest nicht so laut darüber sprechen.« Helene senkte mahnend die Stimme. »Du weißt doch, wie misstrauisch die Leute geworden sind und hinter allem und jedem eine Feindaktion vermuten.« Jetzt flüsterte sie sogar. »Sie könnten dich womöglich für eine Spionin halten.«

»Ein Grund mehr zu gehen«, gab Pauline schnaubend zurück.

Sie hielt jedoch abrupt inne, als es an der Tür klopfte und Lenis aufgeregte Stimme von der anderen Seite her ertönte: »Der junge Herr Julius ist am Leben und kommt nach Hause! Frau Lauer will euch in ihrem Arbeitszimmer sehen. Euch beide.«

12 – Zwischen Licht und Schatten

15. November 1914, Sankt Georgen, Rosenhof

Bisher hatte Helene das Haupthaus des Lauerer Winzerguts nur betreten, um die wöchentliche Zahlung ihrer Unterkunft zu begleichen.

Wie immer schlug ihr auch jetzt der schwere Geruch von Holz entgegen, der von der blank polierten dunklen Täfelung an den Wänden und Decken ausging. Der quadratische Eingangsbereich öffnete sich zu einem Gang, durch den man in die Herrenstube gelangte. Rechter Hand führte eine Treppe in den oberen Stock hinauf. Über einer hübschen, mit Blumenranken bemalten Holztruhe an der Wand daneben hingen die Porträts eines Mannes und einer Frau, deren Haarpracht und Kleidung auf das vorige Jahrhundert schließen ließen. Mit ernsten Mienen hießen sie die Besucher willkommen.

Abgetrennt von einer ebenfalls mit Rosenranken bemalten Holztür lag das Arbeitszimmer der Gutsherrin links vom Eingang, in der von zwei Fensterfronten erhellten Hausecke. Von hier aus konnte man sowohl die Straße überblicken als auch jeden Ankömmling vor dem großen Haupttor sehen.

Die Tür stand einen Spalt weit offen. Aus dem Zimmer dahinter war außer dem Ticken einer Wanduhr keinerlei Geräusch zu hören.

Helene sah fragend zu Pauline. Doch diese klopfte entschlossen an und stieß die Tür auf. »Frau Lauer?«

Der Schein der elektrischen Hängelampe beleuchtete die Arbeitsfläche auf dem Holztisch in der Fensterecke links von der Tür. Ein säuberlich geordneter Stapel Dokumente lag neben ein paar geöffneten Briefen, dem Tintenfässchen und einem Federhalter sowie einem Brieföffner aus Messing.

Die gegenüberliegende Seite des Raumes war ins dämmrige Dunkel des anbrechenden Abends getaucht. Vor dem Fenster zeichnete sich die Silhouette einer reglosen Gestalt ab.

»Frau Lauer?«, wiederholte Pauline leise.

Als würde sie sich erst jetzt ihrer Anwesenheit bewusst, fuhr die Winzerin herum. In einer fahrigen Geste wischte sie sich mit der einen Hand über die Wange, in der anderen hielt sie den geöffneten Brief. Sie räusperte sich, ehe sie antwortete: »Ah, da sind Sie ja. Gut, kommen Sie herein.«

Mit wie immer streng erhobenem Kopf ging die Hausherrin zu ihrem Schreibtisch, wo sie den Brief ablegte und Platz nahm. Sobald das Licht der Lampe sie traf, waren noch immer die verräterisch glänzenden Spuren von Tränen auf ihrem Gesicht zu erkennen.

»Worauf warten Sie?« Ungeduldig zeigte sie auf die Holzbank auf der anderen Seite des Tischs.

»Zuallererst möchte ich Ihnen sagen, wie erleichtert ich über die Neuigkeit von Ihrem Sohn bin«, begann Pauline, noch bevor sie sich gesetzt hatte. »Und ich bitte Sie um Verzeihung für das Schauspiel von heute Morgen. Mein Bruder und ich, wir …« Sie schloss kurz die Augen und holte tief Atem. »Jedenfalls tut es mir von Herzen leid, und ich verstehe völlig, dass Sie mich unter diesen Umständen nicht mehr auf dem Hof haben wollen. Mein Koffer ist schon fast gepackt. Ich warte nur noch auf Georg, dann werden wir …«

Mit einem energischen Wink brachte Else Lauer sie zum Schweigen. »Denken Sie wirklich, ich wäre so blind und hätte Ihren Umstand nicht schon vor zwei Wochen im Wingert bemerkt?«

Pauline setzte erneut zum Reden an, doch die Winzerin kam ihr zuvor. »Sie haben mir bisher keinen Anlass zur Beschwerde durch Ihr Verhalten hier auf dem Hof gegeben. Im Gegenteil, Sie haben sich gut eingegliedert, scheuen sich nicht, mit Hand anzulegen, und begleichen auch die Zahlung für Unterkunft und Verpflegung immer pünktlich. Das ist alles, was für mich zählt. Ihr Bruder hingegen …«

Sie hob das Kinn und spitzte streng die Lippen. »Ich dulde hier auf dem Hof weder Handgreiflichkeiten noch Streit oder irgendwelche gewalttätige Auseinandersetzungen, davon haben wir rundum weiß Gott schon genug. Das soll seine erste und letzte Warnung sein, richten Sie ihm das aus. Noch ein Fehltritt, und er muss gehen.«

»Ich werde es Georg sagen, aber …«

Else Lauer hob die Hand. »Ich bin noch nicht fertig. Kommen wir jetzt zum eigentlichen Grund, weshalb ich mit Ihnen beiden sprechen wollte.«

Sie senkte den Blick auf den vor ihr liegenden Brief. Kurz vertiefte sich die Furche zwischen ihren Augenbrauen.

Als die Winzerin den Kopf wieder hob und Helene ansah, spiegelte sich in ihrer Miene auf einmal eiserne Entschlossenheit. »Als Lazarettschwester haben Sie natürlich Erfahrung in der Pflege von Kriegsversehrten.« Das hatte nicht wie eine Frage geklungen, sondern wie eine Feststellung.

Die Worte trafen Helene völlig überraschend. »Ja, das gehört mit zu unseren Aufgaben«, sagte sie vorsichtig. Worauf wollte die Weinbäuerin hinaus?

»Gut.« Else Lauer griff nach dem Füllfederhalter und einem unbeschrifteten Blatt Papier. »Dann können Sie mir bestimmt erläutern, welche Vorkehrungen zu treffen sind, ehe mein Sohn in ein paar Wochen nach Hause kommt.«

Im ersten Moment war Helene zu perplex, um zu antworten, fasste sich jedoch sogleich wieder. »Nun ja, das kommt darauf an.«

Die Weinbäuerin legte den Federhalter ab und schob stattdessen den Brief vor Helen hin. »Das Schreiben ist von Julius' Regimentskommandanten. Das Gekritzel ist zwar so unleserlich, dass ich es kaum entziffern kann. Aber wenn ich es recht verstehe, heißt es hier, dass mein Sohn während eines Gefechts so schwer verwundet worden ist, dass ...«

Sie kam kurz ins Stocken, ihre Nasenflügel flatterten, ehe sie sich wieder fasste. »... dass eine Amputation eines Beines unumgänglich war.«

Rasch verschränkte sie die Finger, als ihre Hände zu zittern begannen. Für den Hauch eines Lidschlags verzog sie die Lippen zu einem gezwungenen Lächeln. »Immerhin ist er am Leben, das ist das Allerwichtigste. Für ihn ist der Krieg vorbei.«

Deshalb also. Helene begann zu begreifen. Demnach lag Julius Lauer zurzeit noch in einem der Etappenlazarette, bis er transportfähig war und in ein Heimathospital überstellt werden konnte. Dort würde er bis zur endgültigen Entlassung bleiben. »Das muss trotz allem eine große Erleichterung für Sie sein«, sagte sie. Etwas Besseres fiel ihr nicht ein. Was sagte man einer Mutter, deren Sohn zwar den Krieg überlebt hatte, jedoch für den Rest seines Lebens verkrüppelt sein würde?

Sogleich griff die Winzerin wieder nach dem Federhalter, tauchte ihn in die Tinte. »Wie sein Kommandant schreibt, sollte

Julius in ungefähr vier Wochen hier in Freiburg ankommen. Das gibt uns genügend Zeit, um alles vorzubereiten. Sagen Sie mir, was für solche …« Sie stockte, als weigere sie sich um jeden Preis, die Tatsache auszusprechen. »… Fälle benötigt wird.« Dabei wirkte sie wieder völlig geschäftsmäßig.

Helene überlegte. »Er wird womöglich in einem Rollstuhl sitzen. Also braucht es Rampen an der Eingangstreppe und den Türschwellen im Haus«, erklärte sie so sachlich wie möglich.

Sofort begann die Hausherrin, Notizen auf das Blatt zu kritzeln.

»Wichtig ist auch, dass er so schnell wie möglich ein Gefühl von Selbstständigkeit bekommt«, fuhr Helene fort. »Ob im Rollstuhl oder mit Krücken sollte er sich frei bewegen können, so gut es geht. Treppen sind ein großes Hindernis.«

»Die Schlafzimmer sind alle im oberen Stock und nur über die Treppe zu erreichen. Also richten wir ihm eine Bettstatt in der Bibliothek ein«, entschied Else Lauer kurzerhand.

Bald schon waren zwei Blattseiten mit den wichtigsten »Anpassungen«, wie die Winzerin sie nannte, beschrieben. Die Bibliothek würde demnach in ein Krankenzimmer umfunktioniert werden. Das Bett brauchte eine Vorrichtung, mit der sich der Verletzte eigenhändig aufrichten und aufstehen konnte. Eine Kommode für seine persönlichen Sachen und alltäglichen Utensilien musste in Reichweite stehen. Stattdessen mussten sämtliche möglichen Hindernisse wie Stühle, Tische oder Türen aus dem Weg geräumt werden.

»Ausgezeichnet.« Mit einem zufriedenen Gesichtsausdruck legte die Winzerin den Federhalter beiseite. »Dann müssen wir nur noch den letzten Punkt besprechen.« Sie stützte die Ellenbogen auf der Tischplatte ab und verschränkte die Finger, während sie den Blick nun in Paulines Richtung wandte. Diese war während der vergangenen Minuten nicht mehr zu Wort gekommen, hatte nur dagesessen und vor Anspannung an den Fingernägeln geknibbelt.

»Wie gesagt, Sie können von mir aus bleiben. Ich werde Ihre Entscheidungen zwar niemals nachvollziehen können, aber Sie stehen für Ihre Überzeugungen ein. Das erfordert Mumm, und das akzeptiere ich. Es soll mir auch, um Himmels willen, niemand vorwerfen können, ich hätte eine Frau in anderen Umständen vor die Tür gesetzt«, erklärte Else Lauer.

Pauline stieß hörbar den Atem aus. »Das ist sehr großzügig von Ihnen. Danke.«

»Zu Ihrer eigenen und unser aller Sicherheit werden Sie jedoch kein weiteres Wort über den Vater des Kindes verlieren. Schon gar nicht in der Öffentlichkeit. Wir müssen uns eine plausibel klingende Erklärung ausdenken, damit im Dorf keine Fragen aufkommen.« Eine Spur von Schärfe lag nun in der Stimme der Winzerin.

Helene erstarrte, als Pauline prompt darauf reagierte und rief: »Ich werde meinen Verlobten nicht verleugnen.«

Rasch legte sie die Hand auf die ihrer Zimmergenossin. »Das verlangt auch niemand. Es ist aber sicherer für dich und das Kind, wenn du Andrés Herkunft vorläufig einfach nicht erwähnst.« Sie wandte den Blick Hilfe suchend zu Else Lauer.

Diese nickte. »Ich mache Ihnen einen weiteren Vorschlag. Zugegeben, er ist nicht ganz uneigennützig, bringt jedoch Vorteile für uns beide.« Sie legte die Hände übereinander auf den Tisch. »Sie werden Ihre Schwangerschaft nicht mehr lange verheimlichen können und Ihre Stellung als Telefonistin aufgeben müssen.«

Einen Moment lang presste Pauline störrisch die Lippen zusammen. »Das ist mir bewusst«, sagte sie dann.

»Mein Sohn wird jemanden brauchen, der sich um ihn kümmert und ihn pflegt. Zumindest während der ersten Monate.«

Die Winzerin ließ die Worte ohne weitere Erklärung im Raum stehen, es war dennoch glasklar, was sie damit meinte.

Auch Pauline verstand. »Aber ich habe nicht die geringste Ahnung von Krankenpflege«, rief sie kopfschüttelnd. »Ich bin gerade mal dazu imstande, eine Schnittwunde am Finger zu verbinden.«

»Zum Glück haben wir ja eine Lazarettschwester im Haus, die Ihnen alles Nötige beibringen kann. Ist es nicht so?«, erwiderte Else Lauer und sah Helene erwartungsvoll an.

Schon zum zweiten Mal heute fühlte sich Helene überrumpelt. »Also, nun ja … die Grundkenntnisse der Krankenpflege sind nicht schwer zu erlernen …« Es würde zwar etwas Übung der Handgriffe und natürlich die nötigen Anweisungen brauchen, aber das traute sie Pauline durchaus zu. Wenn die Militärärzte Julius als entlassungsfähig deklarierten, würde er außerdem nur noch auf geringe medizinische Behandlungen angewiesen sein. Je länger sie darüber nachdachte …

Pauline hob allerdings sofort abwehrend die Hände. »Ich würde mich als Krankenpflegerin nicht einmal meinem ärgsten Feind an den Hals wünschen.«

»Es gibt ein paar gut verständliche Lehrbücher. Ich könnte sie dir beschaffen«, bot Helene an.

»Aber ich …«

»Sie hätten so die Möglichkeit, sich in Ruhe auf die Geburt vorzubereiten. Es wird so einiges auf Sie zukommen, und ich nehme an, Sie haben noch nicht mit der Kindsausstattung angefangen«, legte Else Lauer ruhig und nüchtern dar.

Zögernd zog Pauline die Stirn kraus. »Nein, noch nicht.«

»Wunderbar, dann sind wir uns ja einig.« Die Winzerin klatschte in die Hände.

Und ehe Pauline irgendetwas darauf erwidern konnte, war der Handel beschlossene Sache.

Immerhin war es alles in allem kein allzu nachteiliges Geschäft für beide Parteien, fand Helene: Pauline würde fortan weder für Unterkunft noch Verpflegung bezahlen müssen und stattdessen für ihre Arbeit sogar ein kleines Entgelt bekommen. Ihr würde sich so außerdem die Möglichkeit bieten, sich um ihr Kind zu kümmern, sobald es zur Welt gekommen war. Natürlich blieb ihr unter den gegebenen Umständen kaum eine andere Wahl, als das Angebot anzunehmen.

Schutz, Unterkunft sowie ein kleines Einkommen für Pauline und eine günstige Unterstützung bei der Pflege ihres Sohnes für Else Lauer.

»Warum tun Sie das?«, fragte Pauline und schüttelte noch immer fassungslos den Kopf. »Warum helfen Sie mir?«

Die Winzerin wandte den Blick und sah sie an. Ihre Miene war undurchsichtig, aber zumindest nicht unhöflich. »Manchmal lohnt es sich, die Dinge so zu nehmen, wie sie einem in den Schoß fallen«, sagte sie dann schlicht.

Und was der Herrin genehm war, war auch den übrigen Hofbewohnern offenbar nur recht und billig. So stellte niemand von ihnen infrage, dass Pauline weiterhin auf dem Rosenhof blieb, ebenso wie fortan keiner auch nur ein Wort über das Geschehene oder gar die Herkunft des Kindsvaters verlor. Wenn irgendjemand aus dem Dorf eine Bemerkung machte, hieß es nur, er sei ein Soldat an der Front, und das war schließlich nicht einmal gelogen.

Und Georg …

Helene hatte inzwischen lange genug mit Soldaten zu tun, um zu wissen, dass deren Wahrnehmungen ganz anders geeicht waren. Ihre militärische Ausbildung, Disziplin, Gehorsam, all die Entbehrung und nicht zuletzt die schauerlichen Kriegserlebnisse verwischten die Grenzen zwischen Vernunft und Unvernunft, zwischen Mitgefühl und Unverständnis.

Deshalb hatte sie Georgs Reaktion keineswegs erstaunt. Höchstwahrscheinlich war es nicht einmal die Tatsache von Paulines Schwangerschaft gewesen, die sie ausgelöst hatte, sondern vielmehr deren Hintergrund. Dass seine eigene Schwester ein Kind von einem Franzosen erwartete – von einem erklärten Feind also, den er gemäß Auftrag zu töten hatte, bevor dieser wiederum ihn tötete –, musste sich für ihn wie Verrat angefühlt haben. Wie etwas völlig Undenkbares, das er zuerst neu einordnen musste.

Nach dem Vorfall war er den ganzen Tag und die anschließende Nacht lang fortgeblieben. Paulines Gefühlszustand war während dieser Zeit von Sorge in brodelnden Zorn übergegangen, um dann erneut in bitteren Selbstvorwürfen zu münden, und es war alles andere als einfach gewesen, sie wieder einigermaßen zu beruhigen.

Am nächsten Morgen klopfte Georg frisch gewaschen und ordentlich gekämmt an die Tür des Haupthauses und bat um eine Unterredung mit Else Lauer. Dabei entschuldigte er sich nicht nur für sein gestriges Benehmen, er würde der Gutsherrin zudem künftig auch einen Teil seines Solds schicken, wenn sie Pauline mit dem Kind als Gegenleistung in ihrem Haushalt aufnahm, bis seine Dienstzeit endete und er selbst für seine Schwester sorgen könne. Umso erleichterter wirkte er, als er von der bereits getroffenen Vereinbarung zwischen Pauline und der Winzerin erfuhr.

»Ich wusste, dass er früher oder später zur Vernunft kommt. Georg hat trotz allem ein gutes Herz«, sagte Pauline und lächelte zum ersten Mal seit Tagen wieder, nachdem sie sich danach über eine Stunde lang mit ihrem Bruder ausgesprochen hatte.

Helene freute sich ehrlich für sie. Sie wollte sich gar nicht vorstellen, wie belastend die vergangenen Wochen und Monate gewesen sein mussten.

Nun galt es, die Ankunft des jungen Hofherrn vorzubereiten. Schon am nächsten Morgen begannen Hannes, Georg und Toni mit dem Zurechtsägen der Bretter für die Rampen. Das anschließende Hämmern hallte tagelang durchs ganze Haus.

Währenddessen kommandierte die Winzerin Dorle und Leni wie ein Feldmarschall herum. Schränke und Regale mussten ausgeräumt, entstaubt und verschoben werden, damit das Bett aus Julius' Zimmer in der sonnigsten Ecke der Bibliothek Platz fand. Jedoch so, dass auf beiden Seiten genügend freier Platz blieb – entweder für den Rollstuhl oder wenn Julius wieder an Krücken gehen konnte.

»Das Wichtigste für den Patienten ist Ruhe, Licht, Sauberkeit und leichte, aber regelmäßige Kost.« Sooft, wie es ihnen die unterschiedlichen Arbeitsschichten erlaubten, schulte Helene Pauline im ABC der Pflege von Kriegsversehrten.

»Je nachdem, wie schwer seine Verletzungen sind und wie lange er bettlägerig ist, braucht es Zeit, bis sich seine Muskeln wieder stärken«, erklärte sie eines Abends und legte Toni beruhigend die Hand auf die Schulter. Der Stalljunge diente ihnen heute als Versuchspatient. Er lag ausgestreckt auf dem Bett in der Bibliothek, was ihm offensichtlich ganz und gar nicht geheuer war.

Else Lauer und Hannes standen derweil an der Tür und beobachteten das Schauspiel mit kritischen Blicken.

»Es ist daher gut möglich, dass er am Anfang noch vollständig auf Hilfe angewiesen ist. Dass er also aufgerichtet, gedreht oder gewaschen werden muss.«

Sofort machte Toni Anstalten aufzustehen, seine Ohren waren knallrot geworden. »Ich will nicht, dass Pauline mich wäscht.«

Helene drückte ihn unerbittlich zurück. »Das war doch nur ein Beispiel. Niemand wird dich waschen.«

»Obwohl es dringend nötig wäre«, brummte Hannes von der

Tür her. An seinen Augenwinkeln bildeten sich Fältchen, als er grinste.

»Ich meine damit, dass der Patient bewegt werden muss«, fuhr Helene fort und sah Pauline an. »Wir sprechen hier jedoch von einem Mann, der bestimmt einiges mehr wiegt als du.«

»Und wie soll ich das schaffen? Ich habe Julius gesehen, und er ist fast einen ganzen Kopf größer als ich.« Pauline runzelte skeptisch die Stirn.

Lächelnd beugte sich Helene über Toni und legte seine rechte Hand über die linke Schulter. »So.« Im Nullkommanichts und mit nur ein paar geübten Griffen drehte sie den verdutzten Stalljungen auf die Seite.

»Nicht schlecht. Das muss ich mir merken, wenn ich ihn das nächste Mal wieder aus dem Bett bugsieren muss, weil er verschlafen hat«, sagte Hannes und verschränkte zufrieden die Arme vor der Brust.

Im nächsten Schritt zeigte Helene Pauline, wie sie den Patienten mithilfe seines eigenen Körpergewichts und mit so wenig Hebeaufwand wie möglich auf dem Bett verschieben, ihn auf die Seite legen und schließlich so aufrichten konnte, bis er an der Bettkante zu sitzen kam.

Es brauchte zwar etwas Übung, und noch einfacher war es natürlich, wenn eine zweite Person beim Heben mithalf. Trotzdem gab es ein paar nützliche Methoden, mit denen es notfalls auch eine Krankenschwester allein bewerkstelligen konnte, den Patienten vom Bett in den Rollstuhl zu bewegen oder umgekehrt. Je mehr er dabei mithelfen konnte, umso besser.

»Siehst du? Mit diesem Seil kann er sich selbst hochziehen, während du ihm als Stütze Kissen in den Rücken legst«, erklärte Helene die Funktion des am Fußende des Betts angebundenen und in regelmäßigen Abständen mit dicken Knoten versehenen Seils. Dieses Hilfsmittel hatte sie sich vor ein paar Jahren selbst ausgedacht, als Robert nach einem Reitunfall mit einer Kniescheibenfraktur ans Bett gefesselt gewesen war. Sie hatte nicht die Kraft gehabt, ihn allein hochzuhieven. Mithilfe des Seils hatte er den Oberkörper jedoch selbstständig hochziehen und sich so in Sitzposition bringen können.

Sie drehte sich zu Pauline um. »Hast du noch Fragen?« Sofort hielt sie inne, als sie deren sorgenvolle Miene erkannte. »Was ist denn?«

Pauline schüttelte langsam den Kopf. »Ich weiß nicht, ob ich das alles kann.« Ihre Schultern sackten mit jedem Atemzug tiefer. »Was, wenn ich etwas falsch mache? Ich habe doch noch nie jemanden gepflegt. Außer Georg das Blut von der Nase gewischt, wenn er sich geprügelt hat, aber das zählt nicht.«

Plötzlich weiteten sich ihre Augen vor Entsetzen. Sie presste sich die Hand auf die Brust und wandte den Blick zu Else Lauer an der Tür. »O Gott, stellen Sie sich vor, ich mache einen Fehler und bringe damit Ihren Sohn um!«

Helene musste an sich halten, um ein Auflachen zu unterdrücken. Stattdessen trat sie neben Pauline und legte ihr die Hand auf die Schultern. »Es wird nichts dergleichen geschehen, glaub mir.«

Aber Pauline schien noch immer nicht überzeugt. Im Gegenteil, denn mit einem Mal brach sie in ein heiseres, verzweifeltes Schluchzen aus.

Sogleich nahm Helene sie in die Arme und hielt sie fest, während sie sich an sie klammerte. »Na na, was es auch ist, es kann doch bestimmt nicht so schlimm sein.«

Die Winzerin war wortlos näher getreten und hatte Toni und Hannes mit einer knappen Handbewegung zu verstehen gegeben, dass sie gehen sollten. Mit undurchsichtiger Miene stand sie nun vor ihnen.

»Ich habe Angst«, schluchzte Pauline.

»Ich weiß.« Sachte, aber bestimmt brachte Helene sie dazu, sich aufs Bett zu setzen. Dort wiegte sie sie in einer Umarmung und versuchte, sie zu trösten. »Du machst dir zu viele Sorgen. Ich zeige dir alles, was du wissen musst.«

Schniefend schüttelte Pauline den Kopf, strich sich mit der Hand über die Wangen. »Das ist es nicht. Es ist …« Mit ihren Händen zeichnete sie einen Bogen in die Luft. »Es ist einfach alles.«

Sie zog ein Taschentuch aus dem Ärmel und schnäuzte sich die Nase, ehe sie an die Winzerin gewandt sagte: »Bitte halten Sie mich nicht für undankbar. Das bin ich ganz und gar nicht, glauben Sie mir. Ich stehe zu meinem Wort und werde mein Bestes tun, damit Ihr Sohn die Pflege bekommt, die er braucht. Nur …«

Sie holte mehrmals tief Atem. Ihre Stimme schwankte nur noch ein kleines bisschen. »Es hätte alles ganz anders sein sollen.« Gedankenverloren strich sich Pauline mit beiden Händen über den Bauch. »Ich wollte mein eigenes kleines Couture-Atelier eröffnen. Im oberen Stock eines Lokals an der Rue de l'Abreuvoir in Montmartre. Es war schon alles geplant und sogar ein Teil des Kaufpreises bezahlt, ich hätte das Atelier im August übernehmen sollen.«

Mit einem wehmütigen Zug auf den Lippen schloss sie die Augen. »Im September wollten wir heiraten. Ich hatte auch schon ein Brautkleid entworfen. Mit einem knöchellangen Unterrock aus Atlas und darüber ein langes Hemd aus feinster Spitze.« Ein gezwungenes Auflachen, ihre Augen füllten sich erneut mit Tränen, die sie jedoch mit einem trotzigen Blinzeln zurückhielt. Dann schüttelte Pauline den Kopf. »Seit ich zurück nach Deutschland gekommen bin, habe ich alles darangesetzt, um mit André in Kontakt zu bleiben. Wir wussten, dass es schwierig sein würde, aber wir hatten einen Plan.«

In knappen Worten erzählte sie von ihrem Vorhaben mit dem Postfach auf den falschen Namen in Horburg bei Kolmar. Ein wirklich durchdachter Plan. Und jetzt wurde Helene auch so einiges klar: Dahin also war Pauline so oft an ihren freien Tagen verschwunden.

»Trotz allem habe ich bis jetzt kein einziges Lebenszeichen von ihm erhalten. Und ich wage es nicht einmal mehr, die Zeitungen zu lesen. Weil jede Meldung über einen deutschen Schlachtenerfolg mir einerseits Hoffnung macht, dass Georg überlebt hat, zugleich aber auch bedeutet, dass André womöglich unter den Tausenden von gefallenen Franzosen ist. Währenddessen sitze ich allein hier in Freiburg.«

»Sie sind nicht allein.« Else Lauers Worte klangen so entschlossen wie immer, und dennoch schwang auf einmal ein weicher Unterton in ihrer Stimme mit.

Helene horchte auf.

Die Winzerin nahm einen Stuhl und setzte sich Pauline gegenüber. »Mit meinem Angebot verlange ich Ihnen einiges ab, dessen bin ich mir bewusst«, begann sie. »Allerdings hätte ich Ihnen den Vorschlag gar nicht erst gemacht, wenn ich mir nicht absolut sicher wäre, dass Sie der Aufgabe gewachsen sind.«

»Woher wollen Sie das wissen? Sie kennen mich doch gar nicht«, schniefte Pauline und schnäuzte sich erneut.

Else Lauer hob die Augenbrauen. »Nennen wir es einfach ein gutes Gespür.« Sie zögerte einen Atemzug lang, doch dann seufzte sie und griff nach Paulines Hand. »Ich werde Ihnen nicht erzählen, dass Sie sich keine Sorgen zu machen brauchen und dass alles gut wird. Wir wissen beide, dass Ihre … besonderen Umstände Sie möglicherweise sogar zu noch viel mehr Opfern zwingen könnten.«

Pauline presste störrisch die Lippen zusammen, nickte jedoch.

»Irgendwann wird jedoch auch dieser Krieg ein Ende haben, und beide, Ihr Verlobter und Ihr Bruder, kommen, so Gott will, gesund und lebend zurück.« Sie beugte sich vor. »Was immer die Zukunft uns bis dahin aber bringen mag … Hier auf diesem Hof steht niemand allein da.« Sie ließ den Blick von Pauline zu Helene wandern. »Das gilt für alle, die hier leben. Somit auch für Sie beide. So hat mein Ehemann es gehandhabt, und so halte ich es auch.«

Als wäre damit alles Nötige gesagt, stand sie auf, stellte den Stuhl wieder ordentlich an seinen Platz zurück und strich sich die Falten ihres Rocks glatt. »Aber nun genug der langen Reden. Waschen Sie sich das Gesicht, und vergessen Sie die trüben Gedanken, die helfen niemandem weiter. Außerdem haben wir hier noch viel zu tun.«

Fassungslos sah Helene der Winzerin nach, als sie, ohne sich noch einmal umzudrehen, zur Tür hinausging.

13 – Krieg fernab der Front

Ende November 1914, Freiburg,
Lazarett in der Hildaschule

Im Vergleich zu dem ganzen Hin und Her auf dem Winzerhof kam einem die Hektik im Lazarett in der Hildaschule geradezu friedlich vor, fand Helene. Obwohl die Arbeit auch hier nie weniger wurde. Im Gegenteil. Sie brauchte im Grunde keine Zeitungen mehr zu lesen, um über die Kampfhergänge auf dem Laufenden zu bleiben. Die Anzahl der Verwundeten in den Krankenzügen gab genügend Aufschluss darüber.

Zwar sprach es niemand hier im Lazarett laut aus, aber jeder wusste, dass das von Reichskanzler von Bethmann Hollweg sowie der Obersten Heeresleitung verkündete rasche Kriegsende längst nur noch Wunschdenken war.

Ironischerweise waren es jedoch nicht die zu versorgenden Patienten, die die meiste Arbeit verursachten. Es gab zwei Dinge, die einen mindestens ebenso großen, vor allem organisatorischen Aufwand darstellten: Das waren einerseits die Familien der Verletzten – hauptsächlich diejenigen der Offiziere –, die vielfach aus allen Teilen des Kaiserreichs angereist kamen. Und andererseits die riesigen Wagenladungen von sogenannten Liebesgaben, die in der Hildaschule jetzt kurz vor der Adventszeit wöchentlich angeliefert wurden.

Die Angehörigen der Soldaten waren meistens sehr fordernd, oft auch hysterisch und weigerten sich manchmal sogar, nur mit einer einfachen Lazarettschwester, statt direkt mit dem Oberstabsarzt zu sprechen. Zudem standen sie dem Pflegepersonal in den ohnehin schon engen Durchgängen zwischen den Betten ständig im Weg.

Alles in allem stellten sie jedoch im Vergleich noch das kleinere Übel dar.

»Du lieber Himmel!« Fräulein Faller stand neben Helene und blickte kopfschüttelnd auf die drei meterhoch mit Paketen beladenen Leiterwagen, die Josef zusammen mit weiteren Krankenwärtern vor den Hintereingang schob.

»Weiter nach links. Halt. Passen Sie auf, dass der Stapel nicht umfällt. Jetzt langsam weiter. Sie da, nicht so schnell. Halten Sie etwas mehr geradeaus. Ich sagte doch geradeaus«, tönte die Stimme des Sanitätsfeldwebels Schäfer über den Hinterhof, während die Wärter die Karren zum besseren Entladen zu arrangieren versuchten.

»Das ist ja nicht mitanzusehen, sogar eine Kuh könnte die Wagen besser dirigieren«, flüsterte Erwina Faller.

Helene biss sich auf die Unterlippe, um ein Kichern zu unterdrücken. »Ich frage mich, wo wir all die Pakete unterbringen sollen, bis sie verteilt werden.« In Gedanken sah sie schon, wie sich der ganze Gabenberg in der Empfangshalle auftürmte.

Dabei fand sie die Grundidee dahinter durchaus sinnvoll. Es handelte sich bei den Paketen um Geschenksendungen, die hauptsächlich an die Soldaten an der Front, aber auch an die Verwundeten in den Lazaretten oder an die Männer in Kriegsgefangenschaft verschickt wurden.

Organisiert wurden die Sendungen sowohl von Frauenvereinen oder anderen gemeinnützigen Organisationen wie dem Roten Kreuz als auch von Schulen, Firmen und Privatspendern. Mittlerweile gab es in den größeren Städten sogar eigene Sammelstellen, wo man die Spenden abgeben konnte.

Die Pakete enthielten gestrickte Pulswärmer, Socken, Leibwäsche und dergleichen. Wie Helene gehört hatte, war an vielen Schulen sogar ein Erlass von offizieller Stelle eingegangen, dass in den Handarbeitsstunden nur noch Liebesgaben für die Frontsoldaten zu fertigen seien.

Ein Zeichen der moralischen Unterstützung aus der Heimat und, wie gesagt, eine lobenswerte Bemühung, wenn die Verteilung der Gabenpakete das Lazarett nicht jedes Mal vor ein echtes Platzproblem gestellt hätte.

»Machen Sie sich keine Sorgen, Schwester Helene«, sagte Erwina Faller und tätschelte ihr den Arm. »Ich kümmere mich um dieses Dilemma. Aber Sie müssen sich nach Ihrer Nachtschicht jetzt unbedingt ausruhen.«

Damit hatte sie nicht unrecht. Während der Nachtschichten gab es zwar in der Regel weniger zu tun, heute Nacht waren jedoch noch einmal fünfzehn Männer mit einem Verletztentransport angekommen. Darunter vier Schwerverletzte, wovon einer aufgrund einer Wunddehiszenz am Rücken sofort nach Ankunft hatte notoperiert werden müssen. Von Ruhe war daher nicht die Rede gewesen.

Obwohl Helenes Schicht schon vor einer Stunde zu Ende gegangen war und sie erst morgen früh wieder zur Stelle sein musste, blieb noch einiges zu tun. Gleich würde Pauline kommen, damit sie ihr eine weitere Einweisung in den Umgang mit Kriegsversehrten gab. Was gab es für eine bessere Möglichkeit, als sich an echten Betroffenen zu versuchen?

Das durfte sie natürlich nur außerhalb ihrer offiziellen Dienstzeit tun, und sie hatte dafür zudem die Erlaubnis bei Professor Faller einholen müssen. Nachdem sie ihm allerdings erklärt hatte, dass es um die Pflege eines Kriegsveteranen ging und es sich bei diesem um Else Lauers Sohn handelte, war er sogleich einverstanden gewesen.

»Zeigen Sie Ihrer Bekannten alles, was sie wissen muss. Es ist nur recht und billig, dass wir diesen Überlebenden geben, was wir den Gefallenen nicht mehr vergelten können. Bereiten Sie sie jedoch auch darauf vor, dass sie es womöglich nicht nur mit den physischen Beschädigungen zu tun haben wird. Eine Rehabilitation ist kein Zuckerschlecken«, hatte er gesagt und ernst genickt.

Helene wusste, was er damit meinte. Es war nicht selten, dass Patienten, die sich einer Operation hatten unterziehen müssen, noch lange mit den Nachwirkungen von Entkräftung, postoperativem Fieber und Morphium kämpften. Viele von ihnen hatten die Zeit im Lazarett nur in einem tranceähnlichen Zustand erlebt. Die plötzliche Konfrontation mit der Realität außerhalb der schützenden Lazarettmauern war für die Männer oft nicht leicht zu ertragen. Sie mussten sich nun nicht nur zum ersten Mal wirklich und ohne medikamentöse Hilfsmittel mit den Schmerzen befassen, sondern sich noch dazu mit ihrer Verstümmelung und der Reaktion ihres Umfelds darauf auseinandersetzen.

Bisher hatte Helene jedoch noch nicht das Herz gehabt, der Winzerin oder auch Pauline etwas davon zu sagen.

Sie krempelte die Ärmel ihrer Uniform hoch, während sie durch den langen Gang in Richtung Eingangshalle eilte. Nicht alle Kriegsversehrten hatten dieselben Erfahrungen gemacht, und womöglich verlief die Rehabilitation von Julius Lauer ja auch völlig unproblematisch. Wozu also schon jetzt alle beunruhigen?

Pauline wartete bereits beim Eingangstor und sah aus, als fühle sie sich völlig fehl am Platz. Unruhig trat sie von einem Fuß auf den anderen, blickte ständig nach rechts und links und klammerte sich mit beiden Händen am Henkel ihrer Handtasche fest, als wäre es ein Rettungsanker.

Ihr Gesicht hellte sich vor Erleichterung auf, sobald sie Helene näher kommen sah. »Da bist du ja«, rief sie, fasste nach Helenes Arm und wisperte: »Der Uniformierte da drüben wollte meinen Namen wissen und was ich hier zu suchen hätte. Ich habe ihm gesagt, dass ich auf dich warte, aber er hat mich trotzdem nicht aus den Augen gelassen.« Verstohlen deutete sie auf den Wachpolizisten, der auf der gegenüberliegenden Seite der Halle an seinem Pult saß und sie mit kühlem Blick musterte.

Helene winkte ab und nickte dem Wachmann zu. »Mach dir deswegen keine Sorgen, das hat nichts mit dir zu tun. Alle Besucher müssen namentlich registriert werden, so lautet die Vorschrift. Aber nun komm. Ich zeige dir alles.«

Wenig später hatte Pauline Mantel und Tasche abgelegt und gegen eine Schwesternschürze eingetauscht. Ihr Haar steckte unter einer ebenfalls weißen Haube.

»Und das hier ist eine unserer Leichtverwundetenabteilungen«, erklärte Helene, als sie den großen Saal der einstigen Schulaula betraten, in dem nun fünf lange Bettenreihen untergebracht waren.

Mit ehrfürchtigem Staunen ließ Pauline den Blick durch den Raum schweifen, rümpfte aber prompt die Nase. »Du meine Güte, was ist das für ein Geruch?«

»Kampfer und Äther. Keine Sorge, du gewöhnst dich schnell daran.« Zielstrebig ging Helene durch den etwas breiteren Mittelgang voraus.

Um diese Uhrzeit waren längst nicht alle Betten besetzt. Viele der gehfähigen Patienten hielten sich gerne in den Tagesräumen auf. Dort konnten sie Skat spielen oder würfeln, Zigarren rauchen, lesen oder sogar musizieren. Viele vertrieben sich die Zeit auch bei einem neuen Brettspiel, das der Hildaschule sowie ein paar anderen Lazaretten vor Kurzem erst direkt vom Hersteller geschickt worden war. Begeistert saßen die Männer dann über dem Spiel, würfelten und bewegten kleine farbige Holzfiguren über die auf dem Spielbrett eingezeichneten Felder. Sie nannten das Spiel *Mensch ärgere dich nicht*.

Bei schönem Wetter war auch der mit Schatten spendenden Bäumen bestandene Schulhof für Spaziergänge sehr beliebt. Seit Beginn des Monats wurden zudem Lektionen in Mathematik und Buchführung angeboten, wobei Fräulein Faller mit großem Eifer als Lehrerin fungierte.

Die in den Betten verbliebenen Patienten hoben nun jedoch interessiert die Blicke, unterbrachen sogar die Plauderei mit dem Bettnachbarn, als Helene und Pauline an ihnen vorbeigingen.

Vor einem Bett fast am Ende der Reihe blieb Helene stehen. »Und hier haben wir den Gefreiten Kantelberg. Er hat sich als Versuchsobjekt zur Verfügung gestellt.«

Der Angesprochene sah von seiner Lektüre auf und rückte sich sogleich im Bett zurecht. »Schwester Helene.«

Ernst Kantelberg war der Sohn eines Buchhalters aus Hannover. Ein rotbäckiger junger Mann von neunzehn Jahren, höflich und wohlerzogen, dessen Augen hinter den runden Brillengläsern noch größer wirkten. Er hatte die Wolldecke bis über den Bauch hochgezogen, darunter zeichnete sich der Stumpf ab, wo ihm das rechte Bein bis kurz oberhalb des Knies hatte amputiert werden müssen.

»Es freut mich sehr, Sie kennenzulernen, Gefreiter Kantelberg. Mein Name ist Pauline.« Sie reichte ihm die Hand. »Vielen Dank, dass Sie sich so mutig zur Verfügung stellen. Ich werde mein Bestes geben, um Ihnen nicht wehzutun. Versprochen.«

Ohne zu zögern, schlug er die Decke zurück. Das leere Bein seines Schlafanzugs war über den Oberschenkel hochgeschlagen und mit einer Sicherheitsnadel befestigt.

»Nur zu«, erwiderte er mit einem schiefen Lächeln. »Viel gibt's hier sowieso nicht mehr, das schmerzen könnte.«

Seine Worte hatten so unbekümmert, ja schon fast scherzhaft geklungen, und trotzdem hatte darin diese tiefe Resignation mitgeschwungen, die nicht zu seinem Alter passen wollte. Diese Art von Galgenhumor war typisch für Kriegsversehrte. Entweder das, oder sie verfielen in Melancholie.

Doch er scherzte auch während der folgenden Stunden weiter, in denen Helene Pauline zeigte, worauf bei einem antiseptischen Verband nach einer Amputation zu achten war. Wie man den Zeitpunkt für einen Verbandswechsel erkannte. Wie das vor sich ging und was zu tun war, wenn die Wunde zu nässen begann. Wie wichtig die Lagerung des Patienten und die stete Bereitstellung aller nötigen Verbandsutensilien war, um schnell handeln zu können. Wann man die Wundfläche besser nur mit Tupfern reinigte oder gar mit Jodoformpulver bestreute, und welche Salbe im Falle von Wundekzemen am wirkungsvollsten war.

Pauline machte sich währenddessen fleißig Notizen, dafür hatte sie eigens einen Schreibblock mitgebracht. Nach fast drei Stunden pausenloser Erklärungen strich sie sich erschöpft über die Stirn. Auch der Gefreite Kantelberg war vor lauter Anstrengung mit der Zeit immer stiller geworden und am Ende sogar eingeschlafen.

»Ich denke, das ist genug für heute«, flüsterte Helene, während sie ihren Patienten vorsichtig zudeckte.

Seufzend streifte Pauline wenig später draußen im Gang Schürze und Haube ab.

»Das war wirklich nicht schlecht fürs erste Mal.« Helene legte so viel Zuversicht wie möglich in ihre Worte. Sie hatte sehr wohl bemerkt, wie nachdenklich Pauline geworden war. Ihre Zimmernachbarin hatte außerdem in der letzten halben Stunde kaum noch ein Wort gesagt. Kein gutes Zeichen für jemanden, der sonst so mitteilungsbedürftig war.

»Was hältst du davon, wenn wir vor der Heimfahrt noch einen Spaziergang durch die Innenstadt machen? Vielleicht finden wir im *Café Frey* einen freien Tisch«, schlug sie vor. Sie beide hatten sich eine Pause mehr als verdient, und im *Café Frey* am Münsterplatz gab es die beste Lauchsuppe der ganzen Stadt.

So kam es, dass sie wenig später die Friedrichstraße bis zum Siegesdenkmal entlangschlenderten und dann vor der Karlskaserne in die Kaiserstraße in Richtung Münster einbogen.

»Ich weiß nicht, wie du das machst.« Pauline hatte endlich ihre Sprache wiedergefunden und schüttelte den Kopf. »Wie schaffst du es, jeden Tag mit diesen Verletzungen zu tun zu haben und dann noch ruhig zu schlafen?«

Helene ließ sich Zeit mit der Antwort. »Man gewöhnt sich daran. Ich schätze, der Gedanke, dass man das alles tut, um den Patienten zu helfen, tröstet über so manches hinweg.«

Pauline machte einen langen Schritt über eines der Bächle. »Woher weißt du überhaupt so viel über Medizin?«

»Das meiste habe ich in der Ausbildung zur Krankenschwester gelernt. Mein Vater war außerdem Arzt. Er hat mir ebenfalls viel beigebracht«, erwiderte Helene lächelnd.

»Und warum bist du dann nicht auch Ärztin geworden?«

Diese Frage kam so völlig unerwartet, dass Helene im ersten Moment gar nicht wusste, was sie darauf sagen sollte.

Ärztin werden – oh, was hätte sie nicht alles darum gegeben. Sie hätte genug Ehrgeiz und Ambition gehabt und vor allem auch das Zeug dazu.

Die Antwort auf die Frage war gleichermaßen simpel wie schmerzhaft: weil Robert die Idee für unsinnig gehalten und sein Einverständnis verweigert hatte. Als ihr Ehemann war das Recht auf seiner Seite. Und er hatte einen zusätzlichen Trumpf im Ärmel: Christian.

»Es hat sich einfach nicht ergeben«, gab Helene zurück und ließ es dabei bewenden. Sie hatte es längst aufgegeben, gegen das Schicksal anzukämpfen und Träumen nachzujagen, die nie wahr werden konnten. Als Krankenschwester kam sie diesen immerhin so nahe wie möglich.

Vielmehr ging es ihr mittlerweile um die kleinen Siege. Einer davon war zum Beispiel gewesen, dass sie Roberts Einwilligung für ihre Unterkunft auf dem Rosenhof hatte durchsetzen können. Natürlich war er zuerst kategorisch dagegen gewesen. Einem erklärenden Telegramm Professor Fallers hatte er jedoch allein schon aus purem Stolz nicht widersprechen können. Schlussendlich hatte er sogar in den Handel eingewilligt, dass Helene die Zahlung an Frau Lauer leistete und drei Viertel davon von der Hildaschule rückvergütet erhielt. Ah, das war wahrhaftig ein Sieg der Siege gewesen.

»Nanu, was ist denn da los?«, rief Pauline plötzlich und wandte den Blick in die Richtung, aus der auf einmal Rufe und laute Pfiffe zu hören waren.

Sie waren gerade eben die Engelstraße entlanggegangen und hatten eigentlich beim Kornhaus um die Ecke in Richtung Münsterplatz einbiegen wollen, als ihnen die Menschenmenge entgegenkam. Brüllende Männer und Frauen mit vor Wut erhobenen Fäusten, die zum Eingangstor beim Kornhaus drängten.

Ehe Helene sich versah, waren sie und Pauline umringt, wurden von der Menge mitgerissen, ohne dass sie etwas dagegen tun konnten.

»Pauline!« Sie streckte den Arm nach ihr aus. »Nimm meine Hand!«

Doch plötzlich konnte sie Pauline nirgendwo mehr sehen.

»Helene!«

Sie wandte den Kopf. Da. Da war sie. Nur ein paar Schritte hinter ihr.

Mit Hieben und Tritten zwängte sich Helene zu Pauline durch, bekam deren Arm zu fassen.

»Komm. Hier hinein.« Mit aller Kraft zog sie sie in eine kleine Mauernische beim gegenüberliegenden Gebäude. Dort, außer Atem und eng aneinandergedrängt, sahen sie zu, wie die Meute an ihnen vorbeizog. Ein paar der Männer hielten Knüppel und Pflastersteine in den Händen.

»Wucherer! Verbrecher seid ihr!« – »Was soll das heißen: Keine Kartoffeln mehr? Sollen wir unseren Kindern diesen Winter Schuhsohlen zu essen geben?« – »Ihr verkauft sie nur den Meistbietenden. So ist es doch! Und wo bleibt der Rest von uns?«, brüllten die einen.

»Erst das Getreide und jetzt die Kartoffeln. Was seid ihr für ein unfähiges Pack!« – »Wo ist er denn, der feine Herr Oberbürgermeister? Erst falsche Versprechungen machen und sich dann nicht einmal blicken lassen«, schrien die anderen.

Und jetzt erkannte Helene auch die zweite Menschenmenge, die das Kornhaus bereits von dessen Eingang beim Münsterplatz her belagerte. Ein kümmerliches Aufgebot von vier Polizeidienern versuchte, sie in Schach zu halten.

»Wir müssen hier weg, bevor endgültig Tumult ausbricht«, rief sie Pauline zu und musste selbst beinahe schreien, weil der Radau rundum immer lauter wurde. »Am besten geradeaus auf die andere Seite des Platzes. Von dort aus wieder zurück auf die Kaiserstraße und weiter zum Bahnhof.«

Pauline nickte. Ihre Augen waren weit aufgerissen, sie hielt beide Arme schützend um ihren Bauch gelegt.

Helene warf einen kurzen Blick über die Schulter zurück, erkannte eine Lücke in der Menge. »Jetzt. Komm mir nach.«

Sie ging voran, schob, trat und stieß, während sie Pauline an der Hand mit sich zog. Es schien ewig zu dauern, bis sie die nächste Hausecke erreichten.

Auf einmal wurden die Stimmen rundum lauter, wuchsen zu einem ohrenbetäubenden Schreien aus vielen Kehlen an. Zugleich schien das Gedränge zuzunehmen, und alle schoben sich noch stärker nach vorne.

Ein Ellenbogenhieb traf Helene am Oberarm. Sie wandte sich um. Gerade rechtzeitig, um die Kartoffelsäcke zu sehen, die von ein paar Männern beim Kornhaus nach draußen geschleppt wurden.

Sogleich stürzte sich die Meute darauf, sodass selbst die Polizisten sie nicht mehr aufzuhalten vermochten.

»Verschwindet! Die Säcke gehören mir, ich habe sie teuer bezahlt«, kreischte eine Frau. Doch ihr Gezeter ging im Tumult unter.

Ein weiterer Käufer versuchte, seine Kartoffelsäcke unbemerkt durch ein in die Nebenstraße führendes Fenster aus dem Gebäude zu schaffen. Die aufgebrachte Menge ertappte ihn und seine Fuhrleute und riss die Säcke auf. Deren Inhalt kullerte auf das Kopfsteinpflaster, wo sich die Leute darum prügelten wie eine Horde Hyänen ums Aas.

»Komm, schnell«, rief Helene Pauline zu und drehte sich erneut in die Richtung, in die sie rannten. Erst jetzt merkte sie, dass sie ihren Hut im Gewimmel verloren hatte. Egal.

Irgendwoher hörte sie auf einmal ein seltsames, metallenes Klappern.

Endlich erreichten sie die Abzweigung rechter Hand in die Münsterstraße. Helene bog um die Ecke.

»Vorsicht!«

Sie hörte Paulines Warnung im gleichen Augenblick, als sie gegen einen der groß gewachsenen Uniformierten in einer Formation von Gendarmen prallte.

Sein Gesicht mit dem grau melierten Oberlippenbart. Plötzlich der dröhnende Schmerz an ihrer Stirn, explodierende Funken in ihrem Kopf.

Dann war da auf einmal nur noch Schwärze, und sie fühlte, wie sie fiel.

14 – Der Feldpostbrief

27. November 1914, Sankt Georgen, Rosenhof

»Das hättet ihr sehen sollen«, rief Pauline, als sie zurück auf dem Winzerhof waren. »Aus allen Seitenstraßen sind sie gekommen.« Sie riss die Augen auf und breitete die Arme aus. »Mindestens fünfzig Gendarmen insgesamt. Wie aus dem Nichts sind sie aufgetaucht. So plötzlich, dass Helene …« – sie schlug die Hände zusammen – »… direkt mit einem in der vordersten Reihe Marschierenden zusammengeprallt ist.«

Trotz der hämmernden Kopfschmerzen musste Helene schmunzeln. Ob es wirklich so viele Gendarmen gewesen waren, konnte sie zwar nicht beteuern, aber eines wusste sie mit absoluter Sicherheit: Noch nie zuvor in ihrem ganzen Leben war sie mit solcher Wucht mit einem Uniformierten zusammengestoßen. Es hatte ihr schier die Luft aus der Brust gedrückt, und sie erinnerte sich noch ganz genau an den winzigen Rußfleck auf der Mantelschulter des Gendarmen. Seltsamerweise hatte sie sich ausgerechnet in jenem Moment noch gefragt, wie der Fleck wohl dorthin gekommen war.

Gleichzeitig hatte der Beamte wahrscheinlich instinktiv den Kopf gebeugt, und sie war mit der Stirn gegen den Schirmrand seiner Pickelhaube gedonnert. Daher das ohrenbetäubende Dröhnen in ihrem Kopf und der Schmerz, an den sie sich nur zu gut erinnerte.

Offenbar hatte sie kurz die Besinnung verloren, denn als sie die Augen wieder aufschlug, lag sie auf dem kalten Kopfsteinpflaster und sah Paulines besorgtes Gesicht über sich.

Sie zuckte zusammen und sog die Luft ein, als sie wieder dieses gemeine Brennen an der Stirn spürte.

»Stillhalten, es ist gleich vorbei«, murmelte Else Lauer, während sie den Schnitt an Helenes Haaransatz mit einem in Kirschschnaps getunkten Wattebausch abtupfte.

»Jedenfalls haben sie die Meute vor dem Kornhaus ruckzuck verscheucht«, schloss Pauline ihre Erzählung.

»Ihr habt Glück gehabt, das hätte böse enden können«, brummte Hannes.

Georg nickte. »Allerdings.« Er beugte sich vor und sah seiner Schwester in die Augen. »In Zukunft haltet ihr euch von solchen Menschenaufläufen fern, verstanden?«

»Wir konnten doch nicht wissen, dass so was passiert«, verteidigte sich Pauline.

»Hören Sie auf Ihren Bruder.« Else Lauers Stimme klang ruhig, aber bestimmt, während sie Helene ein mit Bienenhonig bestrichenes Gazetuch auf die Schnittwunde legte. »Ich fürchte, das heute war erst der Anfang.«

Stumm hielt Helene das Ende der Verbandsbinde fest, die ihr die Winzerin um den Kopf wickelte. Sie musste vorhin bei ihrer Rückkehr auf den Rosenhof mit dem blutgetränkten Taschentuch an der Stirn und Pauline, die sie stützte, ein ziemlich klägliches Bild abgegeben haben.

Das Eingreifen der Gendarmen hatte zunächst zu noch mehr Tumult geführt, ehe der Großteil der Menge das Weite suchte.

Zum Glück waren Pauline und sie in diesem Durcheinander unbehelligt zum Bahnhof gelangt. Die Fahrt mit der Straßenbahn zurück nach Haslach und der anschließende Fußweg bis nach Sankt Georgen waren ihr allerdings noch nie zuvor so lang und mühselig erschienen.

Wenigstens spürte sie inzwischen kaum noch einen Brechreiz, obwohl sie noch immer leichter Schwindel überkam, wenn sie den Kopf zu ruckartig bewegte.

Es war angenehm warm hier in der Nähe des Kachelofens. Der Geruch nach getrocknetem Bohnenkraut hing in der Luft und vermischte sich mit dem Duft des Pfefferminztees aus der dampfenden Tasse vor Helene auf dem Tisch. Der sei gut gegen die Kopfschmerzen, hatte Selma gesagt.

Hannes saß an seinem üblichen Platz an dem langen Tisch, paffte an seiner Pfeife und nickte nachdenklich. »Die Preise steigen immer weiter, während das Angebot immer kärglicher wird.« Er schnaubte. »Bald wird's auf dem Markt nichts Gescheites mehr zu einem bezahlbaren Preis zu kaufen geben, und das jetzt vor dem Winter. Kein Wunder, dass die Empörung unter den Leuten wächst.«

Tatsächlich war das Angebot sämtlicher landwirtschaftlichen Erzeugnisse schon seit Beginn des Krieges Woche für Woche dünner geworden. Auf dem Markt am Münsterplatz war die Anzahl der Händler und Bauern, die ihre Waren verkauften, inzwischen auf fast die Hälfte geschrumpft. Und erst vorige Woche hatte Helene beobachtet, wie sich zwei Frauen um den letzten Bund Zwiebeln an einem Stand stritten.

Schon im Oktober war es zu einer nie da gewesenen Brotknappheit gekommen. Von jeher hatte das Kaiserreich den Großteil des Getreides aus Russland importiert, doch das war nun zum Feind geworden, und der Gerstenhandel fiel von einem Tag auf den anderen weg. Woraufhin der Bundesrat in Berlin einen für das ganze Reich geltenden Getreidehöchstpreis erlassen hatte. Mit dem Resultat, dass die Bauern ihr Getreide entweder dem meistbietenden Direktkäufer verkauften, es in Erwartung steigender Preise horteten oder kurzerhand ans Vieh verfütterten. Mit dem Verkauf von Rind- oder Schweinefleisch ließ sich schließlich mehr Gewinn machen.

Die Reaktion der Regierung hatte nicht lange auf sich warten lassen. So war schon Anfang November die sogenannte Kriegsgetreidegesellschaft gegründet worden, die den Auftrag erhielt, die Preissteuerung zu gewährleisten, indem sie sämtliche Getreide- und Mehlreserven im ganzen Reich zu festgelegten Preisen aufkaufen und an die lokalen Stellen verteilen sollte.

Dass der Großteil des Güterzugverkehrs inzwischen von der Obersten Heeresleitung zur Verschiebung der Truppen beansprucht wurde, führte jedoch zu weiteren Lieferschwierigkeiten. Die städtischen Reserven reichten andererseits bei Weitem nicht aus. So hatten inzwischen einige Bäcker Freiburgs damit begonnen, ihre Brote mit Kartoffelmehl zu strecken.

Was wird wohl als Nächstes kommen, wenn nun auch die Kartoffeln knapp werden?, fragte sich Helene.

»Ach, übrigens …«, sagte Else Lauer. »Fast hätte ich's vergessen … Heute ist ein Brief für Sie angekommen.« Sie langte in die Tasche ihrer Wolljacke und reichte Helene das Schreiben.

Es war einer jener vorgedruckten, falt- und zuklebbaren Bögen mit dem Aufdruck *Feldpostbrief* auf der einen Viertelseite. Der Brief sah recht mitgenommen aus, am rechten Rand, direkt unter dem Stempel, waren schmutzig-braune Fingerabdrücke zu erkennen.

Helene brauchte nicht einmal den Absender zu lesen, denn sie erkannte die Schrift sofort.

Eigenartig, normalerweise blieb Robert gerade mal genügend Zeit für ein Telegramm oder allerhöchstens für eine Feldpostkarte, in der er sie darum bat, ihm wärmere Socken oder Unterhemden zu schicken.

Neugierig riss sie den Brief auf.

15. November 1914, Binarville – Argonnenwald

Liebe Helene,

es freut mich, zu erfahren, dass Du bei guter Gesundheit bist.

Hab Dank für das Päckchen von letztem Monat. Die wollene Unterwäsche ist genau zum rechten Zeitpunkt angekommen, denn das schlechte Wetter macht uns allen zu schaffen. Dieser Tage soll es zudem noch schneien.

Wie Du siehst, sind wir noch immer in den Argonnen, wo wir voraussichtlich noch länger bleiben. Immerhin ermöglicht mir das den Aufbau einer der Notwendigkeit angemessenen Lazaretteinrichtung.

Ebenso erfreulich sind die Nachrichten, die ich von Professor Faller erhalten habe. Wie er mir berichtet, ist er sehr zufrieden mit Deiner Arbeit.

Nach diesem letzten Satz musste Helene ein paar tiefe Atemzüge lang innehalten. Sie hatte gewusst, dass Robert Erkundigungen über ihre Arbeit einholen würde. Genau deshalb hatte er schließlich ihre Anstellung unter seinem langjährigen Bekannten Professor Faller hier in der Hildaschule arrangiert. Jetzt aber einen so unverblümten Beweis dafür zu erhalten, in dem man ihre Tätigkeit beurteilte, als wäre sie ein Schulmädchen und hätte die Hausaufgaben sauber abgeliefert, kränkte sie mehr als erwartet.

Sie presste die Zähne zusammen und las weiter.

Deshalb habe ich beschlossen, während meines anstehenden Fronturlaubs zusammen mit Dir nach Roßleben zu fahren und Christian zu besuchen.

Helenes Puls beschleunigte sich. Christian. Endlich würde sie ihren Jungen wiedersehen.

Aber wie sollte sie das mit ihrer Arbeit im Lazarett vereinbaren? Sie konnte sich unmöglich länger als zwei Tage freinehmen, Professor Faller würde das nie erlauben. Allein die Hin- und Rückfahrt von Freiburg bis Roßleben nahm je einen ganzen Tag in Anspruch.

Mach Dir keine Sorgen, es ist schon alles in die Wege geleitet: Mein Urlaub beginnt am 7. Dezember. Ich werde somit ungefähr zwei Tage später in Freiburg ankommen, von wo aus wir mit dem Zug weiterreisen. Von Roßleben fahren wir zusammen mit Christian nach Ulm, wo er die Weihnachtsferien bei meinen Eltern verbringt. Spätestens am 20. Dezember sind wir so wieder zurück in Freiburg, ehe ich wieder abreisen muss.

Ich habe bereits alles mit Professor Faller besprochen und ihn für Dich um Urlaub ersucht. Du brauchst Dich also um nichts mehr zu kümmern.

So sehen wir uns also bald wieder. Bis dahin grüßt Dich
R.

Reglos starrte Helene auf das Schreiben.

Ich habe bereits alles mit Professor Faller besprochen und für Dich um Urlaub ersucht.

Auf den ersten Blick betrachtet, war der gesamte Brief in völlig harmlosen, ja sogar gut gemeinten Worten verfasst. Und trotzdem verstand es Robert wie niemand sonst, ihr zu gewähren, was sie sich schon so lange sehnlichst wünschte, und sie zugleich mit nur ein paar wenigen Sätzen zu entmündigen. Sie hatte während der vergangenen Wochen völlig vergessen, wie sich das anfühlte, keine eigene Stimme zu haben.

Das schmerzhafte Pochen an ihrer Stirn wurde auf einmal wieder heftiger.

»Was ist denn?« Mit besorgter Miene trat Pauline zu ihr und fasste nach ihrem Arm. »Du machst auf einmal ein Gesicht … Ist dir wieder schlecht?«

»Wie?« Rasch wurde sich Helene der Leute bewusst, die sie beobachteten. Eilig faltete sie den Brief zusammen und steckte ihn in ihre Rocktasche. »Nein, es geht mir bestens«, antwortete sie mit einem Lächeln. »Der Brief ist von meinem Mann Robert. Er hat bald Fronturlaub. Dann holt er mich hier ab, und wir fahren gemeinsam nach Roßleben, um Christian zu besuchen. Ist das nicht wunderbar?«

Morgenausgabe der *Freiburger Zeitung*, Samstag, 5. Dezember 1914

Erste Bomben in Freiburg

Feindliche Flieger warfen gestern Mittag im Nordwesten von Freiburg Bomben ab, anscheinend deren vier. Das Ziel scheint ein Bahnübergang nahe des Exerzierplatzes gewesen zu sein.

Abendausgabe der *Freiburger Zeitung*, Mittwoch, 9. Dezember 1914

Erneut Feindflieger über der Stadt

Drei feindliche Flieger erschienen diesen Nachmittag um halb drei Uhr, von Westen kommend, wieder über unserer Stadt und wandten sich in Richtung Zähringen. Auf diesem Flug empfing sie heftiges Geschütz- und Maschinengewehrfeuer, durch das sie vertrieben wurden. Die von den Fliegern abgeworfenen Bomben richteten keinen Schaden an.

15 – Schwarzer Schnee

13. Dezember 1914, Freiburg,
Hauptpost- und Telegraphenamt

Mina stand vor ihrem Garderobenschränkchen und seufzte laut auf, während sie sich den Hut aufsetzte. »Ich kann noch immer nicht glauben, dass du wirklich gekündigt hast.«

Pauline schlang sich das Halstuch um und schlüpfte in den Mantel. »Ich habe es dir doch schon vor einer Woche gesagt.« Sie nahm ihre Tasche heraus, ehe sie ihr Schränkchen abschloss. Den kleinen Schlüssel ließ sie jedoch stecken, den würde ihre Nachfolgerin wieder benutzen.

»Ja, schon«, antwortete Mina. »Aber ich hätte nicht erwartet, dass du es so eilig hast.«

Es war ein Sonntagvormittag, direkt nach dem Schichtwechsel, und die Telefonistinnen der Frühschicht hatten ihre Arbeit erst vor Kurzem begonnen. Die Garderobe sowie der angrenzende Aufenthaltsraum waren menschenleer.

Trotzdem blickte sich Pauline über die Schulter um, um sicherzugehen, dass ihnen auch wirklich niemand zuhörte, bevor sie wisperte: »Du weißt auch, warum ich nicht länger warten konnte.« Ja, auch das hatte sie der Arbeitskollegin vorige Woche gebeichtet. Zu ihrer Überraschung war Mina jedoch keineswegs schockiert gewesen. Im Gegenteil, die Dozententochter war ihr sogar ungewohnt übermütig um den Hals gefallen und hatte ihr zur kommenden Mutterschaft gratuliert.

Postrat Lämmle hingegen hatte Paulines Kündigungsschreiben gestern mit einem unbeeindruckten »Dann wünsche ich Ihnen für die Zukunft alles Gute« zur Kenntnis genommen, nur kurz eine Eingangsquittung auf den Brief gekritzelt und ihr dann einen Umschlag mit dem ihr für die geleistete Arbeitswoche zustehenden Lohn überreicht. »Sollten Sie ein Empfehlungsschreiben brauchen, wenden Sie sich an Ihre Schichtleiterin. Dieser übergeben Sie ebenfalls die Stechkarte sowie den Arbeitskittel.« Ein kurzes Nicken, ehe er den Blick wieder auf die Zahlenliste vor sich senkte. »Und schließen Sie bitte die Tür hinter sich, seien Sie so nett, ja?«

Damit war Pauline aus seinem Büro entlassen gewesen. Kurz und schmerzlos. Umso besser. Sie hatte somit soeben zugleich ihre allerletzte Nachtschicht sowie den letzten Arbeitstag als Telefonistin hinter sich gebracht.

»Es ist einfach nicht richtig.« Mina schüttelte den Kopf, als sie beide kurz darauf vorsichtig die Treppen des Post- und Telegraphenamts zur Eisenbahnstraße hinunterstiegen.

Zwei Tage zuvor war der erste richtige Schnee in Freiburg gefallen und hatte die Stadt in strahlendes Weiß getaucht. Auf den Straßen und Gehwegen hatte sich daraus inzwischen eine dicke Eisschicht gebildet, die so manch unachtsamem Passanten zum Verhängnis wurde. Auch fuhren noch längst nicht wieder alle Straßenbahnen, weil die Gleise noch immer vereist waren.

»Was ist nicht richtig?«, fragte Pauline. Sie nahm einen tiefen Atemzug. Ah. Die Luft war kalt, aber nach der Nachtschicht herrlich erfrischend. Sie liebte Schnee. Das Knirschen unter den

Schritten. Den Geruch. Das rieselnde Prickeln auf der Haut, wenn der Wind einem den feinen Schneestaub ins Gesicht wehte.

»Ich meine damit, dass es nicht recht ist, dass Frauen das Anrecht auf eine Arbeitsstelle verlieren, weil sie entweder heiraten oder ein Kind erwarten. Machen diese Umstände sie weniger fähig oder sogar unbrauchbar?« Mit einem Wink ihrer Hand fegte Mina die Frage aus dem Feld. »Ganz bestimmt nicht. Trotzdem bleibt ihnen jede Alternative verwehrt. Und versuchen sie, diese althergebrachten, starren Muster zu durchbrechen, zahlen *sie* den Preis. Nicht etwa der Ehemann oder der Kindsvater.« Schnaubend warf sie sich das Ende des Halstuchs über die Schulter.

Einmal mehr war Pauline über die Reaktion erstaunt. Sie hätte sich niemals träumen lassen, dass ausgerechnet die stets überkorrekte, manchmal fast schon pingelige Mina Sahner zu den Frauenrechtlerinnen gehörte.

Wobei … Wenn sie genauer darüber nachdachte, passte das sehr wohl zu Minas messerscharfem Verstand und ihrer Prägnanz, wenn es darum ging, Fehler aufzuzeigen. Ihr gut situiertes Elternhaus erlaubte ihr andererseits auch eine gewisse Naivität in ihren Ansichten, in denen die Dinge nur entweder schwarz oder weiß waren, ohne jede Schattierung dazwischen.

Diesen Luxus hatte Pauline seinerzeit nicht gehabt. Dennoch konnte sie den Enthusiasmus sehr gut nachempfinden. Ihr war es ähnlich ergangen. Damals in Paris.

Das Rattern eines Lastwagens ließ sie den Kopf wenden. Quer gegenüber auf der anderen Straßenseite lag das Colombischlössle inmitten des dazugehörigen Parks. Ein schüchterner Sonnenstrahl drang durch die Wolkendecke, ließ den Schnee auf den Tannen und Sträuchern in glänzendem Weiß erstrahlen, als wären sie mit Zuckerguss überzogen.

Sie lächelte. Ja, sie hatte damals ebenfalls an Veranstaltungen teilgenommen, die sich, angespornt von den Vorbildern der englischen Frauenrechtsaktivistinnen Emmeline und Christabel Pankhurst, für das Frauenwahlrecht einsetzten. Zusammen mit ein paar Freundinnen war sie sogar bei Protestzügen mitgelaufen, hatte mit Begeisterung das feministische Tagesblatt *La Fronde* gelesen und demonstrativ auf offener Straße Zigaretten geraucht.

Sogleich fühlte Pauline eine Welle von Wehmut in sich aufsteigen. Es schien eine Ewigkeit seither vergangen. Kaum zu glauben, wie sehr sich ihr Leben in der Zwischenzeit verändert hatte. Statt eine eigene Sommerkollektion zu entwerfen, würde sie von nun an einen Kriegsversehrten pflegen. Wie es hieß, sollte Julius schon in zwei Tagen mit einem Krankentransport aus dem pfälzischen Speyer in Freiburg ankommen.

Doch bis dahin war noch viel zu tun. Vor allem jetzt, nachdem Georg vor zwei Wochen wieder zurück an die Front hatte gehen müssen und Helene zusammen mit ihrem Ehemann nach Roßleben gefahren war, um ihren Sohn zu sehen.

»Ich werde dich bald auf dem Rosenhof besuchen kommen«, versprach Mina, als sie Pauline zum Abschied umarmte. Sie wohnte in der Wiehre, einem Stadtteil südlich des Schwabentors. Ihr Weg führte somit in die entgegengesetzte Richtung. »Dann erzähle ich dir den letzten Klatsch und Tratsch aus dem Amt.«

Schmunzelnd erwiderte Pauline die Umarmung. »Unbedingt.«

Doch sie erstarrte mitten in der Bewegung, als sie die beiden Punkte am Himmel sah. Sie kamen aus der Richtung, in der der Bahnhof lag. Und sie wurden rasch immer größer.

»Was ist denn?« Jetzt bemerkte auch Mina, dass etwas nicht stimmte.

»Da.« Mit der Hand zeigte Pauline zum Himmel. »Da sind zwei Flieger.«

Schon konnte man das Rattern der Motoren hören. Die Leute

auf der Straße blieben erstaunt stehen, hoben die Blicke den herannahenden Flugzeugen entgegen und schirmten die Augen mit den Händen gegen die Sonne ab.

»Warum fliegen sie so tief?«, rief Mina.

Die Flieger hatten gerade eben den Bahnhof überflogen. »Sie kommen genau auf uns zu.« Pauline sah sie näher kommen. Immer näher. Die Kokarden auf den Flügeln: ein blauer Punkt mit weiß-roten Ringen. »Das sind Franzosen!«

Im selben Augenblick donnerten sie über sie hinweg, über das gegenüberliegende Hotel Restaurant *Zur Post* und weiter über die Colombistraße in Richtung Innenstadt. Zwei Doppeldecker mit einem kistenartigen Aufbau, in dem jeweils zwei in dicke Pelzmäntel gehüllte Piloten saßen. Wobei ... nein, jeweils der hintere der beiden stand aufrecht an einem ...

»Sie haben Maschinengewehre«, schrie Pauline. Doch ehe sie irgendwie reagieren konnte, sah sie etwas aus dem vordersten Flugzeug fallen. Ein langes, rohrähnliches Ding.

Was ...?

Die Explosion war ohrenbetäubend, schleuderte eine Fontäne aus Schnee und Erde in die Höhe.

Die Wucht der Erschütterung traf Pauline bis ins Mark. Vor Schreck kauerte sie sich zusammen, versuchte, sich so klein wie möglich zu machen. Unfähig, den Blick von der dunklen Rauchschwade abzuwenden, die das Colombischlösschle innerhalb weniger Momente fast völlig einhüllte.

Irgendwoher kam der Schrei einer Frau.

Die zweite Bombe traf den Rotteckplatz, die dritte ein Gebäude weiter stadteinwärts.

Pauline konnte nicht anders, als reglos mitanzusehen, wie sich die hässlichen schwarzen Wolken ausbreiteten, ganze Straßenzüge, Häuser und Bäume verschluckten.

Das Tor des Post- und Telegraphenamts wurde aufgerissen, und Postrat Lämmle stürzte heraus, gefolgt von mehreren Angestellten, die sich in der Eile nicht einmal eine Jacke übergezogen hatten und jetzt ratlos in ihren weißen Hemden mit den schwarzen Schreibärmeln dastanden. Auch ein paar der Telefonistinnen hatten sich herausgewagt, schlugen sich vor Fassungslosigkeit die Hände vor den Mund.

Weitere Menschen kamen aus den Seitenstraßen gerannt, brüllten Worte, die Pauline nicht erfassen, nicht verstehen konnte.

Zwischen den Schwaden am Himmel erkannte sie die beiden Flieger. In einer weiten Rechtswende drehten sie in Richtung Süden ab, ehe sie aus ihrem Blickfeld verschwanden.

Erst als sie Mina neben sich husten hörte, erwachte Pauline aus ihrer Starre. Der Wind trug den beißenden Rauch direkt zu ihnen in Richtung Postamt.

»Mina, geht es dir gut?« Sanft, aber unerbittlich zog sie die Freundin auf die Beine. Der Hut saß ihr schief auf dem Kopf, und das Grauen stand ihr zwar noch immer ins Gesicht geschrieben, aber sie beide waren noch einmal mit dem Schrecken davongekommen.

Nach und nach versammelten sich immer mehr Leute auf der Straße – die meisten von ihnen sprachlos, fassungslos und zutiefst schockiert über das, was eben geschehen war. Der Rauch verzog sich, die hässlichen Krater hingegen blieben und mit ihnen die rußig-schwarzen Explosionsspuren im Schnee.

Jeder in der Stadt hatte von den Bombenangriffen der Engländer auf Köln und Düsseldorf im Oktober gehört. Im vorigen Monat war die Reihe an den Zeppelinfabriken in Friedrichshafen und Ludwigshafen am Bodensee gewesen.

Allesamt Vergeltungsschläge für die deutschen Zeppelinangriffe auf Lüttich und Antwerpen im vergangenen August, hatte es in den Zeitungen geheißen.

Auf beiden Seiten schienen die Ziele vor allem Bahnlinien, militärische Einrichtungen oder Rüstungswerkstätten zu sein. Aber hier in Freiburg?, fragte sich Pauline. Hier gab es doch nichts von Bedeutung, außer Weinbergen, Lazaretten und ein paar Fabriken von geringem Interesse für die Rüstung.

Am nächsten Tag stand es in den Zeitungen zu lesen: Zwei Tote hatte der gestrige Angriff gefordert.

Ein einziger Tag hatte genügt, um mehr als deutlich zu machen, worauf die Stadt nicht vorbereitet war. Denn es gab in Freiburg weder ein effektives Warnsystem noch eine Flugabwehr. Und mit einem Mal wurde das Gefühl von Verwundbarkeit plötzlich zur bitteren Gewissheit.

»Hier in Sankt Georgen haben wir nichts zu befürchten. Es hat auch sein Gutes, weit ab vom Trubel der Stadt zu leben«, sagte Else Lauer mit fester Überzeugung, während sie die neuen Vorhänge am Fenster befestigte. Der letzte Schliff für das Krankenzimmer.

Der Raum war kaum wiederzuerkennen: Aus der düsteren, muffig riechenden Bibliothek war ein freundliches Zimmer geworden, wie auch Pauline zufrieden feststellte. Zwar hatten sie die Bücherwand belassen wie gehabt, aber die Holzpaneele der Fensterfront waren nun in einem freundlichen hellen Beige gestrichen, das das Licht von draußen auffing. Gemäß Helenes Vorschlägen hatten sie nicht nur das Bett, sondern auch die restlichen Möbel entsprechend ihrer Zweckmäßigkeit ausgesucht und platziert.

Helene hatte Licht und Bewegungsfreiheit empfohlen. So war das gesamte Erdgeschoss nun problemlos mit dem Rollstuhl oder auf Krücken begehbar, und vom Hof her führte eine geschwungene Rampe bis zum Haupteingang.

Und dann kam der Tag, an dem der junge Hausherr heimkehrte.

Schon den ganzen Morgen lang herrschte Hektik auf dem Hof. Else Lauer und Hannes waren früh mit dem Pferdewagen losgefahren, um pünktlich am Güterbahnhof zu sein, wenn der Lazarettzug ankam.

Dorle und Leni hatten den Haupteingang schon am Vortag mit einer Girlande aus Tannengrün und Berberitzenzweigen geschmückt. Tonis Aufgabe war derweil gewesen, den Schnee auf dem Innenhof wegzuräumen. Selma und die Küchenmagd Emma standen bereits seit dem Morgengrauen am Herd. Der Eintopf war schließlich Herrn Julius' Leibgericht, und damit das Fleisch so richtig zart wurde und auch der allerletzte Rest des Knochenmarks seinen Geschmack entfalten konnte, musste alles mehrere Stunden lang köcheln. Statt der Kartoffeln taten es jedoch nun Rüben und Kohlrabi. Weil seit Wochen nirgendwo in der Stadt mehr Mehl zu finden war, gab es anstelle der Spätzle Klößchen aus Nussbrot, Schmalz und Eiern.

Während alle anderen im Haus geschäftig hin und her eilten, wünschte sich Pauline einmal mehr, Helene wäre hier.

Sie sah sich erneut im Krankenzimmer um. Es war alles bereit. Trotzdem schob sie das Lämpchen auf dem Beistelltisch neben dem Bett noch etwas mehr in die Mitte, kontrollierte – zum unzähligsten Mal – den Wäscheschrank, klopfte das Kissen noch einmal auf, zupfte an der Ecke der Bettdecke und ordnete die Verbandsbinden in der Schublade neu.

»Sie sind da!«, tönte auf einmal Tonis Ruf vom Hof her.

Pauline stand auf und strich sich den Rock glatt. Während sie zur Tür ging, atmete sie tief ein. Du liebe Güte, so aufgeregt war sie zuletzt beim Vorstellungsgespräch bei Maison Worth gewesen.

Als sie im Innenhof neben Selma und Dorle trat, fuhr der Pferdewagen gerade durchs Tor. Hannes saß allein auf dem Bock.

Zum Schutz gegen die Kälte hatte er ein Verdeck über das Fuhrwerk gespannt.

Sobald das Gespann zum Stehen kam, rannte Toni hinzu. Doch noch ehe er dazu kam, um ihr zu helfen, kletterte Else Lauer bereits hinten von der Ladefläche, drehte sich um und streckte in einer helfenden Geste die Arme hoch.

»Nicht nötig, Mutter«, hörte Pauline die heisere Stimme eines Mannes.

Sogleich senkte die Winzerin ihre Arme.

Inzwischen war Hannes hinzugetreten, hob nun seinerseits die Hand.

»Ich schaffe das allein.«

»Aber das ist doch viel zu hoch«, widersprach die Winzerin. »Toni, hol den Steg.«

»Ich sagte, ich schaffe das!« Die Worte ihres Sohnes klangen auf einmal schneidend.

Ein angestrengtes Keuchen ertönte.

Zuerst sah Pauline einen bestiefelten Fuß über die Ladeöffnung herausragen. Dann das Bein bis zum Knie. Auf eine Seite gedreht, rutschte der junge Hausherr von der Ladefläche. Zwar landete er auf dem gesunden Bein, verlor jedoch kurz das Gleichgewicht.

Sofort trat seine Mutter vor, um ihm zu helfen, doch er hielt sich gerade noch rechtzeitig mit beiden Händen an der Strebe des Fuhrwagens fest.

Den Oberkörper gestrafft und die Lippen fest zusammengepresst, stand Julius Lauer schließlich da.

Sein Gesicht ist schmaler geworden, als ich es von unserer Begegnung im August in Erinnerung hatte, dachte Pauline. Auf seiner rechten Wange prangte nun eine daumenbreite rötliche Narbe bis hinauf zum Haaransatz bei der Schläfe, was ihm ein verwegenes Aussehen verlieh. Er trug noch immer seine Uniform, doch der wadenlange Mantel schien viel zu groß, schlackerte um seinen Körper, kaschierte jedoch zugleich das Fehlen des linken Beins.

Derweil hatte Toni das Gepäck ausgeladen, außerdem ein Paar Holzkrücken, die Else Lauer ihrem Sohn nun hinhielt. »Willst du dich nicht doch besser in den Rollstuhl setzen?«

»Nein.« Erst als er sich die Krücken unter die Achseln geklemmt hatte und den ersten Schritt vom Wagen weg machte, hob Julius den Blick. »Selma!« Seine Miene hellte sich auf der Stelle auf. Sogleich hinkte er zu ihr.

Pauline staunte, als der Sohn des Hauses sowohl Selma als auch Dorle und Leni herzlich begrüßte.

»Guten Tag, Emma. Wie geht es dir?«, wandte er sich mit sanfter Stimme und freundlich lächelnd an die Küchenmagd, ohne ihr jedoch zu nahe zu kommen. Das reichte allerdings bereits, damit sich das Mädchen sofort hinter Lenis Rücken versteckte.

»Und das ist Pauline Seibold«, stellte seine Mutter sie vor. »Sie wohnt seit August hier auf dem Hof.«

Einen kurzen Moment lang verengten sich Julius' Augen, ehe er ihr die Hand reichte. Sein Händedruck war trotz allem warm und kräftig. »Verzeihen Sie mir die Unverblümtheit, aber kennen wir uns?«, fragte er.

»Nun ja, nicht direkt.« Schmunzelnd wandte Pauline den Blick zu Else Lauer. »Meine Begegnung war tatsächlich eher mit Ihrer Mutter.«

»Und sie war noch dazu höchst umwerfend«, fügte die Winzerin trocken hinzu. »Du erinnerst dich noch an die impertinente Person am Bahnhof?«

Julius' Augen wurden groß, sobald er sie erkannte. »Die impertinente Person …« Einen Atemzug lang schwappte ein schiefes spitzbübisches Grinsen über sein Gesicht und ließ sogar die Narbe etwas weicher wirken. »Ja, ich erinnere mich.« Doch dann runzelte er die Stirn. »Aber wie kommt es, dass …«

»Das ist eine lange Geschichte«, unterbrach ihn seine Mutter. »Lass uns erst einmal hinein ins Warme gehen. Komm.«

»Ich helfe Ihnen bei der Treppe«, bot Pauline eilig an und wollte bereits nach seinem Oberarm greifen, um ihn zu stützen, als Julius ihre Hand mit einem Ruck abschüttelte.

»Ich brauche keine Hilfe.«

Augenblicklich trat sie zurück. Ihr Blick begegnete dem von Else Lauer. Deren Miene war ernst, aber gefasst, und sie schüttelte kaum merklich den Kopf.

Schon öffnete Pauline den Mund, um etwas zu erwidern. Was, wenn er fiel und sich noch mehr verletzte? Sie konnte doch nicht einfach nur zusehen.

Ihr blieb jedoch nichts anderes übrig, während sich der Winzersohn langsam, mühselig und mit zusammengebissenen Zähnen die Treppenstufen hochkämpfte. Er schien noch immer Schmerzen zu haben. Auf der dritten Stufe glitt sein Blick zur Holzrampe neben der Treppe – ganz kurz nur, ehe er die restlichen Stufen nun schneller hinter sich brachte. Oben angekommen, stieß er triumphierend den Atem aus.

»Wir haben dir das Zimmer in der Bibliothek eingerichtet. Hier hast du mehr Licht und kannst dich freier bewegen«, sagte Else Lauer und ging eilig voraus, während Hannes und Toni die große Offizierskiste sowie das übrige Gepäck hineinschleppten.

Pauline folgte ihnen, blieb aber unschlüssig bei der Tür stehen. Vielleicht hätte sie sich, wie Selma und die Mägde, auch besser in die Küche zurückziehen und Mutter und Sohn allein lassen sollen. Bestimmt hatten sich die beiden viel zu erzählen.

Doch die Hausherrin winkte sie herein.

Im Zimmer angekommen, setzte sich Julius vorsichtig auf das Bett, legte die Krücken neben sich und knöpfte den Mantel sowie den obersten Kragenknopf seiner Uniformjacke auf, während er den Blick durch den Raum gleiten ließ.

Erst jetzt sah Pauline die Spange mit den Auszeichnungen auf seiner Brust und das schwarz-weiße Band des Eisernen Kreuzes in seinem Knopfloch. Und da war auch der Stumpf, wo man ihm das Bein direkt über dem Knie amputiert hatte. Die Uniformhose war säuberlich am Stumpfende gefaltet und am Oberschenkel mit einer Sicherheitsnadel fixiert.

»Du hast viel zu viel Aufhebens gemacht, Mama, ich hätte genauso gut in meinem Zimmer oben bleiben können«, sagte er.

Seine Mutter winkte ab. »Unsinn, hier ist es doch viel angenehmer für dich. Du kannst nach draußen, wenn das Wetter mitspielt, oder in den Hof. Frische Luft tut dir gut. Außerdem kann dich Pauline hier besser pflegen. Siehst du …« Sie zog die Schublade mit den säuberlich gerollten Stofflappen für Verbände heraus. »Es ist alles da, was sie bra…«

»*Was* hast du gesagt?«, fiel er ihr ins Wort. Sein Blick fuhr zu Pauline. »Sind Sie deshalb hier? Um mich zu pflegen?«

Das zuvorkommende Lächeln von vorhin verschwand mit einem Schlag. Er griff nach einer der Krücken und stand mit einem Ruck auf. Sein Atem klang gepresst, und er schloss kurz die Augen, als versuche er auf diese Weise, seine Beherrschung zu sammeln.

Als er die Augen wieder aufschlug und zu sprechen anfing, klang seine Stimme zwar gefasst, jedoch mit einer unüberhörbaren Schärfe darin: »Ich weiß, du meinst es gut, Mutter, und ich schätze die Bemühungen wirklich sehr. Das alles hier ist jedoch völlig überflüssig. Ich komme sehr gut auch ohne zurecht.«

Dann wandte er sich an Pauline. »Verzeihen Sie den Aufwand, aber Sie werden hier nicht gebraucht. Bitte gehen Sie.«

»Aber ich …«, wollte sie einwenden.

»Gehen Sie!« Er humpelte zwei Schritte auf sie zu, ehe er ins Wanken kam.

Instinktiv trat Pauline vor, um ihn zu stützen.

Doch er bekam gerade noch rechtzeitig den Rand der an der Wand stehenden Kommode zu fassen. Mit zusammengebissenen Zähnen hob er den Blick zu ihr und presste zischend hervor: »Gehen Sie jetzt.«

Pauline hielt seinem Blick stand, gleichermaßen bestürzt, verwirrt und empört über seinen Ausbruch. Was für ein undankbarer Mensch.

Sie straffte den Rücken und hob trotzig das Kinn. »Wie Sie wünschen, Herr Lauer. Herzlich willkommen daheim.« Mit einem Ruck drehte sie sich um und ging zur Tür hinaus.

Helene hatte sie zwar vorgewarnt, dass Kriegsversehrte aufgrund ihrer Erlebnisse manchmal unvorhersehbar in ihrem Verhalten sein konnten. Trotzdem traf seine Reaktion sie völlig unerwartet.

Und während sie aufgebracht in Richtung der Küche stampfte, wurde ihr bewusst, dass ihre Aufgabe noch viel herausfordernder würde als gedacht.

16 – Von Geschenken und Girlitzen

17. Dezember 1914, Ulm,
Königreich Württemberg

Ich erwarte, dass du auch weiterhin so tüchtig und fleißig bist«, sagte Robert und legte seinem Sohn zum Abschied die Hand auf die Schulter.

Helene sah, wie Christian nickte. »Das werde ich, Vater.« Das blonde Haar im Nacken kurz geschnitten und in der Mitte gescheitelt. Die Schultern gereckt, die Hände hinter dem Rücken verschränkt, ganz nach preußischem Drill. Kein Wunder, dass Robert von den Fortschritten des Jungen im Internatsgymnasium begeistert war.

Sie hingegen war schockiert gewesen, als sie ihren Sohn vor einer Woche in St. Afra wiedergesehen hatte. Sie hatte ihn kaum noch wiedererkannt. Nicht nur, weil er auf einmal fast einen Kopf größer geworden war. Er war nicht mehr derselbe Junge, den sie zuletzt vor etwas mehr als einem halben Jahr verabschiedet hatte. Sein Verhalten, seine Gesten – ja, sogar seine Stimme –, alles war anders geworden. Und sie verpasste es. All seine Veränderungen. Alle Geburtstage und Weihnachtsfeste.

»Hier, dein Weihnachtsgeschenk«, sagte sie und reichte ihm

das in Geschenkpapier eingeschlagene und mit einem Mistelzweig dekorierte Paket.

Christians Augen begannen zu leuchten. »Danke! Was ist es denn?«

»Das wirst du früh genug sehen.« Sie schmunzelte. Sie hatte die Mütze, den Schal und das Paar Handschuhe eigenhändig gestrickt. Zugleich fühlte sie Wehmut im Herzen. Wie schade, dass er nicht mehr ans Christkind glaubte. Auch das war ein Teil seines Kindseins, den er nie mehr zurückbekommen würde.

»Aber nicht vor Weihnachten öffnen«, mahnte sie den Jungen, ehe sie ihn zum Abschied umarmte.

»Versprochen.«

Die ältere Frau, die ein paar Schritte hinter ihnen gewartet hatte, trat nun lächelnd vor und nahm das Geschenk an sich.

»Das legen wir am besten gleich unter den Christbaum«, trällerte sie. »Dort ist es am sichersten aufbewahrt, bis zur Bescherung.«

Gisela Erhardt – Roberts Mutter. Die wohl unbekümmertste Person, der Helene jemals begegnet war.

Solange sie sie kannte, hatte sie ihre Schwiegermutter nie anders als mit jenem leichten, kindlich-unbeschwert klingenden Singsang-Stimmchen sprechen hören. Und genauso bedenkenlos, wie sie klang, flatterte sie auch durch ihren Alltag, durch ihr prächtiges Haus in der Ulmer Weststadt, durch ihre eleganten Soirees, die sie mindestens einmal im Monat für die Stadtelite organisierte. Sorglos wie ein Schmetterling. Manchmal schien es Helene schier unmöglich, dass Robert tatsächlich ihr Sohn war.

»Sei artig, und hör auf Großmutter und Großvater, ja?« Sie umarmte Christian ein letztes Mal, so fest sie konnte. »Ich werde dich so sehr vermissen.«

Dennoch gelang es dem Jungen, sich aus ihren Armen zu befreien. Mit vor Stolz gereckter Brust erklärte er dann: »Großvater hat versprochen, dass er mir während der Weihnachtsferien das Schießen beibringt.«

Helene fühlte augenblicklich, wie ihr das Herz in der Brust gefror, doch sie zwang sich zu einem Lächeln. »Hat er das?«

»Ach …« Mit einem Handwedeln tat ihre Schwiegermutter die Bedenken ab. »Das gehört doch dazu. Alle jungen Burschen machen das heutzutage.«

»Es wird Zeit, dass der Junge etwas Handfestes lernt. Das wird ihm nicht schaden«, sagte Robert und fasste nach Helenes Arm. »Nun komm, der Zug wartet nicht auf uns.«

Ein letztes Mal strich sie ihrem Sohn übers Haar und formte mit den Lippen stumm die Worte »Ich hab dich lieb«. Es war ihr gleich, dass Robert solche Bemutterungen für unangemessen hielt und Christian sich offenbar schon zu erwachsen dafür glaubte.

»Findest du es wirklich angebracht, dass dein Vater ihm das Schießen beibringen will? Haben wir nicht schon genug Waffen und Gewalt rundum? Er ist doch noch ein Kind«, sagte Helene, als sie und Robert eine Stunde später im Zugabteil der Ersten Klasse in Richtung Freiburg im Breisgau fuhren.

Mit überschlagenen Beinen und einer Zeitung in den Händen saß ihr Ehemann ihr gegenüber. Jetzt jedoch bog er die rechte Seitenecke hinunter und sah sie an. »Der Junge wird nächstes Jahr zwölf, Helene.«

»Wie ich gesagt habe: Er ist noch ein Kind.«

Mit nur ein paar sparsamen Handbewegungen faltete Robert die Zeitung zusammen, legte sie sich aufs Knie und verschränkte die Finger darüber. »Wie immer machst du dir zu viele Sorgen. Natürlich wird Vater ihm keinen Mehrlader in die Hände geben. Mit einem Luftgewehr die Spatzen im Garten zu verscheuchen, hat jedoch noch keinem Jungen in seinem Alter geschadet. Im Gegenteil. Es ist erwiesen, dass Zielübungen die Konzentrationsfähigkeit stärken«, erklärte er mit einer Selbstverständlichkeit, als diskutierten sie über etwas so Belangloses wie die Wachstumszeit von Stangenbohnen.

»Trotzdem ist mir nicht wohl dabei.« Sie konnte und wollte das Argument nicht auf sich beruhen lassen. »Was ist in deinen Augen so verwerflich daran, wenn er noch ein Kind bleibt, solange es möglich ist?«

Einen Moment lang sah Robert sie nur stumm und mit undurchsichtiger Miene an. Er hatte seine Uniform während seines gesamten Fronturlaubs nur gerade an den drei Tagen abgelegt, die sie bei seinen Eltern verbracht hatten. Manchmal schien es Helene fast, als sei das Feldgrau ihm an der Haut festgewachsen.

Er schnalzte mit der Zunge. »Wir sind umzingelt von Feinden, die uns von sämtlichen Handelslinien abgeschnitten haben und nur danach trachten, uns auszuhungern. An allen Fronten lassen brave deutsche Männer tagtäglich ihr Leben, um unsere Heimat zu verteidigen.« Mit einem Schnauben faltete er die Zeitung erneut auf. »Es ist nicht die richtige Zeit, um ein Kind zu sein. Je eher Christian das lernt, desto besser. Aber wie wolltest du das auch verstehen …« Damit verschanzte er sich wieder hinter seiner Lektüre. Und so blieb es während der gesamten restlichen Fahrt.

Diese dauerte insgesamt vier Stunden mit dreimaligem Umsteigen in Tuttlingen, Immendingen und Waldshut. Es war bereits dunkel, als sie in Freiburg ankamen.

Für die Zeit seines Aufenthalts in der Stadt hatte Robert für sie beide ein Zimmer in einer hübschen Pension an der Reichsgrafenstraße im Stadtteil Oberwiehre genommen. Es war selbstverständlich für ihn, dass er sie am nächsten Morgen zur Arbeit in die Hildaschule begleitete, konnte er doch so die Zeit für lange Gespräche mit seinen Arztkollegen nutzen. Doktor von Lüdow stellte sich zudem sofort zur Verfügung und machte mit ihm eine eingehende Führung durch den Lazarettbetrieb.

»Wie Sie sehen, Herr Kollege, arbeiten wir hier so effizient wie ein Uhrenwerk. Und das müssen wir bei der derzeitigen Auslastung auch. Von den mittlerweile rund 4200 in Freiburg verfügbaren Lazarettbetten sind im Durchschnitt 3600 ständig belegt«, hörte Helene von Lüdow sagen, während er neben Robert mit hinter dem Rücken verschränkten Händen durch den Gang zwischen den Bettreihen schritt.

»Da haben sich zwei gefunden, wie es scheint.« Stine kicherte und schlug mit geübtem Griff das frische Laken über der Matratzenecke ein. Mit dem Kinn deutete sie in Richtung der beiden Ärzte.

Sie hatte recht, Doktor von Lüdow schien in seiner Rolle völlig aufzugehen. Wie Helene wusste, liebte er es zwar sonst auch, sein medizinisches Wissen vor Publikum kundzutun – vor allem wenn er die Krankenschwestern belehren konnte. Bei Robert hatte er es jedoch mit jemandem vom selben Rang zu tun, was offenbar nicht nur das Auftreten, sondern vor allem die Qualität des Gesprächs beeinflusste. Nie hätte sie erwartet, dass sich von Lüdow, geschweige denn Robert so intensiv und ganz offensichtlich interessiert über etwas unterhalten konnten wie in dem Moment, als sie die beiden im Vorübergehen zusammen mit Professor Faller in dessen Büro reden hörte.

»Wir haben es im Feld mit Verletzungen zu tun, wie sie mir nie zuvor begegnet sind«, sagte Robert, und seine Stimme klang dabei ungewohnt emotional. »Es sind längst nicht mehr nur die üblichen Bajonettwunden oder einfache Schussverletzungen. Dazu kommen nun massive Schäden durch Granaten oder Deformationsgeschosse. Besonders Letztere verursachen derartige Zertrümmerungen an Körper und Gliedmaßen, dass selbst ein chirurgischer Eingriff oftmals reine Zeitverschwendung ist. Uns bleibt dann nur noch, die armen Teufel mit Morphium ruhigzustellen, bis sie sterben. Das heißt, sofern sie überhaupt auf unsere Tische gelangen. Die Verwundeten, die sich nicht selbst hinter die Linien schleppen, können erst nachts zurückgeholt werden. Manche bleiben oft tagelang mit schwersten Verletzungen draußen liegen. Wenn sie nicht vorher verbluten, entzünden sich ihre Wunden innerhalb kürzester Zeit.«

»Dasselbe habe ich auch von Kollegen an der Ostfront gehört.« Von Lüdow nickte mit ernster Miene. »Am schlimmsten sind die Gasphlegmone. Solche Infektionen haben wir vor dem Krieg nie zu sehen bekommen.«

Professor Fallers Stimme klang dunkel. »Wenn man bedenkt, wie viele tapfere Männer zudem noch an Wundstarrkrampf sterben. Es ist ein Massaker ohnegleichen.«

Helene hätte dem Gespräch zu gerne noch weiter gelauscht, doch die Arbeit rief. Trotzdem ließ sie das Gehörte den ganzen restlichen Tag lang nicht mehr los. Ihr war klar gewesen, dass es sich bei den Soldaten, die in den Lazaretten ankamen, nur um einen kleinen Teil von Glücklichen handelte. Diejenigen, die zwar zu schwer verletzt waren, um in den Etappenlazaretten behandelt und schnellstmöglich wieder zurück an die Front geschickt zu werden, die aber meist dennoch langfristig als wiederherstellbar genug eingestuft wurden, um sie so gesund wie möglich zu pflegen.

Wie grauenhaft jedoch das Bild an der Front aussah, hatte sie sich bisher nie so recht vorstellen können. Es erklärte aber zumindest ein Stück weit Roberts Reaktion während der Zugfahrt. Kein Wunder, wer tagtäglich in diesem Ausmaß mit den Gräueln konfrontiert wurde, sah die Welt mit anderen Augen.

Warum erzählte Robert ihr nie davon? Es würde es ihr so viel leichter machen, ihn zu verstehen.

Als sie sich zwei Tage später beim Treppenaufgang vor der Hildaschule von ihm verabschiedete, überreichte sie auch ihm ein Weihnachtsgeschenk – selbst gestrickte Pulswärmer und zwei Paar neue, warme Unterhemden.

»Frohe Weihnachten«, sagte sie lächelnd.

Ungläubig blickte er auf das Päckchen in seinen Händen, als hätte er noch nie zuvor etwas so Seltsames gesehen. »Ich habe aber gar kein Geschenk für dich.« Er schien ehrlich betroffen darüber. Eine wahre Seltenheit für einen Mann wie Doktor Robert Erhardt und schon allein deshalb die Mühe wert.

»Es reicht, wenn du heil und gesund zurückkommst.« Das meinte sie trotz allem völlig ernst, so seltsam es klingen mochte, und obwohl sie sich vor dem Tag ihres Wiedersehens mit ihm gefürchtet hatte.

Doch als sie ihn seinerzeit am Bahnhof abgeholt und zu einem Höflichkeitsbesuch auf den Lauerer Rosenhof gebracht hatte, war er auf einmal ein ganz anderer Mensch gewesen. Galant und zuvorkommend. Er lobte Selmas Zwetschgenkuchen in den allerhöchsten Tönen und bedankte sich bei Else Lauer mit einem mitgebrachten Branntwein dafür, dass sie seine Gemahlin so bereitwillig aufgenommen hatte.

Auch sonst hatte er sich von seiner besten Seite gezeigt, sodass Helene ihn kaum wiedererkannte. Er hatte ihr sogar Komplimente zu ihrer neuen Frisur gemacht, die sie, Paulines Beispiel folgend, mit einem leichten Seitenscheitel kämmte und die mit dem Ondulierеisen geformten Wellen dann am Hinterkopf hochsteckte. Er schien zudem ehrlich betroffen, als sie ihm von dem kürzlichen Vorfall beim Kornhaus erzählte.

Umso schwerer war es deshalb zu verstehen, dass er wieder in seine alten Gewohnheiten zurückfiel. Trotz allem hatten die vergangenen Tage Helene Hoffnung gegeben. Und Mut.

»Ich habe mir übrigens überlegt, dass du mir das nächste Mal etwas mehr über deinen Alltag an der Front erzählen könntest. Es würde mich sehr interessieren, und vielleicht täte es auch dir gut, darüber zu sprechen«, sagte sie und hielt den Atem an. Das hatte hoffentlich nicht zu fordernd geklungen. Sie hatte Robert noch nie zuvor einen solchen Vorschlag gemacht. Wie er wohl darauf reagieren würde?

Er zog zuerst skeptisch die Augenbrauen zusammen, dann lachte er auf. »Wozu soll das denn gut sein? Du denkst viel zu viel nach.« Ohne weiter darauf einzugehen, klemmte er sich das Geschenkpaket unter den Arm, nahm seine Aktentasche auf und gab ihr einen Kuss auf die Stirn. »Auf Wiedersehen, Helene.«

Damit drehte er sich um und bestieg die Pferdedroschke, die ihn zum Bahnhof bringen würde. Er winkte nicht einmal mehr, als sie losfuhr.

Helene blieb reglos am Fuß der Treppe stehen, selbst als die Droschke längst nicht mehr zu sehen war. Sie fühlte keine Enttäuschung, dagegen hatten die Jahre ihrer Ehe sie gewappnet. Stattdessen war erschöpfte Leere in ihr.

Sie war zwar nur gerade ein paar Tage lang fort gewesen, und doch schien es ihr, als hätte sich auf einmal so vieles verändert. Das Allererste, wovon Stine und Greta ihr gleich nach ihrer Rückkehr in allen Einzelheiten berichtet hatten, war der Luftangriff in der vergangenen Woche.

»Seither fühlt man sich nirgendwo mehr so richtig sicher. Man weiß nie, ob und wann wieder Flieger kommen und wen es dieses Mal trifft.« Greta schauderte. Eine der Bomben war direkt neben dem Haus der Witwe Almbacher niedergegangen, in dem sie und Stine dank Else Lauers Einschreiten untergekommen waren.

Zwar schienen die Abwürfe kein bestimmtes Ziel verfolgt zu

haben, aber das machte das ungute Gefühl des Ausgeliefertseins nur noch schlimmer. Der Vorfall war den Freiburgern offenbar dermaßen in die Knochen gefahren, dass bereits am Tag danach sämtliche Hospitäler und Lazarette der Stadt ein großes rotes Kreuz auf weißem Grund auf die Dächer hatten malen lassen. Keine leichte Aufgabe bei dem ganzen Schnee.

Wie Helene von Professor Faller erfuhr, war auch die Stadtregierung nicht untätig gewesen und hatte den Kommandanten der in Freiburg ansässigen Heeresdivision dazu veranlasst, eine Luftabwehr-Batterie auf dem Schlossberg zu stationieren. Zudem sollte bereits in den folgenden Tagen im Süden und Westen der Stadt ein Netz von Beobachtungsposten errichtet werden, die eine wirkungsvolle Vorwarnung für sich nähernde Flugzeuge gewährleisteten. Der Krieg war somit endgültig in Freiburg angelangt.

Auch auf dem Rosenhof herrschte eine ähnlich angespannte Stimmung, Helene spürte sie sofort, als sie an jenem Abend die Küche betrat: Toni hockte auf einem Schemel in der Ecke und tat, als arbeite er an einer seiner Schnitzereien, dabei hackte er nur wahllos mit dem Messer auf dem Holzstück herum. Hannes saß derweil auf dem Kachelofen. Zwei dunkle, senkrechte Falten hatten sich zwischen seine Augenbrauen gegraben, und er hob nur kurz den Blick zur Begrüßung. Währenddessen mühte sich Selma beim Kneten eines bröckeligen Brotteigs ab und seufzte in einem fort.

»Um Himmels willen, was ist denn passiert?«, fragte Helene und stellte die Reisetasche neben sich zu Boden.

»Sie haben die Pferde beschlagnahmt. Alle drei. Sogar den alten Oskar«, brummte Toni und zog das Messer mit solchem Schwung über das Holzstück, dass der Spahn bis zum Esstisch hinüberflog.

Hannes schnaubte. »Nur die zwei Ochsen haben sie uns gelassen. Ein Glück, dass wir wenigstens das Holz der letzten Fällung noch rechtzeitig eingebracht haben. Weiß der Herrgott, wie wir im Frühjahr die Wingerte umpflügen sollen.«

»Das heißt auch, dass wir von jetzt an überallhin zu Fuß gehen müssen.« Einen Stapel Teller auf den Armen balancierend, trat Dorle zum Esstisch.

Hinter ihr kam Leni und stellte zwei Teekannen für das Abendessen neben den Tellerstapel. »Wenigstens können wir die Fahrräder benutzen, sobald die Straßen wieder sauber sind.«

»Wir haben Fahrräder?« Verwundert runzelte Helene die Stirn. Das war in der Tat eine Neuigkeit.

»Zwei«, antwortete Toni. »Hat die Herrin aufgetrieben, gleich nachdem die von der Heeresintendantur hier waren. Eins vom Pfarrer und das andere vom Bäckermeister Moser. Aber was nützen uns diese Drahtesel schon?«

Dorle prustete. »Das sagst du doch nur, weil du nicht damit fahren kannst.«

»Kann ich wohl«, protestierte Toni vehement. »Aber wie soll ich damit eine Fuhre Stroh ziehen, he?«

Damit hatte er allerdings recht.

»Wir finden dafür schon eine Lösung.« Hannes winkte ab und leerte die Pfeife in die hohle Hand. »Sieh du nur zu, dass uns die Fahrräder nicht gestohlen werden. Es treibt sich in letzter Zeit allerhand Gesindel auf der Straße herum.«

»Das stimmt«, pflichtete Dorle dem Alten bei. »Erst vor drei Tagen hat mir die Magd vom Pfälzer Hof drüben beim Schelmengraben erzählt, sie hätten einen fremden Strolch aus der Scheune verscheucht.«

Toni nickte. »Ich hab gehört, das sollen allesamt Deserteure sein, die sich hier auf dem Land vor den Gendarmen verstecken.« Er schlug die flache Hand auf den Tisch. »Dieses unnütze Pack.«

»Na, na, na, nicht so voreilig. Vielleicht war es auch nur ein

Landstreicher, der bei der Kälte einen Unterschlupf gesucht hat.« Bedächtig schüttelte Hannes den Kopf. »Wer auch immer das ist, wir alle sehen uns besser vor.«

»Wo ist denn eigentlich Pauline?«, fragte Helene, nachdem sie die Zimmernachbarin noch nirgends gesehen hatte.

»In der Bibliothek.« Eines nach dem anderen verteilte Leni die Gläser auf dem Tisch. Dabei warf sie einen vorsichtigen Blick zur Tür, die in den Wohnbereich der Herrschaften führte. Etwas leiser sagte sie dann: »Sie streitet sich wohl wieder mit dem jungen Herrn.«

Helene horchte auf. Dann war Frau Lauers Sohn also inzwischen angekommen. Aber was hatte Leni da eben gesagt?

»Sie streiten?«

»Ärger wie zwei grantige Girlitze.« Selma schüttelte den Kopf und zog eine vielsagende Grimasse.

»Manchmal hört man das Gebrüll im ganzen Haus«, raunte Leni. »Ab und zu knallen sie auch mit den Türen.«

»Helene!«

Sofort verstummten die Stimmen, und sie alle drehten sich um, als Else Lauer neben dem Herd hervortrat.

»Sie sind wieder da«, rief die Winzerin offensichtlich erleichtert. Sie sah müde aus. Dunkle Ränder lagen unter ihren Augen, und ihre Gesten wirkten ungewohnt fahrig, beinahe nervös, während sie mit den Händen über ihre Schürze strich.

»Sie kommen genau im richtigen Moment.« Ohne Umschweife fasste dieWinzerin Helene am Arm und zog sie mit sich in Richtung Tür.

»Was ist denn passiert?« Nach allem, was sie gehört hatte, war Helene nun ernsthaft alarmiert.

»Wir haben da ein paar Schwierigkeiten«, erklärte Else Lauer. »Pauline gibt sich alle Mühe. Es ist mein Sohn, der nicht …«, sie suchte nach dem richtigen Wort, »… so kooperiert, wie wir erwartet haben.«

Noch bevor Helene irgendetwas dazu sagen konnte, hörte sie schon die wütende Stimme eines Mannes aus der Bibliothek.

*

»Sie haben hier nichts zu suchen! Weder in diesem Haus, und schon gar nicht in diesem Zimmer«, brüllte Julius und fühlte augenblicklich wieder den vertrauten Schmerz in der Kehle.

Dieses elendige Pfeifen in seinen Ohren. Wenn es doch nur endlich aufhören würde.

»Sie sind wirklich der undankbarste Mensch, der mir je begegnet ist«, keifte die junge Frau vor ihm, stemmte die Fäuste in die Hüften und stampfte vor Empörung mit dem Fuß auf.

War das zu fassen? Die Falten ihres langen Rocks wippten dabei um die Wölbung ihres Bauchs. Sie war offensichtlich schwanger. Das machte diese ganze Situation noch viel himmelschreiender. Was hatte sich seine Mutter nur dabei gedacht, ihm diese Person – diese Pauline – als Pflegerin auf den Hals zu hetzen?

»Habe ich Sie etwa darum gebeten, hier ständig herumzulungern?«, donnerte er in ihre Richtung und stieß den Korb mit dem Stapel von Tüchern darin mit einem gezielten Krückenschlag um. Diese hatte Pauline eben erst zusammengefaltet.

»Das ist doch …« Sie schnaubte, verschränkte die Arme vor der Brust. Zornesröte glühte auf ihren Wangen. Eine dunkle Locke hatte sich aus ihrer Hochsteckfrisur gelöst und fiel ihr in die Stirn. »Benehmen sich alle Offiziere in der Armee wie Sie?« Missbilligend schnalzte sie mit der Zunge. »Mit einem Haufen rotznäsiger Bengel werden wir den Krieg garantiert nicht gewinnen.«

Rotznäsiger Bengel? Hatte sie ihn eben tatsächlich so genannt?

Zugleich wurde das Pfeifen in seinen Ohren immer lauter. Ihm schwindelte, und Julius fühlte, wie ihm der Brechreiz erneut die Kehle hochstieg.

Mit aller Kraft drängte er das aufkommende Gefühl von Panik zurück. Keine Schwäche zeigen. Sich keine Blöße geben.

»Warum verschwinden Sie nicht einfach?«, quetschte er durch die Zähne und setzte sich gerade noch rechtzeitig auf die Bettkante, damit Pauline das Zittern nicht bemerkte, das ihn immer ganz plötzlich überfiel, wenn die Muskeln in seinem Bein wieder krampften.

Nein, er durfte keine Schwäche zeigen. Erst recht nicht jetzt, wo er nur noch ein halber Mensch war.

»Was ist denn nun schon wieder los?«, ertönte die Stimme seiner Mutter vom Eingang her. Hinter ihr trat eine ihm unbekannte blonde Frau ins Zimmer. Sie trug die Uniform einer Lazarettschwester.

Ein dunkles Knurren drang aus Julius' Kehle.

Verdammt, hatte er mit Pauline nicht bereits genug Probleme am Hals?

»Es freut mich, Sie kennenzulernen, Leutnant Lauer«, sagte die Unbekannte und trat näher. »Mein Name ist Helene Erhardt. Wie fühlen Sie sich?« Nicht nur, dass sie ihn mit seinem militärischen Rang ansprach, ihre Stimme hatte zudem jenen besänftigenden Tonfall, wie ihn Julius während der vergangenen Wochen zur Genüge kennengelernt hatte und der so bezeichnend für Lazarettschwestern war.

Er holte tief Atem, kämpfte um Beherrschung, als er den Blick zu seiner Mutter hob. »Bei allem, was recht ist, ich brauche weiß Gott nicht noch mehr Aufpasserinnen.«

Doch die Lazarettschwester antwortete an deren Stelle: »Keine Angst, ich wohne nur hier auf dem Rosenhof. Patienten habe ich im Lazarett mehr als genug. Und wie ich sehe, kümmert sich Pauline hervorragend um Sie.« Ihr Blick wanderte aufmerksam über Julius' Gesicht, seinen Oberkörper und blieb an seinem Beinstumpf hängen. Ganz kurz nur, aber lange genug, um an seiner Haltung zu erkennen, ob ihn irgendwo Schmerzen plagten. Krankenschwestern hatten diese Gabe, wie er inzwischen wusste.

Sie könnte ihn zudem mühelos durchschauen, die Wahrheit hinter der Fassade erkennen und damit auch die Schrecken und die Dunkelheit, die ihn in seinen Träumen heimsuchten. Alles, was er an der Front gesehen und getan hatte. Das durfte er nicht zulassen.

»Dann können Sie jetzt ja wieder gehen«, sagte er, stemmte sich auf einer der Krücken hoch. »Und nehmen Sie Pauline gleich mit, seien Sie so gut. Denn entgegen der Meinung meiner Mutter bin ich nämlich durchaus fähig, mich selbst um mich zu kümmern.«

Er richtete sich zu seiner vollen Größe auf und ignorierte dabei den Schmerz der verkrampften Muskeln im ganzen Körper. Jetzt bloß nicht taumeln. Stattdessen bedachte er die Lazarettschwester mit einem Blick, der hoffentlich herablassend genug wirkte, um sie zu vertreiben.

Doch sie hielt seinem Blick scheinbar unbeeindruckt stand. Im Gegenteil, sie lächelte sogar. »Daran zweifle ich keineswegs. Es ist gut und wichtig, dass Sie sich beschäftigen.« Sogleich wurde ihre Miene wieder ernst. »Allerdings müssen sich auch Ihre Muskeln sowie Ihr Körper erst an die neuen Bewegungen gewöhnen und das Gleichgewicht wiederfinden, das braucht seine Zeit. Sie könnten fallen und sich ernsthaft verletzen.«

»Das werde ich nicht«, gab er entschieden zurück. Wofür hielt sie ihn eigentlich? Er war zwar ein Krüppel, aber nicht verblödet. Er musste nur kräftiger werden, musste seine Muskeln nach

Wochen des tatenlosen Herumliegens wieder stärken. Vielleicht würden dadurch auch all die grauenhaften Erinnerungen verschwinden.

»Wie Sie meinen.« Sie nickte und wandte sich zum Gehen.

Endlich jemand mit Vernunft.

»Ach ja, fast hätte ich's vergessen …« Doch dann drehte sie sich noch einmal um. »Ich brauche Ihnen nicht zu sagen, wie die Situation an der Front ist und unter welch unsäglich unhygienischen Bedingungen in den Feldlazaretten zum Teil operiert werden muss. Aber wissen Sie auch, dass die Symptome eines Wundstarrkrampfs unter Umständen erst einige Wochen nach der Infektion auftreten können, obwohl die Verletzung bereits verheilt ist?« Sie legte ihm begütigend die Hand auf den Arm. »Also ist es doch umso beruhigender, dass Sie bei Pauline in so guten Händen sind, nicht wahr?« Damit wandte sie sich um, während seine Mutter und Pauline ihr folgten.

Fassungslos sah Julius den Frauen nach, ehe er sich wieder auf das Bett sinken ließ. Eine Zeit lang blieb er reglos dort sitzen und lauschte dem metallenen Ticken der Wanduhr in Mutters Arbeitszimmer, das selbst hier in der Bibliothek noch zu hören war. Seine Handfläche schmerzte, wo der Griff der Krücke einen roten Abdruck hinterlassen hatte, doch das kümmerte ihn kaum.

Wundstarrkrampf. Er hatte mehrere solcher armen Kerle im Lazarett gesehen. Röchelnd und die Körper in unnatürlichen Verrenkungen verkrampft, bis sie erstickten. Anblicke, die man lieber so schnell wie möglich aus dem Gedächtnis löschte.

Er könnte selbst noch immer davon betroffen sein?

Das hatte die Krankenschwester bestimmt nicht ernst gemeint. Oder etwa doch?

17 – Frontlinien

4. Januar 1915, Sankt Georgen, Rosenhof

Pauline war erschöpft. Ihre Fußknöchel waren geschwollen, der Rücken schmerzte. Jede Mahlzeit, egal ob Haferbrei oder Brühe, verursachte ihr Sodbrennen, und es verging kaum eine Stunde, in der sie nicht nach draußen rennen musste, um Wasser zu lassen. Von wegen rennen … Es war vielmehr ein Watscheln.

Von einem Tag auf den anderen war ihr Körper plötzlich so plump und unförmig geworden, dass sie nachts kaum noch schlafen konnte, weil sie keine bequeme Liegeposition mehr fand. Sie fühlte sich angespannt und über alle Maßen gereizt. Und das nicht allein nur ihrer fortgeschrittenen Schwangerschaft wegen.

Nach dem ersten Schneefall hatte es über den Jahreswechsel wieder getaut, und es regnete nun schon seit Tagen in Strömen. Wer bei diesem Hundewetter nicht unbedingt nach draußen musste, blieb normalerweise im Trockenen. Außer man hatte sich in einem unbedachten Moment seines Lebens auf einen Handel eingelassen, der einen unerträglich störrischen, schwer zu begreifenden Mann betraf. Dann – ja, dann bot sich jeder noch so winzige Augenblick an, um wenigstens kurz draußen Atem zu schöpfen.

Ein solcher Moment war jetzt, als Pauline mit einem Korb

unter dem Arm aus der Tür in den Innenhof trat. Einen Atemzug lang blieb sie stehen, schloss die Augen und genoss das Gefühl des feinen, kühlen Nieselregens auf dem Gesicht.

Heute war der erste Montag des Monats und somit Waschtag. Zusammen mit Leni hatte sie die Schmutzwäsche bereits am Vorabend in warmer Seifenlauge eingeweicht. Nun wurden Bettzeug, die Hosen, Hemden, Röcke, Blusen sowie die Leibwäsche gekocht. Ebenso die zahlreichen Stoffbinden für die Verbände des jungen Hausherrn.

Die Waschküche lag unter dem schützenden Vordach auf der Südseite des Innenhofs. Dort hatte Else Lauer als Erstes heute in der Früh das Feuer unter dem großen Kochkessel angezündet. Direkt angrenzend führte ein Schiebetor in den Stall. Linker Hand befand sich, durch einen Zugang zu erreichen, der Geräteschuppen, in dem Hannes sämtliche Werkzeuge wie Holzsägen, Äxte und Sensen aufbewahrte.

Schon den ganzen Morgen lang waren die Mägde nun bei der Arbeit. Dorle stand auf einem zweistufigen Schemel vor dem Waschzuber und rührte die Wäsche mit einem langen Holzlöffel im mit Sodapulver angereicherten Laugenwasser.

Nach ungefähr einer Stunde wurden die Wäschestücke aus dem Kochtopf gehoben und zum Abkühlen in einen Zuber mit kaltem Wasser gelegt. Dort wurden sie auf dem Waschbrett mit Bürsten und Kernseife geschrubbt, um schließlich in einem weiteren Schritt in klarem Wasser gestampft zu werden. Dazu benutzte Leni eine lange Holzstange, an deren Ende ein glockenförmiger Aufsatz aus Messing mit nach außen abstehendem Rand befestigt war. Ein mit Löchern versehener Zylinder an dessen Unterseite presste, durch eine inwendige Sprungfeder unterstützt, bei jedem Hinunterdrücken Wasser durch das Gewebe und befreite die Kleidungsstücke so von der Seifenlauge.

Zuerst waren immer die feinen weißen Wäschestücke an der Reihe. Die besonders schmutzigen Arbeitskleider der Knechte kamen zum Schluss.

So gut wie möglich ausgewrungen, musste die saubere Wäsche anschließend trocknen. Jetzt im Winter hängten sie die Leintücher und die übrige Bettwäsche über gespannte Seile oben auf dem Dachboden. Die restlichen Stücke kamen auf die Holzstangen in der Küche, wo sie dank der Wärme von Herd und Kachelofen schneller trockneten.

Bereit, die nächste Wäscheladung zum Aufhängen in Empfang zu nehmen, trat Pauline zu den Mägden unters Vordach.

Die Arbeit war anstrengend. Dorles und Lenis Gesichter waren gerötet und schweißbedeckt. Beide hatten die Ärmel bis über die Ellenbogen hinauf hochgekrempelt und das Haar mit Tüchern hochgebunden.

»Lass mich das doch machen«, sagte Pauline zu Dorle, die sich mit einem leisen Stöhnen den Schweiß von der Stirn wischte, nachdem sie einen weiteren Streifen Verbandsstoff aus dem Waschkessel gehoben hatte.

Doch die Magd schüttelte nur den Kopf. »Mit deinem Bauch kommst du ja nicht einmal bis zum Kesselrand.«

Pauline sah an sich hinunter. Dorle hatte recht, ihr Bauch sah aus, als hätte sie sich einen Mehlsack umgebunden. Genauso fühlte es sich auch an. Dabei war es doch erst in ungefähr einem Monat so weit.

»Hier, du kannst mir beim Auswringen helfen«, sagte Leni und hielt ihr das Ende eines leinenen Tischtuchs hin.

Dankbar nahm Pauline den tropfnassen Stoff und begann, den Tuchwulst mit beiden Händen im Uhrzeigersinn zu drehen, während die Magd dasselbe in die entgegengesetzte Richtung tat.

Immerhin etwas, wobei sie mithelfen konnte. Sie hatte bereits

Selma und Emma in der Küche zur Hand zu gehen wollen. Das Ergebnis davon war eine Pfanne voller Griesbrei gewesen, der so stark nach Angebranntem roch, dass nicht einmal das warme Zwetschenkompott den Geschmack zu überdecken vermochte. Daraufhin hatte Selma sie höflich, aber bestimmt der Küche verwiesen.

»Und?«, fragte Leni nach einer Weile. »Wie ist die Laune des jungen Herrn denn heute?«

Pauline seufzte innerlich auf. Ja, der junge Herr ... Mit einer der Gründe, weshalb sie alle nur erdenklichen Aufgaben suchte, um sich wenigstens auf irgendeine Weise nützlich zu machen, wenn er ihre Hilfe schon kaum in Anspruch nehmen wollte.

»Wir haben die Frontlinien gezogen«, erklärte sie knapp. So konnte man die Vereinbarung in etwa nennen, die Julius und sie in diesen ersten Wochen nach seiner Heimkehr getroffen hatten. Es war eine stillschweigende Abmachung und nur aus einer absoluten Notwendigkeit heraus entstanden. Denn würde es nach ihm gehen und wäre durch die Verrenkungen, die er machen musste, um sich den Verband am Beinstumpf eigenhändig zu wechseln, nicht die Naht der Wunde an seiner rechten Seite wieder aufgerissen und läge Letztere nicht just an einer Stelle, die er selbst nicht erreichen konnte, dürfte Pauline ihm wohl noch immer nicht zu nahe kommen.

Zähneknirschend ließ er so wenigstens zu, dass sie ihm jeden Morgen beide Bandagen neu anlegte. Die Naht an seinem Stumpf heilte gut und bedurfte nur einer regelmäßigen Pflege mit einer Salbe aus Borsäure, über die dann eine sterile Watteschicht zur Polsterung sowie die Binden gelegt wurden.

Auf die Frage nach der Ursache der zweiten Verletzung bei den Rippen hatte Julius nur knapp mit »Schrapnell« geantwortet.

Gekonnt hatte Helene daraufhin die aufgerissene Naht von

Neuem fixiert und Pauline klare Anweisungen gegeben, wie sie diese Wunde täglich zu säubern und anschließend mit Jodoformgaze zu verbinden hatte. Auch diese Prozedur nahm Julius nun zwar gezwungenermaßen hin, tolerierte aber keinen weiteren Handgriff. Nicht einmal von seiner Mutter.

Selbst dieser gegenüber verhielt er sich mit derselben Dickköpfigkeit. Vorige Woche erst hatten sich die beiden deswegen sogar so heftig gestritten, dass Else Lauer wutentbrannt aus der Bibliothek in ihr eigenes Zimmer gestürmt war.

Manchmal fragte sich Pauline in solchen Augenblicken, wo jener zuvorkommend freundliche Mann geblieben war, der ihr damals auf dem Bahnsteig begegnet war.

Dorle lachte. »Ihr habt die Frontlinien gezogen? Wie hast du ihn denn dazu gebracht? Eine Zeit lang hätte man meinen können, ihr würdet euch jeden Moment gegenseitig die Köpfe abreißen.«

Zugegeben, es kostete Pauline oft noch immer einige Beherrschung, um genau das nicht zu tun. Vor allem, wenn sie – sei es auch nur aus Versehen – es wagte, Julius' Grenzen zu überschreiten, und ihm zum Beispiel unter den Arm griff, um ihm beim Aufstehen zu helfen.

»Ich brauche weder jemanden, der mich wäscht, noch mir beim Anziehen oder in sonstiger Weise hilft. Ist das verstanden?«, bellte er dann immer so laut, als befehlige er einen Trupp seiner Soldaten. Wohlgemerkt wurde er dabei nie ausfällig oder gar beleidigend in seiner Wortwahl. Immerhin. So konnte sie damit umgehen.

Mit einem perfiden Grinsen erwiderte Pauline der Magd: »Er mag seine Anforderungen haben, ich habe dafür meine eigenen Mittel.« Denn je lauter er brüllte, desto mehr regte sich der Trotz in ihr. Und es bereitete ihr jedes Mal ein diebisches Vergnügen, das Pflaster an seiner Seite langsam – genüsslich langsam – zu entfernen und zuzusehen, wie Julius dabei zischend die Luft einsog und die Zähne zusammenbiss. Ihre kleine, ganz persönliche Revanche.

Statt etwas darauf zu sagen, hob Dorle plötzlich die Hand und hielt reglos inne. »Scht, hört ihr das?«

Pauline lauschte angestrengt. »Ich höre nichts.«

»Doch, da war ein Geräusch. Es kam aus dem Stall. Ein Poltern. So, als wäre etwas zu Boden gefallen.«

»Du hörst Gespenster. Das waren doch nur die Kühe. Oder der Toni, der etwas im Stall werkelt«, rief Leni kopfschüttelnd. »Jetzt mach voran, sonst werden wir nie mit dem ganzen Wäscheberg hier fertig.«

Es war später Nachmittag, draußen dämmerte es schon, als Pauline das letzte frisch gewaschene Wäschestück ordentlich auf der Stange in der Küche aufhängte und hochzog. Ein paar der Schürzen und Hemden lagen bereits trocken und gefaltet im Korb. Morgen würden sie wo nötig ausgebessert und gebügelt.

Die Küche war erfüllt vom würzigen Duft des Wirsingeintopfs, den Selma fürs Abendessen vorbereitet hatte.

Es war auch die übliche Zeit, in der Pauline normalerweise zur Bibliothek ging, um nach Julius zu sehen. Als sie die Tür erreichte, hörte sie das Keuchen begleitet von einem regelmäßigen Pochen von Holz auf Holz.

Nanu?

Sie klopfte an, wartete jedoch nicht auf eine Antwort, ehe sie eintrat. »Herr Julius?« Die Anrede hatte Pauline von Selma übernommen. Es schien ihn nicht zu stören, also hatte sie es dabei belassen.

Nur das Lämpchen neben dem Bett brannte und erhellte den

Rest des Raums kaum genug, um mehr als ein paar Schritte weit zu sehen. Erst als sich Paulines Augen an das dämmrige Licht gewöhnt hatten, erkannte sie den Hausherrn. Aber was um alles in der Welt tat er da?

Offenbar versuchte Julius, auf seinen beiden Krücken so schnell wie möglich von einer Wand zur gegenüberliegenden Fensterfront zu humpeln, und das immer wieder und so schnell wie möglich. Die Holzbeine der Krücken klackerten laut auf dem Dielenboden. Daher das Geräusch.

»Herr Julius?«

»Was?« Keuchend erreichte er die Fensterfront, wo er mit Schwung auf dem rechten Fuß kehrtmachte. Es sah fast so aus, als benutze er die Krücken unter beiden Achseln, um das Gleichgewicht während der Drehung zu behalten.

»Ich wollte fragen, ob Sie noch irgendetwas brauchen vor dem Essen. Soll ich Ihnen nicht besser auch die restlichen Lampen anmachen?«, schlug Pauline vor. »So könnten Sie zumindest erkennen, was … nun, was immer es ist, was Sie hier tun.«

»Ich sehe genug, und ich habe Sie auch nicht um Ihre Ratschläge gebeten.«

»Wie Sie meinen.« Sie schüttelte langsam den Kopf. Sie hatte wahrhaftig noch nie zuvor in ihrem Leben einen stureren Menschen getroffen. »Ich empfehle Ihnen trotzdem, sich nicht dermaßen zu verausgaben. Die Naht an der Seite könnte erneut aufplatzen, und dieses Mal ist Helene nicht so rasch zur Stelle. Sie hat heute Nachtdienst.«

Er gab keine Antwort darauf, humpelte stattdessen weiter. Schweiß rann ihm übers Gesicht, tränkte den Kragen seines langärmligen Unterhemds, dessen Ärmel er bis über die Ellenbogen hochgeschoben hatte. An seinen Unterarmen traten vor Anstrengung die Sehnen hervor.

»Na schön. Da Sie sowieso jedes meiner Worte in den Wind schlagen …« Sollte er doch ihretwegen tun und lassen, was er wollte. Wenigstens brauchte sie sich so keine Vorwürfe zu machen. »Das Essen ist bald fertig.«

Damit drehte sie sich zur Tür.

Im selben Momente hörte Pauline das laute Krachen von Holz auf Holz. Dann ein Stöhnen. Eine der Krücken fiel polternd zu Boden.

Aus dem Augenwinkel sah sie, wie Julius taumelte.

»Vorsicht!« In zwei Schritten war sie bei ihm, bekam gerade noch rechtzeitig seinen Arm zu fassen, ehe er zur Seite kippte, hielt ihn fest und stützte ihn.

Himmel, er war schwer. Pauline brauchte jedes Quäntchen ihrer Kraft, um ihn aufrecht zu halten. »Hier. Legen Sie den Arm um meine Schultern«, sagte sie keuchend, während sie ihn festhielt. »Jetzt dorthin zum Bett. Langsam.«

Er musste mit der linken Körperhälfte gegen das Möbelstück geprallt sein. Ausgerechnet auf der Seite, auf der sein Bein fehlte und auf der sie ihn nun zu stützen versuchte. Er stieß jedes Mal zischend den Atem aus, wenn sie mit ihrem Körper seine Hüfte streifte.

Pauline war völlig außer Atem, als sie endlich das Bett erreichten und er sich sogleich mit einer schmerzverzerrten Grimasse auf die rechte Seite rollte.

»Was in drei Teufels Namen war das eben?« Mit in die Hüften gestemmten Fäusten baute sie sich vor seinem Bett auf und schleuderte ihm einen wütenden Blick entgegen.

»Das ist nicht Ihre Angelegenheit«, gab er durch die zusammengebissenen Zähne gepresst zurück.

»Und ob es das ist!«, fuhr Pauline ihn an. »Ihre Mutter hat mir den Auftrag gegeben, mich um Sie zu kümmern, ob Ihnen das nun passt oder nicht, Sie verbohrter Querschädel. Was denken Sie eigentlich, wer Sie sind, dass Sie jeden, der Ihnen Hilfe anbietet, vor den Kopf stoßen?«

»Ich verbitte mir …«

»Warum tun Sie das? Halten Sie sich etwa für so unfehlbar?«

Er lachte scharf auf. »Unfehlbar, ha … weit davon entfernt.«

»Wem wollen Sie dann etwas beweisen? Sie hätten sich eben ernsthaft verletzen können, aber allem Anschein nach ist Ihnen das völlig egal. Genauso wie es Sie auch keinen Deut interessiert, wie es allen anderen geht, die Ihre Launen ertragen müssen.«

»Natürlich ist es mir nicht egal«, protestierte Julius und stemmte sich mühsam auf den Ellenbogen. »Aber Sie haben ja keine Ahnung.«

»Das stimmt, ich habe tatsächlich keine Ahnung. Woher auch? Denn außer ständig meine Hilfe abzulehnen, erklären Sie mir ja auch nicht, warum Sie es anscheinend darauf abgesehen haben, sich den Hals zu brechen.« Ihre Stimme war so laut geworden, dass es in ihrer Kehle kratzte. Egal, es musste einmal gesagt werden.

»Darum geht es doch gar nicht.« Er schloss die Augen und wandte rasch den Kopf ab.

Trotzdem hatte Pauline die Verbitterung auf seinen Zügen gesehen. Einen Moment lang hielt sie inne, wartete. Darauf, dass er vielleicht endlich etwas sagte, das ihr helfen würde, ihn zu verstehen.

Doch er blieb stumm.

Sachte legte sie sich die Hand auf den Bauch. Das half ihr immer, um sich zu beruhigen. »Schade. Solange Sie nicht mit mir reden, werde ich es auch nie besser wissen können«, sagte sie schließlich. »Ich bringe Ihnen später das Essen.« Damit verließ sie das Zimmer. Während sie zurück in die Küche ging, fühlte sich Pauline mit einem Mal schrecklich müde.

»Was isch denn dir iba d'Läbere gloffe?«, fragte Selma verwundert.

»Lass gut sein«, antwortete sie nur. Bestimmt hatte die Köchin den Streit ohnehin mitbekommen, selbst hier in der Küche konnte man alles hören. Pauline stand allerdings nicht der Sinn nach einer Erklärung.

Stattdessen prüfte sie die Wäsche auf den Stangen, legte die inzwischen getrockneten Stücke zu den anderen in den Korb. Die Stoffstreifen für die Verbände hatte sie bereits aussortiert. Es würde eine ganze Weile dauern, bis diese alle ordentlich aufgewickelt waren. Am besten, sie machte sich gleich ans Werk.

Dazu setzte sie sich in die Ecke auf der anderen Seite des Ofens und begann mit der Arbeit. Die Stoffstreifen aus dem Bündel entwirren, auf dem Knie glatt streichen und dann mit möglichst bündigem Rand aufrollen. Die Arbeit war eintönig, beruhigte jedoch Paulines Gedanken.

Sie sah auf, sobald ein Schatten auf sie fiel, und erkannte die Hausherrin.

Sofort hielt Pauline in ihrem Tun inne. Mit Sicherheit hatte sie vorhin ebenfalls Wort für Wort gehört. Somit hatte sie auch mitbekommen, dass Pauline ihren Sohn einen verbohrten Querschädel genannt hatte.

Egal, sie bereute kein einziges ihrer Worte. Im Gegenteil, sie hatte sich sogar noch zurückgehalten.

Schon straffte sie die Schultern, um sich gegen eine Zurechtweisung zu wappnen, doch Else Lauer nickte ihr zu und setzte sich dann wortlos neben sie. Sie griff in den Korb mit den Verbandsstreifen und begann ebenfalls mit dem Aufwickeln.

»Er war ganz anders vorher, wissen Sie«, sagte die Winzerin auf einmal leise. »Lebensfroh und voller Tatendrang, und immer blitzte der Schalk in seinen Augen.« Sie seufzte wehmütig. »Er war ein guter Schüler und Student, obwohl er viel lieber mit Hannes im Wald gearbeitet hat, als die Schulbank zu drücken. Daran hat auch die Schelte seines Vaters nichts geändert. Ja, die Sturheit hat er von ihm.«

Einen Augenblick lang verstummte Else Lauer. Als sie weitersprach, senkte sie den Blick auf ihre Hände: »Mein Mann und ich, wir waren beide unglaublich stolz auf ihn und überzeugt, dass Julius die Familientradition und den Rosenhof weiterführen würde. All die Jahre lang war das unser Ziel, und darin haben wir unsere ganze Kraft und Arbeit gesteckt.«

Sie holte tief Atem. »Er war einer der Ersten aus dem Dorf, die sich freiwillig gemeldet haben. Das Volk hat gejubelt – wir alle haben gejubelt. Für Kaiser und Vaterland. Aber tief hier drin …« – sie legte die Hand auf ihre Brust – »… ist allen, die einen geliebten Soldaten in den Krieg ziehen lassen mussten, seither vor lauter Warten und Bangen das Herz stehen geblieben. Und jetzt, wo ich ihn wiederhabe, erkenne ich meinen eigenen Sohn manchmal kaum noch. Es ist, als wäre an seiner Stelle ein anderer Mensch heimgekommen. Ein Mann voller Wut und Rastlosigkeit in sich.«

Besser hätte sie Julius kaum beschreiben können, fand Pauline.

»Vielleicht ist das meine Strafe, weil ich dem Herrgott dafür gedankt habe, dass er ihn mir wiedergibt – zwar verkrüppelt, aber noch am Leben.« Else Lauers Stimme begann zu schwanken. Sie verstummte.

Pauline war zutiefst betroffen. Solche Worte hatte sie niemals zuvor aus dem Mund der sonst so stolzen, manchmal beinahe unnahbaren Weinbäuerin gehört. Zugleich begriff sie. In diesem Winzerhof steckten die Zukunft, die Traditionen und Hoffnungen mehrerer Generationen der Familie Lauer. Und mit einem

Mal stand alles auf einer Klippe über einem tiefen Abgrund. Was, wenn der einzige Sohn und Erbe nicht mehr in der Lage war, das Gut weiterzuführen?

Else Lauer fasste nach Paulines Hand und drückte sie. »Ich danke Ihnen für alles, was Sie für Julius tun. Allerdings bin ich mir bewusst, dass wir unsere Abmachung unter völlig anderen Voraussetzungen geschlossen haben. Sollte Sie es sich also anders überlegen, hätte ich dafür Verständnis.«

Pauline brauchte jedoch gar nicht erst zu überlegen. Entschieden schüttelte sie den Kopf. »Ich habe Ihnen mein Wort gegeben, und dazu stehe ich.«

Sie zuckte zusammen, als im selben Moment auf dem Hof ein Schrei ertönte. Es hatte wie Dorle geklungen. Dann war da Gebrüll und wüstes Fluchen. Durchs Fenster sah man im Dunkeln den tanzenden Schein von drei Laternen.

»Was isch denn do usse los?« Selma und Emma traten ans Fenster.

Schon sprang die Tür auf, und Toni stürmte mit hochrotem Gesicht herein, eine der Laternen in der Hand. »Kommen Sie schnell, Frau Lauer! Wir haben einen Strolch erwischt«, rief er. »Hat sich im Stall versteckt, der Kerl.«

Mit gerunzelter Stirn erhob sich Else Lauer. »Was redest du da für einen Unsinn?«, fragte sie kopfschüttelnd, folgte dem Stallburschen aber trotzdem hinaus.

Neugierig ging Pauline den beiden nach.

Sofort schlug ihr die Nachtkälte entgegen, und sie überlegte kurz, zurück ins Haus zu gehen, um die Wolljacke zu holen. Vor lauter Aufregung hatte sie vergessen, die Verbandsrollen zurück in den Korb zu legen und hielt sie noch immer in der Hand.

Aber dann erkannte sie die beiden Mägde, die, jede eine Laterne umklammernd, mit vor Schrecken geweiteten Augen nebeneinanderstanden und kreischten: »Lass ihn nicht aus den Augen, Hannes!« – »Pass auf, vielleicht ist er bewaffnet!«

Jetzt sah sie auch den alten Knecht. Er hielt eine Mistgabel auf eine Gestalt gerichtet, die mit erhobenen Händen beim Pfeiler des Stalltors stand.

»Do. Weni gsaid ha«, rief Toni und hob die Laterne höher. »Des isch de Vagabund.«

Das Licht erhellte die Gestalt. Ein Mann mit wirrem hellbraunem Haar und Bartstoppeln. Der Mantel, den er trug, war alt und an den Ellenbogen abgewetzt. Seine Hosen schlackerten ihm um die mageren Beine.

Der Fremde wandte das Gesicht, blinzelte, als das Licht ihn blendete.

Pauline erstarrte. Fassungslos. Ungläubig. Die Verbandsrolle entglitt ihrer Hand.

Es konnte unmöglich wahr sein.

Doch dann rannte sie los. Tränen strömten ihr übers Gesicht. »André!« Er war hier. Er war es wirklich.

Und von einem Moment auf den anderen stand die Welt still.

18 – Lichter im Dunkeln

4. Januar 1915, Sankt Georgen, Rosenhof

Pauline fiel in seine Arme. Großer Gott, er war so mager geworden.

Er roch nach Stroh und nasser Erde.

Sein Gesicht. Seine Augen. Wie sehr hatte sie sich danach gesehnt.

»*Mon cœur*, Pauline.« Seine Stimme klang heiser, und wie immer überlief sie ein warmer Schauer, wenn er ihren Namen auf Französisch aussprach.

Mit fahrigen Fingern strich er über ihr Gesicht, über ihr Haar und schüttelte ungläubig den Kopf, ehe er ihre Lippen, ihre Stirn und ihre Augen küsste. »Du bist es. Du bist es wahrhaftig«, sagte er heiser, als traue er sich nicht, zu glauben, was er sah.

Er senkte den Blick zu ihrem Bauch und hielt inne. »Als ich es in deinem Brief gelesen habe, war ich außer mir vor Freude. *Un enfant …*«

Sachte, beinahe ehrfürchtig legte er seine Rechte auf die Wölbung ihres Leibes. Seine Augen wurden groß. »Wir bekommen ein Kind.« Und er lachte und weinte zugleich.

Pauline zog sein Gesicht zu sich herunter, konnte sich kaum

daran sattsehen. Sich an ihn schmiegen, ihn festhalten und nie mehr loslassen. Endlich konnte sie wieder atmen. »Ich hatte solche Angst um dich«, flüsterte sie, an seine Brust gepresst. »Warum hast du nicht zurückgeschrieben?«

Er umfing sie mit seiner Umarmung. »Es heißt, dass deutsche Spione die gegnerische Militärpost in den Grenzgebieten abfangen, um sie nach Informationen zu durchsuchen. Ich wollte nichts riskieren.«

»Still jetzt«, raunte Else Lauer neben ihnen.

Augenblicklich zuckten sie beide zusammen. André hob sofort den Arm. Bereit, sich zu verteidigen.

Doch die Winzerin hielt sich den Zeigefinger vor den Mund. »Kein Wort mehr auf Französisch hier draußen.« Mit einem Wink befahl sie Hannes heran. »Binde ihm die Hände auf den Rücken und durchsuch ihn nach Waffen. Dann schaff ihn in den Weinkeller.«

»Warten Sie.« Sofort fuhr Pauline dazwischen. »Sie brauchen ihn doch nicht zu fesseln.«

Aber die Winzerin ließ keine Widerrede gelten. »Keine Diskussion. Er ist ein Feind. Vielleicht sogar ein Spion. Sie können von Glück reden, dass ich ihn nicht sofort zum nächsten Gendarmerieposten bringen lasse.« Dann drehte sie sich um. »Und ihr anderen, ab ins Haus mit euch. Los.« Mit ausgebreiteten Armen dirigierte sie alle Anwesenden in Richtung Kücheneingang.

André zischte einen wüsten Fluch und hob angriffsbereit die Fäuste, als Hannes mit dem Seil auf ihn zukam.

»*Reste calme. Tout va bien, je te promets.* Bleib ruhig. Es ist alles gut, ich verspreche es dir«, wisperte Pauline ihm zu. Doch erst als sie seine Hände mit den ihren umfasste und senkte, ließ er sich fesseln und durchsuchen. Widerwillig zwar, aber er wehrte sich nicht mehr.

Der Weinkeller des Winzerguts befand sich, vom Innenhof aus über eine lange Steintreppe zugänglich, direkt unter dem Nebengebäude, in dem Pauline und Helene wohnten.

Dunkelheit und ein moderig-säuerlicher Geruch schlugen ihnen entgegen, als sie eintraten. Pauline war noch nie zuvor hier unten gewesen. Sobald Else Lauer den Lichtschalter betätigt hatte, erkannte sie die hohe, steinerne Gewölbedecke sowie die Reihe mannshoher Holzfässer auf der einen Seite. Mehrere Hirschgeweihe hingen an der gegenüberliegenden Mauer. Darunter standen ein paar kleinere Fässer mit Hockern daneben.

»Setz ihn dahin, Hannes«, befahl die Winzerin.

Pauline sah André deutlich an, wie unangenehm ihm das Ganze war. Seine Augen wanderten unruhig durch den Raum. Kein Wunder, er musste sich fühlen wie eine Maus in der Falle.

Beruhigend drückte sie seine Schulter und setzte sich auf den Schemel neben ihm. »Ich muss Ihrem Sohn das Essen bringen«, sagte sie plötzlich und wollte wieder aufstehen.

Die Winzerin hielt sie mit einem entschiedenen Wink zurück. »Das kann eine der Mägde machen. Sie bleiben gefälligst hier. Sie sind schließlich die Einzige, die versteht, was der Franzose sagt.«

»Ich esse später.«

Augenblicklich wandten sich sämtliche Köpfe zur Treppe, wo sich Julius Lauer, schwer atmend und nur auf eine Krücke gestützt, gegen die Mauer lehnte.

Pauline blieb vor Schreck das Herz stehen, als André mit einem Ruck auf die Beine fuhr, die gefesselten Hände am Rücken zu Fäusten geballt.

Heiliger Jesus, bitte nicht jetzt. Bitte nicht Julius. Sie hatte ihm nie etwas über den Vater ihres Kindes erzählt. Erst recht nicht, dass er Franzose war. Es sei vorerst besser so, hatte seine Mutter gemeint, denn niemand könne wissen, wie er auf diese Nachricht reagieren würde.

Es gab wahrhaftig keinen schlechteren Zeitpunkt, um das herauszufinden.

Pauline stand ebenfalls auf, fasste sanft nach Andrés Arm. Er zitterte vor Anspannung, und sie sah, wie die Muskeln an seinem Kiefer bebten, während er Julius nicht aus dem Blick ließ.

Trotz seiner Krücke straffte dieser sogleich seine Haltung, hielt sich so aufrecht wie möglich. Seine Augen verengten sich in stummem, intuitivem Erkennen zwischen Soldaten.

Sofort trat Julius' Mutter zu ihm. »Was machst du denn? Du musst dich doch ausruhen, haben die Ärzte gesagt. Komm, ich begleite dich zurück in dein Zimmer.«

Doch er rührte sich nicht vom Fleck. »Wer ist das?«

Pauline holte Atem. »Das ist mein …«

»Soldat André Moreau, 2. Bataillon des 301. Infanterie-Regiments«, sagte André an ihrer Stelle. Zwar auf Deutsch, aber mit unüberhörbarem Akzent. In seiner Muttersprache fuhr er dann fort: »Das hat man uns beigebracht, falls wir in deutsche Gefangenschaft geraten.«

Erstaunt starrte Pauline ihren Verlobten an, übersetzte dann jedoch seinen letzten Satz.

Hannes schnaubte. »Kluge Kerle. Wissen schon von vorneherein, was ihnen blüht.«

Julius stand immer noch am Kellereingang. Reglos. Seine Miene war hart und undurchschaubar. Der Blick auf André gerichtet.

Bis er schließlich nickte – nur ein knappes Senken des Kinns – und sagte: »Leutnant Julius Lauer, 2. Ersatz Bataillon des Badischen Infanterie-Regiments Nummer 113. Oder zumindest, was noch von mir übrig ist.« Sein rechter Mundwinkel zuckte kurz vor bitterem Hohn.

Mit einem Ruck stieß er sich von der Mauer ab.

Wieder wollte seine Mutter ihm zu Hilfe kommen, doch er ignorierte sie. Stattdessen humpelte er näher. Langsam. Konzentriert. Mit aller Kraft darum bemüht, das Gleichgewicht zu halten.

Er muss noch immer Schmerzen haben, ging es Pauline durch den Kopf. Die Knöchel seiner Hand an der Krücke traten vor Anspannung weiß hervor. Trotzdem hielt er sich aufrecht. Etwas an ihm war anders als noch vorhin in seinem Zimmer. Es mochte an seiner Haltung liegen, aber er schien auf einmal autoritärer. Strenger. Militärischer. Ein Offizier. Keine Spur mehr von dem wütenden, selbstverlorenen Mann der vergangenen Tage.

»Sie sprechen Französisch.« Er sah Pauline an. Es war keine Frage, sondern eine Feststellung.

Sie nickte. »Ich habe mehrere Jahre in Paris gelebt.« Auch das hatte sie ihm während der vergangenen Wochen nicht gesagt. Sie hatten ohnehin nie über irgendetwas wirklich Wichtiges miteinander gesprochen.

Falls ihn ihre Worte erstaunten, so zeigte er es zumindest nicht. »Übersetzen Sie, was ich sage.« Mit einer unmissverständlichen Geste auf den Hocker befahl er André, Platz zu nehmen, während er selbst sich mit vor Schmerz zusammengepressten Lippen auf den dritten Schemel setzte und die Krücke als Stütze für seinen rechten Arm benutzte.

Um die Wunde an seinen Rippen zu entlasten, dachte Pauline.

In beiläufigem Tonfall fragte Julius dann: »Nun, Soldat Moreau, dann verraten Sie uns, was genau Sie hier, mitten im Feindesland, zu suchen haben?«

Pauline übersetzte so präzise, wie sie es vermochte.

»Ich habe nach Pauline gesucht, meiner Verlobten. Sie hat mir in einem Brief geschrieben, dass sie hier eine Unterkunft gefunden hat.« Er hielt inne, wandte den Blick und sah Pauline mit einem warmen Lächeln an. »In dem Ort nahe eines Münsters, der den heiligen Namen meines Bruders trägt. Das war sehr klug von dir, *mon cœur.*« Dann hob er den Kopf und sah Julius an. »In dem Brief stand auch, dass sie ein Kind erwartet. Ich musste um jeden Preis wissen, dass es ihr gut geht.«

Sogleich verengte Julius die Augen. »Die Postwege nach Frankreich sind seit Kriegsbeginn unterbrochen. Wie erklären Sie also, dass Ihre Verlobte Ihnen dennoch einen Brief schicken konnte?«

»*Eh ben, ça t'étonne, hein?* – Da staunst du, was?« Andrés Miene war selbstgefällig, während er ihren Plan in allen Details erläuterte.

Immer wieder ließ Julius den Blick zwischen Pauline und dem Franzosen hin- und herwandern, zog ab und zu die rechte Augenbraue hoch. Am Ende der Ausführung sah er seine Mutter an. »Du hast davon gewusst?«

»Ich habe nichts verheimlicht«, rief Pauline sogleich dazwischen.

Else Lauer nickte. »Pauline hat es uns allen vor ein paar Wochen erzählt. Persönlich fand ich das Ganze zwar äußerst riskant, aber die Bemühungen waren bemerkenswert.«

»Riskant?« Fassungslos schüttelte Julius den Kopf. »Das war in höchstem Maße fahrlässig!« Er stieß einen zischenden Fluch aus, ehe er sich zu Pauline vorbeugte und mit leiser, eindringlicher Stimme sagte: »Falls irgendjemand davon erfährt, kann man Sie der Fraternisation mit dem Feind bezichtigen, schlimmstenfalls sogar der Spionage oder des Landesverrats. Ist Ihnen das bewusst?«

»Wenn man jemanden liebt, nimmt man alles in Kauf«, antwortete Pauline voller Inbrunst. Zur Verdeutlichung ihrer Worte legte sie die Hand auf Andrés Bein. Und wenn sie für ihn zu den Sternen und zurück hätte fliegen müssen, sie hätte einen Weg gefunden.

Julius schnaubte abfällig. »Gut zu wissen, dass es Ihnen in Ihrer

Verliebtheit anscheinend auch völlig egal ist, dass alle hier auf dem Gut der Mitwisserschaft beschuldigt werden könnten.«

»Keiner vom Rosenhof wird etwas sagen, dafür lege ich meine Hand ins Feuer«, meldete sich Hannes zu Wort.

»Außer Paulines Bruder weiß sonst niemand davon«, erklärte auch Else Lauer.

Doch selbst das schien Julius nicht zu beruhigen, seine Miene blieb so dunkel und unnahbar wie bisher. »Wie haben Sie es geschafft, sich von Ihrer Einheit abzusetzen und unbemerkt über die Grenze bis hierher zu gelangen?«, wollte er wissen.

André hatte seinen Fronturlaub dazu genutzt, um nach Besançon, unweit der Grenze zur Schweiz zu fahren. »Die Grenzen sind zwar stark gesichert, doch Lücken gibt es überall. Und mein Onkel ist Weinhändler in La Chaux-de-Fonds, in der Schweiz.« Er zuckte mit den Schultern. »Wie, denken Sie, kommt Ihr Kriegsminister zu seinem Lieblingsburgunder, wenn nicht durch Schmuggler, die die Waren von Frankreich über die Schweiz bis zur deutschen Reichsgrenze bei Basel schaffen?«

Dort, in einem dichten, schwer kontrollierbaren Waldstück, nur ein paar Kilometer hinter Basel, war es ein Leichtes gewesen, die Grenze unbemerkt zu überschreiten. So war zugleich auch das Problem der Überquerung des Rheins gelöst gewesen.

»Der Fußmarsch bis nach Freiburg hat mich zwei Tage gekostet. Ich musste mich mehrmals vor Militärkontrollen verstecken und konnte mich nur abseits der Hauptstraßen bewegen«, erklärte er, und es klang beinahe entschuldigend. »Viel schwerer war es jedoch, den richtigen Hof zu finden. Ich weiß nicht, wie viele Höfe ich in den vergangenen Tagen beobachtet habe. Immer in der Hoffnung, dich zu sehen, *mon cœur*.«

»Dann ist also er der Vagabund, von dem die ganze Nachbarschaft geredet hat«, rief Hannes.

Julius horchte alarmiert auf. »Also wissen doch noch andere davon?«

»Es war nur von einem Landstreicher in der Gegend die Rede, wie schon unzählige Male zuvor. Ich glaube nicht, dass das etwas zu bedeuten hat«, entgegnete Hannes beschwichtigend.

Nun war es Else Lauer, die den Kopf schüttelte. »Wie dem auch sei, wir dürfen nichts riskieren. Er muss so schnell wie möglich von hier weg.«

Ihr Sohn nickte und sah zu André. Blanker Zynismus schwang in seinen Worten mit. »Nach diesem ganzen Bravourstück haben Sie bestimmt auch einen Plan, wie es denn nun weitergehen soll, nehme ich an?«

Pauline stockte der Atem. Natürlich verstand sie die Situation, und es war ihr gewiss auch nicht egal, dass Andrés Anwesenheit alle hier auf dem Rosenhof in Gefahr brachte. Aber allein der Gedanke, ihn wieder zu verlieren … Gab es denn keinen anderen Ausweg?

Sie übersetzte pflichtschuldigst, obwohl sie dabei mehrmals ins Stocken kam.

»Ich werde mich stellen und in Kriegsgefangenschaft gehen«, antwortete André, ohne zu zögern.

»Das darfst du nicht!« Pauline krallte die Hände in seinen Jackenkragen. »Man wird dich fortbringen. Nach Pommern. Oder nach Ostpreußen. Irgendwohin ans andere Ende des Reichs. Und wer weiß, wie die Gefangenen in diesen Lagern behandelt werden.« Tränen der Verzweiflung schossen ihr in die Augen.

Doch André lächelte nur sanft. »*Chérie*, ich kann nicht mehr zurück, ich habe Fahnenflucht begangen. Daheim in Frankreich würde man mich sofort als Deserteur erschießen. Als Kriegsgefangener habe ich aber zumindest eine Möglichkeit zu überleben.«

»Damit hat er recht«, hörte sie Julius sagen und fuhr herum. Verwirrt starrte sie den Winzersohn an. Hatte er etwa verstanden?

Dieser zuckte entschuldigend die Schultern. »Mein Französisch ist zwar längst nicht so gut wie Ihres, aber das Nötigste verstehe ich. Was Ihr Verlobter da sagt, scheint mir tatsächlich das erste sinnvolle Vorhaben in diesem ganzen Schlamassel zu sein.«

»Aber …«, begann Pauline verzweifelt. Es musste doch eine andere Lösung geben. Irgendeine.

Sie verstummte augenblicklich, als Julius André nun direkt auf Französisch ansprach: »Ohne Uniform wird man Ihnen den Soldaten allerdings kaum abnehmen.«

Andrés Lippen verzogen sich zu einem spitzbübischen Grinsen. »Ich habe sie bei einem Schuppen unten am Ortsrand versteckt.«

Ehe Pauline noch irgendetwas dagegen einwenden konnte, war es kurz darauf beschlossene Sache: Hannes bekam den Auftrag, zusammen mit Toni die Uniform suchen zu gehen. Morgen früh würden sie André zum nächsten Wachposten bringen, wo er sich stellen konnte. Damit keinerlei Verbindung weder zu Pauline noch dem Lauerer Rosenhof aufkam, würde er sich als ein von einem Gefangenenzug geflüchteter Soldat ausgeben.

Sie hätte schreien mögen. Wie sie diesen Krieg und alles, was er mit sich brachte, verabscheute.

»Gut, damit wäre alles geklärt.« Julius erhob sich mühsam vom Schemel. An Hannes gewandt befahl er: »Bind ihn los.«

Der Hofknecht zögerte. »Halten Sie das wirklich für klug? Er ist doch ein Franzose.«

Ein müdes Lächeln schwappte kurz über das Gesicht des Winzersohns. »Keine Sorge, falls er zu fliehen versucht, tut er uns damit sogar einen Gefallen.« Sein Blick glitt zu Pauline. »Dafür steht allerdings viel zu viel für ihn auf dem Spiel.«

»Ich möchte bei ihm bleiben«, sagte Pauline und fasste nach Andrés Hand, sobald Hannes die Fesseln gelöst hatte.

»Aber es wird kalt werden hier unten«, wandte Else Lauer ein.

Zur Antwort klammerte sich Pauline nur noch fester an ihren Verlobten. Sie würden sie mit Gewalt hier herausschleppen müssen, ehe sie sich freiwillig von ihm trennte.

Mit einem resignierten Seufzen gab die Winzerin schließlich nach. »Ich werde Ihnen ein paar Decken und Essen bringen lassen.«

Kurz darauf brachte Dorle ihnen je einen Teller des Wirsingeintopfs mit Speckwürfeln. Dazu ein paar Scheiben Nussbrot. André stürzte sich wie ein hungriger Wolf auf das Essen. Kein Wunder. So mager, wie er aussah, hatte er bestimmt seit Tagen nichts Anständiges mehr in den Magen bekommen.

Es musste bereits nach Mitternacht sein, als Hannes den Rucksack mit Andrés Uniform darin auf das umgekippte Fass stellte. »Die Uniform sieht zu sauber aus für einen entflohenen Kriegsgefangenen, sagt der Herr Julius«, grummelte er unwirsch. »Ihr sollt hier und da noch ein paar Nähte aufreißen und etwas Dreck auf den Stoff schmieren, damit's echter wirkt.«

Kriegsgefangener. Allein schon das Wort, bescherte Pauline ein flaues Gefühl im Magen.

»*Ne t'en fait pas, mon cœur*. Mach dir keinen Kummer, mein Herz. Alles wird gut«, flüsterte André und zog sie an sich, sobald sie wieder allein waren. Endlich.

Seine Berührungen waren tröstlich, seine Küsse entfachten das Sehnen, ließen sie einen wunderbaren Moment lang Kälte und Angst vergessen. In seinen Armen fand sie Frieden. Sie beide – zwei Lichter im Dunkeln.

Alles wird gut, hatte er gesagt.

Die Hoffnung war so simpel. So mächtig.

Als sie warm und gesättigt eng umschlungen nebeneinanderlagen, streichelte André sachte die Wölbung ihres Bauchs. »Sie wird bestimmt denselben starken Willen haben wie ihre Mutter«, flüsterte er.

Sie schmunzelte. »Sie? Und wenn es ein Junge wird?«

»Nein, es wird ein Mädchen, ich weiß es. Meine Tochter.« Sein Bart kratzte Pauline auf der Haut, als er sie auf die Schläfe küsste. »Ich werde tun, was in meiner Macht steht, um ihr ein guter Vater zu sein, das schwöre ich dir.«

Sie legte die Hand an seine Wange. »Ich werde ihr von dir erzählen. Damit sie dich sofort erkennt, wenn du zurückkommst.«

Pauline wollte nicht schlafen, die Zeit rann viel zu schnell vorbei. Stattdessen wollte sie Andrés Gesicht in ihre Erinnerung einmeißeln – jede Wimper, den Schwung seiner Lippen. Wollte den Schatten in seinen Augen fortscheuchen und auch die zwei tiefen Furchen an seiner Stirn, die vorher nicht da gewesen waren.

Ganz plötzlich schrak sie aus einem seltsamen Traum auf. Himmel, sie war doch eingeschlafen.

Erst nach einem Moment wurde ihr bewusst, wo sie sich befand. Fahles Morgenlicht drang unter der Holztür in den Keller. Die Decke neben ihr war leer. Auf dem Schemel neben dem Fass lag Andrés Zivilkleidung, ordentlich zusammengefaltet.

Und im selben Augenblick war es, als bekäme sie keine Luft mehr.

André war fort.

19 – Der Schrei im Nebel

5. Januar 1915, Sankt Georgen, Rosenhof

So schnell sie konnte, hastete Pauline die Kellertreppe hoch. Draußen schlug ihr feuchte Morgenkälte entgegen. Tief hängende Nebelschwaden waberten über den Innenhof und schienen sogar den Dachfirst des Haupthauses verschluckt zu haben. Doch sie beachtete nichts davon, rannte stattdessen direkt zum Kücheneingang.

»André! Wo ist er?«, rief sie atemlos.

Selma zuckte nur mit den Schultern, Emma starrte sie mit großen, fragenden Augen an. Außer ihnen war niemand sonst in der Küche.

Pauline fuhr auf dem Absatz herum, rannte über den Hof in Richtung Stall. Hannes oder Toni – einer der beiden hatte ihn bestimmt gesehen.

»Vorsicht!« Helene riss die Lenkstange des Fahrrads gerade noch rechtzeitig herum, rutschte beinahe auf dem feuchten Kopfsteinpflaster aus und kam mit quietschenden Bremsen zum Stehen.

»Du liebe Güte«, keuchte sie. »Um ein Haar hätte ich dich umgefahren.«

Pauline schüttelte den Kopf. »André. Er ist nicht mehr da.«

»Was? André? …« Verständnislos runzelte Helene die Stirn. »Wo willst du denn hin?«

Keine Zeit für Erklärungen.

Schon rannte Pauline weiter zum offenen Stalltor. »André?« Er musste hier sein. Er konnte doch nicht einfach so fortgegangen sein. Ohne sie aufzuwecken. Ohne ihr eine Möglichkeit zu geben, sich von ihm zu verabschieden. Bitte, lieber Gott. Bitte.

»Der Hannes ist mit ihm losgegangen. Vor einer Viertelstunde ungefähr«, sagte Toni, als sie ihn beim Kühemelken fand, und machte ein ernstes Gesicht.

Augenblicklich fühlte Pauline, wie sich ihr die Kehle zusammenschnürte. Kälte ergriff sie. Sie stieß ein würgendes Stöhnen aus.

»Pauline, was ist denn?« Helenes Stimme.

Sie fühlte, wie jemand sie umarmte. Eine gut gemeinte, zwecklose Geste.

Toni wischte sich die Hände an den Hosen sauber und langte in seine Westentasche. »Ich hab zwar nicht jedes Wort verstanden, aber er hat um einen weißen Lappen gebeten. Und er wollte, dass wir dir das hier geben.« Damit reichte er ihr ein mit einer Juteschnur zusammengebundenes Bündel Briefe.

Sie blinzelte verständnislos. »Einen weißen Lappen?«

Er nickte. »Als Sicherheit. Damit sie nicht auf ihn schießen.«

Noch immer weigerte sich Paulines Verstand zu begreifen. Sie senkte den Blick auf die Briefe in ihrer Hand. Ungefähr sieben an der Zahl. Die Papierumschläge waren zerknittert, manche von ihnen mit Schmutzschlieren verschmiert. Alle ohne Adresse und nur mit ihrem Namen beschriftet: Pauline.

In Gedanken hörte sie den Klang von Andrés Stimme, wenn er ihn aussprach.

Er war gegangen. Vor etwa einer Viertelstunde, hatte Toni gesagt.

»In welche Richtung?«, wollte sie wissen und schob die Briefe in ihre Jackentasche.

Der Stallknecht runzelte die Stirn.

Pauline packte seinen Hemdsärmel. »In welche Richtung sind sie gegangen?«

»Der nächste Militärposten ist drüben an der Basler Straße Richtung Schallstadt«, sagte er.

Mit einem Ruck fuhr Pauline herum.

»Wo willst du denn hin?«, hörte sie Helene rufen, reagierte jedoch nicht darauf, eilte stattdessen zu dem Fahrrad, das diese dort neben dem Kücheneingang an die Hauswand gelehnt stehen gelassen hatte.

»Was machst du denn? Du darfst in deinem Zustand nicht mit dem Fahrrad fahren, das ist viel zu gefährlich!« Helene versuchte, sie aufzuhalten, und streckte beide Hände nach der Lenkstange aus.

Doch Pauline stieß sich bereits mit dem Fuß ab und fuhr los. Durch den Toreingang, dann nach links.

Hinter sich hörte sie die Rufe, aber sie blickte nicht mehr zurück. Sie musste zu André. Mit dem Rad konnte sie ihn vielleicht noch rechtzeitig einholen.

Bald schon war Pauline völlig außer Atem. Der Sitz war viel zu hoch eingestellt, sodass sie die Pedale nur noch knapp mit den Fußspitzen erreichte. Egal. Weiter.

Die Basler Straße führte in südwestlicher Richtung aus dem Dorf hinaus. Vorbei an links und rechts durch hohe Brombeerhecken, Holunderbüsche, Bäume und Tannen abgegrenzten Feldern. Der Militärposten, so wusste sie, lag ungefähr drei Kilometer außerhalb von Sankt Georgen bei einem kleinen Weiler namens Leutersberg.

Je weiter sie Sankt Georgen hinter sich ließ, desto dichter wurde jedoch der Nebel.

»Pauline, warte!«

Sie schaute über die Schulter zurück und erkannte die Gestalt mit dem wallenden, dunkelblauen Wollumhang der Schwesterntracht, die, verbissen in die Pedale tretend, aufholte. Helene hatte sich das zweite Fahrrad genommen.

Pauline presste die Zähne zusammen und fuhr weiter. Konzentrierte sich auf jede einzelne schemenhafte Form, die vor ihr in den Nebelschwaden auftauchte, in der Hoffnung, es könnte André sein. Aber jedes Mal war es nur ein Busch oder ein herunterhängender Ast.

Ihre Hände waren klamm gefroren vor Kälte, jeder Atemzug brannte in der Brust.

»Was machst du denn für Sachen?«, keuchte Helene, sobald sie zu ihr aufgeschlossen hatte.

Doch Pauline schüttelte nur den Kopf, fuhr weiter, den Blick verbissen auf die Straße gerichtet.

Da. Eine Kurve. Plötzlich lichtete sich der Nebel zumindest so weit, dass sie von Weitem die Umrisse der ersten Häuser von Leutersberg erkennen konnte. Dort, links neben der Straße, war auch die Baracke, die als Militärposten diente. Ein Schlagbaum quer über der Straße blockierte die Durchfahrt.

Und dann sah sie ihn – schemenhaft zwar, aber sie erkannte ihn. Weit voraus, mitten auf der Straße. In seiner dunkelblauen französischen Uniformjacke mit den roten Hosen ging er auf den Schlagbaum zu. André.

Ihr Herz stolperte. Der Tuchfetzen, den er in seinen erhobenen Händen schwenkte, war im Nebel kaum auszumachen.

Pauline wollte nach ihm rufen, doch heraus kam nur ein atemloses Krächzen.

Schneller. Sie musste schneller fahren.

Aber im selben Moment sprang eine Gestalt von rechts auf die Straße, schnitt ihr den Weg ab.

Sie keuchte erschrocken auf, trat mit aller Kraft in die Bremsen, kam schwankend zum Stehen.

Hannes?

»Was machst du denn? Die Soldaten. Sie werden dich sehen«, flüsterte der Hofknecht eindringlich und griff nach der Lenkstange. Es war das allererste Mal, dass er sie duzte.

Pauline schüttelte energisch den Kopf, versuchte, das Fahrrad loszureißen. »Ich muss zu ihm. Er darf nicht einfach so gehen.«

Inzwischen hatte auch Helene aufgeholt, stieg ab und wisperte keuchend: »Schnell. Wir müssen weg von der Straße, ehe sie uns sehen.« Sie fasste nach Paulines Arm. »Komm.«

Doch von weiter vorne waren auf einmal die Stimmen aus dem Nebel zu hören: »Halt! Stehen bleiben!«

»*Ne tirez pas, je me rends prisonier!*« Nicht schießen, ich ergebe mich.

»Ein Franzose! Das ist ein Franzose!«

Vor Schreck erstarrt erkannte Pauline die schemenhaften Gestalten dort bei dem Wachposten, die von der Seite her auf die Straße rannten. »Da sind bestimmt noch mehr von denen!« – »Halt! Bleib stehen!« – »Die Franzen greifen an!« – »Schießt doch! Schießt!«

»*Ne tirez pas.* Ich bin unbe…«

Schüsse fielen. Zwei. Drei. Vier.

Pauline ließ das Fahrrad fallen. Atemlos starrte sie auf die Silhouette des Mannes, der dort, nur ein paar Schritte vom Schlagbaum entfernt, zu Boden sank.

»Nein«, wimmerte sie. Nein, bitte nicht, o Gott.

Sie fühlte, wie die Beine unter ihr nachgaben.

Starke Hände, die sie unter den Armen packten und aufrecht hielten. »Nicht hier.« Hannes' vertraute Stimme.

Ein Keuchen drang aus ihrer Kehle. Sie musste zu ihm – zu André. Doch ihre Glieder gehorchten ihr nicht mehr.

»Zu den Tannen dort drüben. Schnell«, hörte sie Helene flüstern und bekam mit, wie sie sie von der Straße zogen, während ihr Blick noch immer an der Szene da vorne beim Schlagbaum festhing.

Die Soldaten traten näher an den leblosen Körper am Boden, stießen ihn mit den Füßen an. Die Gewehre noch immer im Anschlag.

»Der ist hinüber«, hörte sie einen der Soldaten sagen.

Verzweifelt rang Pauline nach Luft, während sich in ihrer Kehle ein Schrei zu formen begann. Sie würgte.

Mit sanfter Gewalt verschloss Helene ihr den Mund mit ihrer Hand. Gemeinsam mit Hannes zerrte sie sie unter die tief hängenden Zweige einer Tanne. Dort fiel Pauline auf die Knie. Der Schrei drängte unbarmherzig aus ihrer Brust hervor.

»Das darfst du nicht«, wisperte Helene ihr eindringlich zu, nahm ihr Gesicht zwischen die Hände. Ihre Miene war ernst. »Du darfst dich nicht zu erkennen geben. Sie werden dich sonst festnehmen. Denk an dein Kind. Das ist alles, was du noch für André tun kannst.« Dann nahm sie sie in die Arme, hielt sie wortlos fest, wiegte sie, während Pauline ihre Verzweiflung in einem stummen Schrei in den Nebel hinausbrüllte.

Und in jenem Augenblick, betäubt von Tränen und Schmerz, fühlte sie, wie ihr Herz brach.

Sie konnte später nicht mehr sagen, wie sie wieder zurück zum Rosenhof gekommen waren. Sie erinnerte sich nur noch an die Taubheit ihres Körpers. Irgendwann hatte man sie mit Wärmflaschen unter der Decke in ihr Bett gelegt.

Da waren Gesichter gewesen und Stimmen, die sie nicht zuordnen konnte.

»Ich habe ihr etwas Baldrian zur Beruhigung gegeben.«

»Braucht sie nicht vielleicht etwas Stärkeres?«

»Das wage ich nicht, es könnte dem Kind schaden.«

Warum konnten sie sie nicht einfach in Ruhe lassen? Sie wollte nichts mehr fühlen, nichts mehr hören, nichts mehr sehen. Nur noch sterben.

Die bleierne Schwere in ihrem Kopf. Das ohrenbetäubend laute Pochen in ihren Ohren. Schwärze rundum.

Loslassen. Es wäre so einfach.

»Du musst etwas essen, Pauline.«

Wozu? Es hatte doch alles keinen Sinn mehr.

Dann waren da auf einmal wieder diese Bilder vor ihren Augen, und sie ließen sich einfach nicht verscheuchen: Andrés Gestalt dort im Nebel. Seine Stimme: *»Ne tirez pas!«*

Die Schüsse.

Pauline hörte sich selbst schreien. Oder träumte sie das nur?

Wieder sah sie ihren Geliebten zu Boden sinken, hörte die Soldaten. »Der ist hinüber.«

Und jetzt schrie sie tatsächlich – gellend und voller Wut –, krallte die Finger ins Bettlaken, riss es in ihrer Raserei in Fetzen. »Sie haben ihn umgebracht! Sie haben ihn einfach erschossen!«

Paulines Kehle brannte, ihre Wangen glühten von den Tränen, während sie tobte. So lange, bis die Erschöpfung sie erneut übermannte und sie auf das schweißnasse Kissen sank, wo Weinkrämpfe sie schüttelten.

Es war während einem jener dämmrigen Momente, in denen ihr Bewusstsein an die Oberfläche schwappte, als sie die Berührung wahrnahm. Warme, kräftige Finger, die ihre Hand hielten. Ein schemenhafter Schatten neben ihrem Bett.

»André?« Das kehlige Röcheln ihrer eigenen Stimme.

Doch dann war die Berührung auf einmal weg, und sie versank wieder im Delirium.

»Das geht nun schon seit Tagen so«, hörte sie Else Lauers besorgte Stimme von jenseits der Zimmertür.

»Wir können nichts weiter tun, als abzuwarten. Wenn sie nur wenigstens etwas essen würde …«

Liebe Helene. Sie erkannte ihre Stimme, ganz klar und deutlich. Sie war bei ihr gewesen, dort in der Dunkelheit.

Mitten in der Nacht erwachte Pauline plötzlich und öffnete erstaunt blinzelnd die Augen.

Zum ersten Mal seit Langem war da kein Dröhnen in ihrem Kopf mehr, und auch das würgende Gefühl von Brechreiz war verschwunden. Im Gegenteil, ihr Magen knurrte vor Hunger.

Sie versuchte, sich im Bett aufzusetzen, gab jedoch nach drei Anläufen völlig außer Atem auf. Himmel, wie lange lag sie denn schon hier? Ihr Bauch schien auf einmal so rund und hart geworden, dass sie sich kaum noch bewegen konnte.

Vielleicht, wenn sie sich seitwärts aus dem Bett zu rollen versuchte …

Mit aller Kraft stemmte sich Pauline mit dem linken Ellenbogen hoch und keuchte triumphierend auf, als sie endlich aufrecht auf der Bettkante saß.

Vorsichtig stand sie auf. Im ersten Moment schwankte sie noch, und der Holzboden fühlte sich kalt an unter ihren nackten Füßen, aber nach zwei Schritten wähnte sie sich sicher genug.

Im Bett nebenan erkannte sie Helenes schlafende Gestalt.

Leise, um sie nicht zu wecken, schlüpfte Pauline in eine Wolljacke und ein Paar Pantoffeln.

Als sie sich in Richtung Tür wenden wollte, fiel ihr Blick auf das Bündel Briefe, das auf dem Nachttisch neben ihrem Bett lag. Andrés Briefe. Jemand hatte sie dort für sie hingelegt.

Sogleich fuhr ihr erneut der schmerzhafte Stich in die Brust. Dieses Mal jedoch war sie gewappnet.

Kurzerhand griff sie nach dem Bündel und steckte es unter die Jacke. Dann verließ sie das Zimmer.

Draußen auf dem Innenhof herrschte eisige Kälte. Dennoch blieb sie stehen, schloss die Augen und holte tief Atem. Die Luft war klar und so kalt, dass es bei jedem Einatmen in der Nase kitzelte.

Rundum lag alles still im Mondlicht. Nur das leise Rauschen des Windes in den nahe gelegenen Waldwipfeln war zu hören, und irgendwo in der Nachbarschaft heulte ein Hund.

Sie zog die Jacke über der Brust zusammen und ging weiter.

Die Angeln der Küchentür ächzten leise, als sie eintrat. Ah, wie herrlich warm es hier drinnen noch immer war. Der Geruch von Holzfeuer gemischt mit dem säuerlichen Duft von Kohl lag in der Luft.

Mit einem Streichholz entzündete Pauline die Kerze auf dem Tisch und legte das Bündel mit Andrés Briefen daneben. Der Kerzenschein erhellte den Raum zumindest so weit, dass sie den Herd mit den aufgehängten Pfannen und Kellen erkannte, sowie den langen Küchenschrank an der Wand dahinter. Dort verwahrte Selma sämtliches Geschirr und, wie Pauline wusste, auch die Gläser mit der eingemachten Beerenmarmelade von letztem Sommer.

Ihr Magen knurrte erwartungsvoll, als sie die Schranktür öffnete.

Schwarze Kirschen. Erdbeeren. Johannisbeeren. Und da, Selmas ganzer Stolz, die sieben Gläser mit dem goldgelben Quittengelee von den Früchten des Baumes hinter dem Haupthaus.

Mit einem Glas Brombeermarmelade in der Armbeuge, einem

Becher Milch und einem Löffel in der Hand setzte sich Pauline an den Tisch.

Sie würde Selma die Nascherei morgen beichten, hochheiliges Ehrenwort. Jetzt aber konnte sie es kaum erwarten, von der im Kerzenlicht schwarz schimmernden Köstlichkeit zu kosten. Vor lauter Ungeduld riss sie um ein Haar ein Loch in das Wachstuch, das das Marmeladenglas bedeckte.

Allein schon der Duft war göttlich – süß-säuerlich mit einem Hauch Zimt. Doch sobald sie sich den ersten Löffel in den Mund steckte, sank sie vor Wonne aufseufzend gegen die Stuhllehne zurück.

Sie nahm einen zweiten Löffel voll. Einen dritten. Dabei fiel ein Tropfen Marmelade auf den Ausschnitt ihres Nachthemds. Egal, Pauline wischte den Klecks mit dem Zeigefinger auf, um auch ja nichts zu vergeuden, und spülte mit der Milch nach. Himmlisch.

Erst als sie die Wanduhr in Else Lauers Arbeitszimmer die Stunden schlagen hörte, hielt sie inne.

Es war drei Uhr morgens. Bald würde Toni gähnend in Richtung Stall schlurfen, um die Kühe zu melken. Nach und nach würde auch der Rest des Hofs erwachen, und ein neuer Tag begann. Das Leben ging weiter. Einfach so.

In Gedanken versunken streckte sie die Beine aus und strich sachte mit der Hand über die Rundung ihres Bauchs.

Ein kurzer, heftiger Knuff direkt unter dem Rippenbogen ließ sie zusammenzucken, doch sie legte sogleich beide Hände über die Stelle und flüsterte: »Na du? Hab ich dich geweckt?«

Zur Antwort bekam sie einen weiteren Tritt. Dieses Mal jedoch noch etwas schmerzhafter und direkt in die Nieren. »Au«, keuchte Pauline. »Schon gut, schon gut, du magst also keine Brombeermarmelade.« Mit zusammengebissenen Zähnen rutschte sie in eine etwas bequemere Sitzhaltung. Es war das erste Mal, dass sie außer in Gedanken mit ihrem Ungeborenen sprach, fiel ihr auf. Es hatte etwas Tröstliches.

Wie von selbst wandte sich ihr Blick auf Andrés Briefe. Und im selben Moment überkam sie eine neue Woge der Trauer. Wie aus dem nichts heraus und doch so stark, dass sogar das Luftholen wehtat.

Ihr entfuhr ein Schluchzen. Sie umfasste den Bauch mit beiden Armen und schloss die Augen.

Das Kind. Alles, was ihr noch von ihm blieb.

Sie wusste nicht einmal, was aus Andrés Leichnam geworden war. Ob sie ihn irgendwo verscharrt oder einfach in einem Graben hatten liegenlassen. Bei dem Gedanken drückte es ihr schier die Kehle zusammen. Sie hatte nicht einmal einen Ort, wo sie hin und wieder Blumen ablegen, an ihn denken, weinen und trauern konnte.

Das Leben sollte irgendwie weitergehen. Doch sie wusste nicht, wie.

*

Mit aller Kraft presste Julius die Lippen zusammen, um das Aufstöhnen zu unterdrücken, während sein Blick an der am Küchentisch sitzenden Gestalt hing.

Er wagte nicht, sich zu bewegen, aus Angst, sie könnte ihn entdecken. Solange er sich nicht rührte, war auch der Schmerz in der linken Hüfte einigermaßen erträglich.

Verdammt, warum war er nicht schnurstracks in sein Zimmer zurückgegangen, als er Pauline vorhin am Fenster hatte kommen sehen?

Aber nein, stattdessen hatte er sie durch die Scheibe hindurch angestarrt wie ein belämmertes Mondkalb. Als Resultat davon war ihm gerade noch genügend Zeit geblieben, um sich hinter der Wand beim Inneneingang zur Küche zu verstecken, ehe sie die Tür aufstieß.

Normalerweise war er der Einzige, der um diese Uhrzeit durchs Haus wanderte, wenn er keinen Schlaf fand, was in den meisten Nächten der Fall war.

Die Stille des Hauses bei Dunkelheit hatte etwas Beruhigendes an sich, etwas Altes und Vertrautes. Der Geruch nach Holz und kaltem Rauch. Das Knarzen der Balken. Das leise Heulen, wenn der Wind durch den Kamin sauste. Wenn er ganz genau lauschte, hatte Julius manchmal das Gefühl, dass er das Haus atmen hören konnte.

So drehte er jede Nacht seine Runden. Allein mit seinen Gedanken. Er kannte jede Ecke, jeden noch so versteckten Winkel, jede Rille im Treppengeländer. Der Spalt im Glasschirm der Deckenleuchte beim Eingang war noch immer da. Den hatte er mit einem Holzstock beim Ritterspielen verursacht, als er acht gewesen war. Die Delle in der oberen Hälfte der Küchentür rührte von einem Steinschleudergeschoss her, das er als elfjähriger Lausebengel, Vaters Drohung zum Trotz, unbedingt im Haus hatte ausprobieren müssen.

Als Kind war der Gutshof in seiner Fantasie seine Festung gewesen, die Wingerte und Wälder sein Königreich, und er hatte es kaum erwarten können, groß genug zu werden, um selbst mit Hand anzulegen. Ja, er hatte sein Zuhause immer geliebt. Doch jetzt fühlte sich auf einmal alles anders an.

Der Schmerz an seiner Hüfte wurde heftiger. Vorsichtig verlagerte Julius das Gewicht auf die Arme.

Aus seinem Versteck beobachtete er Pauline dort am Tisch und kam sich dabei vor wie ein Voyeur. Er sollte sich umdrehen und so leise wie möglich von hier verschwinden. Wenn er ganz vorsichtig war, würde sie das Klopfen der Krücken auf dem Holzboden hoffentlich nicht bemerken.

Doch etwas hielt ihn zurück. Ihr Gesicht. Es wirkte bleich im Kerzenlicht, beinahe wächsern. Trauer umwölkte noch immer ihre Züge.

Er hatte von seiner Mutter von den Geschehnissen erfahren, und es tat ihm ehrlich leid um den Franzosen. Denn wie die Propaganda das Volk glauben machen wollte, mochte die Entente zwar der erklärte Feind sein, aber auf den Schlachtfeldern hatte das Blut der Soldaten aller beteiligten Kriegsparteien dieselbe Farbe. Mit einer Parlamentärflagge in der Hand und bereit, sich zu ergeben – auf diese Weise zu sterben, machte die ganze, elende Sinnlosigkeit dieses Krieges noch viel deutlicher.

Das war vor anderthalb Wochen gewesen. Seit jenem Tag herrschte eine bedrückende Stille im Haus. Zwar gingen die Bewohner wie gewohnt ihrem Tagwerk nach, es schien jedoch unangemessen, laut zu reden, geschweige denn zu scherzen oder gar zu lachen.

Zuerst war Julius erleichtert darüber gewesen, dass er nun endlich seine Ruhe hatte, obwohl Mutter mehrmals am Tag erschien, um nach ihm zu sehen. Helene begutachtete seine Verletzungen, sooft es ihre Zeit zuließ. Zu seinem größten Erstaunen hatte er jedoch irgendwann festgestellt, dass ihm Paulines Anwesenheit fehlte. Mehr noch: Er hatte sich sogar ernsthaft Sorgen um sie gemacht, nachdem sich ihr Zustand so lange nicht hatte bessern wollen.

Selbstredend, dass er das niemandem gegenüber je offen eingestanden hätte. Darum hatte er auch so lange gewartet, bis sich eine günstige Gelegenheit ergab und ihn auch garantiert keiner sah, als er in Paulines Zimmer schlich.

Sie dort in ihrem Bett zu sehen, mit ihrem von Erschöpfung gezeichneten Gesicht … So allein und verletzlich in ihrer Trauer …

In jenem Moment hätte er sich gewünscht, mehr für sie tun zu können, als nur ihre Hand zu halten.

Nicht zuletzt war er aber, nach allem, was seine Mutter ihm über Pauline erzählt hatte, auch neugierig geworden.

Sie hatte als Damenschneiderin in Paris gearbeitet und stammte ursprünglich aus Tübingen. Ein ungewöhnlicher Werdegang für eine Frau aus einer württembergischen Kleinstadt, aber es zeugte von Mut. Nun, glaubte man den Aussagen ihres Verlobten, fehlte es ihr daran nicht. Es erklärte zugleich ihre Hartnäckigkeit. Außerdem beneidete Julius sie um ihr hervorragendes Französisch. Er selbst hatte sich mit der Sprache immer schwergetan.

Ja, es war kaum zu glauben, er vermisste sogar ihre ständigen Zankereien, ihre unverblümte Ehrlichkeit und ihren treffsicheren Spott. Wie hatte sie ihn noch gleich erst kürzlich genannt? Ah ja, richtig: einen verbohrten Querschädel.

Wenn er ehrlich war, konnte er es ihr nicht einmal verübeln. Er verlangte allen hier am Rosenhof viel ab, dessen war sich Julius sehr wohl bewusst.

Bei dem Gedanken presste er die Zähne zusammen. Sogleich fühlte er, wie die Wut in seiner Brust zu glimmen begann. Wut auf sich selbst, weil er den hehren Reden der Regenten blind gefolgt war. Wut auf diesen verdammten Krieg und das Schicksal, die ihn zu einem nutzlosen Krüppel gemacht hatten. Und Wut auf Mutter, Pauline und alle anderen hier auf dem Hof, die ihm diese Tatsache mit ihren Hilfsangeboten ständig vor Augen hielten.

Natürlich wusste Julius, dass sie alle es nur gut meinten, und genau das war gerade das Schlimme daran, denn es ließ sein Verhalten noch um ein Vielfaches undankbarer erscheinen.

Es kostete ihn alle Mühe, sich auf das Pochen in seiner Brust zu konzentrieren. Ausatmen – einatmen. Ausatmen – einatmen. Das half ihm sonst auch immer, wenn ihn die Erinnerungen heimsuchten.

Dann wandte er den Blick wieder zu der Frau, die mit einem solchen Genuss Marmelade naschte, als wäre es die größte Köstlichkeit der Welt. Dabei strich sie sich immer wieder über den gewölbten Bauch.

Wegen des Franzosen war sie überhaupt erst hierher nach Freiburg gekommen. Und das nur, um ihren Verlobten am Ende doch zu verlieren.

Julius konnte sich nicht vorstellen, was es bedeutete, plötzlich allein mit einem Kind dazustehen. Noch dazu mitten in einem Krieg.

Waren die Frauen verheiratet gewesen und der Ehemann gefallen, stand ihnen immerhin ein Witwengeld sowie zusätzlich für jedes Kind ein Waisengeld zu. Das galt jedoch nicht für uneheliche Kinder. Und selbst eine Verlobung zählte in solchen Fällen nichts. Erst recht nicht, wenn der Verlobte zur feindlichen Kriegspartei gehört hatte.

Er wusste, das Schicksal alleinstehender Mütter, die auf keinerlei Unterstützung zählen konnten, war mehr als hart. Der gesellschaftlichen Ächtung ausgesetzt, blieb ihnen meistens nur ein Leben harter, unterbezahlter Arbeit, um sich und den Nachwuchs über die Runden zu bekommen. Falls die Kinder überhaupt bis zum Schulalter überlebten. Er hatte immer wieder davon gelesen, dass die Kinder, die aus unehelichen Verhältnissen stammten, anfälliger für Infektionskrankheiten waren. Als Grund wurde hauptsächlich Mangelernährung genannt. Neben der Tatsache, dass alleinstehende Mütter schnellstmöglich wieder arbeiten mussten und somit keine Möglichkeit hatten, die Sprösslinge zu stillen.

Kein Wunder, dass Pauline alles tat, um dem Auftrag seiner Mutter gerecht zu werden. Selbst wenn sie dafür sein widerborstiges Verhalten in Kauf nehmen musste.

Er verzog resigniert den Mund. Verflucht, so betrachtet, war er ein echtes Scheusal.

Mit einem Mal legte sie den Löffel ab und hielt inne. Dann holte sie hörbar Luft und streckte die Hand nach dem vor ihr auf dem Tisch liegenden Briefbündel aus. Ihre Miene wirkte angespannt, als sie die Schnur löste und den ersten Brief aufnahm.

Selbst auf diese Entfernung konnte Julius sehen, wie Paulines Finger zitterten, während sie den Umschlag aufriss und das Papier auseinanderfaltete.

Und dann begannen ihre Schultern zu beben. Sie schluchzte. Leise, aber unaufhörlich.

Sofort wandte sich Julius ab. Höchste Zeit zu verschwinden. Er hatte nicht das Recht, sie in ihrer Trauer zu stören.

Er biss vor Anstrengung auf die Zähne, während er den Gang zurück zum Empfangsraum und weiter in Richtung Bibliothek humpelte und dabei versuchte, so leise wie nur möglich zu sein.

Als er sein Bett erreichte und zum Fenster blickte, sah er, dass es draußen schneite.

Titelseite des Morgenblatts der *Freiburger Zeitung*, Freitag, 5. Februar 1915

Kampf mit allen Mitteln gegen England

Seit Beginn des gegenwärtigen Krieges führt Großbritannien gegen Deutschland den Handelskrieg in einer Weise, die allen völkerrechtlichen Grundsätzen Hohn spricht. [...] Alle diese Maßnahmen verfolgen offensichtlich den Zweck, durch die rechtswidrige Lahmlegung des legitimen neutralen Handels nicht nur die Kriegsführung, sondern auch die Volkswirtschaft Deutschlands zu treffen und letzten Endes auf dem Wege der Aushungerung das ganze deutsche Volk der Vernichtung preiszugeben. [...]

[...] Der britischen Absicht der Aushungerung stellen wir die Tat der Zufuhrvernichtung durch deutsche U-Boote entgegen. Die Engländer sind's, die diese Art der Kriegsführung ins 20. Jahrhundert als legitime Einrichtung hinübergerettet haben. Sie haben es so gewollt, nicht wir.

Letzte Meldung im Abendblatt der *Freiburger Zeitung*, Montag, 8. Februar 1915

Deutschland auf dem rechten Wege

Paris. Die Bekanntmachung des deutschen Admiralstabs zur Ankündigung des Handelskriegs gegen England ruft in Frankreich lebhafte Empörung hervor. Eine derartige Kriegsführung sei Seeräuberei und bilde einen Verstoß gegen das Völkerrecht. Das Geschimpfe beweist lediglich, dass Deutschland auf dem rechten Wege ist.

Titelseite der *Neuen Zürcher Zeitung*, Samstag, 20. Februar 1915

Östlicher Kriegsschauplatz

[…] Auf dem östlichen Kriegsschauplatze hat der Sieg Hindenburgs in den Masuren den deutschen Boden von den Russen reingefegt. Die schon im letzten Wochenbericht gemeldeten Operationen in Ostpreußen haben zu einer vollständigen Zertrümmerung der russischen zehnten Armee geführt. Eine Front von rund 300 Kilometern Ausdehnung ist frei gemacht. […] Während die infanteristischen Unternehmungen in den polnischen und galizischen Frontabschnitten kaum über einen lokalen Charakter hinausgekommen sind, ist in den Karpaten heiß gestritten worden. Aber ein entscheidender Abschluss der Operationen ist noch nicht erreicht.

Titelseite der New Yorker Tageszeitung *The Sun*, Sonntag, 21. Februar 1915

Kriegsschiffe, unter Führung eines Fluggeschwaders, dringen in die Dardanellen ein

Eine Flotte von 32 franko-britischen Kriegsschiffen, angeführt von einem Fluggeschwader, haben gestern Morgen, unter starkem Beschuss seitens der Verteidigerforts, mit der Einnahme der Dardanellen-Passage begonnen. Gelingt das Vorhaben, ermöglicht dies Russland den langersehnten Schwarzmeerzugang zum Mittelmeer. Die Alliierten stünden so hingegen direkt vor den Toren Konstantinopels.

20 – Unmöglich mögliche Träume

23. Februar 1915, Sankt Georgen, Rosenhof

Die kleine Sofie kam kurz vor dem Morgengrauen zur Welt. Es war eine anstrengende Geburt gewesen. Die Wehen hatten bereits am vorigen Morgen ganz plötzlich eingesetzt, gerade als Helene von der Nachtschicht nach Hause gekommen war. Immerhin blieb ihr noch Zeit für ein paar Stunden Schlaf, weil Else Lauer und sie sich mit der Überwachung Paulines abwechselten.

Trotz der zum Teil heftigen Kontraktionen wollte und wollte sich der Muttermund allerdings einfach nicht weit genug öffnen. Dabei versuchten sie alles nur Erdenkliche – von Himbeerblättertee über warme Bäder, stundenlangem Hin- und Hergehen im Zimmer bis hin zu Treppensteigen.

Irgendwann vor Mitternacht war Pauline so erschöpft gewesen, dass ihr die Kraft zum Pressen gefehlt hatte, als es darauf ankam. »Ich will nicht mehr«, schluchzte sie, das Gesicht nass vor Schweiß und die Wangen von der Anstrengung gerötet. »Ich kann das nicht, es tut so weh.«

»Unsinn!« Kurz entschlossen setzte sich Else Lauer hinter ihren Rücken und stützte sie. »Und ob du das kannst.« Irgendwann in dieser Nacht waren sie zum Du übergegangen, und niemand störte sich daran.

Auch Helene redete ihr Mut zu. »Du hast es fast geschafft. Ich kann schon das Köpfchen sehen. Bei der nächsten Wehe nimmst du all deine Kraft zusammen, bis ich dir sage, dass du aufhören sollst.« Sie nickte Pauline aufmunternd zu. »Es wird alles gut, glaub mir.«

»Wehe, du schwindelst mich an«, stieß Pauline keuchend hervor.

Verwundert sah Helene auf. »Warum sollte ich dich anschwindeln?«

»Das tut doch der Zahnarzt auch immer, wenn er einem einen Zahn ziiii…« Ihre Augen weiteten sich, und sie packte Else Lauers Hände, als die nächste Kontraktion kam.

»Gut so«, rief diese. »Und jetzt press. So fest du nur kannst.«

»Weiter, weiter, weiter. Noch ein Stück. Ein kleines Stück. Das reicht.« Helene lächelte die Freundin an. »Ich halte schon das Köpfchen in den Händen. Nur noch ein letztes Mal pressen bei der nächsten Wehe, dann hast du es hinter dir.«

Nach einer sanften Drehung glitten auch die Schultern des Neugeborenen mühelos heraus.

»Da ist es.« Ein glitschiges Bündel mit dunklem Haarschopf, das sich sogleich mit einem lautstarken Quäken zu erkennen gab. »Es ist ein Mädchen! Du hast eine Tochter, Pauline.«

Und sie war kerngesund.

Wenig später schlug Helene vorsichtig die Decke um das frisch gebadete Kind, bevor sie es Pauline in die Arme legte.

Auch die junge Mutter war inzwischen versorgt, gewaschen und in ein frisches Nachthemd gekleidet. Ihr erschöpftes, aber vor tiefer Glückseligkeit strahlendes Gesicht ließ nicht erahnen, welche Anstrengungen sie hinter sich hatte.

»Ist es nicht erstaunlich, wie schnell eine Mutter alles vergisst, sobald sie das eigene Kind im Arm hält?« Else Lauer schmunzelte, während sie die sauberen Tücher zusammenfaltete und dabei Pauline betrachtete.

»Ja, das ist es«, erwiderte Helene und trocknete sich Hände und Arme ab.

Sie war erleichtert. Sehr erleichtert sogar, denn eine Zeit lang hatte es während der Geburt alles andere als rosig ausgesehen. Sie hatte sogar kurz befürchtet, Pauline könnte vor lauter Anstrengung kollabieren. Die tatkräftige Unterstützung der Weinbäuerin während den vergangenen Stunden war ein wahrer Segen gewesen. Sie hatte die ganze Zeit lang neben Pauline gesessen, hatte ihr die Hand gehalten und gut zugeredet und war nicht von ihrer Seite gewichen.

»Ich danke Ihnen für die Hilfe«, sagte sie an die Winzerin gewandt, aber so leise, damit Pauline es nicht hörte. »Ohne Sie hätte ich höchstwahrscheinlich einen Arzt rufen müssen.«

Else Lauer winkte energisch ab. »Nach der vergangenen Nacht erübrigen sich diese unnötigen Floskeln, bleiben wir also beim Du.« Und wenn Else Lauer etwas bestimmte, dann hatte man sie beim Wort zu nehmen.

»Was den Rest angeht: Ich habe nichts Besonderes getan. Du hingegen …«, fuhr sie fort und sah Helene unverwandt an. »Wie du die Geburt eben gehandhabt hast … vor allem deine Ruhe, selbst, wenn es brenzlig wird. Du hast außerdem ein beeindruckendes medizinisches Wissen. Das ist mir schon mehr als einmal aufgefallen.« Sie nickte und langte nach dem mit einem Leinentuch zugedeckten Becken, in dem der Mutterkuchen lag. Diesen, so wünschte es sich Pauline, würde Hannes unter dem Birnbaum hinter dem Haus vergraben.

»Du solltest Ärztin werden«, sagte die Winzerin, drehte sich um und verließ das Zimmer ohne ein weiteres Wort.

Sprachlos sah ihr Helene nach.

»Sie hat recht«, ertönte Paulines heisere Stimme vom Bett her.

Helene wandte sich zu ihr um. Die kleine Sofie war in den Armen ihrer Mutter eingeschlafen.

»Wie fühlst du dich? Hast du Schmerzen?« Sie trat zu ihr ans Bett, sah auf das schlummernde Kind hinunter. Noch war dessen Gesichtchen von den Strapazen der Geburt zerknittert, und Käseschmiere bedeckte Stirn sowie die Wangen, aber das würde sich bald schon geben. Christian war bei seiner Geburt damals am ganzen Körper mit der wächsernen Schicht auf der Haut bedeckt gewesen.

Pauline schüttelte den Kopf und schloss erschöpft die Augen. »Nein, keine Schmerzen. Abgesehen von meinem Kreuz. Das fühlt sich an, als hätte mich ein Traktor umgefahren.« Sie verzog das Gesicht zu einer schmerzvollen Grimasse, während sie sich im Bett zurechtrücken wollte.

Sofort kam Helene ihr zu Hilfe. »Das kommt von den langen Wehen. Ein paar Tage lang wirst du möglicherweise auch leichte Krämpfe im Unterleib spüren. Besonders während des Stillens. Auch das ist völlig normal«, erklärte sie und legte dabei unauffällig die Finger an Paulines Handgelenk. Regelmäßiger Puls, und auch ihre Stirn war nicht übermäßig warm. Keine erhöhte Temperatur und somit kein Anzeichen von Wochenbettfieber – sehr gut. Die ersten zwölf Stunden nach der Geburt waren stets kritisch.

»Siehst du? Du redest sogar schon wie eine Ärztin.« Vorsichtig strich Pauline ihrem Töchterchen über die Wangen, betrachtete fasziniert die kleinen Hände mit den noch schrumpeligen Fingern. Dann sah sie auf und blickte Helene an. »Du wolltest doch eigentlich früher Ärztin werden, hast du mir erzählt. Du solltest es dir noch einmal ernsthaft überlegen.«

»Ich …« Was sollte Helene darauf antworten?

Sie erinnerte sich noch zu gut an Roberts Reaktion, als sie ihm damals von ihrem Wunsch, Medizin zu studieren, erzählt hatte. »Mit ihrer Empathie ist es Frauen gegeben, zu pflegen und zu sorgen. Für den Arztberuf fehlt ihnen jedoch die nötige Abgebrühtheit. Wo sollen wir denn da hinkommen, wenn die Ärztin schon beim Operieren eines Blinddarms in Ohnmacht fällt«, hatte er damals gespottet. Seine Meinung hatte sich seither nicht geändert.

Selbst als Helene ihm von ihrer Bewunderung für Hermine Edenhuizen erzählte, der ersten im Kaiserreich ausgebildeten Spezialärztin für Frauenheilkunde und Geburtshilfe. Sie war ganz zufällig in einer von Roberts Ärztezeitschriften über einen Artikel über die Poliklinik für Frauen gestolpert, die Edenhuizen zusammen mit zwei Ärztekolleginnen in Berlin gegründet hatte. Nur einen Monat später hatte Robert Christian im Internatsgymnasium von St. Afra eingeschrieben.

Helene drehte sich um und begann, die blutverschmutzten Tücher und Bettlaken zusammenzusammeln. »Früher hätte ich es vielleicht tun können. Jetzt bin ich schon viel zu alt dafür. Ein Medizinstudium dauert Jahre bis zur Promotion.« Sie lachte auf und hoffte zugleich, dass es nicht auffiel, wie unecht es klang.

Mit einem Bündel voller Wäsche auf den Armen fügte sie hinzu: »Stell dir nur vor, was meine Kommilitonen sagen würden. Im Vergleich zu ihnen wäre ich …« Doch sie brach mitten im Satz ab, als sie die schlafende Pauline sah. Nach den Strapazen war das nicht erstaunlich.

Vorsichtig, um die beiden nicht zu wecken, nahm Helene das Kind auf und legte es in das Körbchen neben dem Bett.

Ein letzter prüfender Blick auf Pauline. Der Schlaf würde ihr guttun, sie hatte so viel durchgemacht in den vergangenen Wochen.

Seit Andrés Tod war sie nicht mehr dieselbe gewesen. Nach dem ersten Schock hatte sie zwar den Anschein von Stärke vorgegeben, als hätte sie das Erlebte rasch überwunden. Sie ging im Haushalt zur Hand, so gut es ihre Schwangerschaft erlaubte, und gab sich gesellig. Doch die verbittert harten Züge um ihre Lippen waren vorher nicht da gewesen, und selbst wenn sie lachte, erreichte das Leuchten ihre Augen nicht mehr.

Die meiste Zeit hatte Pauline mit dem Stricken von Söckchen, Jäckchen und kleinen Mützen oder dem Säumen von Lätzchen für ihr Kind verbracht. Oft setzte sie sich mit ihrer Arbeit in Julius' Zimmer, ohne sich um seine Einwände zu kümmern. Und diese kamen stets prompt und lautstark. Doch sie waren beide exzellente Streithähne, Pauline und der junge Winzersohn. Absolut ebenbürtig, was Sturheit und Mundfertigkeit betraf.

Inzwischen hatten sich alle im Haus an die Zankereien zwischen den beiden gewöhnt. Im Gegenteil, in der Küche schlossen sie manchmal sogar schon Wetten ab, wer von den beiden wohl dieses Mal den längeren Atem hätte.

Leise nahm Helene die Wäsche erneut auf und verließ das Zimmer.

Wie spät war es eigentlich? Sie hatte längst jegliches Zeitgefühl verloren. Aber wenn sie nicht alles täuschte, war es Dienstagmorgen.

Das Wetter war jedenfalls noch immer so trüb und grau wie schon seit Wochen, stellte sie fest, sobald sie in den Innenhof trat, um die Laken in die Waschküche zu bringen.

Mit geschlossenen Augen und in den Nacken gelegtem Kopf blieb Helene stehen und genoss die Kühle und den Schnee, der leise auf ihr Gesicht rieselte.

Der herbe Geruch von Eichelkaffee stieg ihr in die Nase, sobald sie kurz darauf die Küche betrat. Richtiger Bohnenkaffee war in Freiburg schon seit letztem Dezember nirgends mehr zu finden.

»Wie geht es Pauline?« – »Ist mit dem Kind auch alles in Ordnung?«, riefen Dorle und Leni sofort aufgeregt.

»Jetz loss sie doch z'erschd ämol abhocke.« Mit einem Teller und einer Tasse in den Händen trat Selma zu Helene und bedachte die beiden Mägde mit einem vorwurfsvollen Kopfschütteln. An Helene gewandt sagte die Köchin jedoch: »Ich ha da ä göds Frühstück gmachd.« Auf dem Teller lag eine dünne, mit Kirschmarmelade bestrichene Brotscheibe. Daneben ein Klecks von mit Honig gesüßtem Haferbrei. Vor ein paar Tagen erst hatte der Bundesrat in allen Zeitungen des Reiches die neuen Verordnungen verlauten lassen, nach denen der tägliche Mehl- und Brotverzehr auf 225 Gramm pro Kopf gesenkt worden war. Selma hielt sich strikt daran.

Doch allein schon beim Anblick des Essens knurrte Helenes Magen, und sie setzte sich mit einem stummen Aufseufzen an den Tisch. Vor lauter Hektik während der letzten Stunden wusste sie gar nicht mehr, wann sie zuletzt etwas gegessen hatte.

»Frau Lauer, Hannes und Toni sind in die Stadt gefahren, um diese neuen Lebensmittelkarten abzuholen«, erklärte Leni. »Stell dir vor, künftig können Kartoffeln und Brot nur noch damit gekauft werden.« Die Magd schüttelte den Kopf.

»Dabei soll es uns hier in den ländlichen Regionen noch ganz gut gehen«, mischte sich Dorle ein. »Ich hab gestern die Magd vom Pfälzer Hof getroffen. Deren Schwester arbeitet als Küchenhilfe bei einer Bankiersfamilie in Berlin. In den großen Städten müssten die Leute schon seit Wochen stundenlang vor den Laden anstehen, um ein bisschen Mehl zu ergattern, hat sie gesagt.«

»Daran sind nur diese Engländer mit ihrer Handelsblockade schuld. In der Zeitung steht, dass die uns aushungern wollen.

Pfuideifel!« Leni zog eine verächtliche Grimasse und nahm einen letzten Schluck Eichelkaffee, ehe sie sich vom Tisch erhob, um ihr Geschirr abzuräumen. »Ach ja.« Sie drehte sich zu Helene um. »Der Herr Julius ist schon versorgt, hat Frau Lauer gesagt. Du brauchst dich also nicht auch noch um ihn zu kümmern.«

Umso besser. Sie nickte und atmete in Gedanken auf. Vielleicht kam sie so sogar noch zu einem Stündchen Ruhe, ehe sie wieder nach Pauline sehen musste.

Aber wenn schon von dem jungen Hausherrn die Rede war … Soweit Helene feststellen konnte, machte er körperlich gute Fortschritte: Die Naht an seinem Beinstumpf war gut verheilt, und auch an der Schrapnellwunde an seiner Flanke hatte sich eine saubere Narbe gebildet. Inzwischen schien er sich auch an die Krücken gewöhnt zu haben, selbst wenn ihm noch immer oft das Gleichgewicht fehlte.

Helene vermutete, dass das womöglich von einer Kopf- oder Schädelprellung herrühren könnte, die er sich an der Front zugezogen hatte. Aber solange sich Julius partout gegen eine Untersuchung sträubte, blieb es bei einer Annahme.

Dabei hatte Else Lauer extra einen Arzt aus der Stadt kommen lassen. Der Ärmste war jedoch nicht einmal über die Schwelle ins Haus gekommen, ehe Julius ihm auf seinen Krücken entgegengehumpelt war und ihn zwar höflich, aber in unerbittlichem Offizierston zu verstehen gegeben hatte, dass er hier nicht erwünscht sei und sich umgehend vom Hof zu trollen hätte.

Nein, nicht Julius' körperliche Wunden machten Helene Sorgen, sondern die, die tief in ihm lagen. Diejenigen, die man nicht sehen konnte, die jedoch zugleich umso offensichtlicher waren. Seine vehemente Abwehrhaltung gegenüber jeder Hilfe zum Beispiel.

Es war, als wollte er sich selbst und der ganzen Welt beweisen, dass der Verlust seines Beines ihn nicht beeinträchtigte. Zugleich wurden ihm seine körperlichen Einschränkungen Tag für Tag indirekt vor Augen geführt: In seinem Zustand konnte er nicht mehr in den Wingerten arbeiten oder auf dem Hof mit Hand anlegen. Auch die Arbeit im Forst war mit den Krücken zu riskant. Was wiederum dazu führte, dass er sich umso heftiger dagegen wehrte, die Tatsache seiner Verwundung zu akzeptieren. Und das tat er mit schneidendem Sarkasmus und Ablehnung, sobald man auch nur eine helfende Hand ausstreckte.

Die Einzige, die sich davon nicht abschrecken ließ, war Pauline. Manchmal schien es sogar, als mache der Streit mit Julius ihr Spaß. Sie war auch die Einzige, von der er wenigstens ein Minimum an Hilfe annahm.

Zugegeben, sie war oft ziemlich resolut in ihrem Umgangston. »Entweder Sie lassen mich die Salbe auftragen oder können meinetwegen vor Wut platzen. Es kümmert mich keinen Deut, ob sich die Narbe wieder entzündet. *Sie* haben schließlich die Schmerzen und stinken nach Eiter, nicht ich«, hatte sie ihm zum Beispiel vor ein paar Wochen erst ins Gesicht gesagt und den Tiegel mit der Zinksalbe achtlos neben ihm aufs Bett geworfen.

Aber immerhin hatten ihre Worte gewirkt. Zähneknirschend, aber ohne weiteren Einwand, hatte Julius daraufhin sein Hemd gehoben und sie die Salbe auf die Narbe auftragen lassen. Allerdings kam seine Rache prompt, indem er das Handtuch nach Pauline warf, sobald sie sich zum Gehen gewandt hatte.

Helene spürte, wie sich ihr Mund bei dem Gedanken zu einem amüsierten Staunen verzog. Pauline hatte bisher eine bewundernswerte Geduld für Julius' Pflege aufgebracht, und sie machte ihre Sache gut. Sehr gut sogar. Mit dem Kind würde sich nun jedoch eine ganz neue Dynamik entwickeln.

Nachdenklich biss Helene in ihr Marmeladenbrot und genoss

die Süße mit dem leicht säuerlichen Nebengeschmack im Mund. Langweilig wurde es ihnen auf dem Rosenhof jedenfalls auch in Zukunft mit Sicherheit nicht. Sie lehnte sich im Stuhl zurück, nippte am Eichelkaffee. An den erdig-bitteren Geschmack hatte sie sich inzwischen gewöhnt. Sie fand ihn sogar angenehmer als den des Zichorienkaffees, den Frau Lauer – nein, Else – ab und zu kaufte.

Aus der Küche hörte Helene Selma mit ihren Pfannen und Töpfen hantieren. Da waren auch Dorles und Lenis plaudernde Stimmen. Doch sie schenkte dem allem kaum noch Beachtung. Stattdessen machte sich nun die Müdigkeit bemerkbar und ließ ihre Glieder allmählich schwer werden.

Sie sollte die Gunst der Stunde nutzen und sich hinlegen, am nächsten Tag erwartete sie eine weitere anstrengende Nachtschicht im Lazarett. Die fing zum Glück erst am Mittag an.

Das gibt mir die Möglichkeit für einen kleinen Umweg vorher, schoss es ihr durch den Kopf.

Der Gedanke kam völlig unerwartet und aus heiterem Himmel, und machte, dass ihre Müdigkeit mit einem Schlag verflog. Helene hielt inne.

Was für eine völlig abstruse Idee, wie kam sie nur darauf? Mit einem Ruck stand sie auf.

Sie verschwendete bloß ihre Zeit damit. Schuld daran waren sicher nur die Ereignisse der vergangenen Stunden und ihre Erschöpfung, die sie ganz wirr im Kopf machte.

Als sie sich kurz darauf in ihrem Bett aufs Einschlafen konzentrieren wollte, spukte die Vorstellung allerdings noch immer in ihrem Kopf herum und ließ ihr keine Ruhe. Dabei hatte sie das Zimmer nun ganz für sich allein. Damit sie mit dem Kind etwas mehr Platz hätte, war Pauline schon vor einer Woche in das vormalige Nähzimmer im Haupthaus umgezogen.

Noch lange wälzte sich Helene im Bett hin und her. Die weitläufigen Gebäude der Universität Freiburgs mit der Medizinischen Fakultät lagen nur einen Steinwurf vom Bahnhof entfernt. Es wäre kein großer Umweg. Was, wenn sie sich nur kurz dort umsehen würde? Ganz unverbindlich natürlich.

Sie schreckte auf, als es von draußen her an die Zimmertür hämmerte und Dorle mit aufgeregter Stimme rief: »Helene, komm schnell! Der Toni ist verletzt!«

21 – Wenn sie kommen in der Nacht

23. Februar 1915, Sankt Georgen, Rosenhof

Der junge Stallbursche hockte neben dem Kachelofen und hielt sich einen Lappen an die Stirn. Seine ganze linke Gesichtshälfte und die Vorderseite seiner Jacke waren mit Blut verschmiert. Das Oberlid seines rechten Auges hatte die Form und Farbe einer reifen Pflaume angenommen.

»Was ist passiert?«, fragte Helene, während sie ihre Tasche auf den Stuhl daneben stellte und vorsichtig den Lappen von Tonis Stirn nahm. Eine Platzwunde. Ungefähr so lang wie ein Fingernagel. Zwar blutete sie kaum noch, aber es hatte bereits eine Schwellung eingesetzt.

»Hat sich geprügelt, der Dummkopf«, erklärte Else Lauer kopfschüttelnd. »Mit einem Soldaten.«

»Der war ein Großmaul aus Stuttgart und hat's nicht anders verdient«, verteidigte sich Toni lautstark. »Außerdem hab nicht ich angefangen, sondern er. Ich wollt' ja nur im *Schwanen* etwas trinken gehen, aber er hat mich angerempelt und einen nichtsnutzigen Bauerntölpel und Versager genannt, weil ich mich nicht schon freiwillig gemeldet habe.«

»Du bist doch viel zu jung dafür«, rief Else.

»Verstehe.« Helene nickte. Der *Schwanen* war ein bei Soldaten beliebtes Lokal am Karlsplatz, unweit der gleichnamigen Kaserne. In letzter Zeit hörte man immer öfters davon, dass es dort zu Pöbeleien und Randalen kam. Kein Wunder, bei der immer größer werdenden Zahl an jungen Soldaten in der Stadt. Sogar Stine und Greta, ihre beiden Mitschwestern an der Hildaschule, hatten ihr erzählt, dass sie es nicht mehr wagten, im Dunkeln ohne Begleitung durch gewisse Straßen Freiburgs zu gehen.

»Ich hoffe doch, dass er wenigstens auch seinen Teil abbekommen hat«, sagte sie, während sie Tonis Verletzung vorsichtig mit einem Gazetuch und sauberem Wasser abtupfte.

Der Stallbursche verzog die Lippen zu einem schiefen Grinsen. »Hat er.« Er sog jedoch sogleich scharf die Luft ein, als Helene die Stirnwunde mit Alkohol desinfizierte.

Else schnaubte nur.

Der Schnitt musste mit vier Stichen genäht werden. Immerhin würde Toni eine neue Narbe haben, mit der er prahlen konnte. Der Bluterguss am Auge hingegen …

Vorsichtig untersuchte Helene die Schwellung, drückte sachte auf die Stelle, wo die Faust das Auge getroffen hatte, und spürte ganz deutlich das Knistern unter der Haut. Das war die Luft, die sich dort gesammelt hatte.

Anschließend ließ sie Toni mit den Augen ihrem Finger folgen, so gut es ging.

»Wie viele Finger siehst du?«, fragte sie, während sie die ausgestreckten Zeige- und Mittelfinger der rechten Hand in die Höhe hielt, sodass er nach oben schauen musste.

»Zwei.«

Immerhin schien seine Sehfähigkeit ansonsten nicht eingeschränkt. »Ich glaube, wir haben es hier mit einer Orbitabodenfraktur zu tun. Keine Angst, das ist nicht weiter tragisch«, ergänzte sie rasch, als Toni entgeistert nach Luft schnappte. »Das bedeutet, dass der Faustschlag den Boden deiner Augenhöhle gebrochen hat.« An Else gewandt sagte sie: »Um ganz sicherzugehen sollte sich das allerdings besser ein Arzt ansehen.«

Wie sich noch am selben Tag herausstellte, hatte Helene mit ihrer Vermutung richtiggelegen, denn der alte Dorfarzt, zu dem Hannes den Stallburschen brachte, bestätigte ihre Diagnose.

»Er muss nun vier Wochen lang eine Augenklappe tragen und sollte sich die ersten Tage nicht schnäuzen. Für den Fall einer Entzündung hat der Arzt uns diese Salbe mitgegeben«, gab der Hofknecht die Anweisungen des Dorfarztes wieder und legte eine kleine weiße Tube vor seiner Herrin auf den Tisch.

Else hielt in ihrer Arbeit am Fleischwolf inne und trocknete sich die Hände an der Schürze ab. »Immerhin zur Abwechslung gute Neuigkeiten. In Zukunft machst du gefälligst einen Bogen um die Soldatenlokale, hörst du«, rief sie Toni mit strengem Tonfall zu und zeigte mit dem Kinn in Richtung Küchentür. »Aber jetzt an die Arbeit mit dir und kümmere dich um Johann. Dann muss der Rauchfang bereitgemacht werden. Das ganze Fleisch und die Würste hier räuchern sich nicht von selbst.«

Johann, das war der riesige braune Wallach, den Else vor gut zwei Monaten dem Dorfschlachter abgerungen hatte. Ein Schwarzwälder Fuchs, auf einem Auge blind und sogar noch älter, als es Oskar seinerzeit gewesen war, was ihn unattraktiv für eine Beschlagnahmung durch das Heer machte. In seinem hohen Alter war er zwar langsam, aber immerhin noch kräftig genug, um den Pferdewagen zu ziehen und für die Arbeiten im Forst oder in den Weinbergen.

Und was das Fleisch anging … Die sechs Schweinehälften hatten Else und Hannes heute aus der Stadt mitgebracht. Helene hatte sich erst sehr darüber gewundert, denn die Schlachtzeit war eigentlich längst vorbei.

»Das Getreide, das an die Schweine verfüttert wird, fehlt der Bevölkerung zum Überleben«, hatte Hannes ihr erklärt. »Darum muss der Schweinebestand gesenkt werden. Um fünf Millionen Stück im ganzen Reich, so hat es der Bundesrat in Berlin entschieden. Die Säue hier …« – damit lud er sich eine der Fleischhälften von der Fuhrwerkslade auf die Schulter – »… sind nur drei der insgesamt über sechshundertfünfzig Tiere, die per Dekret allein in Freiburg und den umliegenden Gemeinden geschlachtet werden müssen.«

Und durch den plötzlichen Überfluss an Schweinefleisch war der Preis dafür auf den tiefsten Stand seit Jahrzehnten gefallen. Wer es sich leisten konnte, deckte sich deshalb jetzt mit so viel Fleischvorräten ein wie nur möglich.

Das galt auch für die Bewohner des Rosenhofs. Während der kommenden Tage und Wochen wurde gewurstet, gepökelt und geräuchert, bis auch der allerletzte Fleischrest verwertet war. Manchmal kam es Helene auf dem Weg zur Arbeit vor, als röche ganz Freiburg nach Rauch und Pökelsalz.

Immerhin war das Wetter inzwischen endlich besser geworden. In den Gärten sprossen die ersten Blumen – Schneeglöckchen, Narzissen, Krokusse, und hier und da sah man sogar schon die ersten farbigen Tupfen der Primelbüsche. Doch mit dem Frühling mehrten sich ebenfalls die Angriffe der feindlichen Flieger. Sie kamen nun vor allem im Schutz der Nacht – eine, meistens zwei Flugmaschinen –, überflogen den Rhein im Südwesten und folgten dann, so meinte zumindest Professor Faller, der Eisenbahnstrecke, die sie auf direktem Weg nach Freiburg führte.

Im Dunkeln hörte man dann nur das Rattern der Motoren. Ein unheimliches Geräusch, vor allem bei bewölktem Himmel, wenn man die herankommenden Flieger nicht sehen konnte. Weder die Beobachtungsposten noch die Flugabwehrbatterie auf dem Schlossberg konnten etwas dagegen ausrichten.

Die Leute rannten aus den Häusern, spähten angestrengt in den Nachthimmel. Es war schier unerträglich, nicht zu wissen, wann und wo die Bomben fallen würden. Manche Soldaten schossen mit ihren Karabinern einfach blind und kopflos in den Himmel. Bis die Explosionen den Nachthimmel erhellten und einen bis ins Mark erschütterten.

Zwar konzentrierten sich die Ziele der Angriffe hauptsächlich auf die Gegend rund um den Hauptbahnhof sowie den Güterbahnhof, die militärischen Kasernen und Exerzierplätze, aber auch Wohnhäuser wurden völlig willkürlich getroffen. Genau das machte das Gefühl der Schutzlosigkeit in der Bevölkerung noch schlimmer.

Doch selbst wenn die Angreifer zu sehen waren, erwies sich die von der Ortsverteidigung so viel gepriesene Fliegerabwehr auf dem Schlossberg als unbrauchbar.

»Was uns da als Abwehrkanone verkauft wird, ist nichts weiter als eine umgebaute Feldhaubitze, die für den Beschuss in der Ebene nicht jedoch gegen fliegende Objekte konzipiert ist«, wetterte Professor Faller.

Er war bei Weitem nicht der Einzige, der die militärischen Abwehrmaßnahmen kritisierte. Auch aus dem Stadtrat wurden Stimmen laut, die vor allem die fehlende Alarmierung anprangerten. Doch nichts geschah.

Bis zum Vormittag des 15. Aprils, als ein französischer Flieger auftauchte.

Helene und Stine hatten sich gerade erst zum Mittagessen auf eine der Sitzbänke auf dem Hof der Hildaschule gesetzt, als sie das Knattern hörten.

»Ist das einer von uns?«, fragte Stine, während sie mit zu dünnen Schlitzen zusammengekniffenen Augen nach oben blickte.

Der Himmel war bewölkt. Helene konnte das Flugzeug nirgends ausmachen.

Sie stand auf, drehte sich um die eigene Achse. »Ich sehe nichts. Wenn er aber so hoch über den Wolken fliegt, ist es möglicherweise wirklich einer der unsrigen auf dem Weg landeinwärts«, sagte sie und machte Anstalten, sich wieder hinzusetzen.

Doch sie schrak mitten in der Bewegung zusammen, als das Donnern der Explosionen ertönte. So laut und nah, dass sie die Erschütterung des Bodens unter den Füßen zu spüren meinte. Drei, vier – nein, fünf Bomben.

Ein Schwarm Spatzen floh kreischend aus einem der nahestehenden Baumwipfel in die Höhe.

»In Deckung, schnell«, schrie Stine und zog Helene mit sich.

Atemlos rannten sie über den Pausenhof. Aus den Augenwinkeln erkannte Helene ein paar der Patienten, die sich humpelnd in Sicherheit nach drinnen flüchten wollten.

Einer von ihnen strauchelte über die eigenen Krücken und fiel auf die Knie.

Helene fasste ihn unter den Armen, zog ihn stützend hoch. »Kommen Sie. Schnell!«

Drinnen, in der Eingangshalle der Hildaschule, herrschte ein wildes Durcheinander, während Ärzte, Pfleger, Soldaten und Gendarmen zum Haupteingang eilten.

»Hat jemand gesehen, wo die Bomben gefallen sind?« – »Ist der Flieger weg?« – »Vielleicht kommen noch mehr«, riefen die Stimmen alle durcheinander.

Hätte ihr gesunder Menschenverstand in diesem Moment

noch irgendeine Rolle gespielt, hätte sich Helene an die Vorschriften gehalten: Bei Fliegerangriffen in Deckung zu gehen und in Gebäuden Schutz zu suchen, das hatte man dem Pflegepersonal schon unzählige Male eingetrichtert. Es war jedoch jene unerklärliche Neugier und Faszination, die sie zusammen mit Stine nach draußen trieb.

Als sie durch das Eingangstor hinaus auf die Treppe traten, sahen sie die Schwaden drüben im Stadtteil Stühlinger aufsteigen. Nur ein paar Straßen entfernt, auf der anderen Seite des Bahnhofs. Hässliche schwarze Rauchsäulen.

»Da. Der Flieger!« Stine zeigte auf die Flugmaschine, die, immer kleiner werdend, zurück nach Westen flog.

Von weit her hörte man Schreie und das Klingeln eines Löschfahrzeugs. Helene sah Menschen durch die Straßen rennen.

Der Flieger musste aus südwestlicher Richtung gekommen sein. Die ersten zwei Bomben seien zwischen der Haslacher Straße und der Dreisam gefallen, hieß es schon kurz danach. Die dritte hatte eine Mansardenwohnung an der Stühlingerstraße getroffen. Die vierte war an der Kreuzung bei der Wentzingerstraße eingeschlagen und die letzte direkt auf der Treppe vor der Herz-Jesu-Kirche.

Es war nicht das erste Mal, dass es bei solchen Angriffen Tote oder Verletzte gegeben hatte, doch nie zuvor waren so viele Kinder unter den Opfern gewesen: insgesamt sieben im Alter zwischen sechs und sechzehn, dazu kam ein Arbeiter. Weitere acht Menschen waren schwer sowie mehrere leicht verletzt worden.

Entsprechend groß war die Betroffenheit der Freiburger. Zugleich pilgerten ganze Horden von Schaulustigen zu den Einschlagorten der Bomben, um die Schäden aus nächster Nähe zu begutachten, um Blumen abzulegen, oder in der Hoffnung, einen Splitter der Sprengkörper oder vielleicht sogar den Rest eines Zünders als Souvenir zu ergattern.

Ein paar Tage später war in der Zeitung die Meldung aus Paris zu lesen, wonach der Angriff auf Freiburg im Breisgau eine Vergeltung für den deutschen Fliegerangriff auf Nancy gewesen sei.

»Was für eine unverschämte Behauptung«, schimpfte Doktor von Lüdow. »Die Oberste Heeresleitung hat nie einen Hehl daraus gemacht, dass Nancy eine Antwort auf den französischen Angriff auf Müllheim gewesen ist. Die deutsche Reaktion ist somit lediglich als eine Verteidigungsmaßnahme zu betrachten. Das haben sich die Franzosen selbst zuzuschreiben.«

Zum wiederholten Mal erhoben sich nach diesem Vorfall in der Bevölkerung die Stimmen, die endlich einen vernünftigen Flugabwehrschutz seitens des Militärs verlangten.

»Wir können einmal mehr von Glück reden, dass wir in Sankt Georgen sicher sind«, sagte Else an jenem Abend. »Hier auf dem Land gibt es nichts, was von militärischer Bedeutung wäre.«

Das mochte zwar stimmen, trotzdem fuhr auch Helenes Blick von nun an jedes Mal zum Himmel, sobald auch nur von Weitem Motorengeräusche zu hören waren. Und niemand auf dem Hof schlief nachts mehr ruhig.

Titelseite der Abendausgabe der *Freiburger Zeitung*, Freitag, 23. April 1915

Siegreiches Vordringen am Ypernkanal

Über 1 600 Franzosen und Engländer gefangen. 30 Geschütze erbeutet.

Das große Hauptquartier meldet: In den gestrigen Abendstunden stießen wir auf unserer Front gegen die feindlichen Stellungen nördlich und nordöstlich von Ypern vor. In einem Anlauf drangen unsere Truppen in 9 Kilometer Breite bis auf die Höhen südlich von Pilkem und östlich davon vor. Gleichzeitig erzwangen sie sich in hartnäckigem Kampfe den Übergang über den Ypernkanal bei Steenstraat, wo sie sich auf dem westlichen Ufer festsetzten.

Titelseite der New Yorker Zeitung *The Evening World*, Freitag, 23. April 1915

Britische Truppen von verzweifeltem deutschem Angriff über den Kanal von Ypern zurückgedrängt

Die Kriegsbüros in Berlin, Paris und London berichten von einem unerwartet harten Gefecht an beiden Enden der Schlachtlinie in Belgien und Frankreich. Paris bestätigt, dass die Alliierten im Nordosten von Ypern zu einem Rückzug gezwungen worden sind. [...] Aus London wird zudem von einem Angriff auf die britischen Truppen weit im Süden, in La Bassée (Frankreich), berichtet, was auf eine groß angelegte Schlachtenfront entlang mehrerer Meilen schließen lässt.

Titelseite des kanadischen *Morning Chronicle*, Dienstag, 27. April 1915

Blutige Schlacht rund um Ypern noch immer im Gange

Die Kämpfe nordöstlich von Ypern gehen weiter. Die kanadische linke Flanke musste sich nach dem erzwungenen französischen Rückzug bis über St. Julien hinaus erstrecken. […] Unsere Truppen östlich von Ypern mussten die Hauptlast der wiederholten schweren Attacken ertragen, denen sie sich jedoch hartnäckig widersetzten. Weitere Angriffe deutscher Truppen haben auch gestern stattgefunden. Trotz des Einsatzes von Erstickungsgasen durch den Feind wurden die Vorstöße zurückgeschlagen und deutsche Offiziere und Mannschaften gefangen genommen.

Morgenausgabe der *Berner Tagwacht*, Donnerstag, 29. April 1915

Dardanellen und Bosporus

Konstantinopel, 28. April. Amtlich. Der Feind erneuert die Versuche gegen Kapatepe und die Südküste der Halbinsel Gallipoli. Wir werfen ihn weiter mit Erfolg zurück.

London, 28. April. Amtlich. Nach einem Tage harter Kämpfe auf schwierigem Gelände haben die auf der Halbinsel von Gallipoli gelandeten australischen und neuseeländischen Truppen unter wirksamer Unterstützung durch die französischen Schiffe festen Fuß gefasst. Sie haben 500 Gefangene gemacht.

Titelseite der *The New York Times*, Samstag, 8. Mai 1915

1300 Tote bei Versenkung der Lusitania. 400 Amerikaner an Bord des torpedierten Schiffs

Washington, 8. Mai – Der Angriff durch ein deutsches U-Boot erfolgte am Vortag um 14 Uhr, rund acht Meilen vor der irischen Küste. [...] An Bord befanden sich rund 2 000 Passagiere. Gemäß den in Queenstown angekommenen Überlebenden konnten nur etwa sechshundertfünfzig Menschen gerettet werden. Unter den Toten werden mehr als zweihundert Amerikaner vermutet.

[...] Mehrere bekannte New Yorker befanden sich auf der Lusitania, darunter Alfred G. Vanderbilt. [...] Die ganze Nation ist außer sich. Was wird Amerika nun tun?

Artikel in der *Freiburger Zeitung*, Samstag, 8. Mai 1915

Der Untergang des Riesendampfers *Lusitania*

London, 8. Mai. Das Reutersche Büro meldet: [...] Bisher wurden nur wenige Einzelheiten über den Untergang der *Lusitania* bekannt. [...] Unter den Passagieren befinden sich viele hervorragende Amerikaner. [...] In London machte die Torpedierung der *Lusitania* tiefen Eindruck. Auch an der New Yorker Börse herrschte große Aufregung. Alle Kurse fielen. Die Nachricht schlug in Washington wie eine Bombe ein. In amtlichen Kreisen ist man eifrig bestrebt zu erfahren, ob auch Leben von Amerikanern verloren gingen.

22 – Kein ganzer Mensch

8. Mai 1915, Sankt Georgen, Rosenhof

Mit einem missbilligenden Schnauben faltete Julius die Zeitung zusammen und warf sie auf den Nachttisch neben dem Bett. Einen Passagierdampfer mit über tausend Zivilisten an Bord zu torpedieren … Herrgott, wie erbärmlich unehrenhaft war dieser Krieg inzwischen geworden. Noch dazu wurden Amerikaner unter den Opfern vermutet. Als ob sich das Kaiserreich nicht bereits genügend Gegner gemacht hätte.

»Die milde Frühlingsluft ist herrlich. Außerdem hat Professor Faller ausdrücklich gesagt, dass Bewegung Ihnen guttut. Wir gehen auch ganz langsam.« Mit erwartungsvoller Miene stand Pauline vor Julius. Ihre kleine Tochter strampelte in ihren Armen und ließ ein freudig sabberndes Glucksen vernehmen.

Julius sah sie an und legte seine ganze Abneigung in seinen Blick. Ein Spaziergang. Was für eine völlig absurde Idee.

Doch Pauline legte nur wortlos den Kopf schräg. Er wusste genau, dass sie ihn den ganzen restlichen Nachmittag mit Vorträgen darüber plagen würde, wie unsinnig sein Verhalten ihrer Meinung nach war, wenn er nicht einwilligte. Es wäre nicht das erste Mal, dass sie das täte, und wenn sie etwas auszeichnete, dann ihre unerbittliche Beharrlichkeit. Diese wurde höchstens noch von der Besorgnis seiner Mutter überboten.

Grimmig biss er die Zähne zusammen.

Mutter hatte sogar Helenes Vorgesetzten, den Stabsarzt des Lazaretts in der Hildaschule, dazu gebracht, auf den Rosenhof zu kommen, um ihn zu untersuchen. Der wiederum hatte nichts Besseres zu tun gehabt, als ihm, Julius, abgesehen von seiner Behinderung eine ansonsten gute körperliche Verfassung zu attestieren.

Als ob das jemals zur Diskussion gestanden hätte. Wozu hatte er einen Arzt gebraucht, der ihm bestätigte, dass ihm gesundheitlich nichts fehlte? Das wusste er selbst. Ebenso wie er wusste, dass er kein ganzer Mensch mehr war. Warum sollte er also das Haus verlassen, nur damit die ganze Welt es sah?

Er schnaubte unwirsch.

Das Kind streckte die Ärmchen aus, griff noch unsicher nach dem Finger seiner Mutter. Sofie hatte rosige Pausbacken. Ein paar Flechten dunklen Haarflaums lugten unter dem Häubchen hervor. Ihr Kopf wackelte leicht, als sie ihn in Julius' Richtung drehte. Große, klare Augen, die ihn ansahen. Ein zahnloses Lächeln erhellte auf einmal ihr Gesichtchen.

Stocksteif verharrend konnte er nicht anders, als den Blick zu erwidern. Dieses Lächeln. So unverfälscht und wirkungsvoll, wie es von keinem Erwachsenen kommen könnte. Ja, mit ihren drei Monaten war die Kleine schon ein ziemlich aufgewecktes Persönchen.

Zugleich stieß Julius in Gedanken einen Fluch aus. Sie versprach außerdem, ein ebensolcher Plagegeist zu werden, wie ihre Mutter einer war.

Mit einem Ruck stemmte er sich auf der Krücke hoch. »Na schön, meinetwegen. Sie geben sonst sowieso keine Ruhe, und ich mag Ihr Gezeter nicht den ganzen restlichen Tag lang ertragen.«

Nur wenig später humpelte er neben Pauline durch das große Tor nach draußen. Der Winzerhof lag zum Glück am äußersten Ortsrand von Sankt Georgen, und es war zudem ein Sonntagvormittag, eine Zeit, in der die meisten Dorfbewohner beim Gottesdienst in der Kirche saßen. Es bestand somit kaum Gefahr, dass ihnen unterwegs viele Leute begegneten.

»Sehen Sie? Es ist doch gar nicht so schlimm«, sagte Pauline, während sie den Kinderwagen langsam, seinem Schritt angepasst, neben ihm herschob.

Es sei der gleiche Wagen mit den großen Rädern und dem geflochtenen Weidenkorb, in dem er selbst als Kleinkind gelegen habe, hatte Mutter ihm erklärt. Unglaublich, sie hatte ihn tatsächlich aufbewahrt.

Julius gab nur ein Brummen von sich.

Sie folgten erst dem Ufer des Dorfbachs und dann dem Weg aus dem Dorf hinaus. Dieser führte an den Feldern entlang, auf denen seit vergangenem März statt Gras fürs Heu nur noch Kartoffeln und Getreide angebaut wurden. Man wollte nicht erneut eine solche Knappheit wie im Vorjahr riskieren. Der Freiburger Stadtrat hatte darum gleich zu Beginn des Frühlings mit der Verteilung von kleinen Landparzellen an Familien begonnen, die bereit waren, dort Kartoffeln und Gemüse anzubauen. Zudem wurde jede nur erdenkliche Grünfläche innerhalb der Stadt für diese sogenannten Kriegsgärten benutzt, sogar der Botanische Garten der Universität. Und die Nachfrage seitens der Bevölkerung war riesig, zumal die Stadtverwaltung auch für die Rodung, das Pflügen sowie für die Verteilung von Saatgut und Dünger sorgte.

Schweigend gingen sie nebeneinanderher. Das Kind war inzwischen eingeschlafen. Zum Schutz gegen Sonne und Insekten hatte Pauline das Verdeck hochgezogen und ein dünnes Tuch über die Wagenöffnung gespannt.

Der Weg war zwar einigermaßen eben, die Grasnarbe in der Mitte machte das Gehen mit den Krücken hier und da allerdings nicht ganz so einfach. Bald schon spürte Julius die ungewohnte Anstrengung in Armen und Schultern. Ein Schweißrinnsal rann ihm über den Rücken. Verflucht, seit wann war er so träge und unbeweglich geworden?

Trotzdem … Er musste zugeben, dass Pauline recht gehabt hatte: Es war herrlich, die Wärme der Sonne im Gesicht zu spüren. Die Luft roch nach Flieder, frischer Erde und Moos. Es summte und zwitscherte rundum. Eine Amsel sang aus dem Wipfel eines Holunderstrauchs, und aus dem nahe gelegenen Wald war der Ruf eines Kuckucks zu hören. Dieses friedliche Idyll – so unwirklich und unerwartet zugleich.

Julius blieb stehen und schloss die Augen. Das sanfte Streicheln eines Lufthauchs auf seinen Wangen. Das Brennen der Muskeln. Das Keuchen in seiner Kehle. Sein trommelnder Herzschlag. Dieses Gefühl …

Es war nur ein paar Wochen her, dass er hiervon geträumt und sich gewünscht hatte, seine Heimat wiederzusehen. Jedes Mal, wenn er zusammen mit seinen Männern auf das Signal zum Angriff hatte warten müssen, nicht wissend, ob er in einer Stunde noch am Leben sein würde. Sein ständiger Gedanke, während der Momente der Erschöpfung nach tagelangen Märschen in Regen und Kälte. Seine einzige Hoffnung, als er nach dem britischen Kanonengewitter zwei Tage lang in seinem eigenen Blut und mit zerfetztem Bein im Rest eines deutschen Grabens bei Neuve-Chapelle lag, bis die Sanitäter zu ihm vorstießen. Er konnte seine eigenen verzweifelten Schreie noch immer im Traum hören.

Wie wundersam und sonderbar sich die Gewissheit nun anfühlte: Er war am Leben. Er war zu Hause.

»Ist Ihnen unwohl? Haben Sie Schmerzen?«, hörte er Paulines Stimme, fühlte die Berührung ihrer Hand an seiner Schulter.

Blinzelnd sah er auf und erkannte die Sorge in ihrem Blick. »Es geht mir gut«, erwiderte er rasch.

Sie hatte jedoch bereits den Kinderwagen gewendet. »Wir gehen zurück. Sie dürfen sich nicht zu sehr verausgaben.« Sachte fasste sie nach seinem Oberarm.

Aber Julius löste sich aus ihrem Griff. »Es geht mir gut. Wirklich.« Mit dem Kinn deutete er auf eine Holzbank am Wegrand. »Aber vielleicht könnten wir uns einen Augenblick hinsetzen.« Ehe Pauline etwas dagegen sagen konnte, humpelte er auf die Bank zu.

Sie stand im Schatten einer riesigen alten Buche. Von hier aus eröffnete sich ihnen rechter Hand der Blick auf die Terrassen der Weingärten am Schönberg, während im Westen der dunkle Streifen des Mooswaldes zu sehen war.

Mit einem unterdrückten Aufstöhnen ließ Julius sich nieder und lehnte die Krücken links und rechts von sich gegen die Bank. Erst jetzt bemerkte er, dass Pauline noch immer dastand und ihn erstaunt ansah. »Kommen Sie, setzen Sie sich.« Er winkte sie näher. »Entgegen der allgemeinen Meinung bin ich nämlich nicht bissig.«

Sie betrachtete ihn mit einem Stirnrunzeln. »Das weiß ich zwar längst, ich wundere mich nur darüber, dass Sie's endlich selbst zugeben.« Sie schob den Kinderwagen neben die Bank und setzte sich.

Er spürte, dass er grinste. Es hätte ihn auch ernsthaft erstaunt, wenn sie ihm nicht Paroli geboten hätte. Insgeheim musste er zugeben, dass ihm diese Wortgefechte mit Pauline mehr halfen als jede Pflege. Die Württembergerin war erfrischend anders und unverfälschter als die Frauen, denen er bisher begegnet war.

Obwohl sie nach dem Tod ihres Verlobten stiller geworden war, in sich gekehrter. Seither hatte sie auch niemals wieder ein Wort über jenen fatalen Morgen verloren, und er hatte auch nie weiter danach gefragt. Manchmal war es weniger schmerzhaft, einfach zu schweigen. Er wusste, wovon er sprach.

»Sind Sie durstig? Ich habe etwas Wasser dabei«, sagte Pauline nach einer Weile und griff nach der Feldflasche aus Aluminium, die sie ans Fußende des Kinderwagens gelegt hatte.

Dankbar nahm er einen tiefen Schluck, ehe er ihr die Flasche zurückreichte. »Die Kleine«, mit einem Kopfnicken deutete er auf die schlafende Sofie, »sie ist ein zufriedenes Kind.«

Pauline blickte lächelnd auf ihre Tochter, die mit geballten Fäustchen den Schlaf der Gerechten schlief und nur ab und zu leise schmatzte. »Ja, Sie haben recht. Ich fürchte nur, das hat sie nicht von mir.« Es hatte zwar wie ein Scherz geklungen, dennoch huschte ganz kurz ein schmerzvoller Schatten über ihre Züge. Dann holte sie Atem und reckte das Kinn. »Aber immerhin kann ich sie so ohne schlechtes Gewissen in Selmas und Emmas Obhut geben, während ich den anderen Frauen bei den Arbeiten im Weinberg oder im Wald helfe. Emma ist ganz vernarrt in sie.«

Das stimmte. Er hatte ebenfalls schon beobachtet, wie das Gesicht der Küchenmagd zu strahlen anfing, wenn sie das Kind auf dem Schoß hielt.

Was jedoch die übrigen Arbeiten anging …

Julius presste die Zähne zusammen. Eigentlich wäre es seine Aufgabe, sich um Hof, Wingert und Forst zu kümmern. Stattdessen überließ er die ganze Bürde seiner Mutter, weil er aufgrund seiner Behinderung nicht einmal mehr dazu fähig war, eine vermaledeite Säge zu handhaben.

»Für die schweren Arbeiten im Wald haben wir vorerst wenigstens die Russen. Das ist gut«, sagte Pauline und schaukelte behutsam den Kinderwagen, nachdem Sofie sich kurz geregt hatte.

Er nickte.

Ja, die russischen Kriegsgefangenen. Vor ein paar Tagen war der erste Zug mit dreißig von ihnen aus Baden-Baden angekommen. Schon im März hatte der Aufruf an alle Winzer- und Bauernbetriebe in und um Freiburg in der Zeitung gestanden: Wer Gefangenenbrigaden zur Erledigung der Land- und Waldarbeiten benötige, hätte bis Ende des Monats einen Antrag an die offiziellen Stellen zu richten.

Da jedoch kaum genügend Wachpersonal für die Gefangenen zur Verfügung stand, konnten längst nicht alle Antragsteller berücksichtigt werden. Außerdem war das Angebot für die wichtigsten Feldarbeiten viel zu spät gekommen: Die Pflug- und Düngarbeiten waren zu dem Zeitpunkt bereits in vollem Gange gewesen. Zur Mithilfe hatte man ganze Schulklassen aufgeboten.

Jetzt im Mai galt es hingegen, so viele zusätzliche Landparzellen wie möglich zu roden, um darauf Kartoffeln anzupflanzen. Für die Kriegsgefangenen war es Zwangsarbeit, für die Freiburger ein Lichtblick, und die Nachfrage nach jedem Paar helfender Hände war groß.

Wie auch immer Mutter es fertiggebracht hatte – dem Rosenhof war zumindest für die Dauer der Trockenastung, bei der die bereits abgestorbenen Äste entfernt wurden, und dem Mähen der Waldwiesen ein Trupp von sechs gefangenen Russen zugeteilt worden. Groß gewachsene Gestalten mit hohlen Gesichtern, die ihre zusammengerollten Decken über Schultern und Brust gebunden hatten.

Für den Moment mochte das zwar eine Hilfe sein, wie sie den Holzschlag im Spätsommer und Herbst ohne zusätzliche Arbeitskräfte neben der Traubenlese bewältigen sollten, stand jedoch in den Sternen.

»Sie brauchen sich in Zukunft auch nicht noch um mich zu

kümmern. Die Wunden sind längst verheilt«, sagte Julius und unterstrich seine Worte mit einem bestimmten Nicken, während er den Blick über die Felder vor ihnen wandern ließ.

Aus den Augenwinkeln sah er, dass sie sich zu ihm umgewandt hatte, und er spürte ihren Blick auf sich ruhen.

»Ein netter Versuch, aber ich muss Sie enttäuschen. Solange Ihre Mutter mir nichts anderes aufträgt, werden Sie mich nicht so einfach los«, erklärte Pauline. Ein amüsierter Unterton schwang in ihrer Stimme mit, Julius hatte es genau gehört.

Erneut zuckte ein Grinsen an seinen Lippen. »Schade. Dabei hatte ich so gehofft, dass es Ihnen hier in der Provinz allmählich zu langweilig würde und Sie nach etwas Neuem suchten.«

»Warum sollte ich?«

»Nun ja.« Er lehnte sich zurück und stützte die Ellenbogen auf die Banklehne. »Als Damenschneiderin aus Paris sind Sie bestimmt an den Umgang mit der dortigen Hautevolee gewohnt. Das können wir hier in Freiburg kaum bieten.«

»Ach, wissen Sie …« Sie winkte gönnerhaft ab und seufzte tief. »Das Großstadtleben mag seine Vorzüge haben, es geht jedoch nichts über den Geruch von Kuhmist an einem Sonntagmorgen.«

Nicht schlecht pariert. Doch das konnte er ebenso. »Richtig, ich vergaß. Sie kommen ja aus Tübingen. So kennen Sie sich damit natürlich bestens aus.«

»Wobei ich meine Kenntnis hier in Freiburg noch perfektioniert habe«, gab sie, ohne zu zögern, zurück. »Außerdem wollte ich schon immer wissen, ob es stimmt, was man sich in Württemberg über die Badener erzählt.«

Julius runzelte fragend die Stirn. »Und das wäre?«

Sie zuckte die Schultern. »Der Name Gelbfüßler muss schließlich irgendwoher kommen.«

Im ersten Moment war er zu verblüfft, um zu antworten. Er

hatte mit vielem gerechnet, aber nicht damit. Es musste Jahre her sein, seit er die Bezeichnung Gelbfüßler zuletzt gehört hatte. Es war ein alter Spitzname für die Bewohner des Großherzogtums Baden, dessen Ursprung auf verschiedene Deutungen zurückzuführen war. Die bekannteste war der Bezug zur gelb-rot-gelb gestreiften Flagge Badens.

Er fühlte das Brodeln in seiner Brust. Und es schwoll immer weiter an.

Sein Blick fuhr zu Pauline. Er sah, dass auch ihre Lippen bebten, weil sie sich beherrschen musste.

Und dann brach das Lachen aus ihnen beiden heraus.

Für ihn war es das erste Mal seit … Er konnte es nicht einmal mehr mit Bestimmtheit sagen, es war so lange her.

Ah, Julius lachte so laut und ergiebig, dass ihm die Tränen über die Wangen rannen und er nach Luft schnappen musste.

Das Gelächter weckte jedoch die kleine Sofie, die sogleich zu jammern anfing und mit Armen und Beinen strampelte, um die Aufmerksamkeit auf sich zu ziehen.

»Ist ja gut, mein Schatz, ist ja gut.« Pauline hob ihre Tochter aus dem Wagen, setzte sie sich auf den Schoß und reichte ihr ein Gazetuch, das sie mit mehreren Knoten versehen hatte.

Wieder besänftigt, begann das Kind das Stoffknäuel mit seinen winzigen Fingern zu kneten und bestaunte die Knoten mit großen Augen.

Wie simpel die Welt für ein so kleines Geschöpf doch ist, ging es Julius durch den Kopf. Simpel und zugleich so unfassbar gefährlich.

»Was ich Sie übrigens schon längst fragen wollte …« Pauline wandte ihm den Blick zu. »Warum haben Sie uns damals geholfen, André und mir?«

Er sah sie verständnislos an.

»Sie hätten ihn erschießen oder umgehend den Gendarmen ausliefern können. Das haben Sie aber nicht getan. Im Gegenteil, Sie haben ihn als Menschen behandelt, nicht als Feind. Warum?«

Schweigend ließ Julius den Blick noch einmal über die Landschaft schweifen. Wenn man die malerischen Hügel mit den Feldern und Weinbergen betrachtete, fiel es schwer, zu glauben, dass Krieg herrschte.

»Egal, auf welcher Seite sie stehen, Soldaten haben den Befehlen zu folgen. Den Feind bekämpfen und mit allen Mitteln schlagen. Ohne Rücksicht. Auf dem Schlachtfeld erkennt man keine Gesichter mehr, nur noch die Farben der Uniformen«, sagte er dann leise. »Im umgekehrten Fall hätte Ihr Verlobter dasselbe getan. Es ist nicht nur eine Frage der Ehre, sondern vor allem ein Versuch, Mensch zu bleiben.«

Stummes Staunen lag in ihrer Miene, während sie ihn anstarrte, doch sie erwiderte nichts darauf.

Eine Weile lang saßen sie schweigend nebeneinander. Bis von Weitem das Geläut der Kirchenglocken ertönte.

»Der Gottesdienst ist zu Ende«, sagte Pauline.

»Ja.«

»Besser, wir warten noch ein Weilchen, bevor wir zurückgehen.«

Bis sich die Bewohner Sankt Georgens wieder in ihre Häuser begeben hätten, vervollständigte Julius in Gedanken den Satz. Sie hatte es zwar aus Höflichkeit nicht ausgesprochen, doch er wusste, was sie meinte. Sie kannte seine Abneigung gegen die mitleidigen Blicke der Leute, wenn sie ihn sahen.

Sie warteten so lange, bis die Glocken verstummten und noch etwas länger.

Mit einem Ruck stemmte sich Julius auf den Krücken hoch. »Ich glaube, wir können jetzt gehen.«

Sie hatten erst ein paar Schritte getan, als die Flugzeuge kamen.

23 – Unter dem Sommerhimmel

Mai 1915, in der Nähe von Sankt Georgen

Zuerst hörte Pauline nur das leise Motorenrattern, das klang wie ein Traktor.

Sie stand auf, hob den Blick zum Himmel und schirmte die Augen mit der Hand ab, weil die Sonne sie blendete. Dann erst sah sie die zwei sich von Norden nähernden Flugzeuge.

Ihr stockte der Atem. Instinktiv drückte sie Sofie noch enger an sich. Der Fliegerangriff, den sie vor rund einem halben Jahr miterlebt hatte, war ihr noch zu gut in Erinnerung. Und wer konnte schon mit Sicherheit sagen, ob Sankt Georgen wirklich so sicher war, wie Else immer behauptete?

»Unter die Buche. Bevor sie uns sehen«, rief sie und wollte nach seinem Arm greifen. Doch sogleich merkte sie, dass etwas mit ihm nicht stimmte. Er stand völlig erstarrt mit weit aufgerissenen Augen da. Er keuchte und zitterte am ganzen Körper.

Die Flugzeuge kamen immer näher.

»Julius.« Sie versuchte, ihn mit sich zu ziehen. Vergebens, er rührte sich nicht von der Stelle.

»Julius«, rief sie lauter. Warum reagierte er denn nicht? Es war, als würde er sie überhaupt nicht hören.

Einer der beiden Flieger sank auf einmal tiefer und flog einen Bogen, die Kokarde auf Flügeln und dem hinteren Teil des Rumpfs zeigte das schwarze Kreuz des Kaiserreichs.

»Das sind unsrige.« Pauline seufzte erleichtert auf, doch Julius reagierte noch immer nicht.

Der Flieger kam nun genau auf sie zu. Das stakkatoartige Rattern der Flugzeugmotoren dröhnte laut.

Erschrocken durch den Lärm, begann Sofie zu weinen.

Auf einmal ging ein Ruck durch Julius. Er stieß ein ohrenbetäubendes Brüllen aus und ließ beide Krücken fallen.

»Was machen Sie denn da?« Pauline versuchte, ihn mit dem freien Arm zu stützen, doch er war zu schwer.

Hilflos musste sie zusehen, wie er erst auf einem Bein hüpfte und mit den Armen ruderte, um die Balance zu halten. Dann taumelte er und sackte seitlich zu Boden.

Sofort war sie neben ihm, hielt zugleich ihr Töchterchen in einem Arm fest. Was, wenn er sich verletzt hatte? Dieser sture, sture Kerl.

Aber Julius stemmte sich mit den Händen ab, rappelte sich auf die Knie und brüllte weiter – noch lauter jetzt. Als versuche er, damit das Flugzeug zu verscheuchen.

Im selben Moment brauste es über sie hinweg.

Pauline kniff die Augen zusammen, beugte sich über das Kind in ihrem Arm und griff mit der freien Hand nach Julius' Ellenbogen, um ihn festzuhalten. Der plötzliche Luftschwall wehte ihr Staub und Grasfetzen in die Augen. Sie hustete.

Nun zog der Pilot die Flugmaschine wieder in die Höhe. Damit wurde endlich auch das Motorenknattern leiser.

Erst jetzt hörte Julius mit dem Brüllen auf. Von einem Moment auf den anderen hockte er nur noch da. Sein Oberkörper schwankte, als wäre er betrunken. Sein Blick war seltsam leer und verlor sich in einer Ferne, die nur er selbst zu sehen schien. Tränen liefen ihm über die Wangen.

Vorsichtig legte Pauline Sofie zu Boden und drehte sich zu Julius um. Was sollte sie jetzt tun?

Sie zog ihn in ihre Arme, etwas anderes fiel ihr nicht ein.

Zuerst zuckte er bei der Berührung zurück und machte Anstalten, sie von sich zu schieben. Doch plötzlich sackte er in ihren Armen zusammen, klammerte sich fast verzweifelt an ihr fest und begann zu schluchzen.

»Es ist gut. Es ist alles gut«, flüsterte sie, während sie ihm über die Schultern und übers Haar strich.

Er zitterte am ganzen Körper. Es brach Pauline schier das Herz, ihn so zu sehen. Und sie konnte nichts anderes tun, als ihn festzuhalten und in den Armen zu wiegen.

So lange, bis sein Schluchzen verstummte.

»Ich habe ihn noch nie zuvor so gesehen. Es war, als hätte das Geräusch der Flugzeugmotoren ihn in eine Art Schockzustand versetzt«, sagte Pauline, als sie am Abend mit Else und Helene in der Waschküche saß. Hier war es ruhiger als in der Küche im Haupthaus, und sie wollte nicht, dass irgendwer sonst hörte, was vorgefallen war.

Sie selbst war noch immer aufgewühlt. Es hatte eine gefühlte Ewigkeit gedauert, bis Julius wieder einigermaßen ansprechbar gewesen war, wenngleich er kein Wort mehr über die Lippen brachte. Immerhin reagierte er mit einem Nicken oder einem Kopfschütteln.

Mit Paulines Hilfe hatte er es geschafft aufzustehen, und irgendwie waren sie danach zurück nach Hause gekommen.

Wohlweislich hatte sie ihn vorausgehen lassen und war ihm in gebührendem Abstand gefolgt, natürlich ohne ihn aus den Augen zu lassen. Pauline wusste jedoch, dass sich die Leute im Dorf schon zur Genüge die Mäuler über sie zerrissen, und sie wollte verhindern, dass man sie zusammen sah.

Zwar hatte man sie seinerzeit mit keinem Wort mit André in Verbindung gebracht – der Vorfall war ohnehin kaum beachtet worden. Ein herumstreunender Deserteur sei von den tatkräftigen Beamten des Militärpostens gestellt worden, hatte es geheißen, und die Leute waren mit der Erklärung zufrieden gewesen.

Es war vielmehr die Geschichte von Paulines geheimnisvollem Frontsoldaten, dem Vater ihres Kindes, von dem bisher niemand weder etwas gesehen noch den Namen gehört hatte, die unter den Dorfbewohnern für die wildesten Vermutungen sorgte. Da in Sankt Georgen jeder jeden kannte und es somit unmöglich war, ein Geheimnis zu wahren, wusste inzwischen wahrscheinlich auch das gesamte Dorf, dass Pauline nicht verheiratet war. Spätestens seit sie Sofies Geburt hatte melden müssen, denn dabei war die Angabe des Zivilstandes der Kindsmutter nötig gewesen, und sie hatte keine Heiratsurkunde vorlegen können, die etwas anderes bewies. Es fehlte nur noch, dass irgendjemand irgendwelche falschen Schlüsse daraus zog, wenn man den Erben des Lauerer Rosenhofs zu häufig in ihrer Begleitung sah.

Nach Paulines Erzählung nickte Helene ernst. »Solchen Episoden begegnen wir im Lazarett immer wieder. Sogar bei kaum versehrten Soldaten. Oft sind es winzige Kleinigkeiten, die einen solchen Anfall auslösen – ein Geräusch oder ein Geruch zum Beispiel. Dann ist es, als würden die Männer von einer Art innerer Panik befallen.«

Ihre Stirn legte sich in sorgenvolle Falten. »Einige fangen an zu stottern oder zu zittern. Andere beginnen zu schreien oder können sich plötzlich nicht mehr bewegen. Ich habe sogar schon von Fällen gehört, bei denen die Männer auf einmal nicht mehr sprechen können oder sogar erblinden.«

»Aber woher kommen diese Anfälle?«, fragte Pauline zutiefst erschüttert.

»Darüber sind sich auch die Ärzte nicht vollständig im Klaren.« Helene seufzte. »Es heißt, dass die Reaktionen mit den Erfahrungen der Männer an der Front zu tun haben.«

Else hatte Paulines Erzählung bisher nur mit zusammengepressten Lippen zugehört. Jetzt schüttelte sie jedoch den Kopf. »Aber das passiert doch längst nicht allen Soldaten.«

»Das stimmt zum Glück«, erklärte Helene. »Andererseits macht genau das es so schwer, eine annehmbare Diagnose zu stellen, die auf mehr als bloßen Vermutungen basiert.«

»Was können wir denn nun tun?« Pauline machte sich Sorgen. Nicht um sich, sondern um Julius. Es musste doch etwas geben, womit sie ihm helfen konnte. Irgendetwas.

Seit dem Vorfall hatte er sich in sein Zimmer zurückgezogen. Dort lag er im Bett und starrte an die Decke. Das Essen, das sie ihm brachte, rührte er nicht an.

Diese abgrundtiefe Angst, die sie heute in seinen Augen gesehen hatte … Was musste er Grauenvolles erlebt haben!

»Ich habe ihm etwas Baldrian zur Beruhigung gegeben«, sagte Helene. »Im Moment bleibt uns nichts anderes übrig, als abzuwarten und zu hoffen, dass es in der kommenden Zeit keine Angriffe gibt, die einen erneuten Anfall auslösen können.«

Diese Hoffnung war vergebens, denn solange das Wetter gut und der Himmel auch nachts klar war, hielt die feindlichen Flieger nichts auf. Mindestens einmal die Woche wurden britische oder französische Flugzeuge über oder um Freiburg gesichtet. Allerdings schien Freiburg zum Glück nicht immer ihr Ziel zu sein, und sie überflogen die Stadt nur.

Luftkrieg. So nannte man diese neue Art der Kriegsführung, die die Leute zwar erschreckte, jedoch zugleich auf eine morbide Weise faszinierte. So sehr, dass viele Stadtbewohner, allen Warnungen zum Trotz, sogar absichtlich auf Dächer kletterten, um die Bombenabwürfe der Flugzeuge mit dem Fernglas zu beobachten. Nicht einmal die Androhung von Geldstrafen seitens der Polizeibehörden hielt die Leute davon ab.

Besonders beliebt waren offenbar die Luftgefechte zwischen Feindfliegern und der seit Dezember des Vorjahres auf dem Flugplatz nordwestlich der Stadt stationierten Jagdfliegerstaffel. Das zumindest erzählte Leni, die eines dieser Gefechte vom Schönberg aus beobachtet hatte.

»Das hättet ihr sehen sollen«, schwärmte die Magd am Esstisch in der Küche. »Wie elegant die Flugzeuge aussehen. Und mit welcher Geschwindigkeit sie ihre Manöver fliegen. Wer hätte vor nur ein paar Jahren gedacht, dass wir eines Tages so ein Spektakel zu sehen bekommen.«

»Ein Spektakel, dass dich das Leben kosten kann«, brummte Hannes mit düsterer Miene.

Auch Pauline konnte diesen Anreiz beim besten Willen nicht nachvollziehen. Ihr Bedarf an Begegnungen mit Fliegern war längst gedeckt.

Umso mehr als Julius seit jenem Vorfall noch unzugänglicher, noch zynischer geworden war. Dabei hatte sie ihn an besagtem Morgen endlich lachen sehen. Zum ersten Mal seit seiner Rückkehr. Ja, einen kurzen Augenblick lang war er wieder der schneidige, freundliche Offizier gewesen, dem sie damals am Bahnhof begegnet war. Doch ein einziger Moment hatte genügt, um sämtliche Fortschritte mit einem Schlag zunichtezumachen.

Danach hatte es Tage gedauert, bis Julius sein Zimmer wieder verließ. Völlig unerwartet war er dann eines Morgens mit seinen Krücken auf den Innenhof hinausgestakst und hatte jeden angeknurrt, der in seine Nähe kam, während er unzählige Male der Länge nach über den Hof und wieder zurück humpelte. Rastlos. Ziellos.

Es war Hannes gewesen, der ihn schließlich auf einen Holzschemel beim Stalleingang gesetzt und ihm ein kleines Beil in die Hand gedrückt hatte, damit er Holzscheite zu Kienspänen hackte.

Julius dabei zuzusehen, wie er das Beil mit einer solch zielsicheren Wut in die Holzstücke schlug, hatte Pauline im Herzen wehgetan. Aber immerhin schien ihm die Beschäftigung tatsächlich zu helfen. Als ob er endlich wieder einen Sinn in seinem Alltag gefunden hätte. Sei es auch bloß, Flaschen vor dem Abfüllen des Weins aus den Fässern auszuwaschen, Lederriemen für den Pflug zu knüpfen oder Messer, Schneiden und Scheren zu schleifen. Es war endlich ein Schritt vorwärts.

Dank der zwar nicht besonders üppigen, aber dennoch regelmäßigen Mahlzeiten hatten Julius' Wangen mit der Zeit wieder etwas Fülle und Farbe bekommen. Durch den Gebrauch der Krücken waren auch seine Schultern breiter und die Arme kräftiger geworden. Er konnte damit nun sogar Treppen steigen und bewegte sich einigermaßen mühelos im Haus und auf dem Hof.

Nach all diesen kleinen Erfolgen hatte Pauline gehofft, Julius würde endlich sich selbst und seinen Seelenfrieden wiederfinden.

Auf den ersten Blick schien das auch der Fall zu sein. Vor allem, wenn es darum ging, die Familie Lauer nach außen hin zu vertreten. Bei einer Versammlung der Winzergenossenschaft zum Beispiel, auf der Julius zusammen mit seiner Mutter die neuen Verträge mit der Kelterei verhandelte, zu der die Lauers ihre Trauben zur Weiterverarbeitung brachten. Oder als eines Tages der Inhaber der Papierfabrik Flinsch zusammen mit seinem schmalbrüstigen Anwalt zu einem stundenlangen Gespräch hinter verschlossenen Türen auf dem Hof erschien.

Pauline war stets von Neuem erstaunt, wenn sie sah, wie selbstsicher und entschlossen Julius bei solchen Verpflichtungen auftrat. Als wäre er auf einmal ein anderer Mensch. Und dieser hatte rein gar nichts mit dem ständig düster dreinblickenden, unnahbaren Kriegsversehrten gemein, als der er sich gewöhnlich zeigte.

Allerdings wurde ihr schnell bewusst, welch unglaubliche Anstrengung diese Verwandlung ihm jedes Mal abverlangte. Sie bemerkte es jeweils an seinem verkniffenen Gesichtsausdruck, wenn er sich danach sofort in seinem Zimmer verbarrikadierte. Seit seine Verletzungen verheilt waren, aßen er und seine Mutter normalerweise gemeinsam an dem großen Tisch in der Herrenstube. An solchen Tagen saß Else jedoch allein dort, während Julius nicht einmal den Teller anrührte, den Pauline ihm vor die Tür stellte.

Es war so unsagbar frustrierend. Wenn sie nur endlich herausfände, was es war, das ihn derart quälte.

Doch nicht nur Julius, auch die Sorge um ihren Bruder bereitete Pauline schlaflose Nächte. Sie hatte ihm nicht von Andrés Tod geschrieben, aus Angst, dass jemand die Nachricht lesen und falsche Schlüsse ziehen könnte. Es reichte heutzutage schon, einen fremd klingenden Vornamen zu haben, damit einen die Leute misstrauisch beäugten. Immerhin wusste er von Sofies Geburt.

Seine Briefe klangen jedoch längst nicht mehr so unbeschwert euphorisch wie noch vor ein paar Monaten. Sein Regiment lag seit vergangenem Herbst unweit des Ortes Thiepval, in Nordfrankreich.

Es ist, als würden die Tage nie vorübergehen. Wir sehen hier wenig von den Kampfhandlungen. Stattdessen graben wir uns regelrecht in die Landschaft ein, räumen ganze Dörfer und bauen unterirdische Stollen und Bunker. Ein Gewirr aus Schützengräben und Stacheldrahtverhauen, so weit das Auge reicht. Wir nennen es die Schwabenfeste …, schrieb er im Juli.

Allerdings hatte er fast eine Woche lang im Lazarett gelegen – zusammen mit rund einem Viertel der Männer seiner Kompanie. Sie alle hatten verdorbenes Schweinefleisch aus Konserven gegessen.

»Dasselbe hat mir auch die Gretel vom Gasthaus *Zur Schneeburg* erzählt«, sagte Dorle, als Pauline den anderen beim Frühstück davon berichtete. »Einige Gäste aus Hamburg hätten davon gesprochen, dass überall im Land Unmengen an vergammelten Fleischkonserven im Umlauf seien. Nicht nur beim Heer«, fuhr die Magd fort. »Es soll daher kommen, dass das für die Dosen verwendete Blech zu nichts taugt.«

»Was soll des heiße?«, meldete sich die Köchin Selma vom Herd zu Wort und stemmte empört die Fäuste in die Seiten. »Fir was han ich mini Pfanne hergeh meese, wänn dodrus nit emol aschdändigi Dose gmachd wäre?« Dass man sie vor rund drei Wochen dazu gezwungen hatte, fast die Hälfte ihrer Küchenutensilien auszuhändigen, war für Selma einem Dolchstoß in die Brust gleichgekommen. Doch all ihr Zetern und Schimpfen hatte nichts genützt. Die Beschlagnahmung von Metall aus Privathaushalten war eine Order der Obersten Heeresleitung gewesen, der sich sogar die lokalen Verwaltungsoberhäupter zu unterwerfen hatten.

»Das Problem liegt ganz woanders.« Else Lauer faltete die Zeitung zusammen und leerte den Rest Eichelkaffee in ihrer Tasse in einem Schluck.

Wie gewöhnlich trank sie ihren Morgenkaffee im Stehen neben dem Herd und setzte sich nie mit den übrigen Gutsbewohnern an den Tisch. Sie trug ihre Arbeitskleidung sowie eine lange Schürze, die Hemdsärmel bis über die Ellenbogen hochgekrempelt und ein Tuch zum Schutz gegen Schmutz und die Sonne über dem hochgebundenen Haar.

Ihre Miene war so unergründlich wie immer, als sie fortfuhr: »Wären Anfang des Jahres nicht so viele Säue aufgrund des Bundesratsentscheids getötet worden, hätte man den plötzlichen Überfluss an Schweinefleisch auch nicht zu Konserven verarbeiten müssen. Vor allem, wenn anscheinend nicht einmal genügend Metall für die Waffenproduktion vorhanden ist, geschweige denn für die Herstellung von Blechdosen.« Dann trat sie zum Tisch und legte die Zeitung hin. »Hannes, sorgen Sie dafür, dass alle rechtzeitig bereit sind. Wir haben heute viel zu tun.«

»Ist recht«, antwortete der Hausknecht und stand mit einem Ruck auf.

Doch die Winzerin hatte sich bereits umgedreht und die Küche durch die Tür zum Innenhof verlassen. Durchs Fenster sah man sie mit langen Schritten in Richtung Stall marschieren.

»Ihr habt's gehört. Also macht voran, heute ist der Laubschnitt im Schönberg-Wingert dran«, befahl Hannes.

»Wir kommen ja schon.« Seufzend erhoben sich auch Leni und Toni vom Tisch.

Wegen ihrer Frühschicht war Helene schon vor dem Morgengrauen aus dem Haus gegangen. Pauline hatte sich zusammen mit Dorle für den Putzdienst gemeldet: Betten lüften, Matratzen klopfen, Spinnweben aus den Ecken holen, Staub wischen, Fenster putzen und Böden schrubben. Den ganzen Morgen lang.

Als die Reihe an Julius' Zimmer in der Bibliothek kam, fanden sie den Raum menschenleer vor. Das Bett war bereits gemacht, die Laken makellos glatt gezogen und beim Kopfende zu einem perfekten Umschlag über der Wolldecke gefaltet. Nanu? Wo war denn Julius? Er hatte sich am Morgen noch gar nicht blicken lassen.

Pauline staunte nicht schlecht, als sie am frühen Nachmittag in den Innenhof trat und ihn dort im Schatten des Rosenbuschs sitzend vorfand, während er die Bastschnüre aus dem vor ihm am Boden liegenden Jutesack entwirrte. Diese würden im kommenden Frühjahr für das Aufbinden der Fruchtruten in den Weinbergen benutzt werden.

Hier draußen war es angenehm warm, aber nicht zu heiß, und ein leises Lüftchen ließ die sattroten Blüten des Rosenbuschs auf- und niederwippen, während ein betörender Duft den Innenhof erfüllte. Leises Gackern war aus dem Hühnergehege auf der anderen Seite des Stalls zu hören. Eine der Hofkatzen lag faul im Schatten beim Stalltor. Was für ein friedvolles Bild.

»Stört es Sie, wenn wir Ihnen Gesellschaft leisten?«, fragte Pauline, wartete aber seine Antwort gar nicht erst ab, sondern breitete neben ihm eine Decke auf dem Kopfsteinpflaster aus und setzte Sofie darauf ab. Die Kleine wuchs von Tag zu Tag. Sie konnte jetzt sogar schon ganz allein sitzen und hatte seit Neustem ihre Stimme entdeckt, die sie mit fröhlichem Quietschen und Gurgeln zum Besten gab. Sobald sie nun jedoch Julius entdeckte, begann sie zu strahlen und begrüßte ihn brabbelnd.

Pauline musste lächeln. Sie setzte sich auf einen Stuhl daneben und begann, die Bohnen aus dem großen Korb zu putzen. Es war die erste Ernte dieses Jahr. Der Großteil davon würde in Gläsern eingekocht und so bis zum Winter haltbar gemacht werden. Die dünneren, zarteren Stängel hingegen wollte Selma in der Herddörre trocknen.

Julius sah nur kurz von seinem Tun auf, bedachte das Kind mit gerunzelter Stirn und schüttelte wortlos den Kopf.

Derweil hatte Sofie den Sack mit den Schnüren entdeckt und reckte voller Verzückung die Ärmchen danach, kam jedoch ins Wanken und purzelte prompt zur Seite.

»Hoppla.« Pauline beugte sich vor und reichte der Kleinen die zwei Püppchen, die sie aus alten Stoffresten genäht und mit Sand und Papier gefüllt hatte, damit sie raschelten. »Oder willst du doch lieber die Rassel?«

Aber das Interesse Sofiechens schien ganz woanders zu liegen, denn sie drehte sich mit aller Kraft auf den Bauch und stemmte sich mit den Armen ab, damit sie in Julius' Richtung sehen konnte.

»Ich glaube, meine Tochter hat einen Narren an Ihnen gefressen«, sagte Pauline.

»Sie ist zu klein, um es besser zu wissen«, brummte der Winzersohn. Um bequemer zu sitzen, hatte er ein Stoffkissen auf seinen Holzstuhl gelegt. Das gesunde Bein auf eine umgestülpte Kiste gestützt, benutzte er sein Knie als Arbeitsfläche, um die Knoten in den Schnüren zu entwirren. Nun ließ er eine der ausgefransten Bastflechten zu Sofie hinunterbaumeln.

Freudig begann sie mit ihren Patschhändchen danach zu greifen und jauchzte vor Vergnügen, als Julius die Schnur immer wieder wegzog.

Pauline beobachtete ihn unauffällig. Heute schien einer der besseren Tage zu sein, er wirkte ruhiger, weniger angespannt als sonst. Und täuschte sie sich, oder hatte sie da wahrhaftig eben den Anflug eines Lächelns auf seinen Lippen gesehen?

»Also doch«, sagte sie und setzte eine völlig unbeteiligte Miene auf, während sie die Spitzen der nächsten Handvoll Bohnen fein säuberlich abschnitt. Dabei kostete es Pauline jedes Quäntchen an Beherrschung, so zu tun, als hätte sie Julius' fragenden Blick nicht bemerkt.

Schließlich schnaubte er auf. »Was?«

Mit gespieltem Erstaunen wandte sie ihm den Blick zu. »Wie bitte?«

Er zog die rechte Augenbraue in die Höhe, wie er es immer tat, wenn er einer Sache nicht traute, Pauline hatte es schon mehrfach bei ihm beobachtet.

»Sie haben mich ganz genau gehört, also sagen Sie, was Sie zu sagen haben«, grollte er.

Gelassen nahm sie eine weitere Handvoll Bohnen aus dem Korb und legte sie sich in das Handtuch auf dem Schoß. »Ich wollte damit nur anmerken, dass sich meine Ahnung eben bestätigt hat.«

Julius sah sie abwartend an. Seine Stirn verdunkelte sich, als ihrerseits keine weitere Erklärung kam. Er schnalzte mit der Zunge und warf die Schnur, die er gerade erst entwirrt hatte, zurück in den Sack. »Haben Sie eine Vorstellung davon, wie enervierend Sie manchmal sein können?«

Pauline zuckte leicht mit den Schultern. »Mein Bruder behauptet das schon mein ganzes Leben lang.«

»Zu Recht«, erwiderte Julius in gereiztem Tonfall.

Sie schenkte ihm ein süffisantes Lächeln. »Sagt ausgerechnet der, der ständig eine sauertöpfische Laune vorgibt, damit bloß keiner merkt, dass er im Grunde ein freundlicher Mensch ist.«

Er hielt auf der Stelle inne und starrte sie an – seine Miene eine Mischung aus erboster Fassungslosigkeit und Verwirrung.

Doch Pauline ließ sich nicht davon beirren. »Manchmal kommt es mir so vor, als wollten Sie sich für etwas bestrafen, für das Sie sich die Schuld geben«, erklärte sie weiter und bemühte sich um einen möglichst unverfänglichen Tonfall. »Deshalb stoßen Sie alles und jeden von sich. Weil Sie der Ansicht sind, dass Sie keine Zuwendung verdienen.«

Julius verzog das Gesicht zu einer zähnefletschenden Grimasse. »Sie haben eine blühende Fantasie. Wofür um alles in der Welt sollte ich mich denn bestrafen wollen?«

»Sagen *Sie* es mir«, erwiderte Pauline schlicht.

Mit einem Schlag versteinerte seine Miene, und er feuerte ihr einen durchdringenden Blick entgegen, bevor er nach seinen Krücken griff und sich hochhievte. »Hören Sie endlich auf, mir etwas anzudichten, nur weil es in Ihr schönes sonniges Weltbild passt. Sie wissen rein gar nichts von mir«, presste er durch die Zähne und drehte sich mit einem Ruck um.

Ratlos sah Pauline ihm nach, während er sich die Treppe hinaufmühte und ins Haus humpelte.

24 – Von Piloten und Ärzten

August 1915, Freiburg, Lazarett in der Hildaschule

Vorsichtig trennte Helene den Faden des Knotens mit der Schere durch.

Noch ein letzter Kontrollblick zur Sicherheit. Dreißig saubere Knoten. Bei der Wunde handelte es sich um eine offene Schienbeinfraktur. Wie sie inzwischen gelernt hatte, eine typische Verletzung abgestürzter Fliegerpiloten.

Erst nachdem sie Nadelhalter und Pinzette in der Emailleschüssel abgelegt hatte, trat sie mit erhobenen Händen vom Operationstisch zurück und atmete leise auf.

Sie fühlte noch immer das Prickeln unter der Haut, und sie merkte erst jetzt, wie heiß ihre Wangen vor lauter Konzentration geworden waren. Als sie den Kopf hob, begegnete sie dem Blick Professor Fallers, der ihr gegenüberstand.

»Tadellose Arbeit«, sagte er und nickte. Mit dem Mundschutz konnte sie zwar nur seine Augen sehen, doch die Fältchen an den Winkeln verrieten Helene, dass er schmunzelte.

Eine Woge aus purem Glücksgefühl überschwemmte Helenes Körper. Ihr schwindelte vor Stolz. Es war nicht die erste Operation gewesen, bei der sie Faller assistieren durfte, doch heute hatte er sie zum ersten Mal selbstständig den Wundverschluss vornehmen lassen.

»Der Eingriff war ein voller Erfolg.« Die Miene des Professors schien noch immer zufrieden, als er wenig später mit Doktor von Lüdow im Gang vor der Kaffeeküche stand. Mit einem Nicken nahm er die Tasse entgegen, die Helene ihm reichte. Inzwischen hatten sie beide die Operationskluft abgelegt, und Faller trug nun wieder seinen blendend weißen Arztkittel über der Uniform.

»Möchten Sie auch einen Tee, Herr Doktor?«, fragte Helene von Lüdow. Als er abwinkte, wandte sie sich zum Gehen. Sie sollte längst nach ihren Patienten sehen, deren Versorgung sie während der Dauer der Operation an Greta und Stine übergeben hatte.

Doch Professor Faller rief sie zurück. »Bitte sorgen Sie dafür, dass die Spreukissen der Beinlade bei dem frisch Operierten nicht zu eng liegen. Falls die Schwellung stärker wird als erwartet. Und rufen Sie mich, sobald der Patient aus der Narkose erwacht.«

»Natürlich, Herr Professor«, sagte sie und wollte sich schon endgültig umdrehen.

»Sie sollten sich außerdem überlegen, ob Sie Ihre Fähigkeiten weiterhin in der Pflege verschwenden oder nicht doch die Seite wechseln wollen, Schwester Helene. Sie haben das nötige Zeug für den Arztberuf.«

Wie vom Blitz getroffen blieb sie stehen, starrte den Arzt ungläubig an. Was hatte er da gesagt?

Ehe sie etwas darauf erwidern konnte, fuhr Faller an von Lüdow gewandt fort: »Das war nun bereits der vierte deutsche Pilot, der von der eigenen Flugabwehr abgeschossen worden ist.« Er nahm ein, zwei Schlucke Tee, stellte die Tasse dann auf dem Fenstersims ab und schüttelte energisch den Kopf. »Er war noch dazu auf einem Schulungsflug. Man stelle sich das nur vor! Der Dilettantismus der hiesigen Kommandantur ist eine wahre Schande für unser gesamtes Militär.«

Von Lüdows Miene war ernst, als er nickte. »Bleibt nur zu hoffen, dass die Gegner nichts davon erfahren. Nicht auszudenken, wie peinlich das wäre.«

Voll und ganz in ihr Gespräch vertieft, drehten sich die Ärzte um und gingen den Gang entlang davon, ohne Helene weiter zu beachten.

Noch immer fassungslos sah sie ihnen nach. Hatte ihr Professor Faller tatsächlich eben nahegelegt, Ärztin zu werden?

»Was ist denn mit dir passiert? Du siehst aus, als wärst du einem Geist begegnet«, hörte sie auf einmal Gretas Stimme neben sich und fuhr zusammen.

»Nichts«, beeilte sich Helene zu erwidern. Mit fahrigen Händen strich sie sich die weiße Schwesternschürze glatt und setzte ein Lächeln auf. »Ich war nur einen Moment in Gedanken versunken, das ist alles.« Das war wenigstens nur zur Hälfte gelogen. »Komm, die Arbeit wartet.«

Und an der mangelte es ihnen weiß Gott nicht, seitdem die Kämpfe in den Vogesen erneut aufgeflammt waren und täglich noch mehr Züge mit Verwundeten aus den Frontlazaretten in Freiburg ankamen. Schon seit Juli tobte die Schlacht auf dem Lingekopf, einem bewaldeten Gebirgszug oberhalb der elsässischen Ortschaft Münster. Man konnte das Kanonendonnern auch tagsüber in Freiburg hören. Manchmal übertönte es sogar den Straßenlärm. Viele Stadtbewohner stiegen nachts auf den Schlossberg hinauf, von wo aus man die Explosionen und Artilleriefeuer mit dem Fernglas sehen konnte.

Die Kampfhandlungen in unmittelbarer Nähe brachten unweigerlich auch den vermehrten Anflug feindlicher Flieger mit sich. Zu deren Abwehr diente – neben den seit Längerem eingesetzten Abwehrbatterien auf dem Schloss- und dem Schönberg – vor allem die im Nordwesten der Stadt stationierte Flugstaffel der Verteidigung Freiburgs.

Die deutschen Flugmaschinen, so hatte Professor Faller Helene vor ein paar Wochen erst erklärt, waren jedoch im Vergleich zu denjenigen der Gegner bei Weitem nicht wendig genug und brauchten zudem viel zu lange, um an Höhe zu gewinnen. Zu allem Überfluss ließen die ursprünglich als Landgeschütz konzipierten Haubitzen der Freiburger Abwehrbatterien nur eine sehr beschränkte Höhenjustierung zu. Was wiederum nicht selten dazu führte, dass die deutschen Flieger direkt ins eigene Flakfeuer gerieten.

Auch der eben operierte Pilot war einer dieser Pechvögel gewesen. Allerdings hatte er offenbar viel Glück im Unglück gehabt und die Maschine gerade noch zu Boden bringen können.

Dieser Gedanke erinnerte Helene mit einem Schlag wieder an Professor Fallers Auftrag. Sie eilte in den Liegesaal im Erdgeschoss, wohin man den Patienten nach dem Eingriff gebracht hatte. Doch sie traute ihren Augen kaum, als sie den jungen Flieger schon wieder hellwach und mit den Bettnachbarn scherzend vorfand.

»Wie ich sehe, haben Sie die Operation gut überstanden, Leutnant Göring«, sagte sie, während sie neben sein Bett trat.

Ein Kontrollblick auf das Bein in der Lade. Gut, die Polster waren nicht zu eng, selbst wenn sich eine Schwellung bilden sollte.

Ein verwegenes Grinsen machte sich auf dem Gesicht des Piloten breit. »Es braucht schon mehr als ein gebrochenes Schienbein, um mir meine Laune zu verderben. Hätte ich aber gewusst, dass die Krankenschwestern hier so hübsch sind, hätte ich mich schon früher abschießen lassen.« Er zwinkerte ihr zu. »Bitte nennen Sie mich Hermann.«

Die Männer in den Betten links und rechts von ihm grunzten amüsiert.

Es stimmte, dass Fliegerpiloten ein ganz besonderes Ansehen unter Soldaten genossen. Sie galten als die Helden schlechthin – tapfer, kühn und absolut furchtlos.

Nun, daran, dass sie mutig waren, zweifelte Helene keineswegs. Wer sonst käme auf die Idee, sich freiwillig in einer stoffbespannten Holzkiste mit Propellern in die Luft zu wagen? Die Piloten, die sie bisher kennengelernt hatte, hatten zudem etwas gemeinsam: nämlich ein unerschütterliches Selbstvertrauen, das man gelegentlich beinahe schon als Überheblichkeit hätte abtun können. Und Leutnant Göring hier schien dem in nichts nachzustehen.

Helene warf ihm einen tadelnden Blick zu, während sie seinen Puls kontrollierte.

Zugegeben, er sah blendend aus: groß gewachsen, breitschultrig, mit durchdringend blauen Augen, einem glatt rasierten, scharfen Kinn und einem Auftreten, als wäre er der Protagonist in einem von Karl Mays Abenteuerromanen. Wäre sie um einiges jünger, nicht verheiratet und nicht bereits seit einem Jahr hier im Lazarett tätig und damit entsprechend abgehärtet gegen all die Avancen der ankommenden Soldaten, bekäme sie jetzt wahrscheinlich ein Flattern im Bauch. So sah sie jedoch nur einen zweiundzwanzigjährigen, ziemlich selbstverliebten Burschen vor sich, der mehr Glück als Verstand gehabt hatte.

Sie beugte sich wieder über sein verletztes Bein und tat, als begutachte sie die Beinlade – jenes simple, aber effektive Holzgestell mit beweglichen Stützen, das zur besseren Hochlagerung diente. »Na, das muss aber noch etwas höher …« Mit einem kurzen gezielten Griff drückte sie eines der beiden links und rechts des Beins liegenden Spreukissen zurecht. Eine ungefährliche, aber mitunter etwas schmerzhafte Prozedur. Gemein, aber wirksam.

Prompt verschwand das Lachen aus dem Gesicht des jungen Offiziers. Er krallte beide Hände ins Bettlaken und sog scharf die Luft ein.

»Oh, war das vielleicht etwas zu unsanft? Entschuldigen Sie, Leutnant Göring.« Mitfühlend tätschelte Helene seinen Arm. »Ein Glück, dass ein gestandener Mann wie Sie das problemlos wegsteckt, nicht wahr? Ich rufe jetzt Herrn Professor Faller, damit er Sie sich noch einmal ansehen kann. Ich bin gleich wieder da.« Damit drehte sie sich um.

Während sie an den Bettenreihen vorbei zum Ausgang ging, hörte sie noch immer das Prusten der Männer hinter ihr. Und sie reckte zufrieden das Kinn.

Die Abendsonne stand schon tief, als Helenes Arbeitsschicht endete und sie die Treppe der Hildaschule in Richtung Bismarckstraße hinunterstieg. Auf der Mitte der Stufen blieb sie stehen und genoss den Moment der Ruhe. Es war ein langer Tag gewesen. Eigentlich sogar zwei, denn sie hatte am Vortag bis so spät abends gearbeitet, dass es nicht mehr der Rede wert gewesen war, zurück nach Sankt Georgen zu fahren.

Für derart kurze Pausen zwischen den Schichten stand den Krankenschwestern nun immerhin ein permanentes Ruhezimmer zur Verfügung. Es war ein kleiner, aber sauberer Raum im obersten Stock mit zwei Feldbetten. Dafür hatte Professor Faller gesorgt.

Die Luft roch nach Regen. Dunkle Gewitterwolken, deren Ränder sich in der Abendsonne blutrot färbten, zogen von Osten her auf. Ein paar Schwalben flogen tief und schrill kreischend über die Dachschrägen der Häuser.

Im Vergleich zum Vorjahr war dieser Sommer bedeutend kühler und nasser. Es verging kaum eine Woche, in der es nicht mindestens einmal regnete.

In Gedanken versunken, schreckte Helene zusammen, sobald sie die neben sie tretende Gestalt bemerkte. »Doktor von Lüdow. Sie haben mich erschreckt.«

Der Arzt hob beschwichtigend die Hände. »Entschuldigen Sie, das war nicht meine Absicht.«

Es war ungewohnt, ihn ohne den weißen Arztkittel und nur in seiner Uniform zu sehen. Er wirkte darin größer, und der gerade Schnitt der Jacke machte seine Statur noch magerer.

»Ich fürchte, es wird bald schon wieder regnen, oder was meinen Sie?«, sagte er, als er die Hände hinter dem Rücken verschränkte und den Blick zum Himmel hob.

»Ja, das glaube ich auch«, antwortete Helene höflich.

Wenn sie es sich recht überlegte, hatte von Lüdow sich bisher noch nie dazu herabgelassen, ein Wort an sie oder eine der anderen Krankenschwestern zu richten, das nicht mit der Arbeit zu tun hatte. Worüber redete man mit einem Höherstehenden außerhalb des gewohnten Arbeitsumfelds?

Auf der Straße vor ihnen kam ein Laster knatternd um die Kurve gefahren und übersah beinahe die Frau, die einen Leiterwagen voller Zeitungsbündel hinter sich herzog.

Der Wagen hupte und wich der Passantin gerade noch rechtzeitig aus.

Diese hingegen sprang erschrocken zur Seite, reckte dann aber laut zeternd die Faust in Richtung des weiterbrausenden Fahrzeugs.

Von Lüdow räusperte sich. »Wie mir zu Ohren gekommen ist, haben Sie heute einmal mehr Ihr Können bewiesen.«

Verwundert sah Helene den Arzt an.

Seine Miene zeigte weder Sarkasmus noch irgendwelchen Argwohn. Seine Haltung war indes steif wie immer, und sein Blick streifte Helene nur einen Wimpernschlag lang, ehe er die Lippen sekundenlang zu seinem Lächeln verzog. Oder zumindest zu jener unbeholfenen Grimasse, die er in seiner Vorstellung von Höflichkeit wahrscheinlich als solches betiteln würde.

»Es scheint, als hätte ich Sie falsch eingeschätzt«, fuhr er fort.

In seit Jahren eingeübter Fügsamkeit senkte Helene den Blick. »Ich habe nur eine Operationsnaht gemacht, das ist kaum der Rede wert.«

»Professor Faller lobt Sie in den allerhöchsten Tönen. Stellen Sie Ihr Licht also nicht unter den Scheffel.«

Tat er das? Äußerte sich Faller tatsächlich lobend über sie, und das sogar vor den Ärzten?

»Sollten Sie künftig irgendwelche Unsicherheiten haben oder sich über Praxisfragen austauschen wollen, zögern Sie bitte nicht, auf mich zuzukommen. Ich unterstütze fähiges Personal gerne.«

Noch immer war Helene zu perplex, um eine Antwort zu finden.

Von Lüdow verstand ihr Zögern jedoch falsch und nickte gütig. »Ich bitte Sie, natürlich ist es mir ein Anliegen, meine Erfahrungen weiterzugeben, wann immer ich nur kann.«

»Das ist wirklich sehr großzügig«, gab sie zurück. Das Angebot war wohl tatsächlich nur gut gemeint, und von Lüdow merkte gar nicht, wie überheblich seine Worte klangen. »Ich danke Ihnen.«

»Jederzeit gerne.« Er neigte kurz den Kopf. »Aber nun will ich Sie nicht länger aufhalten. Genießen Sie den wohlverdienten Feierabend.« Damit stieg er die Treppe hinunter und marschierte mit gestrafften Schultern und langen Schritten in Richtung Stadtzentrum.

Helene sah ihm nach, bis seine Gestalt hinter einer Hecke und damit aus ihrem Blickfeld verschwand. Kopfschüttelnd machte sie sich dann ihrerseits auf den Weg. Wahrscheinlich war sie einfach zu müde und nahm darum alles völlig verfälscht wahr.

Ja, so musste es sein. Und während ihrer nächsten Schicht würde Doktor von Lüdow sie wieder nicht einmal mehr aus dem Augenwinkel beachten.

Sie hob den Kopf, sobald sie das Geläut der Herz-Jesu-Kirche hörte.

Was, schon so spät? Sie musste sich sputen, wollte sie die Straßenbahn nach Haslach noch erwischen.

Eilig überquerte Helene die Straße, folgte ihr dann in Richtung Bahnhof. Es war zum Glück nicht weit.

Schon sah sie die wartende Menschentraube bei der Haltestelle, ein blechernes Klingeln kündigte den heranfahrenden Triebwagen an.

Den Rock raffend, rannte Helene noch schneller.

Nur noch ein paar Meter. Die Absätze ihrer Stiefel klapperten auf dem Gehweg. Sie atmete erleichtert auf, sobald sie sich vor dem hinteren Einstieg eingereiht hatte. Einen Sitzplatz würde sie zwar nicht mehr ergattern, aber solange es nicht in Strömen regnete, nahm sie auch mit einem Stehplatz auf der offenen Plattform vorlieb.

»Über Stühlinger nach Haslach. Alle einsteigen«, rief die Schaffnerin. Seit ein paar Wochen sah man immer häufiger auch Frauen in langen weiten Uniformmänteln, die die Fahrkarten kontrollierten oder manchmal sogar die Lenkstangen bedienten.

Geschafft. Mit einem Aufseufzen lehnte sich Helene gegen die Wagenwand und hielt sich mit der Rechten am Geländer fest, um nicht das Gleichgewicht zu verlieren, sobald der Wagen anfuhr.

Dabei wanderte ihr Blick über die vielen Menschen vor dem Bahnhof. Sogar um diese Uhrzeit herrschte noch immer reges Getümmel in den vom Stadtzentrum herführenden Straßen. Meistens waren es Soldaten auf der Ab- oder Durchreise. Auch ein paar Frauen eilten geschäftig umher. Inzwischen ein fast schon gewöhnliches Bild.

Als sie mit einem Mal die Gestalt des Mädchens sah, reckte Helene den Kopf. Dort an der Ecke des Mauerpfeilers direkt vor dem Eingang zur Bahnhofshalle. Die Kleine trug ein schlichtes Hemdkleidchen, das flachsblonde Haar war am Hinterkopf zu einem Zopf geflochten, und sie hielt den Passanten die hohle Hand entgegen.

Mit einem Schlag hatte Helene das Bild des Mädchens vor sich. Die hässlichen roten Verbrennungen und die verzweifelte Mutter, die das Kind damals in die Hildaschule gebracht hatte.

Sie trat nahe an das Waggongeländer, um besser sehen zu können. Doch inzwischen war die Straßenbahn schon viel zu weit entfernt, und die Menschentraube im Abendlicht kaum mehr zu erkennen. Sie hatte jedoch keine Zweifel: Das eben war dasselbe kleine Mädchen gewesen.

Marie – Marie Sachs. Ja, so war der Name der Kleinen. Wenn Helene sich recht erinnerte, arbeitete ihre Mutter in einer der hiesigen Fabriken.

Doktor von Lüdow hatte seinerzeit dafür gesorgt, dass die kleine Patientin einen Bettenplatz im städtischen Klinikum bekam, wo sie besser aufgehoben war als in einem Militärlazarett voller Soldaten. Das war vor weniger als einem Jahr gewesen. Zu ihrer Schande musste Helene zugeben, dass sie danach nur noch kurz hin und wieder an das Mädchen und deren Mutter gedacht hatte.

Aber was machte das Kind nun hier und bettelte?

Titelseite des Morgenblatts der *Freiburger Zeitung*, Sonntag, 26. September 1915

Vom Meer bis zu den Vogesen äußerst heftiger Kampf!

Großes Hauptquartier, 25. September, vormittags. Auf der ganzen Front vom Meere bis an die Vogesen nahm das feindliche Feuer an Stärke zu und steigerte sich östlich von Ypern zwischen dem Kanal von La Bassée und Arras sowie in der Champagne von Prosnes bis zu den Argonnen zu äußerster Heftigkeit. Die nach den fünfzigstündigen Feuervorbereitungen erwarteten Angriffe haben begonnen.

Morgenblatt der *Freiburger Zeitung*, Freitag, 29. Oktober 1915

Bundesrat und Lebensmittelteuerung
Die Einschränkung des Fleisch- und Fettverbrauchs

Der Bundesrat hat in seiner Sitzung vom 28. Oktober über die Verordnung zur Einschränkung des Fleisch- und Fettverbrauches Beschluss gefasst. Danach dürfen vom 1. November dienstags und freitags Fleischwaren und Fleischspeisen nicht gewerbsmäßig an Verbraucher verabfolgt werden. Montags und donnerstags dürfen in Wirtschaften alle Art Fleisch, Wild, Geflügel, Fisch und sonstige Speisen, die mit Fett oder Speck gebraten, gebacken oder geschmort werden, sowie zerlassenes Fett nicht verabfolgt werden. Samstags darf kein Schweinefleisch verabreicht werden.

Morgenblatt der *Freiburger Zeitung*,
Mittwoch, 3. November 1915

Beförderungsverbot für Ansichtspostkarten nach dem Auslande

Verboten ist die Beförderung nach dem Auslande von Postkarten mit Abbildungen von Städten, Stadtteilen, geographischen genau bestimmbaren Ortschaften und Landschaften, besonders hervorragenden Baulichkeiten und Denkmälern Deutschlands, Österreich-Ungarns, der Türkei und der von den verbündeten deutschen, österreichisch-ungarischen und türkischen Heeren besetzten feindlichen Gebiete.

Anzeigenseite der *Freiburger Zeitung*,
Freitag, 5. November 1915

Schneiderin mit langjähriger Tätigkeit, aus Paris ausgewiesen, empfiehlt sich der geehrten Kundschaft von einfacher bis feinster Damenkonfektion in und außer Hause zu ehrlichen Preisen. Angebote unter K 2759 an den Verlag der *Freiburger Zeitung* erbeten.

25 – Treu im Land auf Posten

5. November 1915, Freiburg, vor dem Haus der *Freiburger Zeitung* in der Kaiserstraße

»Da ist die Anzeige«, rief Pauline aufgeregt und beugte den Kopf noch näher über die aufgeschlagene Zeitung.

Sie las den Text Wort für Wort. So, als würde sie ihn zum allerersten Mal sehen, was völliger Unsinn war, sie hatte ihn schließlich eigenhändig geschrieben. Es war jedoch ein seltsam erhebendes Gefühl, die eigenen Worte in der Zeitung gedruckt zu sehen. Schwarz auf weiß. Es hatte eine gewisse Wichtigkeit an sich. Selbst wenn es sich dabei nur um eine Anzeige handelte, in der sie ihre Arbeit als Schneiderin anbot.

»Meinst du nicht, dass das etwas zu übertrieben klingt?«, fragte sie dennoch zweifelnd. Sie hatte den Anzeigentext unzählige Male um- und neu geschrieben.

Mina schüttelte den Kopf. »Ach wo. Da steht alles, was wichtig ist. Und dass du in Paris warst, ist nicht gelogen und macht zudem etwas her«, erklärte die Lehrerstochter voller Überzeugung, während sie über Paulines Schulter nun ihrerseits auf die Zeitung blickte. »Schau dir doch nur die ganzen restlichen Inserate an. Das sind allein schon eins, zwei, drei, vier Anzeigen von Schneiderinnen, die ihre Arbeit anbieten. Da muss man auffallen, wenn man gesehen werden will.«

Das war nicht von der Hand zu weisen. Damenschneiderinnen hatten es zurzeit wirklich nicht leicht, Arbeit zu finden. Schon gleich nach Kriegsbeginn hatte es kaum offene Stellungen mehr gegeben, nachdem im ganzen Land diese eigentümliche Mischung aus Unsicherheit und Euphorie geherrscht und niemand sich Gedanken um eine neue Garderobe gemacht hatte. Der Grund, weshalb jetzt erneut so viele Schneiderinnen eine Arbeit suchten, war allerdings ein ganz anderer.

Doch die Freundin riss Pauline aus den Gedanken. »Komm. Wir sind spät dran, wenn wir vorher noch ins Münster wollen.« Schon hatte sich Mina bei ihr eingehakt und zog sie weiter.

Es war einer der seltenen schönen Tage bisher in diesem Herbst, zwar mit einem eisigen Wind, der einem bis in die Knochen fuhr, aber mit glasklarem blauem Himmel.

Wegen der Kälte hatte sich Pauline einen Wollschal vors Gesicht geschlungen. Trotzdem genoss sie jeden Moment des kleinen Ausflugs in die Stadt. Sie konnte sich gar nicht mehr erinnern, wann sie zuletzt etwas nur für sich selbst unternommen hatte. Seit Sofies Geburt konzentrierte sich ihr Leben hauptsächlich auf das Kind. Oder auf die Arbeit auf dem Rosenhof.

Doch die diesjährige Weinlese hatten sie vor einer Woche eingebracht, und Dorle und Leni kümmerten sich an diesem Nachmittag um Sofie. Sie brauchte also kein schlechtes Gewissen zu haben.

Zumindest versuchte Pauline, sich selbst davon zu überzeugen, auch wenn es ihr längst nicht so gut gelang, wie sie nach außen hin vorgab. Sie ertappte sich ständig dabei, wie ihre Gedanken zu ihrem Töchterchen wanderten. Was sie wohl gerade machte? Ob sie ihr Nachmittagsschläfchen gehalten hatte? Ob Dorle und Leni auch darauf achteten, dass sie warm angezogen war, sie strampelte sich doch immer die wollenen Söckchen ab. Und ob die Mägde auch wirklich daran gedacht hatten, den Zwieback unter das Birnenmus zu mischen, ehe sie Sofie damit fütterten?

Die Kleine war zum Mittelpunkt ihres Lebens geworden, zu ihrem süßen, dunkelhaarigen Sonnenschein. Sie hatte Andrés Augen. Wenn sie lächelte, bildeten sich auf ihren Wangen die niedlichsten Grübchen, doch sie hatte denselben schelmischen Gesichtsausdruck wie Georg, wenn sie auf Hannes' Schoß saß und dabei mit spitzen Fingerchen an seinem Bart zupfte.

Sobald sie rechter Hand in die Münstergasse einbogen, ließ wenigstens der Wind etwas nach. Kurz darauf erreichten sie den Hauptzugang des Gotteshauses mit dem spitzbogigen Portal, der in eine Vorhalle führte.

Zwar war Pauline nicht besonders gläubig, aber sie besuchte das Münster trotzdem gern. Sie liebte es, die fast schon verschwenderische Pracht der Figuren und Darstellungen entlang der Wände hier in der Vorhalle zu betrachten: biblische Gestalten wie Abraham, Johannes der Täufer und Maria Magdalena. Nicht zu reden von dem prunkvollen Tympanon des Innenportals, auf dem, dicht gedrängt und in feinsten Details abgebildet, Szenen aus dem Leben Christi zu sehen waren.

Wäre es nicht so kalt gewesen, hätten Mina und sie bestimmt mehr Zeit damit verbracht, die Bildnisse gebührend zu bewundern, heute drängten sie jedoch lieber ins Kircheninnere.

Sogleich umfing sie der Geruch von Kerzenwachs, Weihrauch und altem Gemäuer. Bis zur nächsten Messe dauerte es noch. So war es jetzt andächtig still zwischen den Säulen des lang gezogenen Kirchenschiffs. Nur ein paar Frauen und ein alter Mann mit schlohweißem Bart knieten in den Bänken, stumm ins Gebet versunken.

Pauline zündete eine Kerze für André an, verharrte einen Moment vor dem Ständer aus flackernden Opferlichtern und fühlte deren tröstende Wärme auf dem Gesicht.

Sie sprach in Gedanken oft mit ihm – das hatte sie sich so angewöhnt, wenn sie in der Arbeit versunken oder allein in ihrem Zimmer war. Dann fühlte es sich an, als wäre er noch am Leben. Als würde er jeden Moment vor sie hintreten, seine Arme um ihre Taille legen und sie hochheben, wie er es immer getan hatte. Hier, umgeben von der Ruhe und Stille der Kirchenmauern, war es jedoch, als könnte sie wieder sein fröhliches Lachen hören und seine sanfte Stimme, wenn er sie *mon cœur* nannte, und das Gefühl des Verlusts und der inneren Taubheit schien wenigstens einen Moment lang nicht mehr so erdrückend.

Natürlich wusste Mina nur das Allernötigste. Pauline hatte ihr erzählt, dass ihr Verlobter gefallen sei, mehr aber auch nicht. Weder von den genauen Umständen noch von seiner Herkunft. Es war für alle sicherer so.

Sonnenlicht flutete durch die Fenster entlang des Langschiffs und brachte die Glasmalereien zum Erstrahlen. Pauline staunte jedes Mal voller Bewunderung, wenn sie die prachtvollen Kunstwerke sah. Einige der älteren Fenster stammten, so hatte Mina ihr erklärt, aus der Entstehungszeit des Münsters und waren seinerzeit von den Handwerkszünften gestiftet worden. Deren Symbole ließen sich noch immer erkennen. Da war zum Beispiel das Schuhmacherfenster mit dem Stiefelwappen auf der rechten Seite des Kirchenschiffs, fast direkt beim Eingang. Oder das Bäckerfenster auf der gegenüberliegenden Seite mit den Brezeln im Wappen.

Vor allem aber gefiel Pauline das Fenster mit Maria und dem Jesuskind. Es war von der Schneiderzunft gestiftet worden, was an dem roten Schild mit Schere zu erkennen war. Sie mochte die leuchtenden Farben und die Darstellung der Figuren mit ihren langen, wallenden Gewändern.

Ob sich die damaligen Mitglieder der Schneiderzunft wohl jemals erträumt hatten, dass sich die Arbeit ihrer Berufsnachfahren dereinst so schwierig gestalten würde?

Im Unterschied zur Lage bei Kriegsbeginn mangelte es nun nämlich nicht mehr nur an Aufträgen, sondern auch an Rohmaterial. Was, betrachtete man es genauer, eine besonders perfide Ironie in sich barg, gehörte die Region rund um Freiburg doch zu einer der Hochburgen der Textilindustrie. Viele der hier ansässigen Baumwoll- und Seidenspinnereien waren im ganzen Kaiserreich bekannt.

Doch auf einmal fehlten den Betrieben ausgebildete Arbeiter, weil die meisten eingezogen worden waren. Vor allem Klein- und Mittelbetriebe waren davon betroffen. Die Handelsblockade und damit der Zusammenbruch des Außenhandels hatte die lokale Textilindustrie zusätzlich an den Abgrund gebracht. Zwar waren die Seidenspinnereien inzwischen zu einem integralen Teil der Kriegswirtschaft geworden, nachdem die Oberste Heeresleitung ihre Erzeugnisse zum Beispiel für Fallschirme oder Flugzeugbespannungen benötigte, aber die Baumwollproduktion des Landes lag aufgrund des fehlenden Rohstoffs nahezu am Boden.

So oder so waren Tuch und Stoffwaren im ganzen Reichsgebiet zu einem seltenen Luxusgut geworden. Unzählige Schneiderateliers hatten daraufhin schließen müssen, wodurch viele Schneiderinnen ihre Anstellung verloren hatten.

Es war zwar wiederum das Heer, das nicht wenigen von ihnen nun eine neue Arbeit gab. Denn solange der Krieg andauerte, nahm auch die Unmenge an auszubessernden und zu flickenden Uniformen, Leibhemden, Westen, Mänteln und Decken nicht ab. Die Frauen schufteten im Akkord entweder zu Hause oder in einer der von den religiösen Wohltätigkeitsvereinen und dem Roten Kreuz geführten Werkstätten.

Ein Zusatzverdienst. Das war es, was Pauline dazu bewogen hatte, die Zeitungsanzeige aufzugeben. Nicht, dass es ihr und Sofiechen auf dem Lauerer Rosenhof an etwas fehlte. Im Gegenteil. Sie wusste sehr wohl, welches Glück sie hatte, dort eine Unterkunft gefunden zu haben. Inzwischen betrachtete sie den Hof fast als ihr Zuhause, und Else Lauer, Helene, Hannes und all die anderen waren längst zu einer Art Familie für sie geworden. Gerade deshalb wollte sie etwas beisteuern, Dankbarkeit zeigen.

Zudem musste sie auch an die Zukunft denken. Irgendwann würde der Krieg zu Ende gehen, und sie konnte nicht für immer und ewig auf dem Rosenhof bleiben. Somit brauchte sie genügend Erspartes, um für sich und ihre Tochter ein Leben aufzubauen.

Pauline wäre zu gerne noch länger hier auf der Kirchenbank sitzen geblieben, um ihre Gedanken zu ordnen und zur Ruhe zu kommen. Doch Mina drängte zum Gehen. Ihr Ziel war ein Versammlungsraum im zweiten Stock eines unscheinbaren Nebengebäudes des Hotels *Zur Post*. Dieses befand sich direkt auf der gegenüberliegenden Straßenseite des Hauptpost- und Telegraphenamts. Dessen Bau mit den vier Adlerstatuen auf dem Dach sah noch genauso beeindruckend aus wie an Paulines letzten Arbeitstag hier vor rund einem Jahr.

Nach einem kurzen Blick wandte sie sich um und folgte Mina durch den Bogengang in einen Hinterhof, der dem angrenzenden Hotel offenbar als Umschlagplatz für die Lieferanten diente. Stapel von Holzfässern und Kisten standen dort an der Hauswand, während zwei junge Burschen – sie mochten vielleicht gerade mal im Schulalter sein – Lattenkisten mit klirrenden Glasflaschen auf einen Handkarren luden.

»Ich bin wirklich gespannt«, wisperte Mina ihr zu, als sie die Tür mit der Nummer 33 aufstieß und die Treppe in den oberen Stock hochstiegen. »Eine Bekannte aus dem Verein Frauenbildung-Frauenstudium hat mir gesagt, dass sie hier neben einer Bücherei auch ein Zentrum für Geselligkeit betreiben.«

Weiter oben ging eine Tür auf. Sogleich war ein Schwall von Stimmen zu hören, der verstummte, sobald die Tür wieder zuging. Stattdessen ertönten Schritte auf den Treppenstufen begleitet von leisem Gelächter.

Kurz darauf kamen ihnen drei junge Frauen entgegen. Sie mochten alle ungefähr in Paulines Alter sein. Vielleicht sogar etwas jünger. Und sie kamen aus gut betuchten Kreisen, das ließ sich deutlich an ihrer schlichten, aber stilvollen Kleidung erkennen. Die Mäntel mit dem langen, geraden Schnitt und den überbreiten Kragen waren zwar bereits vor drei Jahren in Paris Mode gewesen, aber die Stoffe waren sauber, und Pauline konnte keine einzige gerissene Naht, keine abgewetzte Stelle oder gar ein Mottenloch entdecken. Auch die Hüte waren nicht neu, aber durchaus passend, und eine der drei hatte sogar einen Pelzmuff dabei.

Die Frauen grüßten höflich, als sie vorbeigingen, und eine Duftwolke aus Veilchen blieb hinter ihnen im Treppenhaus hängen.

Nein, sie kamen eindeutig nicht aus einfachen Verhältnissen, so viel war klar.

»Bereit?«, fragte Mina mit der Hand am Türknauf, sobald sie oben im zweiten Stock angekommen waren.

Frauenklub – Bitte klingeln und eintreten stand in weißen Lettern auf der Milchglasscheibe der Doppelflügeltür.

Von drinnen waren Stimmen zu vernehmen. Durch die Scheiben hindurch ließen sich die Schemen vorbeihuschender Gestalten erkennen, und sogar hier vor der Tür roch es nach Bohnerwachs und Pfefferminztee.

Pauline nickte und drückte den Klingelknopf.

Der Frauenklub gehörte, wie auch der Badische Frauenverein oder der Hausfrauenverein, zu einem Netz von örtlichen Zusammenschlüssen und Institutionen, deren Ziel es unter anderem war, den Frauen Unterstützung zu bieten sowie einen Ort zu schaffen, wo sie sich austauschen konnten. Sei es, was karitative Dienste wie das Organisieren von Liebesgabesendungen für die Soldaten an der Front, Fürsorgefragen oder die Bewältigung der derzeitigen Mangellage anging.

Wie Pauline von Else wusste, die selbst Präsidentin des Freiburger Zweiges des Frauenvereins war, setzten sich die Mitglieder dieser Verbände meist aus dem gleichen sozialen Kreis, derselben Glaubensgemeinschaft oder Berufsgruppe zusammen. Zum Katholischen Frauenbund zählten zum Beispiel mehrere katholische Vereine, die alle ihren Sitz im St. Annastift am Holzmarkt hatten, wo sie auch ein Wohnheim für junge, ledige Angestellte unterhielten.

Der Frauenklub war das konfessionslose Pendant dazu. Ihm gehörten unter anderem der Verein für Frauenbildung-Frauenstudium sowie der Verband für Frauenstimmrecht an. Auch sie betrieben Unterkünfte für Studentinnen und alleinstehende junge Frauen.

Als sie davon erfuhr, hatte Pauline in einem Anflug von übereifriger Selbstbestimmung sogar kurz mit der Idee geliebäugelt, sich um ein Zimmer für sich und Sofie zu bewerben. Doch das Vorhaben war zum Scheitern verurteilt, ehe sie es überhaupt in Angriff nehmen konnte. Ganz abgesehen davon, dass man sie als ledige Mutter wohl kaum aufnehmen würde … Was nützte ihr eine Unterkunft ohne Arbeit? Und würde sie eine Arbeit finden, müsste sie einen ordentlichen Teil des Lohns für eine Betreuung für Sofiechen aufwenden.

Geld verdienen und es gleich wieder auszugeben, anstatt es für die Zukunft beiseitelegen zu können – ein sinnloses Unterfangen.

Zwar hatte die Regierung schon seit Ende letzten Jahres die sogenannte Reichswochenhilfe eingeführt, die Müttern während mehrerer Monate ein Wochen- und Stillgeld zusicherte. Aufgrund der schlagartig anwachsenden Zahl unehelicher Kinder galt die Hilfeleistung seit April nun auch für unverheiratete Mütter.

Unerbittlich pragmatisch, wie sie war, nannte Mina diese »den Volkserhaltungsbonus«.

»Dem Bundesrat bleibt kaum eine andere Wahl, als den Leuten einen Ansporn zum Kinderkriegen zu geben. Der Volksbestand muss schließlich trotz allem gesichert werden, solange sich die Toten an den Fronten häufen«, hatte sie dargelegt.

Wie auch immer, das Geld wäre eine kleine, aber willkommene finanzielle Unterstützung gewesen. Doch für den Antrag brauchte es eine offizielle Vaterschaftsanerkennungserklärung, und die konnte Pauline natürlich nicht vorweisen.

»Wie schön, Sie beide hier zu sehen. Jedes Neumitglied dient der Sache zum Wohle unseres Vaterlandes und ist herzlich willkommen«, begrüßte sie die eifrig lächelnde Matrone am Empfang und stand von ihrem Tisch auf. Ihr Händedruck war erstaunlich fest. »Mein Name ist Josefine Berger – Fräulein Josefine Berger. Ich bin die Leiterin des Vereinssekretariats. Kommen Sie. Ich zeige Ihnen alles.«

Zwar hatte Pauline bereits letzten Winter zusammen mit Helene in Elses Frauenverein beim Packen der Liebesgaben mitgeholfen, wodurch ihr diese Art von Organisation nicht ganz fremd war. Aber im Gegensatz dazu konzentrierte sich die Tätigkeit des Frauenklubs neben verschiedenen Fürsorgetätigkeiten auf die aktive Unterstützung der Frauen. Diese reichte von der Unterkunftsvermittlung über Lektionen in Fremdsprachen und Stenographie bis hin zur Berufs- und Rechtsberatung.

»Wir betrachten unsere Zusammenkünfte als fruchtbaren Austausch. So lernen wir voneinander und können unsere Kräfte gezielter in die Opferaufgaben investieren, die uns der Dienst am Vaterland auferlegt hat. Wie heißt es doch so passend: Die deutsche Frau arbeitet im Heimatheer«, sagte Fräulein Berger mit Stolz in der Stimme, während sie die beiden Frauen zum Teezimmer führte, wo gerade ein Vortrag zum Thema »Sparsame Haushaltsführung« gehalten wurde.

Etwa zwanzig Damen verschiedenen Alters saßen in dem großbürgerlich eingerichteten Salon und lauschten mit interessierten Mienen den Ausführungen der Referentin. Eine dunkle Holzvertäfelung zierte die Wände, und die Decke war mit kunstvollen Gipsstuckdekorationen versehen. Eine Reihe von schweren, mit tannengrünem Samt bezogenen Holzstühlen sowie ein Sofa mit goldenen Quasten an den Kissen dienten als Sitzgelegenheiten. Porzellanvasen thronten auf Gipssäulen in den Raumecken. Fein bestickte Deckchen lagen hübsch drapiert sowohl auf dem Holztisch als auch auf sämtlichen Kommoden. Alles rundum schien so edel, dass sich Pauline kaum traute, auf den Teppich zu treten.

»Und? Was denkst du? Ich fand das Ganze äußerst inspirierend«, erklärte Mina, als sie ein paar Stunden später wieder in den Hinterhof traten.

»Es war sehr interessant«, gab Pauline zurück. Ja, es war zweifellos ein eindrücklicher Nachmittag gewesen.

Ihr Blick fiel auf den Mitgliederantrag, den Fräulein Berger ihnen ausgehändigt hatte. Noch zögerte sie, ihn auszufüllen.

»Das Vereinsprogramm ist sinnvoll und durchdacht«, befand

Mina. Dann lehnte sie sich näher zu Pauline und senkte die Stimme, während sie weitergingen. »Auch wenn ich die ständige Litanei von Heimatfront, dem Opfermut der Frauen und deren stillem Heldentum ernsthaft infrage stelle. Ich meine, wir Frauen leisten unseren Anteil, und das ist richtig so, solange damit dem Allgemeinwohl gedient ist. Aber ist es nicht zugleich ein Paradox, dass sämtliche Bemühungen im Umkehrschluss so ausgelegt werden, als würden wir damit den Krieg sogar noch unterstützen?« Hier sprach die unverkennbare Lehrerstochter und überzeugte Kriegsgegnerin.

Unter diesem Gesichtspunkt hatte Pauline das Ganze noch nie betrachtet, und falsch war Minas Ansicht nicht. Aber diese Durchhalteparolen gehörten längst zum Alltag. Man stieß überall darauf: auf den Plakaten an den Litfaßsäulen, auf den Jahreskalendern, in den Zeitungen – ja, sogar auf den Werbeplakaten für Fußbalsam.

Pauline hingegen gefiel, dass sich der Klub mit dem Verband für Frauenstimmrecht auch Anliegen widmete, die ihr selbst am Herzen lagen, obwohl diese Programmpunkte während des Krieges verständlicherweise in den Hintergrund getreten waren.

Trotzdem … Sie konnte nicht einmal sagen, was genau es war, das sie zögern ließ.

Sie fand den Grund auch in den folgenden Wochen nicht, während sie Mina, so oft es ihre Zeit erlaubte, zu den Vereinstreffen begleitete.

Dabei wurden sehr wohl auch Dinge wie zum Beispiel die Planung von Kleider- oder Nahrungssammlungen besprochen, die jetzt vor Weihnachten zur Unterstützung an notdürftige Familien eingezogener Soldaten gehen sollten. Alles in allem waren es nette Stunden der Geselligkeit mit Tee. Es wurde diskutiert, organisiert, Vorträgen gelauscht, genäht, gestrickt, oder es wurden sparsame Kochrezepte ausgetauscht. Umgeben von Samtkissen und Porzellanvasen.

Die Vereinsräumlichkeiten, so erfuhr Pauline während einer jener Zusammenkünfte, gehörten der gut betuchten, verwitweten Schwester des Besitzers des Hotels *Zur Post*. Daran war nichts Verwerfliches, es erklärte zumindest die Einrichtung und weshalb ein Großteil der Mitglieder des Frauenklubs der besseren Mittelschicht Freiburgs angehörte.

»Es sind nun mal diejenigen Frauen, die genügend Zeit und Muße haben, um sich überhaupt mit solchen Dingen zu befassen. Arbeiterfrauen müssen stattdessen Geld verdienen, um ihre Familien durchzubringen«, erklärte Helene eines Nachmittags im Dezember, als sie und Pauline am Schwabentor standen und dem festlichen Treiben beim Rundtor zusahen. Seit ein paar Wochen stand eine bis auf die dicksten Äste entlaubte und entrindete, rund vier Meter hohe Linde dort neben dem Tor, auf der von der Schwabenbrücke herkommenden Seite. Der sogenannte Eiserne Baum.

Eine Blaskappelle spielte auf, während eine ganze Schulklasse mit ihrem Lehrer dabei war, Nägel in den Stamm zu schlagen. Diese gab es in dem Kiosk gleich daneben in verschiedenen Ausführungen zu kaufen: Jeder eiserne Nagel kostete jeweils eine Mark. Dann gab es noch die silbernen für drei und die goldenen Nägel für zehn Mark. Diese konnte man sich sogar gravieren lassen, das kostete noch einmal bis zu zwanzig Mark zusätzlich. Der Erlös ging an das Rote Kreuz und die Kriegsfürsorge.

Auch Pauline und Helene hatten je einen Eisennagel gestiftet. Dafür waren sie beide nun stolze Besitzerinnen einer Gedenkurkunde.

»Gerade deshalb sollten Arbeiterinnen doch zu Wort kommen und gehört werden.« Pauline wandte sich zum Gehen. Die fröhliche Stimmung hier wirkte völlig fehl am Platz. Wie auch manch andere Dinge schlicht falsch schienen. »Die Vereine organisieren Sammlungen, stiften Kleidung und Essen, aber was wissen sie schon, was einem Dienstmädchen oder einer in einer Seidenspinnerei arbeitenden Mutter von vier Kindern wirklich fehlt?« Sie schüttelte den Kopf. Sie wusste nur zu gut, wie es war, wenn man am Rande der Gesellschaft lebte, von niemandem gehört oder gesehen wurde. Die städtischen Fürsorgeleistungen waren damals in Tübingen gerade genug gewesen, um nicht zu sterben, hatten jedoch kaum gereicht, um zu überleben. Und das in Friedenszeiten. Sie wollte sich gar nicht vorstellen, was es hieß, eine Familie jetzt im Krieg mit all den Lebensmittelrationierungen durch den Monat zu bringen.

Sie erreichten die Haltestelle am Bahnhof viel zu früh. Vor drei Monaten war die Bahnverbindung zwischen Freiburg und Schliegen mit Halt in Sankt Georgen wieder aufgenommen worden. Der Zug fuhr jedoch erst in einer Viertelstunde, und es war zu kalt, um draußen zu warten.

»Lass uns hineingehen«, schlug Helene vor. »In der Vorhalle gibt es einen Zeitungsstand. Vielleicht finde ich dort eine hübsche Karte für Christian.«

Pauline interessierte sich nicht besonders für die Postkarten und warf nur einen kurzen Blick auf das Angebot. Die üblichen Motive, wie erwartet: das Bild eines Trupps berittener Soldaten, darüber die beiden Porträts Kaiser Wilhelms II. und des österreichischen Kaisers Franz Josef I. Darunter stand: *Vereinte Kräfte führen zum Ziel!*

Auf einer Weihnachtskarte waren zwei kleine Jungen in Soldatenuniform in einer verschneiten Landschaft vor einem geschmückten Weihnachtsbaum stehend zu sehen.

Und da – herrje, wenn Mina die Karte sehen könnte, würde

sie bestimmt wieder die Augen verdrehen – das Bild einer Frau, die einem Soldaten zum Abschied nachwinkte. *Der Held kämpft fern in West und Osten. Die Frau steht treu im Land auf Posten,* war darunter zu lesen.

Stattdessen kaufte Pauline die Abendausgabe der *Freiburger Zeitung* und blätterte sogleich zur letzten Seite mit den Stellengesuchen. Sie fand ihre Anzeige gleich zuoberst in der Spalte. Es war nun schon die dritte, die sie geschaltet hatte. Bis jetzt war jedoch noch nicht einmal eine einzige lächerliche Anfrage eingegangen.

Vielleicht hatte sie dieses Mal mehr Erfolg. Neben ihrer eigenen Anzeige waren heute nur drei weitere Stellengesuche abgedruckt: Ein kaufmännisch gebildetes Fräulein suchte nach einer Anstellung in einem Büro. Ein tüchtiger Schumacher und Militärinvalide bot sich zur Arbeit an. Und ein weiteres solides Fräulein suchte eine Stelle als Verkäuferin.

Keine Konkurrenz von anderen Schneiderinnen, sehr gut.

Was gab es denn sonst noch in den Anzeigen zu lesen?

Da waren mehrere Verkaufsangebote: eine Ziehharmonika für fünfunddreißig Mark – was für ein Wucherpreis. Zwanzig Zentner Dörrobst – das könnte Selma interessieren. Ein Kachelofen. Eine Wringmaschine. Eine Pelzgarnitur in Weiß. Ein Ölgemälde biblischen Inhalts mit Goldrahmen als ideales Weihnachtsgeschenk – du lieber Himmel.

Unter der Rubrik Verschiedenes: Hm, die Heil- und Pflegeanstalt Emmendingen vergab Rohfett aus ihrer Schlachterei. Kaufangebote waren bis zum 22. Dezember einzureichen. Das würde sie heute Abend Else und Selma sagen.

Da war auch noch ein entlaufener Windhund, für den der Besitzer einen hohen Finderlohn versprach. Und in der Oberwiehre hatte jemand vorigen Sonntag den Muff verloren und versprach ebenfalls eine hohe Belohnung.

Pauline runzelte die Stirn, als sie die Anzeige mit dem Titel *Weihnachtswunsch aus dem Felde* las.

> **Landwirt**, 28 Jahre alt, zurzeit im Felde bei der Schwäbischen Artillerie, möchte auf diesem Wege mit Fräulein vom Lande zwecks späterer Heirat bekannt werden. Ideal ist gefundenes Mädchen nicht über 25 Jahre. Mit Vermögen. Junge Witwe nicht ausgeschlossen. Bewerber besitzt eigenes Haus mit Gut in der Nähe von Freiburg im Breisgau. Fotografie erwünscht.

In letzter Zeit waren fast täglich solche Heiratsannoncen von Soldaten an der Front in der Zeitung zu lesen. Leni hatte ihr gegenüber sogar schon Andeutungen gemacht, dass sie sich doch auf eine dieser Anzeigen melden solle. »Was hast du schon zu verlieren? Du musst an Sofiechen denken. Mit etwas Glück wird der Heiratswillige das Kind sogar als sein eigenes annehmen, und sollte er unglücklicherweise fallen, hättest du wenigstens Anrecht auf eine Witwenrente. So oder so wäre es doch nur zu deinem Vorteil«, hatte die Magd gesagt, als redete sie über etwas so Belangloses wie den Kauf eines Regenschirms.

Im ersten Moment war Pauline über den Vorschlag schockiert gewesen. Wie konnte Leni nur so gnadenlos kalt daherreden, dabei war Andrés Tod noch nicht einmal ein Jahr her.

Dennoch hatten die letzten Monate sie eine gewisse Nüchternheit gelehrt. In ihrer Lage hatte sie nicht den Luxus, sich irgendwelche verklärten Ideale leisten zu können. Nicht während des Krieges. Nicht, wenn ihr Schicksal und das ihres Kindes allein davon abhing, wie lange sie auf dem Rosenhof bleiben konnte. So betrachtet, war Lenis Gedanke naheliegend und pragmatisch.

Aber noch war es zu früh. Noch zog sich Pauline allein beim

Gedanken daran, einen anderen Mann zu heiraten, der Magen zusammen. Noch hatte sie die Wahl.

»Oh«, entfuhr es ihr jedoch mit einem Mal. Ihr Blick war auf die zweispaltige, von einem doppelten Rahmen umrandete Anzeige auf der vorherigen Seite gefallen.

Dörflinger Bein – bestes Kunstbein der Welt!

Wer amputiert ist, verlange meinen Katalog E gratis.
F. L. Fischer, Freiburg im Breisgau.

Links neben dem Text war die Abbildung einer Beinprothese zu erkennen. Jedoch keine Adresse.

»Ist etwas?«, fragte Helene.

Pauline sah auf und blickte sich suchend um. »Ich brauche ein Telefonbuch.«

»Was?« Helene runzelte die Stirn.

Doch schon eilte Pauline zu der Zelle mit dem Münzfernsprecher an der Wand rechts vor dem Eingang zur Vorhalle. Ein abgegriffenes Telefonbuch hing an einer Kette darunter.

Helene trat kopfschüttelnd neben sie. »Wonach suchst du denn eigentlich?«

»Ha!« Triumphierend zeigte Pauline auf den Eintrag:

Fischer F. L. Chirurgische Instrumente und künstliche Glieder.
Kaiserstraße 113.

Zugleich hielt sie Helene die Zeitungsseite hin.

Deren Miene entspannte sich, und sie nickte verstehend. »Für Julius.«

»Jetzt habe ich die Adresse. Wenn ich das nächste Mal in die Stadt komme, werde ich den Katalog holen und ihm bringen.«

»Es ist auf jeden Fall ein sehr lieb gemeinter Gedanke«, sagte die Krankenschwester ausweichend.

»Eine Prothese wäre doch die Lösung für ihn.« Die Idee gefiel Pauline immer besser. »Stell dir vor, er könnte sich viel freier bewegen, und er bräuchte die Krücken nicht mehr. Vielleicht könnte er damit sogar wieder in den Wingerten arbeiten oder im Wald.« Ja, vielleicht würde er sich endlich wieder nützlich fühlen.

Zwar hatte Julius ihr gegenüber noch nie darüber gesprochen, wie er sich fühlte, aber das tat er mit niemandem. Ebenso wusste keiner, was in ihm vorging und warum er seine Stellung als rechtmäßiger Besitzer und Oberhaupt des Lauerer Rosenhofs selbst nach einem Jahr seit seiner Rückkehr nur dem Schein nach gegen außen hin wahrnahm. Tatsächlich war es seine Mutter Else, die sich um alles kümmerte, alles in die Wege leitete, alles nur Erdenkliche tat, um den Winzerhof durchzubringen.

Es musste mit seiner Versehrung zu tun haben, ganz bestimmt, folgerte Pauline. Die konnte man zwar nicht mehr heilen, aber deren Folgen doch wenigstens mit Hilfsmitteln wie einer Prothese abschwächen. Was sprach dagegen?

Und warum machte Helene so ein zweifelndes Gesicht?

»Du versprichst dir möglicherweise etwas zu viel davon«, sagte sie und legte Pauline beschwichtigend die Hand auf den Arm. »Wenn eine Prothese wirklich die rettende Lösung wäre, hätten Julius und Else sie doch schon längst in Betracht gezogen, meinst du nicht?«

Helene hakte sich bei Pauline unter und zog sie sanft, aber bestimmt mit sich nach draußen. »Wie gesagt, dein Gedanke ist gut gemeint, und vielleicht lässt sich Julius wirklich dazu überreden.«

»Das klingt irgendwie, als würdest du daran zweifeln.«

Als sie wieder nach draußen traten, blies ihnen eine kalte Windböe entgegen.

Eilig zog sich Helene das Halstuch höher, ehe sie sagte: »Ich habe es nur schon einige Male erlebt, dass sich Amputierte mit Prothesen besonders schwertun. So unverständlich es auch scheinen mag.« Sie seufzte. »Es hat möglicherweise mit Stolz zu tun. Vielleicht empfinden sie eine Prothese als eine Art endgültiges Eingeständnis des Beschädigtseins, ich weiß es nicht. Es ist …«

Ganz plötzlich blieb sie stehen. Den Blick auf das kleine, dort in der windgeschützten Mauerecke kauernde Mädchen mit den hellblonden Zöpfen gerichtet, die den Vorübergehenden eine Blechdose entgegenstreckte.

26 – Das Mädchen mit dem tannengrünen Wolltuch

3. Dezember 1915, Bahnhof von Freiburg

Marie.« Vorsichtig, um sie nicht zu erschrecken, machte Helene einen Schritt auf das Kind zu, hielt jedoch sogleich inne, als die Kleine die Augen aufriss und die Blechdose blitzartig hinter dem Rücken versteckte. Den Kopf betreten abgewandt, versuchte sie, sich in die Mauerecke zu drängen, als könne sie sich auf diese Weise unsichtbar machen. Dabei warf sie Helene einen ängstlich-misstrauischen Seitenblick zu.

»Ich tu dir nichts, hab keine Angst«, flüsterte Helene und ging vor dem Kind in die Hocke.

Gott, wie mager die Kleine war. Der Stoff ihres grünen Kleidchens war zwar sauber, aber vom häufigen Waschen ausgebleicht und zudem für diese Kälte viel zu dünn. Dazu trug sie an den Knien durchgescheuerte Wollstrümpfe und Schnürschuhe, deren Senkel mehrfach gerissen und notdürftig zusammengeknotet worden waren.

Sie zitterte am ganzen Leib. Kein Wunder. Das dünne tannengrüne Wolltuch über ihren Schultern schützte bestimmt kaum vor der Kälte.

»Erinnerst du dich an mich?«, fragte Helene sanft. »Deine Mutter hat dich in das Lazarett gebracht, in dem ich arbeite. Du hattest dich mit Suppe verbrüht. Wie geht es dir?«

Die Kleine hob kurz den Blick, während sie abschätzend die Brauen zusammenzog. Dann wandte sie den Kopf geschwind wieder ab, nickte jedoch nur wortlos zur Antwort.

Gut. Immerhin. »Der Name deiner Mutter ist Luise – Luise Sachs, hab ich recht?«

Wieder ein Nicken.

Helene streckte die Hand aus und zog Marie sachte das Wolltuch über die Ohren, während sie sagte: »Wenn ich mich richtig erinnere, arbeitet sie in einer der hiesigen Fabriken. Und dein Vater ist an der Front.« Solche Einzelheiten förderten vielleicht das Vertrauen, hoffte sie.

Marie schüttelte den Kopf und zog die Nase hoch. »Papa ist tot. Er ist gefallen, als er gegen die Russen gekämpft hat, um uns alle zu beschützen«, erklärte sie mit heiserem Stimmchen aber mit einer solchen Nüchternheit, dass es Helene schier das Herz zusammenzog. Kein Kind sollte über den eigenen Vater sprechen müssen, als wäre er einen ganz selbstverständlichen Heldentod gestorben.

Sie schluckte. Ihr Blick fuhr kurz zu Pauline hoch, die sich wortlos neben sie gestellt hatte. In deren Miene las sie denselben Gedanken.

»Was machst du denn hier ganz allein? Und noch dazu bei dieser Kälte«, fragte diese nun an Marie gewandt.

Sogleich wich die Kleine erneut zurück.

Beschwichtigend hob Helene die Hände. »Ganz ruhig. Das ist meine Freundin Pauline. Wir wohnen zusammen auf dem Lauerer Rosenhof in Sankt Georgen.«

Marie zog einmal mehr misstrauisch die Augenbrauen zusammen. »Der liegt aber ziemlich weit außerhalb.«

»Da hast du ganz recht.« Pauline seufzte theatralisch, beugte sich vor und wisperte dem Mädchen mit verschwörerischer Stimme zu: »Und stell dir vor: Als ich damals hier in Freiburg angekommen bin, hat mir keiner von der Straßenbahn erzählt und auch nicht von der Zugverbindung, und ich habe meinen Koffer zu Fuß bis nach Sankt Georgen geschleppt.«

Schon wollte Helene Pauline zu verstehen geben, wie fehl am Platz die Geschichte war. Doch sie hielt inne, als sie sah, wie das Mädchen die Stirn runzelte und fragte: »Den ganzen Weg?«

Pauline nickte. »Den ganzen Weg.«

»Das war aber wirklich nicht sehr klug«, stellte Marie nach einem kurzen Moment des Nachdenkens fest.

»Nein, das war es nicht.« Pauline lachte und zwinkerte der Kleinen verschwörerisch zu. Dann ging sie neben Helene in die Hocke, streckte Marie die Hand hin und sagte: »Es freut mich, dich kennenzulernen, Mariele.«

Die Kleine sah sie mit einer Mischung aus Neugier, Staunen und Misstrauen an. Ihr Blick wanderte dabei von Pauline zu Helene. Zweifellos fragte sie sich, was wohl in die beiden seltsamen Frauen gefahren war. Bis sie schließlich zögernd den Handschlag erwiderte, die Hand allerdings sofort wieder zurückzog und hinter dem Rücken versteckte.

»Sehr gut.« Pauline nickte lächelnd. »Nachdem wir uns nun also kennengelernt haben, erzählst du uns, was du hier in der Kälte machst? Wo ist denn deine Mutter?«

»Daheim«, antwortete Marie und senkte den Blick auf ihre Füße. Ihre Stimme wurde auf einmal leise. »Sie ist verletzt und kann nicht arbeiten gehen.«

Helene legte dem Mädchen die Hand auf die Schulter. »Sie ist verletzt? Was ist denn geschehen?«

Maries Lippen begannen zu zittern. »Sie hat sich bei der Arbeit hier wehgetan.« Mit einer Hand deutete sie auf die rechte Seite ihrer Hüfte. »Jetzt hat sie dort ganz große blaue und dunkelrote Flecken auf der Haut und kann sich kaum noch bewegen.«

Und plötzlich begann Marie zu schluchzen. Als hätte sich eine Schleuse geöffnet, sprudelten die Worte nur so aus ihrem Mund: »Mama hat trotzdem versucht, zur Arbeit zu gehen, weil sie Angst hat, dass sie die Stelle sonst verliert, aber sie ist vor lauter Schmerzen nicht einmal die Treppe hinuntergekommen. Und das, wo sie doch erst gerade eine neue Arbeit gefunden hat und so froh darüber gewesen ist. Denn so verdient sie mehr Geld, hat Mama gesagt, und kann wieder Essen für uns kaufen. Und Kondensmilch für meinen kleinen Bruder. Der kann doch sonst die Brocken Kriegsbrot noch gar nicht richtig kauen, denn wenn wir sie nur mit Wasser aufweichen, wird er nie satt und brüllt ständig vor Hunger, sodass die Nachbarn schimpfen.«

Helene hatte ihre liebe Mühe, den kaum verständlichen Worten zu folgen. Mit Kriegsbrot war das sogenannte K-Brot gemeint. Ein gemäß Reichsernährungsamt aus mindestens zehn Prozent Kartoffelmehl und Roggenschrot hergestelltes Brot, das zwar gar nicht so schlecht schmeckte, jedoch im Vergleich zum gewohnten Weißbrot schwerer zu kauen war und bei vielen Leuten Magenschmerzen auslöste.

Dennoch stutzte sie. Die meisten Lebensmittel waren inzwischen streng rationiert, und man erhielt sie nur gegen die entsprechenden Marken. Die Handelsblockade sowie der andauernde Krieg hatten zudem die Preise allgemein in die Höhe getrieben. Doch erst Ende letzten Monats hatte der Bezirksrat den Beschluss über die Erhöhung der Beiträge der reichsgesetzlichen Familienunterstützung bekannt gegeben. Dank dieser erhielt eine Mutter einen je nach Anzahl der Kinder berechneten Zuschuss. Dazu kam noch die Kriegswitwenrente, auf die Luise Sachs nach dem

Tod ihres Mannes nun Anspruch hatte. Wie war es also möglich, dass eine Kriegerwitwe mit ihren Kindern hungerte? Dank all der verfügbaren Zuwendungen, den Spenden seitens Kriegsfürsorge und Stadtkasse sowie den Angeboten der städtischen Kriegssuppenküchen war selbst minderbemittelten Familien doch bestimmt ein einigermaßen geregeltes Überleben möglich.

Was Marie wiederum über die Verletzung ihrer Mutter gesagt hatte, beunruhigte Helene noch mehr.

Mit dem Ärmel wischte sich das Kind übers Gesicht. »Mama hat mich heute zum Milchholen geschickt …« Mit zitternden Fingern klaubte sie die säuberlich abgeschnittenen Milchmarken aus der Rocktasche und hielt sie Helene als Beweis hin. »… nur war keine Milch mehr übrig. Also wollte ich etwas anderes kaufen. Aber für die Marken geben sie mir nichts, und ich hab doch sonst kein Geld dabei.« Sie ließ den Kopf hängen.

Bei dem Anblick krampfte sich Helenes Brust zusammen. »Ich verstehe«, sagte sie sanft. »Wo wohnst du denn?«

»An der Klarastraße. Drüben im Stühlinger.«

Helene wandte den Blick kurz zu Pauline und sah diese in stummem Einvernehmen nicken. Die Klarastraße war nicht weit, und ihr Zug nach Sankt Georgen war ohnehin inzwischen abgefahren. Trotzdem stand sie auf und raunte ihrer Begleiterin zu: »Geh du nach Hause. Sofie wartet bestimmt schon auf dich.«

Doch Pauline schüttelte vehement den Kopf. »Sofie ist in guten Händen. Kommt gar nicht infrage, dass ich dich hiermit alleinlasse.«

Kurz drückte Helene den Arm der Freundin, ehe sie sich wieder an Marie wandte: »Was hältst du davon, wenn wir dich nach Hause begleiten? So kann ich sehen, wie es deiner Mutter geht, und mit etwas Glück finden wir unterwegs etwas anderes, das du deinem Brüderchen zu essen bringen kannst.«

Und so kam es, dass sie später an diesem Nachmittag das Treppenhaus der Hausnummer 41 betraten. Von außen hatte das vierstöckige Mietgebäude erstaunlich gepflegt ausgesehen, wenn es auch nicht mit den pompösen, wilhelminischen Fassaden so mancher Straßenzüge der Innenstadt zu vergleichen war.

Wie in den meisten Mietshäusern üblich, waren die Wohnungen im ersten und zweiten Stockwerk die beliebtesten und teuersten. Die Treppen waren breit, und durch die Fenster einfallendes Tageslicht erhellte die in freundlichen Farben gestrichenen Wände der Gänge.

Je weiter hinauf man jedoch gelangte, desto schmaler wurden die Treppen. Helene war außer Atem, als sie das direkt unter dem Dach liegende Stockwerk erreichten. Wie dunkel es hier war. Hier gab es nicht einmal eine Lampe im Flur, und durch das winzige Dachfenster drang kaum genügend Helligkeit herein. Es roch nach Feuchtigkeit und nassem Mörtel.

Das Plärren eines Kleinkinds war durch die geschlossene Tür zu hören. Zusammen mit der leisen, erschöpft klingenden Stimme einer Frau.

»Mama«, rief Marie und klopfte an die Tür.

»Mariele?«, tönte es aus der Wohnung.

Dann war ein immer lauter werdendes Klopfen zu vernehmen. Das Klacken eines im Schloss umgedrehten Schlüssels. Die Tür wurde mit Schwung aufgerissen. »Da bist du ja endlich, Kind. Ich habe mir schon solche So…« Luise Sachs erstarrte vor Schreck, sobald sie den unerwarteten Besuch sah. »Wer …?« Doch dann kam das Erkennen, und sie riss die Augen auf. »Sie?«

»Entschuldigen Sie unser unangekündigtes Erscheinen, Frau Sachs«, erklärte Helene rasch. »Wir sind ganz zufällig auf Marie getroffen, und sie hat uns von Ihrer Verletzung erzählt. Ich wollte nur fragen, ob ich irgendwie helfen kann.«

»Ich habe zwar keine Milch mehr gekriegt, aber ich hab Suppe für Karli. Schau doch, Mama. Das reicht bestimmt für ein paar Tage.« Strahlend hob Marie das Einmachglas mit der braunen Brühe hoch, in der ein paar winzige Kartoffel- und Selleriestückchen schwammen.

Fassungslos fuhr Luise Sachs' Blick von ihrer Tochter zu den Besucherinnen.

Sie schien um Jahre gealtert. Ihre Wangen waren eingefallen, ihre Augen lagen in dunklen Höhlen. Man sah ihr die Schmerzen allein schon an der verkrampften Haltung an, mit der sie sich an die Holzkrücke klammerte. Daher war also das Klopfen vorhin gekommen.

»Machen Sie sich keine Sorgen, das hat alles seine Ordnung«, sagte Helene beruhigend.

Einer Eingebung folgend, waren sie vom Bahnhof aus direkt zurück zur Hildaschule marschiert. Der Wachmann beim Eingang kannte Helene und hatte nicht einmal mit der Wimper gezuckt, als sie, mit der Ausrede, etwas vergessen zu haben, an ihm vorbeigeeilt war. Wie erhofft, hatte sie daraufhin Fräulein Faller in der Küche vorgefunden, die ihr den übrig gebliebenen Suppenrest der Mittagsmahlzeit für die Magenkranken mit einem verschwörerischen Zwinkern überließ. Währenddessen hatte Pauline mit Marie draußen an der Straßenecke gewartet.

»Das ist übrigens meine Wohngenossin Pauline Seibold«, fügte sie hinzu.

»Es freut mich, Sie kennenzulernen, Frau Sachs.« Breit lächelnd trat Pauline vor und streckte die Hand zum Gruß aus.

»Sie wohnen beide draußen in Sankt Georgen«, erklärte Marie und schlüpfte an ihrer Mutter vorbei, ehe diese überhaupt etwas sagen konnte.

Ohnehin schien Luise Sachs in dem Moment die Welt nicht

mehr zu verstehen. Staunen und Verwirrung spiegelten sich noch immer in ihrem Gesicht, und es dauerte einen Moment, bis sie sich wieder fasste. »Jesses, was müssen Sie bloß von mir denken.« Mit einer fahrigen Geste der freien Hand fuhr sie sich übers Haar, zupfte an dem Wollschal um ihre Schultern und strich sich den Rock glatt. »Kommen Sie doch herein.«

27 – Wo sich Wärme findet

3. Dezember 1915, Klarastraße Nummer 41,
im Stühlinger, Freiburg im Breisgau

Die Wohnung war klein, aber makellos sauber. Es gab einen Raum, der gleichzeitig als Küche, Wohn- und Esszimmer diente. Mit einem kleinen Herdofen in der Ecke, daneben ein Waschbecken sowie ein winziger Geschirrschrank. Mitten im Raum stand ein Tisch mit vier Stühlen. Ein Polstersessel mit abgewetztem Samtbezug und eine Stehlampe in der einen Ecke sowie eine Kommode an der gegenüberliegenden Wand vervollständigten die Einrichtung. Ein Dachgaubenfenster sorgte für Tageslicht. Rechter Hand, zur Hälfte durch eine Lattenwand abgetrennt, lag das Schlafzimmer. Das einzige Bett musste als Schlafplatz für die ganze Familie reichen.

Helenes Blick fiel auf die Fotografie in dem schlichten dunklen Holzrahmen, die auf der Kommode stand, liebevoll auf einem aus Stoffstreifen geflochtenen Deckchen platziert. Sie zeigte einen Soldaten in wackerer Pose auf sein Gewehr gestützt, mit Pickelhaube und polierten Stiefeln. Seine Miene war ernst, seine Haltung stolz. Ein schwarzes Band war um die rechte Rahmenecke gebunden. Das musste Luises gefallener Ehemann sein.

»Was für ein süßer Wonneproppen«, rief Pauline indes voller Entzücken, als sie das auf der Decke am Boden neben dem Sessel mit Holzklötzen spielende, ungefähr zweijährige Kind entdeckte.

»Das ist Karli, mein Bruder.« Stolz schwang in Maries Stimme mit, als sie sich neben den Kleinen auf den Boden kniete.

»Rieleee!«, krächzte Karli begeistert. Ein Strahlen erhellte sein Gesicht. Eilig rappelte er sich hoch und ließ sich in die Arme seiner Schwester fallen. Zwei kleine Blondschöpfe. Sie hatten beide dieselbe Stupsnase und die gleichen Grübchen in den Wangen.

Luise Sachs war derweil mit ihren Krücken zurück zum Sessel gehumpelt. Sie verzerrte das Gesicht vor Schmerz, als sie sich hinsetzen wollte.

»Warten Sie, ich helfe Ihnen.« Sofort sprang Helene hinzu, stützte sie unter den Armen. »Langsam. So ist's gut.« Mit einem Kissen versuchte sie, die offensichtlich schmerzende rechte Hüftseite zu polstern. Dabei ging sie in Gedanken die ihr bekannten Symptome bei Hüftverletzungen durch. Konnte es womöglich sogar eine Fraktur sein?

»Darf ich fragen, wie Sie sich verletzt haben?«, tastete sich Helene vorsichtig vor, während sie Luise mit Paulines Hilfe in eine einigermaßen bequeme Sitzposition zurechtrückte. Sie wollte auf keinen Fall aufdringlich wirken. Womöglich empfand die Arbeiterfrau ihr plötzliches Auftauchen hier bereits als eine Einmischung in ihre Privatangelegenheit.

Mit einem leisen Aufstöhnen winkte Luise ab. »Ach, das ist nur wegen meiner eigenen Nachlässigkeit passiert. Ein Zipfel meines Rocks hat sich in einem Riemen der Drehbank verfangen.«

»Wenn es Ihnen recht ist, würde ich mir Ihre Hüfte gerne ansehen«, schlug Helene vor.

Luise zögerte.

»Helene versteht wirklich viel von Heilkunde. Sie kann Ihnen vielleicht helfen«, sagte Pauline und beugte sich zu Karli hinunter. »Ich kümmere mich derweil um den jungen Mann hier und mache die Suppe warm.«

Der Kleine gluckste vergnügt, als sie ihn mit Schwung hochhob.

Sofort sprang auch Marie auf. »Ich hole einen Topf.«

Ihre Mutter sah ihrer Tochter erstaunt nach, ehe sie den Blick zu Helene hob. »Bevor Sie fragen … Die Antwort ist: Nein, ich war deswegen bei keinem Arzt«, erklärte sie mit unüberhörbarer Vehemenz, während sie mit der Hand auf ihre Hüfte zeigte. »Doktor Maibrunn von der Straße gegenüber ist so tatterig und blind, dass er kaum einen Frosch von einer Kuh unterscheiden kann. Und was er kann, macht ein anderer Arzt bestimmt nicht besser.«

»Fangen wir doch damit an, dass ich mir Ihre Verletzung ansehe. Danach besprechen wir alles Weitere, was halten Sie davon?«, antwortete Helene mit eingeübter Ruhe.

Die Vorbehalte vieler Frauen gegenüber männlichen Ärzten waren ihr nicht neu. Besonders, wenn es den Frauen um die eigene Gesundheit ging. Die Arbeiterin hatte es zwar eben auf das Alter des Arztes abgewälzt, in Wahrheit spielten oftmals viel eher das Schamgefühl und der Gedanke, sich von einem Mann untersuchen zu lassen, eine Rolle.

»Können Sie mir erklären, wann und wie genau sich der Unfall ereignet hat?«, fragte sie.

Luise keuchte leise auf, während sie die Sitzposition zu ändern versuchte. Dann fing sie an. »Na ja, es ist vor fast genau einer Woche passiert. Ich habe an der Drehbank gearbeitet. Das war zwar nicht das erste Mal, aber normalerweise ist mein Arbeitszug für die Zünderherstellung von Gewehrpatronen eingeteilt. Aber weil sich eine andere Arbeiterin krankgemeldet hatte, bin ich ihrem Platz für die Bohrung der Granatzünder zugeteilt worden. Diese Maschinen sind viel größer und werden durch mehrere Riemenräder angetrieben«, erklärte sie und schüttelte den Kopf. »Hätte ich nur besser aufgepasst, dann hätte sich mein Rock nicht in einer der Kurbeln verfangen, und das alles wäre nicht passiert.« Dabei hatte Luise noch Glück im Unglück gehabt. Die Zugkraft der Maschine hätte viel Schlimmeres verursachen können, als sie nur seitlich gegen den Getriebekasten zu reißen. Das erklärte jedoch die Prellungen an der Hüfte, die Marie beschrieben hatte.

»Wird Ihnen denn keine Schutzkleidung zur Verfügung gestellt?« Die Frage kam von Pauline, die am Herdofen stand und in dem Topf rührte, um die Suppe aufzuwärmen.

Luise Sachs zuckte mit den Schultern. »Wir haben Lederschürzen. Die sollen aber eher vor Funkenschlag schützen und decken nicht die ganzen Röcke ab. Solche Unfälle gibt es darum immer wieder. Erst vor einem Monat ist eine andere Arbeiterin aus meiner Schicht an einem der Hebel am Vorschubgetriebe hängen geblieben. Es hat ihr den Rock der Länge nach vom Saum bis zur Borte aufgerissen, und das Getriebe hat vor Überhitzung zu rauchen angefangen. Ein paar der Frauen haben sich darum aus den Röcken Hosen genäht. Oder sie tragen die Hosen ihrer Ehemänner.« Sie verzog verächtlich die Miene. »Man mag gar nicht hinsehen, so scheußlich sieht das aus: Kaum eine kann wirklich nähen, und die Hosen der Männer sind ihnen viel zu groß.«

Etwas ganz anderes ließ Helene indes hellhörig werden. »Der Unfall ist vor einer Woche geschehen, sagten Sie?« Normalerweise trat der Heilungsprozess bei einer gewöhnlichen Prellung eigentlich viel rascher ein. »Und Sie sind seither trotz der Schmerzen nie bei einem Arzt gewesen?«

»Jo wa, die Martha, meine Freundin nebenan, hat sich das

angesehen. Sie ist Hebamme und hat gemeint, das würde mit ein paar kühlenden Umschlägen schon wieder werden«, gab die Arbeiterfrau zurück. Von einem Moment auf den nächsten legte sich jedoch nun ein Schatten über ihre Züge. »Ich will nicht, dass sich die Nachbarn das Maul über mich zerreißen. Das tun sie sowieso schon zur Genüge, seit mein August vor zwei Monaten gefallen ist.«

»Marie hat uns davon erzählt. Mein tiefstes Beileid, Frau Sachs«, sagte Helene leise. Selbst nach mehr als einem Jahr Krieg und unzähligen Toten auf den Gefallenenlisten fühlte man sich noch immer ohnmächtig, Hinterbliebenen gegenüber diese Worte auszusprechen.

Doch die Arbeiterin presste nur die Lippen zusammen und hielt die Luft an, während sie sich auf der Krücke hochstemmte.

Sie brauchte drei Anläufe, bis sie endlich aufrecht stand. Ein winziges Lächeln zuckte an ihrem Mundwinkel, als sie Helene ansah und dabei trotzig das Kinn vorreckte. »Luise. Wenn Sie mir schon unter den Rock schauen, dann können Sie mich auch beim Vornamen nennen.«

Helene half ihr, sich im angrenzenden Schlafzimmer aufs Bett zu legen. »Ich will Ihnen auf keinen Fall noch mehr Schmerzen bereiten. Sagen Sie mir bitte sofort, wenn es schlimmer wird, ja?«, sagte sie und rieb sich die Hände, um sie zu erwärmen. Kein leichtes Unterfangen, denn der kleine Kochherd reichte kaum, um den Raum recht zu heizen, und die Kälte drang von draußen durch die Ritzen am Fenster herein.

Sachte half sie Luise, sich auf die Seite zu drehen, schob dabei den Rock hoch und erstarrte, als sie das riesige Hämatom sah. Es reichte über Luises gesamte Hüfte bis über die Hälfte des Oberschenkels und hatte in seinem Zentrum noch immer die Farbe einer reifen Pflaume. Mit aller Vorsicht ließ Helene die Finger entlang der Färbung gleiten. Die Haut war an der Stelle deutlich erwärmt und geschwollen.

»Können Sie ungefähr angeben, wo die Schmerzen am heftigsten sind? Marie hat erzählt, Sie hätten erst seit Kurzem eine neue Anstellung gefunden«, sagte Helene mit bewusst beiläufigem Tonfall, damit Luise nichts von ihrer Betroffenheit bemerkte. Zwar waren ihre Kenntnisse im Bereich der Orthopädie längst nicht auf dem Niveau eines geschulten Arztes, und sie wusste, dass die Heilung von Prellungen je nach Schweregrad eine langwierige Angelegenheit sein konnte. Doch ein Hämatom von dieser Größe und Intensität hatte sie noch nie zuvor gesehen. Vorsichtig legte sie die Hände gleichzeitig auf der linken und rechten Hüftseite an. Tastete sich konzentriert vor. So weit war kein Beckenschiefstand zu erkennen.

»Am schlimmsten ist es hier.« Luise deutete auf die Stelle an ihrer rechten Leistenseite. »Aber manchmal strahlen die Schmerzen bis hinunter ins Knie aus. Und ja, das stimmt, bis vorigen Mai habe ich in der Baumwollfabrik Krumeich gearbeitet. Aber weil kein Rohmaterial mehr durchkommt, musste der Betrieb eingestellt werden«, erklärte die Fabrikarbeiterin weiter und sog hörbar den Atem ein, als Helene nun mit leichtem Druck ihrer Finger die Erhebung der Hüfte ertastete.

Vor ihrem inneren Auge sah sie den Knochenaufbau ganz genau vor sich. Trochanter maior. Symphyse.

Sie hielt sofort inne, als Luise vor Schmerz aufstöhnte.

Eine Prüfung der Gelenkrotation konnte sie sich und der Verletzten ersparen, die Einschränkung war offensichtlich. Keine Verkürzung des verletzten Beins. Keine Fehlstellung. Das schloss immerhin eine Hüftfraktur aus. Doch die ausstrahlenden Schmerzen konnten auf eine anderweitige Blessur des Hüftgelenks hindeuten. Ebenso konnte der Ursprung des Hämatoms auf innere

Verletzungen hinweisen. So oder so brauchte es hier die Untersuchung eines Arztes.

»Zum Glück habe ich schon wenig später eine neue Anstellung bei Kromer gefunden«, fuhr Luise fort.

»Kromer? Können Sie bitte die Zehen bewegen?«

Luise verzog das Gesicht vor Schmerz, doch die Zehen bewegten sich – langsam zwar, aber sie wackelten. »Die Fabrik Kromer stellte ursprünglich Kassenschrankschlösser her. Jetzt fertigen wir dort Zünder. Ich hätte mir nie träumen lassen, dass ich eines Tages Kriegsmaterial herstelle. Der Umgang mit den Drehbänken und Fräsmaschinen ist mir immer noch unheimlich.« Sie hob den Kopf und schnaubte. »Man sieht ja, wieso. Aber im Vergleich zu meiner vorherigen Arbeit am Webstuhl verdiene ich jetzt mehr.«

»Ist das wirklich so?« Luise war nicht die Erste, von der Helene das hörte. Auch Stine hatte ihr schon davon erzählt. Sie wusste es aus erster Hand von der Witwe Almbacher, bei der sie und Greta wohnten. Deren Tochter war vor ein paar Wochen eigens aus Waldkirch zurück nach Freiburg gezogen. Auch sie hatte ihre vorherige Anstellung als Kindermädchen aufgegeben und arbeitete jetzt in der Maschinenfabrik Lederle, wo Granathülsen produziert wurden. Die Arbeit sei anstrengend und nicht ungefährlich, doch der höhere Lohn gleiche das aus, hatte sie angeblich gesagt.

»Und ob«, meinte die Arbeiterin. »Jetzt bekomme ich rund die Hälfte mehr Lohn. Genau deswegen lästern jetzt auch die Nachbarn ständig über mich. Erst recht, wenn ich zum Arzt gehen würde.«

Helene schüttelte verständnislos den Kopf. »Weil Sie mehr verdienen?« Vorsichtig legte sie Luise zwei Kissen in den Rücken, damit sie bequemer lag.

»Weil sie denken, dass ich mit dem Lohn, der Kriegerwitwenrente und den kommunalen Zuwendungen viel zu gut verdiene.

So gut, dass ich mir nun sogar einen besseren Arzt als den alten Doktor Maibrunn leisten kann.« Ein zorniger Funken glühte in ihren Augen auf, als sie durch die Zähne presste: »Sie denken jedoch nicht daran, dass wir in der Fabrik arbeiten wie die Maultiere. Manchmal zwölf Stunden am Tag und das an sechs Tagen die Woche. Wegen des höheren Lohns sind mir zudem die Kommunalzahlungen gestrichen worden. Nur dank der Kriegerwitwenrente und weil sich meine Schwester tagsüber um die Kinder kümmert, damit ich nicht auch noch Geld für jemanden ausgeben muss, der auf die Kleinen aufpasst, während ich arbeite, kommen wir gerade so über die Runden.«

Auf einmal stieß sie erschöpft den Atem aus. Mit einer energischen Handbewegung wischte sie sich eine Träne von der Wange. »Zum Glück muss August das alles nicht mehr miterleben. Er war immer gut Freund mit allen. Stolz auf seinen Ruf und darauf, dass wir nie irgendjemandem etwas schuldig gewesen sind. ›Wir haben nicht viel, aber es ist zumindest alles ehrlich erarbeitet‹, hat er immer gesagt.«

Ihr Blick verlor sich in der Ferne. »Und nun …« Sie stockte. »Inzwischen hat der Krieg schon alles dermaßen vergiftet, dass sich Nachbarn untereinander nicht einmal mehr eine Brotrinde gönnen. Wohin soll das noch führen.«

Im selben Augenblick war von der anderen Seite der Trennwand her ein leises Giggeln zu vernehmen. Das Trippeln von kleinen Füßen. Paulines übertrieben-drohende Stimme, die »Na wartet, ich krieg euch« rief. Sogleich ertönte fröhliches Kinderkreischen und Getrampel.

Und auf einmal kam ein kleiner blonder Wirbelwind um die Trennwand gerannt, gefolgt von Pauline und Marie.

»Hab ich dich.« Lachend packte Pauline Karli unter den Armen und wirbelte ihn im Kreis herum. Der Junge jauchzte vor Freude.

»Langsam, Kinder. Nicht so wild, denkt an die Nachbarn«, mahnte Luise lächelnd, während sie die Hand nach ihrer Tochter ausstreckte.

»No mal«, rief Karli indes, sobald Pauline ihn sachte auf dem Bett absetzte, und hob ihr die Arme entgegen. »No mal. Will fiiegen.«

»Nicht jetzt, Karli. Mama ist doch krank. Sie braucht Ruhe«, raunte seine Schwester ihm jedoch zu und winkte ihn stattdessen zu sich.

Geschwind kroch der Kleine übers Bett zu Mutter und Schwester, wo er sich dann zusammen mit Marie in Luises Arme kuschelte.

Was für ein berührender Anblick. Helene musste schlucken. Die Wohnung hier mochte klein und karg eingerichtet sein, doch Luise und ihre beiden Kinder füllten sie mit so viel Wärme und gegenseitiger Zuneigung.

»Die Kinder sind beide satt«, sagte Pauline schmunzelnd. »Es ist noch genug für Sie übrig, und für morgen reicht es bestimmt auch noch. Was ich Sie noch fragen wollte … Ist das der gleiche Rock, in dem Sie den Unfall hatten?« Damit deutete sie auf das am Saum schon abgewetzte dunkelblaue Kleidungsstück, das die Arbeiterin trug.

Mit einem Aufschnauben schüttelte diese den Kopf. »Wo denken Sie hin. Das hier ist doch bloß ein alter Fetzen. Der Arbeitsrock liegt da drüben auf dem Stuhl.« Sie deutete auf das Stoffbündel auf dem in der Ecke stehenden Stuhl. »Der Maschinenriemen hat ein Loch hineingerissen. Sobald ich wieder einigermaßen sitzen kann, muss ich versuchen, das auszubessern.« Ihr entfuhr ein Seufzen. »Ich habe zwar auch schon einmal die Hosen von meinem August anprobiert, aber die sind mir viel zu weit. Die kann ich unmöglich anziehen.«

»Wenn es Ihnen recht ist, kann ich gerne versuchen, das für Sie anzupassen«, bot Pauline an.

Luise sah erst Helene, dann Pauline an. »Ich danke Ihnen. Ihnen beiden. Ich weiß gar nicht, wie ich das vergelten kann.«

Helene winkte ab. »Wir haben doch nichts getan. Allerdings …« Sie holte tief Atem, ehe sie weitersprach. Sie wollte die Arbeiterfrau und ihre Kinder nicht beunruhigen. »Ich kann Ihnen zwar ein entzündungshemmendes Schmerzmittel geben, aber ich rate Ihnen dennoch dringend, die Verletzung von einem Arzt untersuchen zu lassen.«

Augenblicklich trat ein sorgenvoller Ausdruck auf Luises Gesicht. »Aber Martha hat doch gesagt, es würde alles wieder heilen.«

»Und das wird es auch bestimmt«, erwiderte Helene rasch, kniete sich neben dem Bett auf den Boden und drückte Luises Hand. »Es ist jedoch ungewöhnlich, dass sowohl die Schmerzen als auch das Hämatom nach einer Woche nicht abgeklungen sind. Das könnte ein Zeichen von versteckten inneren Verletzungen sein.«

»Versteckte innere Verletzungen?« Luises Miene gefror.

Helene schüttelte den Kopf. »Ein Arzt kann eine viel sichere Diagnose stellen und Schlimmeres ausschließen. Vielleicht ist sogar eine Röntgenaufnahme möglich.«

»Was ist denn eine Röntgenaufnahme?«, wollte Marie wissen.

»Das ist eine Art Fotografie vom Innern eines Menschen«, erklärte Helene an die Kleine gewandt. »Damit lässt sich erkennen, ob Knochen gebrochen sind oder sonstige Verletzungen bestehen, die man sonst gar nicht sehen könnte.«

Dann richtete sie sich erneut an die Arbeiterfrau. »Ich verstehe Ihre Vorbehalte, glauben Sie mir, und ich will Sie zu nichts zwingen. Aber mit diesen Schmerzen ist weder Ihnen noch Ihren Kindern geholfen.«

»Ich gehe auf gar keinen Fall zum alten Maibrunn«, rief Luise und machte Anstalten, sich aufzusetzen, keuchte jedoch sogleich vor Schmerz auf.

»Langsam.« Sogleich war Helene zur Stelle und stützte die Verletzte, während diese zurück auf die Kissen sank. Mit ernstem Gesicht stand sie dann auf, griff nach ihrer Tasche und holte ein Fläschchen mit Aspirintabletten und einen Papierzettel daraus hervor. Sie schüttete vier Tabletten auf den Zettel und schlug diesen sorgfältig zu einem kleinen Beutel ein.

»Wir finden in der Stadt bestimmt noch einen anderen Arzt. Hier.« Sie reichte Luise den Papierbeutel. »Das wird gegen die Schmerzen helfen. Nehmen Sie jedoch nicht mehr als zwei Stück am Tag, und versuchen Sie, die verletzte Stelle zu kühlen. Ich komme nach meinem Dienst morgen Nachmittag wieder vorbei. Vielleicht habe ich bis dahin eine Lösung gefunden.«

»Was hast du denn vor?«, fragte Pauline, als sie kurz darauf auf dem Weg zurück zum Bahnhof waren. Mit etwas Glück schafften sie es vielleicht noch auf die letzte Straßenbahn nach Haslach. Sonst blieb ihnen nur noch der Fußmarsch zurück nach Sankt Georgen.

»Ich bin mir noch nicht ganz sicher«, entgegnete Helene nachdenklich. Sie wandte den Blick zu der Freundin, die Luises Rock und eine Hose von deren Ehemann unter dem Arm trug. »Und du? Was willst du denn damit anstellen?«

Pauline legte den Kopf schief. »Ach, das ist nur so eine Idee.« Mehr sagte sie nicht dazu, und so blieb es auch während des gesamten Heimwegs.

Am nächsten Morgen marschierte Helene gleich nach ihrem Dienstantritt durch den langen Gang im Südflügel der Hildaschule. Vor der Tür zu Professor Fallers Büro hielt sie kurz inne, ehe sie anklopfte. Sie hatte sich die Worte die ganze Nacht lang zurechtgelegt.

»Herein«, ertönte die tiefe Stimme des Arztes.

Sie trat ein, blieb jedoch sogleich stehen, als sie Doktor von Lüdow dort mit lässig überschlagenen Beinen auf dem Stuhl vor Professor Fallers Arbeitstisch sitzen sah. »Oh, entschuldigen Sie. Ich wollte Ihre Unterredung nicht stören.« Schon wollte sie sich zum Gehen wenden.

»Kommen Sie. Kommen Sie. Sie stören keineswegs, Schwester Helene«, rief Faller und winkte sie näher. »Was haben Sie denn auf dem Herzen?«

»Nun, also …« Einen Atemzug lang kam Helene ins Stocken, hob jedoch dann den Kopf und verschränkte die Hände hinter dem Rücken. Sie hätte ein Gespräch allein mit dem Professor bei Weitem vorgezogen. Aber wenn sich Doktor von Lüdows Anwesenheit nun einmal nicht vermeiden ließ, sei's drum, sie hatte nichts zu verheimlichen.

In ein paar Sätzen schilderte sie die gestrigen Vorkommnisse: die Begegnung mit Mariele, Luises Unfall und deren Zustand sowie dass ihr Mann gefallen war.

»Frau Sachs hat sich die Verletzung während der Ausübung ihrer vaterländischen Pflicht an der Heimatfront zugezogen«, erklärte sie, benutzte dabei bewusst die gängigen Parolen. »Allein schon deswegen möchte ich ihr und ihren Kindern helfen und wollte Sie fragen, ob Sie mir womöglich einen Arzt aus der Stadt empfehlen können. Wenn nötig, würde ich auch selbst für dessen Bezahlung aufkommen.«

Das war nicht ohne Risiko, das wusste Helene sehr wohl. Neben dem Geld für die Unterkunft auf dem Rosenhof erlaubte Robert ihr nicht mehr, als einen Notgroschen für alltägliche Kleinigkeiten von ihrem Lohn einzubehalten. Den Rest musste sie auf das Sparbuch einbezahlen, das er bei jedem Heimurlaub akribisch genau kontrollierte. Zum Glück hatte sie jedoch während der vergangenen Monate so sparsam gelebt – na ja, es gab auch kaum noch etwas Anständiges in den Läden mehr zu kaufen –, dass in der kleinen Blechdose unter der Matratze inzwischen schon ganze fünfzehn Mark lagen. Notfalls würde sie den Arzt hiervon bezahlen.

»Das ist wirklich sehr löblich von Ihnen.« Professor Faller stützte die Ellenbogen auf den Armlehnen seines Sessels ab und legte die Fingerspitzen beider Hände aneinander. »Lassen Sie mich nachdenken. Von den fähigen zivilen Ärzten sind die meisten inzwischen ebenfalls eingezogen worden, fürchte ich.«

Doch dann erhob sich Doktor von Lüdow auf einmal vom Stuhl. »Wenn es Ihnen recht ist, Herr Oberstabsarzt …«, sagte er in militärisch zackiger Manier, ehe er sich zu Helene umwandte.

Und sie traute ihren Ohren kaum, als er erklärte: »Ein solches Pflichtbewusstsein, wie das Ihrer Bekannten, sollte unbedingt gewürdigt werden. Ich stelle mich darum gerne zur Verfügung, um Frau Sachs zu untersuchen.«

28 – Trotz Eierschalen und Tränen

13. Dezember 1915, auf der Straße in Richtung Sankt Georgen

Mit einem Zungenschnalzen trieb Julius den alten Wallach an und lenkte das Pferd und die vierrädrige Zweisitzerkutsche über die Brücke bei der Fabrikstraße von der Oberau in Richtung Wiehre.

Schneeflocken rieselten leise vom Himmel, wirbelten in einem wilden Tanz im Schein der Kutschenlaternen.

Er nahm die Zügel in eine Hand, zupfte mit der anderen die Decke über den Knien seiner Mutter neben ihm zurecht. Es war eisigkalt, und es lag noch ein ordentliches Stück Weg vor ihnen. Wenigstens schützte das hochgeklappte Verdeck sie einigermaßen vor dem Schnee.

Ihm selbst war die Kälte gerade recht. Sie half ihm, den Kopf zu klären. Nach den stundenlangen Verhandlungen mit dem Vorstand der Papierfabrik Flinsch war das auch dringend nötig. Vielleicht vermochte die eisige Temperatur auch den pochenden Schmerz an seiner Schläfe zu vertreiben. Der befiel ihn stets, wenn er sich zu lange anstrengte, wie es bei solchen Besprechungen eigentlich immer der Fall war.

Er stieß den Atem in einer dichten Dampfwolke aus.

Seit seiner Rückkehr aus dem Krieg war inzwischen schon ein ganzes Jahr vergangen. Kaum zu glauben. Zwölf Monate, in denen er sich wieder zurück in ein scheinbar normales Leben gekämpft hatte. Mehr schlecht als recht, wie er fand. Wochen voller Zweifel, während er sich mühsam wieder in seine Rolle als Erbe des Lauerer Rosenhofs gefügt hatte, obwohl ihn das Gefühl, dieser Pflicht nicht mehr gerecht zu werden, jedes Mal schier erdrückte. Doch den Anschein zu wahren, war alles, was zählte. So tat er es. Mutter zuliebe.

Ehe er wieder die Zügel ergriff, drückte er kurz ihre Hand. Sie war eine jener Personen, die ihre Gefühle gut zu verstecken vermochten. Aber er brauchte sie nicht erst anzusehen, um zu wissen, was sie dachte. Ihre Hand zitterte.

»Es wird alles gut werden«, sagte er.

»Das muss es. Uns bleibt keine andere Wahl, um den Hof zu retten«, gab sie leise zur Antwort.

Die Tatsache war ernüchternd und niederschmetternd zugleich. Julius konnte sich nicht entscheiden, was er als schlimmer empfand: dass es überhaupt so weit gekommen war oder dass sie jetzt nur noch hilflos zusehen konnten, während der Krieg sich das ganze Land, dessen gesamte Wirtschaft mit jedem Monat mehr und mehr einverleibte.

Die totale Kriegswirtschaft. Wer sich ihr nicht unterwarf, sich anpasste und umrüstete, hatte kaum Überlebenschancen. Das galt für Firmen und Betriebe ebenso wie für Menschen. Auch für den Lauerer Rosenhof.

Es hatte damit angefangen, dass es seit Beginn der Handelsblockade fast unmöglich war, an Kunstdünger zu gelangen. Gerade für den Weinbau war die Düngung mit Stickstoff aus Nitrat jedoch essenziell für ein gutes Wachstum der Reben sowie die Qualität des Weines.

Das hatte dazu geführt, dass die Lese im vergangenen Herbst die schlechteste seit Jahrzehnten gewesen war. Dazu kam, dass der Weinhandel während des andauernden Krieges nahezu zum Erliegen gekommen war. Es fehlten fast die gesamten Abnehmer aus dem Ausland. Einzig ein paar wenige Kunden in der angrenzenden, neutralen Schweiz waren ihnen noch geblieben. Mit diesen geringen Erträgen ließ sich jedoch das riesige Loch nicht stopfen, das die Ausgaben für Fremdarbeiter in die Bilanz rissen. Denn selbst die zur Land- oder Forstarbeit eingesetzten Kriegsgefangenen aus Russland, sowie neuerdings auch aus Frankreich und England, mussten bezahlt und verköstigt werden.

Dabei hatten sie, wie die meisten Landwirtschaftsbetriebe Sankt Georgens, noch Glück im Unglück. Anders als der Großteil der Städter waren sie Selbstversorger. Es fehlte ihnen kaum je an eigenem Gemüse. Selma tat außerdem ihr Bestes und zauberte selbst aus der schrumpeligsten Lauchstange eine schmackhafte Suppe.

Vater und Mutter hatten beide all die Jahrzehnte zuvor zwar vorausschauend und sparsam gewirtschaftet. Hatten die Hofproduktion in weiser Voraussicht nicht allein nur auf den Rebbau ausgerichtet, sondern mit dem Waldbesitz und dem daraus resultierenden Holzhandel eine zusätzliche Einkommensquelle geschaffen.

Dennoch waren die Kosten für die Instandhaltung der insgesamt rund sechshundert Hektar Waldfläche und den Wingerten nicht zu unterschätzen. Zugleich schossen die Preise für Alltagsgüter sowie Futter- und Lebensmittel rasant in die Höhe.

Schließlich konnten sie die Augen nicht mehr länger vor der Tatsache verschließen, dass das Polster ihrer finanziellen Reserven immer schneller schrumpfte.

Julius konnte die Nächte gar nicht mehr zählen, während

denen er über den Geschäftsbüchern gebrütet hatte – jeden einzelnen Posten der Einnahmen und Ausgaben umwälzend, um eine Lösung zu finden. Um Kosten und Arbeitskräfte einzusparen, hatten Mutter und er nach der letzten Lese beschlossen, mehrere Zeilen der Weinberge brachliegen zu lassen. Das brachte zwar eine momentane Erleichterung, war jedoch keine langfristige Lösung. Sie brauchten rentable Erträge, und das dringend. Andernfalls würden sie den Rosenhof nicht mehr lange tragen können. Vielleicht ein Jahr noch, allerhöchstens zwei. Zumal niemand wissen konnte, wie lange der Krieg noch andauerte.

Schweren Herzens hatte seine Mutter schließlich seinem Vorschlag zugestimmt, ein Drittel der Waldparzellen zu verkaufen. Doch bevor es überhaupt zu einem Verkauf hatte kommen können, war vor ein paar Monaten der neue Mitinhaber der Papierfabrik Flinsch mit Sitz an der Kartäuserstraße auf dem Rosenhof erschienen. Und dessen Besuch hatte eine unerwartete Wendung gebracht.

Erich Risler war der junge Sohn und Erbe von Emil Gottfried Risler, dem Eigentümer der gleichnamigen Perlen- und Knopffabrik in Freiburg. Dieser wiederum hatte sich bereits vor Jahrzehnten die Inhaberanteile der Papierfabrik Flinsch gesichert. Damit gehörte der alte Risler nicht nur zu den reichsten und einflussreichsten Fabrikanten der Stadt, er war auch lange Zeit im Freiburger Stadtrat gewesen und hatte den Ruf eines politisch liberalen Visionärs.

Sein Sohn Erich verfolgte die Ideen seines Vaters mit ebenso viel Enthusiasmus weiter. So hatte es zumindest den Anschein, als er ihnen an jenem Tag den Plan der Herstellung von Papiergewebe aus Holzzellulose und Lumpenhadern offenbarte. Jener stützte sich angeblich auf einen Auftrag von allerhöchster Stelle, wonach bei Flinsch das Papiermaterial hergestellt wurde, das lokale Spinnereien wie Krumeich und Mez anschließend zu Fäden und Stoffen verarbeiteten.

»Erzeugnisse aus Papiergarn sind keineswegs Novitäten, sondern zum Beispiel in Asien seit geraumer Zeit Tradition. Sie sind sogar reißfester als Ersatzstoffe aus Brennnesseln oder Schilfrohr«, hatte der junge Risler ihnen erklärt. Daraus würden künftig Arbeitskleidungen, Taschen, Wohnstoffe, aber auch Sandsäcke hergestellt werden.

»Stoff aus Papier«, murmelte Mutter und schüttelte den Kopf. »Sag mir, dass wir nicht ebenso verrückt sind, indem wir dem Geschäft zugestimmt haben.«

Julius ließ ein zuversichtliches Brummen ertönen. »Wir hätten nirgendwo sonst ein besseres Angebot bekommen. Und wie du eben gesagt hast: Uns bleibt keine andere Wahl. Außerdem bleiben die Waldparzellen noch immer in unserem Besitz.«

Das Geschäft war sogar besser, als zunächst erhofft: Sie verpflichteten sich einzig, die Papierfabrik Flinsch künftig als alleinigen Abnehmer zu beliefern. Dafür erhielten sie jeweils das Anderthalbfache des üblichen Holzmarktpreises. Die Holzstämme mussten jedoch erst im Sägewerk zu Holzmehl gemahlen werden, ehe sie in die Papierfabrik gelangten.

Die Kosten hierfür gingen wiederum zulasten der Lieferanten. Aus diesem Grund hatte Julius anfangs auf das Doppelte gepocht, und der junge Risler wäre auch glatt darauf eingegangen. Hätte nicht dessen Anwalt – derselbe magere Kauz, der auch seinerzeit schon auf den Hof gekommen war – auf einmal das Thema des Holztransports aufgebracht.

Julius fragte sich noch immer, woher zum Teufel der Kerl gewusst hatte, dass sie auf dem Lauerer Hof noch immer nur den alten Wallach Johann und die zwei Ochsen als Zugtiere benutzten.

Damit war der Transport zwar problemlos machbar, benötigte jedoch seine Zeit. Zeit, die sowohl der komplexe Produktionsweg als auch der Auftraggeber offenbar nicht erlaubten.

»Hast du überhaupt eine Ahnung davon, wie man so einen Traktor bedient?«, hörte Julius seine Mutter fragen.

»So schwer wird das bestimmt nicht sein.« Er hatte während seiner Zeit an der Front auch schon einen Lastwagen gefahren. Ein Traktor war zwar schwerer und dementsprechend wahrscheinlich etwas umständlicher zu lenken. Das Prinzip als solches sollte jedoch zumindest ähnlich sein.

»Wie heißt es außerdem so treffend? Man schaut einem geschenkten Gaul nicht ins Maul. So sollten wir's auch halten.« Denn ja, ein Traktor war ebenfalls Teil des Abkommens. Die Papierfabrik Flinsch stellte ihnen das Arbeitsfahrzeug zur Verfügung, sofern sie die fünfzig statt hundert Prozent Aufgeld für die Holzlieferungen akzeptierten.

Das Aushandeln dieser Bedingungen war ein diffiziler Drahtseilakt gewesen. Einerseits gehörte die Familie Lauer zu den verlässlichsten Holzlieferanten der Region, womit sie ihren guten Namen nicht unter Wert verkaufen durften, um weiterhin glaubwürdig zu erscheinen. Andererseits waren sie jedoch längst nicht die einzigen privaten Waldbesitzer in und um Freiburg. Es wäre für die Firma Flinsch somit ein Leichtes, einen anderen Lieferanten unter der Konkurrenz zu finden, weshalb trotz allem stets dieses Risiko zu bedenken gewesen war.

Julius schloss die Augen, fühlte das Stechen der kalten Nachtluft auf dem Gesicht. Seine Nasenspitze war schon fast taub gefroren.

Rasch zog er sein gestricktes Halstuch übers Kinn und schlug den Mantelkragen hoch. Er wandte den Blick, als er Mutters Hand auf seinem Bein spürte.

Unter dem dicken Schal, den sie sich um den Kopf geschlungen hatte, schien ihr Gesicht auf einmal winzig. Aber sie lächelte. »Wie auch immer das Geschäft ausgehen wird, du hast alles nur Menschenmögliche getan. Ich bin stolz auf dich.«

Julius legte seine Hand auf die ihre, drückte sie sanft. Mutters Urteil bedeutete ihm mehr, als sie wissen konnte.

Zwar war auch er mit dem Ausgang des Geschäfts durchaus zufrieden. Die Zusammenarbeit sollte bereits Anfang des kommenden Jahres beginnen, die Zukunft des Rosenhofs war somit vorerst gesichert. Zugleich fühlte er die Erschöpfung im ganzen Körper.

Er presste die Zähne zusammen und richtete den Blick wieder geradeaus auf das Pferd, damit Mutter nichts bemerkte. Da war es wieder. Dieses Gefühl von einem brennenden Schmerz in seinem amputierten Bein. So, als wäre es noch immer da. Völlig absurd. Obwohl das nicht zum ersten Mal passierte. Manchmal fühlte Julius sogar ein Jucken am Fuß, oder – noch seltsamer – als könnte er das Knie beugen und mit den Zehen wackeln.

Es handelte sich dabei um einen Phantomschmerz, hatte Helene ihm erklärt. Das sei eine typische Reaktion des Gehirns, das den verlorenen Körperteil noch als vorhanden gespeichert hatte.

Mit einem Ruck rutschte Julius auf dem Kutschbock etwas weiter nach hinten, sodass sein Beinstumpf besser gestützt war. Es war nicht einfach, eine bequeme Sitzposition zu finden, bei der er die Zügel führen konnte. Das gesunde Bein musste nun zugleich für Halt, Stütze und Gleichgewicht sorgen. Das kostete nicht nur enorme Kraft, durch die ungelenke Haltung verkrampften sich zudem die Muskeln am unteren Rücken. Trotzdem bestand Julius stets vehement darauf, den Pferdewagen selbst zu lenken.

Alles, was er jetzt allerdings noch wollte, war, so schnell wie möglich heim auf den Rosenhof zu kommen, sich in sein Zimmer zurückzuziehen und endlich seine Ruhe zu haben.

Es schien eine schiere Ewigkeit zu dauern, bis sie Sankt Georgen erreichten. Das Schneegestöber war immer heftiger geworden. Innerhalb kürzester Zeit waren die Straßen mit einer Handbreit hohen Schneeschicht bedeckt. Manchmal konnte Julius den Weg kaum noch erkennen.

Als sie endlich durch das große Rundtor in den Hof einfuhren, wartete Hannes schon mit einer Laterne beim Stall auf sie.

»Gott sei Dank, da sind Sie ja endlich«, rief er und hob die Laterne in die Höhe. »Ich habe mir schon Sorgen gemacht. Bei dem Wetter streckt man besser nicht einmal die Nase vor die Tür.« Sogleich eilte der Knecht herbei. »Vorsicht, Herrin. Ich helfe Ihnen. Sie sind ja ganz durchgefroren.«

»Es geht schon, Hannes. Danke.« Ihre Lippen zitterten vor Kälte, und sie verschränkte sofort die Arme vor der Brust, sobald sie vom Wagen gestiegen war.

»Ab mit dir in die Wärme. Ich komme gleich nach.« Julius nickte seiner Mutter zu.

Diese sah ihn einen Augenblick schweigend an, ehe sie sagte: »Na schön. Bleibt aber nicht zu lange hier draußen, ihr beiden, hört ihr?« Dann wandte sie sich um und eilte mit steifen Schritten dem Lichtschein entgegen, der durch die Fenster der Küche auf den schneebedeckten Innenhof fiel.

Erst dann machte sich auch Julius daran, vom Wagen zu steigen. Er hatte sich seine ganz eigene Vorgehensweise angewöhnt, indem er sich mit den Händen auf Kutschenrahmen und Rad abstützte und dann rückwärts auf einem Bein hinunterhüpfte. Zugegeben, nicht sehr elegant, aber zumindest zweckerfüllend.

Auf einem Bein balancierend, zog er dann die Krücken unter

dem Fahrerbock hervor. Inzwischen brauchte er dafür keine Hilfe mehr, darauf war Julius stolz. Die stundenlangen heimlichen Übungen im Stall hatten sich gelohnt. Was das anging, so hatte Hannes tatsächlich recht behalten.

Auf die Krücken gestützt, tätschelte er dem Wallach den Hals. »Gib ihm eine zusätzliche Handvoll Hafer heute. Die hat er sich redlich verdient«, wies er den Hofknecht an.

Der nickte zur Antwort, ehe er sagte: »Wenn mich nicht alles täuscht, ist das Gespräch heute gut verlaufen.«

Julius bemerkte sehr wohl, dass das wie eine Feststellung und nicht wie eine Frage geklungen hatte. Das brachte ihn zum Lächeln. Er kannte Hannes bereits sein ganzes Leben lang. Der alte Knecht war so tief im Rosenhof verwurzelt wie die Rebstöcke in den Lauerer Wingerten. Nach Vaters Tod war er zu seinem Mentor geworden. Zu seinem Lehrmeister und seinem Vertrauten.

Er war es auch gewesen, der ihn, Julius, nach seiner Heimkehr als Einziger nicht behandelt hatte, als wäre er plötzlich so zerbrechlich wie eine Eierschale. Stattdessen hatte er ihn eines Tages vorigen Sommer ganz nach hinten in den Stall geführt. Dort, in einer mit Stroh ausgelegten Ecke, ließ er ihn Sandsäcke an Flaschenzügen hochziehen, Rumpfbeugen machen oder, auf einem Bein balancierend, Bälle gegen die Wand werfen. Stundenlang, unerbittlich und unbeugsam, ohne auf Julius' Wutausbrüche oder Tränen zu achten. Guter alter Hannes.

»Ich habe heute den Vertrag mit der Papierfabrik Flinsch unterschrieben. Eine Weile können wir so den Kopf über Wasser halten«, sagte er. »Und wir bekommen zudem einen Traktor zum Gebrauch zur Verfügung gestellt.«

Hannes schmunzelte. »Aha.« Mehr sagte er nicht dazu. Hannes war nie ein Freund großer Worte gewesen, doch seine zufriedene Miene war Antwort genug.

»Wie sieht es hier aus? Sind alle daheim?«, fragte Julius dann.

Der Knecht nickte. »Die Helene hat heute Nachtdienst im Lazarett. Ansonsten sind alle drüben in der Wärme.« Mit dem Daumen deutete er über die Schulter in Richtung Kücheneingang.

Gut. Alle Hofbewohner waren zu Hause und in Sicherheit. Sehr gut. Es war die Aufgabe eines Hofherrn, genau dafür zu sorgen. So hatte Vater es ihm beigebracht, und Julius nahm seine Pflichten sehr ernst. Auch wenn er das nun hauptsächlich aus dem Hintergrund tat und Mutter den repräsentativen Teil überließ.

»Sie sehen ebenfalls aus, als könnten Sie einen Teller heißer Suppe vertragen.« Der Knecht sah ihn mit kritischem Blick an. »Gehen Sie ruhig. Ich kümmere mich hierum.«

»Danke, Hannes.« Auch wenn Julius nicht nach Gesellschaft war, der Gedanke an etwas Warmes im Bauch hatte dennoch seinen Reiz. Trotz der Handschuhe waren seine Hände noch immer gefühllos vor Kälte, und die Haut an seinen Wangen prickelte unangenehm.

»Selma hat ein neues Rezept ausprobiert«, fügte Hannes beiläufig hinzu, während er begann, das Pferd abzuschirren.

Julius hielt mitten in der Bewegung inne. »So?«

Als Antwort gab der Hofknecht ein tiefes Brummen von sich, ehe er ausführte: »Eine Schwarzbrotsuppe. Das einzig Gute daran ist das Braunbier, das sie zum Kochen verwendet hat. Besser, Sie fragen nicht, was sonst noch drin ist.«

»Ich werde mich hüten.« Gewarnt und gewappnet humpelte Julius über den Hof in Richtung Küchentür. Der Schnee knirschte unter seinen Schritten.

29 – Blumen-Märchen

13. Dezember 1915, Sankt Georgen, Rosenhof

Hannes hatte weiß Gott nicht übertrieben: Die Suppe war scheußlich. Was jedoch keinesfalls an Selmas sonst unumstrittenen Kochkünsten lag, sondern vielmehr an der miserablen Qualität des Brotes, das nach Sägemehl und Nussschalen schmeckte. Aber zumindest war die Suppe warm und machte sogar einigermaßen satt.

Julius aß in seinem Zimmer, Mutter hatte sich ebenfalls bereits zurückgezogen.

Mit einem tiefen Aufseufzen setzte er sich dann auf die Bettkante, lehnte die Krücken links und rechts neben sich an und drückte den verspannten Rücken durch. Endlich allein. Endlich Ruhe. Herrlich.

Von der Küche her waren die dumpfen Stimmen der beiden Mägde und des Stallburschen zu hören, die am Küchentisch Skat spielten. Toni, der arme Kerl, ließ sich einmal mehr nach Strich und Faden von Dorle ausnehmen.

Draußen heulte der Wind. Da braute sich ein Schneesturm zusammen. Im Schein der Petrollampen konnte Julius vage die Schneehäufchen an der Fensterscheibe ausmachen.

Er fuhr sich mit der Hand über den Nacken. Seine Schultern waren hart vor Verspannung, und er hörte es knistern, wenn er den Kopf bewegte.

Jetzt ein warmes Bad, um die Muskeln zu lockern – ein wunderbarer Gedanke und genau das Richtige nach einem solchen Tag.

Angespornt von der Vorfreude stemmte er sich mit nur einer Krücke wieder auf. Fuhr jedoch instinktiv herum, als er den Schatten aus den Augenwinkeln wahrnahm.

Angestrengt starrte Julius auf die dunkle Ecke dort neben dem Schrank, wo sich jedoch nichts rührte.

Hatte er sich das eben bloß eingebildet?

Er humpelte näher, um in dem schummrigen Licht besser zu sehen.

Dann hörte er das Kinderkichern.

Also doch.

Und auf einmal war da dieses von hellbraunen Löckchen umrahmte Gesicht. Die kleine Gestalt, die sich ihm mit tapsigen Schritten und ausgestreckten Armen entgegenwarf und sich an sein Bein klammerte.

»He da«, entfuhr es Julius, und er konnte sich gerade noch rechtzeitig an der Kommode festhalten, um das Gleichgewicht nicht zu verlieren.

Derweil guckte ihn Sofie mit strahlenden Augen an. Ausgerechnet.

»Was machst du denn hier?«, fragte Julius in einem bewusst strengeren Tonfall, während er versuchte, sich das Kind vom Bein zu schütteln.

Wie unsinnig jedoch sowohl die Frage als auch das Vorhaben waren, wurde ihm schon im nächsten Augenblick bewusst, als die Kleine einen Schwall unverständlichen Gebrabbels ausstieß und ihm auffordernd die Ärmchen entgegenstreckte, damit er sie hochhob.

Paulines Tochter hatte vor knapp drei Wochen das Laufen gelernt. Sie hatte einfach eines Mittags auf ihren damals noch wackligen Beinchen gestanden, ganz ohne Vorwarnung. Seither war auf dem Rosenhof nichts mehr vor ihr sicher. Weder die Küche noch der Stall. Sie hatten inzwischen sogar den Brunnen im Innenhof mit Holzplatten abdecken müssen, und vor der Treppe zum oberen Stock hatte Hannes ein Holzgatter angebracht.

»Tut mir leid, aber ich kann dich nicht hochheben«, erklärte Julius und kam sich dabei wie ein herzloser Mistkerl vor. Umso mehr als Sofie ihn nun mit einem todtraurigen Ausdruck ansah und sich ihre Augen mit Tränen füllten.

»Nicht doch. Bitte fang nicht an zu weinen«, beeilte er sich zu sagen und beugte sich, so gut es ging, zu der Kleinen hinunter, strich ihr über die Wangen und übers Haar. Dabei musste er sich ordentlich anstrengen, um das Gleichgewicht nicht zu verlieren.

Herrgott, er hatte sich doch sämtliche Bewegungsabläufe, die ihm im Alltag dienten, so gut wie möglich zurechtgebogen. Den Umgang mit einem knapp einjährigen Kind hatte er dabei jedoch nicht bedacht.

»Lass mich nur kurz die andere Krücke holen, ja?« Die stand noch immer gegen den Matratzenrand gelehnt beim Bett.

Schon wollte er sich umdrehen. Aber sogleich klammerte sich Sofie erneut an sein Bein. Das unerwartete Gewicht brachte Julius mitten in der Bewegung aus der Balance.

Instinktiv streckte er die Hand nach der Kommode aus, griff jedoch ins Leere. Streifte stattdessen mit dem Arm den danebenstehenden Waschschüsselständer, auf dem Rasierpinsel und -messer lagen.

Und auf einmal war es ihm, als geschähe alles ganz langsam. Er fühlte, wie er fiel, sah zugleich, wie auch der Ständer kippte und das Rasiermesser mit dem Porzellangriff aus der Schüssel glitt.

Noch im Fallen versuchte er, sich abzudrehen, damit er das Kind nicht womöglich noch mit seinem Körpergewicht zerquetschte, wollte sich mit der Hand abstützen.

Vergebens.

Der seitliche Aufprall auf den Boden war unsanft und presste ihm schier die Luft aus der Brust, während das Scheppern der Emailleschüssel durch das ganze Zimmer hallte.

Einen Moment lang blieb Julius reglos liegen.

Bis auf ein leichtes Brennen an der Schulter fühlte er keinen Schmerz. Alles heil geblieben.

Als er Sofies vergnügtes Gurgeln hörte, hob er den Kopf. Und ehe er sich's versah, krabbelte sie an seinem Bein entlang hoch.

»Was …? He!«

Doch nun rappelte sich die Kleine neben ihm auf. Ihre Augen strahlten, und sie giggelte. Dann ging sie zum Schwungholen in die Knie.

»Halt! Nicht doch …«

Schon warf sich ihm Sofie entgegen und ließ sich auf seine Brust plumpsen.

Und während er prustend nach Atem rang, hörte er ihr vergnügtes Kichern. Dieses kleine Biest.

Sie fand offenbar Gefallen an dem Spiel, denn sogleich wollte sie wieder Anlauf nehmen, doch dieses Mal fing Julius sie gerade noch rechtzeitig auf. »Das reicht jetzt. Du solltest eigentlich längst im Bett sein«, sagte er um eine strenge Miene bemüht, wohl wissend, dass ihm das kaum recht gelang. Wer konnte einem so fröhlichen, strahlenden Geschöpfchen schon widerstehen?

Sofie trug ihr Nachthemd und an den Füßen die Wollsocken, die Pauline ihr erst kürzlich gestrickt hatte.

Apropos Pauline … Normalerweise hütete sie ihre Tochter mit Argusaugen. Es sah ihr gar nicht ähnlich, Sofie unbeaufsichtigt durchs Haus streifen zu lassen. »Wo ist deine Mutter?«, fragte er das Kind.

Doch Sofie ließ sich nur neben ihm auf den Boden nieder und versuchte, sich den linken Socken vom Fuß zu zerren.

Mit einem Ruck setzte Julius sich auf, fasste nach ihrer Hand. »Wo ist deine Mama?«

Zur Antwort bekam er allerdings nur ein unverständliches Gebrabbel, ehe die Kleine mit dem ausgestreckten Finger der anderen Hand in Richtung Tür zeigte.

»Ist sie da draußen?«

Jetzt nickte Sofie, drehte sich erst auf alle viere, ehe sie sich auf die Beine stemmte. Mit erwartungsvoller Miene zerrte sie dann an Julius' Arm.

»Ich soll mitkommen?« Er seufzte. »Du machst es mir heute wirklich nicht gerade leicht, Fräuleinchen.« Er war müde und erschöpft und sehnte sich nach nichts weiter als Schlaf. Dennoch schleifte er sich zum Bett und hievte sich dran hoch.

Auf seine Krücken gestützt, stand er schließlich da. »Na dann los, gehen wir nachsehen.«

Mit tapsigen Schritten ging die Kleine voraus durch die Tür, hinaus in den Gang. Das Zimmer, in dem sich Pauline mit ihrer Tochter eingerichtet hatte, lag im Erdgeschoss, am Ende des Gangs, der von der Bibliothek aus zum hinteren Teil an der Ostseite des Haupthauses führte.

Er hatte den Raum jahrelang nicht mehr betreten, fiel Julius ein. Zwar erinnerte er sich daran, wie er als Kind dort am Boden mit seinen Zinnsoldaten gespielt hatte, während Mutter an der Nähmaschine saß, um Leintücher zu säumen oder Vaters Kleider auszubessern. Das war jedoch eine Ewigkeit her. Seither hatte er keinen Grund mehr gehabt, um herzukommen, und nachdem Pauline hier eingezogen war, hielt er sich anstandshalber davon fern.

Ein Lichtschein drang durch den halb offenen Türspalt in den Gang.

Geschwind schlüpfte Sofie in das Zimmer. Er hingegen blieb vor dem Eingang stehen, lauschte.

Seltsam. Es war weder Paulines Stimme noch sonst ein Geräusch zu hören. War sie etwa gar nicht da?

Vorsichtig klopfte er an und wartete. Doch es kam keine Antwort.

Erst dann stieß Julius die Tür weiter auf. Der Schein von zwei Petroleumlampen tauchte das Zimmer in einen warmen Lichtschein. Eine stand auf dem Arbeitstisch bei der Wand, die andere auf dem Nachttisch neben dem Bett.

Und er erstarrte sogleich, als er Pauline sah. Dort, am Tisch schlafend. Den Kopf auf den linken Arm gelegt, während das offene Haar wie eine Flut aus weichen dunklen Wellen über ihre Schultern floss.

Sie hatte sich ein gestricktes Wolltuch über die Schultern gelegt. Darunter trug sie nur ein Nachthemd aus Flanell.

Julius konnte sich ein Grinsen nicht verkneifen, als er die dicken Wollsocken an ihren Füßen entdeckte. Sieh einer an: Auch die Damenschneiderin aus Paris trug ganz profane Strickware.

Der Tisch, an dem sie saß, war über und über mit Papierblättern oder Fetzen aus Karton- und Packpapier übersät. Im Licht der Lampe erkannte Julius Zeichnungen und Kritzeleien darauf. Weitere Blätter hingen an der Wand über dem Tisch und auf der gegenüberliegenden.

»Pauline.« Sie rührte sich nicht.

Zögernd trat er ins Zimmer. Es war kleiner als in seiner Erinnerung. Das mochte jedoch auch an dem zusätzlichen Kleiderschrank sowie dem Bett liegen. Beide hatten früher nicht zur Einrichtung gehört. Ebenso wenig wie der Schaukelstuhl neben dem Nachttisch.

Die Deckenbalken wirkten allerdings genauso dunkel und vom Alter gemasert wie damals. Auch Mutters Nähmaschine stand noch vor dem Fenster. So ließ sich das Tageslicht am besten ausnützen, hatte Mama ihm damals erklärt.

Geschwind kletterte Sofie auf das Bett, nahm die Stoffpuppe mit den aus blauer Wolle geflochtenen Zöpfen, die dort lag, und drückte sie fest an sich.

»Pauline?«, sagte Julius wieder. Jedoch vergebens. Sie schlief tief und fest. Der Bleistift war ihr aus den Fingern geglitten und lag nun neben ihrer Hand auf dem Blatt, an dem sie offenbar gearbeitet hatte.

So leise wie möglich trat Julius näher. Erst jetzt aus der Nähe konnte er die Zeichnungen genauer sehen. Mit entschiedenen Strichen entworfene Bleistiftskizzen. Den weichen Formen nach zu urteilen eindeutig weibliche Figuren, aber …

Er beugte sich näher zu einer der Darstellungen an der Wand über dem Tisch. Sie trug Hosen. Genauso, wie auf den anderen Zeichnungen auch. Jede von ihnen in unterschiedlicher Form und einem leicht veränderten Schnitt – die einen etwas weiter und an den Knöcheln gerafft, die anderen glichen einer schmaleren Version der Offizierskleidung, weit an den Hüften und vom Knie an eng anliegend, damit sie in die Stiefel passten. Nichtsdestotrotz Hosen. Für Frauen?

Staunend sah sich Julius im Zimmer um. All die Skizzen. Insgesamt waren das bestimmt an die hundert Entwürfe. Pauline musste stunden-, wenn nicht sogar nächtelang daran gearbeitet haben. An der gegenüberliegenden Wand stand eine Schneiderpuppe. Die hatte Mutter früher auch benutzt. Nun hing daran jedoch ein Rock, dessen Stoff hinten und vorne bis ungefähr auf Schritthöhe aufgeschnitten war, während die rechte Hälfte mit Stecknadeln zu einer Art Hosenbein zusammengeheftet da hing. Direkt bei der Nähmaschine lag hingegen die Arbeitshose eines Mannes. Gut zu erkennen an dem geraden Schnitt der Beine und den Knöpfen am Bund für die Hosenträger.

Aber was bezweckte Pauline mit alledem?

Vom Bett her hörte er Sofie kichern und wandte den Blick zu ihr. Sie hatte sich inzwischen unter die Bettdecke verkrochen und ließ die Puppe in der Luft tanzen.

Eigentlich hätte er längst gehen sollen. Er hatte die Kleine wieder zurück in ihr Zimmer gebracht, sie lag sicher und warm im Bett und würde bestimmt bald einschlafen. Mehr hatte er hier nicht zu suchen, ganz abgesehen davon, dass es sich nicht ziemte.

Doch etwas hielt Julius zurück. Er sah wieder zu der schlafenden Frau am Tisch. Nie zuvor hatte er sie mit offenem Haar gesehen. Es war dicht und lang, fiel ihr über den Rücken bis zu den Hüften. Das Licht der Lampe verlieh den Locken einen weichen Schimmer. Ob sie sich auch so anfühlten? So samtig.

Eine Strähne war Pauline ins Gesicht gefallen und kringelte sich auf ihrer Wange. Er musste jedes Quäntchen an Selbstbeherrschung aufbringen, um nicht die Hand danach auszustrecken. Um nicht die zarte Haut zu berühren.

Wie friedlich sie schlief. Die feinen Linien ihres Gesichts völlig entspannt. So hatte er Pauline noch nie gesehen. Erst recht nicht seit dem Tod ihres Verlobten. Seither hatte sie kaum ein Wort über den Vorfall verloren, legte auf dem Hof Hand an, wo sie nur konnte, scheute keine Arbeit, scherzte mit Toni und lachte mit Leni und Dorle. Auch Sofie tat ihr gut, und selbst ein

Blinder erkannte, wie sehr sie ihre Tochter vergötterte. Dank der Kleinen hatte der Schatten der Trauer in ihrem Gesicht zwar an Härte verloren, aber gänzlich verschwunden war er noch nicht.

Das hätte Julius auch gewundert, so leidenschaftlich und aus voller Seele, wie sich Pauline jeweils einer Sache verschrieb, die ihr am Herzen lag. Eine Charaktereigenschaft, die ihn zuerst über alle Maßen erstaunt, dann enerviert und schlussendlich insgeheim jedoch neugierig gemacht hatte. Er musste zugeben, dass Frauen in seinem bisherigen Weltbild nie und nimmer zu einer solchen Hartnäckigkeit fähig gewesen waren. Zumindest nicht die Frauen, mit denen er es bisher zu tun gehabt hatte – außer seiner Mutter natürlich, aber diese entsprach ohnehin in keiner Weise dem Bild, das die Gesellschaft als Norm des weiblichen Geschlechts vorgab.

Pauline hingegen …

Sanft berührte er ihre Schulter. »Aufwachen, Pauline. Legen Sie sich ins Bett, dort ist es bequemer.«

Sie streckte jedoch nur kurz die Schultern, murmelte etwas Unverständliches und dachte nicht daran, aufzuwachen.

»Pauline.« Jetzt rüttelte er etwas stärker.

Zwecklos. Sie rührte sich nicht. Was für ein beneidenswert tiefer Schlaf.

Und nun?

Julius sah sich um, griff nach der gehäkelten Decke, die als Bettüberwurf diente und legte sie Pauline über die Schultern. Wenn sie morgen früh schon mit Nackenschmerzen aufwachte, sollte sie zumindest nicht frieren.

Mit einem ergebenen Aufschnaufen drehte er sich dann zu Sofie um. Diese schaute mit wachen Augen zu ihm auf. »Du denkst wohl nicht ans Schlafen, wie es scheint.«

Zur Antwort schenkte ihm die Kleine ein strahlendes Lächeln.

»Wunderbar«, brummte Julius. Was sollte er nun mit ihr anfangen? Er hatte doch keine Ahnung von Kleinkindern, geschweige denn davon, wie man sie zum Einschlafen brachte. Vielleicht sollte er besser seine Mutter holen oder eine der Mägde, die wussten bestimmt eher Bescheid.

Als hätte sie sein Zögern bemerkt, strampelte Sofie im selben Moment die Bettdecke zurück und kroch zum Nachttisch, wo ein dünnes, längliches Buch lag. Mit ausgestrecktem Zeigefinger deutete sie darauf.

Julius verstand. »Das Buch? Du willst, dass ich dir daraus vorlese?« Gut, das konnte er tun.

Er trat zum Bett und lehnte sich neben Sofie gegen das Kissen. *Blumen-Märchen* stand als Titel auf dem abgewetzten Umschlag. Darüber war die gezeichnete Illustration von Blumen in Menschengestalt zu sehen. »Hm, eine ausgezeichnete Wahl. Aber bevor wir anfangen, musst du dich zudecken.« Er zog ihr die Decke bis unters Kinn. »So ist's gut. Liegst du bequem?«

Überrascht hielt er inne, als sie sich kurzerhand an ihn kuschelte und den Kopf auf seine Brust legte. »Also schön, fangen wir an …« Er blätterte zu der ersten Erzählung, wobei es sich vielmehr um kindgerechte Verse zu hübschen farbenfrohen Zeichnungen handelte.

»Schmilzt im Frühling der Schnee, kommen wieder die Blumen. Kommen wieder die Falter aus sonniger Höh. Da blüht Schneeglöckchen, da blüht Anemone. Und es kommt Aurora zu den Blumen zu Besuch«, las er vor. »Von den Zweigen da steigen Weidenkätzchen herunter und schnurren, ganz leise, ein heimliches Lied, wenn der Frühling einzieht.«

Er versuchte, seiner Stimme einen fröhlichen Erzählton zu verleihen, während er Seite um Seite vorlas. Von Libellen und Pusteblumen. Von Frau Erbse, Herrn Raupe und Frau Heuschrecke auf dem Gemüsemarkt. Von der Hochzeit des Ritters Eisenhut und der Rose.

Das Kind lag dabei in seinem Arm.

Das kleine, warme Gewicht wirkte seltsam beruhigend auf ihn. Zugleich verschwammen die Zeilen vor Julius' Augen, und er nahm gerade noch wahr, dass das Licht der Nachttischlampe zu flackern begann.

30 – Bis wir uns wiedersehen

14. Dezember 1915, Sankt Georgen, Rosenhof

Pauline erwachte mit einem Ruck und stöhnte auf, als ihr der Schmerz in die Schulter fuhr. Ihr linker Arm fühlte sich taub an, genauso wie ihre linke Wange. Sie fror, und der Ärmel der Wolljacke war ganz feucht von ihrem Speichel. Jemand hatte ihr eine Decke über die Schultern gelegt.

Sie blinzelte, wusste zuerst nicht, wo sie sich überhaupt befand.

Gräuliches Morgenlicht drang durch das Fenster herein und erhellte den Raum zumindest so weit, dass sie das Zimmer erkannte. Die Lampen waren längst erloschen.

Und sofort war sie hellwach. Sofie. Wo war Sofie?

Instinktiv fuhr ihr Blick zum Bett. Das Kind hatte dort mit ihrer Puppe gespielt, während sie, Pauline, an den Entwürfen gearbeitet hatte, daran erinnerte sie sich noch genau.

Erleichtert atmete sie auf, sobald sie den kleinen dunklen Haarschopf erkannte. Aber …

Pauline stand auf. Ihre Glieder waren verkrampft und schmerzten. Mit klammen Fingern zog sie die Decke noch enger, während ihr Blick auf die Gestalt fixiert war, die dort neben ihrer Tochter lag. Oder besser gesagt, die dort mit dem Rücken gegen das Kissen gelehnt am Bettrand saß. Kaum richtig zugedeckt, den Kopf unbequem gegen den Holzrahmen gestützt. Auf seinem Bauch lag noch immer Sofies Lieblingsbuch, die *Blumen-Märchen*, das wollte sie jeden Abend vorgelesen haben. Und er hatte den Arm beschützend um das Kind gelegt.

Pauline war sprachlos. Julius? In ihrem Zimmer? In ihrem Bett?

Sein Atem ging ruhig. Im dämmrigen Licht wirkte er auf einmal wieder viel jünger, viel friedlicher. Der Schlaf hatte die verbissene Härte aus seinem Gesicht getrieben. Sogar die Narbe auf seiner Wange schien auf einmal glatter.

Sie lächelte, während sie den Winzersohn betrachtete. Es war erstaunlich, ihn zur Abwechslung so entspannt zu sehen. Ausgerechnet ihn, Julius Lauer, der doch sonst im Kampf gegen seine eigenen Dämonen kaum zur Ruhe kam und selten eine Nacht lang durchschlief. Pauline wusste das sehr wohl. Zwar gab er sich große Mühe, leise zu sein. Trotzdem konnte sie das Klopfen seiner Krücken hören, wenn er nachts durchs Haus wanderte.

Sie seufzte leise auf. Wenn er wüsste, dass sie sich trotz allem in seiner Gegenwart wohlfühlte, ob ihm das nun passte oder nicht.

Dennoch durfte er nicht hier sein. Nicht in ihrem Zimmer und schon gar nicht in ihrem Bett. Bald würden auch die restlichen Hausbewohner aufwachen, möglicherweise war Else sogar schon auf den Beinen. Nicht auszudenken, was das für einen Aufruhr gäbe, würde jemand den Sohn des Hauses hier entdecken.

Vorsichtig berührte Pauline seine Schulter. Hoffentlich wachte Sofie nun nicht ebenfalls auf.

Doch im selben Augenblick fuhr Julius auf. Seine Augen waren auf einmal weit aufgerissen, seine Hände zu Fäusten geballt, und er stieß ein Zischen aus.

Instinktiv wich sie einen Schritt zurück, hob abwehrend die Arme. »Ich bin's doch nur«, flüsterte sie eindringlich.

Erst als er ihre Stimme hörte, schien er endgültig aufzuwachen. Er blinzelte, wurde sich offenbar seiner drohenden Geste bewusst und entspannte sofort die Fäuste. Nach ein paar tiefen Atemzügen senkten sich auch seine Schultern.

Doch auf seinen Zügen spiegelte sich auf einmal pures Entsetzen. »Verzeihen Sie, ich wollte nicht …« Er brach ab, presste die Lippen zusammen. Rasch griff er dann nach seinen Krücken, stemmte sich hoch und humpelte an Pauline vorbei in Richtung Tür.

»Warten Sie«, bat sie. Sie konnte ihn nicht einfach so gehen lassen. »Ich …« Wo anfangen? Sie wusste ja nicht einmal genau, was überhaupt geschehen war.

Julius blieb stehen. Sie hörte, wie er aufschnaubte, ehe er den Kopf zu ihr wandte. Sein Blick traf den ihren. Graublaue Augen. Umwölkt wie der Herbsthimmel. Ein paar Stirnfransen fielen ihm wirr ins Gesicht. Die Muskeln an seinen Kiefern zuckten, ansonsten regte er sich nicht, sah sie nur an. Wortlos. Mit einem Ausdruck, den Pauline gar nicht recht zu deuten vermochte und der sie verwirrte: Wut und Bestürzung.

Doch zugleich war da noch etwas anderes. Etwas, das viel tiefer lag. Etwas …

Der warme Schauer traf sie ganz plötzlich. Hastig strich sie sich eine Haarsträhne hinters Ohr, bemerkte erst jetzt, wie unziemlich ihr Auftreten war. Das Haar offen und ein zerknittertes Nachtkleid mit Wollsocken am Leib. Was musste Julius nur von ihr halten? Sie zog die Wolldecke über der Brust zusammen.

Aber sie kam nicht dazu, weiter darüber nachzudenken, als von der offenen Tür her Elses strenge Stimme ertönte: »Was geht denn hier vor sich?«

Sofort fuhren sie beide herum.

Mit einer Lampe in der Hand stand Else Lauer im Türrahmen.

Ihr Blick eine Mischung aus Unglauben und Empörung, während sie ihren Sohn und Pauline musterte. »Was hat das zu bedeuten?«

Himmel, ausgerechnet sie. Genau das hatte Pauline vermeiden wollen. »Es ist nicht das, wonach es aussieht«, beeilte sie sich zu sagen.

»Es gibt eine simple Erklärung hierfür«, kam ihr Julius jedoch zuvor und trat seiner Mutter entgegen.

Diese stemmte die freie Hand in die Hüfte. »Da bin ich aber gespannt.« Sie spitzte entrüstet die Lippen.

Pauline wusste, dass unter der rauen Schale der Winzerin ein weiches Herz schlug. Nichtsdestotrotz gehörten Anstand und Sittlichkeit hier auf dem Lauerer Hof zum allerhöchsten Gebot. Und in ihrem Aufzug sah Pauline tatsächlich alles andere als sittlich aus.

Eilig zog sie sich die Decke noch enger um die Schultern, hob jedoch das Kinn. »Ich habe gestern Nacht noch an meinen Entwürfen gearbeitet. Dabei bin ich wohl eingeschlafen und habe vergessen, die Tür zu schließen.«

»Was das Fräuleinchen dort im Bett ausgenützt hat, um sich aus dem Zimmer zu schleichen«, ergänzte Julius und deutete mit dem Kinn auf die zum Glück noch immer selig schlummernde Sofie.

Mit gestrafften Rücken und in ruhigen, knappen Worten, so als würde er seinem Hauptmann Rapport erstatten, erläuterte er dann, wie er das Kind in seinem Zimmer gefunden und zurückbringen hatte wollen. »Doch Pauline war, wie gesagt, über ihrer Arbeit am Tisch eingeschlafen. Ich wollte sie nicht stören, andererseits konnte ich die Kleine auch nicht allein im Zimmer lassen. Also habe ich mich mit Sofie aufs Bett gelegt und ihr vorgelesen. Dabei muss auch ich eingeschlafen sein. Bis Pauline mich eben geweckt hat. Außerdem …«

Ihm entfuhr ein Grollen, ehe er zum Schluss hinzufügte: »Hätte ich etwas anderes im Sinn gehabt, hätte ich es ganz bestimmt diskreter getan und nicht hinter offener Tür.«

Else antwortete ihrem Sohn mit einem kurzen, tadelnden Zungenschnalzen, ehe sie die Lampe hob, sodass deren Licht das Zimmer erhellte.

Ihre Züge wurden weicher, als sie Sofie dort im Bett liegend sah. »Das Kind hat wahrhaftig einen tiefen Schlaf«, bemerkte sie.

Dann glitt ihr Blick durch den Rest des Zimmers und blieb an den Entwürfen an den Wänden hängen.

Pauline erschrak. Sie hatte noch niemandem im Haus von ihren Plänen erzählt. Nicht einmal Helene.

»Was sind das für Zeichnungen?«, fragte Else.

Pauline schluckte. »Das sind meine Entwürfe.«

»Entwürfe? Wofür?« Else trat näher zur Wand, hob die Lampe und beugte sich vor, um die Zeichnungen besser betrachten zu können.

»Es ist vorerst nur eine Idee. Ich arbeite noch immer an den Details«, erklärte Pauline eilig.

Sie biss sich auf die Unterlippe, als sie sah, wie Else beim Betrachten der Zeichnungen konsterniert die Stirn runzelte. »Hosen? Ich verstehe nicht.«

Pauline nickte. »Hosen für Frauen.«

Sofort machte die Winzerin einen Schritt zurück. »Wie bitte?« Ihre Stimme klang zutiefst entrüstet.

»Hauptsächlich für die Arbeiterinnen, die in den Fabriken die Maschinen bedienen«, erklärte Pauline. »Erst vor Kurzem haben Helene und ich eine Arbeiterfrau besucht, deren Kleid in den Riemen einer Drehbank geraten ist. Dabei hat sie sich eine schlimme Prellung an der Hüfte zugezogen und kann jetzt mindestens zwei Wochen lang nicht arbeiten.«

Kurz erläuterte sie sowohl die zufällige Begegnung mit Marie am Bahnhof als auch wie sie daraufhin deren Mutter, Luise Sachs, in ihrer Wohnung im Stühlinger aufgesucht hatten. Und ebenso was sie von Helene tags darauf, nach der Untersuchung des Arztes von der Hildaschule, erfahren hatte: »Luise hat Glück im Unglück gehabt. Es ist nichts gebrochen, aber es hat sich an der betroffenen Stelle viel Flüssigkeit angesammelt, was die Schwellung und die Schmerzen verursacht«, wiederholte sie Helenes Worte.

»Luise? Luise Sachs, sagst du?« Auf Elses Gesicht spiegelte sich plötzlich Verwunderung.

»Ihr Mann ist vor zwei Monaten an der Front gefallen, und sie hat zwei kleine Kinder, um die sie sich kümmern muss«, erklärte Pauline. »Sie ist nur eine von vielen Frauen mit derselben Sorge: Sie müssen entweder die Stelle ihrer männlichen Verwandten übernehmen, um diese zu sichern, oder sie brauchen eine eigene Arbeit, um ihre Kinder durchzufüttern.«

Rasch trat sie an den Arbeitstisch und riss einen der Entwürfe von der Wand darüber. Es war eine der Skizzen, die ihr am besten gelungen war, fand sie. »Aber ihre Kleidung ist nicht der Arbeit angepasst. Andererseits fehlt es den meisten Frauen an der Zeit, um die Kleider selbst umzunähen. Und genau das könnte ich für sie übernehmen.« Damit hielt sie Else den Entwurf hin.

Die Idee zu Hosenröcken war nicht neu. Schon um die Jahrhundertwende hatten Modehäuser in London und Paris damit für Furore gesorgt. Wobei es sich damals vielmehr um weite, durch eine Druckknopfleiste im Schnitt geteilte Röcke handelte, die den Damen das Fahrradfahren erleichtern sollten. Im gleichen Zug hatten erste Kniebundhosen für Frauen in der Öffentlichkeit zu einer Welle der Entrüstung geführt, obwohl diese meistens unter kaschierenden, weiten Mänteln getragen worden waren. Ebenso schockiert waren die Gemüter auch ein paar Jahre vor Kriegsbeginn gewesen, als einige Frauenrechtlerinnen aus Großbritannien die sogenannten *Trouserettes* an die Öffentlichkeit brachten: nicht ganz so weit geschnittene Beinkleider, die nun allerdings an den Knöcheln durch Bündchen zusammengezogen wurden, was einer klassischen Hosenform noch viel näher kam.

Pauline hatte sich bei ihrer Skizze jedoch von den Kniebundhosen für eine Entwurfsvariation inspirieren lassen, die als Vorlage für das Umnähen von Männerhosen auf die weibliche Passform dienen sollte. An Hüfte und Oberschenkel in ihrer Weite belassen, sollten sie somit direkt unter dem Knie enger an den Waden sitzen. Was nicht nur eine bessere Bewegungsfreiheit gewährte, sondern vor allem die Gefahr verringerte, dass sich die Kleidung zum Beispiel in Maschinen verfing.

»Ich kann auf Wunsch auch Röcke umnähen, es gibt viele Möglichkeiten. Dabei hätte ich kaum Materialkosten.« Sie hielt einen Moment inne, denn jetzt kam der schwierige Teil. Eigentlich hatte sie vorgehabt, Else das ganze Vorhaben nicht so voreilig, sondern bis ins Detail ausgearbeitet zu präsentieren. Sei's drum, dann würde sie eben improvisieren müssen. »Allerdings müsste ich dafür die Nähmaschine benutzen.« Pauline zeigte auf das Tischchen mit der Phoenix-Tretnähmaschine darauf. Es war zwar schon ein etwas älteres Modell, aber in ausgezeichnetem Zustand, schwarz und mit den typischen goldfarbenen Verzierungen auf dem Gehäuse.

»Natürlich nur, wenn ich darf«, fügte sie rasch hinzu. »Als Entgelt würde ich auch einen Anteil des Gewinns abgeben.« Sie hatte alles unzählige Male durchgerechnet. Zwar ließ sich damit bestimmt kein Vermögen verdienen, doch wenn alles nach Plan lief, könnte sie nach den Abgaben an Else sogar noch ein paar Mark auf die hohe Kante legen.

»Ich kann mich an Luise Sachs und ihre kleine Tochter erinnern, und es tut mir sehr leid, was ihr zugestoßen ist. Aber Hosen für Frauen?« Else schüttelte noch immer brüskiert den Kopf und sah ihren Sohn an. »Was kommt als Nächstes? Sollen wir Frauen von nun an fluchen und rülpsen, als wären wir Mannsbilder?«

Julius' Lippen zuckten. »Ich bezweifle, dass irgendjemand in naher Zukunft so etwas von dir verlangen wird, Mutter.« In ruhigem, sachlichem Tonfall fuhr er an Pauline gewandt fort: »Diese neue Kleidung … Warum genau soll sie denn sicherer sein?«

»Die weiten Röcke können sich in den Maschinen verfangen, irgendwo hängen bleiben. Sie bergen zudem eine um ein Vielfaches größere Gefahr bei Funkenschlag. Nicht zuletzt bieten Hosen eine viel bessere Bewegungsfreiheit, die bei gewissen Arbeiten unerlässlich ist«, erklärte Pauline und wandte sich an Else. »Es geht hier nicht um Schicklichkeit, sondern darum, die Frauen während der Ausübung ihrer ohnehin schon schweren Arbeit nicht noch zusätzlich zu gefährden.« Gerade Else als Präsidentin des lokalen Frauenvereins sollte dafür doch Gehör haben.

»Ich verstehe.« Julius nickte nachdenklich. »Und wie haben Sie sich die Produktion vorgestellt? Erzählen Sie mehr darüber.«

Pauline sah ihn erstaunt an. Nie und nimmer hätte sie erwartet, dass ausgerechnet Julius ihrem Vorhaben gegenüber Interesse zeigen könnte. Aber sie war vorbereitet, hatte nächtelang alles gründlich durchdacht: Inserate in der Zeitung brachten nichts. Sie musste direkt an ihre potenziellen Kundinnen gelangen. Darum wollte sie persönlich in den Betrieben vorsprechen.

»Wenn ich die Firmenleitungen dazu bringen kann, den eigenen Arbeiterinnen meinen Nähdienst vorzuschlagen, wäre das eine ideale Möglichkeit.« Sie hatte auch schon eine Liste von möglichen Kleinbetrieben gemacht, bei denen sie einen Versuch wagen wollte. Angefangen bei der Schraubenspundfabrik Raimann & Co. hier in Sankt Georgen. Sie hatte sogar schon eine

Preisliste für die verschiedenen Näharbeiten zusammengestellt. Ihre Preise waren fair und den Löhnen ihrer Kundschaft angepasst. Im Gegensatz zu den meisten Konkurrenzangeboten würde sie jedoch keinen günstigeren Preis für Erstaufträge geben, sondern stattdessen einen Wiederholungsrabatt gewähren. Damit hoffte Pauline, mehr Aufträge zu bekommen, um möglichst bald rentabel zu arbeiten.

»Warum sollten die Firmenleitungen auf einen solchen Vorschlag eingehen, wenn sie den eigenen Arbeiterinnen nicht einmal Schutzkleidung zur Verfügung stellen?«, wandte Else kritisch ein.

Pauline nickte. »Gerade deshalb. Mein Angebot kostet sie keinen Pfennig, aber sie brauchen die Arbeiterinnen.« Das hatte sie sich als Hauptargument zurechtgelegt. Ohne die Frauen, die die Arbeiten der Männer übernahmen, müssten so einige Betriebe Freiburgs die Tore schließen. Vor allem diejenigen, die nun für die Rüstungsproduktion arbeiteten. Mit Sicherheit wollte keiner jener Firmeninhaber auf die lukrativen Aufträge der Obersten Heeresleitung verzichten.

»Also muss es doch auch in ihrem Interesse liegen, dass sich die Frauen während der Arbeit in ihren Betrieben nicht verletzen«, schloss sie.

Egal, was Else und ihr Sohn darüber dachten, sie glaubte fest an ihre Idee. Wenn ihr Else nur erlauben würde, die Nähmaschine zu benutzen.

Ihr Blick fuhr zum Bett, als sie Sofie aufseufzen hörte. Aber die Kleine drehte sich nur um und schlummerte weiter.

Sobald sich Pauline wieder umwandte, traf sie Julius' Blick, während er sie musterte. Nicht unhöflich, jedoch ungewohnt. Und da. War das eben tatsächlich ein winziges Lächeln gewesen, das da über seine Züge gehuscht war, ehe er den Kopf wegdrehte?

»Die Idee ist im Grunde gar nicht schlecht«, sagte er an seine

Mutter gerichtet. »Einen Versuch ist es wert, es gibt dabei schließlich nichts zu verlieren.«

Else schien weit weniger überzeugt. »Unseren guten Ruf, den haben wir sehr wohl zu verlieren.« Sie ließ den Blick noch einmal über die an den Wänden hängenden Entwürfe schweifen und schüttelte den Kopf.

Das war's. Sie würde Nein sagen, da war sich Pauline sicher.

Umso mehr staunte sie, als die Winzerin die Schultern reckte und sagte: »Ich verstehe allerdings auch, dass die Fabrikarbeiterinnen angemessene Kleidung benötigen, damit Unfälle wie der von Luise Sachs verhindert werden können. Du kannst die Nähmaschine meinetwegen benutzen, solange mir keine Beschwerde zu Ohren kommt.« Mit einem ungeduldigen Wink erklärte sie die Diskussion für beendet. »Aber jetzt genug geredet. Ihr beide macht euch nun gefälligst präsentabel, das Frühstück steht gleich bereit.«

Sie wartete so lange, bis Julius aus dem Zimmer gehinkt war, ehe sie die Tür hinter sich zuzog.

Einen Augenblick lang blieb Pauline reglos stehen und starrte auf die Tür. Während des Gesprächs mit Else eben hatte sie sich auf ihr Ziel konzentriert und sowohl den Gedanken als auch das Gefühl von vorhin mit aller Kraft verdrängt. Eigentlich hätte sie sich mit Feuereifer ans Werk machen sollen, ihrem Plan stand nun nichts mehr im Wege.

Doch Julius' Blick …

Erneut fühlte sie den warmen Schauer, der ihren Körper durchrieselte. So unerwartet und mächtig.

»Dumme Gans. Was für ein Unsinn«, schalt sich Pauline und drehte sich mit einem Ruck um. Als ob sie nicht wüsste, dass Julius' Gemütszustand so wechselhaft war wie das Herbstwetter. Als ob sie nicht viel Wichtigeres zu tun hätte, als sich lauter unmögliche Dinge einzubilden. Sie kaschierte es zwar gekonnt, doch die Wunde, die Andrés Tod in ihr gerissen hatte, blutete noch immer und machte sie nur allzu verletzlich. So sehr, dass sie ihren eigenen Gefühlen nicht trauen durfte. Außerdem hatte sich Julius nur um Sofiechen gekümmert, wie es jeder Mann mit einem Quäntchen Anstand getan hätte. Das hatte rein gar nichts zu bedeuten.

Statt weiter darüber nachzugrübeln, machte sie sich mit vollem Elan ans Werk, marschierte schon am nächsten Tag, mit ihren besten Entwürfen gewappnet, los, um bei der Schraubenspundfabrik Raimann & Co. vorzusprechen.

Der zuständige Abteilungsleiter schickte sie weiter zum Vorarbeiter, der sie wiederum flugs an die Schichtleiterin verwies. Diese, eine große, stämmige Frau mit Unterarmen so kräftig wie Holzprügel, hörte ihr zwar zu, runzelte jedoch nur die Stirn, als Pauline ihr die Entwürfe zeigte. Immerhin erlaubte man ihr, eines ihrer kleinen selbst gezeichneten Werbeplakate in der Kantine aufzuhängen.

Ähnlich verlief es in der Drahtfabrik Schneider oder der Maschinenfabrik Lederle. Bei Letzterer ließ man sie sogar eine ganze Stunde vor dem Fabrikeingang in der Kälte warten, bis sich ein hinkender Arbeiter mit Augenklappe ihrer erbarmte und sie wenigstens in den Vorraum einließ.

Um ihr Angebot attraktiver zu gestalten, offerierte Pauline sogar ein kostenloses Abholen und Bringen der Auftragsarbeiten zweimal die Woche zu festgelegten Zeiten direkt in die Firmen. Das erlaubte ihr zugleich die Maßabnahme bei den Auftraggeberinnen. So war zumindest ihre Idee.

Es wurde Ende Januar, bis sie den allerersten Auftrag erhielt: eine Arbeiterin bei Lederle, die ein Hosenpaar ihres Ehemanns anpassen ließ. Bis Ende Februar gingen immerhin weitere zwei

Aufträge ein. Diese waren allesamt von Arbeiterinnen der Fabrik Kromer, wo Pauline ihr Angebot auf Luise Sachs' Drängen hin inzwischen ebenfalls unterbreitet hatte.

Drei Aufträge in drei Monaten. Das war zwar mehr, als die Inserate eingebracht hatten, trotzdem war Pauline enttäuscht.

»Es braucht nun mal seine Zeit, bis du dir Bekanntheit verschafft hast. Dass bei den ständigen Preiserhöhungen kaum jemand mehr einen Pfennig übrighat, macht es dir allerdings auch nicht einfacher«, sagte Luise eines Tages mitfühlend, nachdem Pauline erneut vergebens im Pausenraum der Fabrik Kromer auf die nächsten Aufträge gewartet hatte.

Sie seufzte. »Ich weiß.« Es war trotzdem zermürbend. Dabei hatte sie inzwischen die Preise schon auf das absolute Minimum gesenkt. Doch wer jeden Pfennig dreimal umdrehen musste, erledigte die Näharbeiten anscheinend lieber selbst, egal, wie das Ergebnis aussah.

»Ich erzähle jedenfalls all meinen Bekannten von deinem Angebot und wie gut deine Arbeit ist.« Wie zur Verdeutlichung ihrer Worte steckte Luise beide Hände in die Hosentaschen und schlenkerte mit einem Bein. »Die Hose von meinem August passt mir jetzt, als hätte ich sie schon immer getragen. Und wie du meinen alten Rock umgenäht hast …« Sie schüttelte ungläubig den Kopf. »Ich hätte nie gedacht, dass ich den nach meinem Unfall überhaupt je wieder anziehen kann, so zerfetzt wie der war.«

Pauline lächelte. »Danke.« Immerhin waren die paar wenigen Kundinnen mit ihrer Arbeit zufrieden.

»Ich habe zu danken. Schau dir das an«, rief die Arbeiterin und marschierte mit absichtlich weit ausholenden Schritten zu den Sitzbänken an der anderen Wand und wieder zurück.

Wer sah, wie Luise die Bewegungsfreiheit der Hosen genoss,

würde niemals vermuten, dass sie sich noch vor ein paar Monaten kaum mehr hatte rühren können.

Es hatte sich dabei um eine schwere Kontusion gehandelt, hatte Doktor von Lüdow, der Arzt von der Hildaschule, diagnostiziert und damit Helenes Vermutung bestätigt.

Pauline war zufällig gerade in Luises Wohnung gewesen, um ihr mit den Kindern zur Hand zu gehen, als Helene mit dem Arzt gekommen war. Zum Glück hatte auch dieser keine Hinweise auf weitere Verletzungen gefunden.

»Mit kühlenden Umschlägen, Wickeln aus Arnika-Tinkturen, Analgetika und Ruhelagerung sind Sie bald wieder sprichwörtlich auf den Beinen«, hatte er gesagt und dabei über seinen eigenen Scherz gelacht.

Zugegeben, er war ein sehr von sich eingenommener Mann, das hatte Pauline schon bei seinem Eintreten durch die Wohnungstür bemerkt. An der steifen Haltung und seiner affektierten Sprechweise, die außer Helene niemand von ihnen verstand. Nichtsdestotrotz hatte er recht behalten. Nach drei Wochen war Luise so weit genesen gewesen, dass sie wieder zur Arbeit gehen konnte.

Während dieser Zeit hatten Helene und Pauline die Arbeiterin mit ihren Kindern so oft wie möglich besucht, beim Putzen geholfen oder Einkäufe erledigt. Manchmal brachte Pauline Sofie mit, in die Marie und Karli sofort ganz vernarrt waren. Karli legte sogar seine Holzklötze vor sie hin, und Marie kämmte ihr die Locken so lange, bis sie samtig glänzten.

Pauline mochte die Fabrikarbeiterin. Sie schätzte deren unkomplizierte Art, die Ruhe und Standhaftigkeit, die sie ausstrahlte. Sie waren sich in mancher Hinsicht ähnlich: Sie kamen beide aus einfachen Verhältnissen. Beide hatten sie ihren Liebsten verloren. Beide mussten sie ihre Kinder nun allein großziehen.

Vor allem Letzteres war etwas, das sonst weder Helene, Mina oder auch Else Lauer je vollumfänglich nachvollziehen könnten. Keine von ihnen kannte dieses Gefühlsgewirr aus unendlicher Liebe, Zukunftsangst, Hoffnung und Trauer, das einen jedes Mal befiel, sobald man die eigenen Kinder ansah und die Ähnlichkeiten mit den Verstorbenen in ihren Zügen erkannte.

Das laute Schrillen der Schichtwechselglocke ließ Pauline zusammenfahren.

So spät schon? Rasch verabschiedete sie sich von Luise mit dem Versprechen, sie in ein paar Tagen zu besuchen und dabei Sofiechen mitzubringen.

Die Schraubenspundfabrik Kromer befand sich im Stadtviertel Stühlinger und war zum Glück nur einen Katzensprung vom Bahnhof entfernt. Wenn sie sich beeilte, würde sie es gerade noch rechtzeitig schaffen, um den Zug zu erwischen. Sie hatte es eilig, nach Hause zu kommen. Sofie fieberte schon seit ein paar Tagen und klagte über Halsweh, weshalb sie die Kleine nur ungern in Dorles und Lenis Obhut gelassen hatte, obwohl sie den Mägden vertraute.

Die neuen Holzsohlen ihrer Schuhe klapperten laut auf dem Gehweg. Pauline hatte ihre Schnürstiefel so lange getragen, bis sich das Loch in der Sohle nicht mehr länger mit Lumpen hatte stopfen lassen. Denn was sich gegen Ende letzten Jahres als Engpass bemerkbar gemacht hatte, war inzwischen im ganzen Land zu einem akuten Mangel geworden, und es gab nicht einmal mehr die simpelsten Ledergegenstände – weder Zaumzeug, Geldbeutel oder Transmissionsriemen, geschweige denn Schuhsohlen – zu kaufen. Im Gegenteil, erst vorige Woche hatte am Güterbahnhof irgendein Halunke mitten am Tag die ledernen Zugleinen am Geschirr des Pferdewagens abgeschnitten und gestohlen, während Else und Hannes mit dem Verladen der

Pakete mit den Liebesgaben des Frauenvereins beschäftigt gewesen waren.

So wurden Schuhe nun, wenn überhaupt, nur noch mit Holzleisten beschlagen. Diese Sohlen waren nicht nur unbequem, man riskierte zudem ständig, auf dem Kopfsteinpflaster auszurutschen. Besonders wenn es regnete, und das tat es nun schon seit Tagen. Ja, es schien, als wollte der Frühling dieses Jahr nie mehr kommen. Die Temperaturen waren noch immer viel zu tief für die Jahreszeit. Nur vereinzelt trauten sich hier und da ein paar Schneeglöckchen in den Gärten hervor.

Als Pauline wenig später die Küche des Lauerer Hofs betrat, wusste sie sofort, dass etwas passiert war: Selma saß, das Gesicht in ihrer Schürze verborgen, auf einem Schemel neben dem Kochherd, während Emma stumm ihre Hand hielt. Hannes und Toni saßen mit starren Mienen am Tisch, auf dem ein Brief lag.

Paulines Herz setzte einen Schlag lang aus. »Was ist geschehen?«, fragte sie und atmete innerlich auf, sobald sie Dorle sah, die ihr mit Sofie auf dem Arm entgegenkam. Sofort drückte sie das Kind an sich. Dessen Stirn fühlte sich noch immer warm an, und seine Wangen waren gerötet, trotzdem machte es einen wachen Eindruck. Pauline sah in die von Tränen verschleierten Augen der Magd. »Was ist los?«, fragte sie erneut.

»Helmer ist gefallen«, antwortete Toni stattdessen vom Tisch her und wischte sich mit dem Hemdsärmel übers Gesicht, ehe er auf die Beine sprang und ohne ein weiteres Wort durch die Tür nach draußen floh.

Pauline erstarrte. Helmer – der herzensgute, wortkarge Riese. Sie hatte den Knecht zwar nur während ein paar wenigen Wochen kennengelernt, doch wie alle hier am Hof waren auch er und Guscht ihr in dieser Zeit ans Herz gewachsen.

»Wir haben die Nachricht heute von Helmers Schwester erhalten«, ertönte auf einmal Else Lauers Stimme hinter ihr, und Pauline wandte sich um.

Auf den ersten Blick wirkte die Winzerin so gefasst und unerschütterlich wie immer. Nur wer sie gut genug kannte, wusste die leicht zusammengezogenen Augenbrauen und das winzige Flattern ihrer Nasenflügel zu deuten. »Hier in Sankt Georgen haben ihn viele Leute gekannt. Wir werden ihm am kommenden Sonntag die Messe lesen lassen«, fügte Else an alle in der Küche Anwesenden gewandt hinzu.

»Das … Das ist eine sehr großmütige Geste.« Mehr brachte Pauline in diesem Moment nicht hervor. Die Nachricht von Helmers Tod traf sie mehr als erwartet und brachte zugleich eisern gehütete Erinnerungen an eine andere Trauer zurück. *André*.

Dieser elende Krieg. Wie viele Leben musste er noch kosten?

Sie war froh, Sofiechen im Arm halten zu können. Das warme Gewicht des Kindes wirkte tröstend und beruhigend zugleich.

Else machte Anstalten, sich zum Gehen umzudrehen, hielt jedoch sogleich wieder inne und deutete mit der Hand in Richtung Tisch. »Der Brief dort ist übrigens für dich.« Der Stoff ihres Rocks rauschte, als sie sich dann umwandte und mit gestrafften Schultern aus der Küche marschierte.

Der Brief war von Georg. Endlich. Er schrieb sonst regelmäßig, doch seit zwei Wochen hatte Pauline kein Lebenszeichen mehr von ihm erhalten. Wegen der Stellung seines Regiments im Norden Frankreichs, unweit von der Grenze zu Belgien entfernt, war es ihm auch seit über einem Jahr nicht mehr möglich gewesen, den Fronturlaub in der Heimat zu verbringen.

Sie vermisste ihn. Sehr sogar. Ganz zu schweigen von den ewigen Sorgen, die sie sich um ihn machte. Außerdem hatte er seine kleine Nichte bisher noch gar nie gesehen, außer auf der Fotografie, die Pauline ihm geschickt hatte.

In ihrem Zimmer setzte sie das Kind aufs Bett und riss den Briefumschlag auf. Ein langer Brief, er ging über mehrere Seiten.

Reservestellung bei Bapaume, 20. Februar 1916

Liebes Lienchen,

ich weiß, seit meinem letzten Brief ist viel Zeit vergangen. Sei mir bitte nicht böse, dass ich nicht eher geschrieben habe, aber in unseren Gräben gleicht sich ein Tag dem anderen, sodass wir jedes Gefühl für Zeit verlieren. Wenn ich richtig gerechnet habe, liegen wir nun schon sage und schreibe seit einem ganzen Dreivierteljahr hier und kommen nicht voran. Es ist ein ständiges Gerangel um jeden einzelnen Meter zwischen unseren Stellungen und denen der Engländer.

Seit zwei Tagen hat hier der Frühling begonnen. Noch ist die Luft zwar vor allem morgens frisch, aber tagsüber scheint die Sonne. Meine Kameraden und ich nutzen die Ruhezeit hier in der Reserve, um die Nasen in die Sonnenwärme zu strecken. In den Gräben vorne sehen wir ja meistens nichts davon. Dort gibt es nur den Rauch der Artilleriefeuer. Die Engländer beschießen uns Tag für Tag, manchmal sogar die ganze Nacht lang.

Dann bleibt Dir nichts anderes übrig, als Dich in deinem Loch zu verkriechen und zu warten, bis alles vorbei ist. Das einzig Gute an diesem Dauerfeuer ist, dass sogar die Ratten das Weite suchen.

Pauline erschauderte bei dem Gedanken. Ratten. Um Himmels willen, es gab nichts Ekligeres.

Ist es nicht der Artilleriebeschuss, dann versuchen es die Engländer mit der Sprengung unterirdischer, eigens dafür angelegter Stollen.

Erst vor einer Woche ist dabei fast die Hälfte unseres 62sten verschüttet worden. Die meisten von ihnen sind noch Frischlinge gewesen, kaum aus dem Ausbildungslager und dann direkt an der Front gelandet.

Die Explosion hat einen so riesigen Krater hinterlassen, dass wir nun den Südrand verteidigen, während sich die Engländer am Nordrand verschanzt haben. Unsere Stellungen sind so nahe, dass wir sogar ihre Stimmen hören können. Wir hingegen schließen Wetten ab, wie viele ihrer Helme unser bester Schütze, ein Dornstädter namens Fritz Glöggler, wohl trifft, wenn sie unvorsichtig über den Kraterrand blinzeln.

Einmal mehr lief es Pauline während des Lesens eiskalt über den Rücken. Georg beschrieb diese Geschehnisse, als wären sie für ihn schon zur Normalität geworden – zu seinem Alltag. Wahrscheinlich waren sie das inzwischen tatsächlich.

Was hatte Julius damals gesagt? Ein Versuch, sich ans Menschbleiben zu klammern. Sie presste die Lippen zusammen. Zugleich wurde ihr immer schwerer ums Herz. Hatte Georg den Versuch womöglich bereits aufgegeben?

Alles in allem kommen wir hier jedoch noch den Umständen entsprechend gut zurecht. Den Kameraden weiter im Südosten bei Verdun mag es viel schlimmer ergehen. Wir bekommen zwar ständig zu hören, dass die deutsche Offensive ein Erfolg auf ganzer Linie sei, aber wir glauben längst nicht mehr jedes Wort, das von der Obersten Heeresleitung kommt.

Ich weiß, ich sollte das nicht hier schreiben, die Feldpost wird ziemlich sicher gelesen und zensiert. Sei's drum, wenn Du kannst, lass mich doch bitte wissen, solltest Du andere Neuigkeiten aus Verdun haben.

Vielen Dank übrigens für das Bild von Sofie. Groß ist sie geworden und hübsch. Sie hat dasselbe pfiffige Lächeln wie Du. Hat sie auch Dein Temperament geerbt? Was würde ich darum geben, sie endlich persönlich kennenzulernen. Umarm sie fest von ihrem Onkel.

Eine liebe Umarmung auch Dir. Pass auf Dich auf, Lienchen, und grüß alle auf dem Rosenhof von mir. Bis wir uns wiedersehen.

Dein Bruder Georg

Vorsichtig faltete Pauline den Brief zusammen und legte ihn in die Holzschatulle, in der sie sämtliche Postkarten und Schreiben von Georg hütete wie einen Schatz. Ebenfalls in der Schatulle lag die Landkarte von Frankreich. Die hatte sie letzten Herbst auf der Straße am Boden gefunden, wo jemand sie achtlos hingeworfen hatte. Auf der einen Seite waren noch die Abdrücke dreckiger Schuhsohlen zu sehen, aber die störten sie nicht.

Sie faltete sie auf der Bettdecke auf. Die Karte war bereits mit einigen Bleistiftkreisen gesprenkelt. Pauline hatte begonnen, akribisch genau die Ortschaften einzuzeichnen, von wo aus Georg ihr schrieb. Angefangen mit Markirch im Elsass, über St. Dié und Saarburg in den Vogesen, bis zu seiner Verlegung nach Nordfrankreich.

Für jede andere Person mochte das zwar reichlich unnütz klingen, aber für Pauline fühlte es sich an, als wäre sie ihrem Bruder auf diese Weise näher.

»Bapaume, Bapaume, Bapaume …«, murmelte sie und fuhr mit dem Zeigefinger der Linie des Flusses Ancre entlang. Dieser mündete bei Aubigny in die Somme.

Sie fand die Ortschaft ein Stück weiter nordöstlich von Thiepval, wo Georgs Regiment bis vergangenen Juli gelegen hatte.

»Dort ist dein Onkel Georg«, sagte sie zu Sofie und zog das Kind auf ihren Schoß. »Siehst du, genau da.« Mit der Spitze des Bleistifts deutete sie auf den eben eingezeichneten Punkt.

Doch die Kleine schenkte der Landkarte keine Beachtung und brabbelte stattdessen lieber in unverständlichem Kauderwelsch mit ihrer Puppe.

Egal. Pauline umarmte ihr Töchterchen und drückte sie an sich, wie Georg es in seinem Brief gewünscht hatte, ungeachtet Sofies quengelndem Protest.

Bis wir uns wiedersehen, hatte er geschrieben.

Pauline schloss die Augen. *Mach, dass es ihm gut geht, bitte lieber Gott. Mach, dass er heil nach Hause kommt!*

Titelseite der Morgenausgabe des *Berliner Tageblatts*, Mittwoch, 1. März 1916

Im Feuerkreis von Verdun (Telegramm unseres Kriegsberichterstatters, Freiherr Kurt v. Reden)

Standort Ormont Ferme, 27. Februar, bei Haumont. Ein ungeheurer Feuerkreis breitet sich vor mir aus, und die Batterie Feldhaubitzen, die früher hinter mir schoss, ist eben vorbeigefahren, protzt schon weit vor mir ab. Mit der Zeit kommt ein bisschen Ordnung in das Chaos, in das ich mich anfangs versetzt fühlte. Langsam finde ich die Zusammenhänge in dem wirren Gedröhne und Gekrache ringsum. Bei einzelnen Batterien entdecke ich auch schon die Ziele, die sie eben beschießen, die Höhen, ein kahler flacher Hügelrücken, dann eine Waldparzelle, der lange Rücken mit den vielen Batterien und Werken scheint sich direkt anzuschließen. Seine Linie ist deutlich bezeichnet durch die schweren Explosionen, die ununterbrochen auf seinem Kamme niedergehen. Man sieht auch die kleinen Erhebungen auf ihm, die Umrisse der beschossenen Werke, die niederhalten müssen, um die Infanterie vorkommen zu lassen. Es ist eine neue Seite der Geschichte hier vor meinen Augen aufgeschlagen, eine zehnfache Vergrößerung des Bildes der Schlacht um Verdun. […]

Titelseite der französischen Tageszeitung *La Dépêche*, Mittwoch, 1. März 1916

Die Schlacht um Verdun

Paris, 29. Februar. Trotz aller Bemühungen waren die Deutschen nicht in der Lage, sich erneut bis zum Fort Douaumont durchzuschlagen, wo die Soldaten des Regiments Brandenburg weiterhin eingekesselt sind.

Ein Infanterist, der sich während des deutschen Angriffs in der Nähe von Douaumont befand, sagte, der Lärm der Artillerie sei grauenhaft gewesen. »Wir hielten uns die Ohren zu«, sagte er, »mit Lappen, Baumwolle, Papier, mit allem, was wir finden konnten. Aber das Donnern der Kanonen drang durch alles hindurch. Wir waren etwa ein Dutzend in unserem Verbindungsgraben. Bei jedem Granateneinschlag spürten wir die Erschütterung der Explosion. Aber was uns am meisten zusetzte, war die Hilflosigkeit, der wir ausgesetzt waren. Um uns abzulenken, schrien wir wie Besessene oder sangen, aber wir konnten unsere eigenen Stimmen nicht hören. […]«

31 – Der dunkle Schatten

23. April 1916, Marienkirche in Lehr bei Ulm

Helene hatte die kleine Marienkirche von Lehr schon immer gemocht. Von außen schien sie völlig unscheinbar, einzig der markante Spitzturm fiel dem Betrachter ins Auge, und sie war so winzig, dass gerade einmal achtzig Gottesdienstbesucher in den Holzbänken Platz fanden.

Es hieß, sie sei schon im Mittelalter erbaut worden. Die einst wohl hell getünchten Wände waren längst von Staub und Ruß der Jahrhunderte überzogen. Hoch oben unter dem Dachbogen ließ sich jedoch noch immer das vergilbte Fresko des segnenden Heilands erkennen, und direkt über der Kanzel konnte man die Gestalt des heiligen Georg zu Pferd erahnen, wie er den Drachen tötete.

Vor dem Krieg war der Altar besonders an Feiertagen immer von unzähligen Kerzen erleuchtet gewesen. An diesem Ostersonntag brannte dort jedoch nur eine einzelne, flackernde Osterkerze.

Helene saß in der zweiten Reihe neben ihrem Mann und ihrem Sohn. Von ihrem Platz aus konnte sie das leise Knistern des Dochts hören. Ansonsten herrschte andächtige Stille, während Pfarrer Kessler seine Predigt hielt. Und das, obwohl sogar der allerletzte Sitzplatz in der kleinen Kirche besetzt war.

Entgegen ihrer Erwartung bestand die Schar der Kirchgänger heute nicht nur aus Frauen und alten Männern, sondern zudem aus Reihen von Soldaten in Uniform. Ulm war schon im Jahr 1842 zur Bundesfestung ausgebaut worden, entsprechend viele Regimenter waren in den Bastionen und Forts in der Stadt kaserniert. Wahrscheinlich kamen die Soldaten hier von der Bastion oben auf der Wilhelmsburg oder vom Fort Albeck. Viele der Männer standen nun, den Kopf im Gebet gesenkt, entlang der Wände sowie links und rechts des Eingangsportals.

Helene holte tief Atem. Noch immer fühlte es sich seltsam an, wieder in der vertrauten Heimat zu sein. Vor zwei Wochen war Robert auf seinem Fronturlaub in Freiburg eingetroffen, von wo aus sie gemeinsam nach Roßleben gefahren waren, um Christian abzuholen und die Reise in Richtung Ulm fortzusetzen.

Endlich wieder zu Hause. Endlich wieder in ihrem eigenen Heim mit all den gewohnten Dingen. Wie sehr hatte sie das alles vermisst: den Mahagonitisch mit den passenden Stühlen, den ihr Großonkel Hugo ihr zur Hochzeit geschenkt hatte, oder ihren geliebten Sekretär im Salon. Und erst der unverkennbare Geruch nach einem Hauch von süßem Tabak in der Bibliothek. Ihren Garten hinter dem Haus. Gute Güte, der alte Zwetschgenbaum brauchte dringend einen Astschnitt.

Während ihrer Abwesenheit kümmerten sich Roberts Onkel und Tante um alles, sahen im Haus nach dem Rechten und hatten sogar die Haushälterin und das Dienstmädchen in ihrer Villa in der Ulmer Olgastraße aufgenommen.

Bei ihrer Rückkehr hatte Helene alles noch genauso vorgefunden, wie sie es vor etwas mehr als anderthalb Jahren verlassen hatte. Sogar die Stickarbeit lag noch immer mit der eingefädelten

Nadel dort im Körbchen neben dem Sessel am Fenster. Als wäre sie nie fort gewesen. Als wäre die Zeit hier stehen geblieben und die Welt seither nicht eine andere geworden.

»Gottes Wirken spiegelt sich in der Geschichte unseres Volkes wider. Nicht umsonst hat er uns mit ewigen, edlen Gütern beschenkt. Ja, Träumen und Dichten ist uns Deutschen ins Herz gegeben. Aber wehe diesen naiven Freuden«, drang die sonore Stimme des Geistlichen in Helenes Gedanken, und sie sah auf.

Mit ernster Miene stand Pfarrer Kessler auf der Kanzel und ließ den Blick über die Reihen der Kirchgänger gleiten, während er warnend den Zeigefinger in die Höhe hob. »Hingegen sind es Pflichttreue, die Ernsthaftigkeit und Gewissenhaftigkeit, der deutsche Idealismus und die Frömmigkeit, die uns nun im Kampf gegen die dämonischen Feindmächte weiterhelfen. Vor allem aber ist es das unerbittliche Pflichtgefühl, das im Kampf des deutschen Volkes um Heimat und Recht gegen Lüge und Hass gewinnen wird. Mit Mut, Tapferkeit und Gottes ewiger Gnade.«

Ein zustimmendes Gemurmel erhob sich, und ein paar der Anwesenden nickten. Auch Robert.

Helene war schon seit einer Ewigkeit nicht mehr in einem Gottesdienst gewesen, während ihrer Arbeit in Freiburg fehlte meistens die Zeit dafür. Seit wann hatten denn die Reden von Krieg und Kampf auch in der Kirche Einzug gehalten?

»In Psalm 71, Vers 1 bis 3 steht es geschrieben: ›Herr, ich vertraue auf dich, denn du bist mein Fels und meine Burg.‹ Mannesmut sei somit jenen gewiss, die auf Gott vertrauen.« Eine bedeutsame Schwere hallte Pfarrer Kesslers Worten nach, als er die Predigt mit einer Strophe aus dem Lied *Ein' feste Burg ist unser Gott* beendete: »Und wenn die Welt voller Teufel wär, und wollt uns gar verschlingen. So fürchten wir uns nicht so sehr, es soll uns doch gelingen. Amen.«

»Amen«, murmelte Helene im Chor mit dem Rest der Anwesenden.

»Eine grandiose Predigt«, sagte Robert wenig später beim Verlassen der Kirche. Wie immer trug auch er seine Uniform und erwiderte im Vorbeigehen den Gruß der beim Ausgang stehenden Soldaten.

Helene wartete, bis sie das Eisentor des Kirchhofs hinter sich gelassen hatten, damit niemand außer ihrem Ehemann und Christian sie hören konnte: »Gerade an Ostern hätte ich mir eher etwas Friedvolleres gewünscht. Ist die Welt nicht schon genug verroht?«

Robert senkte einen kurzen, kühlen Blick auf sie. »Es war längst an der Zeit, dass auch die Kirche Position bezieht. Solche Worte während einer Predigt stärken die Moral und den Heimatstolz, und genau das braucht unser Land. Wozu soll dieses unterwürfige Geschwafel von Versöhnung und Frieden denn führen? Was meinst du dazu, Sohn?«, fragte er an Christian gewandt. »Pflicht und Tapferkeit, das ist es, was wir Gott und unserem Kaiser schulden, ist es nicht so?«

Der Junge sah seinen Vater mit offenem Blick an und verschränkte die Arme hinter dem Rücken, während er sich eilig dessen Schritt anpasste.

Christian ist schon wieder ein ganzes Stück gewachsen, dachte Helene. Es fehlte nicht mehr viel, und er wäre so groß wie sie. Außerdem sah er Robert immer ähnlicher. Sie hatten beide dieselbe stolze Haltung, die gleiche sehnige Statur. Doch seit ihrem letzten Wiedersehen war der Junge ruhiger geworden. Nachdenklicher.

Genau das zeigte sich auch jetzt, als er nach kurzem Überlegen sagte: »Aber der Kaiser hat doch die Oberste Heeresleitung dazu bevollmächtigt, eigene Befehle zu erteilen. Also kämpfen die deutschen Soldaten im Grunde doch gar nicht für Kaiser Wilhelm, sondern für die militärische Führung, oder?«

Robert blieb stehen und starrte seinen Sohn mit gerunzelter Stirn an. Eine solche Antwort hatte er ganz offenbar nicht erwartet.

»Nun, die Oberste Heeresleitung agiert natürlich voll und ganz im Sinne des Kaisers. Abgesehen davon ist General von Falkenhayn einer der fähigsten Befehlshaber des Landes«, erklärte er streng, setzte seinen Marsch jedoch dann fort.

Erich Georg Sebastian Anton von Falkenhayn – der Name war auch Helene ein Begriff. Kurz vor Kriegsbeginn war er zum preußischen Kriegsminister ernannt worden und hatte im September 1914 die Leitung des Obersten Generalstabs und damit die militärische Führung des Kaiserreichs von seinem Vorgänger, dem Generaloberst Helmuth von Moltke, übernommen, der nach der verlorenen Schlacht an der Marne angeblich beim Kaiser in Ungnade gefallen war. So hatte Helene zumindest ein paar der Offizierspatienten im Lazarett munkeln hören.

Viele Ärzte an der Hildaschule, allen voran Professor Faller waren wiederum große Befürworter Falkenhayns, der es, so sagten sie, dank seiner militärischen Erfahrung geschafft hatte, nach Moltkes verheerendem Versagen wieder Ordnung in das Chaos des Generalstabs zu bringen.

Helene selbst wusste nicht besonders viel über ihn, außer dass er einem schlesischen Adelsgeschlecht entstammte, entsprechend seiner Ausbildung ein Soldat mit Leib und Seele war und als Berater für militärische Angelegenheiten sogar eine Zeit lang in China gelebt hatte. Wahrscheinlich war genau dieser Werdegang der Grund, weshalb sich besonders Soldaten alten Schlags mit Falkenhayn zu identifizieren vermochten.

»Dann stimmt es deiner Meinung nach also nicht, was ich

in St. Afra gehört habe: dass der Kaiser Falkenhayn nur als Maßnahme gegen die möglichen Alternativen in die Heeresleitung befördert hat? Weil er einerseits Ludendorff nicht leiden kann und sich andererseits davor fürchtet, dass ihm Hindenburgs Popularität den Rang ablaufen könnte?«, fragte Christian nach einer Weile und richtete den Blick auf seinen Vater.

Sofort fasste Helene nach dem Arm ihres Sohnes und wisperte: »Still jetzt. So redet man nicht. Was, wenn dich jemand hört.« Um Himmels willen, was sagte er denn da? Das grenzte schon beinahe an Majestätsbeleidigung.

Dabei ging es ihr nicht einmal in erster Linie darum, dass irgendjemand sie belauschen könnte, sondern vielmehr, wie Robert auf eine solche Äußerung reagieren würde.

Sie hatte seine Veränderung im selben Moment bemerkt, als er auf dem Bahnsteig in Freiburg aus dem Zug gestiegen war. Er hatte stark an Gewicht verloren. Und wie eisig seine Augen schienen. Wie zwei tief in den Höhlen liegende Eisbrocken, die jeden zum Erstarren brachten, der es wagte, ihm zu nahe zu kommen.

Nun ja, auch früher hatte Robert nie viel Zeit mit Zärtlichkeiten verloren. Immerhin hatte er sich jedoch bisher zumindest darum bemüht, ihr nicht das Gefühl zu geben, die Momente der Zweisamkeit zwischen ihnen seien einzig eine Erfüllung ihrer ehelichen Pflichten und kein Vergnügen.

An jenem ersten Abend in der Pension war er jedoch wie ein Raubtier über sie hergefallen. Grob und ohne jede Rücksicht. Mit einer solchen inneren Wut, die sie nie zuvor in ihm gesehen hatte. Nicht einmal die Zeit, sich zu entkleiden, hatte er ihr gelassen, sondern ihre Unterwäsche einfach zerrissen und sie bäuchlings aufs Bett gedrückt. Sie hatte sich die Lippen wundgebissen, um nicht vor Schmerz aufzuschreien.

Danach war er stumm von ihr heruntergerollt und eingeschlafen. Helene hatte die blauen Flecken an ihren Armen und Handgelenken noch Tage später unter langen Blusenärmeln vor Christian verbergen müssen.

Seither hatte Robert das Geschehene mit keinem Wort mehr erwähnt. Die Unruhe und Rastlosigkeit in ihm waren jedoch geblieben. Er hielt es nie einen ganzen Tag lang zu Hause aus, war ständig unterwegs, hierhin und dorthin.

Gegenüber Bekannten oder den Nachbarn verhielt er sich zwar wie immer – ganz der angesehene Mediziner, wie man ihn kannte: freundlich distanziert, manchmal mit der einem Arzt seines Kalibers erlaubten Süffisanz. Blieb er allerdings einmal für mehrere Stunden am Stück daheim, war es, als hätte man es mit einem Tiger im Käfig zu tun. Mehr als einmal hatte Helene Robert dabei entdeckt, wie er, völlig abwesend vor sich hin murmelnd, im Zimmer hin- und herging, wenn er sich unbeobachtet fühlte.

Ein einziges Mal hatte Helene es gewagt, ihn darauf anzusprechen. Sein wutverzerrtes Gesicht, mit dem er sie danach angebrüllt und ihr vorgeworfen hatte, sie würde ihm nachspionieren, würde sie nie im Leben vergessen.

Solange sich Roberts Wut gegen sie allein richtete, konnte Helene damit umgehen. Nicht aber, wenn Christian mit hineingezogen wurde. Schon gar nicht hier in der Öffentlichkeit und erst recht nicht heute, an Ostern. Die Leute würden sich monatelang die Mäuler darüber zerreißen.

Doch sie stockte erstaunt, als Robert auf der Stelle stehen blieb und ihren Einwand mit einem simplen »Lass ihn reden« abtat, während er den Blick auf seinen Sohn senkte.

»Er hat es nicht so gemeint. Du weißt doch, was die Kinder heutzutage für Unsinn plappern!« Beschützend legte sie den Arm um Christians Schultern.

»Ich sagte, lass ihn reden. Er ist kein Kind mehr.« Ohne den

Jungen aus den Augen zu lassen, fuhr er fort: »Bringt man euch im Internat also bei, solche Fragen zu stellen?« Herausfordernd hob er das Kinn. »Dann sag mir also, was deine persönliche Meinung dazu ist.«

»Müssen wir das wirklich hier in aller Öffentlichkeit diskutieren und den Leuten ein Spektakel bieten?«, wisperte Helene.

Da. Ein paar Schritte entfernt waren schon drei Nachbarinnen tuschelnd stehen geblieben und warfen ihnen erwartungsvolle Blicke zu. Ausgerechnet. Sie wäre am liebsten im Erdboden versunken.

»Ich glaube, dem Kaiser ist keiner der Generalstabschefs wirklich geheuer, aber er hat keine andere Wahl, solange er den Oberbefehl selbst nicht übernehmen will«, erklärte der Junge schließlich völlig sachlich und ohne auch nur eine Spur von Furcht zu zeigen.

Helene starrte ihren Sohn fassungslos an. Woher hatte er solche Ansichten? Er war doch noch nicht einmal dreizehn Jahre alt.

Noch erstaunter war sie allerdings, als sie das winzige Zucken an Roberts Mundwinkel sah. »Komm«, sagte er und legte Christian die Hand auf die Schulter. »Lass uns zu Hause in Ruhe weiter darüber diskutieren.«

Helene folgte den beiden, nachdem sie sich umgedreht hatten und nun mit langen Schritten nebeneinander hergingen. Vater und Sohn – unverkennbar. Ja, sie hatten sogar denselben Gang.

Leise und ohne dass sie sich dagegen wehren konnte, überkam sie die Wehmut. Sie hatte schon so unglaublich viel aus Christians Leben verpasst. All die Stadien seiner Entwicklung, seines Wachsens zu einem so klugen, jungen Menschen. Niemals – nicht einmal in ihren kühnsten Erwartungen hätte sie jedoch damit gerechnet, dass ihr Sohn, ihr kleiner süßer Sonnenschein, eines Tages zu Roberts Abbild werden könnte.

Es wurde Mai, und das Gefühl von Nostalgie blieb bestehen. So sehr Helene ihr eigenes Zuhause auch genoss, umso bewusster wurden ihr die Gegensätze zwischen ihrem Leben vor dem Krieg und der Freiheit, die sie in Freiburg genoss. Von der selbstständigen Lazarettschwester zurück zur Hausfrau, Ehefrau und Mutter. Wie selbstverständlich war sie wieder in ihre alte Rolle, in ihr altes Dasein geschlüpft. Und das nur, indem sie über die Schwelle der eigenen Haustür getreten war.

Im gleichen Atemzug schämte sie sich für diese Gedanken. Was beklagte sie sich eigentlich? Robert mochte zwar seine Macken haben, aber wer hatte das nicht? Nichtsdestotrotz ermöglichte er ihr und Christian ein mehr als annehmbares Leben. Es hatte ihr nie an etwas gemangelt, weder an sozialem Stand und gesellschaftlichem Ansehen noch an Materiellem, und das war mehr, als so manche Frau sich erhoffen konnte. Frauen wie Pauline zum Beispiel oder Luise Sachs, die sich alles in ihrem Leben erkämpfen mussten und nun sogar mit ihren Kindern allein dastanden.

Dennoch …

Während Robert seinen Urlaub nutzte, um sich mit alten Bekannten der lokalen Ärzteschaft zu treffen, sofern diese nicht im Fronteinsatz waren, und Christian sich in seinem Zimmer hinter Büchern verkroch, mit seinem Vater in dessen Arbeitszimmer über Politik diskutierte oder die wenigen Tage guten Wetters mit Ausflügen füllte, verbrachte Helene die meiste Zeit mit Putzen. Ihre Haushälterin hatte das Haus zwar vor ihrer Ankunft bereits auf Vordermann gebracht, trotzdem fing sie, mit Staubwedeln, Lappen und einem Kessel voller Essigwasser bewaffnet, im oberen Stock an und arbeitete sich Zimmer für Zimmer weiter vor. Fenster putzen, Vorhänge waschen, Matratzen und Teppiche ausklopfen, Möbel polieren, Böden bohnern. So lange, bis alles blitzblank war und es im ganzen Haus nach Bienenwachs und Lavendel roch.

Im Grunde eine Sisyphusarbeit, das wusste Helene sehr wohl. Denn bald müsste Christian wieder zurück ins Internat, Robert würde ein weiteres Mal an die Front ziehen und sie zurück nach Freiburg reisen. Trotzdem hielt sie es schlicht nicht aus, untätig herumzusitzen. Und sie vermisste ihre Arbeit. Das Gefühl, etwas Nützliches zu tun. Gebraucht zu werden. Ihr fehlten auch Pauline, Else und die Bewohner des Rosenhofs.

Wie es ihnen wohl allen ging? Wie gerne würde sie jetzt mit ihnen dort am langen Tisch in der Küche sitzen. Und wie oft dachte sie an Selma und Else. Es war ihr nie zuvor wirklich klar gewesen, welche Zauberkünste Hausfrauen unter den gegenwärtigen Umständen tagtäglich vollbringen mussten.

Auch in Ulm waren die Preise seit Beginn des Krieges um ein Vielfaches gestiegen, sofern es in den Läden trotz der Lebensmittelkarten überhaupt noch etwas zu kaufen gab. Im Gegensatz zum Lauerer Hof war Helenes Haushalt allerdings nicht auf die Selbstversorgung eingestellt, ein Unterschied, der ihr in den paar Wochen zu Hause umso deutlicher bewusstwurde. Vor dem Krieg hatte sie zwar hinter dem Haus einen kleinen Garten angelegt, während ihrer Abwesenheit hatte sich jedoch niemand um die Stangenbohnen oder den Fenchel gekümmert. Die Beete waren völlig überwuchert, und an den Früchten der Kirsch- und Zwetschgenbäume würden auch dieses Jahr wieder nur die Spatzen ihre Freude haben.

»Ich war heute in drei Metzgereien, und nirgends war auch nur ein Wurstzipfel mehr zu haben«, sagte Helene am letzten Abend, bevor sie wieder abreisten. Ihre Koffer standen schon gepackt im Flur bereit. Vor einer Woche hatte sie sich bereits schweren Herzens von Christian verabschiedet, der wieder zurück ins Internat gefahren war. In Roßleben befand er sich immerhin weitab von Front und Krieg. Wenigstens ein Trost.

»Zum Glück hat mir Onkel Hubert über seine Beziehungen die Markknochen und die Rauchwürste unter der Hand beschaffen können. Und das auch nur zu einem Wucherpreis. Der Bundesrat hat sämtliche Fleischvorräte im Land beschlagnahmt. Bald soll der Verkauf nur noch gegen Fleischkarten möglich sein. Ich frage mich, wie das gehen soll, die Metzgereien sind doch schon jetzt nur noch an zwei Tagen die Woche offen, weil sie nichts mehr zu verkaufen haben.« Seufzend schüttelte sie den Kopf. »Die Frauen werden stundenlang anstehen müssen, um dann am Schluss trotzdem leer auszugehen.«

Und das nicht nur, um einen Brocken Fleisch zu ergattern. Inzwischen gab es im ganzen Kaiserreich keine Lebensmittel und Waren mehr, die nicht rationiert oder völlig von der Bürokratie reglementiert wurden. Es gab unter anderem einen Kriegsausschuss für pflanzliche und tierische Öle und Fette, die Reichsstelle für Brot und Getreide, die Reichskartoffelstelle sowie die seit Neustem eingeführte Reichsfleischstelle. Vom Kriegsbrot bis zur Kriegsseife – einer Mischung aus gefiltertem Fett, Kieselsäure und Gips – konnte nichts mehr ohne die entsprechenden Marken gekauft werden.

»Was soll das hier sein?« Mit finsterem Gesicht blickte Robert auf seinen Teller hinunter.

»Fleischbrühe mit Karotten und Suppengrün. Ich habe sogar noch den Rest vom Lauch hineingeschnitten«, erwiderte Helene. »Warum fragst du?«

»Fleischbrühe? Ist das alles?« Er hob den Kopf und sah sie an. Seine Augen glühten mit einem Mal unter den gewölbten Brauen hervor.

Sie schluckte. »Was davon übrig bleibt, fülle ich in Feldflaschen ab. Und die Würste habe ich aufgeteilt: drei Paar für dich und eins für mich. Die sind lange haltbar und lassen sich bequem in ein Handtuch einschlagen. So können wir alles mitnehmen. Ich dachte, das ist am einfachsten so.«

»Am einfachsten, dachtest du.« Roberts Stimme war so leise, dass sie die Worte kaum verstand. Seine Nasenflügel blähten sich. Ein winziges Detail, das Helene auffiel. Sie wunderte sich noch darüber, denn das hatte sie nie zuvor an ihm gesehen.

Sie fuhr zusammen, als er vom Stuhl aufschoss und den Teller mit aller Wucht an die gegenüberliegende Wand schleuderte. Die kochend heiße Suppe spritzte in alle Richtungen.

Helene entfuhr ein Schrei. Sie hob schützend die Arme. Ein paar Tropfen trafen ihre Haut.

Das laute Bersten von Porzellan.

»Ich schufte bis zum Umfallen an der Front, die Arme bis zu den Ellenbogen voll mit Blut und Resten von Eingeweiden der Verwundeten. Das alles nur, damit es dir an nichts mangelt, und du setzt mir eine gottverdammte Brühe vor?«, brüllte Robert.

Instinktiv wich sie zurück, prallte mit dem Rücken gegen den Geschirrschrank.

Doch er kam auf sie zu, das Gesicht zu einer hässlichen Fratze verzerrt. Ein Speicheltropfen hing an seinem Mundwinkel.

Er packte sie an den Oberarmen, schüttelte sie. »Mehr habe ich in deinen Augen nicht verdient, he?«

»Du tust mir weh, Robert.« Mit aller Kraft versuchte sie, sich aus seinem Griff zu befreien.

Doch er fasste nur noch fester zu. »Hast du überhaupt eine Ahnung, wie es dort an der Front ist?« Er beugte sich über sie, fletschte die Zähne, die Augen weit aufgerissen.

»Lass mich los!«

»Nein, natürlich nicht, denn was kümmert es dich schon. Das Einzige, was dich interessiert, ist dein Sohn, damit du ihn weiter verhätscheln und verweichlichen kannst.«

»Was redest du denn da, das ist doch gar nicht wahr.«

»Widersprich mir nicht!«, donnerte er so laut, dass die Worte ihr in den Ohren nachhallten.

Die Wucht des Schlages traf sie an der Schläfe. Grelle schmerzende Blitze vor ihren Augen.

Die Teller und Gläser klirrten, als sie gegen das Wandregal prallte. Eine neue Schmerzwelle durchfuhr Helenes Schulter.

Sie stöhnte auf, sank zu Boden und zog schützend die Beine an. Sie zitterte – ihr ganzer Körper bebte, und sie bekam kaum noch Luft.

Wie ein dunkler, bedrohlicher Schatten kam Robert näher, baute sich vor ihr auf.

Klein machen. Sie musste sich ganz klein machen. Ihr entfuhr ein Wimmern, und sie hob abwehrend die Arme.

»Du wirst den Jungen so schnell nicht mehr wiedersehen, dafür sorge ich«, hörte sie Roberts Grollen über sich. »Das soll dir eine Lehre sein, mir keinen Respekt zu zeigen.« Damit drehte er sich auf dem Absatz um und stampfte aus dem Zimmer.

Helene zuckte zusammen, als sie hörte, wie die Haustür zuschlug.

Zurück blieb eine unheimliche, schwere Stille.

32 – Heimfinden

15. Mai 1916, Haus der Erhardts in Lehr bei Ulm

Im Nachhinein konnte Helene nicht sagen, wie lange sie reglos am Boden gekauert hatte. Es mochten ein paar Minuten gewesen sein, vielleicht auch Stunden. Erst als das unkontrollierte Zittern ihres Körpers nachließ, schaffte sie es aufzustehen.

Wankend begann sie, die Scherben am Boden zusammenzukehren, die Suppenreste aufzuwischen und den Tisch abzuräumen. Dann schloss sie sich in Christians Zimmer ein und rollte sich auf dem Bett zusammen.

Irgendwann hörte sie, wie die Haustür geöffnet wurde. Hörte Roberts Schritte auf der Treppe. Im Flur. Wie er in das gemeinsame Schlafzimmer ging, wieder zurückkam und vor Christians Zimmertür stehen blieb.

Angespannt lauschte sie. Sein Atem ging schwer.

Dann klopfte er leise an die Tür. »Helene?«

Ihr Herz raste, doch sie gab keine Antwort, kniff stattdessen die Augen fest zusammen.

Warum ging er nicht weg? Was, wenn er nun noch wütender wurde? Sie sollte ihn nicht noch mehr provozieren. In seinem Jähzorn könnte er die Tür eintreten, und was dann?

Still liegen bleiben. Sich nicht rühren. Nichts sagen. Nicht atmen.

Endlich entfernten sich seine Schritte. Trotzdem lag Helene die ganze Nacht lang wach.

Am nächsten Tag war sie schon vor dem Morgengrauen auf den Beinen. Sie brauchte Unmengen von Puder, um den Bluterguss an der Schläfe zu übertünchen, richtete sich das Haar wie gewohnt. Auch die Oberlippe war angeschwollen und schmerzte. Mit etwas dezentem Lippenstift versuchte sie, das Gröbste zu kaschieren.

Reisefertig, im Mantel und mit ihrem Täschchen auf den Knien, setzte sie sich im Eingangsflur neben die bereitstehenden Koffer und wartete auf ihren Mann.

Als er die Treppe herunterkam, stand sie wortlos auf, ging nur noch kurz nach oben ins Schlafzimmer, um das Bett zu machen.

Dann war es so weit. Die Fenster im Haus waren alle verriegelt, die Hintertür abgeschlossen. Den Schlüssel steckten sie, wie mit Roberts Onkel vereinbart, draußen vor dem Eingang in den Geranientopf.

Während der Fahrt zum Bahnhof sagte keiner von ihnen ein Wort. Helene vermied es, ihrem Mann auch nur eine Spur zu nahe zu kommen, und wich zurück, sobald er sie auch nur zufällig berührte.

So blieb es auch während der ganzen Zugreise bis nach Freiburg. Von hier aus würde Robert weiter nach Frankfurt fahren, und von dort in Richtung Westen bis zur neuen Stellung seines Regiments im belgischen Hollebeke.

Mit gestrafftem Rücken wartete sie neben ihm auf dem Bahnsteig, bis sein Zug nach Frankfurt einfuhr. Wie oft hatte sie ihn seit Kriegsbeginn schon hier am Bahnhof verabschiedet. Dieses Mal jedoch konnte sie es kaum noch erwarten, und sie hatte nicht einmal ein schlechtes Gewissen dabei.

»Leb wohl, Helene«, sagte Robert kurz und kühl, als er seine Aktentasche aufnahm. Sein restliches Gepäck hatte er zuvor schon einem Gepäckträger übergeben.

Sie antwortete nicht, sah nur zu, wie er, ohne sich noch einmal umzudrehen, die Stufen des Waggons hochstieg.

Sie wartete nicht, bis der Zug am Ende des Bahnsteigs verschwunden war, sondern wandte sich zum Gehen, sobald der schrille Pfiff ertönte und die Lokomotive anfuhr.

Als sie eine Stunde später vom Sankt Georger Bahnhof aus das Sträßchen zum Lauerer Hof entlangschritt und schon von Weitem das üppig wuchernde Flechtwerk der Kletterrosen beim Toreingang sah, blieb sie stehen. Unzählige hellrosafarbene Blüten hingen an den Zweigen und wiegten sich in der leichten Brise. Schon jetzt, an diesem bewölkten Tag, konnte man den süßen Duft riechen, der von ihnen ausging. Er wäre noch viel stärker, sobald es wärmer würde.

Und endlich atmete Helene auf.

»Da bist du ja wieder!« – »Du warst viel zu lange fort.« – »Jetz lög do na. S'isch au langsam Zitt wore, dass de wieda heimfindsch«, begrüßten Dorle, Leni und Selma sie im Chor, als sie die Küche betrat.

Gerührt presste sie die Lippen zusammen. Heimfinden … Ja, irgendwie fühlte es sich genau so an. Als ob ihr mit einem Mal eine zentnerschwere Last von den Schultern rutschte.

Von den Rufen aufgeschreckt, eilte Pauline mit ihrer kleinen Tochter auf dem Arm herbei. »Helene!« Die herzliche Umarmung tat der Seele gut.

Lächelnd trat auch Else Lauer in die Küche. »Willkommen zurück.« Doch als die Winzerin sie umarmte, fiel ihr Blick auf Helenes geschwollene Lippe. Ihre Miene verdunkelte sich, doch sie sagte nichts.

Helene war noch immer völlig überwältigt, als sie kurz darauf in ihrem Zimmer den Koffer und die Tasche aufs Bett legte.

»Ich wusste zwar nicht genau, wann du kommst, aber ich wollte dir als kleines Willkommensgeschenk ein paar Blumen hinstellen. Zum Glück sehen sie noch einigermaßen frisch aus, obwohl ich sie schon vorgestern geschnitten habe«, sagte Pauline und deutete auf die Vase auf dem Nachttisch mit dem Bund Kletterrosen darin. Sie hatte sich sofort dazu bereit erklärt, Helene beim Auspacken zu helfen, während Selma auf Sofiechen aufpasste.

»Sie duften herrlich.« Helene lächelte und setzte sich mit einem leisen Aufseufzen aufs Bett. Sie merkte erst jetzt, wie sehr sie das alles hier wirklich vermisst hatte. Die Leute, den Winzerhof, Freiburg, ihre Arbeit. Ja, sogar das laute Quietschen des Bettgestells.

»Erzähl. Wie war dein Urlaub?« Mit erwartungsvoller Miene ließ sich Pauline neben ihr nieder. »Wie geht es Christian? Und deinem Mann? Was ist denn mit deiner Lippe passiert?« Sie beugte sich näher und runzelte die Augenbrauen. »Und das da an deiner Schläfe?«

»Ach, das ist nichts. Ich habe mir beim Putzen gestern den Kopf gestoßen, ich Tollpatsch«, sagte Helene ausweichend, während sie aufstand und begann, die Nachthemden in die Kommode zu legen. Alles, damit Pauline ihr Gesicht nicht weiter beobachten konnte. »Christian und Robert geht es beiden gut. Christian ist schon ein richtiger junger Mann geworden. Ich muss mich damit abfinden, dass er langsam seine eigenen Wege geht.« Robert ließ sie absichtlich unerwähnt. Sie konnte und wollte nicht über ihn sprechen. »Und hier? Was hat sich hier auf dem Hof und in Freiburg getan, während ich fort war?«, gab sie die Frage zurück.

Sie musste schmunzeln, als Pauline ungewohnt undamenhaft

die Wangen blähte und die Stirn krauste, bevor sie, unterstrichen von einer theaterreifen Geste, erklärte: »Wenn du wüsstest. Du kannst dir gar nicht vorstellen, was alles passiert ist und wie viel Arbeit uns noch erwartet.« Ein Strahlen breitete sich auf ihrem Gesicht aus. »Stell dir vor, Georg ist letzte Woche ganz unerwartet nach Hause gekommen. Er wollte mich überraschen, und das ist ihm wirklich gelungen.«

Das waren wunderbare Neuigkeiten. Helene wusste, wie sehr sich Pauline um ihren Bruder gesorgt hatte.

»Er ist mit Hannes und Toni im Forst. Dort wird jedes Paar Hände gebraucht, damit der Lieferauftrag für Flinsch rechtzeitig erfüllt werden kann. Zum Glück hat Else wenigstens für die Waldarbeiten wieder einen Trupp Russen zugewiesen bekommen«, erklärte Pauline weiter.

Richtig. Der Auftrag für die Papierfabrik Flinsch. Helene erinnerte sich. Offenbar lief die Zusammenarbeit inzwischen auf Hochtouren.

Paulines Miene wurde ernster. »In den Wingerten steht derweil noch genug Arbeit an, obwohl wieder einige Rebzeilen brach liegen. Aber die Eisheiligen waren kalt dieses Jahr. In zwei Nächten mussten wir die Reben sogar einräuchern. Jetzt steht das Ausgeizen an, und bis auf ein paar Schulkinder haben wir kaum genügend Helfer dafür.«

Helene kannte dieses seit Jahrhunderten benutzte Vorgehen der Weinbauern, um die Rebstöcke gegen Frost zu schützen. Als Kind hatte sie während der Besuche bei ihrer Tante im Remstal ein paarmal miterlebt, wie Strohballen zwischen den Reihen der Rebstöcke angezündet wurden, damit deren Rauch die Wärme zu den Pflanzen trug. Bei dem sogenannten Ausgeizen hingegen wurden die überschüssigen Triebe, die Geiztriebe, vom unteren Teil des Rebstocks entfernt. Viel eindrücklicher war es jedoch,

Pauline über Winzerarbeiten reden zu hören, als hätte sie nie woanders als hier auf dem Rosenhof gelebt.

»Wie läuft es denn mit deinen Nähaufträgen?«, wagte sie zu fragen, obwohl sie die Antwort schon befürchtete.

Pauline schüttelte den Kopf. »Ab und zu fällt eine Kleinigkeit an. Aber mit den ständig steigenden Lebensmittelpreisen können sich die Arbeiterinnen solche Aufträge kaum mehr leisten.« Sie hob den Kopf. »Aber ich gebe nicht auf, solange ich noch genügend Nähfaden habe. Selbst der ist inzwischen Mangelware geworden.«

Nur gerade einen Monat lang war Helene fort gewesen, und doch fühlte es sich auf einmal an, als wäre seither eine halbe Ewigkeit vergangen. »Und wie ist es denn sonst hier in Freiburg und auf dem Hof?«

Die Jüngere zuckte die Schultern. »Seit sich das Wetter wieder einigermaßen gebessert hat, haben die Feindüberflüge wieder zugenommen. Es hat zwar im vergangenen Monat keine Bombenabwürfe über der Stadt mehr gegeben, aber man kann die Unruhe der Leute geradezu spüren. Meine Freundin Mina hat mir erzählt, dass ihre Mutter nur noch mit Schlafmitteln zur Ruhe kommt, seit vorigen Januar eine Bombe direkt neben ihrem Haus explodiert ist.« Ihre Stirn legte sich in Falten. »Trotz aller öffentlichen Beschwerden und den Vorwürfen der Bürger weigert sich die städtische Militärführung jedoch noch immer, die Schutzmaßnahmen zu verbessern. Von offizieller Stelle heißt es bloß, die Frühwarnung und die gegenwärtig bestehende Flugabwehr seien effektiv genug.«

Wie Helene wusste, bezog sich Pauline damit auf die wutentbrannten Proteste der Freiburger gegenüber der militärischen Leitung, die schon seit Januar anhielten. Zwar gab es seit einigen Monaten auch beim Colombischlössle eine Frühwarnstellung, die die Stadtbewohner rechtzeitig vor anfliegenden Fliegern alarmieren sollte. Diese hatte sich allerdings bisher als völlig unnütz herausgestellt, nachdem die Bomben der britischen Flugzeuge schon längst gefallen waren, ehe die Warnschüsse überhaupt ertönten. Außerdem sei die Besatzung der Flugabwehrbatterie oben auf dem Schlossberg ständig betrunken, hieß es. Und es sei schon mehrmals vorgekommen, dass die Soldaten im Suff blindlings herumfeuerten, statt auf die sich nähernden Flugzeuge zu schießen. Offenbar hatte sich in dem Streit zwischen Stadtbürgern und Militärführung noch immer keine Lösung ergeben.

»Und was uns hier auf dem Hof angeht …« Pauline stand auf und reichte Helene ein paar Kleiderbügel aus dem Schrank. »Wir haben großes Glück, dass wir eigenes Gemüse anbauen können«, sagte sie nur und erklärte damit alles Nötige.

»Dann ist es also auch hier in Sankt Georgen so schlimm?«, fragte Helene leise.

»Wir müssen uns zwar einschränken, aber noch bekommt Selma alle satt. Es sind die vielen Städter, die hier aufs Land kommen, um auch nur ein paar Rüben zu finden.« Paulines Miene wurde immer dunkler. »Vorige Woche hat Hannes zwei kleine Jungens erwischt, die ein paar Rhabarberstauden aus dem Garten stehlen wollten. Sie waren furchtbar mager, mit zerrissenen Kleidern, und sie hatten nicht mal Schuhe an.« Der Stoff ihres Rocks rauschte, als sie sich mit drei von Helenes Röcken auf dem Arm schwungvoll umdrehte und sie in den Schrank hängte.

Helene schluckte. Ja, es waren vor allem Kinder und die Schwächsten der Gesellschaft, die unter der gegenwärtigen Situation litten. Diejenigen, die sich ohnehin nicht wehren konnten. »Und was habt ihr mit ihnen gemacht?«, fragte sie.

»Else hat ihnen draußen im Innenhof so laut die Leviten gelesen, dass selbst der Briefträger vor Schreck am Tor stehen geblieben ist.« Ein winziges Zucken zupfte an ihrem Mundwinkel. »Aber dann hat sie jedem ein Bündel mit etwas Brot und Käse in die Hand gedrückt und gedroht, dass sie ihnen die Hintern mit der Weidenrute versohlt, sollten sie noch einmal hier auftauchen. Hannes hat sie daraufhin zurück in die Stadt gefahren.«

Das sah Else ähnlich. Eine raue Schale und ein weicher Kern. Wie sie die Winzerin kannte, hatte Helene auch nichts anderes von ihr erwartet.

Sie legte Haarbürste und Kamm ordentlich nebeneinander auf das Ablagebrett unter dem Wandspiegel.

Fertig. Jetzt nur noch den Koffer unter dem Bett verstauen.

Aufseufzend sah sie sich im Zimmer um. Ihre Schwesternuniform hing frisch gewaschen und gestärkt am Bügel hinter der Tür. Bereit, um morgen erneut benutzt zu werden. Helenes Schicht begann am Mittag. Wie schnell man doch von einem Leben wieder zurück ins andere wechseln konnte.

»Übrigens habe ich unterdessen auch endlich den Katalog bei Fischer geholt und ihn Julius gegeben«, hörte sie Pauline auf einmal sagen und wandte sich zu ihr um.

»Wie?«

»Na, du weißt doch. Den Katalog für die Beinprothesen. Ich habe das Inserat dafür doch damals in der Zeitung gefunden.«

Richtig, jetzt fiel es auch Helene wieder ein. Das war an jenem Tag gewesen, als sie die kleine Marie am Bahnhof von Freiburg getroffen hatten.

Gespannt setzte sie sich wieder aufs Bett. Dieses Mal allerdings so der Freundin gegenüber, damit diese die verletzte Gesichtsseite nicht mehr sehen konnte. »Und was hat er dazu gesagt?«

Zuerst verdrehte Pauline nur die Augen. Dann verschränkte sie die Arme hinter dem Rücken und machte eine für sie völlig ungewohnt ratlose Miene. »Nun ja, sagen wir's so: Er hat nicht ganz so reagiert, wie ich erwartet habe.«

»Nein?« Helene bemühte sich um einen Tonfall, der nicht besserwisserisch klang. Paulines einzige Absicht war es gewesen, dem Winzersohn zu helfen. Daran war rein gar nichts Verwerfliches, und an ihrer Stelle hätte sie selbst höchstwahrscheinlich genau dasselbe getan. Nichtsdestotrotz hatte sie sie nicht vergebens gewarnt. Als Lazarettschwester wusste sie nun einmal aus Erfahrung, wie ablehnend Kriegsversehrte oft auf jegliche Art von Hilfeleistung reagieren konnten. Oh, und sie wusste erst recht, wie frustrierend das war.

Schon wollte sie dazu ansetzen, Pauline zu trösten und ihr Mut zuzusprechen, da sah sie, wie die Jüngere den Kopf schüttelte.

»Er war völlig überrascht«, sagte sie.

»Ach?« Überrascht – ja, das war Helene ebenso. Damit hatte sie nicht gerechnet.

»Ja.« Pauline ließ sich neben sie aufs Bett fallen. »Wie du gesagt hattest, war ich schon auf einen Wutanfall vorbereitet. Darauf, dass er mir den Katalog vor die Füße wirft. Aber dann …« Sie brach ab und warf die Hände in einer hilflosen Geste in die Luft. »Dann hat er sich dafür bedankt und dazu sogar gelächelt. Ein echtes Lächeln, stell dir vor. Das tut er doch sonst nie. Das ist ein gutes Zeichen, oder?« Sie begann, an ihrer Unterlippe zu knabbern, während sie Helene voller Erwartung ansah.

»Ich denke, das ist sogar ein sehr gutes Zeichen«, antwortete sie schmunzelnd.

»Ja, nicht wahr?« Und auf einmal begann Pauline zu strahlen.

Wahrhaftig, sie strahlte. So stolz und freudig, wie Helene es bisher nur erlebt hatte, nachdem Sofiechen zum allerersten Mal »Mama« gesagt hatte.

»Wie ist es Julius denn ansonsten ergangen? Er scheint guter Verfassung zu sein.«

»Er redet zwar nie darüber, aber ich glaube, es geht ihm wirklich besser.« Pauline nickte. »Seit Georg zurückgekommen ist, verbringen die beiden oft Stunden damit, in der Bibliothek über den Kriegshergang und dergleichen zu diskutieren.«

»Wahrscheinlich, weil sie beide den Krieg am eigenen Leib erlebt haben. Das verbindet.« Dasselbe beobachtete Helene auch im Lazarett immer wieder: Soldaten, die miteinander umgingen, als würden sie sich schon ein Leben lang kennen, obwohl sie sich noch nie zuvor getroffen hatten.

»Er wirkt ausgeglichener, längst nicht mehr so zornig mit sich und der Welt. Außerdem vergöttert ihn Sofie regelrecht. Er kann auch gut mit ihr. Sie lässt sich von ihm sogar die Fingernägel schneiden, während sie bei mir ständig jammert. Wer hätte gedacht, dass ausgerechnet Julius so viel Geduld mit der Kleinen aufbringt.« Pauline lächelte. Dabei glitt ganz kurz ein beinahe versonnener Ausdruck über ihr Gesicht.

Da. Schon wieder.

Sie musste Helenes Blick bemerkt haben, denn sogleich wandte sie das Gesicht ab. Es war jedoch zu spät, um das Rot auf ihren Wangen zu vertuschen.

Eigenartig. Was war denn auf einmal in sie gefahren?

»Und Georg? Wie geht es ihm?«, fragte Helene rasch.

»Mager ist er geworden. Und er hat angefangen, Zigaretten zu rauchen. Das täten alle in den Gräben, um sich die Zeit zu vertreiben«, antwortete Pauline und seufzte. »Aber du wirst ihn später ja selbst sehen. Es dauert bestimmt nicht mehr lange, bis die Männer aus dem Forst zurückkommen. Wenn wir schon davon reden …« Rasch sprang sie auf. »Ich habe Dorle versprochen, dass ich ihr im Stall helfe. Jetzt, wo Toni im Wald gebraucht wird, kümmern wir uns darum.« Sie wollte sich bereits in Richtung Tür wenden.

»Warte, ich habe auch noch eine Neuigkeit!« Helene biss sich im selben Moment auf die Zunge, als sie die Worte ausgesprochen hatte.

Doch jetzt gab es kein Zurück mehr. Sie hatte während der Reise von Ulm hierher fünf Stunden lang Zeit gehabt, um die Entscheidung zu fällen.

Obwohl … So ganz aus dem Nichts kam der Gedanke nicht. Wie oft hatte sie schon nächtelang wach gelegen und sich den Kopf über das Wie und Wann zerbrochen. All die Jahre lang, während denen sie ihre Wünsche hintangestellt hatte. Seit gestern Abend waren ihre Skrupel jedoch mit einem Schlag wie in Luft aufgelöst, dafür hatte Robert gesorgt.

Und Christian … So schwer es ihr auch fiel, es zuzugeben, aber er brauchte sie nicht mehr. Der Gedanke erfüllte sie zwar einerseits mit Traurigkeit. Andererseits eröffnete sich ihr dadurch zugleich eine ganz neue Möglichkeit, denn somit war sie nicht mehr erpressbar. Das hatte Robert in seiner Wut nicht bedacht.

»Eine Neuigkeit?« Pauline setzte sich wieder aufs Bett. Ihre Augen wurden groß. »Bist du etwa schwanger?«

Helene lachte laut auf. »Um Gottes willen, nein. Wie kommst du bloß auf so etwas?«

»Was ist es denn?« Sie klatschte ganz aufgeregt in die Hände. »Nun spann mich doch nicht so auf die Folter und sag schon.«

Helene rutschte näher, fasste die Freundin an den Händen und holte tief Luft. »Ich habe mich dazu entschieden, endlich ein Medizinstudium zu beginnen. Ich will Frauenärztin werden.«

»Das ist ja wunderbar«, rief Pauline und umarmte sie. »Dann hat Robert also endlich sein Einverständnis gegeben? Oh, ich freue mich so für dich. Das muss ich sofort den andern erzählen.

Die werden staunen.« Mit vor Begeisterung leuchtenden Augen eilte sie zur Tür und verschwand nach draußen, bevor Helene noch irgendetwas sagen konnte.

Und ehe sie sich's versah, war sie wieder allein. Im Zimmer kehrte Stille ein, und prompt kamen auch die Zweifel zurück, als hätten sie wie Aasgeier auf die Gelegenheit gewartet.

Warum? Warum hatte sie nicht einfach den Mund halten können? Warum hatte sie eine viel zu übereifrige und völlig unüberlegte Wunschvorstellung ausplaudern müssen? Denn genau das war es vorerst nur – eine Wunschvorstellung. Alles andere machte sie sich nur vor, sie war eine verheiratete Frau und hatte damit rein gar nichts selbstständig zu bestimmen.

Mit einem Ruck kam sie auf die Beine, ging zum Schrank und ordnete sämtliche Kleider neu, wanderte ziellos vom Fenster zum Bett und wieder zurück. Unruhig, fast panisch. Die Gedanken schwirrten wild in ihrem Kopf umher. Unzählige wirre Szenarien. Das Aufbringen der Studiengebühren war dabei noch ihr kleinstes Problem. Eine Immatrikulationsgebühr von zwanzig Mark. Für jedes Semester fielen zudem fünf Mark Auditoriengeld, fünf Mark Institutsgebühr sowie zwei Mark Bibliotheksgebühr an. Dazu kamen noch die Studentenkrankenkasse, Unfallversicherungsprämien, Kollegiengelder und Praktikantenbeiträge. Sie würde ihre Tante darum bitten, ihr den Betrag vorzustrecken und ihr dann monatlich eine Rückzahlung schicken. So müsste sie nichts von dem Geld nehmen, das ihr Vater ihr zwar als Sondergut hinterlassen hatte, um dessen treuhänderische Verwaltung sich jedoch ihr Großonkel Hugo kümmerte. Sie wollte auf keinen Fall, dass irgendjemand ihrer Verwandten von dem Vorhaben erfuhr.

Vielleicht bestand sie ja aber nicht einmal die Zulassungsprüfung, wie an den meisten Medizinischen Fakultäten des Kaiserreichs gab es auch hier in Freiburg einen Numerus clausus. Abgesehen davon, hatte sie die Einschreibefrist für das laufende Sommersemester ohnehin schon verpasst.

Das nächste Wintersemester begann am 15. Oktober. Die Anmeldung zur Immatrikulation musste bis spätestens zwei Tage vor dem Termin persönlich vormittags im Zimmer Nummer 38 des Universitätssekretariats abgegeben werden. Die Angaben hatte sie seit ihrem letzten Besuch an der Albert-Ludwigs-Universität fest im Kopf. Zum Glück hatte sie heute Morgen noch daran gedacht, ihre Zeugnisse und Atteste einzupacken.

Aber was, wenn der Krieg bis im Oktober zu Ende war? Das wäre das endgültige Aus für ihren Traum.

Im selben Moment schämte sie sich bis in ihr Innerstes für diesen selbstsüchtigen Gedanken. Wie konnte sie nur. Tagtäglich starben Zehntausende Menschen im Krieg, und sie dachte nur an ihren eigenen Vorteil.

Ihr ganzes Vorhaben war ohnehin von Anfang an zum Scheitern verurteilt, solange sie nicht die allergrößte Hürde überwand: Robert. Denn wie sollte sie ihn dazu bringen, sein schriftliches Einverständnis zu alledem zu geben? Ohne dieses wäre ihre Einschreibung von Rechts wegen ungültig.

Auch in dieser Nacht machte Helene kaum ein Auge zu, wälzte in ihrem Kopf Ideen hin und her, nur um sie prompt wieder zu verwerfen. Einen kurzen, besonders wagemutigen Moment lang überlegte sie sogar, selbst eine Einverständniserklärung aufzusetzen und Roberts Unterschrift zu fälschen.

Allein beim Gedanken an die Folgen rieselte ihr jedoch ein eisiger Schauer über den Rücken. Nein, Betrug würde sie nicht weit bringen. Roberts Reaktion darauf wollte sie sich gar nicht erst vorstellen.

Andererseits … Je länger sie darüber nachdachte, umso deutlicher wuchs in ihrer Vorstellung eine andere Möglichkeit heran. Die war zwar mindestens ebenso riskant, doch wenn sie es geschickt drehte, müsste sie sich wenigstens nicht direkt in Roberts Schusslinie begeben.

Am nächsten Tag, ihrer ersten Arbeitsschicht nach dem Urlaub, fing Helenes Dienst erst gegen Mittag an. Trotzdem machte sie sich schon Stunden vorher auf den Weg in die Hildaschule.

Das Trommeln in ihrer Brust hallte im ganzen Körper nach, als sie vor Professor Fallers Tür stand und anklopfte.

»Herein«, tönte es aus dem Zimmer.

Einen Atemzug lang zögerte Helene. Entschlossen presste sie dann die Lippen zusammen und trat ein.

Der Arzt saß wie immer, in Uniform und weißem Kittel an seinem Tisch über einen Stapel Patientenmappen gebeugt. Er sah von seinen Unterlagen auf. Seine Miene hellte sich auf, als er sie erkannte. »Helene. Willkommen zurück.«

»Guten Morgen, Herr Professor. Ich störe hoffentlich nicht.« Sie blieb vor dem Tisch stehen, die Hände unschlüssig hinter dem Rücken verschränkt.

»Ganz und gar nicht.« Er klappte die Mappe zu und lehnte sich im Stuhl zurück. »Worum geht es?« Sein Blick fuhr zu der kleinen versilberten Tischuhr, und er runzelte die Stirn. »Haben Sie heute nicht Mittagsdienst?«

»Das stimmt.« Helene versuchte ein Lächeln, das sich jedoch ziemlich misslungen anfühlte. »Ich bin etwas früher gekommen, weil ich mit Ihnen sprechen wollte. Es geht um ein privates Anliegen«, fügte sie hastig hinzu und schluckte. Erst jetzt wurde ihr recht bewusst, was sie hier zu tun im Begriff war.

»So?« Faller nahm seine Brille ab. »Dann nehmen Sie doch Platz. Es ist hoffentlich nichts Ernstes? Ist Ihr Gatte wohlauf?«

Sie nickte, während sie sich auf den Lederstuhl vor dem Tisch setzte. »Robert geht es den Umständen entsprechend gut. Er ist auf dem Weg zu seinem Regiment in Belgien.«

»Das freut mich zu hören.« Er setzte die Brille wieder auf, beugte sich vor und legte die Ellenbogen auf der Tischplatte ab. »Was haben Sie denn auf dem Herzen?«

Helene schluckte. Jetzt gab es kein Zurück mehr. Sie hatte sich die Worte genau zurechtgelegt. Direkt zur Sache kommen, ohne lange um den heißen Brei herumzureden. »Ich habe mich dazu entschlossen, Ihrem Rat zu folgen und mich für das kommende Wintersemester in Medizin einzuschreiben. Hier an der Fakultät in Freiburg. Ich möchte Gynäkologin werden.«

»Ha!« Faller begann zu strahlen und schlug begeistert mit der Hand auf den Tisch. »Eine hervorragende Entscheidung. Ich beglückwünsche Sie dazu.«

»Ich müsste allerdings meine Dienststunden hier im Lazarett reduzieren.«

»Machen Sie sich keine Sorgen, daran soll's nicht scheitern. Wir werden bestimmt eine Lösung finden.« Er langte nach seinem Notizheft und kritzelte ein paar unleserliche Wörter auf die nächste leere Seite. »Was sagt denn Ihr Gatte dazu? Ich nehme an, er ist ebenso begeistert.«

Unter dem Tisch, damit der Professor es nicht sehen konnte, verschränkte Helene die Hände so fest, dass es schmerzte. Genau vor dieser Frage hatte sie sich gefürchtet. Ihre Antwort war alles entscheidend.

Trotzdem wollte sie bei der Wahrheit bleiben. Wenigstens so weit wie nötig. »Um ehrlich zu sein, weiß er noch gar nichts von meiner Entscheidung. Genau deshalb wollte ich mit Ihnen sprechen. Sie wissen ja, wie Robert ist«, sagte sie und unterstrich ihre Worte mit einem möglichst unbeschwert wirkenden Wink. »Er sorgt sich ständig um mich, und ich wollte ihn vor seiner Abreise nicht noch mit zusätzlichen Sorgen belasten. Seiner Meinung nach sind die Anforderungen eines Medizinstudiums für Frauen viel zu hoch. Er würde bestimmt fürchten, dass Arbeit und Studium zu anstrengend für mich werden.«

»Nun, was die Anforderungen angehen, hat er nicht unrecht«, bemerkte der Professor.

»Das ist mir absolut bewusst«, erklärte Helene. »Aber wie Sie selbst gesagt haben, habe ich das nötige Zeug für den Arztberuf.«

»Das stimmt. Und der Meinung bin ich immer noch.«

»So, wie ich auch dazu bereit bin, mich der Herausforderung zu stellen.« Die Worte waren so nicht geplant gewesen, doch sie kamen ihr wie von selbst über die Lippen, und sie legte ihre ganze Inbrunst hinein. Noch nie zuvor war Helene etwas so ernst gewesen.

Dennoch kam sie kurz ins Stocken, als Professor Faller den Blick auf sie richtete. Ein stummes Staunen lag auf seinen Zügen, zusammen mit einem Funken Belustigung.

»Wie ich sehe, sind Sie Feuer und Flamme für Ihre Überzeugung, das ist die beste Voraussetzung«, sagte er schließlich und faltete in einer väterlichen Geste die Hände auf dem Tisch zusammen. »Allerdings erschließt sich mir noch immer nicht, wobei ich Ihnen genau behilflich sein kann.«

»Ich brauche Roberts schriftliche Einwilligung. Ohne diese wird die Fakultät meine Immatrikulation nicht akzeptieren«, sprudelte es aus ihr hervor. »Aus besagten Gründen wird er sie mir bestimmt nicht geben. Sie als sein Mentor hingegen … Es gibt kaum einen anderen Menschen, auf dessen Meinung Robert so viel Wert legt wie auf Ihre, Professor Faller. Wenn jemand ihn überreden kann, dann Sie …«

33 – Feldrock und Tornister

12. Juni 1916, Sankt Georgen, Rosenhof

Sofiechen giggelte vor Vergnügen, während Georg sie auf seinem auf- und abwippenden Knie balancierte und dazu »Hopp, hopp, hopp, Pferdchen lauf Galopp« sang.

Pauline klatschte im Takt mit. Ihr ging jedes Mal das Herz auf, wenn sie ihren Bruder mit dem Kind sah. Zwar hatte sie sich anfangs Sorgen gemacht, wie Georg auf die Kleine reagieren würde. Immerhin war sie die Tochter eines Franzosen, eines Feindes. Die Erinnerung an den wüsten Streit, als sie ihrem Bruder die Schwangerschaft gebeichtet hatte, war noch immer präsent.

Aber Georg war vom ersten Moment an ganz vernarrt in seine kleine Nichte gewesen. Jede freie Minute saß er seither mit ihr auf der Holzbank im Innenhof oder ging mit ihr zum Hühnerstall, denn sie liebte Friedrich, den Gockel. Er zeigte ihr Blumen und Schmetterlinge, erzählte ihr Geschichten, schnitzte kleine Kühe, Pferde und Schafe aus Holz für sie. Er ließ sie sogar auf seinem Schoß auf dem Traktor mitfahren. Nicht weit zwar, nur die paar Meter von der Scheune um den Stall herum bis zum Rundtor in den Innenhof. Pauline schnürte es trotzdem jedes Mal vor Schreck schier die Kehle zusammen.

Auch Sofie himmelte ihren Onkel an, rannte ihm mit ausgestreckten Ärmchen entgegen, sobald sie ihn irgendwo sah, und folgte ihm wie ein Schatten überallhin. Ihre Augen strahlten vor Begeisterung, sie hielt das Steuerrad mit beiden Händchen fest, wenn sie mit Georg auf dem Traktor mitfuhr. Weil sie seinen Namen noch nicht richtig aussprechen konnte, nannte sie ihn kurzum »Eog«.

Ja, es war für beide Liebe auf den ersten Blick gewesen.

»Haha, haha, ha! Juch, nun sind wir da! Diener, Diener, liebe Mutter, findet auch mein Pferdchen Futter? Juch, nun sind wir da, haha, haha, ha«, sang Georg die letzte Strophe des Kinderreims und ließ Sofie rückwärts nach hinten fallen, während er sie sicher an den Händen festhielt.

Sie kreischte vor Freude. »Nohma!«

Es war einer der raren Sonnentage in diesem Monat. Bis zum Mittag hatte es noch geregnet, wie schon die ganze vergangene Woche lang. Selbst jetzt, am späten Nachmittag, hörte man die Tropfen noch immer leise vom Laub der Bäume und Sträucher träufeln. Mit den Sonnenstrahlen war die klebrige Wärme gekommen, die noch immer dick und feucht in der Luft hing und einem den Schweiß aus den Poren presste.

Überall roch es nach Schlamm und Nässe. Der Geruch kam von den vom vielen Regen aufgeweichten Feldern rundum, auf denen sich bereits riesige Pfützen in den Ackerfurchen angesammelt hatten.

»Das reicht jetzt, Sofie. Lass deinen Onkel wenigstens kurz verschnaufen«, sagte Pauline entschieden und hob die Kleine auf die Arme.

Prompt begann sie, zu quengeln und zu greinen, und wand sich wie eine Kaulquappe, bis ihre Mutter sie wieder absetzte.

Georg grinste. »Lass sie doch.« Er streckte die Hand nach Sofie aus. Die ließ sich das nicht zweimal sagen, sondern kraxelte ihrem Onkel behände zurück auf den Schoß.

Streng stemmte Pauline die Fäuste in die Hüften. »Du bist viel zu nachsichtig mit ihr. So lernt sie nie, dass nicht alles nach ihrem Willen gehen kann.«

Aber er schien ihren Einwand nicht einmal zu hören.

Sie stieß schnaubend die Luft aus, bereute ihre Reaktion jedoch im selben Moment, als sie beobachtete, wie Sofie den Kopf in Georgs Halsbeuge schmiegte und sich an seinem Arm festklammerte.

Er war immer noch mager, doch in den vergangenen Wochen waren seine Wangen wenigstens wieder etwas fülliger geworden, und sein Gesicht hatte die kränklich-gräuliche Farbe verloren.

Kein Wunder, Selma hatte es sich zu ihrer persönlichen Aufgabe gemacht, »säle Kerli« – wie sie Georg mütterlich nannte – wieder aufzupäppeln. Unter den gegebenen Umständen stellte sich das jedoch als nicht ganz so einfach heraus, denn die von der Regierung verhängten Rationierungen der Lebensmittel betrafen inzwischen restlos alle. Auch die Bewohner des Rosenhofs.

Dabei ging es nicht einmal nur um die immer dürftiger werdenden Fleischrationen, die das Kriegsernährungsamt erlaubte. Es waren vor allem die völlig unübersichtlich gewordenen Vorschriften und sich fast täglich ändernden Bekanntmachungen zur Lebensmittelreglementierung, die den Leuten zu schaffen machten. Erst gestern hatte der Freiburger Stadtrat die neueste Verordnung in den Zeitungen drucken lassen. Demnach musste sich jeder Haushalt ab sofort im jeweiligen Fleisch-, Wurst- und Lebensmittelgeschäft seines Vertrauens auf eine Liste setzen lassen und durfte die Einkäufe fortan nur noch dort tätigen. Trotz der Lebensmittelmarken und obwohl die Theken und Regale der Geschäfte längst ausnahmslos gleich leer waren.

Die Inhaber der Verkaufsstellen hatten die Liste bis zu einem Stichtag Anfang Juli bei der Kartenkontrollstelle der örtlichen Lebensmittelämter abzuliefern. Diese Vorkehrung diente einerseits zur Gewährleistung, dass die zugelassenen Rationen nicht überschritten wurden, und sollte andererseits die gerechte Verteilung der Lebensmittel auf die einzelnen Verkaufsstellen gewährleisten.

So lautete zumindest die offizielle Begründung, an die jedoch kaum jemand mehr glaubte. Erst recht nicht, seit in den Metzgereien immer häufiger, wenn überhaupt etwas, dann nur noch zähes Pferdefleisch zu bekommen war.

Doch heutzutage war man nicht mehr besonders wählerisch. Es gab kein Kraut, kein Gras, keine noch so unscheinbare essbare Pflanze, die nicht schon längst in den Speiseplan eingeführt worden war: Klee, Löwenzahn, Brennnesseln, Schafgarbe, junge Eschen- und Birkenblätter … Für alles fand Selma Verwendung, um irgendetwas Essbares auf den Tisch zu bekommen, wenn die Ernte der Sommerkartoffeln wegen des schlechten Wetters sogar noch dürftiger ausfiel als im Vorjahr.

Und morgen musste Georg wieder zurück an die Front. Zur Verstärkung der Stellung seines Regiments bei Thiepval in der Somme-Region.

Augenblicklich fühlte Pauline, wie sich ihr Magen zusammenzog. Sie würde sich wieder jede Minute lang um ihn sorgen. Was waren da schon die wenigen Stunden, die er noch hier in der sicheren Heimat verbringen konnte, auch wenn er Sofie dabei maßlos verwöhnte.

»Hooo-hopp.« Mit einer einzigen fließenden Bewegung hob Georg die Kleine hoch, sodass sie rittlings auf seinen Schultern zu sitzen kam. »Wo soll's denn hingehen, gnädiges Fräulein? In den Stall? Oder zu den Hühnern, um Friedrich zu besuchen?«

»Fiediich«, rief Sofie glücklich.

Georg lachte. »Also dann. Auf zum Gockel.« Er zwinkerte Pauline zu, ehe er sich umdrehte.

»Macht nicht zu lange, hört ihr? Sofiechen muss vor dem Abendessen noch in die Wanne«, rief sie den beiden kopfschüttelnd nach.

Noch einmal wandte sich Georg kurz zu ihr um, hob die Hand an die Stirn und stand stramm. »Zu Befehl, Herr General. Wird gemacht, Herr General.« Mit einem kleinen Hüpfer machte er dann endgültig kehrt.

Trotz allem musste Pauline schmunzeln, als sie zusah, wie Georg im Stechschritt über den Innenhof marschierte.

Sofie schien das allerdings zu langsam. »Hüh, hüh«, rief sie und bewegte sich auf und ab, als würde sie auf einem Pferderücken sitzen.

»Ach so, Gnädigste wollen ein Pferd haben«, antwortete Georg. »Kommt sofort.« Da begann er auch schon, im Galopp zu hüpfen.

Sofies Freudenschreie waren auf dem ganzen Innenhof zu hören.

Sobald die zwei hinter dem Stall verschwunden waren, verging auch Paulines Lächeln. Stattdessen blieb sie einen Augenblick lang reglos stehen und spürte, wie der dicke Brocken aus Angst ihr langsam erneut die Kehle zuschnürte.

Nun reiß dich gefälligst zusammen, schalt sie sich in Gedanken und wandte sich mit einem Ruck um. Sie durfte nicht so selbstsüchtig sein und sich etwas anmerken lassen. Ihr würde noch genügend Zeit bleiben, um vor Sorgen keine Nacht mehr durchzuschlafen.

»Es wird alles gut«, sprach sie sich murmelnd Mut zu. Ja, es würde alles gut werden, ganz bestimmt. Georg war schließlich kein unerfahrener Rekrut mehr, sondern ein versierter Soldat, der bereits einige Schlachten und Kämpfe miterlebt hatte und auch längst nicht mehr der Draufgänger von früher war.

Sie hatte bemerkt, wie viel beherrschter er inzwischen geworden war. Abends am Tisch gab es keine großspurigen Reden mehr. Er erzählte nur von seinem Alltag im Graben, wenn er darauf angesprochen wurde. Meistens verlor er dann auch bloß ein paar wenige Worte darüber. Das absolut Notwendige, um weiteren Fragen aus dem Weg zu gehen und geflissentlich das Thema zu wechseln.

In der Ecke ihres Zimmers lagen Georgs Sachen schon gepackt bereit, die Uniform hing gewaschen und geflickt auf einem Bügel daneben. Der Feldrock war in einem fürchterlichen Zustand gewesen, dreckig und voller Brandflecken, die Ärmelaufschläge ausgefranst und die Nähte an den Achseln gerissen. Auch die Hemden waren nun gewaschen und gebügelt. Die frisch gewichsten und geschwärzten Stiefel standen neben dem Tornister, bereit zum morgigen Gebrauch. Pauline hatte zudem sechs zusätzliche Paare Socken gestrickt. Allerdings würden diese, neben der sonstigen Ausrüstung, die Soldaten mit sich schleppen mussten, gar nicht alle in dem kleinen Tornister Platz finden, hatte sie zerknirscht feststellen müssen. Der Drillichanzug, Unter- und Ersatzwäsche, Nähzeug, Rasierzeug und Hygieneartikel sowie die Ersatzschuhe hatten Vorrang.

Zur Ausrüstung gehörten zudem die geschwärzten Patronentaschen, der Brotbeutel mit der Wasserflasche, das Lederkoppel sowie das Bajonett – oder wie Georg es nannte: das Seitengewehr. Die zusammengerollte Zeltplane zusammen mit dem Mantel wurden über den Tornister geschnürt. Daran befestigt hing ebenfalls das Essgeschirr.

Für den Fronteinsatz gehörte seit Kurzem nicht mehr die Pickelhaube zur Ausrüstung, sondern war durch einen klobigen, runden Stahlhelm abgelöst worden. »Weil die Pickel ein zu einfaches Ziel für die feindlichen Scharfschützen gewesen sind. Der Helm schützt außerdem besser vor Granatsplittern«, hatte ihr Georg erklärt.

Sachte fuhr Pauline mit den Fingern über den feldgrauen Stoff des Waffenrocks. Er war in einem einfachen, zweckmäßigen Schnitt gehalten und bis auf die Knöpfe mit dem Württembergischen Wappen und die Schulterklappen mit der aufgestickten Regimentsnummer völlig schmucklos.

Keine blitzblank polierten Pickelhauben mehr, und auch keine Blumen in den Knopflöchern. Keine vor Erwartung strahlenden Gesichter wie die der Soldaten damals im August vor zwei Jahren. Nichts war mehr so wie damals.

Zu Georgs Abschied hatte Else Lauer sogar ein Stück von einer der wie Gold gehüteten, geräucherten Speckseiten gestiftet, aus der Selma zusammen mit Karotten, ein paar gedünsteten Zwiebeln und etwas Sellerie eine schmackhafte Mahlzeit zauberte.

An jenem Abend saßen sie alle am langen Tisch in der Küche zusammen. Alle außer Else und Julius, diese aßen wie immer allein in der Herrenstube.

Sie scherzten und lachten zwar, trotzdem wollte dieses Mal keine wirklich gute Laune aufkommen, und immer wieder versiegten die Gespräche in einem Moment des Schweigens. So, als gäbe es nicht mehr genügend Worte, um auszudrücken, was wirklich in ihren Köpfen vorging.

Doch selbst als sie viel später neben Sofiechen in ihrem Bett lag, fand Pauline keine Ruhe. Stattdessen warf sie sich von einer Seite auf die andere, presste fest die Augen zusammen, damit die bangen Gedanken endlich still waren.

Zwecklos. Die Sorgen blieben – wispernd und hämisch fauchend.

Irgendwann strampelte sie die Decke zurück und stand leise auf, um das Kind nicht zu wecken. Ein Glück, dass wenigstens Sofie friedlich in ihren Träumen schlummerte.

Die Luft im Zimmer schien Pauline auf einmal so stickig, dass sie kaum noch atmen konnte.

Sie musste hinaus. Ja, sie musste zu Georg. Sie wollte bei ihm sein. Wollte ihn umarmen und drücken, bevor er wieder in den Krieg zog und womöglich …

Mit aller Kraft schob Pauline den Gedanken von sich und schlüpfte in den Morgenmantel. Barfuß tappte sie hinaus in den Gang.

Das Haus war dunkel und still, nur erfüllt vom stetigen, inzwischen schon so vertraut gewordenen Ticken der Wanduhr in Elses Arbeitszimmer.

In der Küche roch es noch immer nach Sellerie. Die Tür hinaus in den Innenhof quietschte leise, und Pauline biss die Zähne zusammen, während sie hinausschlüpfte und die Klinke vorsichtig hinter sich zuzog.

Der Nachthimmel war sternenklar. Ein kühler Windhauch brachte das Laub des Rosenstrauchs zum Rascheln. Grillen zirpten.

Auf Zehenspitzen schlich sie über den Hof in Richtung Stall. Dort oben auf dem Heuboden, wo das Licht einer Stalllaterne brannte, hatte sich Georg seinen Schlafplatz eingerichtet. Gut, er war also noch wach.

Über eine Holzleiter gelangte man auf den Boden hinauf. Pauline war bereits zur Hälfte hochgeklettert, als sie die Geräusche von oben hörte.

Sofort hielt sie inne, klammerte sich an der Leitersprosse fest und wagte keine Bewegung mehr, lauschte stattdessen angestrengt.

Strohrascheln. Georgs heiseres Keuchen. Das leise Aufstöhnen einer Frau.

Was …?

Fassungslos schaute sie nach oben, von wo die Laute herkamen, erkannte jedoch aus ihrem Blickwinkel nichts außer den dunklen Deckenbalken mit den Schwalbennestern.

Im selben Moment meldete sich ihr Anstandsgefühl: Und selbst wenn sie irgendetwas erkannt hätte, ging sie das hier rein gar nichts an. Sie hatte hier nichts zu suchen.

Dennoch wüsste sie zu gerne, mit wem Georg …

Zugleich fühlte sich Pauline schäbig, dass sie überhaupt an so etwas Ungehöriges dachte.

Die von oben kommenden Laute wandelten sich, wurden kehliger, gepresster.

Allerhöchste Zeit zu gehen.

So schnell und lautlos sie konnte, kletterte sie die Leiter hinunter und eilte zurück zum Haupthaus, durch die Tür hinein in die Küche.

Mit klopfendem Herzen lehnte sie sich gegen die Wand. Es fiel ihr noch immer schwer, zu fassen, was sie eben gehört hatte. Nicht etwa, weil sie prüde war oder weil sie nicht damit gerechnet hatte, dass Georg eine Liebschaft haben könnte. Ganz im Gegenteil, er war schon früher nie ein Kind von Traurigkeit gewesen.

In gewisser Weise hatte der Gedanke sogar etwas Tröstliches an sich. Es bedeutete zumindest, dass er die letzte Nacht seines Heimaturlaubs nicht allein verbringen musste.

Aber wer war die Frau?

Ebenso hart traf es Pauline, dass sie rein gar nichts bemerkt hatte. Dabei musste es doch Anzeichen gegeben haben, sie kannte ihren Bruder schließlich in- und auswendig.

In Gedanken ließ sie die vergangenen Tage Revue passieren.

Sie konnte sich beim besten Willen nicht daran erinnern, dass ihr irgendetwas Sonderbares aufgefallen wäre oder dass sie Georg mit einer Magd von einem der Nebenhöfe gesehen hätte. Es konnte ganz bestimmt keine Bauerstochter sein. Die waren viel zu behütet, als dass sie sich für ein Stelldichein bei Nacht aus dem Elternhaus schleichen würden.

Pauline wandte den Blick durchs Küchenfenster, wo auf der anderen Seite des Innenhofs noch immer der Lichtschein der Stalllaterne durch die Ritzen der Holzlattenwand schimmerte.

Und im selben Augenblick sah sie die Gestalt, die durch das Stalltor auf den Innenhof trat. Der weiße Stoff ihres Nachthemds umwehte ihre nackten Beine, während sie dem Schatten der Gebäude entlang zum Gesindehaus eilte. Der Wind verfing sich in ihrem offenen roten Haar.

Fassungslos stand Pauline noch immer dort am Fenster, als die Gestalt längst verschwunden und das Licht der Stalllaterne erloschen war.

Dann drehte sie sich um, ging zurück zu ihrem Zimmer, schlüpfte neben ihrem Töchterchen ins Bett und starrte an die Zimmerdecke.

Emma. Die stumme, unscheinbare Emma. Damit hatte sie nicht gerechnet.

Umso mehr als die junge Küchenmagd am nächsten Morgen nicht zusammen mit den anderen Hofbewohnern beim Tor stand, um Georg zu verabschieden. Sogar Julius war gekommen und drückte ihm zum Abschied die Hand. Helene war heute früh schon zur Arbeit gegangen und hatte ihn deshalb gestern Abend bereits umarmt. Da Hannes ohnehin Besorgungen in der Stadt zu erledigen hatte, wurde er Pauline und Georg mit dem Wagen bis zum Bahnhof in Freiburg begleiten.

Die ganze Zeit über lag es Pauline auf der Zungenspitze, ihren

Bruder auf ihre Beobachtung anzusprechen, doch sie hielt sich eisern zurück. In dieser Angelegenheit war es nicht an ihr, das erste Wort zu ergreifen. Sie kannte Georg gut genug, um zu wissen, dass er von selbst damit herausrücken würde, wenn es für ihn von Wichtigkeit war.

»Versprich mir, dass du gut auf dich achtgibst«, sagte sie stattdessen später auf dem Bahnsteig, während sie mit fahrigen Fingern den Kragen an Georgs Uniform zurechtzupfte und mit den Tränen kämpfte. Wie sie diese Abschiede hasste.

»Mach dir keine Sorgen um mich. Wir haben uns nicht umsonst monatelang eingegraben. In unserer Festung sind wir so sicher wie die Mäuse im Käsekeller. Komme, was wolle.« Seine Worte klangen zwar unbeschwert, doch sein Lächeln wirkte seltsam starr. »Ich werde schreiben, sooft ich kann.«

Pauline schluckte den dicken Kloß in ihrem Hals hinunter und war insgeheim stolz darauf, dass ihre Stimme nicht schwankte, als sie versprach: »Und ich werde deine Briefe Sofiechen vorlesen. Damit sie ihren Onkel nicht vergisst, bis du zurückkommst.«

Der schrille Pfiff des Bahnwärters ertönte. Das Zischen der Lokomotive war auf dem ganzen Bahnsteig zu hören, als sie eine dicke Dampfschwade ausstieß.

»Es ist so weit.« Eilig schulterte Georg sein Gewehr, ehe er sich vorbeugte und Pauline auf die Stirn küsste. »Leb wohl, mein Lienchen.«

Sie hätte alles darum gegeben, um ihn noch länger festhalten zu können, doch schon wandte er sich ab, um einzusteigen.

Mit der Hand bereits am Haltebügel neben der Waggontür, drehte er sich noch einmal um. »Falls mir etwas zustößt, würdest du dich für mich um Emma kümmern? Sie liegt mir am Herzen, weißt du. Und sie mag dich.«

Sofort durchfuhr Pauline ein eisiger Schauer. Was sagte er

denn da? Das brachte doch Unglück. Ihm würde bestimmt nichts zustoßen – nein, es durfte ihm nichts zustoßen.

Aber ehe Pauline irgendetwas darauf erwidern konnte, zwinkerte Georg ihr ein letztes Mal mit seinem typischen, unverschämten Bengelgrinsen zu und verschwand im Waggon.

Sie sah, wie er durch die Reihen der Sitzbänke ging, bis er einen freien Platz fand.

Schnaufend setzte sich der Zug in Bewegung.

»Ja, natürlich«, rief Pauline, ohne zu wissen, ob er sie überhaupt hören konnte. »Ich werde mich um Emma kümmern!« Sie hob den Arm, ein Taschentuch in der Hand. »Hörst du? Ich werde mich um sie kümmern. Versprochen!«

Und sie winkte noch immer, selbst als der Zug schon längst aus ihrem Blickfeld verschwunden war.

Pauline fühlte sich elend. Nicht nur, weil Georg ihr mehr fehlte als je zuvor. Erst jetzt, nachdem sie ihm ihr Wort gegeben hatte, wurde ihr nämlich bewusst, wie wenig sie sich bisher mit Emma befasst hatte. Eigentlich nur, wenn die junge Magd Sofie gehütet hatte. Die Herzlichkeit, mit der sie sich dann jeweils um das Kind kümmerte, war unübersehbar, auch wenn dabei nie ein Wort über ihre Lippen kam. Sie zeigte ihre Zuneigung jedoch mit Gesten und ihrer Mimik – einem sanften Streicheln über die Hand zum Beispiel oder einem Lächeln, bei dem sich ihr ganzes Gesicht erhellte. Mehr schien sie auch nicht zu brauchen, um sich mit Sofie zu verständigen.

Ja, wenn es sich Pauline recht überlegte, hatte sie die Kleine in Emmas Gegenwart nie auch nur greinen hören. Die Magd war auch die Einzige gewesen, die das Neugeborene während der schlimmsten Koliken hatte beruhigen können. Oder als sie gezahnt hatte und deshalb nächtelang weinerlich und unruhig gewesen war. Es war, als wüsste Emma stets genau, was das Kind brauchte. Eine Fähigkeit, für die Pauline nur zu gerne ein Vermögen bezahlt hätte.

Aber wie machte Emma das nur?

Pauline erinnerte sich noch gut daran, was Leni damals über sie gesagt hatte: Sie hätte nicht alle Tassen im Schrank.

»So ne Bleedsinn«, schimpfte Selma, als Pauline sie darauf ansprach, und schmetterte den Brotteig zum Kneten auf das Holzbrett vor sich. »Sie isch numme taub, so isch des. Mänge Litt deds göd dö, wänn sie s'Muul nit so wit uffrisse dede.«

Taub. Natürlich. Damit wurde Pauline so einiges klar: Deshalb war Emma so schreckhaft, wenn man sich ihr unbedacht näherte. Und deswegen starrte sie einen oft auch so angestrengt an, wenn man sie ansprach. Sie versuchte wohl auf diese Weise, die Worte von den Lippen und der Mimik abzulesen.

Aber wie verständigte sie sich überhaupt mit Georg, so ganz ohne Worte? Und wie war es möglich, dass ausgerechnet Georg und sie …

Im selben Gedankengang schämte sich Pauline dafür. Wer war sie schon – ausgerechnet sie –, um über irgendwen zu urteilen.

Ganz offensichtlich war Emma Georg sehr wichtig, wenn er sogar sie, seine Schwester, darum bat, sich um sie zu kümmern. Es war das allererste Mal, dass er das tat, über seine früheren Liebschaften hatte er ihr gegenüber nie auch nur ein Wort verloren. Nun hatte es jedoch den Anschein, als gäbe ihm Emma etwas, das er suchte, was auch immer das war, ob Nähe, Ruhe oder Frieden.

Mehr brauchte Pauline nicht zu wissen. Sie hatte ihm ihr Wort gegeben, und sie würde es halten. Von diesem Tag an betrachtete sie die Küchenmagd mit ganz anderen Augen und ertappte sich mehrmals dabei, wie sie sie beobachtete. So unauffällig wie möglich natürlich. Sie wollte Emma nicht in Verlegenheit bringen, auch sollte niemand sonst etwas davon bemerken.

Nach Jahren der Zusammenarbeit waren Selma und ihre junge Gehilfin perfekt aufeinander eingestimmt. Sie verstanden einander auch ohne Worte, fast, als könnten sie gegenseitig die Gedanken der anderen erahnen.

Es war faszinierend mitanzusehen: Brauchte Selma zum Beispiel eine bestimmte Pfanne, dann machte sie eine Geste, als würde sie mit einem unsichtbaren Löffel in der Luft rühren. Wollte sie den Mörser gereicht haben, rieb sie die Faust in der anderen Handfläche.

Emma hingegen war erstaunlich geschickt im Umgang mit dem Messer. In kürzester Zeit hackte sie den ganzen Sack voller Möhren in dünne Streifen, damit Selma sie in Gewürzessig einlegen konnte. Und wenn sie Zwiebeln in Scheiben schnitt, waren diese hauchdünn und fast durchsichtig.

Sie war außerdem bildhübsch. Nicht eine dieser blendenden Schönheiten, nach denen man sich auf der Straße umdrehte. Sondern auf eine stille, sanfte Weise, die einen jedoch tief im Innern traf, wenn man es zuließ. Allmählich begann Pauline zu verstehen, was Georg zu der jungen Frau hinzog.

Aber wenn sie doch nur mit ihr sprechen könnte. Ein richtiges Gespräch führen. Mehr als bloß ein paar einfache, einsilbige Worte an sie richten, die Emma mit einem schüchternen Lächeln, einem Nicken oder einem Kopfschütteln quittierte.

Auch etwas anderes machte Pauline Sorgen. Es waren inzwischen schon fast zwei Wochen seit Georgs Abreise vergangen, und sie hatte noch immer kein Lebenszeichen von ihm erhalten. Üblicherweise schickte er ihr zumindest eine Postkarte, auf der er ihr mitteilte, dass er gut angekommen war.

Jeden Tag wartete sie jedoch vergebens auf den Postboten. Anfangs hatte sie sich noch damit beruhigt, dass ihr Bruder bestimmt viel zu tun hatte. Doch die Unruhe in ihr blieb bestehen. Wuchs von Tag zu Tag mehr. Es wurde Ende Juni.

Dann erschienen die ersten Meldungen in der Zeitung: Sie berichteten von anhaltenden schweren, feindlichen Artilleriefeuern südlich des Kanals von La Bassée, entlang der Somme und darüber hinaus.

Georgs Kompanie wäre in Stellung bei der Ortschaft Thiepval, hatte er gesagt. Thiepval lag zwar an der Ancre, war aber nur einen Katzensprung von der Somme entfernt, ganz in der Nähe von La Boisselle, das hatte Pauline längst schon auf der Karte nachgesehen.

»Womöglich ist seine Kompanie auch kurzfristig verlegt worden. Die Heeresführung reagiert manchmal erstaunlich schnell auf feindliche Manöver«, meinte Helene.

Ja, bestimmt hatte Helene recht, und sie machte sich nur unnötig verrückt. Wenn Georg davon wüsste, würde er sie auslachen. Trotzdem traute sich Pauline ein paar Tage lang nicht mehr, die Zeitungen in die Hand zu nehmen.

Es war am Nachmittag des ersten Montags im Juli, als sie kurzerhand beschloss, einen Spaziergang mit Sofie zu machen. Das würde sie auf andere Gedanken bringen. Unterwegs könnte sie außerdem das einigermaßen trockene Wetter ausnützen und ein paar Brombeeren am Wegesrand sammeln.

Mit einem vollen Pflückkorb in der einen und Sofie, deren Mund und Wangen von Brombeersaft verschmiert waren, an der anderen Hand schlug Pauline gegen Mittag gerade den Feldweg hinter dem Haupthaus ein, als sie das Schluchzen hörte.

Sie blieb stehen, sah sich um, konnte jedoch nirgends jemanden erkennen.

»Mama, Emma«, rief Sofie auf einmal. Ehe Pauline sich's versah, riss sich die Kleine los und rannte zu dem knorrigen Stamm des dort stehenden Quittenbaums.

Als sie näher trat, sah auch Pauline die Gestalt mit dem dicken roten Haarzopf, die dort mit angezogenen Beinen am Fuß des Baumstamms saß. Ihr Gesicht war tränennass und die Augen vom Weinen verquollen. Auf ihren Knien lag ein Exemplar der Abendausgabe der *Freiburger Tagespost*.

Sofie kniete neben der Magd zu Boden, streichelte ihr über den Arm.

Sogleich fühlte Pauline, wie sich ihr Magen zusammenzog, während sie sich zu Emma hinunterbeugte. »Was ist geschehen?« Trotz allem gelang ihr ein ruhiger Tonfall.

Es war das allererste Mal, dass sie die Küchengehilfin sprechen hörte, als diese zu ihr hochsah, mit der Hand auf die gedruckten Zeilen der Zeitungsseite deutete und dann mit heiseren, mühsam betonten Worten sagte: »Kämpfe in Thiepval. Georg ist dort.«

Titelseite des Abendblatts der *Freiburger Tagespost*, Samstag, 24. Juni 1916

Erfolgreicher Sturm vor Verdun

Großes Hauptquartier, 24. Juni 1916 (Amtlich). Rechts der Maas brachen unsere Truppen, an der Spitze das 10. Bayrische Infanterie-Regiment »König« und das Bayrische Infanterie-Leibregiment, nach wirksamer Feuervorbereitung aus dem Höhenrücken »Kalte Erde« und östlich davon zum Angriff vor, stürmten über das Panzerwerk Thiaumont, das genommen wurde, hinaus, eroberten den größten Teil des Dorfes Fleury und gewannen auch südlich der Feste Vaux Gelände. Bisher sind in die Sammelstellen 2 673 Gefangene, darunter sechzig Offiziere, eingeliefert.

Auf der übrigen Front stellenweise lebhafte Artillerie-, Patrouillen- und Fliegertätigkeit.

Titelseite der französischen Tageszeitung *Le Petit Parisien*, Freitag, 30. Juni 1916

Zunehmende Aktivitäten an der britischen Front

Die immer zahlreicheren Aufklärungsflüge unserer Verbündeten haben an einigen Stellen die feindlichen Schützengräben mit Leichen übersät vorgefunden. Mit Ausnahme von Verdun, wo sich die Deutschen zurückziehen, nehmen die Aktivitäten an der gesamten Westfront und insbesondere im britischen Abschnitt zwischen Ypres und der Somme stetig zu.

Titelseite des Morgenblatts der *Freiburger Tagespost*, Montag, 3. Juli 1916

Der erwartete, große englisch-französische Massenangriff hat begonnen

Großes Hauptquartier, 2. Juli 1916 (Amtlich). In einer Breite von etwa vierzig Kilometern begann gestern der seit vielen Monaten vorbereitete, große englisch-französische Massenangriff nach siebentägiger stärkster Artillerie- und Gasvorbereitung. Auf beiden Ufern der Somme sowie dem Ancrebach von Gommecourt bis in die Gegend von La Boisselle errang der Feind kaum Vorteile, erlitt aber sehr schwere Verluste. Dagegen gelang es ihm, in die vordersten Linien der beiden an die Somme stoßenden Divisionsabschnitte an einzelnen Stellen einzudringen, sodass vorgezogen wurde, diese Divisionen aus den völlig zerschossenen Gräben in die zwischen den ersten und zweiten Stellungen liegenden Riegelstellungen zurückzunehmen.

Titelseite des Abendblatts der *Freiburger Tagespost*, Dienstag, 4. Juli 1916

Der englisch-französische Ansturm überall abgewehrt

Großes Hauptquartier, 4. Juli 1916 (Amtlich). Während nördlich des Ancrebachs der Feind seine Angriffe nicht wiederholte, setzte er starke Kräfte zwischen Ancre und Somme gegen die Front Thiepval – La Boisselle – Wäldchen von Mametz an. Dem hohen Einsatz an Menschen entsprechen seine Verluste in unserem Artillerie- und Infanteriefeuer. Die Angriffe sind überall abgeschlagen. Um den Besitz des Dorfes Herbecourt (nördlich der Somme) wurde erbittert gekämpft. Die dort eingedrungenen Franzosen sind hinausgeworfen.

Etappenlager Gueudecourt, den 10. Juli 1916

Mein Lienchen!

Bitte verzeih, dass ich mich so lange nicht mehr gemeldet habe, aber nach dem langen Einsatz in Stellung komme ich erst jetzt in der Ruhe der Etappe wieder zum Schreiben.

Ich habe diesen Brief nun schon zum vierten Mal neu angefangen, versuche, die vergangenen Tage und Wochen in Worte zu fassen, und es will mir nicht gelingen. Vielleicht gibt es auch nicht mehr genügend Worte, die dem Ganzen gerecht werden.

Bestimmt hast Du von den Kämpfen hier an der Somme gelesen. Doch was immer diese Zeitungsfritzen schreiben, keiner von denen kann sich das Gemetzel tatsächlich vorstellen. Wir sind am 23. Juni in unserer Stellung bei Thiepval angekommen. Am 24. hat das Trommelfeuer der Engländer begonnen. Tag und Nacht, mit schwerstem Geschütz, während wir in den Tunnel- und Stollenlöchern unter der Erde ausgeharrt haben. Ohne zusätzliche Versorgung. Abgeschnitten von allem.

Das ständige Donnern der Einschläge … Lienchen, glaub mir, es dringt einem in den Verstand ein und macht einen ganz taub. Man spürt die Erschütterung, das Niederprasseln der Erde sogar, während man versucht, etwas Schlaf zu finden. Alles riecht nach Dreck, schmeckt nach Dreck. Bis Du irgendwann selbst zu Dreck wirst und Dich fühlst, als würden die Granaten Dich lebendig begraben.

Dann, in der Nacht auf den 1. Juli, herrschte auf einmal Totenstille. Unser Spieß hat noch gewitzelt, dass es sich die Briten vielleicht anders überlegen, nachdem sie ihre ganze Munition verschossen haben.

Aber wir wussten ja, dass sie kommen würden – früher oder später. Mit dem Sperrfeuer auf unsere Stellungen wollten sie nur sicherge-

hen, dass ihre Infanterie auf keine Gegenwehr stößt. Allerdings haben weder die Briten noch die Franzosen damit gerechnet, dass wir noch immer da sind und nur auf sie warten.

Nach den Tagen im unterirdischen Stollen habe ich zuerst nur ein Meer aus Kratern gesehen. Rundum gibt es keine andere Farbe als Dreckbraun unter dem grauen Himmel. Der Granatenqualm hängt noch immer über den Kraterlöchern und brennt in den Augen.

Am gleichen Morgen kurz vor halb acht Uhr hat der Angriff der Engländer mit zwei gewaltigen Minensprengungen begonnen. Ich weiß den Zeitpunkt noch genau, weil ich just in dem Moment mit einer Tasse Eichelkaffee in der Hand im Graben saß. Zuerst war da ein dumpfes Grollen unter der Erde. Dann hat es auf einmal so heftig gebebt, dass ich den heißen Kaffee verschüttet und mir dabei die Hand verbrüht habe.

Das Dröhnen der ersten Explosion spüre ich noch immer in den Knochen, obwohl sie ein Stück weiter südlich von unserer Stellung hochgegangen ist. Von Weitem haben wir den Berg von in die Luft geschleuderter Erde gesehen. Durch allein schon diese Explosion sind mehrere Stollen unserer Stellung an der Schwabenhöhe verschüttet worden, während unzählige Kameraden vom 110. Reserve-Regiment das Leben gelassen haben.

Ich will Dir ersparen, was an diesem ersten Tag der Schlacht und an denen danach geschehen ist. An vieles davon kann ich mich auch gar nicht mehr erinnern. Vielleicht ist das besser so, denn was wir hier erleben, ist wie ein grausiger Fiebertraum, aus dem es kein Erwachen gibt.

Draußen im Niemandsland – so nennen wir den Landstrich zwischen unserer und der feindlichen Linie – häufen sich die Leichen. Man kann den Tod riechen. Der Gestank bleibt an den Kleidern kleben, auf der Haut – überall. Doch das wird einem erst richtig hier in der Etappe bewusst. Wenn einem nicht ständig das

Dröhnen der Artilleriefeuer in den Ohren liegt und das Atmen leichter fällt.

Ach, mein Lienchen, wie gerne wäre ich jetzt bei Euch auf dem Rosenhof. Es ist mir zumindest ein Trost zu wissen, dass Du und Sofiechen wohlauf seid. Gib ihr einen dicken Kuss von mir, damit sie mich nicht vergisst.

Und dann noch eine weitere Bitte. Ich lege Dir hier einen Brief für Emma bei. Sei so gut und gib ihn ihr so unauffällig wie möglich. Sie will nicht, dass die anderen – vor allem Leni und Dorle – etwas davon bemerken.

Danke, dass Du Dich um sie kümmerst, das bedeutet mir mehr, als Du ahnen kannst.

Noch versuche ich, mir eine Zukunft nach dem Krieg vorzustellen. Doch für den Fall, dass mir etwas zustößt: Ich habe alles bisher von meinem Sold Gesparte einem Kameraden aus meinem Regiment mitgegeben, der vorgestern wegen seiner Verletzung in eines der Heimatlazarette verlegt worden ist – sicher ist sicher. Sein Name ist Franz Allmendinger, er kommt ebenfalls aus Tübingen. Ihm habe ich auch diesen Brief mitgegeben, ich vertraue ihm eher als der Feldpost. Er wird sich bei Dir melden und Dir das Geld geben. Es ist nicht viel, aber es gehört Dir, sollte es zum Schlimmsten kommen.

Nun ist es schon spät, und ich sollte endlich das Licht löschen.

Grüß mir alle auf dem Rosenhof. In herzlicher Umarmung, Dein Dich liebender Bruder

Georg

Bekanntmachung im Morgenblatt der *Freiburger Tagespost*, Montag, 17. Juli 1916

Der Staatsanzeiger und das amtliche Verkündungsblatt veröffentlichen eine Bekanntmachung des Kgl. stellv. Generalkommandos des XIV. Armeekorps vom 12. Juli 1916 Nr. V.I. 354/6.16. K.R.A. betreffend Beschlagnahme und Bestandserhebung der Fahrradbereifung (Einschränkung des Fahrradverkehrs). Auf die Bekanntmachung, die auch bei dem Großh. Bezirksamt sowie den Bürgermeisterämtern eingesehen werden kann, wird hiermit hingewiesen.

Zuständig zur Erteilung der Erlaubnis zur weiteren Benützung der Fahrradbereifung (§ 4, § 5 Abs. 2 der Bekanntmachung) sind die Bezirksämter. Die Anträge können durch Vermittlung des Bürgermeisteramts (Ortspolizeibehörde) des Wohnorts des Antragstellers eingereicht werden. Bei den Bürgermeisterämtern sind Vordrucke für diese Anträge sowie für die Meldescheine zur Anmeldung derjenigen Fahrradbereifung zu erhalten, die nicht weiter benützt werden dürfen.

Freiburg/Breisach. Großh. Bezirksamt.

34 – Flieg, Blümchen, flieg!

17. Juli 1916, Sankt Georgen, Rosenhof

Julius brauchte das Abendblatt nicht einmal aufzunehmen, da sprang ihm der in prägnanten Lettern gedruckte Titel bereits ins Auge: *Die Schlacht an der Somme tobt weiter.*

Er setzte sich an seinen Platz am fürs Abendessen gedeckten Tisch. Mutter war noch nicht da, also schlug er die Zeitung auf. Zwar hatte sie das Lesen von Nachrichten und jegliche Diskussionen über den Krieg während des Essens strikt verboten, aber solange er auf sie wartete, konnte er ruhig noch einen Blick auf die Tagesberichte werfen.

Er überflog kurz die Zusammenfassung der Geschehnisse am östlichen Kriegsschauplatz und auf dem Balkan. Wobei die Lage im Osten bis auf die Gefechte gegen die russische Streitmacht im Baltikum und der Ukraine seit Wochen verhältnismäßig ruhig war.

Aha, die Italiener wieder. Julius schnalzte missbilligend mit der Zunge, während er den Artikel mit dem Titel *Italien und Deutschland* überflog. Darin war die Rede davon, dass den in Belgien lebenden, militärtauglichen italienischen Staatsbürgern die Ausreise aus Belgien verboten wurde. Ebenso werde den im Kaiserreich lebenden Italienern von den Banken jegliche Geldauszahlungen verweigert.

Was hatten diese verräterischen Südländer nach ihrem mit fadenscheinigen Ausflüchten dekorierten Frontenwechsel zur gegnerischen Seite denn anderes erwartet?

Dabei war Italien bereits vor mehr als dreißig Jahren dem Dreibund beigetreten – einem Defensivbündnis mit dem Deutschen Kaiserreich und Österreich-Ungarn zur gegenseitigen Unterstützung im Falle einer Gebietsverletzung seitens anderer Staaten.

Zugegeben, dass jedes der drei Bündnismitglieder in erster Linie die eigenen Interessen verfolgte, war nie ein Geheimnis gewesen: Deutschland versprach sich im Fall eines Angriffs der ständig lauernden Franzosen eine Deckung der Südflanke durch Italien. Österreich-Ungarn zielte endlich eine Beschwichtigung des ewigen Zanks mit Italien um die Gebietsansprüche im Trentino sowie der nordöstlichen Adria an. Und Italien suchte mit dem Bündnis seinerseits nach einem Rückhalt, um seine ständig wachsenden Kolonialbestrebungen in Afrika zu garantieren.

Ihre wahre Gesinnung zeigten die Italiener hingegen erst, als der Krieg bereits in vollem Gange war und sie noch immer eine Einmischung verweigerten. Tatsächlich waren sie jedoch längst in Verhandlung mit England und Frankreich, die wiederum Italiens Rivalität mit Österreich-Ungarn ausnutzten und die Mittelmeer-Republik mit Gebietsversprechen in Südtirol und Oberitalien zu einem Seitenwechsel zu überreden versuchten.

Was für ehrlose Opportunisten.

Wobei … Ganz nüchtern betrachtet, war die Starrköpfigkeit des österreichischen Kaisers Franz Josef und dessen Unnachgiebigkeit, auf die von Italien verlangten Gebiete zu verzichten, nicht ganz unschuldig an dem ganzen Dilemma. Auch das musste sich Julius eingestehen.

So stand Italien nun seit Mai des vorigen Jahres offiziell mit Österreich-Ungarn im Krieg, und beide lieferten sich seither am Isonzo und in den Dolomiten blutige Kämpfe.

Gegenüber dem Deutschen Kaiserreich war es zwar bisher noch zu keiner offenen Kriegserklärung seitens der Italiener gekommen. Aber wie lange würde dieses Hin und Her mit gegenseitigen Provokationen und Anschuldigungen noch andauern, ehe es zur endgültigen Eskalation kam?

Julius schüttelte den Kopf. Konnten sie sich die Eröffnung einer weiteren Kriegsfront überhaupt noch leisten?

Sein Blick ging zurück zum Anfang der Titelseite mit der Überschrift *Westlicher Kriegsschauplatz.* Je weiter er jedoch die in fett gedruckten Lettern verfasste Berichterstattung der dortigen Ereignisse las, desto grimmiger wurde seine Laune.

Seit Beginn der englisch-französischen Offensive Anfang des Monats überschlugen sich die Ereignisse an der Somme.

»Im Sommegebiet blieb die Artillerietätigkeit beiderseits sehr bedeutend. Es ist zu feindlichen Teilangriffen gekommen, bei denen die Engländer in Ovillers weiter eindrangen und die südlich von Biaches zu lebhaften Kämpfen geführt haben«, las er.

Augenblicklich merkte er, wie sich sein Puls beschleunigte. Da. Das Rauschen in seinen Ohren. Das Prickeln unter der Haut. Das Donnern der einschlagenden Granaten ging durch Mark und Bein. Er hörte die Schreie seiner Männer. Konnte jedoch nichts sehen, konnte sich nicht mehr bewegen. Rauchgestank. Dreck im Mund. Dieser ekelerregende Geschmack von Metall auf der Zunge.

Rasch senkte Julius die Zeitung, kniff die Augen zusammen und bemühte sich, das Trommeln in seiner Brust zu beruhigen.

Es dauerte eine schiere Ewigkeit, bis er das Zittern seiner Hände wieder einigermaßen unter Kontrolle hatte. Er holte tief

Atem. Ein und aus. Ein und aus und sich dabei auf das Hier und Jetzt konzentrieren, wie Helene es ihm beigebracht hatte.

Verdammt, dabei hatte ihn doch schon seit über einer Woche keiner dieser plötzlichen Erinnerungsfetzen mehr überfallen.

Erneut nahm Julius die Zeitung auf und las weiter. Dieses Mal war er jedoch gefasster. Es war wie eine Art widernatürlicher Drang, der ihn dazu veranlasste, sich so vielen Nachrichten zum Kriegsgeschehen zu stellen wie nur möglich. Manchmal fühlte es sich fast wie eine Sucht an, manchmal auch, als könne er damit die Dämonen in sich bekämpfen.

Er blätterte auf die nächste Seite und stellte zufrieden fest, dass seine Hand nicht mehr zitterte. Gut – sehr gut. Eine gefühlsmäßige Distanz zu den Berichterstattungen wahren, so lautete die Devise. Inzwischen gelang ihm das gar nicht schlecht, bis auf ein paar kleinere Rückfälle wie der von eben. Aber er musste noch geübter werden.

Was ihm bisher geholfen hatte, war eine kritische Betrachtung und Analyse des Geschehens. Die momentanen Ereignisse an der Somme eigneten sich ganz hervorragend dazu. Waren sie doch Julius' Meinung nach eine direkte Folge der deutschen Februaroffensive an der Maas bei Verdun.

Mit seinem Plan, wieder Bewegung in den seit Monaten erstarrten Stellungskrieg zu bringen und zugleich den Festungsring von Verdun in einem schnellen, massiven Vorstoß einzunehmen, hatte der Oberste Heerstabschef General Erich von Falkenhayn im Februar dieses Jahres eine nie zuvor gesehene Masse an Material und Soldaten ins Feld geschickt.

Julius erinnerte sich noch an die damaligen Zeitungsartikel, in denen von über tausendfünfhundert deutschen Geschützen die Rede war, die gleichzeitig auf die französischen Festungsstellungen feuerten, während insgesamt vierzig Divisionen zum Angriff bereitstanden. Mit der Einnahme Verduns hatte die Oberste Heeresleitung einerseits das Aufreiben der französischen Truppen und andererseits die Zermürbung der lokalen Zivilbevölkerung bis zu deren Friedensgesuch erreichen wollen. So schloss Julius zumindest aus den unzähligen Artikeln, die er seither über Verdun gelesen hatte. Die wahren Hintergründe für die Offensive behielt die Heeresleitung natürlich geheim.

Im Nachhinein betrachtet, war es jedoch gerade die Größe des Vorhabens gewesen, die die Schlacht bei Verdun seither in die Länge zog. Und das schon seit mehr als vier Monaten. Ohne dass ein Ende in Sicht wäre, denn niemand hatte mit einer so verbissenen französischen Gegenwehr rechnen können.

Doch dann hatten die Briten und Franzosen Anfang Juli mit ihrer Großoffensive gegen die deutschen Stellungen an der Somme begonnen, die in ihrem Ausmaß an Material, Heeresstärken und Verlusten – glaubte man den publizierten Zahlen – Verdun bisher sogar noch übertraf.

Kein Wunder, dass sich die Berichterstattungen sämtlicher Tageszeitungen seither hauptsächlich auf die dortigen Vorgänge konzentrierten.

Zwar waren auch hier bisher kaum genauere Hintergründe bekannt geworden, aber Julius war trotzdem davon überzeugt, dass die britisch-französische Offensive dazu diente, die deutsche Truppenstärke gezielt auf zwei Kampfschauplätze aufzuteilen. Wozu sonst der ganze Aufwand der Alliierten?

Als er die sich nähernden Schritte im Gang hörte, faltete er die Zeitung sofort zusammen und legte sie neben sich auf den Tisch. »Guten Abend, Mama.«

Mit verwunderter Miene blieb Mutter beim Eingang zur Herrenstube stehen. »Oh, du bist schon da? Ich habe dich gar nicht gehört.« Sie hatte sich wohl gerade eben die Arme und Hände gewaschen, denn ihr Unterarm war noch nass, als sie den Ärmel ihrer Bluse hinunterkrempelte und ordentlich zuknöpfte.

»Ich bin auch erst vor Kurzem aus der Stadt zurückgekommen«, erklärte er.

Sie trat zu ihm, küsste ihn zur Begrüßung auf die Stirn und setzte sich an ihren Platz ihm gegenüber am Tisch. »Und? Wie sieht es in Freiburg aus?« Ihre Worte klangen wie beiläufig, während sie den Deckel der Suppenschüssel hob. Sogleich strömte daraus ein unverwechselbarer Zwiebelduft hervor, unterstrichen von dem kräftigen Geruch von Brennnesseln. Ausnahmsweise schwammen sogar ein paar gehackte Scheiben Rauchwurst in der Suppe. Heute war Montag, somit durfte Fleisch gegessen werden.

Julius wusste allerdings genau, worauf ihre Frage abzielte. Schon seit Wochen gehörte die Sorge um die wegen des verregneten Sommers miserable Kartoffelernte zu ihren Hauptgesprächen bei Tisch. Dabei waren sie längst nicht die Einzigen, die davon betroffen waren. Kaum einer der Bauern der umliegenden Dörfer hatte bisher eine anständige Ernte einbringen können, was die Preise noch weiter in die Höhe trieb. Das wenige, was sie bisher geerntet hatten, reichte bei Weitem nicht, um die Nachfrage der hungernden Städter zu befriedigen.

»Ich habe zufällig Anton Burgert vom Freiburger Bürgerausschuss getroffen«, sagte er, während er den Bügelverschluss der Bierflasche vor sich mit dem Daumen aufdrückte. Obwohl ein Winzersohn hielt er es, wie Vater es seinerzeit gehandhabt hatte, und trank abends lieber einen Schluck Pilsner statt Wein zum Essen. »Der Stadtrat soll mehrere Zugladungen Kartoffeln aus Brandenburg eingekauft haben, um die Versorgung zu sichern. Dafür sind insgesamt sieben Vorratslager eingerichtet worden.«

»Sieben Vorratslager. Für die ganze Stadt? Das reicht doch

vorne und hinten nicht.« Kopfschüttelnd schöpfte Mutter Suppe in einen Teller und reichte ihm diesen über den Tisch.

»Es ist besser als gar nichts.«

»Trotzdem werden die Freiburger nicht um weitere Rationierungen herumkommen.«

Damit hatte sie allerdings recht, und dasselbe würde auch den Sankt Georgern blühen.

»Wenn wir für den Winter noch vorsorgen wollen, müssen wir es jetzt tun«, sagte seine Mutter nachdenklich zwischen zwei Löffeln Suppe. »Aber die Felder gleichen einem Sumpf. Es ist außerdem noch immer viel zu kalt für die Jahreszeit. Das Einzige, was bei dem Wetter möglicherweise noch wachsen könnte, sind Steckrüben.«

Julius sah sie über den Schüsselrand hinweg an. »Futterrüben?«

»Was das Vieh satt macht, stillt auch unseren Hunger«, antwortete Mutter und legte den Löffel demonstrativ in den leer gegessenen Teller.

Sie war schon immer pragmatisch gewesen, die vergangenen Kriegsjahre hatten daran nichts geändert. Ganz im Gegenteil.

»Na schön«, sagte Julius. »Dann werde ich morgen in die Stadt fahren und sehen, ob ich irgendwo Setzlinge finde.«

Doch sie winkte so energisch ab, als wolle sie eine Fliege verscheuchen. »Ich habe mich schon mit dem Sählinger abgesprochen. Er überlässt uns zwanzig Kisten mit Setzlingen.«

Julius horchte sofort auf. »Du hast dich mit dem Sählinger abgesprochen?«

Xaver Alois Sählinger – kurz Sählinger genannt – war das Oberhaupt des größten Bauernguts in Sankt Georgen, Mitglied des Verbandsvorstands der drei Dorfgemeinden Uffhausen, Wendlingen und Sankt Georgen und gehörte zu jener Sorte von Menschen, die Vorteile ausnützten, wie der Teufel sie säte. Julius hatte ihn nie leiden können. Nichtsdestotrotz hatte bereits sein Vater oft mit ihm Geschäfte gemacht. Andererseits gab es hier in Sankt Georgen kaum etwas, bei dem der Sählinger seine Finger nicht mit im Spiel hatte.

»Ich war heute auf der Amtsstube«, erklärte Mutter. »Wegen eines Antrags, damit wir wenigstens noch die Reifen für eines der beiden Fahrräder benützen können. Dabei habe ich ihn zufällig getroffen.«

»Was will er denn als Gegenleistung für die Setzlinge haben? Die Hälfte vom Rosenhof?«, spottete Julius.

»Wofür hältst du mich?« Sie strafte ihn mit einem vorwurfsvollen Blick, ehe sie sich die Bluse an der Schulter zurechtzupfte und erwiderte: »Er bekommt dafür während der nächsten Lese die Hälfte der Rebzeilen am Schönberg. Die dortigen Rebstöcke scheinen dieses Jahr ohnehin nicht besonders viel abzuwerfen. Außerdem haben wir schon genug mit dem Wingert am Schönberg zu tun, und so sparen wir uns die zusätzlichen Ausgaben für mehr Fremdarbeiter.« Mit zufriedener Miene lehnte sie sich im Stuhl zurück. »Ich fahre morgen zu ihm, um die Setzlinge abzuholen. Je schneller wir mit dem Pflanzen beginnen können, desto besser.«

Eines musste man Mutter lassen: Sie machte keine halben Sachen, wenn sie Geschäfte abschloss. »Ich begleite dich«, entschied Julius.

Sie runzelte die Stirn. »Das ist nicht nötig, Toni kann …«

»Ich komme mit zum Sählinger«, unterbrach er sie mit Nachdruck, fügte dann jedoch in etwas versöhnlicherem Ton hinzu: »Du weißt, ich traue dem alten Geizhals nicht über den Weg.« Und damit war die Angelegenheit für ihn beschlossen. Nicht weil er Mutter nicht dazu fähig hielt – um Himmels willen, ganz und gar nicht. Für Julius war es jedoch eine Frage der Pflicht. Und des Repräsentierens der Familie Lauer. Besonders, wenn es um den Sählinger ging.

Es war das Wenigste, was er tun konnte, um Mutter zu helfen und seinen Beitrag zu leisten. Umso mehr, als er sich seiner Grenzen, was die Hofarbeit anging, nur allzu bewusst war. Genau jene Unzulänglichkeiten hinterließen diesen bitteren Nachgeschmack im Mund und fühlten sich an wie Salzkörner unter der Haut.

»Sieh einer an, der junge Lauer gibt sich persönlich die Ehre«, rief der Sählinger am nächsten Morgen und stemmte die Fäuste in die massigen Hüften, als Julius und seine Mutter mit dem Pferdewagen auf dem weiten Hofplatz vorfuhren.

»Hoooo.« An den Zügeln ziehend brachte Julius das Pferd zum Stehen. »Xaver.« Er begrüßte den Bauern mit einem Nicken.

Er hatte ganz vergessen, wie riesig das Sählinger-Anwesen war: Allein bei dem lang gezogenen Gebäude linker Hand zählte er sechs Frauen, die mit Schubkarren und Spaten beladen ein und aus gingen. Das mussten die Stallungen sein. Mindestens ebenso viele Arbeiterinnen und ein paar ältere Knechte waren bei den Lagerhallen auf der gegenüberliegenden Seite des Platzes beschäftigt. Auf einer Erhebung, weit hinter den Landwirtschaftsgebäuden, um dem Dreck und Gestank zu entgehen, lag das Herrenhaus. Ein imposanter dreistöckiger Holzbau mit dem für die Gegend typischen, tief heruntergezogenen Krüppelwalmdach.

Im Gegensatz zum Winzerhof der Familie Lauer hatten sich die Sählinger mit Gemüse- und Obsthandel einen Namen gemacht. Zu dem etwas außerhalb von Sankt Georgen liegenden Hof gehörten weite Felder, Baumreihen und Weiden. Der größte Teil des Vermögens stammte allerdings aus der Pferdezucht, die die Familie schon seit mehreren Generationen erfolgreich betrieb: mehrheitlich Hannoveraner, aber auch die robusten Schwarzwälder Kaltblüter, die vor allem als Arbeitstiere im Forst und in den Wingerten begehrt waren.

Wie Julius den Sählinger einschätzte, verdiente der sich mit seinen Pferden jetzt während des Krieges bestimmt eine goldene Nase, indem er sie ans Heer verkaufte.

Inzwischen war Mutter auf der anderen Seite des Bocksitzes abgestiegen und trat dem Bauer entgegen. »Wir holen die Setzlinge ab.«

Der Sählinger runzelte die Stirn, während er beide Daumen unter die Hosenträger klemmte. »Ich weiß beim besten Willen nicht, was du meinst.«

»Dein Gedächtnis lässt nach. Wir haben abgemacht, dass du mir zwanzig Kisten mit Steckrübensetzlingen überlässt. Dafür bekommst du die Hälfte des Schönberg-Wingerts zur nächsten Lese«, entgegnete sie ruhig und zog sich Arbeitshandschuhe über. »Also, wo sind die Kisten?«

»Ach so, die Steckrüben.« Der Bauer tat, als fiele es ihm erst jetzt und aus heiterem Himmel wieder ein. Doch dann schnalzte er die Zunge. »Tja, ich habe es mir inzwischen anders überlegt.«

Mutter hielt mitten in der Bewegung inne und hob den Blick. »Was soll das heißen? Du hast mir die Hand darauf gegeben.«

»Soll heißen, dass ich's mir noch einmal habe durch den Kopf gehen lassen.« Er zuckte mit den Schultern. »Mit meinem Obstbrand setze ich schon genug um. Ich brauche nicht zusätzlich auch noch eure Trauben.«

Bis dahin hatte Julius das Ganze vom Wagensitz aus beobachtet. Jetzt aber band er die Zügel fest, stieg vom Bock und zog, auf dem gesunden Bein balancierend, die Krücken unter dem Sitz hervor. Erst dann drehte er sich zum Sählinger um, richtete sich zu seiner vollen Größe auf und sah ihm in die Augen. »Gibt es irgendwelche Unklarheiten?«

Wie gesagt, er hatte den Kerl noch nie leiden können. Mit seinem feisten Gesicht, den viel zu kleinen Augen und dem schmalen Oberlippenbärtchen.

Trotz seines Vermögens legte der Sählinger keinen Wert auf seine Erscheinung. Nicht einmal einen Pfennig würde man ihm mit seinem von Flecken übersäten und am Kragen ausgefransten Hemd und den zerrissenen Hosen geben.

Der Bauer schüttelte den Kopf. »Keine Unklarheiten«, erwiderte er mit einem süffisanten Lächeln. »Der Preis richtet sich nun einmal nach der Nachfrage. Jeder Geschäftsmann weiß das.«

Die Art und Weise, wie er das Wort »Geschäftsmann« betonte, machte umso deutlicher, dass der Spruch gegen Mutter gerichtet war.

Natürlich merkte diese das ebenso, ließ es sich jedoch auf den ersten Blick kaum anmerken. Julius hingegen erkannte das unscheinbare Flattern ihrer Nasenflügel sehr wohl, auch wie verkrampft sie die Hände verschränkt hielt.

»Ein wahrer Geschäftsmann mit Integrität hält sich an sein Wort, und sein Handschlag ist bindend. Aber was rede ich da, du weißt ja offenbar gar nicht, was das bedeutet«, sagte sie in reserviertem Tonfall. »Du willst also mehr für deine Setzlinge haben? Dann nenn uns den neuen Preis.«

Der Bauer runzelte die Stirn und wiegte den Kopf, so als schätze er den Preis ab. »Na ja, du bist nicht die Einzige, die vorrausschaut, Else. Viele Leute machen sich Sorgen, wie sie über den Winter kommen sollen, wenn die Kartoffelernte bei dem Sauwetter nichts abwirft. Unter der Hand könnte ich die Setzlinge bestimmt für einen Batzen Geld verkaufen.«

Julius kämpfte – oh, und wie er darum kämpfte –, um die Beherrschung nicht zu verlieren und dem Mistkerl eine Krücke in seine Visage zu rammen. Dieser elende Halsabschneider.

Mit gönnerhafter Miene fuhr der Sählinger fort: »Aber unserer langjährigen Freundschaft wegen mache ich euch natürlich ein Vorzugsangebot: Sagen wir zwei Mark für jede Kiste Setzlinge mit je zwanzig Stück?«

Julius lachte laut auf. »Bist du von Sinnen? Da kostet ja ein Viertelzentner Kartoffeln noch weniger.«

Die Mundwinkel des Sählinger-Bauern zuckten unter einem Lächeln. »Wenn du meinst. Nur dass möglicherweise bald nirgendwo mehr auch nur noch eine verschrumpelte Kartoffelknolle zu finden sein wird. Die Setzlinge sind jedoch da und bereit, gepflanzt zu werden.« Mit dem Daumen zeigte er über die Schulter in Richtung Lagerhaus.

»Das reicht. Wir lassen uns von dir nicht erpressen, Sählinger. Komm, wir gehen.« Damit machte Mutter auf dem Absatz kehrt und marschierte zurück zum Wagen.

»Wie gesagt, die Nachfrage bestimmt den Preis. Überlegt's euch gut«, rief er ihnen noch nach, als ihr Pferdewagen vom Hof ruckelte.

Eine Weile lang sagte keiner von ihnen beiden ein Wort. Erst als sie das erste Haus von Sankt Georgen passierten, stieß Julius' Mutter zischend die Luft aus. »Ich kann es nicht glauben. So ein …« Doch sie fand offenbar kein passendes Wort, schüttelte stattdessen bloß den Kopf.

»Gauner«, vervollständigte Julius an ihrer Stelle den Satz und schlug den Kragen seiner Jacke hoch. Das Wetter heute Morgen war kühl, und der Wind blies einen feinen Nieselregen vor sich her.

»Ich hätte auf dich hören sollen. Es tut mir leid.« Ihre Stimme war leise geworden. Sie fasste nach seinem Arm.

Er legte seine Hand auf ihre. »Mach dir keine Sorgen, Mama. Irgendwie werden wir den Hof auch über den kommenden Winter bringen.«

»Ich weiß, Junge. Ich weiß.« Ein kurzer Händedruck. Ein flüchtiges, Mut suchendes Lächeln.

Als sie durch das Rundtor auf den Rosenhof einfuhren, hatte der Wind noch zugenommen, fegte in Böen übers Land und wirbelte ganze Wolken von losen Blättern und Gras auf.

»Geh nur, Mutter. Ich kümmere mich um Johann.«

Während er den Wagen in Richtung Stall lenkte, ließ Julius seinen Blick beiläufig über den Innenhof wandern. Dort bei der Treppe zum Haupteingang hatte der Wind einen Geranientopf umgeworfen. Und warum war das Verdeck beim Brunnen offen? Irgendwer hatte wohl Wasser geschöpft und vergessen, die Holzplatte wieder zuzuklappen.

Ansonsten war der Innenhof menschenleer. Und erst jetzt fiel ihm ein: Toni, Hannes und die Mägde waren heute früh zum Wipfeln, also zum Stutzen der überhängenden Triebe an den Rebstöcken, in den Wingert beim Lorettoberg gefahren. Sie würden erst am späteren Nachmittag von der Arbeit heimkommen.

Nun gut, dann schirrte er das Pferd eben selbst ab. So schwer konnte das trotz seiner Behinderung nicht sein, Johann war ein ruhiges, geduldiges Tier. Toni müsste dann später nur noch den Wagen an die richtige Stelle schieben.

Die beiden Deichselstangen waren einfach gelöst, beim Bauchgurt und dem Selett wurde es hingegen etwas kniffliger, da Julius dafür beide Hände benutzen und sich hier und da hinunterbeugen musste. Bald schon merkte er, dass er sich besser bewegen konnte, wenn er nur die rechte Krücke benutzte. Dabei klemmte er deren Achselstück fest unter den Arm, um dennoch genügend Halt zu finden.

Nach mehreren Anläufen und ein paar durch die Zähne gequetschten Flüchen hatte er es endlich geschafft, und auch die letzte Schnalle des Bauchgurts war gelöst.

Grundgütiger, er war tatsächlich ins Schwitzen gekommen. »Gleich haben wir's, Johann. Bleiben nur noch das Kummet und die Trense.« Er tätschelte dem Pferd die Kruppe und hob den Blick, sobald er die wohlbekannte Kinderstimme hörte.

Nanu, was machte Sofie denn bei dem Wind hier draußen? Ging sie wieder mit ihrer Puppe auf dem Innenhof spazieren, wie sie es oft und gerne tat?

Dann erkannte er jedoch auch Pauline, die einen Korb voller Schmutzwäsche in die Waschküche auf der anderen Seite des Innenhofs trug. Sofie war zwar schon fast trocken, trotzdem trug sie noch Windeln, und die mussten fast täglich ausgekocht werden.

Er erhaschte nur einen kurzen Blick auf Paulines Gesicht, ehe sie den Kopf senkte, um sich gegen den Wind zu schützen. Er hatte dennoch gesehen, wie bleich sie war und wie trüb ihre Augen wirkten. So, wie schon seit Tagen.

Alle auf dem Hof hatten ihr seltsames Verhalten bemerkt: Sie redete und aß kaum noch, war einerseits unruhig und fahrig, andererseits schien sie im nächsten Moment in Gedanken weit fort zu sein. Erst vorgestern hatte sie die Milch für Sofie überkochen lassen, während sie direkt neben dem Herd stand.

Manchmal, wenn Julius nachts allein durchs Haus wanderte, sah er den Lichtschein unter ihrer Zimmertür, und er hörte das verhaltene Schluchzen.

Mehr als einmal war er versucht gewesen anzuklopfen, um herauszufinden, was es war, das sie ganz offensichtlich so sehr beschäftigte. Doch mitten in der Nacht an die Tür einer Frau zu klopfen, ziemte sich nicht, und Paulines Angelegenheiten gingen ihn zudem nichts an.

Die einzigen Personen – abgesehen von Sofie –, mit denen Pauline überhaupt noch mehr als ein paar Höflichkeiten austauschte, waren Helene und Emma. Vor allem Paulines plötzliche Vertrautheit mit der tauben Küchenmagd war eigenartig genug.

»Öne Ümen«, hörte er Sofie fröhlich trällern. Die Kleine schien sich nicht im Geringsten am Wetter zu stören, während sie ihre Stoffpuppe in die Höhe hielt, um ihr die »schönen Blümchen« – damit meinte sie den Rosenstock bei der Haustür – zu zeigen. Dessen Blüten waren vom Wind zerzaust. Einige Blütenblätter lagen schon als zartrosafarbene Tupfen auf den Treppenstufen, von wo aus die Böen sie über den ganzen Innenhof wirbelten.

»Fiii Ümen!« Sofie hüpfte einem davonschwebenden Blatt hinterher.

Julius lächelte. Das sollte wohl »Flieg, Blümchen« heißen. Es war nicht immer einfach, die Kleine zu verstehen. Sie plapperte Wörter nach, die sie irgendwo hörte, jedoch noch gar nicht richtig aussprechen konnte. Trotzdem beneidete er das Kind um seine Unbeschwertheit.

Vorsichtig zog er Johann die Halfterriemen über die Ohren und löste die Trense aus seinem Maul. »So ist's besser, nicht wahr?«

Nachdem er den Halfter an den dafür vorgesehenen Nagel an der Wand gehängt hatte, wandte Julius sich wieder dem Pferd zu, musste dabei jedoch beinahe auf seinem gesunden Bein hüpfen. Wer ihn beim Abschirren beobachtete, würde wahrscheinlich Tränen lachen, weil er so unbeholfen wirkte.

Egal. Er, ein Krüppel, hatte verdammt noch mal ein Pferd von einem Wagen abgeschirrt. Mit nur einem Bein. Er grinste triumphierend.

»Fiii, Ümen, fiii!«

Mit der Hand am Kummet hob Julius den Blick über den Pferdehals und richtete ihn instinktiv in die Richtung, aus der die Kinderstimme ertönte.

Und im selben Moment fühlte er, wie ihm das Blut in den Adern gefror.

Sofie.

Dort auf dem Brunnenrand. Irgendwie war sie da hinaufgeklettert. Die Puppe mit einer Hand in die Höhe haltend, als wäre sie eines der im Wind herumwirbelnden Rosenblütenblätter.

Und das Verdeck über dem Brunnenschacht war noch immer offen.

35 – Der Duft von Honig und Rosmarin

18. Juli 1916, Sankt Georgen, Rosenhof

Der Schrei blieb Julius in der Kehle stecken, während er aus dem Stall humpelte, so schnell er konnte.

Jeder Muskel in seinem Körper war angespannt. Sein Atem ging in wilden Stößen. Sein Blick hing an dem kleinen Mädchen dort auf dem Brunnenrand. Großer Gott, lass nicht zu …

Diese verfluchte Krücke. Er ließ sie fallen. Hüpfte auf einem Bein weiter. Holte dabei mit den Armen aus, um Schwung zu erlangen. Schneller. Weiter. Nur noch ein paar Meter.

»Sofie! Vorsicht!« Seine Stimme ein gepresstes Krächzen.

Aus den Augenwinkeln erkannte er Paulines Gestalt, die dort auf der anderen Seite des Innenhofs aus der Waschküche trat. Der panische Schrecken in ihrem Gesicht, sobald sie die Situation erfasste.

Die Muskeln in Julius' Oberschenkel und Flanken rebellierten. Ein paar wenige Schritte noch.

Ein Windstoß fegte über den Innenhof, wirbelte etwas in Sofies Gesicht. Sie fuhr sich mit dem Handrücken über die Augen. Geriet dabei ins Taumeln.

»Sofie!« Paulines Schrei gellte über den Hof.

Ein letzter Sprung. Ein letzter Kraftakt, während Julius die Steinstufe beim Brunnen überwand und die Hand nach dem Kind ausstreckte.

Noch mitten in der Bewegung bekam er ihren Arm zu fassen, riss den kleinen Körper an sich. Dabei prallte er mit der Hüfte gegen den Brunnenrand.

Ein gleißender Schmerz. Ihm entfuhr ein keuchendes Stöhnen.

Instinktiv drehte er sich ab, presste Sofie mit beiden Armen schützend gegen seine Brust, ehe er aufs Knie fiel und sich seitlich zu Boden sacken ließ.

Das Nächste, woran sich Julius erinnerte, war der Aufprall seiner Schulter auf den Pflastersteinen. Dann das Gewicht des Kinderkörpers auf seiner Brust. Sofies erschrockenes Weinen.

»Sofie!«

Er schlug die Augen auf, sah die entsetzten Gesichter über sich. Selma, Pauline und Emma.

»Jesses Maria, ich ha scho denkt, sie wär dod«, hörte er die Köchin rufen.

Sofort nahm Pauline ihre Tochter auf, tastete mit fahrigen Fingern über deren Köpfchen, das Gesicht, die Arme und den Oberkörper. Erst dann schloss sie das Kind in die Arme, küsste sie auf die Stirn. »Sch, sch, sch, nicht weinen. Alles gut. Es ist alles gut.«

Dann fiel ihr Blick auf Julius, und ihre Augen weiteten sich vor Schreck. »Sie sind verletzt.«

Vorsichtig hob Julius den Kopf, versuchte, sich mit den Ellenbogen aufzurichten und biss die Zähne zusammen, sobald ihn der Schmerz durchzuckte. Erst dann sah er den handlangen, blutgeränderten Riss in seinem rechten Hemdsärmel.

Rasch übergab Pauline ihr Töchterchen der Küchenmagd und beugte sich zu ihm herunter. »Warten Sie, ich helfe Ihnen. Können Sie sich bewegen?«

Ja, das konnte er – langsam und vorsichtig zwar, aber mit Paulines und Selmas Hilfe schaffte es Julius, aufzustehen und in die Küche zu humpeln.

»Hier, setzen Sie sich auf die Bank«, befahl Pauline. »Sachte. So ist's gut.« Rasch besah sie sich das Loch an seinem Hosenbein. »Haben Sie irgendwo Schmerzen?«

Doch er schob ihre Hände beiseite. Wozu dieser ganze Aufstand? »Nein. Das sind nur ein paar Abschürfungen. Nichts von Bedeutung. Wenn mir jemand die Krücken bringen könnte. Das Pferd muss noch versorgt werden.«

»So witt kunnts no.« Mit vor der Brust verschränkten Armen stellte sich Selma vor ihn hin, bedachte ihn mit einem tadelnden Blick.

Und natürlich blieb auch Pauline unerbittlich. »Lassen Sie mich wenigstens kurz Ihren Arm sehen«, sagte sie, beugte sich über ihn und krempelte seinen Hemdsärmel hoch, ehe er etwas einwenden konnte. Was hatte er auch anderes erwartet?

Zugleich wurde sich Julius ihrer Nähe bewusst. Sofort kam die Erinnerung an jenen Morgen hoch, als er in ihrem Bett neben der kleinen Sofie aufgeschreckt war. Seine Reaktion. Er hatte ihr gegenüber die Fäuste geballt – einem nach den Monaten an der Front noch immer auf Verteidigung gedrillten Instinkt folgend. Eine unverzeihliche Geste, für die er sich hasste.

Pauline hingegen … Ihr Gesicht. Ihre Augen. Er wusste, er hatte sie mit seiner abrupten Reaktion erschreckt, und doch war sie nicht vor ihm geflohen.

Ihr Haar, das ihr in weichen Wellen über die Schultern bis hinunter zu den Hüften reichte. Das Nachthemd, das die Formen ihres Körpers erahnen ließ.

Zwar hatte sie sich sofort die Decke über der Brust zusammengezogen, aber der kurz erhaschte Blick auf das Muttermal dort an der Kuhle an ihrem Schlüsselbein hatte gereicht, um seine Fantasie zu wecken. Er war schließlich auch nur ein Mann, und Pauline …

Nun, er hatte Augen im Kopf, und dass sie eine anziehende Frau war, hatte er schon bei ihrer ersten Begegnung festgestellt.

Dieser eine fatale Moment hatte jedoch ausgereicht, damit er sie mit einem Mal in einem völlig neuen, ungewohnten und verwirrenden Licht sah. Und ja, sie war tatsächlich eine verdammt anziehende Frau.

Seither war es zu keiner solchen Situation mehr gekommen. Zum guten Glück. Der Umstand, dass Julius ihre Pflege schon längst nicht mehr brauchte, hatte es ihm leichter gemacht, ihr aus dem Weg zu gehen. Zudem war Pauline mit den Arbeiten auf dem Hof und ihrer eigenen Geschäftsidee beschäftigt gewesen, sodass sie sich allerhöchstens zufällig in der Küche oder im Innenhof begegneten. Und das auch stets im Beisein anderer.

Jetzt aber nahm er wieder den vertrauten Geruch ihres Haares wahr.

Der Schnitt an seiner Elle war etwa fingerlang, umgeben von wütend-roten Schrammen aber wenigstens nicht besonders tief. Wahrscheinlich hatte er den Arm während des Sturzes am Brunnenrand aufgeschürft.

»Das muss verbunden werden«, entschied Pauline und drehte sich zu der Köchin um. »Selma, geh und ruf Frau Lauer.« Erneut an Julius gewandt fuhr sie mit streng erhobenem Zeigefinger fort: »Und Sie bleiben schön brav hier sitzen, verstanden? Nicht bewegen.«

»Zu Befehl, Frau Feldweibel. Wenn's denn sein muss«, entgegnete er mit einem betont gleichgültigen Schnauben, sog jedoch sogleich die Luft ein, sobald er sein Bein ausstrecken wollte und die Muskeln an seiner Hüfte rebellierten. Verflucht.

Pauline sagte nichts darauf, schüttelte nur den Kopf, ehe sie sich umdrehte und aus der Küche eilte.

Derweil hatte Emma mit Sofie im Arm auf dem Sitzofen gegenüber Platz genommen. Sofies Augen waren noch immer gerötet vom Weinen, doch wenigstens hatte sie sich inzwischen etwas beruhigt. Jetzt kuschelte sie sich an die Küchenmagd, mit dem Daumen im Mund und ab und zu noch schniefend.

Schon erschien Pauline wieder, in den Händen ein Fläschchen Jodtinktur und etwas Watte. Konzentriert tupfte sie Schnitt und Schürfstellen an Julius' Arm mit einem in Jod getränkten Wattebausch ab, entfernte hier und da noch etwas Schmutz. Zwar blutete die Wunde inzwischen nicht mehr, trotzdem legte sie sicherheitshalber noch das restliche Wattestück darüber. Ihr fehlte jedoch eine Stoffbinde, um dieses festzumachen.

Ohne Federlesens langte sie nach einem rosaroten Mulltuch, das säuberlich zusammengefaltet im Wäschekorb am Boden vor dem Sitzofen lag. Eines von Sofies Spucktüchern, wie Julius sogleich erkannte. Während sie die ersten Milchzähne bekommen hatte, hatte die Kleine ständig eines dieser mit dem Saft von roter Beete gefärbten Tücher mit sich herumgetragen.

Er runzelte die Stirn.

Pauline musste seinen Blick gesehen haben. »Es ist frisch gewaschen«, sagte sie nur, schlang das Tuch mehrfach über der Watte um den Arm und knotete es fest. Dabei streiften ihre Finger zufällig über die Innenfläche seiner Hand.

Sogleich rieselte ein Prickeln seinen Arm hinauf und durch seinen ganzen Körper. Er hielt reglos inne. Was war das eben gewesen?

»Julius! Was ist passiert?«, ertönte es vom anderen Ende der Küche her, während Mutter gefolgt von Selma hereinmarschierte und seine Gedanken damit mit einem Schlag wieder in die rechte Richtung lenkte.

Im Geiste atmete Julius erleichtert auf und nahm sogar Mamas erneute Untersuchung mit Gelassenheit hin.

»Warum hast du niemanden zu Hilfe gerufen?« Sie schüttelte verständnislos den Kopf, nachdem sie ihn zurück in sein Zimmer begleitet hatte. »Du hättest dich ernsthaft verletzen können!«

»Ich wollte nicht riskieren, dass Sofie erschrickt und das Gleichgewicht verliert«, erklärte er ruhig, setzte sich aufs Bett und lehnte seine beiden Krücken wie gewohnt ans Fußende. Pauline hatte sie vorhin draußen aufgelesen und ihm gebracht, bevor sie flugs mit Sofie verschwunden war.

»Sobald Helene von ihrer Schicht nach Hause kommt, werde ich sie bitten, dich zu untersuchen.« Wie zur Bekräftigung ihrer Worte nickte Mutter.

Er lächelte, streckte die Hand nach der ihren aus und drückte sie. »Es geht mir gut, und die paar blauen Flecken und Schrammen bringen mich bestimmt nicht um.«

Sofort verhärtete sich ihre Miene. »Ich hasse es, wenn du so redest. Es klingt, als wäre dir dein eigenes Leben nichts mehr wert.«

»Das wollte ich damit nicht sagen. Verzeih, Mama«, erwiderte er. Noch sanfter dieses Mal. »Ich möchte doch nur, dass du dich nicht ständig um mich sorgst.« Auch wenn sie mit ihrer Annahme nicht gänzlich falschlag, war es keinesfalls so, dass ihm sein Leben nichts bedeutete, ganz im Gegenteil. Erst wer die Scheußlichkeit des Krieges gesehen und miterlebt hatte, wusste, wie kostbar und leicht zerbrechlich ein Menschenleben war. Zugleich war da allerdings dieses ständige Hadern mit dem Schicksal und die Frage nach dem Warum. Warum hatte ausgerechnet er den Granateneinschlag überlebt? Warum er und nicht die sieben Soldaten seines Zuges, die direkt hinter ihm über den Grabenrand geklettert waren. Von alledem konnte Mutter nichts wissen, und das war auch besser so.

Mit Vehemenz drängte er die Erinnerung zurück. Nicht jetzt. Heute Nacht war früh genug.

»Du bist mein Sohn. Es ist meine Pflicht, mich um dich zu sorgen«, sagte sie und seufzte. Ihr zaghaftes Lächeln ließ ihr Gesicht einen Moment lang jünger erscheinen. Sie legte die Hand an seine Wange, beugte sich zu ihm herunter und küsste ihn auf die Stirn. »Und stolz auf dich zu sein.« Dabei fiel ihr Blick auf das rosarote Mulltuch an seinem Arm, und sie runzelte die Stirn.

»Es ist frisch gewaschen«, erklärte er leichthin.

Einen Augenblick sah sie Julius wortlos an, dann richtete sie sich wieder auf. »Nun gut, jetzt ruh dich aus, bevor wir essen. Am Nachmittag fahren wir los. Irgendwo werden doch wohl noch ein paar Steckrübensetzlinge zu finden sein.« Ohne ein weiteres Wort drehte sie sich um und ging.

Julius sah ihr nach, bis sie um die Ecke verschwand. Erst dann griff er wieder nach einer der Krücken und stand mit zusammengebissenen Zähnen auf. Besser in Bewegung bleiben. Wenn er sich jetzt hinlegte, könnte er sich später bestimmt kaum mehr rühren. Die Muskeln sowie die Stellen seiner Prellungen machten sich schon jetzt bemerkbar, und er wollte gar nicht erst an morgen früh denken.

Ziellos wanderte er im Raum umher. Vorbei an den Regalen voll mit zahllosen Büchern, den Kommoden, seinem Arbeitstisch und dem Stuhl. Obwohl er inzwischen auch die Treppe zum oberen Stock und zu seinem richtigen Zimmer problemlos hätte bewältigen können, hatte Julius es vorgezogen, hier unten in der Bibliothek zu bleiben. Ohne besonderen Grund, einfach, weil es für alle so bequemer war.

Auf einmal fiel sein Blick jedoch auf den Katalog dort im Zeitungsständer. *F. L. Fischer – Kunstglieder für Amputierte.*

Richtig, er erinnerte sich. Den Prospekt hatte Pauline ihm vor ein paar Wochen hingelegt. Aus heiterem Himmel.

Er war so überrumpelt gewesen, dass er nichts Besseres gewusst hatte, als ihr höflich zu danken und den Katalog ungelesen auf den Stapel zu legen, sobald sie das Zimmer wieder verließ.

Natürlich hatte Pauline es nur gut gemeint, das wusste er. Genauso, wie auch seine Mutter seinerzeit nur sein Bestes im Sinn gehabt hatte, als sie den Vorschlag eines Kunstbeins vorbrachte. Er war damals gerade mal seit zwei oder vielleicht drei Wochen wieder zurück auf dem Rosenhof gewesen.

Julius erinnerte sich ebenfalls noch gut an das Gefühl von innigster Abscheu, das allein der Gedanke an eine Prothese seinerzeit in ihm ausgelöst hatte. Dasselbe Gefühl von Hilflosigkeit und Wut, mit dem er während jener ersten Monate sein ganzes bisheriges Leben und das Schicksal verflucht hatte, das ihm eine Zukunft als Krüppel bescherte.

An manchen Tagen tat er das zwar noch immer, inzwischen fühlte es sich jedoch anders an, und zur Wut hatte sich nun sein Starrsinn gesellt. Denn trotz allem konnte er sich seiner Verpflichtung nicht entziehen, zu viel stand auf dem Spiel: der Rosenhof. Die Heimat aller, die hier lebten. Sein Erbe.

Julius nahm den Katalog auf und begann zu blättern. Kunstarme, Kunsthände, Kunstfüße und Kunstbeine in unzähligen Variationen. Jedes Kunstglied ein auf die Bedürfnisse des Trägers angepasstes Unikat. Vor allem die Beinprothesen hatten gelenkähnliche Scharniere. Das Ganze wurde mit einer Lederschiene am Oberschenkelstumpf befestigt, was mit etwas Übung und Gewöhnung einen ganz normalen Alltag erlaubte, stand da geschrieben.

Er könnte vielleicht sogar wieder im Forst oder in den Wingerten mit zur Hand gehen.

Aber dann fiel sein Blick auf die Preise, und er faltete den Prospekt sofort wieder zusammen. Was für ein Wucher. Wer konnte sich so ein Kunstglied überhaupt leisten?

Es war erst nach dem Abendessen, als Julius endlich wieder zurück in sein Zimmer kam. Er war erschöpft, sämtliche Knochen schmerzten, und der Schnitt am Arm pochte wütend.

Den ganzen Nachmittag lang waren Mutter und er unterwegs gewesen, hatten auf der Suche nach Steckrübensetzlingen nahezu jeden Gemüsebauern der Umgebung abgefahren. Immerhin hatten sie auf diese Weise acht Kisten zusammenkaufen können, wenn auch zu einem horrenden Preis.

Er hatte eben noch eine Scheibe Kriegsbrot mit einer hauchdünnen Butterschicht und ein paar Löffeln Haferbrei gegessen. Nach einem solchen Tag war alles, was er jetzt noch wollte, sich auf dem Bett auszustrecken und zu schlafen.

Doch da klopfte es zaghaft an der Tür.

Kurz war er versucht vorzugeben, er würde schon schlafen, besann sich aber doch seiner Verpflichtung als namentliches Familienoberhaupt und brummte: »Herein.«

Sofort hob er den Kopf, als die Tür aufging und Pauline eintrat. Er hatte sie vorhin in der Küche gar nicht gesehen.

»Ich hoffe, ich störe nicht«, sagte sie ungewohnt leise.

»Nein, Sie stören nicht. Ich wollte nur noch etwas lesen vor dem Schlafengehen«, log er und deutete auf den Sessel in der Ecke.

Sie nickte, blickte zu Boden und knetete den Stoff ihres Rocks mit den Händen. Ihre Haltung – ja, ihr ganzes Auftreten war auf einmal ganz anders als sonst, fiel ihm auf. Sie wirkte auf einmal so unsicher, beinahe schüchtern. Was in aller Welt …? Wo war die selbstbewusste, um kein Wort verlegene Damenschneiderin geblieben, mit der er sich monatelang gestritten hatte?

»Wie geht es Sofie?« Die Frage kam ihm spontan in den Sinn.

Ein Lächeln huschte über Paulines Gesicht. »Sie ist gleich nach dem Essen eingeschlafen.«

Nun, das konnte er der Kleinen nicht verübeln.

»Ich will Ihnen auch gar keine Zeit rauben, sondern mich einfach nur bedanken«, fuhr sie fort. »Was Sie heute getan haben …« Pauline kam ins Stocken, biss sich auf die Lippen.

Und im nächsten Augenblick warf sie sich an seine Brust.

Um ein Haar verlor er dabei das Gleichgewicht, taumelte, stützte sich gerade noch rechtzeitig mit der Hüfte gegen die Kommode ab.

Was machte sie denn da?

Julius wagte nicht, sich zu bewegen. Paulines Kopf lag an seiner Schulter, und sie umarmte ihn so fest, dass er schier keine Luft mehr bekam.

Er konnte den Duft ihres Haares riechen: Honig und ein Hauch von Rosmarin.

Es war zwar völlig unangemessen, doch er wusste nicht, was er sonst tun sollte, also ließ er eine der Krücken fallen und legte stattdessen sachte den Arm um sie.

Die Wärme ihres Körpers. Wie verletzlich sie auf einmal wirkte. Er fühlte, wie sie zitterte. Und ohne zu überlegen, lehnte er die Wange gegen ihren Kopf.

Wie seltsam tröstend sich die Nähe anfühlte. Fast bedauerte er es, als sich Pauline wieder von ihm löste, sogleich zwei Schritte zurücktrat und sich mit einer fahrigen Geste übers Haar fuhr.

Ihre Miene wurde wieder ernst. »Wären Sie heute nicht zur Stelle gewesen und hätten …« Sie legte sich die Hand auf die Brust und sah ihn an.

Grundgütiger, ihre Augen. Julius stockte der Atem. Es war, als blicke sie direkt bis in seine Seele.

»Sie haben meiner Tochter heute höchstwahrscheinlich das Leben gerettet, Herr Lauer. Das werde ich nie vergessen.«

»Julius.«

Sie runzelte verständnislos die Stirn. »Wie?«

»Mein Name ist Julius«, wiederholte er und räusperte sich. Auch das war ihm einfach so herausgerutscht. Doch es fühlte sich seltsam richtig an. »Und was den Rest angeht … Das hätte jeder andere an meiner Stelle auch getan. Sofie geht es gut, das ist die Hauptsache.«

Mit einem schiefen Grinsen hob er seinen bandagierten Arm hoch. »Außerdem bekommt man so einen modischen Verband nicht alle Tage.«

Das half, um den Ernst wenigstens ein Stück weit aus ihren Zügen zu vertreiben, und sie antwortete keck: »Brombeersaft ergibt ein hübsches Bordeauxrot. Ich glaube, das würde Ihnen auch gut stehen.«

Sieh einer an, da war sie ja wieder, die Pauline, wie er sie kannte. Schlagfertig und treffsicher wie eh und je. »Ich dachte, wir wären beim Du«, korrigierte er sie.

Zu seinem Erstaunen schüttelte sie jedoch den Kopf. »Sie sind der Hausherr, das gehört sich nicht. Bei Ihrer Mutter ist das etwas anderes, sie ist eine Frau«, erklärte sie ernst, aber bestimmt.

»Also gut, wie Sie wollen.« Es lag Julius fern, sie zu irgendetwas zu zwingen, konnte sich jedoch eine Bemerkung dazu beim besten Willen nicht verkneifen: »Dass ausgerechnet Sie sich an Konventionen halten, hätte ich allerdings nicht erwartet.«

Pauline straffte die Schultern. »Das tue ich in der Regel auch nicht. Aber ich respektiere Ihre Mutter.«

Er stutzte ehrlich verblüfft. Er hatte gewusst, dass zwischen Mama, Pauline und Helene eine gute Bekanntschaft bestand – zumindest, soweit man die Parteien einer Geschäftsbeziehung als solche bezeichnen konnte. Damit, wie tief diese inzwischen ging, hatte er jedoch nicht gerechnet.

»Ich wollte Sie außerdem etwas fragen«, sagte sie, und er wandte erneut den Blick zu ihr.

Sie zog ein zusammengefaltetes Papier aus ihrer Rocktasche. »Na ja, vielmehr wollte ich Sie um etwas bitten.«

»Ja?« Jetzt war er wirklich neugierig geworden.

Sie zögerte einen Moment, fast so, als würde sie es sich doch anders überlegen. Doch dann begann sie, das Papier auseinanderzufalten. Zu Julius' Verwunderung stellte es sich als eine geografische Karte heraus. Noch dazu von Frankreich.

»Wie Sie bestimmt wissen, ist mein Bruder Georg in einem der Verstärkungstrupps des 10. Württembergischen Infanterie-Regiments«, fuhr Pauline fort, während sie kurzerhand ans Bett trat und die Landkarte darauf ausbreitete. »Und soweit er mir geschrieben hat, liegt sein Regiment hier an der Somme.« Mit dem Finger zeigte sie auf die mit Bleistift eingekreiste Ortschaft namens Thiepval. »Schon seit Wochen lese ich nun sämtliche Zeitungsartikel über die Kämpfe an der Westfront und zeichne mir alles ein. Hier, sehen Sie …« Sie schob die Karte näher zu ihm hin. »Ich habe alles ganz genau markiert.«

Julius erkannte die eingezeichneten Frontverläufe, wie sie manchmal in den Zeitungen abgebildet waren. Sie hatte sogar sowohl die bekannten britischen und französischen Stellungen eingetragen als auch die der Deutschen.

»Auf diese Weise versuche ich, alles so gut wie möglich nachzuvollziehen. Aber ich verstehe nicht alles.« Sie schüttelte den Kopf. »Ich meine, natürlich verstehe ich, was die Zeitungen schreiben, aber ich weiß nicht, was es tatsächlich bedeutet und welche Folgen das für Georgs Regiment hat.«

Ihre Stimme begann zu brechen, als sie fortfuhr: »Alle Männer, die an den Fronten kämpfen, riskieren ihr Leben, darüber mache ich mir nichts vor, aber ich muss wissen, wie es um meinen Bruder steht. Ich muss …« Sie hielt abrupt inne, presste bei dem vergeblichen Versuch, deren Zittern zu unterdrücken, die Lippen störrisch aufeinander und wischte sich hastig mit der Hand eine Träne von der Wange.

Doch Julius sah die feuchte Spur, die zurückblieb.

Sofort holte sie tief Atem, reckte das Kinn vor und hob den Blick zu ihm. »Können Sie mir dabei helfen, besser zu verstehen? Sie waren doch selbst Soldat und an der Front. Sie erkennen, was damit gemeint ist, was das alles bedeutet, und können es mir erklären.« Pauline fasste nach seiner Hand – ganz kurz nur, ehe sie sich ihrer Geste bewusstwurde und die Hand sofort wieder zurückzog. »Bitte.«

Er konnte das stumme Flehen in ihren Augen lesen. Und er begann zu verstehen. Deshalb also ihr eigenartiges Verhalten während der vergangenen Wochen. Es war aus purer Sorge um ihren Bruder.

Warum war er nicht gleich darauf gekommen? Er hatte gesehen, wie nahe sich die Geschwister standen, hatte selbst mehrmals länger mit Georg unter vier Augen gesprochen. Es war eine Erleichterung, mit jemandem zu reden, der die gleichen Dinge gesehen und erlebt hatte. Jemandem, der das Unfassbare nachvollziehen konnte, über das man sonst mit niemandem sprechen konnte, weil einem die Worte dafür fehlten. Wobei oft auch gar keine großen Erklärungen nötig gewesen waren. Manchmal hatten sie auch nur stumm nebeneinandergesessen. Jeder für sich in Erinnerungen versunken. In der Hoffnung, endlich Frieden damit zu schließen.

Es war andererseits völlig verständlich, dass all die Informationen Pauline beunruhigten. Die Zeitungen schrieben meist in einer marktschreierischen Sprache und feuerten Batteriesalven an Artikeln und Nachrichten zu den verschiedenen Kampfschauplätzen auf die Leser ab. Selbst für einen interessierten Kriegskenner wie Julius war es manchmal gar nicht so leicht, das Gelesene richtig einzuordnen. Wie viel schwerer musste es erst für jemanden sein, der sich die Realität nur in der Fantasie ausmalen konnte, geschweige denn nicht über das nötige Hintergrundwissen verfügte. Wenigstens was das anging, könnte er Pauline hier und da bestimmt helfen, die Dinge klarer einzuschätzen.

Das hätte jedoch zur Folge, dass er mehr Zeit in ihrer Gegenwart verbringen müsste, und allein bei dem Gedanken ging sein Puls schneller. Ihre Nähe. Die Wärme ihres Körpers. Ihre Stimme.

Wie zum Teufel sollte er dann bloß die Distanz zu ihr wahren, wenn sie ihn inzwischen doch schon manchmal in seinen Träumen verfolgte? Ja, das tat sie, auch wenn Julius die Wahrheit nach Kräften zu verdrängen versuchte.

Es war eine völlig paradoxe Schwärmerei, nichts weiter. Ganz abgesehen davon, dass eine Verbindung zwischen ihnen standesgemäß undenkbar war … Was sollte eine so lebenshungrige Frau wie Pauline schon mit einem Krüppel wie ihm anfangen wollen?

Allein schon deswegen hatte er keine andere Wahl, als ihre Bitte behutsam, aber mit Bestimmtheit abzulehnen.

»Natürlich werde ich Ihnen helfen, wenn ich kann«, hörte er sich hingegen im selben Moment sagen und wurde sich seines fatalen Fehlers sogleich bewusst.

Was um alles in der Welt tat er da?

Doch zu spät. Die Worte waren ausgesprochen, und er konnte nichts mehr dagegen tun. Wenn er sein Versprechen jetzt zurücknehmen würde, stünde er als Feigling da. Verdammt.

Und so kam es, dass Pauline fortan beinahe jeden Abend nach dem Essen neben ihm vor der an der Wand aufgehängten Landkarte saß und seinen Erklärungen lauschte. Tagsüber blieb meist kaum Zeit dafür, weil alle Hofbewohner in den folgenden Wochen hektisch damit beschäftigt waren, die nun plötzlich eingetretene Sommerhitze auszunützen und so viel Heu und Getreide wie möglich einzubringen. Dazu musste die Qualität der Trauben in den Wingerten so kurz vor der Lese im Auge behalten werden, und es galt, dafür zu sorgen, dass die vereinbarte Lieferquote an Holz gewährleistet und der Jungwuchs im Forst nicht von den schnell wachsenden Brombeerstauden und Grassoden überwuchert wurde.

Es war ein Glück, dass sie auch weiterhin den Traktor für den Holztransport benutzen konnten. Bei vielen Bauern Sankt Georgens standen die Maschinen nur noch nutzlos herum, nachdem die Gummiriemen der Motoren oder die Ölschläuche für Heereszwecke requiriert worden waren.

Weil der in der Flinsch'en Fabrik produzierte Papierzwirn jedoch auch zur Herstellung von Sandsäcken diente und das Kriegsministerium zu deren größten Abnehmern gehörte, hatten sämtliche der Produktion dienenden Lieferanten eine Sonderbewilligung erhalten. So auch die Familie Lauer.

Doch nicht nur auf dem Rosenhof herrschte in dieser Zeit ein geschäftiges Hin und Her. Die gesamte Region Freiburg verfiel von einem Tag auf den anderen in einen fieberhaften Eifer. Von Sonnenaufgang bis Sonnenuntergang schufteten Scharen von Frauen, alten Männern und Kindern auf den Feldern und in den Weinbergen. Immerhin wurden im August erneut Kriegsgefangene für den Land- und Forstdienst aufgeboten. Und am Schluss sogar, allen Bedenken zum Trotz, Sträflinge aus den umliegenden Gefängnissen. Alle, die zupacken konnten, wurden herangezogen, denn es galt, von der Ernte zu retten, was zu retten war.

So hatte auch kaum jemand Zeit, Großherzog Friedrich von Baden zu begrüßen, der eigens nach Freiburg gekommen war, um einen goldenen Nagel in den Eisernen Baum am Schwabentor zu schlagen.

Aller Arbeit und Anstrengung zum Trotz hielt Julius jedoch Wort und ging mit Pauline abends oft stundenlang die Artikel der verschiedenen Tageszeitungen durch. Dank ihrer Bekannten und ehemaligen Arbeitskollegin aus dem Telegraphenamt schaffte Pauline es sogar, an Zeitungen aus der neutralen Schweiz zu gelangen. Oftmals deckten sich die Berichterstattungen zwar, aber hier und da gab es nützliche Informationen, die in den lokalen Zeitungen nicht erwähnt wurden. Hinzu kam, was Georg in seinen Briefen berichtete.

Es war Soldaten strengstens verboten, Angaben zu Stellungsausrüstungen oder Schlachtenverläufen zu machen, und die Zensur der Feldpost war unerbittlich. In einem waren sich jedoch sämtliche Berichte einig: Eine Zerstörung wie sie nun schon seit Wochen nördlich und südlich des Somme-Flusses stattfand, hatte es noch nie zuvor gegeben und stellte sogar die Materialschlacht von Verdun in den Schatten. Selbst ihm, Julius, fiel es in seiner kühnsten Vorstellung schwer, die schiere Masse an Männern und Material zu fassen, die dort von beiden Seiten gegeneinander geworfen wurden.

Ja, Pauline hatte guten Grund, sich um ihren Bruder zu sorgen. Erst recht, nachdem der englisch-französische Vormarsch trotz der verschleiernden Wortwahl in den Artikeln ganz offensichtlich immer mehr an Terrain gewonnen hatte. Nach der Eroberung des Mametz-Waldes durch die Engländer verlief die Front seit Ende Juli bereits nördlich von Ovillers und lag damit nur noch knapp drei Kilometer südlich der Stellung bei Thiepval entfernt.

Zunächst hatte Julius noch versucht, Pauline gewisse Einzelheiten zu ersparen. Doch sie merkte bald selbst, dass die Zeitungen inzwischen kaum mehr Angaben über die Anzahl der Verluste machten, sondern nebst den Gefangenenzahlen nur noch von steter Zunahme an Verstärkungstruppen berichteten. Ein eindeutiges Indiz für die verheerende Lage.

Normalerweise löcherte Pauline ihn während ihrer Treffen mit unzähligen Fragen. Doch in solchen Momenten wurde sie jedes Mal ganz still.

»Die Soldaten werden nicht ständig direkt an der Front eingesetzt. Die Regimenter wechseln sich ab. Die meiste Zeit verbringen sie in den Etappenstellungen in sicherem Abstand zur Frontlinie«, erklärte Julius immer wieder, um sie zu beruhigen. Aber es waren vor allem Georgs Briefe – er schrieb regelmäßig, mindestens einmal die Woche, wenngleich oft auch nur ein paar Zeilen –, an denen sie sich festklammerte. Solange er schrieb, war er am Leben.

In Anbetracht der Lage an der Somme-Front war die Nachricht der längst erwarteten, offiziellen Kriegserklärung Italiens ans Deutsche Kaiserreich Ende August nur noch reine Formsache. Viel bedeutsamer jedoch war der Kriegseintritt des bislang neutralen Rumäniens auf der Seite der Entente nur wenige Tage später. Denn damit war Österreich-Ungarn zusammen mit dem Deutschen Reich endgültig vom Zugang zum Schwarzen Meer und den osmanischen Verbündeten abgeschnitten.

Fortan widmeten sich die meisten Tageszeitungen in ihren Berichterstattungen somit hauptsächlich den Vorgängen an der neuen rumänischen Front in Siebenbürgen. Zusammen mit den übrigen Kriegsschauplätzen sowohl an der West- als auch der Ostfront in der Ukraine, an der Balkanfront, den Kämpfen in Südtirol und in Mazedonien sowie der Lage in Deutsch-Ostafrika füllten sich die Titelseiten wie von allein.

An den westlichen Frontabschnitten schien das schlechte Wetter ein weiteres Mal die Kämpfe zu verlangsamen, teilweise sogar nahezu zum Stillstand zu bringen. Das änderte sich allerdings ab Mitte September, als das Wiederaufflammen der Kämpfe an der Somme erneut die Schlagzeilen füllte. Ein erneuter Vorstoßversuch der Engländer. Dieses Mal jedoch unterstützt von kanadischen und neuseeländischen Divisionen, hieß es.

Julius' Blick blieb dagegen immer öfters an der Erwähnung von bemannten, mit Kanonen und Geschützen bewaffneten Eisenkarren hängen, mit denen die Angreifer angeblich gegen die deutschen Schützengräben anrollten.

Auch Georg schrieb in seinem Brief vom 18. September von diesen »riesigen, klobigen und lärmenden Maschinen«, gegen die Handgranaten nichts ausrichten konnten, die zwar Einschlaglöcher und Stacheldrahtlinien mühelos überwanden, aber ebenso oft im schlammigen Boden stecken blieben. Man nannte sie Panzer.

Ah, wenn Julius doch nur Bilder davon sehen könnte. So fürchterlich die Nachrichten auch waren, so sehr weckten sie zugleich seine Neugier.

Zwar lobten die Zeitungen den Heldenmut der deutschen Verteidiger, aber mit dieser Teiloffensive hatte sich der Frontverlauf wieder weiter nach Norden verlagert. Thiepval und damit die Schwabenfeste waren jetzt von drei Seiten her eingekesselt.

»Wenn sie die Schwabenfeste nicht halten können, werden sich die deutschen Divisionen höchstwahrscheinlich über Beaumont-Hamel auf die andere Flussseite in Richtung Bapaume und weiter bis hinter die Siegfriedstellung zurückziehen«, erklärte Julius und zeigte mit dem Bleistift auf die auf der Karte eingezeichneten Ortschaften.

»Und wer bestimmt, ob die Truppen sich zurückziehen?« Paulines Frage klang zwar ruhig, doch er sah ihre Anspannung. Ihre Atmung ging flacher als sonst, und sie knibbelte schon die ganze Zeit lang an ihren Fingern herum.

»Nun, in der Regel hat der für den Frontabschnitt verantwortliche Divisionskommandeur die Befehlsgewalt.«

Pauline hob den Blick und sah ihn an. »Ich meine, wer entscheidet tatsächlich darüber, ob sich die Truppen zurückziehen oder nicht?«

Julius hielt inne und entgegnete ihren Blick stumm. Er verstand, was sie meinte. Die Schwabenfeste war eine der wichtigsten deutschen Verteidigungsfestungen an der Somme. Sie zu verlieren, wäre ein schmerzhafter Schlag, den kein Kommandeur gern unter seinem Befehl verbuchen wollte. Über Kampf oder Rückzug entschieden somit dessen Ehrgeiz und nicht zuletzt die Befehle der Obersten Heeresleitung aus deren feinem Hauptquartier weitab von jedem Schlachtfeld. Das wusste auch Pauline.

Gegen Ende September verschlechterte sich das Wetter zusehends. Es regnete tagelang in Strömen. Was an Ernte nicht rechtzeitig hatte eingebracht werden können, verfaulte nun auf den Feldern.

Zusammen mit Mutter und Hannes fuhr Julius nun fast täglich in die Wingerte. Wobei er allerdings immer zähneknirschend im Wagen sitzen bleiben musste, denn mit seiner Behinderung konnte er die Terrassen unmöglich begehen. So blieb ihm nichts anderes übrig, als zu warten, bis Mutter oder Hannes ihm ein paar Trauben von verschiedenen Stöcken brachten, damit er deren Zuckergehalt prüfen konnte. Dazu benutzte er sein Refraktometer – ein erst vor etwas mehr als zehn Jahren entwickeltes, mikroskopartiges Gerät, das er wie seinen Augapfel in einem Holzkästchen hütete. Er hatte es noch vor dem Krieg einem Bekannten aus dem thüringischen Erfurt abgekauft und dafür – sehr zu Mutters Unverständnis – eine Unsumme bezahlt. Doch das physikalische Prinzip dahinter war faszinierend und basierte auf dem Snelliusschen Brechungsgesetz, wonach sich Licht beim Auftreffen auf Stoffe unterschiedlicher Dichte in ebenso unterschiedlicher Geschwindigkeit brach. Diesem Prinzip folgend ließ sich so die Konzentration eines Stoffes oder eben der Zuckergehalt im Traubensaft ermitteln.

Beide, sowohl Mutter als auch Hannes, standen solchen neumodischen Erfindungen mit Skepsis gegenüber. So auch jetzt, während Julius auf der Wagenlade an dem aus einem simplen Holzbrett improvisierten Labortisch hockte und einen Tropfen des Safts aus den zerquetschten Trauben auf das Prisma des Refraktometers gab.

Konzentriert blickte er dann durch das Okular, stellte mit der Kurbel das Strichkreuz ein, ehe er den Wert auf der Skala ablas.

»Und? Was meint dein Mikroskop?«, fragte Mutter, biss eine Traube zur Hälfte auf und pulte die Kerne aus der anderen Hälfte in ihre Handfläche, ehe sie ausspuckte. »Ich kann dir auch so sagen, dass die Trauben noch längst nicht reif genug sind. Dazu brauche ich keines dieser neuartigen Geräte.«

»Ich weiß, Mama. Es kann jedoch gewiss nicht schaden, die Messwerte zu prüfen.« Julius schmunzelte trotz allem. Mutter war Winzerin mit Leib und Seele und setzte entsprechend mehr Vertrauen in Instinkt sowie Tradition als in wissenschaftliche Erkenntnisse.

Dass der ideale Zuckergehalt der Trauben noch weit entfernt war, hatte auch er bereits beim Zerdrücken der Früchte am säuerlichen Geruch und an den noch hellgrünen Kernen erkannt. Der Wert der Messskala bestätigte zudem genau dasselbe.

Trotzdem trug er ihn sogleich in sein Notizbuch ein. Die Messung mit dem Refraktometer war freilich nur ein Indiz, das je nach Traubenart auch völlig unterschiedlich ausfallen konnte und nur bedingt Aufschluss über die Qualität des Weines gab. Mindestens ebenso wichtig war zum Beispiel die Bestimmung des Mostgewichts des frisch gepressten Traubensafts mit einer Spindelwaage, der sogenannten Mostwaage.

Doch noch waren sie nicht für die Ernte bereit. Und genau das war Julius' größte Sorge. Denn je länger sie die Reben an den Stöcken ließen, desto anfälliger waren sie für Krankheiten wie die Traubenfäule. Diese konnte eine Auswirkung des wochenlangen, nasskalten Wetters sein.

»Wenn wir nicht bald noch ein paar wärmere Tage bekommen, wird das die schlechteste Lese seit Jahrzehnten. Das hat uns gerade noch gefehlt«, seufzte Mutter, als Julius ihr zurück daheim mit Schulter und Ellenbogen die Tür zum Haupthaus aufhielt.

»Warten wir's ab.« Er versuchte, sie aufzuheitern. »Vielleicht gibt der Oktober doch noch etwas …« Weiter kam er nicht, weil Dorle ihnen im Gang von der Küche her entgegenkam. Ihr Gesicht war tränennass.

»Gute Güte, was denn geschehen?«, rief Mutter sogleich.

»Es ist Pauline«, schniefte die Magd mit stockender Stimme. »Sie hat einen Brief von einem Kameraden aus Georgs Regiment bekommen. Georg wird seit einem Angriff der Engländer vor einer Woche vermisst.«

36 – Ein Traum von Frieden und Gleichstellung

16. Oktober 1916, Albert-Ludwigs-Universität in Freiburg

Und damit, meine Herren, beenden wir diese Vorlesung«, tönte die sonore Stimme des dozierenden Professors durch den Hörsaal, sogleich gefolgt von dem Klopfen der Studierenden auf die Tische.

Helene tat es ihnen gleich. Eilig schob sie dann Bleistift, Lineal, Radiergummi und Rotstift in den Griffelkasten und packte alles zusammen mit dem Notizheft sowie dem gebundenen Lehrbuch der Anatomie in ihre Umhängetasche. Diese hatte ihr Pauline zur Immatrikulation geschenkt. Eine schlichte Tasche aus dem gefütterten Stoff einer alten Herrenjacke und, ähnlich einer Aktentasche, mit aus bezogenen Lederresten verstärkten Außenwänden. Die Jacke hatte dem Ehemann der Fabrikarbeiterin Luise Sachs gehört, hatte Pauline ihr erzählt. Die Lederreste hingegen stammten von Julius' altem Schulranzen und waren von seiner Mutter Else beigesteuert worden.

Außer Helene drängten nun knapp fünfzehn Studierende aus den Sitzbankreihen des Vortragssaals, der normalerweise bestimmt an die vierzig Plätze fasste, wenn nicht noch mehr.

Im Vorbeigehen warf sie einen möglichst unauffälligen Blick

auf ihre Kommilitonen: Unter ihnen waren gerade einmal drei junge Männer. Ganz offensichtlich Kriegsuntaugliche: Der eine hinkte aufgrund seines Pes adductus – seines Sichelfußes. Ein anderer, ein schüchterner junger Mann mit Hornbrille und schon jetzt sehr ausgeprägten Geheimratsecken, litt an Asthma. Sein rasselndes Keuchen war im ganzen Saal zu hören, während er die Treppe zu seiner Sitzreihe hochstieg. Und der dritte unter ihnen war ein Chirurgensohn. Sehr intelligent, höflich und zuvorkommend zwar, doch er schielte so stark, dass man nie ganz sicher war, auf wen sich sein Blick richtete.

Der Rest der Anwesenden bestand aus Frauen. Wie erwartet, war sie, Helene, mit Abstand die älteste unter ihnen allen. Doch das kümmerte sie nicht. Sie hatte eben ihren allerersten Vorlesungstag als Studentin der Medizinischen Fakultät von Freiburg hinter sich gebracht und fühlte sich so glückselig und berauscht wie noch nie zuvor in ihrem ganzen Leben.

Sie hob überrascht den Blick, als sie die Eingangstreppe des Kollegiengebäudes in Richtung Rempartstraße hinunterstieg und jemand ihren Namen rufen hörte: »Helene!«

Pauline stand dort auf der anderen Straßenseite und winkte ihr zu. Neben ihr erkannte Helene Mina, Paulines Bekannte aus dem Telegraphenamt. Sie hatte die Lehrerstochter kennengelernt, als diese ab und zu auf den Rosenhof zu Besuch gekommen war. Ihr Vater dozierte ebenfalls hier an der Albert-Ludwigs-Universität.

Was machten die beiden denn hier?

Doch Helene kam gar nicht dazu, die Frage zu stellen, sobald sie näher trat, denn Pauline umarmte sie so fest, dass sie kaum noch Luft bekam. »Wie fühlst du dich nach deinem ersten Tag als Medizinstudentin? Ach, ich bin so furchtbar stolz auf dich.« Die junge Freundin lächelte, und ihre Augen leuchteten. Jedoch längst nicht mehr so hell wie noch vor ein paar Wochen.

Helene wusste, wie sehr die Ungewissheit über das Verbleiben ihres Bruders Pauline mitnahm. Jener Tag hatte alle Bewohner des Rosenhofs zutiefst getroffen. Umso mehr, als seither kaum Neuigkeiten herauszufinden waren. Georgs Bataillon sei bei der Verteidigung der Festung von Thiepval während der erneuten britischen Offensive in heftiges Artilleriefeuer geraten. Der anschließende gegnerische Vorstoß und der unerwartete Befehl zu Rückzug und Festungsaufgabe hatte jedoch offenbar zu einem solchen kopflosen Chaos geführt, sodass dabei mehrere Truppen von der feindlichen Übermacht überrannt worden waren. Die zurückgefallenen Soldaten mussten somit entweder tot oder in Gefangenschaft geraten sein – so die einzige niederschmetternde Tatsache.

Trotzdem war Pauline hergekommen, um sie zu überraschen.

Helene erwiderte die Umarmung herzlich. »Es fühlt sich ganz wunderbar an«, sagte sie. »Ich habe heute schon so unsagbar viel gelernt.« Und das, obwohl sie aufgrund ihrer Arbeit an der Hildaschule vorerst nur die wichtigsten theoretischen Fächer des vorklinischen Studienabschnitts belegt hatte: Anatomie, Physiologie und Histologie. Die ganzen naturwissenschaftlichen Fächer sowie die Geschichte der Medizin würde sie wann immer möglich dazwischenschieben oder während der Semesterferien mit einem Privatdozenten wiederholen müssen.

Wegen des Krieges waren die Studienpläne nun bedeutend flexibler. Ein Großteil der kriegstauglichen Studenten und Dozenten war eingezogen worden. Um den Universitätsbetrieb dennoch – wenngleich in eingeschränkter Form – aufrechtzuerhalten, wurden Studenten inzwischen sogar auch nur für einzelne Lehrgänge zugelassen. Daraus ergab sich für Helene ein nicht zu unterschätzender Vorteil.

»Wenn du wüsstest, was für ein großes Vorbild du für mich

bist«, schwärmte Mina und umarmte sie ebenfalls. »Ehefrau, Mutter, Lazarettschwester und jetzt auch noch Medizinstudentin.« Sie schüttelte überwältigt den Kopf. »Wie stolz erst dein Mann auf dich sein muss.«

Einen winzigen Augenblick lang erstarrte Helene, fasste sich jedoch sogleich wieder und lächelte. »Er ist sehr stolz, das stimmt.«

Wenn Mina von Roberts Briefen wüsste. Von all den seitenlangen, von falschen Lobreden kaschierten Vorwürfen.

Du hättest Professor Faller nicht damit belästigen sollen. Wir mögen nicht immer einer Meinung sein, doch Du weißt, dass ich Dich jederzeit bei Deinen Vorhaben unterstütze, was auch kommen mag. Wäre ich mir nicht schon seit jeher bewusst, welches Potential in Dir schlummert, hätte ich doch nicht alles nur erdenklich Mögliche getan, um Dir die Stelle an der Hildaschule zu sichern. Mit Deinem Vorgehen stellst Du mich allerdings in einem so schlechten Licht dar, dass Faller jetzt von mir denkt, ich würde meiner eigenen Ehefrau den Erfolg nicht gönnen. Dabei ist das pure Gegenteil der Fall.

Nun gut, Du hast Dich dazu entschlossen, diesen Schritt zu gehen. Es erwarten Dich nun Jahre harter Arbeit, und ich akzeptiere keine ungenügenden Leistungen. Du hast es so gewollt …

Das hatte er ihr in seinem letzten Schreiben mitgeteilt und damit zugleich auch seine Erwartung signalisiert. Wehe, wenn sie sich auch nur einen winzigen Fehler erlaubte, der seinem Ruf schaden könnte.

Helene kannte die Zielsetzungen bereits zur Genüge. Zu ihrem eigenen Erstaunen machten sie ihr dieses Mal jedoch kaum mehr Angst. Ja, es war, als hätten Roberts Worte ihre Wirkung zwar nicht gänzlich verloren, aber doch zumindest ein Stück weit eingebüßt. Das lag gewiss auch daran, dass sich das wichtigste Druckmittel auf einmal sachte und ganz von selbst als kaum mehr wirksam entpuppte: Christian.

Nicht einmal Helene selbst hatte es in diesem Ausmaß kommen sehen, der letzte gemeinsame Heimurlaub an Ostern war jedoch augenöffnend gewesen. Christian hatte für sein Alter viel zu früh viel zu eigenständig werden müssen. Mit dem Resultat, dass er sich schneller als erwartet von seinem Elternhaus, vor allem aber von ihr losgekoppelt hatte.

Die Erkenntnis ließ zwar noch immer dieses leise Gefühl von Wehmut in ihr hochsteigen, in ihrem Herzen würde er noch in dreißig Jahren ihr kleiner Junge bleiben. Nichtsdestotrotz eröffnete sich ihr dadurch aber eine völlig neue Freiheit.

Helene hakte sich bei den beiden Frauen unter. »Kommt, bis zu meiner Schicht im Lazarett habe ich noch ein paar Stunden Zeit. Zur Feier des Tages lade ich euch beide zu einer Tasse Tee ein.« Und gemeinsam gingen sie in Richtung Martinstor.

Der Herbsthimmel lag grau und schwer über der Stadt, ein kühler Wind wirbelte die auf den Wegen liegenden Laubblätter auf.

Während sie die Kaiserstraße entlanggingen, fielen Helene einmal mehr die vielen Bettler auf, die entlang der geschäftigen Einkaufsstraße auf ein paar zusätzliche Pfennige der Passanten hofften.

»Schaut euch nur die armen Gestalten an«, flüsterte Pauline, als sie an der Straßenecke beim Bertoldsbrunnen vorbeikamen, wo ein Mann ohne Beine auf einem Ziehkarren saß und Ziehharmonika spielte. Auf einem Holzschemel neben ihm hockte ein Einarmiger, in dessen Gesicht statt der Nase ein schiefer, rot vernarbter Wulst prangte. In der übrig gebliebenen Hand hielt er zwei Löffel, mit denen er auf seinem Knie den Takt dazu schlug.

Beide trugen sie ihre Uniformjacken. In der Soldatenmütze auf dem Boden vor ihnen lagen ein paar Pfennigstücke.

Kriegsinvaliden. Man sah sie immer häufiger unter den übrigen Bettlern. Den meisten von ihnen fehlten Gliedmaßen, oder sie trugen die Narben ihrer Verletzungen im Gesicht. Manche wiederum schienen auf den ersten Blick körperlich gesund, und ihr unkontrolliertes Zittern fiel einem erst beim näheren Hinsehen auf.

Hier auf der Straße ließen sich allerdings nur die harmloseren Fälle blicken. Neben ihnen blieben diejenigen vergessen, deren Verkrüppelungen so massiv waren, dass ihr Anblick die Passanten in Angst und Schrecken versetzt hätte. Deren Gesichter aufgrund der erlittenen Verletzungen einem Trümmerfeld glichen – ohne Unterkiefer, Nasen oder Wangenknochen. Vom Krieg zur Unkenntlichkeit zermalmt.

Helene sah diese Versehrten, wenn sie als Patienten in ihren Betten in der Hildaschule lagen. Dort waren sie geschützt von der Anonymität ihrer gestreiften Lazarettuniformen, die keinen Unterschied zwischen Namen und Dienstgrad machten. Zusammen mit ihren Schwesternkolleginnen konnten sie zumindest versuchen, das Leiden dieser Versehrten so gut wie möglich zu lindern. Konnte ihre Wunden verbinden, sie pflegen und füttern, wenn sie es nicht selbst fertigbrachten.

Es war jedoch etwas völlig anderes, diese Männer außerhalb der militärischen Realität und der Lazarette zu sehen. Von den Schlachtfeldern ausgespuckte, gebrochene Menschen, die sich nun wieder der Gesellschaft stellen mussten, die ihre Verstümmelungen mit betretenen, entsetzten Blicken quittierte.

»Ich habe gehört, dass es bald eine Stellenvermittlung für arbeitsfähige Kriegsgeschädigte geben soll«, sagte Mina. »Vater meint, dass das vielen helfen wird.« Sie spitzte nachdenklich die

Lippen. »Das wird es bestimmt, und so soll es auch sein. Ich hoffe nur, dass die Folge davon nicht die erneute Vertreibung der Frauen von ihren Arbeitsplätzen sein wird.«

»Wie kommst du darauf?«, fragte Pauline. »Vor allem die Fabriken der Kriegsproduktion brauchen die weiblichen Arbeitskräfte doch mehr denn je. Sie bekommen schließlich rund die Hälfte weniger Lohn, als wenn Männer dieselbe Arbeit machen würden. So viel Gewinn scheffeln die Fabrikinhaber so rasch nicht wieder.«

Sie wandte den Blick zu Mina. »Du erinnerst dich doch noch an Luise Sachs, die Fabrikarbeiterin, die ich dir kürzlich vorgestellt habe? Erst gestern hat sie mir zum Beispiel erzählt, dass sie bei Kromer noch weitere Arbeiterinnen suchen.« Ihre Stimme wurde leiser. »Ich überlege mir, ob ich mich nicht vielleicht doch auch dort bewerben soll. Ich muss mich irgendwie beschäftigen, um auf andere Gedanken zu kommen. Und das Geld könnte ich zudem gut gebrauchen.«

Kurz hüpfte Helene über eines der Bächle, um zu den beiden Begleiterinnen aufzuschließen, und berührte sanft Paulines Arm. »Hast du noch immer keine Nachricht?«

Die junge Freundin reckte störrisch das Kinn. »Nein, aber das will nichts heißen. Bei dem ganzen Durcheinander, dass dort an der Somme und bei Verdun herrscht, kann selbst das Rote Kreuz einen einzelnen Namen übersehen, nicht wahr?« Sie schüttelte entschieden den Kopf. »Georg ist am Leben, da bin ich mir ganz sicher.«

Ohne eine Antwort darauf zu geben, drückte Helene nur Paulines Hand. Als sie jedoch den Kopf hob, begegnete sie Minas vielsagendem Blick. Sie kannte die Pädagogentochter zwar erst seit Kurzem, vermochte sie jedoch inzwischen ganz gut einzuschätzen: Man konnte Minas Ansichten ihrer Herkunft und ihrem

Alter zuschreiben. Sie mochte auch ihre Attitüden haben, war – wie sie selbst sagte – ziemlich verwöhnt, aber dennoch arbeitsam, äußerst klug, ähnlich wie Pauline nicht ums Wort verlegen, und sie sorgte sich genauso um diese, wie Helene es tat. Ihnen beiden war sehr wohl bewusst, dass die Chancen einer positiven Nachricht über Georgs Verbleiben mit jedem Tag kleiner wurden.

Seit jener furchtbaren Nachricht waren inzwischen mehr als drei Wochen vergangen. Bereits am Tag danach hatte Julius alle möglichen Hebel in Bewegung gesetzt, unzählige Briefe und Telegramme an einflussreiche Bekannte geschrieben, um Näheres herauszufinden. Helene hatte zudem Professor Faller um Hilfe gebeten. Sämtliche Bemühungen waren jedoch bisher vergebens gewesen.

Die Lage in Frankreich sei schwer durchschaubar, hieß es immer. So auch bei der Such- und Meldestelle des Roten Kreuzes, wo sie schon vor zwei Wochen vorbeigegangen war.

»Trösten Sie sich damit, dass Ihr Bruder nicht auf den Verlustlisten zu finden ist. Mehr können wir leider nicht tun. Die Nachrichten von allen Frontschauplätzen widersprechen sich tagtäglich mehr. Es braucht darum sehr viel Geduld für alles«, hatte die Frau dort am Schalter gemeint. Ihre Miene hatte dabei einen so resignierten Ausdruck gehabt, als hätte sie dasselbe heute schon mehrfach gesagt.

Es war mitten am Nachmittag, eigentlich üblicherweise die geschäftigste Zeit für Lokale wie das *Café Frey* am Münsterplatz. Nach einem Stadtbummel kehrten Besucher immer gerne dort ein und stärkten sich bei einer Tasse Kaffee und einem leckeren Kuchenstück.

Seit Wochen waren jedoch nur wenige Tische besetzt. Es gab auch keine Karte mehr. Wozu? Während der Sommermonate hatte das Café immerhin noch Früchtekompott und frischen

Fruchtsalat im Angebot gehabt. Jetzt gab es außer Tee und Eichelkaffee mit wässriger Milch, einer dünnen Gemüsesuppe oder Honigkuchen aus Nussmehl nichts anderes mehr zu bestellen.

Dasselbe galt auch für die übrigen Kaffeehäuser und Wirtschaften der Stadt. Und dabei ging es den Freiburgern mit einem großen Anteil an landwirtschaftlichen Selbstversorgern noch besser als so manch anderen Städtern.

Dennoch sah man den Leuten den Mangel an ausreichender und gesunder Nahrung an den eingefallenen Wangen und der runzeligen Haut ihrer Gesichter an. Fleisch, Eier, Butter oder Milch gehörten längst zu den rationierten Gütern, die – wenn überhaupt – nur noch an bestimmten Tagen zu streng festgelegten Mengen zu ergattern waren. Gemäß der letzten Verordnung von vorgestern stand jeder erwachsenen Person nun noch 350 Gramm Fleisch und 100 Gramm Fett pro Woche zu. Helene konnte sich kaum noch erinnern, wann sie zuletzt eine ganze Wurst gegessen hatte.

Sogar die Eier, die die Hühner auf dem Rosenhof legten, musste Selma jeden Morgen zur Sammelstelle beim Dorfbrunnen bringen. Dafür bekam sie jeweils einen halben Sack Hühnerfutter. Das war inzwischen ebenfalls rationalisiert worden.

»Was darf ich den Damen bringen?«, fragte das junge Mädchen in Schwarzwaldtracht und mit dem Serviertablett auf dem Arm.

Auch an diese Servierfräulein statt der üblichen Kellner hatten sich die Freiburger inzwischen gewöhnt. Ebenso wie an die Schaffnerinnen in der Straßenbahn.

Wie Pauline und Mina bestellte auch Helene einen Pfefferminztee.

»Nun erzähl. Wie ist es, an der Universität zu studieren?« Vorsichtig nahm Pauline die heiße Tasse auf und pustete hinein.

Helene rührte derweil nachdenklich ihren Tee um. »Es mag seltsam klingen, aber es fühlt sich richtig an.« Sie lächelte. »Als wäre ich endlich dort angekommen, wo ich sein muss.« Allein der Gedanke an all das Wissen, das ihr nun offenstand, machte sie ganz schwindelig vor Ehrfurcht. Heute auf den Tribünenbänken des Lehrsaals zu sitzen, den Geruch nach Bohnerwachs, Tinte und Kreide zu riechen … Davon träumte sie schon, seit sie sich zum allerersten Mal in Vaters Vorlesung geschlichen hatte. Dafür sah sie sogar geflissentlich darüber hinweg, dass die männliche Dozentenschaft die anwesenden Studentinnen selbst unter den momentanen Umständen oft noch immer ignorierte und nur die Herren im Hörsaal ansprach.

Mina nickte. »Es muss so erfüllend sein.« Sie stieß einen tiefen Seufzer aus. »Was würde ich darum geben, in England studieren zu dürfen. An der Universität von Oxford gibt es nebst Rechts- und Völkerwissen ein eigenes Lehrfach für Politikwissenschaft. Was für ein herrlicher Traum.« Ihre Augen leuchteten ganz kurz auf, ehe sie den Blick auf die Tasse in ihren Händen senkte. »Aber solange der Krieg andauert, ist es zwecklos, überhaupt daran zu denken. Außer in der Schweiz werden an den ausländischen Universitäten keine deutschen Studenten angenommen. Andererseits …«

Sie neigte den Kopf schief, so als würde sie nachdenken. »Vielleicht ist das auch ein Wink des Schicksals, dass mich hier Wichtigeres erwartet.«

»Was meinst du denn damit?« Pauline runzelte die Stirn.

Rasch warf Mina einen Blick über die Schultern. Wie um sicherzugehen, dass niemand sie belauschte. Dann rückte sie den Stuhl näher. Auf ihrem Gesicht hatte sich ein fast schon diebisches Lächeln breitgemacht, während sie eine mehrfach gefaltete Zeitschrift aus ihrer Tasche zog und sie mit der Hand auf dem Tisch flach strich. *Zeitschrift für Frauenstimmrecht* prangte in Majuskeln als Titel auf der ersten Seite.

Wenngleich sie sich zu diesem Thema bisher noch keine richtige Meinung gebildet hatte, war Helene das Blatt nicht fremd. Zusammen mit der Zeitschrift *Die Frauenbewegung* war es bis vor ein paar Jahren das Organ des *Deutschen Verbands für Frauenstimmrecht* gewesen.

Sie selbst hatte jedoch noch nie weder die eine noch die andere Zeitschrift gelesen. Du liebe Güte, sie wollte sich gar nicht vorstellen, was Robert dazu gesagt hätte. In seinem Weltbild waren Frauen, gleich wie in der Medizin, auch in der Politik nur eine unnötige Modernität.

»Eine Bekannte aus dem *Frauenklub* hat mich vor ein paar Wochen zu einer Versammlung mit Frida Perlen in Stuttgart eingeladen«, flüsterte Mina weiter. »Sie gehört zum engen Kreis von Anita Augspurg. Ich teile zwar nicht sämtliche ihrer politischen Ansichten, aber sie setzen sich beide für den Frieden ein. Sowie für die Rechtsstellung der Frauen.«

»Anita Augspurg? Aber sie ist doch nach ihrer Teilnahme am Frauenfriedenskongress in Den Haag des Landesverrats bezichtigt worden und darf sich seither nicht mehr öffentlich zu Wort melden«, wisperte Pauline zurück.

»Landesverrat?« Helene fühlte, wie es ihr kalt über den Rücken rieselte. »Der Kontakt mit Landesverrätern wird streng geahndet, das wisst ihr hoffentlich.« Zwar hatte sie selbst ebenfalls schon von Anita Augspurg gehört und sogar schon ein paar ihrer Zeitungsbeiträge gelesen. Jener Frau mit dem völlig unkonventionell kurz geschnittenen Haar, die mit vierzig Jahren ihr Jurastudium in der Schweiz abgeschlossen hatte, weil sie im Deutschen Kaiserreich damals noch nicht an den Universitäten zugelassen worden war. Wenn Helene ganz ehrlich sein wollte, hatte ihr der

Werdegang der Frauenrechtlerin sogar als Vorbild gedient. Unter anderem auch, um sich selbst zu beweisen, dass ein Studium in ihrem Alter gar nicht so abwegig war.

Das war jedoch etwas ganz anderes als das, wovon Mina hier sprach. Wer sich mit Landesverrätern einließ, riskierte schlimmstenfalls sogar eine Gefängnisstrafe, und jedermann wusste, dass die Gerichte vor allem jetzt in Kriegszeiten alles andere als zimperlich vorgingen.

Doch Mina wischte die Bemerkungen mit einem Wink beiseite. »Natürlich finden diese Treffen im Rahmen von ganz gewöhnlichen Kaffeekränzchen statt, damit kein Verdacht aufkommt und auch bei einer Hausdurchsuchung niemandem etwas nachgewiesen werden kann.« Sie beugte sich noch weiter vor. »Jedenfalls habe ich nach der Versammlung persönlich mit Frida Perlen sprechen dürfen. Was für eine beeindruckende Frau! Und was für eine gewandte Rednerin. Wusstet ihr, dass ihre Söhne beide an der Front sind?

Aber nun das Allerbeste: Meine Bekannte hatte ihr zuvor schon eines meiner Essays zum Thema Frauenrecht und Pazifismus gezeigt. Und stellt euch vor, Frida fand den Text so gut, dass sie ihn Anita Augspurg zur Lektüre gegeben hat.« Eilig blätterte sie die *Zeitschrift für Frauenstimmrecht* durch und schob sie mit aufgeschlagener Doppelseite in die Mitte des Tischs. *»Et voilà …«* Stolz strahlte sie übers ganze Gesicht, während sie auf den Text mit dem Titel *Der Wunsch nach Frieden und Gleichstellung* deutete. Am Ende des mehrspaltigen Textes stand ihr Name in kursiven Lettern: *Mina Luise Sahner.*

»Das ist …«, fing Helene an, doch ihr fehlten die richtigen Worte. Beeindruckend? Wunderbar? Überraschend? Viel zu riskant?

Zum Glück gelang es Pauline besser, als sie ehrlich freudig

nach Minas Hand griff. »Deine erste Veröffentlichung. Herzlichen Glückwunsch!«

»Aber das ist noch nicht alles«, fuhr die Gelehrtentochter in verschwiegenem Tonfall fort. »Frida möchte, dass ich künftig auch Texte für Flugblätter verfasse. Keine Angst, sämtliche Zeitschriften und Texte werden in Belgien oder in der Schweiz gedruckt.«

»Aber dein Name steht darauf«, wandte Pauline nun ernst und nachdrücklich ein.

Mit süffisant hochgezogenen Augenbrauen schüttelte Mina den Kopf. »Ich werde natürlich unter Pseudonym schreiben.«

»Ich finde es zwar wirklich ganz beachtlich, wie sie sich einsetzt, aber ich brauche dir nicht zu sagen, wie gefährlich das sein kann«, flüsterte Helene Pauline später zu, nachdem sie Mina verabschiedet hatten und auf dem Weg in Richtung Hildaschule nebeneinander hergingen.

Die Jüngere hielt den Blick stur geradeaus gerichtet. »Mina steht nun einmal für ihre Überzeugung ein. In einer zivilisierten Gesellschaft sollte das doch eher belohnt und nicht bestraft werden.«

»Wären wir nicht im Krieg und herrschten nicht zurzeit andere Regeln, würde ich dir beipflichten, das weißt du«, antwortete Helene.

»Und wer gibt diese Regeln denn vor?« Auf einmal lag ein harter, fast gehässiger Unterton in Paulines Stimme. »Männer, die den Krieg um jeden Preis weiterführen wollen, um ihre eigenen Ziele zu verfolgen. Nicht um des Volkes willen, sondern weil sie noch immer in ihrer verstaubten, chauvinistischen Traumwelt leben. Es ist doch ganz offensichtlich, dass genau diese Männer keinen Frieden wollen. Sonst würde ja die ganze Welt sehen, dass sie sonst zu nichts anderem taugen.«

In einer besänftigenden Geste fasste Helene nach der Hand der Freundin. »Sprich leiser. Wenn dich jemand hört.«

»Sollen sie ruhig«, rief Pauline nun so laut, dass sogar ein paar Passanten auf der gegenüberliegenden Straßenseite die Köpfe hoben.

Doch dann stieß sie schnaubend den Atem aus, ehe sie nun leiser fortfuhr: »Entschuldige. Ich weiß, dass du es nur gut meinst, und du hast ja recht mit deiner Sorge. Es ist bloß …« In einer resignierten Geste rang sie die Hände. »Manchmal möchte ich einfach nur laut aufschreien, toben und wie eine Furie wüten, weil ich sonst nichts anderes tun kann, als zu beten, dass Georg heil wieder nach Hause kommt, und zu hoffen, dass das ganze Elend bald ein Ende hat. Und ich bin nicht gut darin – weder im Beten noch im Hoffen.« Ein trauriges Lächeln schlich sich auf ihre Züge. »Vielleicht bin ich sogar ein klein wenig neidisch auf Mina.«

»Warum denn das?«, fragte Helene ehrlich verwundert.

»Weil ihre Überzeugungen eigentlich auch meine sind, sie sie jedoch ausleben kann, ohne an die Konsequenzen denken zu müssen.« In einem scheinbaren Anflug von Trotz verdrehte sie die Augen. »Ich weiß, ich weiß, das klingt selbstsüchtig, aber manchmal fühlt es sich tatsächlich an, als würde ich mich selbst verraten und damit alles, woran ich immer geglaubt habe. Dann wiederum denke ich an Sofiechen …« Und ihre Stimme kam ins Stocken. »Ich will doch nur, dass sie es einmal besser hat. Dass sie ihre Rechte bekommt, obwohl sie kein Junge ist. Der Krieg hat ihr bereits den Vater genommen. Wenn er ihr jetzt auch noch den Onkel …« Pauline blieb auf der Stelle stehen, schlug sich die Hände vors Gesicht.

Sofort war Helene bei ihr, zog sie in einen vor Blicken geschützten Hauseingang, nahm sie in die Arme – »Sch, ganz ruhig« – und ließ sie weinen. Manchmal nützten Tränen mehr als hohle Worte, denn sie konnte der Freundin nicht versprechen, dass alles gut werden würde, das lag nicht in ihrer Macht.

Das Einzige, was sie noch tun konnten, war, sich gegenseitig Trost und Unterstützung zu geben.

Währenddessen begann es wieder zu regnen.

37 – Steckrübenzeit

Oktober 1916, Freiburg im Breisgau

Gegenseitige Unterstützung – ja, davon konnte man in schweren Zeiten freilich nie genug bekommen. Wie recht sie damit hatte, sollte Helene während der nächsten Monate erst herausfinden.

Selbst die alten Leute konnten sich nicht an eine so miserable Ernte erinnern, wie sie dieses Jahr wegen des schlechten Sommers im ganzen Breisgau eingebracht worden war. Der Ertrag an Kartoffeln war, wie erwartet, lächerlich gering. Ein Großteil des Getreides war auf den nassen Äckern verfault, einzig Weißkohl und Schwarzwurzeln hatten die kalte Nässe einigermaßen überstanden.

Umso mehr hofften die Freiburger auf die vom Stadtrat bestellten Zugladungen Kartoffeln aus Brandenburg. Als diese endlich eintrafen, war mehr als die Hälfte davon jedoch verdorben.

Der Aufruhr, der daraufhin in der Stadt ausbrach, war der schlimmste seit Beginn der Lebensmittelknappheit vor zwei Jahren: In Scharen und mit Stöcken und Pflastersteinen bewaffnet strömten die Leute durch die Gassen Freiburgs in Richtung Rathaus. Unter ihnen hauptsächlich Frauen, Burschen, die noch zu jung für den Kriegsdienst waren, und sogar Kinder.

Bei mehreren Lebensmittelläden wurden die Fensterscheiben eingeschlagen. Selbst die aufmarschierenden Schutzmänner wurden mit Steinen beworfen, angespuckt und mit Knüppeln geschlagen.

Die Leute waren hungrig. Verzweifelt. Wütend. Und ihre Wut richtete sich gegen alles und jeden. Sogar gegen ihresgleichen.

»So was hab ich noch nie gesehen«, erzählte Helenes Krankenschwesterkollegin Greta eines Nachmittags. »An der Brunnenstraße haben sie gestern sogar das Gitter vor dem Kellerfenster eines Lebensmittelgeschäfts aufgebrochen und sind eingestiegen. Gefunden haben sie zwar nicht viel, trotzdem sind sie wie eine Horde Hyänen übereinander hergefallen, damit keiner auch nur einen Happen mehr von der Beute bekommt als der andere.« Sie schüttelte fassungslos den Kopf. »Stellt euch das nur vor: Frauen, die sich wegen ein paar Fenchelknollen beißen und mit Fäusten prügeln. Die Schutzmänner mussten sogar Verstärkung aus der Karlskaserne rufen, um die aufgebrachte Menge in Schach zu halten.«

Stine seufzte. »Kein Wunder. Wenn sich an der Versorgungslage nicht bald etwas ändert, werden wir nicht zum letzten Mal solche Szenen gesehen haben, fürchte ich. Wenn es ums eigene Überleben geht, ist sich jeder selbst am nächsten, und dazu ist jedes Mittel gut genug.«

Damit hat sie wohl recht, dachte Helene. Selbst in den hiesigen Lazaretten, deren Versorgung von der städtischen Volksküche organisiert wurde, hatte sie während der vergangenen Monate Veränderungen bemerkt. Zwar waren die Essenslieferungen auch zuvor nie übermäßig üppig ausgefallen, trotzdem war zumindest darauf geachtet worden, dass den Soldaten eine möglichst gehaltvolle Kost gereicht wurde. Seit ein paar Wochen waren die Portionen jedoch auch für sie immer kleiner geworden, und statt einem Zipfel Wurst gab es inzwischen öfters nur noch wässrigen Haferbrei.

Doch was die Tumulte betraf … Dazu hatte der Krieg jenen Teil der Bevölkerung gebracht, der schon vorher nur mit Mühe über die Runden gekommen war. Hilfsarbeiterfamilien zum Beispiel. Aber auch kleine Handwerker wie Schreiner oder Schuster. Ganz abgesehen davon, dass den Familien nun meist der Haupternährer fehlte, hatten die verantwortlichen Frauen auch keine Möglichkeiten, die Kleinbetriebe auf die Kriegswirtschaft umzurüsten. Sie alle hatten von einem Tag auf den anderen die Existenz verloren.

Was sollte aus diesen Menschen werden, wenn der Krieg noch weitere Jahre andauerte?

Unterdessen wäre eigentlich wieder die Zeit der Traubenlese gekommen. Else und Julius hatten jedoch entschieden, die Reben so lange wie möglich an den Stöcken zu lassen.

Eine Entscheidung nicht ohne Risiko, denn ohne Dünger waren die Reben bei diesen Witterungen noch viel anfälliger. Die Lauers hofften stattdessen noch immer auf ein paar zusätzliche trockene und sonnige Tage bis Ende Oktober. Wer konnte es ihnen verdenken.

Doch dieses Mal hofften sie vergebens, das Wetter blieb auch weiterhin schlecht. Bis Hannes eines Tages im Wingert am Lorettoberg einen von der Grauschimmelfäule befallenen Rebstock entdeckte.

»Ich habe den Stock zwar sofort beschnitten, aber wir sollten keine Zeit mehr verlieren. Wer weiß, ob sich die Fäule nicht doch bereits ausgebreitet hat«, berichtete er Else und ihrem Sohn noch am selben Nachmittag. Alle drei standen mit bedrückten Mienen vor dem Stalltor im Innenhof, als Helene von ihrem Dienst an der Hildaschule heimkehrte und die Worte des Hofknechts hörte.

Else nickte. »Dann bleibt uns nichts anderes übrig, als morgen mit der Lese zu beginnen.« Sie holte tief Atem. »Woher sollen wir nur so rasch zusätzliche Lesehelfer auftreiben? Allein schaffen wir das unmöglich. Wir müssen außerdem die benachbarten Winzer benachrichtigen. Es soll uns niemand nachsagen, wir hätten den Befall geheim gehalten.«

»Schick Toni los. Er soll die Besitzer der Nachbarwingerte alarmieren. Ich fahre derweil nach Haslach. Hannes, hilf mir, den Wagen anzuspannen«, befahl Julius und wandte sich mit einem Ruck um.

»Was willst du denn in Haslach?«, fragte Else noch.

Doch er humpelte bereits eilig in Richtung Stall und rief ihr zur Antwort nur über die Schulter hinweg zu: »Wir brauchen Lesehelfer, und im neuen Kriegsgefangenenlager dort finden sich vielleicht welche.«

»Was kann ich tun?« Zwar würde Helene während der nächsten Tage im Lazarett arbeiten müssen und fühlte sich deswegen angesichts der Lage schon schlecht genug, trotzdem wollte sie irgendwie helfen.

Else wandte sich zu ihr um. Die Winzerin wirkte erstaunt. So, als hätte sie sie bisher gar nicht bemerkt. Aber dann glitt ein dankbares Lächeln über die Züge der Älteren, und sie fasste nach Helenes Arm. »Du kannst Selma helfen. Die Verpflegung für die Lesehelfer muss vorbereitet werden. Mit allem, was auch immer unser Vorratskeller noch zu bieten hat.«

Sie hatten Glück im Unglück. Innerhalb von nur drei Tagen und mit der Unterstützung von rund fünfzehn russischen und französischen Kriegsgefangenen brachte die Familie Lauer von der diesjährigen Lese ein, was noch zu retten war. Weniger als die Hälfte des Vorjahresertrags, aber besser als gar nichts.

Die Novembertage kamen und mit ihnen die ersten Wagenladungen an Steckrüben aus Norddeutschland. Sie sollten während des kommenden Winters die fehlenden Kartoffeln ersetzen.

Steckrüben. Dank Elses weiser Voraussicht hatten sie auf dem Rosenhof davon zwar selbst genügend aus dem eigenen Anbau, aber trotz Selmas Bravour und obwohl sie sich wirklich alle nur erdenklichen Zubereitungsvarianten einfallen ließ, waren die Knollen mit dem süßlich-herben Geschmack nur ein fader Ersatz. Immerhin machten sie satt, auch wenn selbst Helene die Rübensuppen, Rübenpürees, Rübenaufläufe, die getrockneten Rübenschnitzel und die Rübenmarmelade bald kaum noch sehen konnte. Sogar die Würste wurden nun mit gehackten Steckrüben gestreckt.

Dabei hatten sie in Freiburg noch Glück. In Hamburg oder Berlin war die Lage angeblich besonders prekär, hieß es. So schlimm, dass sich die hungernden Menschen in den städtischen Suppenküchen sogar um die Reste prügelten.

Was die Organisation von Suppenküchen sowie die Versorgung der Notdürftigen anging, so war auch Else als wiedergewählte Präsidentin des lokalen Frauenvereins in diesen Wochen ständig unterwegs. Trotz des früh einsetzenden Winters mit Schnee und Kälte.

In Zusammenarbeit mit mehreren Pfarrgemeinden Sankt Georgens und der Stadt Freiburg organisierte der Frauenverein zum Beispiel Speisungen in den Volksschulen oder schuf Möglichkeiten zur Verköstigung von Kriegerwitwen und deren Kindern.

Pauline half gerne bei solchen Gelegenheiten aus, schöpfte Suppe oder beschmierte die Kriegsbrotscheiben mit einer hauchdünnen Schicht Marmelade, ehe sie verteilt wurden. Helene wusste, sie tat das zwar aus gutem Willen, aber vor allem, um sich abzulenken und irgendwie auf andere Gedanken zu kommen. Ihr selbst blieb nebst der Arbeit im Lazarett und dem Studium kaum Zeit, um ebenfalls mit anzupacken.

Bis Anfang Dezember das neue Gesetz über den vaterländischen Hilfsdienst in Kraft trat und ihre Studienpläne von einem Tag auf den anderen komplett auf den Kopf stellte. Das Gesetz gehörte zum neuen Rüstungs- und Wirtschaftsprogramm, das von der seit August neu gebildeten, dritten Obersten Heeresleitung unter Paul von Hindenburg und dessen Stellvertreter General Erich Ludendorff ins Leben gerufen worden war, um die Kriegsindustrie zu mobilisieren. Alle noch nicht eingezogenen Männer zwischen dem vollendeten sechzehnten und sechzigsten Lebensjahr wurden nun zum Arbeitsdienst in der Rüstungs- und Kriegsindustrie verpflichtet. Davon ausgenommen diejenigen, die bereits in der Land- oder Forstarbeit und somit einem kriegswichtigen Wirtschaftszweig tätig waren.

Mehr als die Hälfte der Professoren an der Universität mussten sich jedoch dem Gesetz fügen. Was dazu führte, dass die Mehrzahl der von ihr gewählten Studienfächer mit einem Mal nicht mehr stattfinden konnte, weil es keine Dozenten mehr gab. Helene hätte schreien mögen.

»Ich kann noch immer nicht glauben, dass Hindenburg überhaupt damit durchgekommen ist. Ein Gesetz, das das Recht auf freie Arbeitswahl sowie das Streikrecht aufhebt, und die Reichsregierung hat zugestimmt. Unglaublich, so etwas hat es in der ganzen Geschichte des Landes noch nie gegeben«, murmelte Professor Faller gedankenverloren, als Helene die dampfende Teetasse vor ihm auf den Tisch stellte.

Er und Doktor von Lüdow saßen sich im Arbeitszimmer des Professors gegenüber, beide mit gerunzelter Stirn auf die jeweilige Seite der *Freiburger Tageszeitung* konzentriert.

Eigentlich hatte Helene dem Oberstabsarzt nur kurz seinen Tee bringen und gleich wieder gehen wollen. Stine wartete im Bettensaal auf sie, damit sie einem Soldaten mit von Senfgas verätzten Atemwegen eine Kochsalzspülung verabreichten. Doch dann fiel ihr Blick auf die Reihe von schmutzigen Tassen und Gläsern dort auf der Fensterbank.

Na gut, dann nahm sie die am besten gleich mit.

Eilig begann sie, das Geschirr aufzustapeln. Prompt fiel ihr dabei ein Teelöffel hell klirrend zu Boden.

»Verzeihung«, beeilte sich Helene zu sagen und sah sich zu den Ärzten um.

Nur Professor Faller hob den Blick und nahm die Brille von der Nase. »Keine Ursache. Ach übrigens, Helene. Haben Sie inzwischen Neuigkeiten über den Verbleib des Bruders Ihrer Bekannten?«, fragte er.

Sie schüttelte den Kopf. »Leider nicht. Selbst über das Rote Kreuz konnten wir bisher noch nichts herausfinden.«

Der Arzt seufzte, während sich seine Miene verdüsterte und er wieder den Blick senkte. »All die vielen Männer in der Blüte ihrer Jahre. Es ist eine wahre Schande.«

»Aha, hier steht es«, rief von Lüdow und begann, das im Zeitungsartikel Geschriebene zu zitieren: »Das Gesetz ist die Antwort auf die Bemühungen der Feinde, sich den Sieg zu sichern durch eine unerhört große Munitionserzeugung. Das, was jetzt an der Somme vorgegangen ist, wird sich im nächsten Frühjahr an der ganzen Front wiederholen. Demgegenüber müssen wir das Letzte einsetzen, um uns den Sieg zu sichern.« Er ließ die Zeitung sinken. »Kein Wunder, dass der Reichstag zugestimmt hat, bei solch düsteren Vorhersagen.« Mit einer energischen Geste faltete er das Blatt zusammen und warf es auf den Tisch. »Hindenburg hat völlig recht. Es ist längst an der Zeit, dass sich das gesamte deutsche Volk zusammenrafft, nicht nur die Soldaten an der Front. Beschämend nur, dass es dazu ein Gesetz benötigt. Sollte das nicht ein selbstverständliches Gebot staatsbürgerlicher Pflichterfüllung sein?«

Mit nachdenklicher Miene nippte Faller an seinem Tee. »Und doch lässt sich der fade Beigeschmack einer Maßnahme in allergrößter Not nicht ganz leugnen. Ein Schelm, wer Böses dabei denkt.«

Vorsichtig die Geschirrstapel auf ihren Armen balancierend, verließ Helene das Zimmer und schloss die Tür hinter sich.

Die Festtage waren still in diesem Jahr. Niemandem auf dem Rosenhof stand groß der Sinn nach Feierlichkeit.

Nichtsdestotrotz bestand Else darauf, das Haus weihnachtlich zu schmücken. »Es gibt immer einen Grund dafür. Und wenn es auch nur wegen des Geruchs nach Kerzen und Tannennadeln ist«, entschied sie, und keiner wagte es, ihr zu widersprechen.

So machten sie sich ans Werk, bastelten Strohsterne, banden Adventskränze und Girlanden aus Tannenästen und Mistelzweigen, die Hannes und Toni aus dem Wald brachten. Da sie beide sowohl in der Landwirtschaft als auch im Forst arbeiteten, waren sie zum Glück von der Hilfsdienstverpflichtung ausgeschlossen.

Mit leuchtenden Augen stand Sofiechen vor dem kleinen, mit Strohsternen geschmückten Weihnachtsbaum auf dem Esstisch in der Küche und klatschte in die Hände.

Bei dem Anblick musste Helene lächeln.

Mit ihren fast zwei Jahren hielt Sofie alle Bewohner des Winzerhofs ständig auf Trab, zahlte es ihnen jedoch mit ihrem unbeschwerten, sonnigen Gemüt doppelt und dreifach wieder zurück.

Nicht einmal Hannes oder Toni konnten ihr etwas abschlagen: Hannes hatte schnell festgestellt, wie sehr die Kleine Tiere mochte. Darum schnitzte er ihr Tierfigürchen – Kühe, Pferde,

Schafe und Hühner aus Holz, womit sie stundenlang am Tisch spielte, während sie dabei auf seinen Knien saß.

An Toni hatte es Sofie hingegen sein ständig verwuscheltes Haar angetan. Sie liebte es, ihm mit farbigen Stoffbändern dekorierte Haarklemmen in die Locken zu stecken. Der Stallbursche nahm es mit erstaunlichem Gleichmut hin. Vorigen Sommer hatte er sich von der Kleinen sogar einen geflochtenen Kranz aus Gänseblümchen aufsetzen lassen und diesen den ganzen Tag lang getragen. Sehr zu Sofies Entzücken und noch mehr zur Belustigung aller anderen Hofbewohner.

»Ja, ein schönes Bäumchen, nicht wahr? Schau, da ist auch die Krippe mit dem Jesuskind. Und erst die vielen Päckchen. Bist du schon gespannt, welches deines ist?«, fragte Pauline und strich ihrem Töchterchen liebevoll übers Haar.

Sofie nickte voller Inbrunst.

»Bis zur Bescherung musst du dich aber noch etwas gedulden, Fräuleinchen«, brummte Hannes. »Erst wird gegessen.«

Es war Heiligabend, und in der Küche roch es nach Wurst mit Sauerkraut. Ja, nach Wurst! Echter Fleischwurst. Allein schon beim Gedanken daran lief Helene das Wasser im Mund zusammen. Sie alle hatten seit zwei Wochen bereitwillig auf die Fleischrationen verzichtet, nur für dieses eine Abendessen.

Der lange Tisch war bereits schön gedeckt – mit Kerzen und Tannenzweigen. Auf dem Lauerer Hof war es Brauch, dass die Herrschaften vor dem Essen in die Küche kamen, mit allen anstießen und »Frohe Weihnachten« wünschten, ehe sie sich wieder in die Herrenstube zurückzogen. So hatten es Else und Julius auch letztes Jahr gemacht.

Helene schaute auf die Uhr an der Wand. Sechs Uhr abends. Lange konnte es nicht mehr dauern, bis sie kamen.

Ihre Gedanken wanderten zurück zu den Familienfeiern vor

dem Krieg, daheim in Lehr. Zusammen mit ihren Schwiegereltern. Robert hatte immer auf ein traditionelles Weihnachtsessen bestanden: Schäufele mit Kartoffelsalat. Schon Tage zuvor hatte sie ganze Körbe voller Plätzchen und Lebkuchen gebacken, wenn Christian nicht vorher schon heimlich die Hälfte des Teigs vernascht hatte.

Sie schmunzelte wehmütig. Christian. Wie klein er damals noch gewesen war und wie unbeschwert.

Nach dem Essen und der Bescherung hatten sie immer Lieder gesungen und musiziert – sie am Klavier und Christian an der Blockflöte. *Es ist ein Ros' entsprungen* war Helenes liebstes Weihnachtslied.

Roberts Mutter war dazu jedes Mal auf dem Sessel vor dem Kamin eingenickt, während sich Robert mit seinem Vater bei einem Cognac über Politik und aktuelle Weltgeschehnisse unterhielt.

Sie zuckte zusammen, als die Stimmen sie aus ihren Gedanken rissen, während Else gefolgt von ihrem Sohn die Küche betrat. In der einen Hand hielt sie eine Flasche Rotwein, die sie Selma überreichte, in der anderen eine Flasche Zibärtle – einen Obstbrand aus Bergpflaumen.

Helene staunte. Den hatte sie schon seit Jahren nicht mehr getrunken.

Die Küchenmagd Emma hielt das Tablett mit den Schnapsgläsern, während Else einschenkte und sich dann eines davon nahm.

»Ein schönes Tannenbäumchen habt ihr hier. Und mit so vielen Geschenken.« Sie zwinkerte Sofie zu. »Für wen die wohl alle sind?«

Die Kleine begann zu kichern und versteckte sich hinter dem Rock ihrer Mutter.

Mit erhobenem Glas prostete Else den Anwesenden zu. »Ein gesegnetes Weihnachtsfest euch allen.« Ihr Blick blieb einen kurzen Moment lang auf Pauline haften, bis sie sich gegenseitig zunickten. »Auch jenen, die heute nicht bei uns sein können. Solange wir noch Hoffnung haben, werden sie immer bei uns sein.«

»Wahre Worte. Frohe Weihnachten, und auf die Hoffnung!«, fügte Julius bei und hob ebenfalls sein Glas.

»Ein gesegnetes Fest.« – »Frohes Fest.« – »Fröhliche Weihnachten.«

Das Klirren der Schnapsgläser hallte durch die Küche.

Der Zibärtle brannte in Helenes Hals, sie bekam zuerst kaum noch Luft. Doch dann breitete sich der unvergleichliche, herbe Geschmack nach Marzipan in ihrem Mund aus, und sie fühlte, wie Wärme durch ihre Brust und ihren Bauch sickerte.

Kein Zweifel, der Schnaps war von hervorragender Qualität.

Else stellte ihr Glas ab. »Dann wollen wir euer Essen nicht länger verzögern. Habt alle einen besinnlichen Abend«, sagte sie in ihrem üblichen höflich-distanzierten Herrinnentonfall und wandte sich zum Gehen.

»Warum bleibt ihr nicht beide hier und esst mit uns?«, ertönte Paulines Stimme.

Die Winzerin drehte sich um. »Wie bitte?« Sie schüttelte den Kopf, als hätte sie nicht recht verstanden.

»Warum setzt ihr euch nicht einfach zu uns hier in die Küche«, wiederholte Pauline. Sie zeigte auf den gedeckten Tisch und zuckte mit den Schultern. »Das Essen ist dasselbe, und am Tisch ist genug Platz für alle. Außerdem ist es hier mit dem Kachelofen doch viel gemütlicher als in der Herrenstube.«

»Nun ja … ich …« Es war eine völlig neue Erfahrung, Else Lauer für einmal sprachlos zu sehen.

»Des stimmt, d'Pauline het ganz rächt«, meldete sich Selma entschieden zu Wort. »Hitt sott nemeds allai si.«

»Aber wir können doch nicht …« Hilfe suchend sah Else zu ihrem Sohn.

Dieser wirkte jedoch ebenfalls perplex, wenngleich nicht ganz so verdattert wie seine Mutter.

Sämtliche Blicke richteten sich jedoch plötzlich auf die kleine Sofie, als sie kurzerhand auf Julius zuging, mit dem einen Händchen an seine Krücke griff und das andere in Richtung Tisch ausstreckte.

Es musste diese kleine Geste gewesen sein, die Julius überzeugte, denn ein schiefes Grinsen zupfte auf einmal an seinen Lippen, und er sagte: »Wenn die Einladung schon so nett ist, warum nicht.«

Und so kam es, dass die Winzerin vom Rosenhof und ihr Sohn an jenem Heiligabend zusammen mit den übrigen Hofbewohnern an dem langen Tisch in der Küche saßen und das Weihnachtsfest begingen. In schlichter Eintracht.

Ein Ereignis, das sich fortan wiederholte – nicht täglich, aber doch ab und zu –, sodass es bald schon niemand von ihnen mehr infrage stellte.

Über den Jahreswechsel kam klares Wetter und mit ihm eine Eiseskälte. Tagelang blieb das Thermometer unter null, und der Frost klammerte sich auch tagsüber im gesamten Umland fest. Es wurde so bitterkalt, dass in der ersten Februarwoche sogar die Bächle in der Stadt zufroren. Schulen, Kinos und Theater blieben geschlossen.

»Beachten Sie, dass auch die hiesigen Vorlesungen bis auf Weiteres ausfallen werden, solange diese Extremtemperaturen herrschen«, verkündete Helenes Dozent am Schluss der Vorlesung zum Thema Histologie und rieb die Hände in den Fäustlingen aneinander, um sie aufzuwärmen. Sein Atem bildete dabei eine Dampfwolke.

Auch im Hörsaal war es so unsäglich kalt, dass Helene fürchtete, ihr Zähneklappern sei im ganzen Raum zu hören. Ihre Nasenspitze war längst taub geworden. Sie hatte angefangen, die Notizen mit Bleistift, statt wie sonst mit dem Füller zu verfassen, weil die Feder wegen ihren zittrigen Fingern auf dem Papier kratzte und Spritzer hinterließ.

Sie stieß frustriert den Atem aus, während sie ihre Sachen zusammenpackte. Wie stark der Krieg auch die Mittel der Freiburger Fakultäten beeinflusste, war ihr erst in diesen Tagen richtig klar geworden: Durch das Fortbleiben der eingezogenen Studenten fehlte auf einmal nicht nur ein Großteil der Studiengelder, viele Zuwendungen aus Stiftungen flossen direkt in Kriegsanleihen. Mit dem Resultat, dass die Universität nicht einmal mehr genug Geld für Kohle aufbrachte, um die Räume zu heizen.

Helene schritt kräftig aus, während sie sich auf den Weg zur Hildaschule machte. Das hob zwar nicht ihre Stimmung, doch ihr wurde zumindest warm.

Zwei Stufen auf einmal nehmend, stieg sie die Treppe hoch und stieß die Tür auf.

Sofort umfingen sie die längst vertrauten Geräusche des Lazarettbetriebs: Stimmengewirr. Das Klappern von Emaillegeschirr. Unzählige eilige Schritte auf dem blank gescheuerten Linoleumboden. Der Geruch nach Kampfer, Putzseife und Tabak. Alles wie immer. Hier waren die Räume wenigstens einigermaßen geheizt.

Sie knöpfte sich den Mantel auf und eilte quer durch die Eingangshalle in Richtung Schwesternzimmer. Zwar hatte Helene noch genügend Zeit, bis ihre Schicht begann, aber so brauchte sie sich mit dem Umziehen nicht wie sonst zu beeilen.

»Helene!«

Als sie die Stimme hörte, blieb sie stehen, drehte sich um und traute ihren Augen kaum, als sie die Frau erkannte, die ihr von der anderen Seite der Halle her zuwinkte und eilig näher kam.

Nanu? Was machte Pauline denn hier?

»Da bist du ja«, rief diese. »Ich habe nach dir gefragt, aber keiner konnte mir sagen, wo du bist. Nicht einmal, nachdem ich ihnen deine Nachricht gezeigt habe. Dabei bin ich so schnell gekommen, wie ich konnte.«

»Ich hatte doch bis eben noch Vorlesung«, gab Helene zurück und runzelte verwundert die Stirn. »Aber was machst du hier? Und von welcher Nachricht redest du? Ich habe dir keine geschickt.« Wie auch? Wie in den meisten Häusern in Sankt Georgen gab es auch auf dem Rosenhof noch keinen Telefonanschluss. Und die einzige Möglichkeit, jemandem aus dem Dorf so rasch eine Nachricht zukommen zu lassen, war entweder mittels Telegramm oder durch einen Anruf an den Posthalter, der dann so schnell wie möglich seinen Sohn losschickte, um die Mitteilung zu überbringen.

Pauline zog einen gefalteten Zettel aus ihrem Handtäschchen. »Der Posthaltersohn hat mir das hier heute Morgen auf den Rosenhof gebracht.« Sie hielt Helene den Zettel hin und tippte mit dem Zeigefinger auf das Geschriebene. »Da, siehst du? Ich habe zwar den Namen nicht lesen können, aber wer sonst sollte mir denn von hier schreiben, wenn nicht du? Ich kenne doch sonst niemanden an der Hildaschule.«

Auf dem Papier stand mit krakeliger Schrift geschrieben:

Bitte so schnell wie möglich zur Hildaschule kommen.
Es ist von immenser Wichtigkeit.

Darunter stand ein Name, den selbst Helene nur mit Mühe entziffern konnte. Und sie blinzelte ungläubig, hielt das Schreiben näher ans Fenster, um ganz sicher zu sein, dass sie nicht falsch gelesen hatte.

Aber der Name stand tatsächlich da. Selbst nach dem dritten und vierten Mal Lesen: Dr. V. von Lüdow.

»Die Nachricht ist nicht von mir, sondern von einem der hiesigen Ärzte«, erklärte Helene noch immer skeptisch.

Pauline riss erschrocken die Augen auf. »Ein Arzt? Was will der denn von mir?«

»Komm mit. Das finden wir gleich heraus.« Helene nahm die Freundin am Arm und zog sie mit sich durch mehrere Gänge, bis sie vor dem Ärztezimmer standen. Dieses grenzte direkt an Professor Fallers Arbeitszimmer.

Ohne zu zögern, klopfte Helene an und trat, Pauline mit sich zerrend, ein.

Normalerweise diente der Raum den Ärzten der Hildaschule zugleich als Aufenthaltsraum, Büro und Rückzugsort. Anders als in Professor Fallers Arbeitszimmer waren die Wände hier vom Boden bis zur Decke mit vollen Bücherregalen möbliert. Mehrere einzelne Arbeitstische standen davor. In der Mitte des Raums waren bequeme Sessel platziert, die zum Entspannen einluden.

Das Zimmer war jedoch leer.

»Haben Sie vielleicht Doktor von Lüdow gesehen?«, wandte sich Helene an Fräulein Faller, die ihnen im selben Moment mit einem Stapel gefalteter Leintücher auf den Armen draußen im Gang entgegenkam.

»Oh, soweit ich weiß, war er bis eben noch mit einer Operation beschäftigt. Ein besonders schwieriger Fall unter den Neuankömmlingen von letzter Nacht, habe ich gehört«, erklärte Professor Fallers Schwester.

Doch dann richtete sich ihr Blick über Helenes Schulter hinweg, und sie deutete mit dem Kinn in dieselbe Richtung. »Aber schauen Sie, da kommt er ja.«

Tatsächlich. Wie immer mit blank polierten Stiefeln und weißem Ärztekittel, links und rechts flankiert von zwei Assistenzärzten, mit denen er sich gestenreich unterhielt.

Seine Stirn runzelte sich nicht unfreundlich, sobald er Helene erkannte, und er unterbrach sogar das Gespräch mit seinen Kollegen. »Schwester Helene. Was kann ich für Sie tun?«

»Das ist meine Wohngefährtin Pauline Seibold«, sagte sie ohne Umschweife und deutete auf Pauline. »Sie haben ihr eine Nachricht zukommen lassen, dass sie so schnell wie möglich herkommen soll?«

Von Ludows Gesicht begann zu strahlen. »Ah, richtig, Fräulein Seibold.« Er streckte ihr die Hand zum Gruß entgegen. »Es ist mir eine Freude, Ihre Bekanntschaft zu machen, und entschuldigen Sie bitte meine etwas unorthodoxe Kommunikation. Ich hatte jedoch keine andere Möglichkeit, um Sie zu erreichen. Andernfalls wäre ich heute Abend persönlich auf den Lauerer Hof gekommen.«

»Worum geht es denn?«, fragte Pauline sichtbar angespannt.

»Sie haben ganz recht, wo bleiben nur meine Manieren. Kommen Sie.« Mit einem Wink entließ er seine Entourage und geleitete Pauline und Helene stattdessen ins Ärztezimmer. »Nehmen Sie doch Platz«, sagte er dann und machte eine einladende Geste zu den Sesseln.

Pauline schüttelte stur den Kopf und blieb mit gestrafftem Rücken stehen. »Bitte spannen Sie mich nicht länger auf die Folter.«

»Natürlich. Nun gut.« Er lehnte sich lässig gegen einen der Tische. »Vorab bin ich Ihnen wohl aber noch ein paar Erklärungen schuldig, denn wir hatten bisher ja noch nie das Vergnügen, nicht wahr?« Er stieß ein kurzes schnaubendes Lachen aus, ehe er weiterfuhr. »Ich versichere Ihnen, normalerweise mische ich mich nicht in die Privatangelegenheiten anderer ein. Trotzdem ist mir Schwester Helenes Nachforschungsversuch über den Verbleib Ihres Bruders zu Ohren gekommen, als sie mit unserem Oberstabsarzt darüber gesprochen hat.« Er wandte den Blick rasch in Helenes Richtung. »Verzeihen Sie, es hat sich so ergeben. Es war nicht meine Absicht zu lauschen.« Sogleich fuhr er wieder fort. »Aber der Zufall will es, dass der Verantwortliche der Zentralstelle für Gefangenenerfassung des Roten Kreuzes in Berlin ein guter Bekannter von mir ist. Wir haben zusammen in Leipzig studiert.«

»Sie haben Neuigkeiten von Georg?« Paulines Stimme schwankte, und sie trat einen Schritt vor.

Sofort fasste Helene nach ihrer Hand, drückte sie.

Von Lüdow ging um den Tisch herum, wo er eine Schublade öffnete und daraus einen gefalteten Zettel hervorholte. »Georg Heinrich Seibold, geboren am 10. Januar 1887 in Tübingen. Sind diese Angaben korrekt?«

Pauline keuchte auf und legte sich sofort die freie Hand auf den Mund, ehe sie nickte. Ihre Augen füllten sich mit Tränen.

Ein erstaunlich sanftes Lächeln machte sich nun auf den Zügen des Arztes breit, als er ihr das Schreiben reichte. Es war ein Telegramm. »Dann freut es mich umso mehr, Ihnen sagen zu können, dass Ihr Bruder noch am Leben und in einem Kriegsgefangenenlager namens Stobs Military Camp in Schottland registriert worden ist.«

Und im nächsten Moment fiel Pauline in Helenes Arme, lachte und weinte zugleich und ließ ihrer Erleichterung freien Lauf. Endlich.

Titelseite der amerikanischen Tageszeitung *Muskogee Times-Democrat*, Oklahoma, Montag, 26. Februar 1917

Laconia ohne Warnung durch deutsches U-Boot versenkt. Vereinigte Staaten an der Schwelle zum Krieg

New York, 26. Februar – Das britische Passagierschiff *Laconia*, eines der größten Schiffe der Cunard-Flotte, dessen Versenkung durch ein U-Boot heute bekannt geworden ist, hat den Hafen am 18. Februar in Richtung Liverpool verlassen. Im Moment der Torpedierung waren dreiunddreißig Passagiere Erster Klasse und zweiundvierzig Zweiter Klasse an Bord, unter ihnen sieben amerikanische Staatsbürger. Weitere zwanzig Landsleute waren unter den zweihundertsechzehn Mann Besatzung.

Die Zerstörung des Schiffs ist der Reederei von Seiten der britischen Admiralität bestätigt worden. So weit ist nur von einem Opfer die Rede. Unklar ist zurzeit noch, ob es sich dabei um einen Passagier oder ein Besatzungsmitglied handelt.

Artikel im Morgenblatt der *Frankfurter Zeitung*, Dienstag, 27. Februar 1917

Ein Passagierdampfer versenkt

London. 26. Februar. Das Reutersche Bureau meldet amtlich: Der Passagierdampfer *Laconia* (13 099 Bruttoregistertonnen) der Cunard Line, der von New York kam, ist ohne Warnung torpediert worden. Ein Schiff mit zweihundertsiebzig Überlebenden der *Laconia*, darunter eine Anzahl Passagiere, wird um Mitternacht im Hafen erwartet.

Titelseite der amerikanischen Tageszeitung *Muskogee Times-Democrat*, Oklahoma, Dienstag, 27. Februar 1917

Versenkung der *Laconia* bringt die Vereinigten Staaten dem Krieg einen weiteren Schritt näher

Washington, 27. Februar – Offizielle Depeschen bestätigen amerikanische Opfer nach der ohne Vorwarnung torpedierten *Laconia* und erklären den Vorfall damit als unverhohlene Tat.

Die Versenkung der *Laconia* wird von der amerikanischen Regierung als klarer Verstoß gegen amerikanisches Recht und Leben angesehen, wie aus einer maßgeblichen Meinungsäußerung hervorgeht, die nach einer Konferenz zwischen Präsident Wilson und Minister Lansing eingeholt wurde. Indes nimmt der Kongress die Frage über neutrale Bewaffnung auf. [...] Die Zerstörung der *Laconia* hat deutlich gemacht, was die Zukunft zu bringen droht, sollte der Präsident nicht schnellstmöglich mit der vollen Autorität bekleidet werden, dieser Gefahr Einhalt zu gebieten.

Letzte Meldungen im Morgenblatt der *Freiburger Tagespost*, Donnerstag, 1. März 1917

Hungerkrawalle in Petersburg und Moskau

Berlin, 28. Februar. Der Lokalanzeiger meldet aus Stockholm, in Petersburg und Moskau sind Teuerungsunruhen an der Tagesordnung. In den vergangenen Wochen wurden in Petersburg ungefähr vierzig Bäckerläden geplündert. Täglich ereignet es sich, dass wartende Menschen erfrieren, weswegen die Aufstellung von Heizöfen für die vor den Geschäften Wartenden erfolge.

Petersburg unter Belagerungszustand

Frankfurt a. M., 1. März. Der *Frankfurter Zeitung* wird aus Stockholm berichtet, dass der Oberbefehlshaber von Petersburg, General Chabalow, Petersburg als im Kriegszustand befindlich erklärt und besonders an die Arbeiter eine Warnung gegen Kundgebungen erlassen habe. Bei der Eröffnung der Duma war der Oberbefehlshaber ermächtigt, jeden Aufruhr oder Widerstand gegen die Staatsgewalt zu unterdrücken.

Titelseite des Morgenblatts der *Freiburger Tagespost*, Samstag, 10. März 1917

Amerika.

Berlin, 10. März. Gegen die friedensfreundlichen Senatoren in Washington wird laut off. Zeitung die Hetze mit beispielloser Heftigkeit fortgesetzt. Um den Senator Stone zum Rücktritt von seinem Amte als Vorsitzender des Senatsausschusses für auswärtige Angelegenheiten zu zwingen, ist ein Pressefeldzug eingeleitet worden.

Laut dem Lokalanzeiger befahl Präsident Wilson nach einer längeren Unterredung mit Staatssekretär Lansing die Bewaffnung der amerikanischen Handelsschiffe. Der Marineminister habe den Schiffswerften mitgeteilt, sie wurden staatlich beschlagnahmt werden, wenn sie den Bau der von der Regierung bestellten Schiffe nicht beschleunigten.

38 – Haar um Haar

15. März 1917, Sankt Georgen, Rosenhof

Pauline war glücklich.

Immer wieder sah sie auf das Geschriebene in ihrer Hand, um ganz sicherzugehen, dass sie auch wirklich nicht träumte. Der Postbote hatte den Brief früh am Morgen gebracht. Oben links auf dem Umschlag prangte der Stempel *Kriegsgefangenensendung.* Direkt darunter ein runter Stempel, dessen Tinte verschmiert war. Dennoch ließ sich die Aufschrift *Military Censorship Scotland* erkennen – das Zeichen der Zensur durch das britische Militär. Im Umschlag waren zwei offene Briefe gewesen – einer für sie selbst und einer für Emma.

26. Februar 1917, Stobs, Schottland

Mein liebes Lienchen,
ich lebe noch! Wer hätte das jemals für möglich gehalten …

Georg – o Georg. Die Brust drohte ihr jedes Mal schier vor Freude und Erleichterung zu zerplatzen, wenn sie auch nur diese erste Zeile las.

Sie hob den Blick zu Emma, die ihr gegenüber auf der umgedrehten Holzkiste in der Waschküche saß und ihren eigenen Brief von Georg las.

Noch immer wusste niemand sonst auf dem Hof von der Beziehung zwischen der Küchenmagd und Paulines Bruder. Nicht einmal Selma. Emma hatte es so gewollt, und Pauline respektierte den Wunsch, indem sie das Geheimnis auch ihrerseits hütete.

Sie streckte die Hand aus, berührte sanft Emmas Arm.

Die junge Magd sah sofort auf. Ihre Wangen waren nass von den Tränen, doch sie lächelte, während sie sich den Brief an die Brust presste.

»Es geht ihm gut«, flüsterte Pauline und nickte bekräftigend. »Es geht ihm gut, Gott sei Dank.«

Er sei zusammen mit rund zwanzig anderen Kameraden aus seinem Regiment auf Posten in den vorderen Gräben gewesen, als die Großoffensive der Engländer an jenem Nachmittag alle überrascht und die deutschen Linien zum Rückzug gezwungen hatte.

Unter tagelangem Beschuss verliert man jedes Gefühl von Zeit und Ort. Ich weiß nur noch, dass ich mich gegen die Wand aus Sandsäcken gepresst habe, als es angefangen hat. Sie haben alles gegen uns geworfen – Artillerie und Flugzeuge.

In solchen Momenten kommen einem die seltsamsten Gedanken: Nach all dem Grauen, dem wir bisher begegnet sind, scheint es so viel einfacher und schlichter, durch eine Kugel zu sterben. Es ist nicht mehr der Tod selbst, den man fürchtet, sondern es ist das Grauen davor, von den Kanonen zerfetzt zu werden, bis nichts mehr von einem übrig ist, das sich in einem festkrallt.

Währenddessen war das Getöse der Explosionen so fürchterlich, dass wir nur noch dort am Boden hocken und beten konnten. Stundenlang. Tagelang.

Bis Georg und seine Kameraden merkten, dass sie vom Rest ihrer Kompanie abgeschnitten waren. Ohne jede Nachschubmöglichkeit und ohne Chance, die von den Artillerieeinschlägen verursachte Schneise zwischen den Verteidigungsgräben und der Festung zu überwinden.

Während der kurzen Feuerpausen haben wir von unserer Position aus die heranrückenden Engländer gesehen. Mit unseren MGs konnten wir ihnen zwar ordentlich Zunder geben, aber sie waren in mehrfacher Überzahl, und wir hatten kaum noch Munition.

Und dann auf einmal waren die Briten da. Wie die Heuschrecken sind sie in unseren Graben eingedrungen. In all den Monaten dort an der Somme hatte ich noch nie welchen von ihnen so nah gegenübergestanden. Sie waren genauso verdreckt und abgemagert wie wir auch.

Es war nicht einfach für Pauline, diese Zeilen zu lesen. Schon in seinen letzten Briefen von der Front hatten Georgs Worte auf einmal anders geklungen als noch zu Beginn des Krieges. Resigniert. Ohne Hoffnung auf eine Zukunft danach. Auch hatte er zum ersten Mal von seiner Angst gesprochen.

Wenn sie doch nur bei ihm sein könnte, ihn umarmen und ihm beistehen könnte.

Nach ihrer Gefangennahme hatten die Engländer Georg und die restlichen Männer seines Grabens hinter die feindlichen Linien gebracht.

Da saßen wir nun. Unbewaffnet und umgeben von Engländern. Es war ungewohnt, das Gelände rund um die Schwabenfeste auf einmal von der gegenüberliegenden Seite aus zu sehen. Erst dann ist mir aufgefallen, wie kahl rundum alles ist. Wo bis vor ein paar Wochen noch ein Wäldchen gestanden hat, waren nun nur noch nackte, astlose

Baumstümpfe in einer sumpfigen Landschaft voller Bombenkrater zu sehen. Und mittendrin die geschundenen Leichen toter Soldaten.

Ich weiß nicht, warum, aber nach diesem Anblick ist mir auf einmal schlecht geworden, und ich musste mich übergeben, wie ich es in meinem ganzen Leben noch nicht getan habe.

Doch ausgerechnet ein englischer Offizier hat mir daraufhin aus seiner eigenen Feldflasche zu trinken gegeben. Ein schlaksiger Bursche mit schmalem Gesicht und einem für die Briten typischen, junkerlichen Oberlippenbärtchen.

Trotzdem war er erstaunlich freundlich und hat sogar ein ganz passables Deutsch gesprochen. Sein Name sei John, hat er gesagt – John Ronald Reuel Tolkien. Ich erinnere mich ganz genau daran, weil er ihn mir dreimal wiederholen musste. Was für ein eigenartiger Name, selbst für einen Engländer.

Wir haben eine Weile miteinander geplaudert. Wie seltsam das Schicksal doch ist, da beschießt man sich gegenseitig über Monate hinweg, und plötzlich sitzt man sich gegenüber, trinkt zusammen Tee und teilt die magere Zwiebackration. John hat mir von seiner Kindheit in Südafrika erzählt und von Land und Leuten geschwärmt. Das klang alles so fremd und zugleich so faszinierend. Hätten wir nur mehr Zeit gehabt, ich hätte ihm gern noch weiter zugehört. Alles in allem war er ein feiner Kerl.

Kurz darauf wurden wir Gefangene zusammengetrieben. Mit Lastwagen ging es an die Küste, wo wir auf Schiffe verladen wurden. Hunderte deutscher Soldaten. Einige Kameraden haben sie sogar in Zügen von Verdun hergeschafft.

Seit zwei Wochen sind wir nun hier in Schottland. Das Lager ist …

Von hier an waren mehrere Zeilen mit einem dicken schwarzen Tintenbalken übermalt und so unleserlich gemacht. Erst weiter unten ging das Geschriebene weiter:

Es geht mir so weit gut hier. Das Wetter ist zwar scheußlich, aber wir bekommen genug zu essen und haben sogar Unterhaltungsmöglichkeiten. Ein paar der Gefangenen organisieren Theatervorstellungen oder Vorträge. Ich habe angefangen, Englisch zu lernen, stell Dir vor.

Und erst nach und nach wird mir bewusst, dass es hier kein Kämpfen mehr gibt.

»Mama!«, ertönte auf einmal die Kinderstimme vom Kücheneingang her.

Pauline sah auf, da wurde ihr im selben Moment bewusst, wie spät es schon sein musste.

»Ich komme!« Eilig fuhr sie auf, steckte den Brief weg und winkte Emma zum Abschied zu. Herrje, was trödelte sie hier herum. Dabei war sie doch mit Mina in der Stadt verabredet, und sie musste sich sputen, wollte sie den Zug noch rechtzeitig erreichen.

Sie war völlig außer Atem, als sie eine Stunde später an die Tür der hübschen Gründerzeitvilla an der Ecke zwischen der Erwin- und der Scheffelstraße klopfte.

Mit Schwung öffnete Mina die Tür. »Da bist du ja.« Sie strahlte. »Ich hatte schon befürchtet, dass du nicht kommst.« Rasch zog sie sie ins Haus.

»Entschuldige, ich habe endlich einen Brief von Georg bekommen und dabei völlig die Zeit vergessen«, sagte Pauline rasch, während sie sich darum bemühte, den Kristallkronleuchter im Empfangsraum nicht zu bestaunen, als hätte sie noch nie etwas Prachtvolleres gesehen. Es war das erste Mal, dass sie Mina im Haus ihrer Familie besuchte. Sie hatte zwar gewusst, dass diese betucht war, aber das hier …

Du lieber Himmel, der Parkettboden glänzte blitzblank, und der Teppich war so dick, dass man beim Drauftreten fast bis zum Knöchel einsank.

Doch sie kam nicht einmal dazu, die Einrichtung weiter zu bewundern, als Mina sie überschwänglich umarmte und drückte. »Ein Brief von Georg? Oh, das ist ja wundervoll, ich freue mich für dich. Wie geht es ihm?«

»Wie er schreibt, den Umständen entsprechend ganz gut. Er lernt jetzt Englisch«, antwortete Pauline und ließ sich von der Freundin mitziehen.

»Komm, ich zeige dir das Haus«, rief Mina. »Meine Eltern sind ja nicht da.«

Wenn sie schon seinerzeit die Räumlichkeiten des Frauenklubs bemerkenswert gefunden hatte, so bot das Zuhause der Professorenfamilie Sahner jenen Luxus, den Pauline nur aus Zeitschriften kannte: hohe, reich verzierte Stuckdecken. Prächtige Tapeten an den Wänden. Nicht zu reden von den Möbeln, die wie eigens für die Räume gefertigt schienen.

Natürlich hatte Pauline gewusst, dass es in Freiburg selbst jetzt in Kriegszeiten nicht nur Hungerleider gab oder die Leute, die stundenlang in der Kälte um eine Schüssel Suppe oder ein Stück Kriegsbrot Schlange stehen mussten. Der Krieg traf längst nicht jeden gleich schlimm. Wie groß die Kluft allerdings zum Beispiel zwischen einer Arbeiterin mit kleinen, allein zu versorgenden Kindern wie Luise Sachs und einer Professorenfamilie aus dem Bildungsbürgertum war, wurde Pauline jetzt einmal mehr so richtig bewusst: Jedes Gemälde, jeder Zierrahmen, jede Kordel und jede Samtbordüre – alles passte hier in der Villa der Familie Sahner perfekt zum Gesamtbild. Es gab sogar ein Telefon und in sämtlichen Zimmern elektrisches Licht, auch im Bad und auf der Treppe. Und im ganzen Haus roch es nach Lavendel und Zitronen. Dabei gehörte Minas Familie, genau wie im Übrigen die Winzerfamilie der Lauers auch, nicht einmal zur Elite.

»Mein Zimmer ist hier.« Mina stieß eine Tür im oberen Stock auf und ging voraus.

Zu Paulines Erstaunen war das Zimmer im Vergleich zum Rest des Hauses eher nüchtern gehalten: ein Bett mit Nachttischchen. Ein Schrank, ein Frisiertischchen mit Spiegel, ein Schreibtisch und ein Lesesessel mit Stehlampe neben einer übervollen Bücherwand. Doch im durch das Fenster der Dachschräge einfallenden Tageslicht wirkte selbst diese nur halb so wuchtig.

Auf dem Boden vor dem Frisiertischchen lag ein Leintuch bereit.

»Hast du alles dabei?«, fragte Mina nun in verschwörerischem Tonfall.

Pauline nickte und zog eine braune Papiertüte mit der Aufschrift *Sammeltasche zur Frauenhaarsammlung des Roten Kreuzes* aus ihrer Tasche hervor. »Hast du die Schere?«

Rasch ging Mina zur Frisierkommode, wo sie eine der Schubladen öffnete und eine lange, dünne Schere zutage brachte. Mit dieser in der Hand erhoben stand sie da. Auf einmal wirkte ihre Miene allerdings skeptisch. »Bist du dir wirklich sicher, dass du das tun willst? Laut Sammelaufruf war nur vom Auskämmhaar die Rede. Mutter und ich haben auch schon seit zwei Monaten eifrig jedes einzelne Haar aus der Bürste geklaubt. Mehr verlangt doch niemand.«

Aber Pauline zog den Mantel aus und begann, die Kämme und Klammern in ihrer Hochsteckfrisur zu lösen. Eine nach der anderen, während ihr die Haarflechten nach und nach in dunklen Wellen auf die Schultern und über den Rücken bis fast zu den Hüften fielen.

Sie war immer stolz auf ihr Haar gewesen. Auch jetzt strich

sie mit den Fingern durch die weiche Fülle, während sie sich im Spiegel betrachtete.

Frauen hatten ihr Haar zwar lang, jedoch keinesfalls offen, allerhöchstens zu einem Zopf geflochten oder hochgesteckt zu tragen, hieß es. War das nicht in sich bereits ein Widerspruch?

Doch dann war vorigen Monat die Aufforderung des Roten Kreuzes zur öffentlichen Haarspende gekommen, damit es zu Treibriemen, Dichtungsringen oder Filzplatten verarbeitet werden und so der Kriegsindustrie dienen konnte, der alternative Rohstoffe fehlten.

Der Aufruf hatte zunächst eine regelrechte Spendeneuphorie heraufbeschworen. Dass sich einige Frauen und Schulmädchen voller Vaterlandseifer das Haar kurz geschnitten hatten, veranlasste den Mobilmachungsausschuss des Roten Kreuzes jedoch dazu, die Aufforderung lediglich auf ausgekämmtes Haar zu beschränken. Zumindest offiziell. Wer nichtsdestotrotz sein langes Haar der Schere opferte, wurde vielerorts wie eine Heldin gefeiert.

Pauline ging es allerdings weder darum, der Kriegsindustrie dienlich zu sein, noch strotzte sie vor Heldentum oder Patriotismus. Doch sie wollte ein Zeichen setzen, und sei es noch so unbedeutend. Aus Trotz. Weil es wenigstens eine winzige Möglichkeit war, um gegen die Hilflosigkeit, die sie seit Beginn dieses verfluchten Kriegs verspürte, aufzubegehren.

Wenigstens das hier konnte sie selbst entscheiden. Nur sie allein. Ungeachtet der Konsequenzen. Aus freiem Willen und ohne dass irgendjemand es ihr vorschrieb. Es sollte doch das Recht einer jeden Frau sein, zu bestimmen, wie sie ihr Haar trug, oder nicht?

In ihrer Vorstellung konnte sich Pauline zwar gar kein richtiges Bild davon machen, wie sie mit kurzem Haar aussehen würde. Sie war auch trotz allem längst nicht so tollkühn, um sich an einen

Bubikopf-Haarschnitt zu wagen, mit dem Coco Chanel schon im vorigen Jahr die Öffentlichkeit in Schnappatmung versetzt hatte. Sogar hier im Kaiserreich hatten die Zeitschriften mit einem entsetzten Unterton davon berichtet.

Sie selbst war jedoch keine berühmte Modeschöpferin, der man ihre Extravaganz nachsah, sondern nur eine unbedeutende Damenschneiderin ohne richtige Arbeit und ohne ein Ziel in Reichweite. Außerdem war ihr eigenes Haar zu lockig für einen solchen Schnitt.

Ein letztes Mal fuhr sich Pauline mit den Fingern der Länge nach durch die Flechten. Schulterlang – ja, damit wäre fürs Erste der Gerechtigkeit Genüge getan.

Mit entschlossen zusammengepressten Lippen setzte sie sich dann auf den Hocker vor dem Spiegeltischchen, straffte den Rücken und schloss die Augen. »Fang an.«

Das laute Ratschen der Schere dauerte scheinbar ewig. Sie spürte das Ziepen. Ganz allmählich fühlte sie, wie das vertraute Gewicht an ihrem Haaransatz immer weniger wurde, trotzdem wagte Pauline nicht, die Augen zu öffnen. Womöglich hätte sie den Entschluss am Ende doch noch aufgegeben, und sie wollte keine halben Sachen machen.

Während der gesamten Prozedur hatte Mina kein Wort gesprochen. Als sie dann endlich »Fertig« sagte, zuckte Pauline unweigerlich zusammen.

Sie öffnete die Augen und sog im ersten Moment erschrocken den Atem ein.

Um Gottes willen, sie erkannte sich kaum wieder.

Ihr Gesicht. Umringt von dem plötzlich so fülligen Lockenkranz wirkte es mit einem Mal viel kleiner.

Zögerlich fasste sie sich mit beiden Händen ins Haar. Es fühlte sich so ungewohnt dicht und üppig an.

»Unglaublich, ich wusste gar nicht, dass du solche Locken hast«, rief Mina, während sie hier eine Strähne richtete und dort an einem Haarbüschel zupfte. »Sieh dir das an. Es gibt Frauen, die für solches Haar meucheln würden. Mit einem hineingeflochtenen Haarband fällt gar nicht mehr auf, wie kurz es ist.«

»Wenn ich etwas verbergen wollte, hätte ich die Haare doch gar nicht erst abzuschneiden brauchen«, widersprach Pauline und schüttelte den Kopf. Auch das fühlte sich mit einem Mal ganz anders an.

Sie stand vom Stuhl auf und beugte sich vornüber. Dabei wuschelte und knetete sie sich das Haar kräftig mit beiden Händen durch. Wie befreiend. Das hatte sie noch nie zuvor in ihrem ganzen Leben tun können.

Lachend warf sie sich das Haar dann wieder zurück, blies sich ein paar der Strähnen aus dem Gesicht, während sie sich noch einmal im Spiegel betrachtete. Sie wirkte auf einmal jünger, verschmitzter. Noch standen die Locken wild zu allen Seiten ab, mussten hier und da noch gestutzt und zurechtgeschnitten werden. Sie würde sich zudem an eine neue Art, sich zu frisieren, gewöhnen müssen.

Du lieber Himmel, Else würde bestimmt zutiefst schockiert sein, sobald sie sie so sah. Selma würde laut »Jesses!« rufen und höchstwahrscheinlich sogleich ein Vaterunser beten. Zusammen mit Dorle und Leni. Helene hingegen war sicher im ersten Moment verwundert, würde jedoch bald die praktische Seite erkennen, die die kurzen Haare mit sich brachten.

Und Julius? Ob ihm ihre neue Aufmachung wohl gefiel?

Einen klitzekleinen Augenblick lang wunderte sich Pauline, dass sie sich die Frage überhaupt stellte, verdrängte den Gedanken an den Winzersohn jedoch sogleich wieder.

»Und? Wie fühlst du dich?«, fragte Mina unsicher. »Ich habe hoffentlich nicht zu viel abgeschnitten?«

Pauline lachte befreit auf und umarmte die Freundin. »Es ist perfekt so.« Mit einem perfiden Grinsen nahm sie Mina dann die Schere aus der Hand. »Jetzt bist du dran.«

Wenig später standen sie beide nebeneinander vor dem Spiegel. Auch Mina hatte sich für eine nicht allzu radikale Kürze entschieden. Das dunkle Haar fiel ihr nun in dichten Wellen ums Gesicht. Am Boden zu ihren Füßen lag ein Teppich aus abgeschnittenem Haar.

»Ich glaube, ein Seitenscheitel würde dir ebenfalls gut stehen.« Pauline schob Minas Haare ein wenig auseinander.

Mina runzelte die Stirn. »Sie werden sagen, wir hätten uns selbst verstümmelt.«

»Höchstwahrscheinlich.«

»Ich finde jedoch, dafür sieht es gar nicht mal so schlecht aus, was meinst du?«

Pauline zuckte mit den Schultern. »Es hätte schlimmer kommen können.«

Ein ungewohnt neckisches Kichern kam auf einmal von Minas Lippen, und sie strich sich eine Haarsträhne hinters Ohr. »Viel schlimmer sogar.«

Im selben Moment ertönte der Stundenschlag der Wanduhr unten im Empfangsraum. Einmal – zweimal – dreimal.

Sogleich schreckten sie beide auf und begannen eilig, die abgeschnittenen Haarbüschel am Boden zusammenzuklauben. Sie füllten sogar mehrere Papiertüten damit. Doch sie mussten sich beeilen, die Sammelstelle schloss um vier, und Pauline musste wieder zurück nach Sankt Georgen. Emma hatte sich zwar angeboten, auf Sofiechen achtzugeben, aber wie immer fühlte sich Pauline schuldig, wenn sie ihr Kind jemand anderem überließ.

Wenig später standen sie in der Menschenschlange vor der

Sammelstelle an der Kaiserstraße und warteten, bis sie an der Reihe waren.

Die Angestellte des Roten Kreuzes sah sie beide prüfend an, als sie ihre Papiertüten über den Tisch reichten. »Sind die alle von Ihnen? Haben Sie sich etwa das Haar geschnitten?«, fragte sie mit einem tadelnden Unterton. »Sie wissen doch, dass ich die Spenden so eigentlich gar nicht annehmen darf. Erlaubt ist nur Auskämmhaar.«

»Es ist Haar«, gab Pauline herausfordernd zurück. »Ob ausgekämmt oder geschnitten, wo ist denn da der Unterschied?«

»Recht hat sie«, meldete sich die Arbeiterfrau hinter Mina zu Wort. »Die Kriegsindustrie braucht Haar, hat es im Spendenaufruf geheißen, und hier bringen wir welches. Wenn es Ihrem Gewissen lieber ist, können wir es uns künftig ja auch ausreißen.«

Ein paar der anstehenden Frauen lachten.

Aber die Rotkreuzhelferin blieb eisern. »Anweisungen sind nun einmal Anweisungen, und ich habe mich daran zu halten. Wo kommen wir denn hin, wenn sich auf einmal alle Frauen das Haar unschicklich kurz …«

Weiter kam sie nicht, als von draußen beim Eingang auf einmal laute Rufe zu hören war.

»Was ist denn da los?« – »Was ist passiert?« – »Ist es wieder ein Fliegerangriff?«

Ohne die Rotkreuzhelferin weiter zu beachten, wandte sich Pauline in Richtung Tür, schob die dort stehenden Neugierigen beiseite und blickte hinaus auf die Straße.

Sie erkannte die Menge, die, Holzschilder in die Höhe reckend und rote Fahnen schwingend, vom Bertoldsbrunnen her kam und in Richtung Siegesdenkmal zog.

Es war nicht das erste Mal, dass Pauline Protest- oder Streikmärsche in Freiburg sah: Zu Kriegsbeginn waren es die Fabrikarbeiter gewesen, die aufgrund der plötzlichen Teuerung neue Lohnverhandlungen forderten. Dieselbe Forderung war ein Jahr später von den Brauereiarbeitern gekommen. Und wie in vielen anderen Städten des Kaiserreichs hatte es im vorigen Winter auch in Freiburg Proteste der hungernden Bevölkerung gegeben, weil die Lebensmittelversorgung hinten und vorne nicht reichte.

Aber dieser Zug hier war anders, denn er bestand nur aus Frauen. Vielen Frauen. Einem schieren Regiment von Frauen. Ihrer einfachen Kleidung nach zu urteilen hauptsächlich Arbeiterinnen, doch hier und da waren auch bürgerliche Damen mit langen Mänteln und Hüten zu sehen.

»Gebt uns Frieden! Gebt uns Rechte!«, hörte man sie schon von Weitem skandieren.

Jetzt konnte Pauline auch ein paar der Beschriftungen auf den Schildern lesen: *Wahlrecht den Frauen!* stand da. Oder *Brot und Frieden!* Aber auch *Arbeiterinnen macht euch stark!* Und *Gleicher Lohn für gleiche Arbeit!*

Ein Massenmarsch. Augenblicklich fühlte sie, wie ihr Herzschlag schneller ging.

»Da. Da ist Luise Sachs«, rief Mina. »Wie aufregend. Komm, lass uns mitgehen.«

Pauline zögerte. Sie sollte sich eigentlich auf den Weg nach Hause zu Sofie machen. Sie hatte keine Zeit für solche Mätzchen. Außerdem endeten diese Protestmärsche häufig in Tumult, davon konnte man oft genug in den Zeitungen lesen.

Doch Mina strahlte die Begeisterung förmlich aus dem Gesicht. Und es war außerdem für eine gute Sache. Für eine wichtige, gerechte Sache. Es ging dabei schließlich auch um Sofies Zukunft.

Sie würde jedoch nur eine kurze Strecke mitgehen. Nicht weiter als bis zum Siegesdenkmal. Dann würde sie sofort zurück nach Sankt Georgen fahren. Ehrenwort.

So ließ sich Pauline von Mina mitziehen, zwängte sich an den auf den Gehsteigen stehenden Leuten vorbei. Quer über die Straße.

Jetzt erkannte sie auch die kleine Marie, die stolz neben ihrer Mutter herlief und ein Schild mit der Aufschrift *Dem Krieg ein Ende!* hochhielt.

»Mariele! Luise!« Sie winkte den beiden zu und reihte sich zusammen mit Mina neben ihnen ein.

Von dieser Seite des Zuges aus konnte Pauline die Schutzmänner nicht sehen, die in der Straße vor der Karlskaserne bereits auf die marschierenden Frauen warteten.

39 – Zeichen und Wunder

15. März 1917, Sankt Georgen, Rosenhof

Julius saß mit der Abendausgabe der Zeitung in der Hand im Sessel am Fenster und las die Sonderdepesche auf der Titelseite nun schon zum dritten Mal, weil er einfach nicht glauben konnte, was da stand.

Revolution in Petersburg

Petersburg, den 14. März. Meldung der Petersburger Telegraphen-Agentur. In Petersburg ist die Revolution ausgebrochen. Ein aus zwölf Dumamitgliedern bestehender Exekutiv-Ausschuss ist im Besitze der Macht. Alle Minister sind ins Gefängnis gesetzt. Die Garnison der Hauptstadt, 30 000 Mann, hat sich mit den Revolutionären vereinigt. Am dritten Tag der Revolution war die Ordnung in der Hauptstadt wiederhergestellt. Der Deputierte Engelhardt wurde vom Ausschuss zum Kommandanten von Petersburg ernannt.

Kopfschüttelnd las er den Folgebericht. Unfassbar. Wie hatte sich die Lage in Russland nur so schnell zuspitzen können? Vor ein paar Wochen erst war doch noch von einzelnen Arbeiteraufständen zu lesen gewesen. Innerhalb kürzester Zeit war daraus eine wahrhaftige Revolution mit dem Sturz der Regierung geworden, über deren politische Folgen man im Moment nur spekulieren konnte. Und das noch dazu mitten in einem Krieg. Mit dem Militär, das sich offenbar bereits auf die Seite der Aufrührer stellte. Kein Wunder, nach den unzähligen militärischen Misserfolgen seit Beginn des Krieges musste die Moral der russischen Truppen miserabel sein.

Julius erinnerte sich noch allzu gut an die Witze, die seinerzeit bei Kriegsbeginn in den Offizierscasinos kursiert waren: Selbst ein deutscher Ziegenhirte sei besser ausgerüstet als ein russischer Infanterist, hatte es damals unter anderem geheißen.

Sein Bettnachbar im Lazarett, ein Hauptmann des I. Armee-Korps, der seinerzeit während der Schlacht von Tannenberg die fast vollständige Zerschlagung der 2. Armee des Russischen Kaiserreichs miterlebt hatte, erzählte oft von deren schlechter Versorgung sowie der katastrophalen Ausbildung der Russen.

»Trotzdem habe ich noch selten zuvor so tapfere Männer gesehen. Sie scheuen den Kampf selbst gegen alle Missstände nicht«, hatte der Hauptmann gesagt. Doch so tollkühn sie auch waren, eine ganz bestimmte Charaktereigenschaft war den Russen außerdem eigen: Ihre Kampfeslust nahm rapide ab, sobald sie auch nur den Hauch von Schwäche in ihren Führungslinien bemerkten. Von Meutereien und Kampfverweigerungen unter den russischen Einheiten war darum bereits während der Schlacht von Galizien die Rede gewesen.

Unter anderem aufgrund der mangelhaften Führung seiner Generäle hatte Zar Nikolaus II. im September vor zwei Jahren den Oberbefehl über seine Streitkräfte übernommen. Geändert hatte sich an der Lage in seinem Reich jedoch offenbar nichts. Im Gegenteil.

Mit einem ungeduldigen Brummen faltete Julius die Zeitung wieder zusammen. Natürlich gab es jetzt noch keine Berichte über weitere mögliche Eskalationen. Erst die nächsten Tage würden zeigen, wohin das Ganze führte. Zwar schienen sich die Vorfälle im Moment nur auf die Festung Petersburg zu konzentrieren, doch was, wenn sich der Brand der Revolution über das ganze Land ausbreitete?

Was hätte das für Folgen für den Zaren? Für die Monarchie in seinem Land? Für Russland? Für den Krieg? Und nicht zuletzt auch für Kaiser Wilhelm, denn dieser war Nikolaus' Onkel dritten Grades.

Als er das vertraute Knarzen der Haustür hörte, sah Julius auf. Ein kühler Luftzug fuhr herein. Er hörte das Rascheln von Stoff, dann das Klappern der Absätze von Mutters Schuhen.

Er faltete die Zeitung wieder auf, tat, als wäre er in die Lektüre vertieft, versteckte dahinter jedoch ein breites Grinsen. Auf diesen Moment hatte er schon den ganzen Nachmittag gewartet.

»Julius?«, hörte er sie rufen.

»Ich bin hier, Mama.«

»Du bist schon zurück?« Die Jacke aufknöpfend trat sie in die Bibliothek. »Ich dachte, du wolltest etwas in der Stadt erledigen.«

Süffisant langsam faltete er die Zeitung auf seinem Schoß zusammen und hob den Blick zu seiner Mutter. »Das habe ich auch«, antwortete er nur, legte die Zeitung auf das Tischchen daneben.

Dann stemmte er sich auf die Armlehnen und stand auf. Langsam zwar und noch etwas unsicher, aber er stand. Auf seinem nagelneuen Kunstbein. »Ich hoffe, du hast dich nicht zu sehr an das Klappern der Krücken gewöhnt. Denn du wirst sie nicht so schnell wieder hören.«

Mutters Augen wurden groß, und sie schlug die Hände vor den Mund. »Um Gottes willen!«

Er konnte nicht anders, als noch breiter zu grinsen. Er hatte die Überraschung schon seit Wochen geplant.

Noch immer fassungslos trat sie näher, ihr Blick hing an seinen Beinen, wanderte dann hoch zu seinem Gesicht und dann wieder an seiner ganzen Gestalt hinunter. Mit beiden Händen fasste sie an seine Arme.

Solange er sich erinnern konnte, hatte Julius seine Mutter nur ein einziges Mal weinen sehen, und das war am Tag von Vaters Begräbnis gewesen. Auch jetzt glänzten Tränen in ihren Augen. Nun jedoch vor Freude.

»Seit wann bist du so groß«, rief sie und lachte, zog sein Gesicht zu sich herunter und küsste ihn auf die Wangen.

»Ich wollte dich überraschen.« Julius umarmte sie, sog ihren vertrauten Duft tief ein. Flieder und ein Hauch von Lavendel.

Wie befreiend das Gefühl war, nicht mehr bei jeder unbedachten Bewegung das Gleichgewicht zu riskieren.

»Die Überraschung ist dir gelungen.« Sanft löste sich Mutter von ihm. Trat erneut einen Schritt zurück und ließ kopfschüttelnd den Blick über seine Gestalt wandern. Als könne sie nicht glauben, was sie sah.

»Es besteht hauptsächlich aus Holz mit Scharnieren aus Leichtmetall.« Er beugte sich hinunter und klopfte auf die Prothese. »Zwar ist es noch nicht das endgültige Produkt, der Lederaufsatz mit den Riemen und das Polster fehlen noch. Die werden eingesetzt, sobald das Material zu finden ist. Dann müssen hier und da noch ein paar Anpassungen gemacht werden«, erklärte Julius und richtete sich zu seiner vollen Größe auf. »Aber ich kann wieder gehen, Mama.« Er konnte wieder die Festigkeit des Bodens fühlen. Etwas, das er nach dem Verlust seines Beins verloren geglaubt hatte.

Vorerst würde es jedoch noch dauern, bis er das Kunstbein länger als nur ein paar Stunden am Stück tragen konnte. Ohne das passende Lederpolster scheuerte das Gestell die Haut an seinem Beinstumpf wund. Auch würde die endgültige Konstruktion um einiges leichter werden.

»Einige der Leichtmetallteile müssen wir aus dem neutralen Ausland beschaffen, und die Lieferung braucht leider ihre Zeit. Bis dahin behelfen wir uns mit den etwas schwereren Ersatzteilen aus Stahl«, hatte ihm Ferdinand Fischer, der Sohn des Gründers der auf die Herstellung von Kunstgliedern und chirurgischen Geräten spezialisierten Firma F. L. Fischer, erklärt.

Immerhin erlaubte die Benutzung des Provisoriums Julius bereits eine schrittweise Gewöhnung. Die war auch dringend nötig. Er hätte nie geglaubt, wie schwierig es war, nach über einem Jahr an den Krücken wieder gehen zu lernen, sich auf das neue, fremde Hilfsmittel einzustellen und die Bewegungen des Körpers dem Kunstglied anzupassen. Die ersten Gehversuche waren darum auch eine einzige Katastrophe gewesen: Die Schramme an seinem gesunden Knie würde ihn noch eine Weile daran erinnern.

Da es sich bei dieser Form des Kunstbeins zudem um einen Prototyp handelte, lagen die Kosten dafür auch in einem vertretbaren Bereich. Sonst hätte sich Julius niemals auf den Handel eingelassen. Nicht, nachdem sie den Hof dank des Vertrags mit der Papierfabrik Flinsch gerade noch über Wasser halten konnten.

»Aber was hat dich dazu gebracht, deine Meinung zu ändern?«, fragte Mutter schließlich und rieb sich mit der Hand die Wange trocken. »Als ich dir damals nach deiner Rückkehr den Vorschlag gemacht habe, wolltest du kein Wort von einem Kunstbein hören.«

Er tat die Frage mit einem simplen Schulterzucken ab. »Nennen wir es einfach Einsicht.« Galant reichte er ihr die Hand – »Darf ich bitten, Madame« –, zog sie näher und legte ihr seinen rechten Arm um den Rücken.

»Oh.« Lachend legte sie wiederum ihre Linke auf seinen Arm und ergriff mit der Rechten seine Hand. »Nur fehlt die Musik.«

»Stell dir einen Walzer vor«, sagte er sanft. »Wie damals, als ich noch klein war und du mir die Tanzschritte beigebracht hast. Erinnerst du dich?«

Sie nickte. »Ich erinnere mich.« Leise fing sie an, zu zählen: »Eins, zwei, drei. Eins, zwei, drei. Eins, zwei, drei …«, und ließ sich von ihm führen.

Noch waren Julius' Tanzschritte ungelenk, und mehr als einmal trat er ihr auf den Fuß. Er musste sich erst wieder an die Bewegungsabläufe gewöhnen und lernen, wie er die Prothese kompensieren musste.

Doch er genoss den Tanz, er wusste, wie viel es seiner Mutter bedeutete. Und es war zudem ein perfektes Ablenkungsmanöver gewesen. Denn in Wahrheit hatte er nicht die leiseste Ahnung, was er ihr hätte antworten sollen. Er konnte schließlich schlecht mit der Wahrheit darüber herausrücken, warum er sich schlussendlich doch für die Beinprothese entschieden hatte, und das aus mehreren Gründen: Erstens, weil er selbst noch einen Moment brauchte, um sich über den gesamten Umfang seiner Entscheidung klar zu werden. Zweitens würde Mutter mit ihren eher traditionellen Ansichten kaum verstehen, weswegen – oder besser gesagt, wegen wem – er es tat.

Aber alles zu seiner Zeit. Ein Schritt nach dem anderen. Julius hatte inzwischen gelernt, geduldig zu sein. Außerdem freute er sich darüber, dass Mama endlich wieder einmal lächelte. Allein dafür hatte sich der Aufwand gelohnt.

»Eins, zwei, drei. Eins, zwei, drei. Eins, zwei, drei.«

Das laute Klopfen an der Haustür ließ sie beide auseinanderfahren.

»Nanu? Wer mag das sein?«, fragte Mutter.

Sie hörten, wie die Tür geöffnet wurde. Dann Dorles Stimme und ein unverständliches Gemurmel.

Mit einer beschwichtigenden Geste hielt Julius Mutter zurück. »Lass nur, ich kümmere mich darum.«

Um den Beinstumpf während der Eingewöhnungszeit durch die neue Prothese zu entlasten, hatte er sich einen Gehstock besorgt. Schon der war ein Meilenstein im Gegensatz zu den Krücken.

Zufrieden bemerkte Julius Dorles überraschten Blick, als er neben sie an die Tür trat. Der junge Sohn des Posthalters stand davor. Einen Atemzug lang starrte dieser ihn sprachlos an, ehe er sich seines Auftrags besann, ihm einen zugeklebten Umschlag hinhielt und haspelte: »Eine dringliche Telefonnachricht. Aus Freiburg.« Damit drehte sich der Junge auf dem Absatz um und wieselte davon.

»Was ist denn?« Mit ernster Miene trat Mutter hinzu, während Julius den Umschlag aufriss und die gefaltete Nachricht hervorzog. Sie kam von einem Professor Theobald Sahner.

Eigenartig, er hatte noch nie zuvor von dem Mann gehört.

Doch während er weiterlas, fühlte er, wie sich ihm die Brust zusammenschnürte.

»Nun?«, wollte Mama wissen.

»Sag Hannes, er soll den Wagen anspannen«, hieß Julius die Magd. Noch während er sich eilig umwandte, raunte er seiner Mutter zu: »Ich muss in die Stadt, zur Polizeiwache. Pauline ist verhaftet worden.«

*

Pauline fror erbärmlich. Man hatte ihr Mantel, Schal und Hut weggenommen, und es brannte kein Feuer im Ofen dort in der Ecke des Raums, in den sie sie gebracht hatten.

Kahle, grau verputzte Wände. Ein Holztisch und zwei Stühle. Ein Hauch von Tageslicht fiel durch die Fensterluke oben an der einen Wand.

Mit einem Schlag fühlte sie sich zurückversetzt in die feuchte Kellerwohnung ihrer Kindheit. Sie konnte sogar wieder den Moder riechen.

Die Schutzmänner waren auf einmal aus der Seitenstraße gekommen. Mehrere Dutzend. Mit Stöcken bewaffnet. Wie ein Schwarm Hornissen hatten sie die Frauen aufgescheucht. Viele waren im Durcheinander geflohen. Wer nicht rechtzeitig das Weite hatte suchen können, wurde in Gruppen zusammengetrieben auf Wagen verladen. Das war der Moment gewesen, in dem sie Luise und Mariele im Durcheinander aus den Augen verloren hatte. Mina war zusammen mit ihr und etwa zehn anderen Frauen in Handschellen auf denselben Lastwagen gepfercht worden. Auf einem Hinterhof des Polizeipräsidiums hatte man die Hälfte von ihnen ausgeladen, darunter auch Pauline und Mina.

Am liebsten hätte sie dem Sergeanten die Augen ausgekratzt, der sie daraufhin sichtlich genüsslich langsam abtastete, um sie zu durchsuchen. Ein weiterer fragte nach ihren Personalien. Dann steckten sie sie alle in eine winzige Zelle. Das war das letzte Mal, dass Pauline Mina gesehen hatte, bevor sie einzeln in die Verhörräume geschleppt wurden.

Inzwischen hatte sie jedes Zeitgefühl verloren. Wenigstens war sie inzwischen die Handschellen losgeworden. Mit zitternden Fingern rieb sie sich über die roten Schürfmale an den Handgelenken. Wenn sie nur wüsste, was mit Mina, Luise und Mariele geschehen war.

»Nennen Sie Ihren vollen Namen sowie Geburtsdatum, Wohnort und Familienstand«, bellte der Wachtmeister auf der anderen Seite des Tisches. Er trug den dunkelblauen Waffenrock der badischen Polizei, die derjenigen der Gendarmen ähnelte.

»Mein Name ist Pauline Seibold, geboren am 20. November 1891 in Tübingen. Wohnhaft zurzeit auf dem Winzerhof der Familie Lauer in Sankt Georgen. Und ich bin nicht verheiratet«, antwortete sie so selbstsicher wie möglich.

»Und wo arbeiten Sie?«

Sie schluckte. Ihre Kehle war staubtrocken. »Ich bin gelernte Damenschneiderin, aber Frau Lauer hat mich vor etwa zweieinhalb Jahren eingestellt, um bei der Pflege ihres Sohnes zu helfen. Er ist kriegsversehrt. Können Sie mir bitte sagen, was mit meinen Freundinnen und dem kleinen Mädchen ist? Geht es ihnen allen gut?«

Der Beamte schnaubte nur abschätzig. »Das tut hier nichts zur Sache. Darüber hätten Sie sich Sorgen machen müssen, bevor Sie an einem anarchistischen Protestzug teilnehmen.«

Sogleich schüttelte sie den Kopf. »Anarchistisch? Das war doch eine absolut friedliche Kundgebung …«

»Ruhe! Wollen ausgerechnet Sie mich etwa darüber belehren, was strafbar ist und was nicht?«, raunzte der Polizist sie an.

»Natürlich nicht, ich wollte nur …«

»Sind Sie also Mitglied einer politischen Partei?«

»Nein, bin ich nicht.«

»Wer hat Ihnen dann dieses Flugblatt gegeben, das Sie bei Ihrer Verhaftung in der Hand gehalten haben?« Er schob ihr über den Tisch hinweg einen eingerissenen, halb zerknüllten Zettel zu.

Pauline erkannte ihn. »Flugblätter wie diese werden doch bei jeder Kundgebung verteilt. Irgendjemand hat es mir gegeben.

Da waren so viele Leute, ich kann mich nicht mehr erinnern, wer es war.«

»Dann streiten Sie auch ab, zu wissen, wer die Texte auf diesen Schundzetteln verfasst hat?« Der Wachtmeister ließ nicht locker.

Gott, wie war ihr kalt. Mit aller Kraft versuchte Pauline, das Zittern ihrer Lippen zu unterdrücken, während sie antwortete: »Ich weiß wirklich nicht, wer sie geschrieben hat.« Obwohl sie sehr wohl eine Vermutung hatte. Sie hatte inzwischen mehrere von Mina verfasste Artikel gelesen und kannte deren Stil und Wortwahl. Doch natürlich würde sie das dem Beamten gegenüber niemals erwähnen, selbst wenn sie sich dadurch strafbar machte.

»Haben Sie sie etwa selbst geschrieben?«

Sie lachte auf, schüttelte den Kopf. »Nein, ich sagte doch schon, dass ich nicht weiß, wer die Zettel verfasst hat.«

Mit lautem Poltern schlug der Polizist die Faust auf den Tisch.

Pauline fuhr zusammen.

»Hier gibt es nichts zu lachen«, brüllte er. »Ich werde euch Weiberpack schon beibringen, was Anstand bedeutet. Wer hat Sie zu dem Protestzug eingeladen?«

Sie kniff kurz die Augen zusammen, versuchte, sich zu beruhigen. Keine Angst zeigen. Das würde ihn nur noch misstrauischer machen. »Niemand. Meine Freundin und ich waren zufällig an der Kaiserstraße.«

»Was hatten Sie und Ihre Freundin denn ausgerechnet dort zu suchen?« Er grinste anzüglich. »Etwa eine Tändelei mit Soldaten aus der Karlskaserne? Alleinstehenden Frauen wie Ihnen sind solche Unsittlichkeiten doch bestimmt nicht fremd, habe ich recht?«

Mit einem Schlag wich Paulines Unsicherheit der Wut, und sie ballte die Faust unter dem Tisch, wo der Beamte es nicht sehen konnte. »Wir waren bei der Rotkreuz-Sammelstelle. Wegen des Aufrufs zur Haarsammlung«, entgegnete sie so ruhig wie möglich, reckte jedoch trotzig das Kinn vor. »Oder wollen Sie uns vielleicht auch vorwerfen, dass wir unserer patriotischen Pflicht gefolgt sind?«

Hämisch schnaubend kritzelte der Wachtmeister eine Notiz nieder.

»Ich bitte Sie. Lassen Sie mich gehen. Sie sehen doch, dass das alles nur ein dummer Zufall gewesen ist.« Pauline versuchte es nun in einem flehenden Tonfall.

»Kennen Sie Frida Perlen oder Anita Augspurg?«

Sie schüttelte seufzend den Kopf. »Ich habe schon von den beiden gehört, kenne sie aber nicht persönlich.«

»Dann geben Sie also zu, dass Sie Kontakt zu frauenrechtlerischen Kreisen haben?«

»Das habe ich nicht gesagt.«

»Woher kennen Sie Mina Sahner?«

Warum konnte er sie nicht einfach gehen lassen? Sie wollte nach Hause. Es war schon weit nach dem Abendessen, und bestimmt verlangte Sofiechen schon nach ihr. »Ich habe mehrere Monate lang mit Mina Sahner als Telefonistin auf dem Post- und Telegraphenamt hier in Freiburg gearbeitet.«

»Sie haben jedoch eben zu Protokoll gegeben, dass Sie Damenschneiderin sind«, bemerkte der Polizist mit streng zusammengezogenen Augenbrauen.

»Das ist richtig. Ich habe mehrere Jahre in einem Modehaus in Paris gearbeitet, bin aber kurz vor Kriegsbeginn zurück in die Heimat gekommen.« Sie versuchte ein Lächeln. »Als Deutsche war ich in Frankreich nicht mehr besonders gerne gesehen, Sie verstehen.« Doch der Beamte verzog keine Miene. »Jedenfalls habe ich nach meiner Rückkehr nirgendwo mehr eine Anstellung in meinem Beruf gefunden. Zum Glück hat sich die Möglichkeit auf dem Post- und Telegraphenamt ergeben.« Pauline schluckte. Das hatte hoffentlich nicht zu hastig geklungen und irgendwelchen Verdacht erweckt.

»Sie haben in Frankreich gelebt? Wann genau sind Sie wieder zurück in die Heimat gekommen?« Seine Stimme hatte auf einmal einen forschenden Unterton.

»Im Juni 1914«, präzisierte Pauline wahrheitsgemäß.

Der Uniformierte machte eine weitere Notiz. Dann hob er erneut den Kopf und sah Pauline unverwandt an, ehe er fragte: »Warum haben Sie eine gut bezahlte Arbeit auf dem Post- und Telegraphenamt aufgegeben, um einen Kriegsversehrten zu pflegen?«

Wie jedes Mal, wenn die Frage aufkam, fühlte es sich an, als ramme ihr jemand die Faust in den Magen. Genau wie damals, als sie Sofies Geburt auf dem Standesamt in Sankt Georgen hatte melden müssen.

Pauline biss die Zähne so fest zusammen, dass es schmerzte.

Seither hatte sie sich unzählige Erklärungen zurechtgelegt, die ihre außereheliche Mutterschaft wenigstens gegenüber Nachbarn und Bekannten dem Schein nach legitimierte: die Geschichte von ihrem Verlobten, der noch vor der Geburt ihrer Tochter an der Front gefallen war und somit seine Vaterschaft nicht anerkennen konnte.

Im Register des Standesamts stand nur: *Vater des Kindes unbekannt.*

Ja, sie hatte sogar André verleugnen müssen, weil niemand wissen durfte, dass er Franzose gewesen war. Das allein schmerzte mehr als alles andere.

Niemals hätte sie jedoch damit gerechnet, dass sie sich eines Tages in einem polizeilichen Verhör rechtfertigen müsste. Lügen hatte keinen Sinn, denn natürlich würden die Beamten ihre Aussagen überprüfen. Was aber, wenn sie sich nicht mit dem Registereintrag des Standesamts zufriedengaben?

So saß sie nun hier, und jedes Wort, das sie sagte, konnte ihr zum Verhängnis werden.

Sie fühlte, wie Panik in ihr hochkroch.

»Ich …«, fing sie an, kam prompt ins Stocken und begann von Neuem. »Ich habe bereits während meiner Beschäftigung als Telefonistin bei Frau Lauer auf dem Winzerhof zur Untermiete gewohnt. Als die Nachricht von der Verwundung ihres Sohnes gekommen ist, hat sie mir den Vorschlag gemacht. Die Bezahlung war gut, und ich …«

Sie schrak zusammen, als plötzlich die Tür aufging und ein grauhaariger Mann in einem gut sitzenden Anzug eintrat.

»Sagen Sie nichts weiter, Fräulein Seibold, Sie sind zu keiner Aussage verpflichtet. Ich nehme an, darauf hat man Sie vorab nicht hingewiesen.« Er bedachte den Beamten mit einem vorwurfsvollen Blick, während er ein kleines Kärtchen aus der Innentasche seines Jacketts zog und vor dem Wachtmeister auf den Tisch legte. »Gestatten, Ambrosius Appel von der Anwaltskanzlei Appel und Partner. Ich übernehme hiermit die juristische Vertretung der hier verhörten Pauline Seibold. Nehmen Sie das bitte auch zu Protokoll, ja?«

Pauline starrte den fremden Mann fassungslos an. Sie hatte ihn noch nie zuvor gesehen.

Doch er lächelte sie freundlich an. Und in diesem Moment war selbst sie bereit, an ein Wunder zu glauben.

40 – Revolution

15. März 1917, Freiburg, Polizeiwache I, Kaiserstraße 51

Professor Theobald Sahner war, so stellte Julius vor dem Eingang des Polizeireviers fest, der Vater von Paulines Freundin Mina. Diese war ihm zumindest bekannt. Er hatte sie bereits ein paarmal gesehen, wenn sie Pauline auf dem Rosenhof besuchte.

»Verzeihen Sie die Art und Weise meiner Benachrichtigung, aber ich wusste nicht, wie ich Sie sonst informieren sollte«, erklärte der Professor mit einer unerwartet gehaltvollen Stimme, als er Julius die Hand reichte. Er war ein kleines, dünnes Männlein mit steingrauem Haar, Oberlippenbart und Monokel.

»Im Gegenteil.« Julius schüttelte den Kopf und drückte die Hand des Älteren. »Ich habe Ihnen zu danken. Ich bin so schnell wie möglich gekommen, musste jedoch noch einen Umweg fahren, um unseren Anwalt abzuholen.« Den armen Appel hatte er direkt von seinem Abendessen fortgerissen. »Was ist denn überhaupt geschehen?«, wollte er wissen.

Professor Sahner nahm das Monokel vom Auge. »Bedauerlicherweise kann ich Ihnen auch nur sagen, was ich bisher erfahren habe: Es scheint, als hätten meine Tochter und Ihre …« Er zögerte.

»Angestellte«, kam Julius ihm zu Hilfe.

Der Ältere nickte. »Nun, es scheint, als hätten die beiden heute Nachmittag an einem Protestmarsch teilgenommen.«

»An einem Protestmarsch?«, wiederholte Julius ungläubig.

Sahner blickte sich kurz über die Schulter, ehe er ihn ein paar Schritte vom Eingang fortführte und etwas leiser sagte: »An einem angeblich von der Sozialdemokratischen Partei organisierten, pazifistischen Protestmarsch der proletarischen Frauenbewegung.« Sein Tonfall blieb dabei völlig ruhig und sachlich, während er Julius mit einem aufmerksamen Blick bedachte.

Dieser verstand sogleich. Der Gelehrte versuchte, seine politische Gesinnung anhand seiner Reaktion einzuschätzen. Das war ihm nicht zu verübeln. Mit dem Anhalten des Krieges spitzten sich die innenpolitischen Unstimmigkeiten im Kaiserreich immer spürbarer zu.

Zwar war man im Großherzogtum Baden im Vergleich zu Preußen seit je von etwas liberalerer Gesinnung, zumindest galten die Sozialdemokraten hierzulande nicht als politische Erzfeinde der Monarchie. Trotzdem verschafften sich auch in Baden nationalistische Gruppierungen wie zum Beispiel der Alldeutsche Verband immer mehr Gehör. Der zu Kriegsbeginn proklamierte Burgfrieden, mit dem die Parteien dem Bundesrat die Ermächtigung zu allen kriegsnotwendigen und wirtschaftlichen Maßnahmen übertragen hatten, verbesserte die Situation freilich nicht. Was unmittelbar nach Kriegsbeginn im Sinne eines vereinten Zusammenstehens aller Parteien zur Verteidigung des Vaterlands zwar durchaus berechtigt gewesen war, hatte nach fast drei Jahren jedoch zu einem politischen Vakuum geführt, das scheinbar nur noch Platz für Extreme übrig ließ: Einerseits waren da die vehementen Kriegsbefürworter mit ihren zum Teil sehr nationalistischen Positionen. Ihnen gegenüber standen die Kriegsgegner, die sowohl Kapitalismus als auch Imperialismus – und nicht zuletzt den derzeitigen Militarismus – als Ursprung allen Übels ansahen und als Ziel die Revolution des Proletariats anstrebten.

Julius hatte sich inzwischen schon öfters gefragt, ob sich die Parlamentarier seinerzeit darüber im Klaren gewesen waren, was ihre Burgfriedenpolitik auslösen würde. Obwohl … zugegebenermaßen hatte damals niemand mit einer so langen Kriegsdauer rechnen können.

Doch abgesehen von allen politischen Hintergründen bemühte sich Julius im Augenblick hauptsächlich darum, sich nicht anmerken zu lassen, wie erleichtert er insgeheim war. Auf dem Weg hierher hatte er bereits mit den schlimmsten Szenarien gerechnet, so ominös wie die Nachricht gewesen war:

Bitte unverzüglich zur Polizeiwache in der Kaiserstraße 51 kommen. Die bei Ihnen wohnhafte Pauline Seibold ist in polizeilichen Gewahrsam genommen worden. Erwarte Ihre schnellstmögliche Ankunft.
Prof. Theobald Sahner

Allem Anschein nach hatte Pauline jedoch nur an einer Kundgebung teilgenommen, nichts weiter. An einem pazifistischen Protestmarsch der proletarischen Frauenbewegung …

Julius musste an sich halten, dass er nicht befreit auflachte. Ganz ehrlich betrachtet überraschte es ihn nicht einmal. Ja, das passte zu Pauline. Es entsprach voll und ganz ihrem Wesen, ihrem Herzen und ihren Überzeugungen.

»Soweit ich weiß, ist es im Großherzogtum nicht gegen das Gesetz, die eigene Meinung kundzutun«, entgegnete er nun mit einem möglichst neutralen Tonfall, der etwaige Bedenken des Professors hoffentlich beiseiteräumte.

»Da haben Sie grundsätzlich recht. Gemäß Gesetz herrscht in

Baden sowohl Gewissensfreiheit als auch Schutz vor willkürlicher Verhaftung«, erwiderte Sahner. Ein winziges Lächeln zuckte an seinen Lippen, während er nickte. »Allerdings …« Das Lächeln verschwand so schnell, wie es gekommen war. Stattdessen stieß er einen tiefen Seufzer aus und hob in einer ergebenen Geste die Hände. »Nun, es kann auf keinen Fall schaden, dass Sie einen Anwalt mitgebracht haben. Mit dem hiesigen Oberwachtmeister scheint nämlich nicht zu spaßen zu sein.«

»Soso, dann ist Fräulein Pauline Seibold also bei Ihnen auf dem Hof tätig«, wiederholte Oberwachtmeister Kunzenbacher kurz darauf zwischen zwei Bissen gekochten Eis von dem auf dem Aktenstapel auf seinem Schreibtisch thronenden Teller. Dann leckte er sich den Daumen ab und wischte sich mit einem leisen Rülpsen die letzten Krümel von der Knopfleiste seiner Uniform. Erst dann wandte er seine Aufmerksamkeit erneut dem vor ihm liegenden, mit Notizen bekritzelten Formular zu.

»Das ist richtig«, antwortete Julius. »Meine Mutter hat sie nach meiner Verwundung als Pflegehilfe angestellt. Mittlerweile legt Fräulein Seibold jedoch überall im Haus und Hof mit Hand an.« Sein Beinstumpf pochte in wütendem Schmerz, genau dort, wo der Rand der Prothese gegen die Haut scheuerte. Aber Julius ließ sich nichts anmerken, saß stattdessen aufrecht vor dem Tisch des Polizeikommandanten und bedachte diesen mit einer kühlen, beherrschten Miene.

Er kannte diesen Schlag von Möchtegern-Befehlshabern aus seiner Militärzeit. Sie hielten sich für unabkömmlich und liebten es, ihre Autorität zur Schau zu stellen, auch wenn die nicht einmal die Tinte unter den Fingernägeln wert war. Dennoch waren solche Männer nicht zu unterschätzen. Nicht wegen ihrer Fähigkeiten, sondern weil ihre Position ihnen meist eine viel zu große Macht gab.

Einmal mehr dankte er der Vorsehung, dass er darauf bestanden hatte, allein herzukommen. Sehr zum Unverständnis seiner Mutter zwar, aber wie er sie kannte, wäre Kunzenbachers Auftreten ein rotes Tuch für sie gewesen.

»Welches Vergehen wird Fräulein Seibold genau vorgeworfen?«, fragte Julius wohl wissend, dass der Beamte ihm keine Auskunft geben durfte. Er war weder Paulines Vormund noch ihr gesetzlicher Vertreter. Schaden konnte die Frage zumindest nicht, und bestenfalls ließ sich damit Zeit schinden.

Wo Appel nur blieb?

Wie erwartet, ging Kunzenbacher gar nicht erst auf die Frage ein und sagte ungerührt: »Wie großzügig von Ihnen, Fräulein Seibold einen Anwalt zu stellen.«

Der Oberwachtmeister musste ein eifriger Anhänger Kaiser Wilhelms sein, denn er trug seinen Oberlippenbart nach identischer Mode mit hochaufgezwirbelten Enden, bemerkte Julius.

»Eine Selbstverständlichkeit. Auf dem Lauerer Hof betrachten wir unsere Angestellten als Teil der Familie.«

Kunzenbacher nickte gütig lächelnd. »Natürlich. Nun, während der Herr Anwalt Ihrer Angestellten im Verhör beisteht, können Sie mir derweil mehr über Fräulein Seibold erzählen? Wo sie herkommt, was Sie über ihre Familie wissen, solcherlei Dinge.«

Julius berichtete pflichtschuldigst, was er wusste. Dass Pauline aus Tübingen stammte und sich ihr Bruder derzeit in britischer Kriegsgefangenschaft befand. »Ihre Eltern sind beide nicht mehr am Leben.«

»Aha.« Der Oberwachtmeister nickte sinnierend. »Nun gut. Ist Ihnen bekannt, ob Fräulein Seibold Verbindungen zu irgendwelchen politischen Organisationen hat?« Er sagte das in einem so nebensächlichen Tonfall, als würde er über die Anzahl streunender Katzen in der Stadt sprechen.

Ein Glück, dass Professor Sahner Julius vorhin zumindest über die Hintergründe der Festnahme aufgeklärt hatte. »Politische Organisationen? Sie meinen, ob sie Mitglied in einer Partei ist? Mir ist nichts dergleichen bekannt«, antwortete er.

»Ich meine, ob sie vielleicht von irgendwelchen Vereinen angestiftet worden ist? Den Spartakisten vielleicht?«

Julius runzelte die Stirn. »Angestiftet wozu?«

Im selben Moment öffnete sich die Tür, und Herr Rechtsanwalt Appel trat ein. Hinter ihm ein grimmig dreinschauender Wachtmeister, der Pauline am Arm hereinzerrte.

Sofort stand Julius auf. Auf den ersten Blick konnte er keine Verletzungen an ihr erkennen, keine Schürfungen und keine blauen Flecken. Ihre Kleidung war zerknittert, aber nicht zerrissen. Gut.

Dennoch war ihr die Anspannung ins Gesicht geschrieben. Sie wirkte erschöpft, schien aber gefasst, und sie hielt die Schultern gerade, stellte er erleichtert und mit einem Anflug von Stolz fest.

Ihre Augen weiteten sich vor Staunen, sobald sie ihn erkannte. Zugleich erhellte ein winziges Lächeln kurz ihre Züge.

»Ah, Herr Lauer, da sind Sie ja«, rief Appel und rückte mit der einen Hand seine Brille zurecht, in der anderen hielt er seine Aktentasche. Dann nickte er Kunzenbacher lächelnd zu. »Herr Oberwachtmeister, wir wären dann so weit. Nach eingehender Prüfung durch Ihren Untergebenen ...« Damit deutete er auf den eben eingetretenen Beamten. »... sind wir zum gegenseitigen Einverständnis gekommen, dass keinerlei valide belastende Beweise vorhanden sind, die die erhobenen Vorwürfe gegen meine Mandantin rechtfertigen. Die bloße Anwesenheit von Fräulein Seibold auf öffentlichem Wege begründet weder ein strafbares Verhalten, noch kann sie als Indiz für politisch aufwieglerische Gesinnung gewertet werden.« Er holte kurz Atem und wandte sich mit einer theatralischen Geste zu Pauline um. »Im Gegenteil, ich möchte an dieser Stelle besonders hervorheben, dass sich Fräulein Seibold als pflichtbewusste und opferbereite Staatsbürgerin erwiesen hat: Sie ist dem öffentlichen Aufruf zur Frauenhaarsammlung gefolgt und hat damit einen stillen, doch hochachtenswerten Beitrag zur Kriegsanstrengung unseres Volkes geleistet.«

Sogleich fasste sich Pauline an den Nacken, zupfte an ihren Locken.

Ihr Haar. Erst jetzt fiel Julius auf, wie kurz es war. Unter dem Hut, den sie trug, hatte er dieses Detail vorher gar nicht bemerkt. Deshalb wirkte sie auf einmal so anders. Jünger, pfiffiger. Es stand ihr gut.

»Eine weitere Festhaltung meiner Mandantin wäre somit ein Verstoß gegen den Rechtsstaat, und das wollen Sie doch nicht vor Ihrem Kommissar rechtfertigen müssen, Herr Oberwachtmeister?«, beendete Appel seinen Monolog und schüttelte dabei mit scheinbarem Mitgefühl den Kopf.

»Sparen Sie sich Ihr juristisches Geplapper«, blaffte Kunzenbacher und langte mit einer ungeduldigen Geste nach den Notizen, die sein Untergebener ihm reichte. Man sah ihm nur zu deutlich an, wie enttäuscht er über den Ausgang dieser Angelegenheit war.

Nach einem kurzen Blick auf die Unterlagen klappte er die Akte zu. »Na schön, Sie können gehen«, sagte er schließlich an Pauline gewandt. »Aber unsere Ermittlungen sind noch nicht abgeschlossen. Wir werden Ihre Angaben genaustens überprüfen. Sie sind derweil dazu verpflichtet, für etwaige Rückfragen zur Verfügung zu stehen. Soll heißen: Sie dürfen das Land nicht verlassen. Haben Sie verstanden?«, herrschte er sie an.

Was für ein ungehobelter Rüpel. Allein für die herablassende Art und Weise, wie er mit Pauline umging, hätte ihm Julius am liebsten die Faust ins Gesicht gerammt. Doch das würde in dieser Situation niemandem helfen. Am allerwenigsten Pauline.

Das wusste offenbar auch sie. Denn während sich ihre Miene bei jedem Wort des Oberwachtmeisters zusehends verdunkelte und Funken in ihren Augen aufglommen, senkte sie den Blick und erwiderte in beinahe ergebenem Tonfall: »Ich habe verstanden. Sagen Sie mir aber bitte, was mit meinen Freundinnen ist? Mina Sahner, Luise Sachs und ihre kleine Tochter Marie.«

Kunzenbacher schnalzte missbilligend die Zunge. »Selbst wenn es Sie etwas anginge, würde ich es Ihnen nicht sagen. Dienstgeheimnis.«

»Aber ich muss doch wissen …«, begann Pauline.

Julius fasste jedoch sachte nach ihrem Arm. »Wir werden herausfinden, was mit ihnen geschehen ist, versprochen. Wichtiger ist aber vorerst, dass wir Sie nach Hause bringen.« Er versuchte ein Lächeln. »Dort sorgen sich nämlich alle sehr.«

Die Worte wirkten, und Pauline sah ihn an, blinzelte, als wäre sie eben erst aus dem Schlaf erwacht.

Ihre Augen. So offen und ehrlich und sprühend vor Wärme und Leben.

Ja, für Pauline lohnte es sich, die Schmerzen der neuen Beinprothese zu ertragen. Er würde es jederzeit wieder tun. Das und noch viel mehr, wenn sie dadurch irgendwann mehr als nur einen Krüppel in ihm sehen könnte. Wenn sie vielleicht …

Sie musste nur noch das Protokoll unterschreiben, dann begleitete Julius sie zum Gespann, ehe er sich bei dem Anwalt für seine Hilfe bedankte.

Eine Weile saßen sie anschließend stumm nebeneinander auf dem ruckelnden Bock des Pferdewagens. Bis Julius das Schweigen unterbrach und leise sagte: »Bald haben wir es geschafft, und Sie können sich ausruhen.«

»Ich weiß nicht, wie ich Ihnen danken soll. Dafür, dass Sie gekommen sind. Ohne den Anwalt säße ich wahrscheinlich noch immer dort im Verhörzimmer«, antwortete sie.

»Da müssen Sie sich nicht bei mir, sondern bei Professor Sahner bedanken. Er hat uns überhaupt erst über den Vorfall informiert.«

Sogleich horchte Pauline auf. »Dann wissen Sie, was mit Mina geschehen ist?«

Er schüttelte den Kopf. »Leider nein. Doch wie ich ihren Vater einschätze, brauchen Sie sich nicht um Mina zu sorgen.«

Erneut verfielen sie in Schweigen.

Julius wollte sie nicht mit Fragen bedrängen, obschon er in Wahrheit mehr als neugierig war. Die Frauen hätten an einem von der Sozialdemokratischen Partei organisierten Protestmarsch teilgenommen, hatte Professor Sahner gesagt.

Faszinierend. Es war ihm gar nie in den Sinn gekommen, dass Pauline politisch aktiv sein könnte. Nicht, dass er sich daran störte. Er hatte auch seine Mutter immer für ihr Engagement bewundert, mit dem sie sich den Belangen des Frauenvereins widmete, wenngleich dessen Interessen eher gesellschaftlich als politisch positioniert waren.

Nach Vaters Tod war es ebenfalls Mutter gewesen, die das Zepter auf dem Rosenhof übernommen, sich um alles gekümmert und sämtliche Geschäfte geregelt hatte. Das Überleben des Gutes während der Stürme der vergangenen Jahre war allein ihr Verdienst.

Ohnehin hatten Frauen eine andere, oft sogar viel praktischere Sicht auf die Dinge. Warum ihnen also nicht auch politisches Mitspracherecht geben? Schlimmer als in der aktuellen politischen Lage konnte es kaum werden. Im Gegenteil, vielleicht brauchte es endlich einen frischen Wind im Land.

»Die kurzen Haare stehen Ihnen übrigens gut«, sagte er und hielt den Blick geradeaus auf das Pferd gerichtet. Aus den Augenwinkeln sah er jedoch, wie Pauline nach einer Strähne über dem Ohr griff.

Und er hörte ihr leises Auflachen. »Ich fürchte, Ihre Mutter wird schockiert sein.«

Er grinste. »Gut möglich.«

»Die neue Beinprothese passt auch Ihnen gut«, sagte sie nach einer Weile. »Damit sehen Sie wieder ganz wie der schneidige Offizier aus, dem ich damals auf dem Bahnsteig begegnet bin.«

Sogleich fühlte Julius die freudige Wärme in seiner Brust aufsteigen, und er wandte den Kopf zu Pauline.

Himmel, wenn sie ihn weiter so wie jetzt anlächelte, machte sie es ihm wahrhaftig nicht leicht, sich zu beherrschen.

Rasch sah er wieder geradeaus. »Sie selbst waren ebenfalls ganz ansehnlich. Die Farbe Ihres Kleids hat Ihre Augen leuchten lassen.«

»Sie erinnern sich daran?«, rief sie überrascht.

Oh, und wie er sich erinnerte.

Und was für ein Glück, dass da vorne hinter der Kreuzung bereits der Rosenhof zu sehen war.

Während die ganze restliche Welt am nächsten Tag nach Russland blickte, wo – so hieß es in sämtlichen Morgenblättern – die Revolution ausgebrochen war, der Zar abgedankt hatte und sich angeblich auf der Flucht befand, womit das jahrhundertealte Zarentum mit einem Schlag ein Ende fand, schien Paulines einzige Sorge die Wiedergutmachung der Anwaltskosten zu sein.

Mit gestrafftem Rücken und entschiedener Miene stand sie im Arbeitszimmer, wo Julius eben die anstehenden Forstarbeiten mit seiner Mutter besprochen hatte. Vor ihr auf dem Tisch lag ein Häufchen Münzen. »Das sind dreißig Mark. Die habe ich im letzten Dreivierteljahr zusammengespart. Ein Teil stammt von meinen Näharbeiten. Ich hoffe, das reicht, um die Anwaltskosten zu decken. Wenn nicht, werde ich den Rest abarbeiten.«

Julius schüttelte den Kopf. »Das ist nicht …«

»Das ist mehr als genug«, fiel Mutter ihm ins Wort, beugte sich über das Geld und klaubte ein paar Münzen aus dem Häufchen. »Fünfzehn Mark reichen. Behalt den Rest.«

Wie bitte? Es kostete ihn einige Mühe, sich die Verwunderung nicht anmerken zu lassen. Seit wann verlangten sie Geld von den Mitarbeitenden?

Schon solange Julius denken konnte, bestand auf dem Rosenhof eine stillschweigende Übereinkunft zwischen Winzer und Angestellten: Der Winzer trug die Verantwortung für alle Hofbewohner, stand somit auch als Garant für eventuelle Kosten oder Bußgelder, die zu Lasten der Angestellten anfielen. Diese arbeiteten die angefallenen Beträge stattdessen ab. Ein faires Geschäft für beide Seiten. Einzig Helene zahlte auf dem Hof für Kost und Unterkunft. Sie gehörte allerdings auch nicht direkt zum Personal, und half sie während der Lese in den Wingerten aus, wurde sie für die Arbeit bezahlt wie alle anderen auswärtigen Lesehelfer auch.

Er sandte einen fragenden Blick in Mutters Richtung. Diese tat, als hätte sie nichts von seiner Verwunderung bemerkt.

»Nein, nimm das ganze Geld.« Mit der Hand schob Pauline die verbliebenen Münzen noch ein Stück weiter über den Tisch. »Für die Unkosten, die durch Sofie anfallen. Ich will niemandem etwas schuldig sein.« Ein letztes, bestimmtes Nicken, dann wandte sie sich zum Gehen.

Aber Julius' Mutter hielt sie zurück. »Warte.«

Er traute seinen Augen kaum, als sie das Belegbuch aus der Schublade des Arbeitstischs zog. Die Schreibfeder kratzte laut über das Papier, während sie schrieb. Dann riss sie die oberste, durch ein Kohlepapier von der nächsten getrennte Seite ab und reichte sie Pauline. »Deine Quittung.«

Meinte sie das tatsächlich ernst?

»Hast du übrigens Neuigkeiten von deinen Bekannten? Ich hoffe, sie sind alle wohlauf?«, fragte Mutter.

Ernst, aber ruhig antwortete Pauline: »Ich war heute Morgen bei Luise. Sie und Marie konnten sich zum Glück noch rechtzeitig in eine Seitenstraße zurückziehen. Und Mina ist ebenfalls noch gestern Abend entlassen worden.«

»Das freut mich zu hören.« Mutter legte den Füllfederhalter auf den Tisch, und ihre Stimme wurde leiser. »Ich rate euch aber, künftig vorsichtiger zu sein. Du und Fräulein Sahner seid nun in den Polizeiregistern vermerkt. Mit der gegenwärtigen Stimmung unter der Bevölkerung sind die Behörden nicht besonders wählerisch, und Protestierende gelten als Aufrührer und Hetzer. Egal, ob sie mit ihren Forderungen im Recht sind oder nicht.«

Mehrere Atemzüge lang sahen sich die beiden Frauen über den Tisch hinweg an. Zwischen ihnen jene stumme Verständigung, wie sie Julius schon so oft auch bei Selma und Emma oder unter den Mägden beobachtet und nie wirklich hatte verstehen können.

»Wir werden uns vorsehen«, sagte Pauline schließlich. Dabei kräuselten sich ihre Mundwinkel. Ganz kurz nur, aber Julius hatte es deutlich gesehen.

Mit einem Ruck drehte sie sich um und verließ den Raum.

Julius sah ihr nach, während sie die Tür hinter sich schloss. Dann sagte er in bewusst trockenem Tonfall: »Sie wird sich jetzt erst recht ihrer Überzeugung widmen.«

Mutter schüttelte seufzend den Kopf. »Ich weiß, und genau das macht mir Sorgen. Pauline hat das Herz am rechten Fleck, und der Enthusiasmus, mit dem sie sich den Dingen widmet, die ihr etwas bedeuten, macht ihr alle Ehre. Wenn sie doch nur nicht so blind gegenüber den Risiken wäre. Und was für ein Jammer um das schöne Haar. Es wird Jahre dauern, bis es wieder auf eine anständige Länge gewachsen ist.« Ohne ein weiteres Wort schlug sie das dicke Kassenbuch auf, in dem sämtliche Ein- und Ausgaben des Hofes erfasst wurden, und kritzelte einen Eintrag in die für Eingänge vorgesehene Spalte.

Julius runzelte die Stirn. War das alles, was sie dazu zu sagen hatte? »Seit wann nehmen wir Geld von den Angestellten?«

»Das tun wir üblicherweise auch nicht, bei Pauline ist es etwas anderes«, erwiderte Mutter kurz angebunden.

»Warum ausgerechnet bei ihr?«

Sie warf ihm einen vorwurfsvollen Blick zu, während sie das Geld vom Tisch aufklaubte und in die Schatulle legte, in der sie das Hof- und Haushaltsgeld aufbewahrte. Diese wiederum wurde im Geldschrank abgeschlossen, zu dem nur sie und er den Schlüssel hatten. »Pauline ist keine Magd wie Leni oder Dorle«, erklärte sie schließlich. »Der Krieg hat sie nach Freiburg gebracht. Sobald er vorbei ist, wird sie wieder gehen und ihr altes Leben aufnehmen, und so soll es auch sein. Das hier ist nicht ihre Welt.«

Nicht ihre Welt. Der Gedanke hinterließ einen üblen Nachgeschmack in Julius' Mund.

»Bis dahin bewahre ich ihr Geld auf.« Ihre Stimme klang wieder etwas sanfter. »Es wird nicht für den Hof ausgegeben, und sobald sie sich zum Gehen entschließt, bekommt sie es zurück. Einer Frau wie Pauline bedeutet es viel, wenn sie das Gefühl hat, einen Beitrag leisten zu können. Freiwillig. Ohne Verpflichtung oder weil jemand es von ihr fordert.«

Das Schrankschloss klickte dreimal, als Julius' Mutter den Schlüssel umdrehte. Dann wandte sie sich wieder zu ihm um, und dieses Mal lächelte sie. »Das mag unsinnig für dich als Mann klingen. Für eine Frau hingegen ist das eine der wenigen Möglichkeiten der Selbstbestimmung, verstehst du?«

Ja, er begann zu begreifen. Und er musste zugeben, von dieser Seite hatte er das Ganze noch nie betrachtet.

Dennoch ließ ihn ein ganz anderer Gedanke auch während der kommenden Tage und Wochen nicht mehr los …

Seine Mutter hatte natürlich recht, das wusste auch er, Pauline war kein Landmensch. Sie war die Raffinesse und das mondän schillernde Leben inmitten der Pariser Haute Couture gewohnt, nicht die ständig nach Kuhmist riechende Luft Sankt Georgens, geschweige denn den im Vergleich eintönigen Winzeralltag.

Aber konnte der Rosenhof nicht vielleicht doch irgendwann zu ihrer neuen Welt werden?

Artikel der Titelseite der Abendausgabe der *Freiburger Tagespost*, Freitag, 16. März 1917

Die Revolution in Russland

Amsterdam, 16. März, 12.50 Uhr früh. Hier sind folgende Reuterdepeschen aus Petersburg eingelaufen. Die Revolutionäre haben das Winterpalais besetzt. Die Botschafter Frankreichs und Englands haben mit dem neuen provisorischen Exekutivausschuss der Duma unter Mikhail Rodzianko Verhandlungen angeknüpft.

Nach anderthalb Stunden hat Moskau sich der Revolution ohne Blutvergießen angeschlossen. [...]

Aus Moskau liegt ferner folgende Reuterdepesche vor: Hier kam es aus Anlass der Revolution zu großen Freudenkundgebungen. Es hat sich ein Militärkomitee konstituiert, um mit Unterstützung einer Artilleriebrigade, fünf Infanterieregimentern und Tausenden von Miliztruppen die Ordnung aufrechtzuerhalten. Der Militärkommandant von Moskau sowie mehrere Tausend Polizeibeamte und Gendarmen sind verhaftet worden. Die politischen Gefangenen sind freigelassen. Weliki Nowgorod und Charkow erklären sich für die Revolution.

Schlagzeilen auf den Titelseiten der *Freiburger Tagespost*, Montag, 19. März bis Donnerstag, 22. März 1917

116 000 Tonnen von unseren U-Booten versenkt

Die *Möwe* von ihrer zweiten Kreuzfahrt im Atlantischen Ozean heimgekehrt. 27 Schiffe mit 123 100 Tonnen wurden von ihr versenkt und 593 Gefangene mitgebracht

Verschiedene Artikel in der Schweizer Tageszeitung *Der Bund*, Samstag, 31. März 1917

Die Russische Revolution

Meldung aus Paris. Eine Radiomeldung aus Petersburg besagt, unter den militärischen Reformen der neuen Regierung figuriere auch die Abschaffung der Militärgerichte. Die provisorische Regierung ermächtigte die Zarin-Mutter, sich auf der Krim niederzulassen, jedoch muss sie von Polizeikommissären begleitet sein.

Zarskoje Selo als verbotene Zone

Laut Londoner Meldung sind für die Gefangenhaltung des Zaren Nikolai II., derzeitigen Obersten Romanow, und seiner Familie die größten Vorsichtsmaßregeln getroffen worden. Das unweit von Petersburg gelegene Zarskoje Selo sei als verbotene Zone erklärt und werde von acht Kompanien Infanterie mit Maschinengewehren bewacht.

Die Güter der Romanow

Meldung aus Paris. Der *Petit Parisien* vernimmt, die Güter der Familie Romanow sollten sich, nach einem in Rom eingetroffenen Telegramm aus Petersburg, auf mehrere Milliarden erheben. Sie wurden unter Sequester gestellt.

Artikel auf der Titelseite der Schweizer Tageszeitung *Der Bund*, Dienstag, 3. April 1917

Deutschland und Amerika

Meldung aus Paris. Der Spezialberichterstatter des *Petit Parisien* meldet aus Washington: Die politische Lage ist augenblicklich folgende, dass sich zwei oppositionelle Elemente der Regierung gegenüberstehen: zunächst die Pazifisten, die jedoch durch die letzte Obstruktion im Kongress bei der Öffentlichkeit einigermaßen in Misskredit gekommen sind, andererseits die Republikaner, die Parteizwistigkeiten und Ränke nicht überwinden können. Beide Parteien haben letzte Woche einen Feldzug gegen Präsident Wilson unternommen, seine Haltung als schwankend und zögernd hingestellt, sowie seine Außenpolitik als unfähig bezeichnet. [...] Die öffentliche Meinung neigt mehr und mehr dem Kriege zu, was aus den patriotischen Resolutionen von zahlreichen Versammlungen und Erklärungen von Senatoren und Abgeordneten hervorgeht. Die kürzlichen Torpedierungen amerikanischer Schiffe durch deutsche U-Boote haben den Zorn der Amerikaner noch vermehrt.

Titelseite der amerikanischen Tageszeitung *The Bay City Times Tribune*, Michigan,
Freitag, 6. April 1917

Vereinigte Staaten im Krieg!

Präsident Wilson unterzeichnet Beschluss zur Kriegserklärung an Deutschland; sämtliche Marine-Milizen und Reservisten sind zu den Waffen gerufen.

41 – Fall ins Leere

14. April 1917, Lazarett an der Hildaschule,
Freiburg im Breisgau

Mit einem Keuchen schreckte Helene auf und blinzelte verwirrt. »Was ist passiert? Wo …«

Erst jetzt erkannte sie das freundlich-schmunzelnde Gesicht der älteren Frau neben sich. »Ganz ruhig. Ich bin's doch nur.« Kichernd tätschelte ihr Fräulein Faller den Arm. »Sie sind über den Büchern eingeschlafen.«

Helene rieb sich die Augen. Langsam und träge kehrte die Erinnerung wieder zurück, als ihr Blick auf das aufgeschlagene Lehrbuch vor ihr auf dem Tisch fiel: *Die Anatomie des Menschen* von Dr. August Rauber. Richtig. Sie hatte gestern bis um elf Uhr abends gearbeitet und dann den Rest der Schicht mit Greta getauscht, damit sie noch etwas lernen konnte.

Ihre rechte Gesichtshälfte fühlte sich taub an. Kein Wunder, sie war auf ihren übereinandergelegten Händen eingenickt. Dabei hatte sie doch nur kurz die Augen schließen wollen. Ein noch feuchter Speichelfleck prangte indes auf der Buchseite. Genau auf der Darstellung des Popliteus-Muskels.

Apropos Muskel … Ihr Nacken knirschte ohrenbetäubend,

wenn sie auch nur den Kopf drehte, und ihr unterer Rücken rebellierte bei jeder einzelnen Bewegung.

Ein Sonnenstrahl fiel durch das Fenster in den winzigen Aufenthaltsraum, der dem Pflegepersonal vorbehalten war. Vom Gang her war wie jeden Morgen das Scheppern des Nachtgeschirrs zu hören.

Sofort war Helene wieder hellwach und sprang auf die Beine. »Wie spät ist es?« *Um Himmels willen, ich habe doch heute Prüfungen!*

»Keine Bange, Sie haben noch genügend Zeit. Es ist erst neun Uhr«, sagte Fräulein Faller beruhigend. »Hier. Ich habe Ihnen einen frisch aufgebrühten Tee und etwas Zwieback gebracht.« Damit stellte sie eine dampfende Tasse vor Helene auf den Tisch.

Der unverwechselbare, lange vermisste Geruch drang ihr in die Nase. »Aber, das ist ja …« Schwarztee. Echter aromatischer Schwarztee.

»Psst.« Mit einem verschwörerischen Schmunzeln hob Fräulein Faller den Zeigefinger an die Lippen. »Aus meinem Geheimvorrat. Ich habe sogar einen Löffel Honig hineingegeben, aber verraten Sie's niemandem.« Die Ältere zwinkerte ihr zu. »Lassen Sie sich von mir jedoch nicht weiter stören, ich habe sowieso noch viel zu tun.« Das Lächeln verschwand von ihrem Gesicht, machte einem ruhigen, aber ernsten Ausdruck Platz. »Jemand muss sich doch um die Engländer kümmern. Sie haben ebenso eine angemessene Behandlung verdient.«

Richtig. Die zwölf britischen Kriegsgefangenen, die gestern aus Nordfrankreich an der Hildaschule angekommen waren. Zwei Offiziere – ein Major sowie ein Lieutenant – zusammen mit Mannschaften verschiedener Regimenter. Zwar hatten sie im Laufe des Krieges schon mehrfach gefangene feindliche Soldaten in der Hildaschule behandelt, ehe diese in die Lagerbaracken nach Haslach oder außerhalb Freiburgs nach Karlsruhe, Pforzheim oder Villingen verlegt wurden. Diese Männer waren jedoch die ersten von der Frontlinie bei Arras, wo seit ein paar Tagen eine erneute Großoffensive der Briten gegen die deutschen Linien tobte. Genau dort, wo auch Roberts Regiment seit einer Woche stand.

»Sie pflegen hier höchstwahrscheinlich dieselben Männer, die Ihr Gatte im Frontlazarett zusammengeflickt hat. Das könnte man beinahe als Familienunternehmen bezeichnen«, hatte Professor Faller gestern noch gewitzelt.

Daran, dass eine solche Möglichkeit überhaupt bestand, hatte Helene seit Kriegsbeginn noch nie gedacht. Doch allein darüber nachzugrübeln, wie vollkommen der Krieg das Leben ihrer Familie inzwischen vereinnahmte, brachte ein eigenartiges, ja beinahe unheimliches Gefühl mit sich.

Sie schob den Gedanken mit aller Kraft fort. Nicht jetzt. Nicht heute. Denn heute ging es allein um ihren Zukunftstraum. Und der platzte, wenn sie die anstehenden Semesterprüfungen nicht bestand.

»Danke für den Tee«, sagte Helene ehrlich berührt von Fräulein Fallers Geste.

Erwina Faller tätschelte ihr noch einmal kurz die Schulter. »Sehr gern geschehen. Viel Glück heute, ich drücke Ihnen fest die Daumen.« Bevor sie sich zur Tür umwandte, hob sie beide Hände mit den Daumen in den geschlossenen Fäusten. Der Stoff ihres Rocks rauschte, als sie nach draußen verschwand.

Helene hob die Tasse erst an die Nase – ah, dieser Duft –, dann an die Lippen, nahm den ersten kleinen Schluck. Was für ein Luxus, einfach köstlich. So warm und süß und vollmundig. Es war eine Ewigkeit her, seit sie zuletzt etwas anderes als Hagebutten-, Pfefferminz- oder Lindenblütentee getrunken hatte. Und das meistens sogar ungesüßt, weil es selbst auf dem Schwarzmarkt keinen Zucker mehr gab und Selma mit dem Honigvorrat sparte.

Mit einem leisen Aufseufzen ließ sie sich gegen die Stuhllehne sinken und nippte an ihrem Tee. Diesen Moment wollte sie auskosten. Zum Glück hatte sie noch genügend Zeit, die Prüfung war erst für ein Uhr mittags angesetzt.

Einen winzigen Augenblick lang war Helene versucht, noch einmal die gesamten Prüfungsthemen durchzugehen. Wenigstens die Schwerpunkte überfliegen. Eine gute Vorbereitung schadete schließlich nie. Obwohl sie sich kaum hätte besser vorbereiten können. Schon seit Wochen hatte sie jeden freien Moment zum Lernen genutzt. Entweder hier im Aufenthaltsraum oder – noch viel lieber – in der Universitätsbibliothek. Sogar während ihrer Nachtschichten hatte sie immer einen Stapel Bücher in ihrer Tasche mitgeschleppt.

So war sie im letzten Monat auch kaum noch auf dem Rosenhof gewesen, denn jede einzelne Minute war wertvoll, und bestimmt wäre sie auf dem Hof nie richtig zur Ruhe gekommen.

Sie würde es wiedergutmachen. Bei Pauline, Else und den anderen Hofbewohnern. Sobald die Prüfungen geschafft waren und sie sich anderen Sorgen widmen konnte, würde sie mit Pauline sprechen müssen. Trotz der Prüfungsvorbereitungen hatte sie von deren Festnahme gehört.

Bei der Erinnerung daran schmeckte der Tee auf einmal bitter.

Der Protestmarsch der Arbeiterinnen war in Freiburg noch tagelang Hauptgesprächsthema geblieben. Seither hatte es in der Stadt sogar noch weitere kleinere Kundgebungen gegeben, die jedoch auf einzelne Viertel beschränkt gewesen waren.

Helene verstand zwar die Beweggründe, die Arbeiterinnen wie Luise Sachs dazu brachten, ihren Unmut auf die Straße zu tragen. An deren Stelle hätte sie wahrscheinlich dasselbe getan.

Für Frauen wie Luise war es bei der gegenwärtigen Versorgungsknappheit zu einem täglichen Kampf geworden, ihre Familien durchzubringen.

Sie begriff auch, dass Pauline sämtliche Themen rund um Frauenrechte aufgrund ihrer eigenen Vergangenheit und ihrer jetzigen Situation ganz besonders am Herzen lagen. Ja, sie konnte sogar Minas pazifistische Aktivitäten nachvollziehen. Wer, wie Helene, tagtäglich die schrecklichen Folgen des Krieges, die Verstümmelungen, die ganzen Qualen und die abgrundtiefen Schrecken in den Augen der Soldaten im Lazarett sah, müsste Eis in den Venen haben, um sich nicht ein schnellstmögliches Ende dieses Leids zu wünschen.

Doch während die Folgen polizeilicher Repressalien für Mina und Luise zweifellos schwerwiegend wären, könnten sie für Pauline hingegen fatal werden.

Zugegeben, die Chancen, dass es geschehen könnte, waren nahezu gleich null. Aber was, wenn doch? Was, wenn irgendjemand sie durch irgendwelche Zufälle doch mit dem Franzosen in Verbindung brachte, der damals von dem Militärposten auf der Baslerstraße erschossen worden war?

Jetzt, wo in jedem Fremden ein Spion vermutet wurde und man sogar schwer verletzte, feindliche Kriegsgefangene als mögliche Saboteure verdächtigte, brauchte es nicht viel Fantasie, um sich auszudenken, was mit Pauline geschehen würde. Nach dem derzeitig im ganzen Kaiserreich geltenden Gesetz des Belagerungszustandes könnte sie nicht nur unter Spionageverdacht geraten, man würde sie als Vaterlandsverräterin und Franzosenliebchen beschimpfen, gesellschaftlich ächten, als wäre sie eine Aussätzige und im schlimmsten Fall sogar ins Gefängnis werfen.

Helene zog es allein beim Gedanken daran, dass irgendjemand Sofiechen als Franzenbalg betiteln könnte, die Kehle zusammen.

Wie konnte Pauline nur so leichtsinnig sein und ihre Überzeugungen, so ehrenhaft sie auch sein mochten, über ihr eigenes und das Wohl ihres Töchterchens stellen?

»Ah, Helene. Gut, dass ich Sie noch erwische ...« Die Männerstimme riss sie abrupt aus ihren Gedanken, und sie wandte den Blick zur Tür.

»Doktor von Lüdow«, rief sie überrascht und setzte sich mit einem Ruck gerade hin. »Was kann ich für Sie tun?«

»Nun, ich ...« Er räusperte sich und blieb mit den im Rücken verschränkten Händen dort im Türrahmen stehen. »Ich wollte Ihnen viel Glück für die heutigen Prüfungen wünschen.« Er nickte kurz und zackig.

»Oh.« Helene war sprachlos. Stine und Greta hatte ihr bereits gestern Nacht alles Gute gewünscht. Professor Faller gestern Mittag, denn er hatte heute seinen freien Tag. Ebenfalls gestern hatte sie sogar Post von ihrem Sohn Christian bekommen, dabei schrieb er doch sonst nur, um ihr zum Geburtstag zu gratulieren. Es war eine schlichte, aber hübsche Karte mit einem Blumenstrauß auf der Vorderseite und in Großbuchstaben *VIEL GLÜCK VON HERZEN! Christian* auf der Rückseite geschrieben. Helene hatte sie als Glücksbringer in ihr Notizbuch gesteckt.

Dass sich aber ausgerechnet von Lüdow an ihre Prüfungen erinnerte, hätte sie nie und nimmer erwartet.

»Ich bin überzeugt, Sie werden die Klausur mit Bravour bestehen.« Schon wandte er sich wieder zum Gehen, hielt jedoch noch einmal inne, scheinbar unsicher, was genau jetzt der Etikette entsprechend angebracht war. »Tja, das ist ...«, fing er an, zwinkerte hektisch und räusperte sich erneut, »... alles, was ich sagen wollte. Somit toi, toi, toi.« Er stieß sein kurzes, keuchendes Lachen aus.

»Vielen Dank, das ist wirklich sehr nett von Ihnen. Ich werde mein Bestes geben.« Mehr wusste Helene weiß Gott nicht zu sagen.

»Gut so.« Ein letztes Nicken, dann drehte von Lüdow sich endgültig auf dem Absatz um und floh mit langen, schnellen Schritten, während das Klackern seiner Stiefelsohlen im Gang widerhallte.

Noch immer fassungslos starrte Helene auf den nunmehr leeren Türrahmen und schüttelte den Kopf. Im Gegensatz zum Beginn ihrer Zeit hier an der Hildaschule hatte sich die Zusammenarbeit mit von Lüdow zwar entschieden verbessert. Immerhin richtete er sich jetzt mit ihrem Namen an sie, statt nur »Schwester« zu rufen.

Ebenso hatte er sich hin und wieder als äußerst hilfsbereit entpuppt. Das meistens sogar auf überraschende Weise und unter – für seine Verhältnisse – denkbar ungewöhnlichen Umständen. Helene konnte sich bis heute nicht erklären, was ihn damals dazu bewogen hatte, der Untersuchung Luises zuzustimmen. Einer ihm zwar nicht gänzlich Unbekannten – er war seinerzeit ja bereits wegen Marie an sie geraten –, die aber als Fabrikarbeiterin gesellschaftlich weit unter seinem Stand war.

Nein, sie würde nie aus Viktor von Lüdow schlau werden.

So verbrachte sie eine weitere gute Stunde mit dem Studium ihrer Notizen, ehe sie auf die Uhr schaute. Inzwischen war es schon fast elf Uhr geworden.

Helene packte ihre Bücher und Hefte ein und zog sich den Mantel an. Gleich würde die Verteilung der Mittagsmahlzeiten beginnen, und es wäre vorbei mit der Ruhe. In den Studierräumen der Universität könnte sie sich weit besser konzentrieren.

Ein letzter Blick in den kleinen Spiegel, und sie stöhnte innerlich auf. Ihr Gesicht war hohlwangig geworden und die Haut so fahl wie ein frisch gebleichtes Leintuch.

Daran waren freilich nicht nur die vielen schlaflosen Nächte im

Lazarett und über den Büchern schuld. Der letzte Winter war für niemanden in Freiburg einfach gewesen. Auch nicht für die Bewohner des Rosenhofs. Sie alle konnten keine Rüben, Schwarzwurzeln und verschrumpelten Karotten aus dem Keller mehr sehen und hofften sehnlichst auf die ersten Früchte. Und auf mehr als zwei hauchdünne Scheiben Schinken die Woche. Oder ein Ei. Und vielleicht auch zur Abwechslung ein paar Kartoffeln, Helene konnte sich kaum noch daran erinnern, wie die schmeckten.

Eilig zwickte sie sich in die Wangen, damit diese wenigstens etwas Farbe bekamen, hängte sich die Tasche um die Schulter und atmete tief ein. Wenn sie das nächste Mal hier stand, hatte sie entweder die Prüfung bestanden und war ihrem großen Traum einen Schritt näher, oder aber sie musste einen herben Rückschritt einstecken. Nicht nur das. Ein Versagen wäre für Robert die Bestätigung all seiner Behauptungen, was Frauen in medizinischen Berufen anging.

Mit einem Ruck drehte sie sich um und ging.

Es war ein Tag, wie Helene ihn schon seit Langem nicht mehr erlebt hatte: Die Sonne schien, der Himmel strahlte im herrlichsten Frühlingsblau. Das Laub an Bäumen und Sträuchern hatte zu sprießen begonnen. In den Gärten blühten Tulpen, Osterglocken, Krokusse und Primeln um die Wette. Überall roch es nach Frühling, und das fröhliche Zwitschern der Vögel gab der Laune die lang ersehnte Beschwingtheit zurück.

Sie genoss den Spaziergang. Der Bahnhofstraße entlang und weiter durch die Eisenbahnstraße bis zum Rotteckplatz. Unterwegs knabberte sie an ein paar getrockneten Aprikosen, die sie aus dem Vorratsraum stibitzt hatte.

Eigentlich war das Wetter viel zu schön, um in der Bibliothek zu hocken. Sie könnte es sich stattdessen auf einer Bank im Alleegarten gemütlich machen. Von da aus war es nur ein Katzensprung über die Rempartstraße bis zum Kollegiengebäude der Universität.

Es war Samstag, entsprechend viele Leute waren unterwegs, auch im Alleegarten. Schließlich ergatterte Helene jedoch einen hübschen Platz im Schatten. Direkt vor dem malerischen Brunnen, dessen Wasser, wie bei einem Wasserfall über einen mit Farn und Moos bewachsenen Steinhügel fiel. Oben auf dem Hügel war eine Figurengruppe zu sehen. Drei Knaben, die, so hatte ihr Fräulein Faller erst kürzlich erklärt, die drei Bäche Isenbach, Wagensteigbach und Rothbach darstellten, aus denen Freiburgs Hauptfluss, die Dreisam, entstand.

Sie breitete ihre Hefte und Bücher auf der Bank neben sich aus und kontrollierte die Zeit auf ihrer Armbanduhr. Elf Uhr dreißig.

Gut, das reichte gerade noch für eine kurze Repetition der Knochenlehre. Vor allem in der Kieferanatomie verwechselte sie immer noch ständig den Musculus stylopharyngeus mit dem stylohyoideus. Wenn ihr nur endlich eine nützliche Eselsbrücke einfallen würde.

Völlig in ihre Unterlagen und Notizen vertieft, nahm Helene das dumpfe, dröhnende Rattern zunächst gar nicht recht wahr. Erst als ein kleiner am Brunnen spielender Junge plötzlich rief: »Schau doch, Mama. Da sind ganz viele Flugmaschinen«, hob sie den Blick.

Und dann sah auch sie sie. Zehn – nein, zwölf Flugzeuge. In einem weiten Pulk aus Südwesten vom Lorettoberg her näher kommend, ehe sie einen Bogen machten und nun über das Wiehre-Viertel stadteinwärts flogen.

Helene blinzelte gegen das grelle Sonnenlicht. Das muss ein Übungsflug einer der hiesigen Flugstaffeln sein, ging es ihr durch den Kopf. Das erklärte auch deren große Anzahl. Feindflieger kamen schließlich immer nur im Paar oder allerhöchstens zu viert.

Sie hatte den Blick gerade wieder auf ihr Buch gesenkt, als sie den Schrei hörte: »Das sind nicht unsere. Das sind Engländer!«

Im nächsten Augenblick zerriss das Donnern der ersten Explosionen die Luft.

Helene fuhr zusammen, warf sich instinktiv zu Boden und kroch hinter den schützenden Hügel des Brunnens.

Das Blut rauschte laut in ihren Ohren, während sie sich gegen den Stein presste. Sie fühlte das Rasen ihres Herzschlags in der Brust. Sie sollte hier liegen bleiben, bis alles vorbei war. Hier war sie sicher. Oder?

Ein Blick aus ihrer Deckung.

Die Flieger. Sie kamen immer näher, scherten aus wie ein ausgebreiteter, Schrecken bringender Fächer. Die ersten von ihnen hatten bereits die Dreisam überflogen.

Irgendwoher ertönten Gewehrschüsse.

Die Antwort kam prompt. Ein ohrenbetäubender Knall nach dem anderen.

Helene fühlte den Boden unter sich erzittern. Leute schrien, rannten durch die Straßen auf der Suche nach Deckung.

Feuersäulen stiegen empor, wo die Bomben fielen. Hässlich schwarzer Rauch am Frühlingshimmel. Rundum ein beißender Gestank nach Schießpulver und Schwefel.

»Meine Bücher!« Der Gedanke kam aus dem Nirgendwo.

Ohne zu überlegen, rappelte Helene sich auf die Beine, rannte zu der Sitzbank, auf der sie bis eben noch ihre Notizen studiert hatte.

In fieberhafter Eile stopfte sie alles in die Tasche.

Wie durch einen Schleier hindurch vernahm sie das immer lauter werdende Motorendröhnen hinter sich. Ein warnendes Prickeln in ihrem Nacken.

Sie drehte sich um und erstarrte, als sie die zwei Flugmaschinen sah, die ihr im Tiefflug die Werderstraße entlang entgegenkamen.

Und mit einem Mal schien alles in zäher, klebriger Langsamkeit zu geschehen: Die Flugzeuge … Sie flogen hintereinander, und beide waren Einmann-Doppeldeckermaschinen. Wie kam es, dass ihr nie zuvor aufgefallen war, wie anders die Flugzeuge jetzt im Vergleich zum Beginn des Krieges aussahen? Sie wirkten robuster, zugleich viel schneller, wendiger und das Dröhnen ihrer Motoren noch lauter.

Die farbigen Kokarden auf den Unterseiten beider Flügel: blau-weiß-rote Kreise.

Wie im Traum nahm Helene den Mann auf der gegenüberliegenden Seite der Rempartstraße wahr. Er wedelte mit den Armen. »In Deckung! Schnell!«, hörte sie ihn brüllen.

Und im nächsten Moment warf ihn eine Schusssalve zu Boden.

»Nein!« Der Schrei drang ihr aus der Kehle und ging im ratternden Maschinengewehrfeuer unter.

Doch zugleich erwachte Helene aus ihrer Ohnmacht, sie ließ die Tasche zu Boden fallen und begann zu rennen. So schnell sie nur konnte. Über die Straße zum Gebäude der neuen Universitätsbibliothek.

Dort, direkt vor deren Eingang, lag der Mann von vorhin reglos am Boden. Blut rann unter seinem Körper in einem dünnen Rinnsal über das Kopfsteinpflaster.

Sie packte ihn an beiden Armen und zerrte mit aller Kraft, zwang sich dabei, nicht auf die blutigen Schusswunden an seinem Oberschenkel und der Brust zu achten.

Ein paar Meter. Wenn sie ihn nur ein paar Meter weit hinter die schützende Mauerecke ziehen könnte.

Doch sie kam nicht einmal bis zur Hälfte, ehe Geschosse auf dem Boden rechts von ihr einschlugen, Gesteinssplitter und Staub aufschleuderten.

Ihr entfuhr ein spitzer Schrei, während sie sich, ohne einen weiteren Gedanken zu fassen, über den Mann warf, ihn mit ihrem Körper schützte. Im selben Moment brauste das Flugzeug über sie hinweg, einen nach Benzin und Rauch stinkenden Schweif hinterlassend, zog es mit dröhnendem Motor vor dem Kollegiengebäude in die Höhe. So knapp, dass die Räder der Maschine beinahe den Dachgiebel zu streifen schienen.

Keuchend blieb Helene einen Atemzug lang liegen. Sie schmeckte Staub im Mund, ihre Augen brannten. Jeder Muskel in ihrem Körper rebellierte vor Anspannung.

Donnernde Explosionen ganz in der Nähe. Motorenheulen. Schreie und Rufe.

Nicht bewegen. Einfach liegen bleiben, bis alles vorbei war.

Das heisere Röcheln des Verletzten brachte sie jedoch sogleich wieder zur Besinnung, und sie kniete sich neben ihn, fasste nach seiner Hand. »Können Sie mich hören?«

Er wandte den Kopf zu ihr, sah sie aus weit aufgerissenen Augen an und bewegte angestrengt die Lippen, doch kein Ton kam aus seiner Kehle.

»Ganz ruhig.« Sie lächelte. »Bleiben Sie ganz ruhig. Sie haben eine Verletzung an der Brust und am Bein, aber ich werde mich darum kümmern.«

Blitzschnell begann Helenes Verstand zu arbeiten. Während ihre Rechte noch immer die Hand des Verletzten hielt, tastete sie sich mit der Linken vor. Sorgfältig und gezielt. Wie sie es schon unzählige Male während den Ankünften der Verletztentransporte getan hatte. Nur dass es sich hier nicht um einen vorversorgten Fall handelte.

Der Verwundete war bei Bewusstsein. Flackernder Blick, blasses Gesicht, Atmung flach und hastig. Einschussöffnung im linken Thorax zwischen dritter und vierter Rippe. Austritt von schaumig-blutigem Sekret bei Atmung. Verdacht auf offenen Pneumothorax. Stark pulsierende Blutung am rechten Oberschenkel, höchstwahrscheinlich eine Verletzung der Arteria femoralis.

Sachte, aber bestimmt löste sie die Hand aus seinem Griff. »Wir müssen die Blutungen stoppen«, erklärte sie ihm und riss, ohne zu zögern, einen Stoffstreifen von ihrem Unterrock, presste diesen auf die Brustwunde und legte die Hand des Mannes darauf. »Die Hand nicht wegnehmen, verstanden?«

Helene drehte sich nur kurz um, sobald sie das erneute anschwellende Motorenbrummen vernahm. Die Flieger kamen zurück. Dieses Mal waren es sogar deren vier.

»Verdammt«, fluchte sie laut, richtete den Blick jedoch sogleich wieder auf die Wunde am Oberschenkel, aus der noch immer stoßweise Blut quoll. Das Bein zuckte ruckartig.

Mit aller Kraft presste sie die Hand auf die Stelle. Abbinden. Sie musste das Bein irgendwie abbinden, um die Blutung zu stoppen. Nur womit?

Doch die Frage verhallte im hässlichen Rattern der Maschinengewehre. Dem lauten Bersten von Glas und Stein.

Unwillkürlich zog Helene den Kopf ein. Das tiefe Dröhnen der Flieger schien alles andere rundum zu erfassen, in der Gewalt ihrer Bomben zu zerfetzen.

Sie hörte Schreie. Gewehrschüsse. Jemand brüllte Befehle.

Und als hätte eine Stimme sie zurückgerufen, drehten die Flugzeuge auf einmal ab, scharten sich im Geschwader zusammen und verschwanden in Richtung Elsass so schnell, wie sie gekommen waren. Zurück blieben rauchende Trümmer.

Erst jetzt bemerkte Helene, dass das Bein des verwundeten Mannes zu zucken aufgehört hatte. Auch quoll kein Blut mehr aus der Wunde.

Ihr Blick ging zu seinem Gesicht. Seine Augen starrten in den Himmel, und er rührte sich nicht mehr.

Taumelnd stand sie auf.

Rauch waberte durch die Straßen, machte die Luft schwer.

Ihre Tasche. Die lag noch immer dort bei der Sitzbank auf der anderen Straßenseite.

Von Weitem waren durchdringendes Hupen und die Glockenschläge eines Feuerwehrwagens zu hören. Menschen traten mit ungläubigen Gesichtern aus den Häusern und Hauseingängen, in denen sie Schutz gesucht hatten.

Wie schwer die Tasche auf einmal wog. Helene sah auf ihre Uhr. Himmel, ihre Hände und Unterarme waren voller Blut. Sie musste die Uhr erst an ihrem Rock abwischen, um das Ziffernblatt überhaupt lesen zu können. Es war zwölf Uhr dreißig mittags.

Langsam wankte sie in Richtung der Treppe, die zum Eingang des Kollegiengebäudes führte. Warum fiel ihr das Atmen auf einmal so schwer? Und warum konnte sie den linken Arm nicht mehr bewegen?

Auf der zweiten Stufe hielt Helene keuchend inne und hob den Kopf.

Einschusslöcher klafften links und rechts des hohen Säulenportals. Was für ein Jammer, die schöne Fassade! Dabei war das Gebäude doch erst vor wenigen Jahren neu eröffnet worden.

Mit aller Kraft schleppte sie sich die Stufen hoch. Hinter sich hörte sie Stimmen, beachtete sie jedoch nicht. Keine Zeit. Gleich fing ihre Prüfung an, sie musste sich sputen. Zimmer 112 im ersten Stock, dort musste sie hin. Wenn ihr doch nur nicht plötzlich so schwindlig wäre.

»Wo wollen Sie denn hin, Fräulein?« Die dunkle Männerstimme war nun direkt neben ihr.

Schon wollte Helene sich zu dem ungehobelten Flegel umdrehen, um ihm zu sagen, dass sie kein Fräulein, sondern verheiratet war und außerdem keinerlei Bedarf für seine plumpen Avancen hatte, da wurde ihr schwarz vor Augen.

Wie von weit her hörte sie die Stimme noch rufen: »Sie sind verletzt!«

Dann fiel sie ins Nichts.

Helene erwachte mit schrecklichen Kopfschmerzen und einer Kehle, die sich anfühlte wie Schmirgelpapier.

Sie blinzelte verwirrt, sobald sie die Augen aufschlug. Wo war sie? Das war nicht die getäfelte Decke ihres Zimmers auf dem Rosenhof. Hier war alles weiß getüncht und kahl und unfreundlich kühl. Auch der Geruch war ein ganz anderer. Nach Äther und …

Mit einem Ruck wollte sie sich aufsetzen, doch das Stechen in ihrem Arm raubte ihr prompt den Atem.

»Langsam«, ertönte die vertraute Frauenstimme neben ihr.

Was …?

Dann erkannte sie das Gesicht, das sich über sie beugte. Umringt von dunklem Haar und mit jener Mischung aus Sorge und gleichzeitigem, sanftem Spott, wie sie nur Pauline zustande brachte.

»Da ist ja unser Dornröschen wieder.« Pauline lächelte.

Ein vorwurfsvolles Schnauben war von der anderen Seite her zu hören.

Vorsichtig drehte Helene den Kopf in die Richtung und traute ihren Augen kaum. »Else?« Ihre Stimme klang wie heiseres Krähenkrächzen. »Aber … Wo bin ich? Was ist geschehen?«

»Ganz ruhig«, sagte die Winzerin und drückte sachte ihre Hand. »Man hat dich ins St. Josefskrankenhaus gebracht. Du hattest wegen der Schusswunde am Arm viel Blut verloren.«

»Wegen der Schusswunde?«, wiederholte Helene verständnislos

und versuchte, den linken Arm zu bewegen, sog jedoch sofort die Luft ein, als der gleißende Schmerz sie durchfuhr.

»Weißt du nicht mehr, was gestern passiert ist?«, fragte Pauline.

Gestern?

Helene kniff die Augen zusammen, versuchte, die wild in ihrem Kopf herumwirbelnden Erinnerungsfetzen zusammenzuraffen. »Meine Semesterprüfung.«

Else nickte. »Die wäre gestern gewesen. Doch dann kam der Fliegerangriff.«

Ja. Jetzt sah Helene es wieder vor sich. Den Schwarm von tieffliegenden Flugmaschinen. Das Dröhnen der Motoren. Die Explosionen. Der verletzte Mann am Boden.

»So schlimm war's noch nie«, ergänzte Pauline ernst. »Aber was du miterlebt hast, war nur die erste Welle. Kurz vor dem Eindunkeln sind sie zurückgekommen, mit mehr als doppelt so vielen Flugzeugen, heißt es.«

»Bis jetzt ist die Rede von elf Toten und mindestens fünfundzwanzig Verletzten. Sie hatten es offenbar vor allem auf die Universität und deren Kliniken abgesehen.« Else schüttelte den Kopf. Auf ihrer Stirn hatten sich tiefe Furchen eingegraben. »Das Gebäude der Anatomie ist nahezu dem Erdboden gleichgemacht. Wie es in der Zeitung heißt, soll das eine Vergeltungsmaßnahme für die Torpedierung eines britischen Lazarettschiffs durch eines unserer U-Boote gewesen sein.« Sie schnalzte missbilligend mit der Zunge. »Was haben Zivilisten mit der Torpedierung eines Lazarettschiffs zu tun, frage ich mich?«

Helene fühlte sich, als hätte man ihr den Boden unter den Füßen weggezogen. Die Schmerzen in ihrem Kopf wurden schier unerträglich. So viele Tote und Verletzte. So viele Unschuldige. Vergeltung folgte auf Vergeltung. Auge um Auge – so hieß es doch schon in der Bibel. Doch wo sollte das alles enden?

Mit zusammengebissenen Zähnen stemmte sie sich auf den rechten Ellenbogen und schlug die Decke zurück. »Ich muss zur Arbeit ins Lazarett. Bestimmt kommen bald wieder mehr Verwundetenzüge an.«

»Nichts da.« Sanft, aber unerbittlich drückte Else sie wieder ins Kissen zurück. »Du sollst dich schonen, hat der Arzt gesagt. Mindestens zwei Wochen lang. Wenn sich die Wunde bis morgen nicht entzündet, können wir dich nach Hause holen.«

Helene schüttelte den Kopf. »Das geht doch nicht. Meine Arbeit. Was wird Professor Faller sagen? Und meine Prüfung ...« Wenn diese für ungültig erklärt würde, dürfte sie das Medizinstudium nicht fortsetzen und ihre ganzen Anstrengungen wären vergebens gewesen.

»Dummerchen, Professor Faller war der Arzt, der gesagt hat, dass du dich schonen sollst«, gluckste Pauline, wurde jedoch sogleich wieder ernst. »Außerdem sind die Prüfungen unter den gegebenen Umständen verschoben worden. Die neuen Termine stehen noch nicht fest.«

Mit einem gepressten Aufstöhnen gab sich Helene geschlagen. »Was ist mit meinem Arm?«

Jetzt nickte Else. »Professor Faller meinte, du hättest Glück gehabt. Es war ein glatter Durchschuss, der keine größeren inneren Verletzungen verursacht hat.« Sie winkte ungeduldig ab. »Er hat zwar Ausdrücke benutzt, die ich vergessen habe, aber das war in etwa der Kern der Aussage.« Dann ließ ein Lächeln das Gesicht der Winzerin auf einmal weicher wirken, und sie strich mit einer fahrigen Geste über Helenes Haar. »Mach dir keine Sorgen.«

Es war genau diese eine kleine Geste, die Helene aufhorchen ließ. Sie kannte die Winzerin inzwischen gut genug, um sie einschätzen zu können, und Else Lauer strich einem nicht ohne triftigen Grund übers Haar.

»Was ist?«, fragte sie und sah die Ältere dabei forschend an. »Ich weiß, da ist noch mehr, ich sehe es dir an, Else, also sag es mir.«

Die Weinbäuerin erwiderte ihren Blick, presste kurz die Lippen fest zusammen, ehe sie zum Reden ansetzte: »Es ist dein Mann. Es ist etwas geschehen.«

42 – Wenn die Tür sich schließt

19. Mai 1917, Ulm, Haus der Familie Erhardt

»Mein tiefstes Mitgefühl«, murmelte die Frau, die Helene noch nie zuvor gesehen hatte und die ihr jetzt die Hand schüttelte.

Sie erwiderte die Anteilnahme mit einem schlichten Nicken.

Unglaublich, wie viele Menschen trotz des für die Jahreszeit viel zu heißen Wetters zur Beerdigung des Medizinaloberrats Herfried Augustus Erhardt, Roberts Vater, gekommen waren. Die Bänke der Ulmer Pauluskirche waren bis auf den letzten Platz besetzt gewesen.

Auch wenn sie insgeheim selten einer Meinung mit seinen Ansichten gewesen war, hatte Helene ihren Schwiegervater respektiert. Er hatte noch zum alten Schlag gehört. Zu jener Sorte von Medizinern, die ihre Tätigkeit als Berufung sahen und sich selbst – und niemanden sonst – als vom Schicksal auserwählt, um die Menschheit zu erretten. Nichtsdestotrotz war er ihr gegenüber stets freundlich gewesen. In seinen allerbesten Momenten hatte er ihr sogar erlaubt, ihn zu duzen, was sie jedoch wohlweislich nie tat. Robert hätte das niemals gebilligt.

In kerzengerader Haltung stand ihr Ehemann nun neben ihr,

während der Zug der aus der Kirche strömenden Trauergesellschaft kein Ende nehmen wollte. Noch zwang ihn die Wunde am Knie dazu, einen Gehstock zu benutzen. Besonders, wenn er das Bein, so wie heute, stark beanspruchte, sah man ihm die Schmerzen an – all seinen Vertuschungsversuchen zum Trotz.

Dabei hatte er unglaubliches Glück gehabt. Von dem Tag der Zwangsevakuierung der Frontstellungen während der kanadisch-britischen Offensive und der Explosion einer Sprenggranate würde er nur ein steifes Knie sowie die Verbrennungen am Rücken davontragen. Es hätte weit schlimmer kommen können, trotz des Granatsplitters, der inoperabel für immer in seinem Knie stecken bleiben würde.

Anschließend hatte er nur gerade zwei Wochen lang in einem Etappenlazarett in Belgien gelegen, bis ihn der verantwortliche Oberarzt wieder zurück an die Front entließ. Als Chirurg mochte Robert eine Koryphäe sein, als Patient war er hingegen unausstehlich.

Und dann war, ganz unerwartet, die Nachricht vom Tod seines Vaters gekommen. So imposant er sein Leben lang gewesen war, so still war er gegangen und eines Morgens nicht mehr aufgewacht. Mit achtundsiebzig Lenzen. Einem stattlichen Alter in Zeiten wie diesen.

Helene hörte Roberts unterdrücktes Stöhnen, als sie endlich den Weg zum Friedhof einschlugen. Die Beisetzung fand nur im engsten Familienkreis statt: Robert, seine Mutter, Christian, Helene und der Pfarrer.

»Soll ich dir helfen?«, fragte sie und wollte nach seinem Arm greifen, um ihn zu stützen.

»Nein.« Seine Antwort war knapp und deutlich.

Zum Glück dauerte die Bestattung nicht mehr allzu lange. Herfried würde im Familiengrab beigesetzt werden, ohne anschließenden Leichenschmaus. Wegen des Krieges hatte Roberts Mutter entschieden, darauf zu verzichten.

Während der Pfarrer seine abschließende Trauerrede hielt, fühlte Helene, wie ihr der Schweiß unter dem schwarzen Kleid über den Rücken rann. Sie dankte der Vorsehung für den Hut, der sie wenigstens vor der Sonne schützte, und sie atmete auf, als sie danach endlich im Wagen auf dem Weg zurück zum Haus der Familie in der Innenstadt saßen.

Roberts Mutter zog sich sogleich in ihr Zimmer zurück, sie wollte nicht einmal etwas essen. Seit dem Tod ihres Mannes waren ihre ganze Leichtigkeit und Fidelität verschwunden. Weg. Vorhin in der Kirche hatte es den Anschein gehabt, als säße unter dem schwarzen Schleier nur noch das zusammengesunkene Häufchen einer alten Frau.

Sie tat Helene ehrlich leid.

»Ich muss mich um Vaters Nachlass kümmern, ehe ich wieder zurück an die Front gehe«, sagte Robert und schloss sich für den Rest des Nachmittags im Arbeitszimmer seines Vaters ein.

Blieben nur noch Helene und Christian zurück. Es war das erste Mal seit einer Ewigkeit, dass sie Zeit zusammen verbrachten. Nur sie beide, Mutter und Sohn, wie früher. Während ihres letzten gemeinsamen Aufenthalts daheim in Lehr war der Junge viel zu sehr mit seinen eigenen Interessen beschäftigt gewesen, und sie hatten nicht einmal Zeit für eine kleine Plauderei gefunden.

Der plötzliche Todesfall hatte sie alle jedoch völlig unvorhergesehen hier zusammengeführt, wenn auch nur für die Zeit der Beerdigung. Christian und sie selbst waren gestern erst angekommen, und er musste morgen bereits wieder abreisen. Ihr blieb immerhin noch ein Tag mehr. Robert hatte hingegen eine einwöchige Lizenz zur Klärung der familiären Angelegenheiten erhalten.

»Komm, lass uns nachsehen, ob Großmutters Haushälterin eine Kleinigkeit zu essen übrighat«, schlug Helene vor und legte ihrem Sohn den Arm um die Schultern. Dabei musste sie sich beinahe auf die Zehenspitzen stellen, so groß war der Junge geworden.

Kurz darauf saßen sie sich am Holztisch in der Küche gegenüber, vor sich jeweils eine Scheibe mit Apfelmus bestrichenes Kriegsbrot auf dem Teller, dazu ein Glas Holundersirup.

»Du siehst gut aus.« Helene lächelte. Sie hatte ihren Mutterstolz noch nie verbergen können, und Christian sah auch wirklich gesund aus. Etwas mager zwar, fand sie, aber mit athletisch definierten Schultern und Sommersprossen auf den Wangen. Er hatte Roberts Augen. Dasselbe durchdringend helle Blau.

Zwischen zwei Bissen hob Christian den Blick. »Du hingegen siehst müde aus«, sagte er ruhig, während er sie ansah.

Auch sein Gesicht hatte sich verändert seit dem letzten Mal. Zwar konnte Helene noch immer die kindlichen Rundungen an den Wangen erkennen, doch sein Kinn war ausgeprägter geworden.

»Ach, ich hatte nur ziemlich viel zu tun in letzter Zeit, aber es geht mir gut.« Sie winkte ab und fasste über den Tisch nach seiner Hand. »Ich habe außerdem Neuigkeiten.« Der Zeitpunkt war katastrophal gewählt, das war ihr bewusst, und sie versuchte, ihre Euphorie so weit zu zügeln, wie es der Anstand in einem trauernden Haushalt gerade noch erlaubte. »Ich habe die Semesterprüfungen bestanden.«

Die Prüfung war eine Woche nach dem Angriff neu angesetzt worden. Und ja, sie hätte platzen können vor Freude und Stolz, auch wenn das vermessen klang und sie Robert noch gar nichts davon gesagt hatte.

Ein Grinsen machte sich auf Christians Gesicht breit, und er drückte ihre Hand. »Famos! Was hat Papa dazu gesagt?«

Helenes Miene gefror, und sie senkte rasch den Blick.

»Er weiß es noch gar nicht?«

»Mit seiner Verwundung und der Rekonvaleszenz … Er muss sich jetzt auf so viel anderes konzentrieren«, gab Helene als Entschuldigung vor. »Ich sage es ihm, sobald er wieder ganz hergestellt ist. Bald.«

Christian legte sein angebissenes Marmeladenbrot zurück auf den Teller, während er sie noch immer mit seinen klaren, klugen Augen ansah. »Mach dir keine Sorgen, ich werde nicht wie Vater und Großvater.«

Sie blinzelte verständnislos. Was meinte er damit?

Er zuckte mit den Schultern. »Es hat mir gefallen, wenn ich hinten im Garten mit Opas Schrotflinte auf Flaschen und Büchsen schießen durfte. Und es ist spannend, wenn Papa mit mir über Politik diskutiert. Es ist dann immer fast wie in der Schule, dort machen wir das auch mit unserem Klassenlehrer.« Er legte den Kopf schief und machte eine nachdenkliche Miene. Seine Stimme wurde so leise, dass Helene ihn kaum noch verstand. »Aber ich denke nicht wie sie. Ich glaube auch nicht, dass wir den Krieg gewinnen.«

Spätestens jetzt war Helene völlig perplex. Im ersten Moment wusste sie nicht, was sie darauf antworten sollte. Dann aber blickte sie sich hastig über die Schulter.

Was, wenn jemand im Haus sie belauschte? »Nicht so laut. Stell dir vor, dein Vater hört dich«, wisperte sie.

»Papa weiß es doch im Grunde auch schon längst, nur weigert er sich wie so viele andere auch, das Offensichtliche einzugestehen. Dabei ist es nur noch eine Frage der Zeit. Wenn nicht von außen durch die Gegner, dann zerfällt das Kaiserreich von innen heraus. Wie es jetzt in Russland geschieht. Auch hier brodelt es doch schon überall im ganzen Land.«

Helene war fassungslos. »Woher hast du nur solche Reden?«

»Ich beobachte, was vor sich geht. In St. Afra bringt man uns nicht nur Drill und Geometrie bei.« Er verschlang das restliche Brotstück mit zwei großen Bissen und leckte sich die Finger sauber. »Ich habe noch zu lernen. Übermorgen muss ich eine Lateinklausur nachholen.«

Er wollte vom Tisch aufstehen, doch Helene hielt ihn zurück. »Versprich mir, dass du deinem Vater gegenüber nichts von deinen Ideen erwähnst.«

»Nur wenn du mir versprichst, dass du mit deinem Medizinstudium weitermachst, was auch immer geschieht.« Sein Blick war ernst und mit einer Spur von Vorwurf. »Und dass du künftig nicht draußen spazieren gehst, wenn Feindflieger im Anflug sind.«

»Ich bin nicht spazieren gegangen, ich war auf dem Weg zur Universität«, protestierte sie. »Woher sollte ich außerdem wissen, dass die Engländer ihren Überraschungsangriff ausgerechnet dann durchführen?«

Ein Lächeln kräuselte Christians Lippen, während er um den Tisch herumkam und die Arme um sie legte.

Einen Moment lang verharrten sie reglos so.

Wie sehr hatte Helene die Nähe zu ihrem Sohn vermisst und längst verloren geglaubt. Genau so war es früher gewesen, ehe Robert den Jungen nach St. Afra geschickt und ihn entfremdet hatte.

Doch hier war er wieder. Ihr Christian. Ihr großer, kluger Junge. Wäre es nach Helene gegangen, hätte der Augenblick ewig dauern können.

Mit einem Kuss auf ihren Scheitel löste er sich schließlich von ihr. »Sieh einfach zu, dass ich mir nicht um dich auch noch Sorgen machen muss, ja?«

»Du schummelst, das ist doch mein Satz«, sagte sie scherzend und ließ seinen Arm nur widerwillig los.

»Ich hab dich lieb, Mama.« Christian zwinkerte ihr zu, ehe er ging.

Eine Weile lang blieb Helene allein dort am Tisch sitzen und fühlte zum ersten Mal seit Langem wieder die selig-wohlige Wärme in der Brust. Christian brauchte sie zwar nicht mehr, er wurde erwachsen, und er mochte seinem Vater äußerlich immer ähnlicher werden. Aber all ihren Befürchtungen zum Trotz hatte der Junge seine Aufrichtigkeit bewahrt. Darauf war sie ungeheuer stolz.

Nach einer Weile sah sich Helene jedoch ratlos um. Hier im Haus ihrer Schwiegereltern kam sie sich stets völlig überflüssig vor, so auch jetzt. Schwiegermama hatte in ihrem Heim schon seit jeher eine strikte Aufgabentrennung vorgelebt, wonach sich die Hausherrin weder in die Betätigungsbereiche des Personals einmischte noch in die des Hausherrn. Dasselbe unausgesprochene, jedoch imperative Gesetz galt auch für die Familie ihres Sohnes. Helene hatte somit rein gar nichts zu tun, und das den ganzen lieben langen Tag über.

Sie stand auf, nahm Teller und Gläser vom Tisch und trug sie zum Spülbecken, wo sie das Geschirr in beinahe trotziger Manier eigenhändig abwusch. Roberts Mutter würde der Schlag treffen, könnte sie sie jetzt sehen.

Doch was sollte sie nun mit dem Rest des Nachmittags anfangen?

Helene entschloss sich dazu, ein Plätzchen im Garten zu suchen und das schöne Wetter auszunützen. Wohlweislich hatte sie dieses Mal vorgesorgt und ein paar Studienbücher eingepackt.

Gesagt, getan. Sie musste nur kurz nach oben ins Schlafzimmer, um die Bücher zu holen. Dabei wagte sie kaum, sich zu beeilen, denn die Treppenstufen knarrten bei jedem Schritt, und es war sonst mucksmäuschenstill im Haus.

Der Weg in den Garten führte entweder durch das Arbeitszimmer oder die Bibliothek. Beide Räume grenzten direkt aneinander.

Ins Arbeitszimmer hatte sich jedoch Robert schon zurückgezogen, und sie wollte ihn auf keinen Fall stören. Mit drei Büchern und ihrem Notizheft auf den Armen schlug Helene also den Weg durch die mit bis zur Decke reichenden Büchergestellen möblierte Bibliothek ein, von wo aus sie über eine Terrasse in den Garten gelangte.

Ah, wie herrlich! Hier draußen wehte ein angenehmes Lüftchen, und bei der Bank dort unter der Linde erwartete sie ein schönes, schattiges Plätzchen.

Aber besser, sie schloss die Terrassentür hinter sich. Nicht, dass ein Luftzug sie zuschmetterte.

Die Bücher auf einem Arm balancierend, zog sie die Tür zu. Dabei fiel ihr Blick durch das Fenster des Arbeitszimmers direkt daneben. Und sie blieb wie angewurzelt stehen, als sie Robert dort am riesigen Schreibtisch seines Vaters sitzen sah.

Er hatte das Jackett abgelegt und den Hemdsärmel des linken Arms bis über den Ellenbogen hochgekrempelt. Ein ockerfarbener Gummischlauch lag straff um seinen Oberarm gebunden, und Robert hielt das eine Schlauchende zwischen den Zähnen fest.

Auf dem Tisch vor ihm lag ein aufgeklapptes Lederetui mit einer Ersatzspritze, den dazugehörigen Injektionsnadeln sowie drei kleinen Glasampullen.

Eine weitere davon stand geöffnet auf dem Tisch. In seiner Hand hielt Robert eine Spritze, deren Nadel er sich genau in diesem Moment an die Ader seines abgebundenen Unterarms setzte.

Helene brauchte sich gar nicht erst darum zu bemühen, das Etikett auf der Ampulle entziffern zu wollen. Sie wusste genau, was es war, sie hatte selbst schon genügend Spritzen mit Morphium-Ampullen gesetzt. Ein Opiat, das schon seit dem Deutsch-Französischen Krieg in der Kriegspharmazie für Verwundete verwendet wurde. Es war einfach zu verabreichen und erzielte den gewünschten Effekt der sofortigen Schmerzlinderung.

So absurd es auch klingen mochte – in diesem Moment war sie hin- und hergerissen zwischen Verständnis und gleichzeitiger Bestürzung.

Seine Schmerzen mussten höllisch sein, daran gab es keinen Zweifel, und das Morphium verschaffte ihm die nötige Erleichterung. Aber das Präparat hatte Auswirkungen. Helene hatte sie oft genug bei Verletzten im Lazarett beobachtet: Das Opiat linderte zwar wohl die Schmerzen, beruhigte und versetzte die Patienten manchmal sogar in eine Art euphorisches Hochgefühl, aber es war kein Heilmittel und die Wirkung nur vorübergehend. Sobald Letztere nachließ, kehrten die Schmerzen mindestens ebenso heftig zurück. Nicht selten ergab sich daraus ein nie enden wollender Teufelskreis, in dem die körperlichen Wunden der Patienten zwar mit der Zeit heilten, die Abhängigkeit hingegen ein Leben lang blieb.

Natürlich gab es noch andere Schmerzmittel. Während der andauernden Handelsblockade waren diese allerdings immer schwerer zu beschaffen und wirkten zudem nicht so schnell. Deshalb wurde Morphium vor allem in den Frontlazaretten so bedenkenlos verabreicht, als wäre es nur eine simple Salzwasserlösung.

Als Arzt wusste Robert das alles. Vor allem aber kannte er die riskanten Nebenwirkungen. Die vorrätigen Ampullen in seinem Etui zeigten jedoch, dass es sich hier nicht um ein einzelnes Vorkommnis handelte.

Die Entdeckung verfolgte Helene den ganzen restlichen Tag, und auch an Schlaf war in dieser Nacht nicht zu denken.

Sollte sie Robert zur Rede stellen?

Sie und ihr Mann hatten sich seit dem Vorfall von vor fast genau einem Jahr nicht mehr gesehen, ihr Kontakt war, bis auf die gelegentlichen kurzen Briefe, kaum noch existent, und weder sie noch er hatten jemals wieder ein Wort über jenen Abend zu Hause in Lehr verloren. Distanz und Zeit hatten als Pflaster über den Wunden gewirkt.

Es brauchte jedoch nicht viel Vorstellungsvermögen, um sich auszumalen, wie Robert reagieren würde, wenn sie ihn jetzt auf ihre Beobachtung ansprach. Die Wunde würde erneut aufreißen.

Wollte sie das wirklich riskieren? Noch dazu hier in seinem Elternhaus, wo seine Mutter womöglich jedes Wort mitbekam? Was versprach sie sich davon? In ihrer Ehe hatte doch auch früher nie eitel Sonnenschein geherrscht, sondern sie beruhte vielmehr auf Zweckmäßigkeit.

Das stimmte. Und sie beide, jeder auf seine Weise, hatten auch davon profitiert. Wozu also das alles infrage stellen?

Aber in der Zwischenzeit hatte der Krieg vieles verändert und in neue Perspektiven gesetzt. Ja, wenn Helene genauer darüber nachdachte, lag eine gewisse Ironie in der Tatsache, dass ausgerechnet Roberts Kontrollwahn ihr schlussendlich eine nie zuvor gekannte Freiheit ermöglichte: Sie führte ein nahezu selbstständiges Leben und traf eigene Entscheidungen. Zwar innerhalb der Grenzen, die Gesellschaft und Tradition einer verheirateten Frau auferlegten, aber auch diese Linien waren durch den Krieg durchlässiger, biegsamer geworden.

Und nicht zuletzt war da die wichtigste Erkenntnis von allen: Sie hatte keine Angst mehr vor ihm.

Das lag möglicherweise an ihrem Erlebnis während des kürzlichen Fliegerangriffs. Sie spürte die Verletzung immer noch, wenn sie den Arm zu sehr belastete, und jedes Mal, wenn sie die Narbe sah, brachte es die Erinnerung hoch. Jener Tag hatte ihr aber einmal mehr gezeigt, wie fragil das Leben und was der eigene Wille zu tun imstande war.

»Mama, du brichst mir die Rippen«, presste Christian am nächsten Morgen durch die Zähne, als er sich aus ihrer Umarmung zu befreien versuchte.

Er mochte keine langen Abschiede, schon gar nicht in der Öffentlichkeit. Also wischte sie ihm nur noch ein letztes Mal den nicht vorhandenen Schmutz von der Jackettschulter, bevor er den Waggon bestieg.

»Gute Reise und pass auf dich auf«, rief sie und winkte, als der Zug anfuhr.

»Er kann dich doch durchs Fenster gar nicht mehr hören.« Robert runzelte die Stirn.

Helene hatte beschlossen, ihn zu ignorieren und auch ihre Beobachtung auf sich beruhen zu lassen. Am nächsten Tag würde sie wieder zurück nach Freiburg fahren, und der Himmel allein wusste, wann sie Robert wiedersah. Bis dann war vielleicht ein weiteres Mal alles ganz anders.

Trotzdem ertappte sie sich dabei, wie sie ihn heimlich beobachtete: während sie zurück nach Hause fuhren, während des stummen Essens am Tisch oder während er mit seiner Mutter darüber diskutierte, ob sie allein in dem großen Haus bleiben oder lieber in eine Wohnung umziehen wollte.

Er war unfassbar dünn geworden. Der Bund seiner Uniformhose schlackerte ihm um die Hüfte, sogar mit den Hosenträgern, und seine Bauchhöhle war so tief eingefallen, dass man jede einzelne Rippe zählen konnte. Auch sein Haar war deutlich grauer und schütterer als noch vor einem Jahr.

Hinzu kam seine ständige Unruhe. Robert war schon immer ungeduldig gewesen, wenn er etwas von anderen verlangte. Bis jetzt hatte er zumindest eine gewisse Toleranz an den Tag gelegt, doch diese sank nun innerhalb von Sekunden auf den Nullpunkt, ehe er aus der Haut fuhr. Sogar seine eigene Mutter zuckte erschrocken zusammen, als er während des Abendessens die Faust auf den Tisch schlug, nur weil Helene ihm den Salzstreuer nicht sogleich reichte.

Sie riss sich zusammen und schwieg. Ein Glück, dass sie morgen abreiste.

»Deine Uniform hängt geflickt und gedämpft hinter der Tür. Auch die Hemden sind gewaschen, und ich habe dir noch drei zusätzliche Paar Socken bereitgelegt«, sagte Helene am selben Abend, als sie im Schlafzimmer ihre Tasche für den nächsten Tag packte. Für die drei Tage hatte sie nicht viel Gepäck mitgenommen, aber ihr Zug nach Freiburg ging bereits morgens um neun, und sie wollte sich nicht in der Früh noch hetzen.

Robert antwortete mit einem zustimmenden Brummen. Er saß auf dem Sessel beim Kamin, auf seinem Schoß eine Ledermappe mit Dokumenten und Urkunden.

»Du solltest dieser Tage versuchen zu schlafen«, fügte sie hinzu. »Etwas Ruhe würde dir bestimmt guttun, ehe du wieder zurück an die Front musst. Du siehst erschöpft aus.« Und das meinte sie absolut nicht wertend.

Ohne aufzusehen, blätterte Robert weiterhin in den Unterlagen, während er aufschnaubte und sagte: »Sieh einer an. Gerade erst im ersten Studienjahr und will mich schon belehren.«

Sie hielt mit der Bluse in der Hand inne und sah ihn an. »Das war keine Belehrung, sondern ein gut gemeinter Rat.«

»Den ich jedoch nicht von dir brauche.«

»Wenn du meinst. Dann umso besser.« Damit wandte sich

Helene wieder ihrem Gepäck zu, presste die Lippen zusammen und zählte in Gedanken von dreißig rückwärts. Nur noch bis morgen. Nur noch ein paar Stunden.

»Was genau willst du damit andeuten?«, ertönte die dunkle Stimme aber auf einmal vom Sessel her.

Sogleich fühlte Helene ein warnendes Prickeln im Nacken.

Doch sie reagierte zu spät.

In zwei riesigen Schritten stand Robert hinter ihr, packte sie an den Haaren und riss sie herum. Die Haarspangen schnitten ihr dabei in die Kopfhaut.

Sie schrie auf – vor Schreck und vor Schmerz.

»Was willst du damit sagen, he?«, presste er durch die Zähne.

»N-Nichts, wirklich. Bitte, Robert, hör auf. Du tust mir weh.« Sie krallte die Finger in seine Hände, versuchte, seinen eisernen Griff zu lösen. Vergebens.

»Du hältst dich für etwas Besseres, weil du den Faller auf deine Seite gezogen hast, ist es nicht so?«, zischte er in ihr Ohr. »Du meinst, du wärst besonders.«

»Das stimmt doch gar nicht«, wimmerte sie. »Ich hatte den Traum, Ärztin zu werden, doch längst aufgegeben, und das weißt du.«

»Du lügst!«

Er schüttelte seine Faust in ihrem Haar so heftig, dass Helene beinahe schwarz vor Augen wurde. Der Schmerz trieb ihr die Tränen hervor, ohne dass sie etwas dagegen tun konnte, und ihr entfuhr ein heiseres Kreischen: »Hör auf!«

»Halt's Maul!« Er schleuderte sie gegen die Wand.

Sie vernahm das dumpfe Dröhnen des Aufpralls, während zugleich Funken in ihrem Kopf explodierten.

Keine Luft mehr. Schwärze und Schmerz rund um sie.

»Ich weiß genau, was du im Schilde führst.« Roberts Brüllen

schmerzte in ihren Ohren. »Du willst mich vor Faller schlechtmachen, meinen Namen in den Dreck ziehen. So dankst du mir also meine Unterstützung all die Jahre lang? Aber damit ist jetzt Schluss.«

Der erste Schlag traf sie an der Schläfe, warf ihren Kopf zur Seite. Dabei biss sie sich auf die Zunge.

Der zweite schmetterte sie gegen den Bettpfosten.

Helene stöhnte auf, fiel auf die Knie. Sie schmeckte Blut im Mund.

Doch sogleich riss Robert sie wieder hoch. »Du wirst mich nie wieder zum Gespött machen.«

Sie versuchte, sich zu wehren, schlug mit den Fäusten um sich, kratzte, trat und schrie so laut, dass es ihr schier die Kehle zerriss.

Beim dritten Hieb fühlte sie noch das beißende Brennen auf der Haut, den Schmerz an ihrem Augenlid. Doch den vierten und fünften Schlag nahm sie nur noch am Rande der Ohnmacht wahr.

Woher hat er auf einmal die Kraft? Als wäre sein Knie nie zertrümmert worden, ging es ihr irrsinnigerweise durch den Kopf.

Im Nachhinein konnte Helene nicht einmal genau sagen, wie lange Roberts Toben gedauert hatte, sie erinnerte sich nur daran, dass sie irgendwann, am Boden gegen den Bettkasten gelehnt, wieder zu sich kam. Ihr Gesicht war so geschwollen, dass sie kaum noch die Augen öffnen konnte.

Zuerst sah sie nur verschwommen. Sie blinzelte. Bis ihr Blickfeld sich allmählich klärte und sie ihn erkannte.

Taumelnd und schwer atmend stand er über ihr. Sein Gesicht war wächsern und schweißüberströmt. Er schüttelte den Kopf. Seine Miene verzerrte sich, und er schlug sich die Hände vors Gesicht. »Schau nur, wozu du mich gebracht hast, ich …« Mit einem Mal begann er zu schluchzen. Seine Schultern bebten.

Doch so unerwartet wie der Anfall gekommen war, so schnell versiegte er wieder. Sobald Robert die Hände fallen ließ, war sein Gesicht zwar noch immer tränennass, doch seine Miene war teilnahmslos, und seine Stimme klang wie ein rostiges Scharnier, als er sagte: »Du wirst nicht mehr nach Freiburg zurückfahren, sondern hierbleiben und Mutter helfen.«

»Nein.« Das Sprechen fiel ihr schwer, ihre Lippen waren aufgeplatzt und brannten wie Feuer. Doch das kümmerte sie nicht. Es kümmerte Helene rein gar nichts mehr hier.

»Du wagst es, mir zu widersprechen?« Roberts Stimme klang leise, rau und drohend.

Den Blick eisern auf ihren Mann gerichtet, rappelte sie sich auf. Zuerst wankend, dann jedoch hob sie den Kopf und straffte die Schultern. »Ich werde morgen zurück nach Freiburg fahren. Du kannst mich nicht daran hindern.«

»Und ob ich das kann. Ich bin dein Ehemann. Du hast mir zu gehorchen«, knurrte er und warf sich ihr entgegen.

Aber Helene wich gerade noch rechtzeitig aus. Seine Bewegungen waren langsamer als gewöhnlich, und er schleifte sein verletztes Bein nach. Das war ihre Gelegenheit.

So schnell wie möglich rannte sie zum Kamin, packte den Schürhaken und hielt ihn zur Verteidigung erhoben. »Ich werde morgen abreisen, und du wirst mich nicht aufhalten«, keuchte sie. »Oder willst du tatsächlich dein Gesicht vor Professor Faller verlieren? Wenn ich nicht zur Arbeit komme, wird er Fragen stellen, was willst du ihm dann sagen? Deinem ach so hochgeschätzten Kollegen und Mentor.«

Er wischte ihren Einwand mit einer wegwerfenden Geste beiseite und kam näher. »Ich werde ihm sagen, dass du dich anders entschieden hast.«

»Das wird er dir niemals glauben. Nicht nach all der Arbeit

und Kraft, die ich investiert habe, dafür kennt er mich zu gut. Im Gegenteil, er wird dich durchschauen, und damit wäre dein guter Ruf mit einem Schlag zerstört. Denn ich werde einen Weg finden, damit alle Welt von deiner Morphiumsucht erfährt«, erwiderte sie und hob den Schürhaken noch höher. »Der berühmte Chirurg Doktor Robert Erhardt. Was Faller wohl dazu sagt? Und erst die Leute?«

Sogleich kam Robert wankend zum Stehen. Seine Augen weiteten sich ungläubig.

Das gab ihr Mut.

»Ja, ich weiß Bescheid. Du hast also zwei Möglichkeiten«, sagte sie mit so viel Ruhe und Bestimmtheit, wie sie trotz der Schmerzen aufzubringen vermochte. Ihre Lippe war so geschwollen, dass ihr beim Sprechen ein Speichelfaden übers Kinn rann. Es kümmerte sie nicht. »Entweder du sperrst mich ein und wirst dich früher oder später unweigerlich dafür rechtfertigen müssen. Oder aber du lässt mich gehen, und ich gebe dir mein Wort, dass ich dich nicht wegen Misshandlung anzeigen werde.« Sie überlegte kurz, dann fügte sie hinzu: »Und die Öffentlichkeit wird auch nicht von mir von deinem Morphiumgebrauch erfahren.«

Mit einem Schlag wechselte Roberts Gesichtsausdruck erneut. Dieses Mal war Bestürzung darin zu erkennen, und auch eine Spur von Verwunderung. »Das würdest du nicht wagen«, schnaubte er.

Es kostete Helene eine unglaubliche Kraft, zu verhindern, dass ihre Stimme zitterte. Um zu zeigen, wie ernst es ihr war, umfasste sie den Griff des Schürhakens mit beiden Händen. »Doch, glaub mir. Und wäre es das Letzte, das ich in meinem Leben tue.« Trotzig hob sie den Haken noch ein Stück höher.

Wie zwei Stiere starrten sie sich an. Stumm. Reglos. Nur ihrer beider Keuchen waren im Zimmer zu hören.

Trotz allem erfüllte Helene ein erhebendes Gefühl. Robert

hatte nicht damit gerechnet, dass sie sich wehrte. Das hatte sie schließlich in den ganzen Jahren ihrer Ehe nie getan. Bis jetzt.

Es fühlte sich wie eine Ewigkeit an, bis Robert sich als Erster regte. Die wutverzerrte Fratze, die ihr entgegenstarrte, hatte nichts mehr mit dem Mann gemein, den Helene fast ihr halbes Leben lang kannte. »Das wirst du bereuen«, spie er ihr entgegen. Dann drehte er sich um und wankte zur Tür, die er hinter sich zudonnerte.

Erst als sie die leicht schleifenden Schritte auf der Treppe hörte, senkte Helene den Schürhaken, eilte zur Tür, verriegelte sie und schob sicherheitshalber den Sessel davor. Das alles kostete sie so unglaublich viel Kraft, dass sie danach völlig erschöpft aufs Bett fiel.

Es mochten Stunden vergangen sein, vielleicht auch nur ein paar Minuten, Helene konnte es nicht mit Sicherheit sagen, bis die Schmerzen im Gesicht und an der Schulter sie zum Aufstehen zwangen.

Mit zusammengebissenen Zähnen schleppte sie sich ins angrenzende Badezimmer und erstarrte vor Schreck, sobald sie in den Spiegel sah. Ihr Gesicht. Von den hässlichen Schwellungen fast unkenntlich gemacht. In ein paar Stunden würden sie zudem in allen Regenbogenfarben erscheinen. Vor allem die Platzwunde direkt über der linken Augenbraue. Sie hatte das Blutrinnsal über ihrem Gesicht gar nicht bemerkt, aber es erklärte den Blutfleck auf ihrer Bluse.

Es brannte höllisch, als Helene das Gesicht in kaltes Wasser tauchte und die Wunde anschließend mit einem in Wundalkohol getränkten Wattebausch behandelte. Vorsichtig verstrich sie etwas Arnikasalbe auf der Prellung an der Schulter. Und an der Narbe der Schussverletzung an ihrem Arm. Zur Sicherheit.

Dann bürstete sie sich das Haar und steckte es wieder ordentlich hoch, trug einen Hauch von Puder auf die Stellen an Wangen und Schläfen auf, die sich schon bläulich färbten. Anschließend wechselte sie die Bluse, wusch den Blutstropfen dort auf der Knopfleiste halbwegs gründlich mit kaltem Wasser aus und steckte das noch nasse Kleidungsstück zum Rest ihrer Sachen in die Tasche. Auf dem Rosenhof würde sie den Fleck mit etwas Natron oder Gallseife behandeln.

Zuallererst aber wollte sie weg von hier – fort aus diesem Haus und weg von Robert. Und das so schnell wie möglich.

Ein Blick auf ihre Uhr. Es war kurz nach Mitternacht. Auch unter normalen Umständen eine unchristliche Zeit für eine Frau, um sich draußen auf der Straße aufzuhalten. Geschweige denn jetzt, wo es auch hier in Ulm von Soldaten wimmelte. Doch der nächste Droschkenstand lag rund eine Viertelstunde zu Fuß entfernt.

Wie auch immer, Helene konnte keinen Moment länger in diesem Haus bleiben. Sie hatte Roberts Welt in seinen Grundfesten erschüttert und noch dazu seinen Stolz beleidigt. Wer wusste schon, wozu er in seinem unberechenbaren Zustand sonst noch fähig war.

Auf Zehenspitzen schlich sie die Treppe hinunter. Es war still und dunkel im Haus. Sie hatte nicht gewagt, eines der Lämpchen aus dem Zimmer mitzunehmen, aus Angst, der Schein könnte sie verraten. Doch draußen war die Nacht klar, und durch die Fenster gelangte genug Mondlicht herein, damit sie den Weg fand.

Auf der untersten Stufe zögerte sie kurz.

Wo war Robert eigentlich hin? Wahrscheinlich in sein Arbeitszimmer. Das lag weiter vorne im Gang. Er würde sie nicht sehen, sie durfte nur um Himmels willen keinen Mucks machen.

Sie hatte den Gedanken nicht einmal zu Ende gedacht, als es hinter ihr auf der Treppe knarzte.

Sofort fuhr Helene herum, machte einen Schritt zurück und hob die Reisetasche vor die Brust wie einen Schild. Und sie fühlte, wie ihr das Blut in die Beine sackte, als sie ihre Schwiegermutter erkannte. In ihrem Nachthemd und dem offenen, fast schlohweißen Haar schien sie im einfallenden Mondschein beinahe geisterhaft. Dunkle Ränder lagen unter ihren Augen, ihr Gesicht wirkte eingefallen und um Jahre gealtert. Und bestimmt würde sie sie gleich verraten und nach ihrem Sohn rufen.

Stattdessen blieb Gisela Erhardt reglos dort auf der Treppe stehen und sah Helene an. Stumm. Mit unergründlichem Blick. Unzählige endlose Herzschläge lang.

Auf einmal nickte sie jedoch. Mit einer so leisen Stimme, dass Helene sie erst kaum recht wahrnahm, flüsterte sie dann: »Geh durch den Hinterausgang in der Küche. Die Tür beim Haupteingang macht zu viel Lärm.«

Zunächst traute Helene ihren Ohren nicht. Aber dann ließ sie die Tasche sinken und formte ein lautloses »Danke« mit ihren Lippen.

Kurz darauf schlüpfte sie durch die Hintertür nach draußen.

43 – Um der Vergeltung willen

20. Mai 1917, Freiburg im Breisgau

So schnell sie konnte, eilte Helene über den Innenhof und durch den schmalen Durchgang beim Nachbarhaus, dann die Straße entlang in Richtung Marktplatz. Sie mied das Licht der Laternen, hielt sich, wann immer möglich, im schützenden Schatten der Nacht. Dort, am Rande des Marktplatzes, würde sie bestimmt eine Droschke zum Bahnhof finden.

Doch das Glück war nicht auf ihrer Seite. Keine einzige Droschke tauchte auf, obwohl sie fast eine halbe Stunde lang in der Dunkelheit eines Hauseingangs wartete.

Zügigen Schrittes erreichte man den Bahnhof von Ulm in etwa einer halben Stunde. Helene brauchte dafür mehr als doppelt so lange, und obwohl es um diese Jahreszeit nachts noch kühl war, rann ihr der Schweiß über den Rücken, während sie vor dem Hotel *Russischer Hof* über den Bahnhofsvorplatz eilte.

Trotz der nächtlichen Stunde herrschte reger Betrieb in der Bahnhofshalle. Hauptsächlich Soldaten, hier und da auch ein paar Zivilisten, aber nirgendwo war auch nur eine Frau zu sehen.

»Wann fährt der nächste Personenzug nach Freiburg?«, fragte sie den Beamten am Fahrkartenschalter.

Dieser sah sie über den Rand seiner Brille hinweg an. »Da sind Sie viel zu früh dran. Der kommt erst um sechs Uhr aus München an und fährt um Viertel nach weiter. Wenn Sie Glück haben, bleibt er nicht wegen Truppentransporten in Sigmaringen stehen, und Sie können ohne Umsteigen bis Freiburg durchfahren.« Er nahm die Brille von der Nase. »An Ihrer Stelle würde ich jedoch nicht in einem der Warteräume warten.« Mit der Hand deutete er auf einen unscheinbaren Durchgang zu einer Treppe. »Da geht es zum Telegraphenamt im ersten Stock. Dort ist es ruhiger, und es gibt eine Sitzbank.«

»Ich danke Ihnen«, entgegnete Helene und versuchte ein Lächeln, das jedoch, dem zweifelnden Blick des Beamten nach zu urteilen, eher einer Grimasse gleichen musste.

Sie fand das Telegraphenamt auf Anhieb und auch die besagte Holzbank. Mit einem unterdrückten Aufstöhnen setzte sie sich hin, schloss die Augen und atmete zum ersten Mal, seit sie das Haus ihrer Schwiegereltern verlassen hatte, tief aus.

Allmählich beruhigte sich das Hämmern in ihrer Brust, ihr Kopf klärte sich. Und gleichzeitig wurde ihr bewusst, was sie getan hatte.

Ganz kurz überkam sie ein Gefühl von Ohnmacht und Panik. Sie kannte das Gesetz, und allen Augenscheinlichkeiten zum Trotz hatte sie soeben dagegen verstoßen.

Doch sie schob den Gedanken mit Vehemenz beiseite. Das musste bis später warten. Zuerst musste sie etwas noch viel Dringenderes erledigen.

Um diese Uhrzeit war das Telegraphenamt nur durch einen einzigen Telegraphisten besetzt. Einen bärtigen, grauhaarigen Kauz, der ununterbrochen gähnte und dessen Hemdsärmel mit Tintenflecken übersät waren.

Rasch kritzelte sie eine Nachricht an Christian auf ein Blatt

Papier und reichte es dem Beamten. Mit etwas Glück kam sie damit Robert zuvor, der den Jungen mit Sicherheit über die Vorkommnisse informieren würde – in seinem eigenen Wortlaut natürlich. Helene wollte Christian vorwarnen, ihn jedoch auf keinen Fall in die Angelegenheit hineinziehen. Sobald sie wieder in Freiburg war, würde sie ihm schreiben und ihm auch ihre Sicht auf die Dinge unterbreiten, damit er sich eine eigene Meinung bilden konnte.

Danach setzte sich Helene wieder hin. Jetzt blieb ihr nichts weiter übrig, als zu warten. Und wie auf Kommando kamen die Schmerzen. Ihre Muskeln rebellierten wütend bei jeder Bewegung. Vor allem die Narbe der Schussverletzung schmerzte erneut so stark, dass sie den Arm kaum noch bewegen konnte. Die Haut an den Schwellungen im Gesicht fühlte sich heiß an und spannte unangenehm.

Und gleichzeitig begannen ihre Gedanken wieder zu kreisen. Gedanken wie: Was würde Robert tun, sobald er ihr Fortgehen bemerkte? Oder sollte sie es besser ›ihre Flucht‹ nennen? Würde er erneut vor Wut toben?

Er wusste, ihr Ziel war Freiburg. Es war daher naheliegend, dass er sie hier am Bahnhof suchte. Was sollte sie dann tun? Niemand würde einschreiten oder ihr zu Hilfe kommen, falls das eintraf. Vor dem Gesetz war das Recht auf Roberts Seite.

Trotz der unbequemen Holzbank fiel sie irgendwann in einen unruhigen Dämmerschlaf, schreckte allerdings jedes Mal auf, sobald die Tür aufging. Meistens waren es nur irgendwelche Fahrgäste. Ein paar von ihnen warfen ihr Blicke zu, wandten sich jedoch rasch wieder mit betroffenen Mienen ab.

Von Robert nirgends auch nur die Spur.

Dennoch kam Helene erst zur Ruhe, als sie im Zug saß und der schrille Pfiff der Lokomotive ertönte, sobald sie anfuhr.

Stunden später stieß sie die Tür zur Küche des Rosenhofs auf, und der warme, schwere Duft gekochter Kartoffeln umfing sie.

Kartoffeln …

Helene blieb stehen, schloss die Augen. Daheim. Sie war wieder daheim. Gott sei Dank. Ihr ganzer Körper schmerzte, sie schwitzte und fror zugleich, und ihre Beine hielten sie kaum noch aufrecht, aber sie war endlich daheim!

Als sie die Augen erneut aufschlug, sah sie Selmas und Emmas vertraute Gestalten am Herd stehen, während die Köchin den Kartoffelbrei stampfte.

Selmas Gesicht war gerötet und glänzte vom Kochdampf, trotzdem wölbten sich ihre Wangen unter einem breiten Lächeln, sobald sie den Kopf hob und sie erkannte. »Jetz lög, d'Helene isch wieda do.« Doch nach dem zweiten Blick ließ sie die Kelle in die Pfanne fallen und schlug sich die Hand vor den Mund. »Jesses Maria!«

Wohl von Selmas Ruf aufgeschreckt kam Else in die Küche geeilt. »Was ist denn? Ist der Kartoffelbrei …« Dann fiel ihr Blick auf Helene.

Sofort trat die Winzerin zu ihr. »Komm«, sagte sie nur, nahm ihren Arm, stützte sie und führte sie ohne ein weiteres Wort zum Kachelofen.

»Ruft Pauline«, hörte sie Else befehlen, ehe sie ihr vorsichtig ein Glas an die Lippen hielt. »Hier, trink. Das ist kalter Pfefferminztee, der schadet nicht.«

Helene trank in gierigen Schlucken.

Die Tür ging auf. »Helene?«, hörte sie Paulines keuchende Stimme und wandte den Kopf. Sie sah, wie die Freundin im Türrahmen stehen blieb, die Augen vor Schreck geweitet. Und für einmal fehlten ihr offenbar die Worte.

»Hilf mir«, rief Else der Jüngeren zu. »Wir müssen sie nach

oben bringen. Vorsichtig. Ganz langsam. So ist's gut. Selma, wir brauchen lauwarmes Wasser und saubere Tücher.«

Gemeinsam schafften sie es die Treppe hoch. »In mein Zimmer«, sagte die Winzerin.

»Aber das ist doch nicht …«, wollte Helene einwenden, war aber völlig außer Atem.

Der Einspruch hätte ohnehin nichts genützt, denn die Weinbäuerin tat ihn kurzum mit einem »Keine Widerrede. Das Bett dort ist am bequemsten« ab.

Vorsichtig halfen die Frauen ihr aus den Kleidern, wuschen ihren Oberkörper und ihr Gesicht, ehe sie die Prellungen sachte mit essigsaurer Tonerde bestrichen und die aufgerissenen Hautstellen im Gesicht mit Jod betupften. Derweil sagte keine von ihnen ein Wort.

Helene war dankbar dafür. Ihr fehlte im Moment schlicht die Kraft, um zu erzählen, was geschehen war.

Emma brachte ihr einen Teller Kartoffelbrei, in den Selma sogar noch einen Klecks Butter gerührt hatte. Ah, es schmeckte göttlich.

Dann ließen sie sie ausruhen, während Pauline und Else abwechselnd auf einem Stuhl neben dem Bett wachten.

Draußen dämmerte es schon, als sich Helene im Bett aufsetzte. Pauline beugte sich vor und richtete ihr das Kissen.

»Wie fühlst du dich?«, fragte sie sanft.

»Besser.« Helene gelang ein Lächeln. Doch sie stöhnte auf, als der Riss an der aufgeplatzten Lippe wieder warnend zu ziepen begann.

»Willst du uns nun erzählen, was geschehen ist?« Else saß am Fußende des Bettes, streckte nun aber die Hand aus und berührte sachte Helenes Bein. Warmes Mitgefühl stand in ihrem Gesicht.

Sie konnte ihr vertrauen – ihr und Pauline –, das wusste He

lene ganz genau. Trotzdem brachte sie es nicht über sich. Darüber zu reden, würde ein Eingeständnis des eigenen Versagens sein.

»Bist du überfallen worden?« Paulines Frage war verständlich. Übergriffe von Soldaten auf Frauen gehörten inzwischen fast schon zum Alltag. Vor allem in Garnisonstädten wie Ulm und Freiburg.

»Nein«, antwortete Helene und schluckte.

Else stand auf und setzte sich auf das Bett. Ihre Miene war ruhig und ernst, als sie sagte: »Ich will dich zu nichts drängen, glaub mir. Aber wer immer dir das angetan hat, hat seine gerechte Strafe verdient, und das muss zur Anzeige gebracht werden.«

»Nein, keine Anzeige.« Helene schüttelte energisch den Kopf. »Ich habe Robert mein Wort gegeben. Außerdem bin ich diejenige, die die Konsequenzen zu tragen hätte …«

Und als wäre durch dieses Geständnis ein Damm in ihr gebrochen, sprudelten die Worte nun plötzlich von ihren Lippen. Sie erzählte alles. Nicht nur von den Ereignissen der letzten Tage, auch was an Ostern vor einem Jahr geschehen war und in all den Jahren zuvor. Von ihren Träumen und Wünschen. Davon, dass Robert seinen eigenen Sohn als Druckmittel eingesetzt hatte. Und warum sie nicht gerichtlich gegen ihren Mann vorgehen konnte, selbst wenn sie es gewollt hätte. »Denn indem ich gegangen bin, habe ich laut Gesetz gegen meine Verpflichtung der ehelichen Lebensgemeinschaft verstoßen. Das nennt sich böswilliges Verlassen.«

»Böswilliges Verlassen? Aber er hat dich doch all die Jahre lang gedemütigt, erpresst und geschlagen«, ereiferte sich Pauline voller Inbrunst und schüttelte den Kopf.

»Helene hat recht.« Else hatte die ganze Zeit über kein Wort gesagt, sondern nur Helenes Wortschwall zugehört, ohne eine Regung zu zeigen. Auch jetzt klang ihre Stimme gemessen und sachlich. »Im schlimmsten Fall könnte ihr Mann das sogar als Scheidungsgrund zu seinen Gunsten auslegen.«

»Das können wir doch nicht zulassen.« Pauline fuhr von ihrem Stuhl auf. »Wir müssen etwas tun. Irgendetwas. Es muss eine Möglichkeit geben, ganz bestimmt. Zuallererst musst du deine Verletzungen von einem Arzt attestieren lassen. So hast du wenigstens etwas in der Hand.«

Die unerschütterliche Pauline. Wie sehr wünschte sich Helene, dass es so einfach wäre. Mit dem Attest hatte sie allerdings nicht unrecht. Doch das musste geschehen, solange die Prellungen noch frisch waren.

So klingelte Helene, begleitet von Pauline, den alten Dorfarzt noch am selben Abend aus seinem Wohnzimmersessel, damit er die Blessuren untersuchte und ein entsprechendes Zeugnis ausstellte.

Mehr konnte sie im Moment nicht tun. Zwar hatte Else versprochen, den Familienanwalt um Rat zu fragen, aber Helene wollte die Angelegenheit auf keinen Fall an die große Glocke hängen. Denn selbst wenn sie die Folgen ihres Fortgehens durch irgendeine juristische Feinheit abwenden könnte, würde der Makel auf immer und ewig an ihr hängen bleiben. Ganz abgesehen davon, dass sie noch gar nicht wagte, an das Kommende zu denken. Allein schon das Wort Scheidung machte ihr eine Gänsehaut.

Aber genau darauf würde alles hinauslaufen: eine Scheidung. Denn sie konnte und wollte Robert nicht vergeben, das war ihr während der vergangenen Nacht klar geworden. Er wiederum würde einer Einigung ebenfalls niemals zustimmen, dafür war seine Ehre zu tief verletzt.

Aber konnte sie auch mit den Folgen leben? Mit dem Verlust ihres Status', ihres Heims in Lehr und allem, was sie kannte und liebte? Mit der gesellschaftlichen Ächtung auch seitens ihrer eigenen Verwandten? Vor allem aber … Konnte sie es ertragen, Christian zu verlieren? Denn vor Gesetz stand die elterliche Gewalt über eheliche Kinder bis zu deren Volljährigkeit einzig dem Vater zu.

Allein der Gedanke war unerträglich und brach ihr schier das Herz.

Noch am selben Abend schrieb sie Christian einen Brief, in der vagen Hoffnung, dass er ihn überhaupt noch erhielt. Wie sie Robert kannte, war der Kontakt zu ihrem Sohn das Erste, was er unterbinden würde.

Helene hätte nie geglaubt, dass sie eines Tages darüber erleichtert sein würde, den Jungen so weit weg zu wissen. Aber so blieb ihm wenigstens der übelste Schmutz des kommenden Rosenkriegs erspart. Und er war klug, und er hatte gelernt, selbstständig zu denken und zu handeln. Das gab ihr Hoffnung. Wenn sie ihn nur wenigstens ab und zu sehen könnte.

Am nächsten Morgen ging Helene wie gewohnt zur Arbeit im Lazarett. Falls einem der Ärzte ihr lädiertes Gesicht überhaupt auffiel, so machte er aus Diskretion kein Aufhebens davon. Das war ihr nur recht so.

Einzig Greta fragte während der Teepause, ob sie einen Unfall gehabt hätte.

»Stell dir vor, ich bin die Treppe hinuntergestolpert«, gab Helene zurück und lachte. »Das hättest du sehen sollen. Dabei hatte ich noch Glück im Unglück, dass ich mir nichts gebrochen habe.« Die Antwort hatte sie vergangene Nacht einstudiert, um so glaubwürdig wie möglich zu wirken.

Die Arbeit half, um ihre Gedanken wieder zur Ruhe zu bringen. Eingespielte Handgriffe, gewohnte Tätigkeiten. All das gab Helene ein Gefühl von Sicherheit, obwohl rundum völlige Unruhe herrschte.

So steckte der Schrecken des großen Fliegerangriffs vom 14. April den Freiburgern noch immer in den Gliedern. Die darauffolgenden gegenseitigen Schuldzuweisungen zwischen Stadtrat und Militärkommandantur über die unzureichende Vorwarnung und die Kostenverantwortung für die Schäden war auch jetzt, Wochen später, noch immer nicht geklärt.

Selbst die Einquartierung von rund zweihundertfünfzig gefangen genommenen britischen Offizieren in der Bibliothek und dem Kollegiengebäude der Universität als Schutz vor weiteren Luftangriffen brachte neben gehörigen Einschränkungen für die Studenten bei den meisten Stadtbewohnern nur ein Kopfschütteln hervor.

Der Blick aller war hingegen auf die Vorgänge in Russland gerichtet, wo die Lage immer unübersichtlicher wurde. Glaubte man den Zeitungen, so desertierten die russischen Truppen in Scharen, während die neuen politischen Entscheidungsträger – die provisorische Regierung der Duma einerseits sowie der basisdemokratische Rat, der sogenannten Sowjet, andererseits – sich nicht untereinander einigen konnten und das Land derweil wirtschaftlich immer instabiler wurde.

Offenbar angesteckt von der russischen Idee, wurden auch im Kaiserreich immer mehr unzufriedene Stimmen laut. Während auf der einen Seite für die inzwischen schon sechste Kriegsanleihe geworben wurde, gingen die Menschen in Städten wie Berlin, Hamburg, Braunschweig oder Stuttgart auf die Straße, um gegen die unzureichende Lebensmittelversorgung zu protestieren. Die Leute hatten genug vom Krieg, und sie litten Hunger.

Das alles half am Ende nicht, um Helene von der Tatsache abzulenken, die der Anwalt Ambrosius Appel ihr eine Woche nach ihrer Rückkehr aus Ulm offenbarte.

»Ich gebe zu, es handelt sich hier um keinen simplen Fall«,

sagte der Anwalt und legte die gefalteten Hände vor sich auf den Tisch, während er den Blick auf Helene richtete.

Sein Haar hatte die Farbe von hellem Schiefer, doch sein Gesicht zeigte kaum Falten. Nur die Furchen in seinen Augenwinkeln deuteten darauf, dass er auch lachen konnte. Jetzt war seine Miene allerdings ernst. »Obwohl es das Elternhaus Ihres Ehemanns war und nicht Ihr Ehedomizil, könnte der Richter das gleichwohl als solches betrachten und Ihnen somit böswilliges Verlassen vorwerfen. Das wäre der zivilrechtliche Teil. Hinzu kommt nun allerdings der strafrechtliche Tatbestand der Gewaltneigung Ihres Gatten.«

Er nahm das ärztliche Attest auf und las es noch einmal aufmerksam durch. »Damit haben wir eine gröbliche Verletzung von Leben und Gesundheit, was Sie wiederum entlastet. Gemäß Gesetz wäre damit der Grund zu einem Scheidungsantrag gegeben. Gibt es irgendwelche Zeugen, die Ihre Angaben bestätigen können?«

Helene fühlte den schweren Brocken auf der Brust allmählich leichter werden und nickte. »Frau Lauer und Fräulein Pauline Seibold haben mich direkt nach meiner Rückkehr aus Ulm verarztet.« Einer Eingebung folgend ergänzte sie: »Und meine Schwiegermutter, Gisela Erhardt. Sie hat mich noch vor meiner Abreise aus Ulm gesehen. Ich glaube allerdings kaum, dass sie gegen ihren eigenen Sohn aussagen würde.«

Das Kratzen des Füllers erfüllte den Raum, während Appel eifrig Notizen machte.

»Haben Sie jetzt oder in der Vergangenheit Anzeige gegen Ihren Ehemann erstattet?«, fragte er in beiläufigem Tonfall.

Sofort war der Brocken wieder da. Noch schwerer dieses Mal. Und in ihrem Hinterkopf konnte Helene hören, wie ihre eigenen Skrupel sie verhöhnten. Sie hatte Robert ihr Wort gegeben. »Nein, und das möchte ich auch jetzt nicht. Es geht mir nicht darum, Roberts Namen zu ruinieren«, entgegnete sie und setzte sich aufrechter hin.

»Ich will Ihnen nichts vormachen«, fuhr der Anwalt nach einer Weile mit professionell-milder Stimme fort. »Ein Ehescheidungsverfahren ist selbst unter den besten Voraussetzungen kein Zuckerschlecken. Ich brauche Ihnen wohl nicht zu erklären, was für Sie auf dem Spiel steht.«

Nein, das brauchte er beileibe nicht. »Das ist mir bewusst.«

»Erfahrungsgemäß wird der Richter zuerst auf eine gütliche Verständigung drängen.« Er hob beschwichtigend die Hände. »Das ist eine reine Formsache, die nach einer kurzen Anhörung abgeschlossen ist. Das eigentliche gerichtliche Vorgehen kommt danach. Jedoch ist zu bedenken, dass Ihr Gatte zurzeit an der Front steht und somit rechtlich verhindert ist.«

Helene horchte auf. »Was bedeutet das?«

»Das Verfahren wird mit aller Sicherheit bis nach Beendigung seiner Dienstpflicht ausgesetzt.«

Er legte die Fingerspitzen beider Hände aneinander. »In Ihrem eigenen Interesse empfehle ich Ihnen dennoch, schon jetzt eine Privatklage oder zumindest einen Strafantrag in Erwägung zu ziehen. Ich fürchte, ohne diesen wird das Gericht bei der Aufnahme des Verfahrens beim Vorwurf des böswilligen Verlassens bleiben. Das hätte zwar keine strafrechtlichen Folgen für Sie, aber Sie riskieren dadurch vor allem den Verlust eventueller Unterhaltsansprüche gegenüber Ihrem Mann.«

»Und was willst du also tun?«, fragte Pauline später an diesem Tag, nachdem der Anwalt längst wieder gegangen war.

»Ich habe mich noch nicht entschieden«, antwortete Helene ausweichend. Sie wusste es wirklich nicht. So oder so beschränkte sich die Wahl auf zwei Übel, die beide gleichermaßen zu ihrem Nachteil wären.

Immerhin – so hatte es ihr Ambrosius Appel erklärt – bestand rechtlich keine Verpflichtung, dass sie ihr Einkommen aus der Krankenschwestertätigkeit abgab. Sie konnte somit künftig selbst darüber verfügen, ohne dass Robert etwas dagegen unternehmen konnte. Dazu kam noch das Sondergut aus der Erbschaft, das ihr allein gehörte.

Wie auch immer sie sich entschied – wenigstens stand sie nicht völlig mittellos da. Im Gegensatz zu so vielen anderen Frauen in ähnlicher Lage war sie damit sogar in einer ausgesprochen privilegierten Position.

Die neu aufflammenden Gefechte an der Westfront und die dadurch vollen Lazarettzüge ließen Helenes Entscheidung jedoch vorerst in den Hintergrund rücken. Wie kleinlich und völlig unwichtig ihre Sorgen im Vergleich zu den verstümmelten und durch Chlorgas erblindeten Männern in den Betten der Hildaschule doch schienen.

Schließlich wurde es Sommer, und auch in Freiburg gab es im Juli wieder keine Kartoffeln mehr. Die darauffolgenden Proteste gehörten inzwischen schon fast zum Alltag. Genauso wie die Mauern aus Sandsäcken vor den Fenstern und Gebäudeeingängen längst zum Stadtbild gehörten und man sich nicht mehr an den Sehenswürdigkeiten orientierte, sondern daran, wo der nächstliegende Schutzkeller zu finden war.

Obwohl sie nie eine Antwort bekam, schrieb Helene ihrem Sohn mindestens einmal wöchentlich. Auf diese Weise fühlte es sich wenigstens in Gedanken so an, als ob sie mit Christian reden, ihm von ihrem Alltag erzählen konnte.

Damit, dass ihre Briefe von der Internatsleitung abgefangen wurden, hatte sie gerechnet. Es war Roberts Rache. Die Einzige bisher, wenn sie schon sonst keine einzige Nachricht mehr von ihm erhielt. Selbst als Ende Juli die dritte Ypern-Schlacht begann, an der, wie Helene wusste, mehrere Regimenter der Württemberger beteiligt waren. Unter anderem auch dasjenige von Robert.

Der August brachte heftige Stürme sowie eine für die Jahreszeit ungewöhnliche Kälte mit sich, die über Wochen hinweg anhielt. Der Herbst kam viel zu früh.

Immerhin konnten sie dieses Jahr trotz allem eine einigermaßen einträgliche Traubenernte einbringen. Es war zugleich das erste Mal seit seiner Rückkehr aus dem Krieg, dass Elses Sohn Julius wieder an der Weinlese teilnahm. Zwar konnte er mit seiner Beinprothese nicht in die allzu steilen Zeilen, aber allein seine Anwesenheit war ein bedeutsames Zeichen – für Julius selbst, vor allem aber für seine Mutter.

Abgelenkt von Arbeit und Alltag auf dem Rosenhof hatte Helene ihre Entscheidung über die Monate hinweg immer wieder hinausgeschoben. Die Zeit war eine gnädige Medizin, die nicht nur ihre Prellungen heilte, sondern auch ihre Skrupel so weit besänftigte, dass ihr hier und da sogar Zweifel kamen. Waren es die ganzen Konsequenzen, die sie erwarteten, überhaupt wert, nur damit sie ihren Willen durchsetzte? Wollte sie wirklich bis zum bitteren Ende gehen?

Bis genau eine Woche vor Beginn des neuen Wintersemesters ein Brief auf dem Rosenhof für sie eintraf, der alles veränderte.

Fassungslos starrte Helene auf das Papier mit dem verschnörkelten Briefkopf der Albert-Ludwigs-Universität. »Robert hat sein Einverständnis für die Fortsetzung meines Studiums zurückgezogen.«

»Was?«, rief Pauline und trat neben sie. »Kann er das überhaupt?«

Helene las den Brief noch einmal. Und noch ein zweites und

drittes Mal, um ganz sicher zu sein. Doch da stand es. In maschinengeschriebenen und wegen des zu oft benutzten Kohlepapiers teilweise kaum leserlichen Lettern:

> Aufgrund des schriftlich eingegangenen Widerrufs der Zustimmung Ihres Gatten, Dr. Robert Erhardt, sehen wir uns leider gezwungen, Ihre Immatrikulation an der Albert-Ludwigs-Universität bis auf Weiteres aufzuheben. Dies hat somit auch einen Ausschluss vom Unterricht während des kommenden Wintersemesters zur Folge.
>
> Wir bedauern diese Maßnahme sehr …

Weiter brauchte sie nicht zu lesen. Augenblicklich begann es an ihren Schläfen zu pochen, und sie fühlte eine heiße, nie zuvor gekannte Wut in sich aufsteigen.

Sie fuhr auf dem Absatz herum. »Ich muss in die Stadt.«

»Wo willst du denn hin?«, rief ihr Dorle noch nach. Doch sie drehte sich nicht mehr um.

Wenig später stand Helene im Büro der Anwaltskanzlei Appel und Partner vor Ambrosius Appels mit Stapeln von Akten und Unterlagen übersäten Tisch und sagte: »Bitte leiten Sie alles Nötige für den Strafantrag gegen meinen Ehemann sowie das Scheidungsverfahren in die Wege.«

Artikel in der britischen *The Times*, Donnerstag, 18. Oktober 1917

Inneres Chaos in Russland – wachsende Anarchie in den Provinzen

Petrograd, 13. Oktober. Eines der beunruhigendsten Symptome des jetzigen Zustands in Russland ist die fortwährende Zunahme der Anarchie. Die Nachrichten aus der Provinz lauten täglich schlechter. Die Zeitungen bringen unter der Aufschrift Anarchie in großen Buchstaben kurze Telegramme über die Zustände im Lande. Die Bauern nehmen nach Belieben nicht nur Land in Besitz, sondern auch Häuser und Vieh.

Artikel im Morgenblatt der *Frankfurter Zeitung*, Donnerstag, 1. November 1917

Die Lage in Petersburg

Petersburg, 29. Oktober. Meldung der Petersburger Telegraphenagentur. Der Bürgermeister von Petersburg ließ einen Aufruf an die Bevölkerung anschlagen, in dem er erklärt, dass die Provinzen, die Mehl erzeugen, die Hauptstadt nicht mehr beliefern wollen, die hierdurch ernstlich mit Hungersnot bedroht sei. Gleichzeitig fordert der Bürgermeister die Einwohner auf, Ruhe zu bewahren. […] Angesichts der andauernden Gerüchte, dass die Maximalisten eine bewaffnete Erhebung vorbereiten, untersagte der Militärgouverneur von Petersburg, um die Ordnung aufrechtzuerhalten, alle Versammlungen, Umzüge und Kundgebungen und forderte die Soldaten der Garnison Petersburg auf, nicht in die Falle der Provokateure zu gehen.

Titelseite der Morgenausgabe der *Freiburger Tagespost*,
Freitag, 9. November 1917

Eine neue revolutionäre Umwälzung in Russland

Die Regierung gestürzt; Kerenski geflohen; die übrigen Minister im Gefängnis. Das Programm der neuen Regierung: Sofortiger Waffenstillstand und Frieden!

Das Reutersche Büro meldet ein Telegramm der amtlichen Petersburger Telegraphen-Agentur: Die Maximalisten haben die Stadt in der Hand und die Minister verhaftet. Der Leiter der Bewegung, Lenin, verlangt sofortigen Waffenstillstand und den Frieden.

Die Truppen des revolutionären Komitees in Petersburg bemächtigten sich nach einer mehrstündigen Belagerung und einem Gewehrkampf, begleitet von einigen Kanonenschüssen, des Winterpalastes, wo mit Ausnahme Kerenskis alle Minister versammelt waren. Auf gleiche Weise bemächtigten sie sich des Peterburgers Generalstabes.

18. November 1917, Stobs, Schottland

Mein liebes Lienchen,

ich danke Dir ganz herzlich für Deine Briefe, die ich alle zwar spät, aber dennoch erhalten habe. Jedes Wort aus der Heimat ist wie ein kleiner, wärmender Sonnenstrahl.

Wie geht es Dir? Was macht Sofiechen? Bestimmt plappert sie inzwischen schon munter drauflos.

Verzeih, dass ich so lange nicht geschrieben habe, aber ich war fast drei Wochen lang in der Krankenstation. Mich hat das Fleckfieber erwischt, wie so viele andere aus meiner Baracke auch. Es war eigentlich nur eine Frage der Zeit, bei den vielen Läusen und Wanzen, mit denen wir hier hausen. Die Lagerleitung versucht zwar, die Baracken so sauber wie möglich zu halten, aber das Lager ist umgeben von Weide- und Moorland. Was an Viechern nicht durch neue Gefangene eingeschleppt wird, kommt von selbst herein.

Inzwischen geht es mir jedoch schon besser, und ich kann mich wieder meinen Schnitzereien widmen. Ja, Du hast richtig gelesen. Wir haben hier im Lager eine richtige Handwerkerbude geschaffen, wo geschnitzt, gemalt und gewerkelt wird. Wenn wir nicht gerade Straßen kehren müssen, bleibt uns hier sonst kaum etwas anderes zu tun, um die Zeit totzuschlagen.

Langeweile ist das Übelste, was Dir in einem Lager wie diesem geschehen kann. Dann beginnt man nachzudenken, und die Erinnerungen kommen hoch und die Sehnsucht nach daheim. Die Trostlosigkeit wird zum schlimmsten Feind. Man sieht sich um und erblickt nur ein schieres Meer aus langen, gleich aussehenden Baracken in Reihen umgeben von Stacheldrahtzäunen. Jenseits der Zäune nur Hügel und Landschaft, so weit das Auge reicht.

Obwohl wir ansonsten gut behandelt werden, haben immer wie-

der Kameraden mit diesen dunklen Gedanken zu kämpfen, und es ist nicht immer einfach, die Hoffnung nicht aufzugeben.

Aber mich hält der Gedanke an Euch aufrecht. Der Gedanke an Dich, Emma und Sofie. Nie ist mir etwas so ernst gewesen wie das, was zwischen Emma und mir ist. Es ist mehr als nur eine Liebelei. Dank ihr wage ich sogar wieder, an eine Zeit nach dem Krieg zu denken.

Ich habe mir überlegt, dass ich nach meiner Rückkehr als Knecht auf dem Rosenhof arbeite, wenn die Lauers mich nehmen. So könnte ich etwas Geld beiseitelegen. Und irgendwann könnte ich uns vielleicht sogar ein eigenes kleines Häuschen bauen, für Emma und mich, und sie heiraten, was meinst Du?

Es sind Vorstellungen wie diese, die mich durch die endlosen Tage hier in der schottischen Öde bringen.

Aber nun muss ich gehen. Bald wird zum Essenfassen geläutet, und wer zu spät kommt, hat Pech gehabt.

Lass mich doch wissen, wie es Euch allen geht, und küss Sofiechen von mir.

Georg

44 – Gebrochene Seelen

Dezember 1917, im Wald
westlich von Sankt Georgen

Schneefetzen fielen von den Ästen der Tannen. Wenn man Pech hatte und direkt darunter stand, plumpsten sie einem auf den Kopf, ins Gesicht oder – das Unangenehmste von allem – in den Nackenkragen.

Trotzdem liebte Pauline den Wald im Winter. Er hatte etwas Beruhigendes an sich, etwas Verträumtes, wenn die Schneedecke die Äste, Sträucher, Büsche und Moosbeete wie mit Zuckerguss überzog.

Hackgeräusche hallten zwischen den Tannen wider, ergänzt vom regelmäßigen Ratschen der Sägen und den Rufen der Arbeiter. Eine Krähe fiel prompt mit ihrem Krächzen ein.

Jetzt im Winter gab es im Wald immer viel zu tun: Die Holzernte stand an, zugleich musste auch für die Forstpflege gesorgt werden. Dazu gehörte die Beobachtung der Bäume auf Käferbefall, die Ummantelung der Jungbäume, damit ihre zarten Äste nicht von Wildtieren angeknabbert wurden, aber auch das Ausdünnen der überall wuchernden Brombeerbüsche.

Letzteres war heute Paulines Aufgabe, die sie zusammen mit

Leni und Dorle anzugehen hatte. Sofiechen half indes beim Aufsammeln der Tannenzapfen und Holzrinden mit. Jedes noch so winzige Stück an Brennmaterial war Gold wert, seit im ganzen Land Kohlemangel herrschte.

Schuld daran war der frühe Wintereinbruch, mit dem niemand gerechnet hatte. Inzwischen wurden auch die Wartezimmer am Bahnhof nur noch während zwei Stunden täglich, morgens von neun bis zehn sowie nachmittags von drei bis vier Uhr, beheizt, und sogar die Züge fuhren langsamer, um den Kohleverbrauch einzuschränken.

Das Ausreißen der Brombeerranken war mühsam und schweißtreibend. Damit ihre Kleider nicht an den Stacheln hängen blieben, trugen sie alle die neuen, von Pauline aus alten Röcken umgenähten Hosen.

Leni und Dorle hatten die fertigen Exemplare zwar erst sehr kritisch beäugt, waren jedoch inzwischen davon begeistert. Sie waren bequem, erlaubten eine nie zuvor gekannte Bewegungsfreiheit, noch dazu hielten sie warm.

Zusätzlich hatten sie sich Stofflappen um die Waden gewickelt, und ihre Füße steckten in knöchelhohen Arbeitsschuhen. Die waren zwar klobig und schwer, aber sie taten ihren Dienst. Nach über drei Jahren auf dem Rosenhof hatte selbst Pauline den Vorteil von zweckmäßiger Kleidung erkannt.

Mit aller Kraft riss sie an einem Brombeerzweig, der sich im Gestrüpp verheddert hatte. »Nun komm schon, du verflixtes Ding«, presste sie durch die Zähne, während sie zog.

Es war kalt, trotzdem lief ihr der Schweiß unter Jacke, Pullover und Unterhemd über den Rücken.

»Du willst dich also tatsächlich mit mir anlegen, he?« Keuchend blieb sie stehen, sandte einen bitterbösen Blick auf das Gestrüpp.

Neben sich hörte sie Dorle lachen. »Redest du jetzt schon mit Sträuchern?« Mit einem Rechen zog sie ein dorniges Büschel hinter sich her zum Holzkarren, wo sie alles sammelten.

»Nimm die Hacke. Damit kannst du das Wucherzeug besser lockern«, riet Leni von der anderen Seite des Busches her.

Pauline hielt kurz inne, sah sich um. Wo war Sofie?

Wie immer, wenn sie die Kleine nicht sogleich erblickte, verengte sich ihr die Brust. Bei dieser Kälte war der Wald weiß Gott nicht der passende Ort für ein Kind. Erst recht nicht, wenn drüben auf der Lichtung auch noch Bäume gefällt wurden. Darum hatte sie Sofie eigentlich gar nicht mitnehmen wollen, aber Else war heute Morgen schon früh mit Selma und Emma für das Bereitstellen der Liebesgaben-Pakete des Frauenvereins in die Stadt gefahren. Es gab also niemanden sonst auf dem Hof, der auf Sofie hätte aufpassen können.

Schließlich sah sie die Kleine nur ein paar Schritte entfernt einen eben aufgesammelten Zapfen sorgfältig vom Schnee befreien, ehe sie ihn in ihr Körbchen legte.

»Geh nicht weiter als bis zu dem Holunderstrauch dort, hörst du? Drüben auf der Lichtung, wo die Arbeiter sind, ist es zu gefährlich«, rief sie ihrer Tochter zu.

Sofie sah auf. Das Käppchen war ihr zu tief in die Stirn gerutscht, und sie musste sich weit zurücklehnen, um etwas zu sehen. Dabei verlor sie prompt das Gleichgewicht und fiel rückwärts in den Schnee.

»Hoppla, Vorsicht!«

Doch statt zu weinen, fing Sofie an zu giggeln und rollte sich im Schnee, bis sie über und über weiß bepudert war.

»Du wirst ja ganz nass«, seufzte Pauline, obwohl ein Lächeln an ihren Lippen zupfte. Sofie war ein fröhliches, unbeschwertes Kind und ihr ganzer Stolz. Viel konnte sie ihrer Tochter zwar noch immer nicht bieten, aber sie hatten ein Dach über dem Kopf, ein Bett, Kleider am Leib, und meistens gingen sie auch nicht hungrig schlafen. Die vergangenen Monate mit all den Sorgen und Ängsten um Georg hatten Pauline Demut vor dem Schicksal gelehrt. Sie brauchten gar nicht viel, um glücklich zu sein.

Doch nun senkte sie den Blick zurück auf ihre Gegnerin, die Brombeerranke, und zog die dicken Fäustlinge über ihren Fingern zurecht.

Dieses Mal packte Pauline mit beiden Händen zu, ballte noch einmal jedes Quäntchen an Kraft zusammen. Ha, wäre doch gelacht, wenn sie das nicht hinbekäme … Und sie biss die Zähne zusammen, während sie zog, so fest sie nur konnte, ohne sich um die Dornen zu kümmern, die durch ihre Fäustlinge drangen.

Bis die Ranke mit einem lauten Rascheln nachgab, und Pauline rückwärts in den Schnee purzelte.

Blinzelnd blieb sie liegen. Aufgewirbelter Schnee fiel ihr ins Gesicht. Über ihr die Tannenwipfel, die sich dunkel vom weißen, wolkenverhangenen Himmel abzeichneten.

Sie hörte Dorle und Leni lauthals auflachen.

»Mama!«

Das Trampeln kleiner Füße im Schnee. Und dann Sofies vertraute, schneebedeckte Gestalt, die auf sie niederblickte. »Du wirst ja ganz nass, Mama«, sagte die Kleine kichernd.

Im selben Moment sah Pauline das diebische Aufblitzen von Schalk in Sofies Augen, als sie beide Arme nach hinten schwang, um Anlauf zu nehmen.

»O nein, nein, nein, das wirst du nicht tun, hörst du«, rief sie und hob abwehrend die Hände.

Doch schon warf sich das Kind auf sie.

Sofie war ein Fliegengewicht. Trotzdem prustete Pauline so theatralisch, als wäre ein Elefant auf ihrer Brust gelandet. Zugleich umschlang sie ihre Tochter mit beiden Armen. Was die Kleine konnte, konnte sie schon längst.

»Na, warte …« Mit einem Ruck stieß sie sich ab. Und beide rollten sie im Schnee hin und her, bis sie lachend liegen blieben.

Wenig später saß Sofiechen in eine Decke gepackt auf einem Holzstamm neben dem Feuer, ließ die Beinchen baumeln und hielt eine Tasse warmen Salbeitees in den Händen. Ihre Wangen waren gerötet.

»Du musst mir sofort sagen, wenn dir kalt wird, hörst du«, mahnte Pauline und schlang die Decke noch enger um Sofies Hals. »Du weißt, was Tante Helene gesagt hat. Du kannst sonst krank werden.« Sie stellte einen Teller mit Brei neben ihr auf dem Holzstamm ab und strich dem Kind liebevoll über die Bäckchen. »Jetzt iss schön. Und nicht kleckern.«

Sofie nickte.

Auch die Arbeiter machten eine kurze Pause – Toni, Hannes, fünf von einem bewaffneten Soldaten bewachte, rumänische Kriegsgefangene und Julius. Ja, der Winzersohn war jetzt ebenfalls fast täglich bei der Forstarbeit anzutreffen. Mit seiner Prothese konnte er zwar bei Schnee nicht in den Wald hinein. Ebenso musste er sich mit aller Vorsicht bewegen, damit er nicht ausrutschte, doch er hatte sich eine Beinstellung angewöhnt, mit der er genug Halt hatte, um auf der ebenen Lichtung beim Entasten oder Zusägen der gefällten Stämme anzupacken.

Die Männer waren tüchtig gewesen. Vier Baumstämme lagen auf der Lichtung bereit und mussten nur noch für den Transport in der Hälfte zersägt werden. Ein Teil des Holzes war für Flinsch bestimmt, der Rest zum Eigengebrauch. Daneben stapelte sich ein riesiger Haufen an Tannenreisig. Das Harz in den Nadeln machte die Zweige zwar unbrauchbar zum Verfeuern, doch getrocknet eigneten sie sich hervorragend zur Herstellung von Tee oder zum Würzen. Aus den zarten Tannenspitzen ließ sich mit etwas Honig ein köstlicher Brotaufstrich herstellen, der, getrocknet und zu mundgerechten Stücken gebrochen, sogar gegen Halsschmerzen half.

Zusammen mit Hannes und Toni saß Julius auf einem Baumstumpf und löffelte den warmen Haferbrei. Wie beiläufig hob er den Kopf, als sie näher trat.

Und wie jedes Mal, wenn sich ihre Blicke auch nur zufällig kreuzten, fühlte Pauline, wie ihr ein Prickeln durch den Körper rieselte. Sofort wandte sie sich ab.

Das ging nun schon seit Monaten so, und ebenso lange schimpfte sie sich in Gedanken eine dumme Gans, dass sie diese Gefühlsduselei überhaupt zuließ. Was bildete sie sich eigentlich ein? Nur weil sich sein Verhalten ihr gegenüber verändert hatte, musste das rein gar nichts bedeuten.

Sie trat zum Fuhrwagen, wo Leni einem der rumänischen Zwangsarbeiter Haferbrei aus dem Topf in der Kochkiste schöpfte. Diese war eine von zwei Neuanschaffungen auf dem Rosenhof. Else hatte beide von einer Versammlung des Frauenvereins mitgebracht. Eine normalgroße Kochkiste für den Gebrauch auf dem Hof und eine weitere, etwas kleinere zum Mitnehmen in den Forst oder in die Wingerte.

Von Selma erst mit vorsichtigem Misstrauen betrachtet, hatten sich die beiden Kisten tatsächlich als nützlich sowie vor allem Kohle sparend erwiesen. Ein wahrer Segen für viele Hausfrauen. Denn sie brauchten die kurz auf dem Herd angekochten Pfannen mit Deckel nur einfach in die mit Holzwolle oder Heu ausgekleideten Kisten stellen. Mit einem Holzdeckel verschlossen, garte das Kochgut darin über drei bis vier Stunden weiter. Ideal, um es, auf dem Fuhrwerk verstaut, in den Wald mitzunehmen.

So blieb zudem alles wunderbar warm, bis man Kiste und Pfanne zum Verzehr öffnete.

Der Zwangsarbeiter murmelte einen kaum hörbaren Dank, drehte sich auf der Stelle um und schlurfte zurück zu seinen Kameraden auf der gegenüberliegenden Seite der Lichtung.

Es waren hagere Gestalten, diese Rumänen, mit von den Entbehrungen tief liegenden Augen unter meist dunklen, buschigen Brauen. Sie unterhielten sich nur flüsternd untereinander, trauten sich nicht einmal, den Blick zu heben. Die russischen Kriegsgefangenen waren da ganz anders. Sie scherzten stets lauthals miteinander, und manchmal sangen sie sogar.

»Kann ich helfen?«, fragte Pauline.

»Schenk du den Tee nach«, sagte die Magd und deutete mit dem Kinn auf die Kanne neben dem Feuerchen.

Sie tat, wie geheißen, nahm die Kanne auf und trat zu Julius, um seine Tasse aufzufüllen. Als Forstbesitzer stand es ihm zu, als Erster bedient zu werden.

Zu Paulines Verwunderung schüttelte er aber den Kopf. »Danke, ich habe genug.« Er schwenkte den Löffel in Richtung der Rumänen. »Kümmern Sie sich stattdessen um die armen Kerle da drüben. Das hier ist wahrscheinlich die einzige Mahlzeit, die sie heute bekommen.«

Damit hatte er ziemlich sicher recht. Dass er überhaupt einen Gedanken daran verschwendete, was die Verpflegung von Kriegsgefangenen anging, hatte er mit seiner Mutter gemein. Else hätte es genauso hinterfragt. Selbst nach drei Jahren war Pauline noch immer insgeheim überrascht darüber. Bevor sie auf den Rosenhof gekommen war, hätte sie eine solche Reaktion von jemandem vom Status der Lauers niemals für möglich gehalten.

Doch Pauline war erst ein paar Schritte weit gekommen, als sie Julius sagen hörte: »Ihre Fäustlinge.«

Sie drehte sich um. »Wie?«

Mit einem schiefen Grinsen deutete er auf ihre Hand. »Ihre Fäustlinge. Die sind völlig zerrissen.«

Daran waren die vermaledeiten Brombeerstauden schuld.

Wie hatte Julius das bloß bemerkt?

Betont lässig tat sie den Umstand mit einem Schulterzucken ab. »Ach, solange sie noch einigermaßen halten, ist das halb so tragisch.« Das hatte hoffentlich nicht durchsickern lassen, wie verblüfft sie war. Und das gleich zum zweiten Mal innerhalb kürzester Zeit.

So schnell sie konnte, marschierte Pauline dann über die Lichtung. Es war viel leichter gewesen, Julius zu ignorieren, als er sie noch angebrüllt hatte.

Nach der Mittagsrast galt es, das Geschirr mit geschmolzenem Schnee sauber zu waschen und in den dafür vorgesehenen Körben zusammenzupacken. Pauline meldete sich freiwillig dazu. Diese Arbeit war ihr weit lieber, als sich wieder mit diesen Dornenstauden herumschlagen zu müssen.

»Schön trockenwischen. Genau so. Sehr gut machst du das.« Lächelnd sah sie Sofie zu, die auf der Lade des Fuhrwerks saß und die gewaschenen Teller abtrocknete, die sie ihr reichte.

Als sie das Räuspern hinter sich hörte, fuhr sie herum. Um ein Haar glitt ihr der Teller aus der Hand, als sie Julius erkannte.

»Du liebe Güte, Sie haben mich erschreckt«, stieß sie hervor.

Er räusperte sich erneut. »Verzeihen Sie, das war nicht meine Absicht. Ich wollte Ihnen nur die hier bringen.« Damit hielt er ihr ein Paar seiner eigenen gefütterten Fäustlinge entgegen. Sie waren viel zu groß für ihre Hände, aber bestimmt warm und vor allem ganz ohne Risse.

»Oh!« Und noch dazu waren sie herrlich weich. »Aber das ist wirklich nicht …« Einer der Fäustlinge entglitt ihren Fingern und fiel zu Boden.

Sofort bückte sich Pauline, um ihn aufzuheben.

Dasselbe tat auch Julius. Beide griffen sie gleichzeitig danach, sodass sich ihre Hände berührten.

Sie sah auf, wollte etwas sagen. Irgendetwas Unsinniges wahrscheinlich, sie wusste es nicht mehr, denn ihre Gedanken kamen plötzlich ins Schlingern, sobald ihr Blick dem seinen begegnete.

Die Haut an seinen Wangen und der Nase war gerötet von der Kälte. Hauchfeine Eisspitzen hingen an den Augenbrauen, und sein Haar war zerzaust von der Wollmütze, die er sonst während der Arbeit trug.

Seine Nähe. Er roch nach Tannenharz und nasser Wolle. Sein Atem ein warmer Hauch auf ihrer Wange. Ein winziges Bröckchen Haferschleim hing noch immer an seiner Unterlippe. Sie hätte nur die Hand auszustrecken brauchen, um es wegzuwischen, doch sie genoss die Berührung seiner Hände zu sehr, um sie wegzuziehen.

»Mama, Teller.«

Sofies Stimme riss sie beide abrupt aus ihrer Starre, und er machte sofort einen Schritt zurück. »Ich will Ihrer Arbeit nicht länger im Weg stehen«, sagte er dann mit kehliger Stimme, drehte sich um und ging mit staksenden Schritten zurück zu seiner Arbeit.

Pauline sah ihm nach. Mit einem Mal fröstelte sie.

»Mama, Teller«, wiederholte Sofie. Nun jedoch mit einem unüberhörbar ungeduldigen Unterton.

»Gleich, Schätzchen«, antwortete sie noch immer etwas schwindelig. Bis sie sich daran erinnerte, dass sie ihm gar nicht gedankt hatte. »Vielen Dank für die Fäustlinge«, rief sie ihm nach.

Doch ihre Worte gingen im lauten Hacken der Äxte unter.

In Zeiten wie diesen schien es, als ob sich jeder nach Wärme sehnte. Vielleicht war es auch das Bedürfnis nach Gemeinschaft oder schlicht und einfach der Duft von Selmas Pilzsuppe, der die Bewohner des Rosenhofs an diesem Abend in die Küche lockte. Auch Else und Julius.

Es hatte sich längst so eingebürgert, dass sie hier am langen Tisch mitaßen. Nicht zuletzt, weil die Küche dank Herd und Kachelofen der wärmste Raum auf dem ganzen Hof war.

So saßen sie alle dort zusammen, aßen, spielten Karten – Pauline hatte gar nicht gewusst, dass Else eine ausgezeichnete Skatspielerin war –, würfelten oder erzählten sich Geschichten. Bis die Glut im Ofen immer schwächer wurde und die Kälte sie unter die Bettdecken zwang.

Und wenn es einmal auch Helene zum Abendessen nach Hause schaffte – ja, dann fühlte es sich für Pauline fast so an, als wäre die Welt wenigstens ein kleines Stück weit wieder in Ordnung.

Sie bewunderte die Freundin aus ganzem Herzen. Mit welchem Mut sie sich nach dem Vorfall mit Robert ihr eigenes Leben erkämpfte. Pauline konnte sich gar nicht vorstellen, wie viel Kraft ihr das abverlangte.

Man sah ihr jedoch die Erschöpfung an. Und das nicht allein wegen der dunklen Ringe unter den Augen. Helene war zudem schon immer von feingliedriger Statur gewesen. Obwohl das allein an sich nichts Besonderes war, ihnen allen schlackerten die Kleider inzwischen nur so um die Knochen. In letzter Zeit hatte sie jedoch so viel Gewicht verloren, dass Pauline manchmal fürchtete, sie würde zerbrechen, sobald man sie nur berührte.

Was hätte sie nicht alles getan, um die Freundin zu unterstützten, wenn sie nur könnte. Oh, sie hätte Robert am liebsten ins Gesicht gespuckt, ihm Salz in die Augen gestreut und ihn in einer Wanne voller Brennnesseln festgebunden, wenn es nach ihr gegangen wäre, jawohl.

Doch allen Fantasien zum Trotz konnte sie nichts weiter für

Helene tun, als ihr zuzuhören und sie in den Arm zu nehmen, wann immer sie es brauchte.

Auch jetzt strich sich Helene mit einem Seufzen über die Stirn.

»Hast du schon etwas vom Gericht gehört?«, fragte Pauline vorsichtig, während die anderen am Tisch Hannes lauschten, der eine Anekdote über einen Fischer vom Titisee zum Besten gab. Sie wusste, dass das Scheidungsverfahren eingereicht und der Strafantrag gestellt worden war.

Helene nickte. »Es ist, wie Anwalt Appel vorhergesagt hat: Das Landgericht in Ulm wird das Verfahren aussetzen, bis Roberts Dienstpflicht endet.«

»Wobei niemand weiß, wie lange das noch dauern kann«, stellte Pauline fest.

»So ist es.« Helene hob die Tasse mit beiden Händen an den Mund und blies in den Kamillentee, ehe sie davon nippte. »Immerhin versucht Anwalt Appel, in der Zwischenzeit bei Gericht zu erwirken, dass ich unabhängig vom Verfahren wieder am Unterricht an der Fakultät teilnehmen darf.«

Pauline horchte auf. »Das kann er?«

»Sofern wir irgendwie nachweisen können, dass Robert seine Zustimmung aus schikanösen Gründen zurückgezogen hat«, erklärte Helene und schüttelte mit schmerzvoller Miene den Kopf. »Ich musste das Ganze nun sogar Professor Faller melden. Du kannst dir gar nicht vorstellen, wie peinlich das war.«

Schikanöse Gründe. Was für ein hässlicher Ausdruck. So abstoßend wie alles, was mit diesem Prozess zu tun hatte.

Mitfühlend fasste sie nach Helenes Hand. »Du hast dir nichts zu Schulden kommen lassen. Der Einzige, dem es peinlich sein sollte, ist Robert.« Erst als sämtliche Blicke am Tisch plötzlich zu ihr fuhren, wurde ihr bewusst, wie laut sie geworden war, und sie biss sich auf die Zunge.

Zwar wussten alle hier mehr oder weniger, was geschehen war, jeder auf dem Hof hatte schließlich Helenes Verletzungen an jenem Tag gesehen. Dennoch sollte sie sich besser etwas am Riemen reißen.

»Was hat der Professor denn gesagt?«, flüsterte sie.

Ein kleines, müdes Lächeln kräuselte Helenes Lippen. »Er hat mir seine volle Unterstützung zugesagt.« Sie ließ sich gegen die Stuhllehne sinken. »Offenbar hat Robert bis jetzt nur die Zustimmung für mein Studium zurückgezogen, nicht jedoch die für die Arbeit im Lazarett. Das hätte ihn wahrscheinlich zu sehr in Erklärungsnot gebracht.« Es mochte am Licht des Petrollämpchens liegen, dass auf einmal eine Spur von stillem Stolz auf ihren Zügen leuchtete. »Jedenfalls hat mir Professor Faller versichert, dass ich meine Stelle an der Hildaschule auf jeden Fall behalten kann. Sollte Robert sein Einverständnis wider Erwarten doch noch zurückziehen wollen, werde er einfach so tun, als hätte er das Schreiben nie erhalten, hat er gesagt.«

»Das ist doch wunderbar.« Pauline umarmte Helene und drückte sie fest. »Siehst du? Es ist noch lange nicht alles verloren.«

Und was Robert anging … Nein, nicht in Brennnesseln, sondern in eine Wanne voller Blutegel würde sie ihn am liebsten stecken.

Es war schon längst still geworden im Haus, als Pauline an jenem Abend leise die Tür zu ihrem Zimmer schloss, um Sofie nicht zu wecken.

Mit ihrem Wolltuch über den Schultern, einem Lämpchen in der einen und Julius' Fäustlingen in der anderen Hand ging sie dann zielstrebig in Richtung Bibliothek.

Julius hatte es zwar gut gemeint, aber sie wollte niemandem

etwas schuldig sein. Außerdem waren ihr die Fäustlinge wirklich viel zu groß, sie konnte damit kaum richtig zupacken.

Bestimmt schlief er schon. Sie würde sie ihm einfach vor die Tür legen, damit er sie am Morgen dort fand.

Sobald sie um die Ecke des Ganges bog, sah sie jedoch das Licht aus seinem Zimmer durch die Milchglasscheibe dringen und hielt inne. Er war noch wach. Kurz überlegte sie, in ihr Zimmer zurückzukehren, sie könnte ihm die Fäustlinge auch morgen noch geben. Andererseits war sie nun schon hier, und was man sofort besorgen konnte …

Entschlossenen Schrittes ging Pauline zu Julius' Tür, beugte sich rasch nieder und legte die Fäustlinge ordentlich gefaltet davor.

Schon hatte sie sich umgedreht und wollte gerade gehen, als sie die wohlbekannte Stimme aus dem Zimmer hörte: »Wer ist da?«

Wie angewurzelt blieb sie stehen und biss die Zähne zusammen. Verflixt.

»Ich bin's. Pauline«, sagte sie und hoffte, dass es nicht zu widerwillig geklungen hatte. »Ich wollte Ihnen nur die Fäustlinge zurückbringen. Aber keine Sorge, ich lege sie Ihnen hier vor die Tür.«

»Kommen Sie herein.«

Sie hätte eine Ausrede finden sollen – irgendeine, sie war doch sonst auch nicht auf den Mund gefallen. Doch ehe sie sich's versah, drückte sie die Klinke und stieß die Tür langsam auf. »Verzeihen Sie, ich wollte Sie nicht stören«, sagte sie, während sie eintrat.

Und sobald sie Julius dort auf dem Bettrand sitzen sah, mit der Decke sorgfältig über das amputierte Bein gelegt, wusste sie, dass etwas nicht mit rechten Dingen zuging.

Pauline blieb neben der Kommode stehen, wo sie das Lämpchen abstellte und die Fäustlinge danebenlegte. Prüfend sah sie den Winzersohn an. »Fühlen Sie sich nicht wohl?«, fragte sie.

Julius schüttelte den Kopf. »Alles bestens. Es war nur ein anstrengender Tag heute.«

Kein Zweifel, seine Sitzposition wirkte eigenartig verkrampft. Zwar bemühte er sich um eine gelassene Miene, doch sie sah, wie die Muskeln an seinem Kiefer zuckten. »Sie verschweigen mir etwas«, sagte sie und runzelte abwartend die Stirn.

Eine Weile lang starrte Julius sie reglos an. Mit einem ungeduldigen Aufschnauben schlug er dann die Decke zurück. Gab den Blick auf seinen Beinstumpf frei, dessen untere Haut die Prothese zornig-rot wundgescheuert hatte.

»Großer Gott!« Sofort eilte Pauline zu ihm. Er musste höllische Schmerzen haben. Und dieser sture, sture Kerl hatte den ganzen Tag lang im Wald geschuftet wie ein Maultier. »Warum haben Sie nichts gesagt? Wem versuchen Sie, etwas zu beweisen? Sie können sich so ernsthafte Verletzungen zuziehen, das wissen Sie doch genau«, schimpfte sie, während sie sich den Beinstumpf genauer ansah und dann den Korb mit dem Verbandsmaterial aus dem Regal holte. Den hatten sie seit drei Jahren nicht mehr gebraucht.

»Es ist nicht so schlimm, wie es aussieht«, sagte er, sog jedoch prompt zischend die Luft ein, sobald sie die aufgescheuerten Hautpartien mit Desinfektionsmittel betupfte.

Sie warf ihm einen kurzen, vorwurfsvollen Blick zu, ehe sie sich wieder auf die Verletzung konzentrierte. Unverbesserlich – er war einfach unverbesserlich. Himmel, sie wollte gar nicht daran denken, was ihm heute im Wald alles hätte zustoßen können.

Ohne ein weiteres Wort fuhr sie mit der Wundbehandlung fort. Jeder ihrer Handgriffe ruhig und eingespielt: das Auftragen der Zinksalbe. Vorsichtig einmassieren, aber nicht an den zu wunden Stellen.

Dieses Mal war jedoch etwas anders als früher. Damals, als seine Narben noch frisch gewesen waren, hatte er meist gleichgültig im Bett gelegen und den Kopf abgewendet, während sie sein Bein verband. Nun aber fühlte sie Julius' Blick auf sich ruhen, seinen Atem, der warm über ihre Wangen strich.

»Pauline«, sagte er leise.

»Ich bin gleich fertig«, murmelte sie. »Ein einfacher Verband aus Gaze reicht, so kann die Haut besser atmen. Das hat Helene immer …«

Weiter kam sie nicht, als Julius die Hände an ihre Wangen legte, ihr Gesicht anhob und sie küsste.

Warme, weiche Lippen auf ihren. Er roch noch immer nach Wald – nach Moos und frischer Holzrinde.

Sofort machte sich Pauline von ihm los.

Das durften sie nicht – *sie* durfte das nicht. André. Sofie. Ihr Gewissen. Ihre Herkunft. So viele Gründe sprachen dagegen.

Julius starrte sie an, ein stummes Flehen in seinen Augen, während ihre Lippen noch immer von seiner Berührung prickelten.

Seine Hände. Es war so lange her, dass jemand ihr solchen Halt gegeben hatte, und das Sehnen in ihr war stärker als jede Vernunft.

Ein Schritt, und sie war bei ihm, erwiderte den Kuss mit ihrem ganzen Sein, schlang die Arme um Julius' Hals, atemlos wie eine Ertrinkende. Er schmeckte nach Vergessen und Trost und nach Hoffnung. Sie waren wie zwei gebrochene Seelen, die sich erkannten.

Suchende Finger. Ihrer beider Atem ein heiseres Keuchen.

Sie spürte sein stummes Fordern, als er sie ganz nah an sich zog. Sein Oberlippenbart kratzte auf der Haut an ihrem Hals, hinterließ eine lodernde Spur.

Wie leicht wäre es, nachzugeben und sich in seinen Armen zu verlieren. Die Versuchung lockte so süß. Ganz ohne Verpflichtungen. Ohne jedes Versprechen. Nur weil sie es so wollte. Ein einziges Mal.

»Es ist unmöglich«, hörte sie sich jedoch flüstern.

Es kostete Pauline unendlich viel Kraft, sich aus seiner Umarmung zu lösen. Sie trat vom Bett zurück, fühlte sogleich, wie die Kälte im Raum sie erneut umgab. Bestimmt konnte Julius das laute Pochen in ihrer Brust hören.

»Was ist denn?« Seine Stimme klang kehlig.

Doch Pauline wagte nicht, ihn anzusehen, sie hätte augenblicklich verloren.

Mit fahrigen Händen strich sie ihren Rock glatt. Das Wolltuch war ihr von den Schultern gerutscht. Rasch hob sie es auf und schlang es sich fest um den Oberkörper.

»Es … es ist unmöglich«, wiederholte sie kopfschüttelnd, bevor sie floh. Hinaus in den dunklen Gang. Die Lampe hatte sie auf der Kommode in Julius' Zimmer vergessen, aber sie konnte unmöglich noch einmal zurück.

Als sie endlich die Tür ihres eigenen Schlafraums hinter sich schloss, lehnte sie sich atemlos mit dem Rücken dagegen. Ihr ganzer Körper prickelte.

Silbernes Licht drang durch die Ritzen der Fensterläden ins Zimmer. Dort im Bett erkannte sie Sofies schlafende Gestalt.

»Pardonne-moi«, flüsterte sie leise in die Dunkelheit, während ihr Tränen über die Wangen rannen. Verzeih mir.

Die Worte waren an André gerichtet. Weil er immer in ihrem Herzen war. Weil sie ihn niemals vergessen würde. Weil sie nicht einmal sagen konnte, wann und wie es hatte passieren können, dass sie sich entgegen aller Vernunft und ohne dass es ihr überhaupt bewusst gewesen war, ausgerechnet in Julius verliebt hatte.

Weil diese Erkenntnis völlig unsinnig und die schiere Vorstellung absolut undenkbar war.

Weil Julius der vermögende Erbe einer angesehenen Winzerfamilie war, sie hingegen nur die Tochter eines Tagelöhners mit dem unehelichen Kind eines Franzosen.

45 – Fünf Wörter

5. Januar 1918, Sankt Georgen, Rosenhof

Das neue Jahr war gerade erst ein paar Tage alt, und es mochte an den letztjährigen Ereignissen in Russland oder an der allgemeinen Kriegsmüdigkeit liegen, dass sich im Land eine schüchterne Hoffnung breitmachte und in den Zeitungen zum ersten Mal seit Kriegsbeginn wieder das Wort *Frieden* auftauchte.

Mochten die Mittelmächte seinetwegen ein Friedensabkommen mit den russischen Maximalisten anstreben, Julius hatte es derweil mit einem ganz anderen Debakel zu tun.

Mit aller Wucht ließ er die Axt auf den Holzklotz niederfahren. Er fühlte den Rückschlag in seinen Muskeln vibrieren. Das Holz war noch frisch und feucht und damit nicht einfach zu spalten.

Er zog erneut auf. Einmal. Zweimal. Dreimal. Bis das Axtblatt durch die Mitte des Klotzes fuhr. Das brachte ein befriedigendes Gefühl mit sich.

Dann ein weiterer Hieb. Und noch einer.

Am Abend würden ihn seine Schultern mit Sicherheit umbringen, aber so konnte er seinen Unmut wenigstens ein Stück weit besänftigen, wenn er schon sonst nicht wusste, wie.

Drei Wochen. Seit drei verdammten Wochen ging Pauline ihm

nun schon aus dem Weg und nahm ihm so jede Möglichkeit, sich zu erklären oder – ja, sollte sie es verlangen – auch, um sich für sein ungebührendes Verhalten zu entschuldigen.

Dabei hatte er inzwischen unzählige Male versucht, mit ihr unter vier Augen zu sprechen, was auf einem Winzerhof, wo ständig jemand um die Ecke kam und sogar die Wände scheinbar Augen und Ohren hatten, freilich kein leichtes Unterfangen war.

Nach mehreren vergeblichen Versuchen, sie tagsüber allein im Haus anzutreffen, hatte er eines Abends an ihre Zimmertür geklopft. Doch Pauline hatte sich schlafend gestellt und ihm nicht geöffnet, wohl wissend, dass er nicht laut an ihre Tür poltern konnte, wollte er nicht das ganze Haus aufwecken.

Er hatte sogar nach dem Weihnachtsgottesdienst absichtlich vor der Kirche auf sie gewartet. Nur, um mitansehen zu müssen, wie sie sich umringt von Leni, Dorle und Mutter auf den Heimweg machte.

Julius hob die Axt zu einem letzten wütenden Hieb, und von dem Holzklotz waren nur noch sechs Scheite übrig.

Er verstand die Welt nicht mehr. Hatte er sich dermaßen getäuscht und ihre Zeichen falsch gedeutet? Ihre Blicke. Wie sie ihn anlächelte. Die Art und Weise, wie sie hörbar nach Atem rang, wenn er zufällig ihren Arm mit seiner Hand streifte.

Die Berührung dort auf der Lichtung im Wald. In jenem Moment war es gewesen, als würde ein wärmender Sonnenstrahl auf ihn fallen. Oder hatte er sich nur eingebildet, wovon er schon seit über einem Jahr nachts träumte?

Mit Schwung hieb er die Axt auf einen der noch zu zerhackenden Klötze und sammelte die Holzscheite in einer Schubkarre zusammen.

Und der Kuss – nein, den hatte er sich ganz bestimmt nicht eingebildet.

Eines nach dem anderen schmetterte er die Scheite auf den Haufen in der Karre. Wenn er Tölpel nur feinfühliger gewesen wäre. Wenn er seinen Hunger doch nur besser im Zaum gehalten hätte, statt sie zu verscheuchen, dreimal verdammt.

»Gute Güte, was haben die Holzscheite dir denn zuleide getan?«, ertönte die vertraute Stimme seiner Mutter hinter ihm.

Augenblicklich fühlte sich Julius ertappt. Mist. »Wir müssen das Holz heute noch hineinschaffen«, gab er zurück.

Was für eine billige Ausrede. Obwohl, ein Funken Wahrheit war tatsächlich dabei, denn schon seit Monaten zogen Diebesbanden aus der Stadt durch die umliegenden Dörfer und fielen über alles Ess- und Brennbare her wie die biblische Heuschreckenplage. Meistens handelte es sich dabei um junge Burschen, doch immer häufiger auch um Kinder. Manche von ihnen waren nur ein paar Jahre älter als Sofie.

»Es gibt also viel zu tun.« Damit packte er die beiden Griffe der Schubkarre, um sie in die Scheune zu schieben, wo Hannes und Toni die Scheite mit einem Flaschenzug nach oben in die Tenne beförderten. Dort waren sie sicherer untergebracht als unter dem Dach hinter der Scheune, wo sie das Frischholz normalerweise trocknen ließen.

Je schneller er außerdem Mutters prüfendem Blick entfliehen konnte, desto besser. Sie hatte ihn schon immer durchschaut, wie kaum jemand sonst.

»Pauline und ich fahren heute in die Stadt. Der Antrag für die Landdiensthilfsarbeiter muss bis morgen eingereicht werden«, erklärte sie, während sie ihm folgte.

Julius horchte auf. »Pauline fährt mit?« Sofort biss er sich auf die Zunge. Verflucht, die Frage war ihm unbedacht von den Lippen gerutscht. Eine unbeteiligte Miene aufsetzen, rasch.

Erstaunt sah Mutter ihn an. »Sie hilft beim Versand der Liebesgaben im Frauenverein mit, wir können jede freie Hand gebrauchen. Warum fragst du?«

Er zuckte die Schultern. »Dann kann Sofie später mit in den Wald kommen, wenn sie möchte.« Sehr gut. Ausgezeichnet gekontert. »Vergiss nicht, eine Decke mitzunehmen. Es soll heute wieder kalt werden«, rief er Mutter noch nach, während sie in Richtung Straße ging, über die sie zum Tor und in den Innenhof gelangte.

In Gedanken seufzte Julius erleichtert auf. Das war gerade noch einmal gut gegangen. Mit einem Ruck schob er die Karre über die kleine Rampe hinauf zum Scheunentor.

Doch dann hörte er Lenis Stimme vom Hofeingang her: »Frau Lauer! Herr Lauer!«

Julius hob den Blick und sah die Magd mit gerafftem Rock durchs Tor eilen. Nanu? Er setzte die Karre ab.

Auch Mutter war ein paar Schritte entfernt stehen geblieben. »Was ist denn passiert, Leni?«, fragte sie.

»Eben ist ein Polizist gekommen«, keuchte die Magd nach Luft schnappend, sobald sie sie erreichte. »Ein Herr Oberwachtmeister namens Kunzenbacher, und er will mit Pauline sprechen.«

Sie hatte den Satz noch nicht beendet, da marschierte Julius schon in Richtung Innenhof.

Er betrachtete weder das schwarze Automobil, das im Innenhof stand, noch den dort wartenden Polizisten. Ebenso wenig kümmerte er sich darum, ob er mit seinen schneeverdreckten Schuhen den Holzboden ruinierte, während er die Tür aufstieß und den Empfangsraum betrat.

Hinter sich hörte er Mutter die Eingangstreppe hochsteigen. Ob sich Kunzenbacher bewusst war, dass er es gleich mit der geballten Ladung Lauer'scher Höflichkeit zu tun bekam?

»Herr Oberwachtmeister«, begrüßte er den Beamten, der bereits, begleitet von einem ebenfalls uniformierten Brigadier, im Arbeitszimmer Platz genommen hatte. Ihm gegenüber saß Pauline mit Sofie auf den Knien.

Julius vermied es geflissentlich, sie direkt anzuschauen. Aus den Augenwinkeln sah er jedoch, wie sie ihre Tochter an sich drückte.

Sobald Kunzenbacher ihn erkannte, erhob er sich. Seine Haltung war noch immer von der gleichen preußischen Manier wie vor knapp einem Jahr. Nur sein gekringelter Bart war um ein paar graue Haare reicher geworden.

»Herr Lauer.« Er schlug halbherzig die Fersen zusammen, senkte das Kinn kurz zum Gruß und lächelte. »Bitte verzeihen Sie unser unangemeldetes Erscheinen.«

Was für eine pathetische Darstellung. Nach so langer Zeit und völlig ohne Vorwarnung hier aufzutauchen, war pure Absicht gewesen. Was glaubte der Kerl, mit wem er es zu tun hatte?

»Ich glaube, Sie kennen meine Mutter noch nicht«, sagte Julius, ohne auf die scheinheilige Entschuldigung des Beamten einzugehen, und blieb neben dem Tisch stehen.

Mutter hingegen bedachte den Besucher mit einem vorwurfsvollen Blick. »Sie haben Glück, uns hier anzutreffen. Ich war gerade auf dem Sprung in die Stadt.« Sie unterstrich ihren Unwillen durch die Art und Weise, wie sie sich die Handschuhe von den Fingern zupfte und sich demonstrativ auf ihren Stuhl am Arbeitstisch setzte. »Was können wir also für Sie tun?«

Noch immer ein gütliches Lächeln auf den Lippen, setzte sich der Oberwachtmeister wieder hin. »Ich will Sie nicht aufhalten. Eigentlich wollte ich mit Fräulein Seibold unter vier Augen sprechen.«

Jetzt war es an Julius' Mutter, ihm ein so nachsichtiges Lächeln zu gewähren, wie man es gegenüber einem kleinen Kind tat, das keinen zweiten Honigapfel mehr an der Kirmes bekam. »Oh, Sie halten mich nicht auf, dafür nehme ich mir gerne Zeit.« Sie beugte den Kopf und sah Pauline an. »Außer natürlich, Fräulein Seibold möchte ausdrücklich allein mit Ihnen sprechen?«

Pauline straffte die Schultern. »Ich will, dass Herr und Frau Lauer bleiben. Ich habe nichts vor ihnen zu verbergen.«

»Gut, damit wäre das geklärt.« Mutter lehnte sich wieder im Stuhl zurück und hob süffisant die Augenbrauen. »Sie dürfen also fortfahren, Herr Oberwachtmeister.«

Einen Atemzug lang wirkte der Beamte, als wäre sein Gesicht eingefroren. Doch er fasste sich schnell wieder. »Richtig, ich vergaß: Auf dem Lauerer Hof werden Angestellte als Teil der Familie betrachtet. Nun denn … Sie erinnern sich vielleicht, dass wir die Angaben von Fräulein Seibolds letzter Befragung noch verifizieren wollten.« Er wandte den Blick kurz in Paulines Richtung. »Das ist übrigens eine reine Formsache.«

Dann schnippte er die Finger in Richtung des Brigadiers, der die ganze Zeit über so reglos wie eine Salzsäule hinter ihm gestanden hatte. »Tatsächlich ist während unserer Überprüfungen noch die eine oder andere … nun ja, Unklarheit aufgetaucht. Bitte verzeihen Sie an dieser Stelle die Wartezeit. Während des laufenden Krieges dauert jedoch alles etwas länger, Sie verstehen …«

»Was für Unklarheiten?«, wollte Pauline wissen. Ihre Stimme klang fest, und nur, wer sie kannte, vermochte die winzige Schattierung von Unsicherheit darin zu erkennen.

Doch noch ehe Kunzenbacher antworten konnte, warf Julius ein: »Bevor wir fortfahren … Meines Wissens kann Fräulein Seibold die Antworten in Abwesenheit ihres Anwalts verweigern.«

»Das ist natürlich völlig richtig«, gab der Beamte in beschwichtigendem Tonfall zu, während er sich von seinem Untergebenen eine Akte aushändigen ließ und auf dem Tisch vor sich ausbreitete. »Allerdings hat sich der Großteil meiner Fragen eigentlich schon geklärt.« Er lächelte erneut, sodass die nach oben gezwirbelten Enden seines Oberlippenbarts zitterten.

»So? Warum vergeuden Sie dann unsere Zeit?«, fragte Mutter scharf.

Sogleich legte ihr Julius die Hand auf die Schulter. »Lass uns doch erst hören, was der Herr Oberwachtmeister zu sagen hat.« Er senkte den Blick direkt und unmissverständlich auf Kunzenbacher. »Nun?« Dabei verschränkte er die Hände auf dem Rücken, damit niemand sah, wie er die Faust ballte.

Nur ein Wort. Wenn der Kerl auch nur ein falsches Wort an Pauline richtete, dann bei Gott …

Mit gerunzelter Stirn blätterte der Beamte durch die Unterlagen. Es schien eine Ewigkeit zu dauern, bis er endlich fand, wonach er suchte. »Ah, da ist es ja …« Dann wandte er sich an Pauline. »Während unserer Untersuchungen sind wir zufällig auf den Geburtseintrag Ihrer Tochter gestoßen. Eine interessante Neuigkeit, die Sie wohl vor lauter Aufregung zu erwähnen vergessen haben«, führte er aus, wobei es eher wie eine Unterstellung, als wie eine Frage klang. Er lehnte sich vor und sagte mit süßlicher Stimme: »Diese entzückende Mademoiselle muss demnach Sofie sein, richtig?«

Sofiechen, die noch immer auf den Knien ihrer Mutter saß, nickte artig.

Währenddessen schlug Julius' Instinkt erneut Alarm. Hatte er eben Mademoiselle gesagt?

Auch Pauline musste es bemerkt haben. Ihr Blick fuhr einen Wimpernschlag lang unsicher in Julius' Richtung, ehe sie sich wieder fing. »Ich wusste nicht, dass der Umstand für den Fall von Bedeutung sein sollte?«

Der Oberwachtmeister machte große Augen. »Ah, alles ist von

Bedeutung, jedes noch so winzige Detail.« Dann wandte er den Blick von Neuem auf die Notizen. »Als Geburtstag ist der 23. Februar 1915 angegeben. Vater unbekannt. Hm …« Er spitzte den Mund, so als würde er angestrengt nachdenken. »Haben Sie nicht bis kurz vor Kriegsbeginn mehrere Jahre lang in Frankreich gelebt?«

Paulines Stimme begann zu stocken. »Ich … ich war Damenschneiderin in Paris, das stimmt …«

»Ich verstehe nicht, was Fräulein Seibolds Aufenthalt in Frankreich mit dem Fall zu tun haben soll«, fuhr Julius im selben Moment dazwischen und stellte sich schützend neben Pauline. Gleichzeitig trat auch der Brigadier vor.

»Aber, aber … Ich bitte Sie, nur die Ruhe«, rief Kunzenbacher und hob in einer begütigenden Geste die Hände. »Ich will hier doch niemandem etwas unterstellen.«

Mit einem Mal richtete er den Blick wieder auf Pauline, und ein feines, genießerisches Zucken spielte an seinem Mundwinkel. »Sie müssen jedoch zugeben, Fräulein Seibold, dass sich die Zufälle häufen: Wie Sie angegeben haben, kommen Sie selbst aus niedrigen Verhältnissen. Einer Brutstätte der Kommunisten und Aufständischen, wie jeder weiß. Sie nehmen selbst an einem Protestmarsch einer von Monarchiegegnern organisierten, proletarischen Frauenbewegung teil. Und zum Schluss taucht auch noch ein uneheliches Kind auf, das, sofern Ihre Angaben bezüglich Ihrer Einreise ins Kaiserreich stimmen, entweder rund zwei Monate zu früh zur Welt gekommen ist, oder während Ihres Aufenthalts in Frankreich gezeugt wurde.«

»Sie zählen hier völlig zusammenhanglose Ereignisse auf und erfinden dazu Schlussfolgerungen, wie sie Ihnen gerade passen. Ohne jeden Beweis«, hielt Julius ihm entgegen.

Doch Kunzenbacher ignorierte den Einwand. Sein Gesicht

wurde hart, und seine Augen wirkten eiskalt, als er sich näher zu Pauline beugte. »Sie wissen nicht zufälligerweise auch etwas über den französischen Spion, der kurz vor der Geburt Ihrer Tochter hier ganz in der Nähe gefasst worden ist?«

Es presste Julius schier die Brust zusammen, als er sah, wie Paulines Züge vor aufkommender Panik erstarrten. Sie drückte Sofie so fest an sich, dass die Kleine zu jammern begann.

»Sie gehen zu weit, Herr Oberwachtmeister«, rief Mutter und fuhr auf die Beine.

Kunzenbacher ließ allerdings nicht locker. »Sind Sie vielleicht Teil einer Spionageoperation der Franzosen, und war der Franzose von damals Ihr Kumpan? Oder gehören Sie womöglich doch zu einer dieser subversiven Gruppierungen von Marxisten, die das Kaiserreich stürzen wollen?«

Entsetzt schüttelte Pauline den Kopf. »Ich bin keine Spionin, ich …«

»Kein weiteres Wort ohne den Anwalt, Pauline«, rief Mutter. »Und Sie, Herr Oberwachtmeister …« Sie funkelte ihn zornig an. »Sie gehen jetzt besser.«

»Das Kind ist von mir«, warf Julius im selben Augenblick ein.

Und mit einem Schlag herrschte Schweigen im Raum. Ein schockiertes, überraschtes Schweigen. Nur wegen fünf simpler Worte.

Was für ein Genuss, Kunzenbachers ratlose Verblüffung zu sehen, während er auf der Suche nach Antworten den Mund auf- und zuklappte und dabei aussah, wie ein nach Luft schnappender Karpfen.

Mamas gerunzelte Stirn hingegen zeigte konsternierte Verwirrung. Und Pauline … Wenn es ein Bild gab, das die Essenz purer Fassungslosigkeit ausdrückte, dann musste es ihr Gesicht sein, als sie ihn in diesem Moment anstarrte.

Julius holte tief Atem und erhob sich zu seiner vollen Größe.

Die Schultern gestrafft. Kein Wanken jetzt. Gesagt war gesagt, und es gab kein Zurück mehr.

Ein letzter kurzer Blick in Mutters Richtung. Ein kaum merkliches Nicken. Sie würde seinen Plan hoffentlich erkennen und mitspielen. Sobald er konnte, würde er ihr alles erklären.

»Sofie ist meine Tochter«, sagte er dann in Kunzenbachers Richtung. »Wenn es Ihnen recht ist, würde ich die Details gerne unter vier Augen mit Ihnen besprechen.« Er räusperte sich gekonnt verlegen. »Es ist ein delikates Thema, das verstehen Sie bestimmt.« Mit einer ausladenden Geste forderte er den Beamten auf, ihm zu folgen.

»Natürlich.« Sein Stuhl kratzte laut über den Holzboden, während sich der Oberwachtmeister von seinem Stuhl erhob.

Als wäre auch sie plötzlich aus ihrer Schockstarre erwacht, sprang Pauline auf. »Aber das geht doch …«

Sogleich trat Mama jedoch neben sie und hielt sie an der Schulter fest. »Lass die Männer das unter sich bereden.«

In Gedanken sandte Julius ihr einen Dank zu, während er den Beamten in den hinteren, von einem Büchergestell abgetrennten Teil des Zimmers führte. Vaters Leseecke. Er hoffte inständig, dass Mutter Pauline auch während des Kommenden im Zaum halten konnte. Denn die kleine Nische mit dem Tisch und den zwei Stühlen war zwar räumlich abgetrennt, trotzdem würden die Frauen jedes Wort hören können.

Zugleich raufte er im Geiste fieberhaft alles zusammen, was er über Pauline wusste, was sie ihm während der Jahre über ihre Zeit in Paris erzählt hatte. Er durfte sich keinen Fehler erlauben. Einzig nicht nachprüfbare Lügen erzählen und nur bei der halben Wahrheit bleiben, das war die bewährte Strategie. Er war nicht umsonst ohne größere Probleme durch Studium und Offiziersschule gekommen.

»Ich danke Ihnen für Ihre Diskretion«, begann er in vertraulichem Tonfall.

Kunzenbacher nickte ihm gönnerhaft zu. »Ich bitte Sie. Aber am besten erzählen Sie mir nun alles genauer.« Wie erwartet, schien der Oberwachtmeister immer größeren Gefallen an den auf einmal veränderten Umständen zu finden.

So fing Julius an, und er spann eine so ausführliche Geschichte, dass er nach und nach beinahe selbst daran zu glauben begann: Er war im Mai 1913 auf der alljährlichen Weinhändler-Konferenz in Versailles gewesen und hatte noch eine Nacht in Paris verbringen wollen. »Waren Sie schon einmal in Paris? Ah, das müssen Sie dringend nachholen. Eine herrliche Stadt«, schwärmte er.

Auf der Suche nach einem Geschenk für seine Mutter war er im berühmten Modehaus Maison Worth gelandet. »Sie hat schon seit Jahren nach einem ganz bestimmten Schal gesucht. Aber unter uns gesagt: Wer verliert bei der riesigen Auswahl an Farben nicht den Überblick?«

Eine charmante Angestellte war ihm jedoch zu Hilfe gekommen: Pauline. Nachdem sie ihn als Landsmann erkannt hatte, hatte sie sich auch prompt dazu bereit erklärt, ihm die Stadt zu zeigen. Daraufhin führte eines zum anderen.

»Wegen der Weingeschäfte war ich auch danach des Öfteren in Frankreich«, erklärte er. Was sogar absolut der Wahrheit entsprach. »Dabei habe ich stets noch ein oder zwei Nächte in Paris eingeplant, um Pauline zu sehen. Aus unserer Beziehung hatte sich etwas Ernstes entwickelt. Es war schließlich im Juni vor Kriegsbeginn, als sie mir in einem Brief eröffnet hat, dass sie ein Kind erwartet.«

Daraufhin habe er alles nur Menschenmögliche in Gang gesetzt, um Pauline dazu zu bewegen, zurück nach Deutschland zu kommen.

»Ich selbst musste in den Krieg ziehen. Doch es war ein ungeheurer Trost zu wissen, dass sie inzwischen hier in Sicherheit war. Sie hatte auch bereits Arbeit als Telephonistin im hiesigen Post- und Telegraphenamt gefunden.«

Kunzenbacher krauste die Stirn. »Warum hat sie denn nicht von Anfang an hier auf dem Hof gearbeitet?«

Jetzt kam der heikle Teil der Geschichte. Mit einem süffisanten Lächeln erklärte Julius: »Sie haben Fräulein Seibold doch inzwischen selbst kennengelernt. Sie gehört zu jener modernen Generation von Frauen, die Selbstständigkeit fordern. Sie wollte für ihren eigenen Lebensunterhalt aufkommen, solange sie nur konnte. Darum hat sie zwar wohl hier auf dem Hof gewohnt, jedoch zu Beginn Miete bezahlt.«

Bei dieser Bemerkung schnaubte der Beamte nur abfällig und kritzelte eine Notiz in seine Unterlagen.

»Ihre Mutter wusste von Ihrer … Liaison mit Fräulein Seibold?«

Julius nickte. Und hier kam eine weitere Flunkerei. »Ich habe sie in einem Brief aufgeklärt, als ich bereits an der Front war. Ich wollte, dass Pauline jemanden zur Unterstützung hat, falls mir etwas zustößt.«

»Wie ehrenhaft von Ihnen.« Der sarkastische Unterton war kaum zu überhören.

Dieser elende Mistkerl.

»Eine Sache erschließt sich mir jedoch noch nicht ganz, Herr Lauer.« Der Uniformierte fixierte Julius mit abschätzendem Blick. »Warum dieser ganze Aufwand und die Heimlichtuerei? Sie hätten Fräulein Seibold doch einfach heiraten können?«

Und gleich die nächste Flunkerei hinterher. »Ich habe ihr einen Antrag gemacht, nachdem ich von dem Kind erfahren hatte. Doch sie hat abgelehnt.«

»Sie hat abgelehnt?«, echote Kunzenbacher und machte große Augen.

Das Ganze musste ein Ende haben. Je länger die Befragung dauerte, umso eher riskierte Julius, sich in Fallen zu verstricken. Von einem Moment auf den nächsten veränderte er darum seine Stimme und Körperhaltung. Er war fast einen halben Kopf größer als sein Gegenüber, und außerdem kräftiger – selbst mit seiner Behinderung. »Ja, sie hat abgelehnt. Weil sie nicht wollte, dass Leute wie Sie, Herr Oberwachtmeister, auf die Idee kommen, sie als Profiteurin abzustempeln, nur weil sie aus anderen Kreisen kommt.« Er trat einen Schritt näher, baute sich vor dem Beamten auf. »Und bevor Sie fragen: Das ist auch der Grund, weshalb ich nicht als Vater im Geburtsregister erscheine. Wie ich schon sagte, ist Fräulein Seibold eine kluge und eigenständige Frau, die ihren Prinzipien treu bleibt. Sie ist jedoch weder eine Spartakistin noch eine Marxistin.«

Mit jedem Wort wurde seine Stimme strenger, tiefer, drohender. So ungerecht die Tatsache in Wahrheit auch sein mochte, so würde selbst ein Richter seinen Ausführungen allein schon deswegen eher glauben, nur weil er ein Mann war. Warum also den Umstand nicht zu ihren Gunsten nutzen? »Und ob wir nun in irgendeinem Register als Eheleute aufgeführt sind oder nicht – sie hat meine volle Unterstützung in allen Belangen. Ich bin der Vater ihres Kindes. Als solcher verbitte ich mir in Zukunft, weitere an den Haaren herbeigezogene Anschuldigungen Ihrerseits. Ihr Vorgesetzter wird außerdem von meinem Anwalt bezüglich Ihres unangemeldeten Erscheinens hier hören. Ich darf Sie nun bitten …« Damit trat er einen Schritt beiseite, machte so die Aufforderung zum Gehen deutlich.

Erst nachdem er Kunzenbacher mitsamt seinem Untergebenen draußen ins Automobil steigen und durch den Torbogen fahren sah, ließ sich Julius auf den Stuhl vor Mutters Arbeitstisch sinken. Sein Bein pochte wütend. Spätestens morgen würde er wieder Schmerzen haben. Das nahm er in Kauf, solange sie den Oberwachtmeister wenigstens im Moment los waren.

»Am besten, wir lassen Anwalt Appel sofort eine Nachricht überbringen. Wir müssen vorbereitet sein und alles Nötige in die Wege leiten«, sagte Mutter, pragmatisch wie immer, und setzte sich sogleich an den Schreibtisch.

Währenddessen saß Pauline noch immer auf demselben Stuhl und sah Julius an. Unglauben, Fassungslosigkeit und etwas, das er nicht ganz benennen konnte, stand in ihrem Blick. Sofiechen war inzwischen auf ihrem Schoß eingeschlafen.

»Warum haben Sie das getan?«, fragte sie auf einmal leise und mit stockender Stimme. Ihre Brust hob und senkte sich dabei stoßartig, und ihr Kinn bebte, als wäre sie kurz davor, in Tränen auszubrechen.

»Es war die einzige Möglichkeit, die mir in dem Moment eingefallen ist«, gab er zu.

»Sie haben sich als Sofies Vater ausgegeben, obwohl Sie nicht im Geburtsregister erwähnt sind. Das wird die Behörden erst recht stutzig machen.«

»Genau darum wird sich der Anwalt kümmern«, wandte seine Mutter ein.

Doch Pauline schüttelte stur den Kopf. »Ich kann mir keine zusätzlichen Kosten für einen Anwalt leisten. Außerdem … Was, wenn auch er keinen Ausweg findet?«

»Darum kümmern wir uns, wenn es so weit ist.« Was war denn auf einmal in sie gefahren? »Und was die Kosten angeht …«

Bevor Julius den Satz beenden konnte, stand Pauline auf, Sofie in ihren Armen. »Ich muss gehen.« Schon rauschte sie am Tisch vorbei in Richtung Tür.

Hatte er eben eine Tränenspur auf ihrer Wange gesehen? »Pauline, warten Sie.«

Sie reagierte nicht. Nur noch ein paar Schritte, und sie hätte die Tür erreicht.

Julius stand auf. »Verdammt, Pauline, du wirst jetzt gefälligst warten!«

Augenblicklich blieb sie stehen, drehte sich langsam um.

Er hatte richtig gesehen, denn jetzt wischte sie sich eilig mit der Hand über die Wange. In ihren Augen konnte er außerdem ganz deutlich ein wütendes Glitzern erkennen.

Sei's drum, wenigstens war sie jetzt bereit, ihm zuzuhören.

»Wenn es dir recht ist, würde ich gern allein mit Pauline sprechen«, wandte er sich an seine Mutter.

Einen Moment lang sah ihn diese stumm an. So, als könnte sie seine Gedanken erraten. Und das konnte sie wahrscheinlich auch, denn sie stand auf, trat vor ihn und legte ihm sanft die Hand an die Wange. Ein Lächeln erhellte ganz kurz ihr Gesicht, bevor sie nickte.

»Mach dir keine Sorgen. Ich kümmere mich um Sofie«, sagte sie zu Pauline, die ihr das Kind nur sichtlich widerstrebend überließ. Leise schloss sie dann die Tür hinter sich.

»Sie wollten mit mir sprechen?«, sagte Pauline schließlich an Julius gewandt. Der leicht schnippische Tonfall passte weder zu ihr noch zu ihrer gezwungen artigen Haltung mit den verschränkten Händen.

Da standen sie sich nun gegenüber – nur sie beide –, endlich, und mit einem Mal fehlten Julius die Worte. »Pauline, ich …« Wo beginnen?

»Ich muss mich wohl trotzdem bei Ihnen bedanken«, sagte sie. »Dafür, dass Sie sich für Sofie und mich vor dem Oberwachtmeister eingesetzt haben. Ich weiß, Sie haben es nur gut gemeint.«

Nur gut gemeint?

Erneut begann ihr Kinn zu beben. Sofort biss sie sich auf die Unterlippe, schloss kurz die Augen. »Ich werde Sie und den Rosenhof nie vergessen, Herr Lauer.«

»Julius«, korrigierte er sie.

Doch sie fuhr unbeirrt fort: »Bis spätestens morgen Mittag habe ich alles gepackt. Wenn Hannes oder Toni uns zum Bahnhof fahren könnten …«

»Wovon redest du da?«, rief er verständnislos. Sie wollte fortgehen?

Sie verzog den Mund zu einem kurzen unterkühlten Lächeln. »Gut. Dann gehen wir zu Fuß.«

»Du wirst nirgendwo hingehen. Was ist denn auf einmal in dich gefahren?«

Pauline starrte ihn reglos an. Und da war es auf einmal wieder – jenes winzige Glimmen in ihren Augen, das mit jeder Sekunde weiter zu einem lodernden Glühen anwuchs. Bis es endgültig mit ihrer zur Schau gestellten Contenance vorbei war. »Was in mich gefahren ist, wollen Sie wissen?«, schrie sie. »Meinen Sie, es fällt mir leicht, einfach zu gehen? Das hier ist das allererste richtige Zuhause, das ich je hatte, und es bricht mir schier das Herz, und ich habe Angst, weil ich nicht weiß, was aus Sofie und mir werden soll. Aber ich lasse auf keinen Fall zu, dass diese Familie meinetwegen Scherereien mit der Polizei bekommt oder gar ihr Ansehen verliert.«

»Das wird nicht geschehen«, wandte er ein.

Aber sie schien ihn gar nicht zu hören, warf stattdessen die Arme in einer allumfassenden Geste die Luft. »Jeder hier in Sankt Georgen wird davon erfahren. Sie werden sich die Mäuler darüber zerreißen, dass der Erbe des Lauererhofs ein uneheliches Kind mit der Tochter eines armen Schluckers und Säufers haben soll. Wie kann ich das zulassen, nach allem, was Ihre Mutter für mich getan hat?« Sie schlug sich mit der flachen Hand auf die Brust. »Ich komme aus der Gosse, ja, aber ich weiß sehr wohl, was Respekt und Wertschätzung heißen.« Erneut war die verräterische Spur von Tränen auf ihrem Gesicht zu sehen, doch sie wischte sich sofort mit dem Handrücken über die Wange.

Allmählich begann Julius zu verstehen. »Ich halte dich für die mutigste und bemerkenswerteste Frau, die mir je begegnet ist«, sagte er und machte einen Schritt auf sie zu.

Sie hielt inne, stand auf einmal wie erstarrt da. »Was?«

In einer verzweifelten Geste fuhr er sich mit beiden Händen durchs Haar. »Mein Gott, Pauline, weißt du denn nicht, dass ich alles tun würde, um dich und Sofie zu beschützen?« Dass er ihr in genau diesem Moment das Herz öffnete, weil er sie liebte.

Sie schnaubte. »Warum sollten Sie?«

»Weil ich nur dank dir hier stehe. Auf meinen Beinen.« Er zuckte die Schulter. »Auf meinen anderthalb Beinen zumindest«, ergänzte er, wurde jedoch gleich wieder ernst. »Bei meiner Rückkehr aus dem Krieg war ich ein gebrochener Mann. Voller Schmerzen und Ängste. Wütend auf mein Dasein, mein Schicksal und die ganze Welt. Doch dann warst du da.«

Julius tat einen weiteren Schritt auf sie zu. Nicht zu nah, damit sie sich nicht bedrängt fühlte. Er wollte sie nicht wieder verscheuchen. »Und du hast dich keinen Deut um meine Launen geschert.« Bei der Erinnerung musste er trotz allem ganz kurz grinsen.

»Ihre Mutter hat mich dafür bezahlt, dass ich mich um Sie kümmere«, hielt sie ihm entgegen, doch längst nicht mehr mit derselben sturen Vehemenz wie noch vorhin.

Er hatte es sehr wohl bemerkt, und das machte ihm Mut. »Es war viel mehr als das. Du hast mich aus der Dunkelheit zurückgeholt.« Sie war sein Licht im Dunkeln gewesen. Schon von Anfang an, ehe er es bemerkt hatte. Sogar als er selbst den Wert seines Überlebens noch gar nicht begriffen hatte. »Du warst mein heller Stern. Bist es immer noch. Wenn ich könnte, würde ich dir nicht nur mein Herz, sondern die ganze Welt zu Füßen legen.«

Ungläubig sah sie ihn an.

Ihre Augen. Was würde er nicht alles tun, um die Tränen darin für immer versiegen zu lassen.

Er stieß ergeben den Atem aus. So hätte es nicht ablaufen sollen. Nicht so unvorbereitet und aus heiterem Himmel, er hätte sich für Pauline etwas viel Besseres gewünscht. »Ich weiß, das hier ist nicht, was du dir für deine Zukunft erträumt hast, und Sankt Georgen ist nicht Paris. Aber der Rosenhof könnte dir eine neue Heimat werden, ein Zuhause für Sofiechen. Sie wird für mich sein wie meine eigene Tochter, das verspreche ich dir. Und vielleicht kannst auch du irgendwann sogar mehr in mir sehen als nur den Krüppel, den du aufgepäppelt …«

In zwei Schritten war sie bei ihm, legte ihm den Finger auf die Lippen. »Still, sag jetzt nichts mehr.« Ihre Hand zitterte leicht, als sie sachte, ganz sachte mit den Fingerspitzen die Narbe an seiner rechten Wange entlangfuhr.

Julius ließ ihr Zeit. Wenn sie wüsste, was es ihm abverlangte, sich nicht zu bewegen. Sie nicht augenblicklich in die Arme zu reißen und nie mehr loszulassen. Den nächsten Schritt musste sie tun, er durfte sie zu nichts zwingen.

»Du warst nie ein Krüppel für mich, Julius Lauer«, flüsterte Pauline schließlich und nahm sein Gesicht in beide Hände. »Ich will dich dieses Wort nie mehr aussprechen hören.« Damit zog sie ihn zu sich hinunter.

Und das Nächste, was Julius wahrnahm, waren ihre Lippen

auf seinen, den Geschmack nach salzigen Tränen, die Weichheit ihres Haares, als er die Hände darin vergrub, und die Wärme ihres Körpers. Und würde er in ihr ertrinken, er bekäme nie genug von ihr.

Ihm entfuhr ein unwilliges Knurren, als sich Pauline sanft, aber bestimmt von ihm löste. Noch nicht. Er wollte sie noch nicht loslassen, er hatte sie doch erst gerade gefunden.

Aber dann nahm sie seine Hand, führte ihn ohne ein weiteres Wort hinaus, durch den Gang in sein Zimmer und schloss die Tür.

Nein, sie brauchten keine Worte. Auch nicht, als sie sich schließlich gegenüberstanden. Als sie ihm den Pullover über den Kopf zog und ihm das Hemd aufknöpfte, während er ihr das Wolltuch von den Schultern gleiten ließ und die Knöpfe öffnete. Langsam. Ganz ohne Hast.

Wäre es nicht so kalt im Zimmer gewesen, hätte sich Julius sogar noch mehr Zeit gelassen, um sie zu betrachten, sich jeden Zoll ihres Körpers einzuprägen. Jedes Härchen. Jede Wimper. Jeden ihrer leisen Seufzer, während er mit den Lippen über ihren Nacken fuhr. Jedes zarte Erschaudern.

Sie roch so gut. Nach Wolle, Rosenwasser und Leben.

Dann führte sie ihn zum Bett.

Kurz wollte er ihr zuvorkommen, seine Arbeitshosen waren voller Holzspäne und Schlammspritzer, und vielleicht schreckte sie der Anblick der angeschnallten Prothese ab. Sie hatte seinen Beinstumpf bisher immer nur ohne die Schnallen und Schienen gesehen.

Doch Pauline legte die Hände auf seine, vertrieb alle Bedenken mit ihren Küssen, ihren Berührungen, die selbst die Wunden tief unter der Haut heilen konnten. Ja, er wollte daran glauben.

Irgendwie fand sie ihren Weg über ihn, und ihm entfuhr ein

überraschtes Aufstöhnen, als sie sich auf ihn setzte, ihn umfing. Bis nichts anderes mehr zählte als ihre Umarmung und ihr leises Keuchen, während sie sich bewegten. In einem innigen Tanz.

Suchend.

Fühlend.

Findend.

Hand in Hand.

Nur sie beide.

46 – Entscheidungen

5. Januar 1918, Sankt Georgen, Rosenhof

»Wir müssen uns beeilen, bevor die anderen etwas merken«, flüsterte Pauline wenig später und schlüpfte unter der Decke hervor, ehe Julius sie zurückhalten und womöglich auf andere Gedanken bringen konnte.

Eilig klaubte sie ihre Kleider zusammen und zog sich an.

Das Stundenleuten der Uhr aus Elses Arbeitszimmer ertönte.

Um Gottes willen, so spät schon!

»Pauline«, hörte sie Julius' dunkle Stimme.

Doch sie schüttelte den Kopf. »Keine Zeit.« Rasch die Bluse zugeknöpft und den Rock glatt gestrichen. Ein Blick in den kleinen Spiegel. Mit fahrigen Fingern fuhr sie sich durchs Haar. Ihre Lippen waren geschwollen von den vielen Küssen.

»Jetzt warte doch, wir müssen reden«, sagte er. Dieses Mal in einem fordernderen Tonfall, der sie aufblicken ließ.

Er hatte sich auf den Bettrand gesetzt, das Haar noch immer herrlich zerzaust.

»Oder war es wirklich so unerträglich, dass du vor mir fliehst?«, fragte er. Seine Worte klangen gewollt scherzhaft, aber in seinen Augen lag echter Zweifel.

»Was? Himmel, nein, niemals.« Zwei Schritte, und Pauline war bei ihm, nahm sein Gesicht in ihre Hände, küsste ihn tief und echt. Zum Beweis, dass all das Wunderbare von vorhin kein Traum gewesen war.

Sie trat jedoch gerade noch rechtzeitig wieder zurück, ehe er die Arme um sie schlingen und sie an sich ziehen konnte.

»Wir müssen reden, du hast recht«, sagte sie dann atemlos. »Aber nicht jetzt.« Damit sammelte sie seine Kleider vom Boden auf, legte sie neben ihm aufs Bett. »Keiner der anderen Hofbewohner darf etwas hiervon wissen.«

Ein letzter Kuss, bevor sie das Zimmer verließ. Draußen im Gang hielt Pauline inne, lehnte sich mit dem Rücken gegen die Wand und versuchte, das aufgeregte Trommeln in ihrer Brust zu beruhigen.

Sie brauchte den Abstand zu Julius. Das half ihr, den Kopf zu ordnen, sie konnte nicht klar denken, wenn er sie berührte. Dabei stellte das, was eben zwischen ihnen geschehen war, alles in ein ganz neues, unerwartetes und zugleich beängstigendes Licht. Was nun? Was sollte sie nun tun?

Es war ein Moment der Schwäche gewesen, ein Augenblick des Vergessens, den Pauline zwar keinesfalls bereute, der sich aber nie mehr wiederholen durfte, schalt sie sich im Geiste. Julius war Elses Sohn. Weit über Paulines Stand. Selbst wenn sie sich nichts sehnlicher wünschte, konnte es niemals sein.

Und nicht zu vergessen, der Oberwachtmeister … Was, wenn er zurückkam? Was, wenn Julius' Geschichte ihn doch nicht überzeugt hatte?

Aber noch viel wichtiger …

»D'Herrin? De isch mit de Leni un em Dorle in d'Stadt gfahre«, erklärte Selma erstaunt, als Pauline sie in der Küche nach Else fragte.

Drüben am Tisch schälte Emma ein paar Rüben fürs Abendessen. Sofiechen saß neben ihr und raspelte die Rübenschalen klein, damit sie den Kühen verfüttert werden konnten.

»Guck, Mama, was ich mache«, rief die Kleine stolz strahlend.

Toni und Hannes waren gerade erst aus dem Wald zurückgekommen. Durch das Fenster sah Pauline, wie Toni draußen beim Stall den Wallach Johann abschirrte, während Julius, nun wieder in seiner Arbeitskluft, über den Innenhof in Richtung Scheune marschierte.

Verstohlen atmete Pauline auf. Niemand schien etwas bemerkt zu haben. Alles wirkte wie immer. Als wäre rein gar nichts geschehen.

»Was het de Herr Oberwachtmeischder eigentlich welle?«, fragte die Köchin und runzelte die Stirn. »Wu ner wieda gange isch, het a ne Gsicht gmacht, we wenna in ä Drecklache dappt wär. Un du? Wäge was bisch du so nervig?«

»Ach, es ist nichts.« Pauline winkte ab. »Komm, Sofie. Du musst dich noch waschen vor dem Abendessen.« Mit ihrer kleinen Tochter auf dem Arm floh sie so schnell wie möglich aus der Küche, ehe Selma noch weitere Fragen stellen konnte.

»Ist etwas geschehen? Du wirkst so abwesend«, meinte auch Helene, als sie später an jenem Abend am langen Tisch saßen und die Suppe schlürften.

Helene hatte seit voriger Nacht Schichtdienst im Lazarett gehabt und wusste von nichts.

»Ich bin nur etwas müde, das ist alles«, log Pauline. Irgendwann würde sie der Freundin alles erzählen, versprochen. Sobald sie selbst wusste, wie ihre Zukunft aussah.

Im Moment waren all ihre Gedanken und Befürchtungen allerdings einzig und allein auf Else Lauers Arbeitszimmer konzentriert, in das sich die Winzerin zusammen mit Julius und dem

Anwalt Appel schon seit einer Stunde eingeschlossen hatte. Sie hatten sich sogar die Suppe dorthin bringen lassen. Die Gewissheit, dass dort nun höchstwahrscheinlich über sie gesprochen und entschieden wurde, ohne dass sie dabei sein konnte, brachte Paulines Nerven schier zum Klirren.

Selbst als sich Anwalt Appel verabschiedete, blieben Mutter und Sohn noch immer hinter der verschlossenen Tür des Arbeitszimmers.

Pauline hatte Sofiechen heute früh zu Bett gebracht. Unruhig wanderte sie seither im Gang vor der geschlossenen Tür auf und ab. Wartete und kaute an ihrem Daumennagel. Stimmen waren aus dem Zimmer zu hören, wenngleich nicht laut genug, um die Worte zu verstehen.

Als der tiefe, metallene Klang des Stundenschlags zehnmal ertönte, hielt sie es nicht mehr aus und klopfte beherzt an die Tür. Sie musste Gewissheit haben. Es ging schließlich um Sofies Zukunft. Und auch um ihre eigene.

Die Stimmen verstummten.

»Herein«, hört sie Else rufen.

Ein letztes tiefes Atemholen, ehe Pauline die Klinke niederdrückte.

Es war erstaunlich warm im Raum, obwohl kein Feuer im Kamin brannte. Wahrscheinlich kam die Wärme von den drei Petroleumlampen, die auf dem Tisch, am Fenster und auf einer der Kommoden standen.

Sie erkannte Else, die wie immer an ihrem Arbeitstisch saß. Julius hatte auf der anderen Tischseite Platz genommen.

Jetzt sah er jedoch sofort auf, und sein Gesicht erhellte sich. »Pauline.«

»Es tut mir leid, wenn ich störe«, beeilte sie sich zu sagen und knetete den Stoff ihres Rocks mit den Händen. »Aber ich mache mir Sorgen, außerdem halte ich es hier draußen kaum noch aus vor lauter Ungeduld. Wenn ich nur weiß, was der Anwalt gesagt hat, dann …«

»Du hast völlig recht«, unterbrach Else sie. »Wir hätten dich eigentlich schon längst rufen müssen. Mein Sohn und ich mussten jedoch noch etwas besprechen.« Ihre Züge wirkten müde. Vielleicht lag es auch am Licht der Lampen, dass die Linien an ihren Mundwinkeln auf einmal noch tiefer wirkten.

Ein flüchtiges Lächeln flog nun jedoch über das Gesicht der Winzerin, als sie Pauline näher winkte. »Komm, setz dich. Was wir hier beredet haben, betrifft auch dich.« Sie wandte den Blick zu ihrem Sohn. So, als wolle sie ihm endgültig das Wort überlassen, lehnte sie sich im Stuhl zurück.

Vorsichtig setzte sich Pauline auf den freien Stuhl vor dem Arbeitstisch Julius gegenüber und legte die Hände im Schoß aufeinander. Sie fühlte seinen Blick auf sich – Grundgütiger, und wie sie ihn fühlte. Sie spürte, wie ihr Körper auf seine Nähe reagierte und sich die Härchen auf ihren Armen aufrichteten. Als brächte er ihr Innerstes allein durch seine Anwesenheit zum Schwingen. Sie wagte jedoch nicht, ihm in die Augen zu sehen.

Er räusperte sich, ehe er mit fester Stimme begann. »Ich habe mich mit Anwalt Appel über die nächsten Schritte abgesprochen. Seiner Meinung nach wird die Sache erledigt sein, sobald ich die Vaterschaftserklärung vor dem Standesamt öffentlich beurkunden lasse.«

Vaterschaftserklärung. Warum klangen diese rechtlichen Ausdrücke nur immer so hart und unbarmherzig? Es handelte sich um eine rein juristische Maßnahme, das war Pauline klar, aber es machte die Vorstellung gleich noch viel drastischer. Ein Stück weit fühlte es sich sogar an, als würde sie André damit verraten.

Doch sie schob diesen Gedanken von sich, so rasch es nur ging. Sie musste rational bleiben – nüchtern und rational –, es gab in dieser Angelegenheit noch genügend anderes, worüber sie sich Sorgen machen konnte.

»Sind Sie …« Zögernd kniff sie die Augen zusammen, unsicher, wie sie ihn in Gegenwart seiner Mutter ansprechen sollte. Das Siezen schien zumindest der Angelegenheit angemessen. »Sind Sie sich auch wirklich ganz sicher, dass Sie das tun wollen?« Pauline schüttelte den Kopf. »Was werden alle anderen hier auf dem Hof sagen?«

»Niemand vom Hof wird auch nur ein Wort einwenden«, entgegnete Julius. »Und was die Leute draußen angeht …« Er stieß ein amüsiertes Schnauben aus. »Mit dem Krieg sollten sie zwar andere Sorgen haben, böse Zungen werden allerdings immer und über jeden etwas zu reden haben. Aber sobald wir erst verheiratet sind …«

»Verheiratet?« Sofort schoss Pauline vom Stuhl hoch. Bestimmt hatte sie sich verhört. Das konnte er doch unmöglich gesagt haben.

Julius hob beschwichtigend die Hände. »Ich bin nicht der Ehemann, den du dir gewünscht hast, ich weiß. Auch sollst du wissen, dass Anwalt Appel eine Heirat zwar als ideale Lösung für das Problem deklariert hat, aber …« Jetzt stand auch er auf. Sein Gesicht war ruhig und ernst, als er ihre Hand ergriff. »… ganz unabhängig davon habe ich schon lange gehofft, dass …« Er schluckte, suchte nach den richtigen Worten. »Ich hatte es mir eigentlich ganz anders vorgestellt, wenn ich dir einen Antrag mache, doch nach allem, was heute vorgefallen ist …« Einen klitzekleinen Augenblick lang zuckte ein schiefes Lausbubengrinsen an seinem Mundwinkel. »Irgendwie ist es doch ganz passend.«

Sogleich wurde er wieder ernst, richtete sich zu seiner ganzen

Größe auf. »Ich will nicht Andrés Platz in deinem Herzen einnehmen, trotzdem verspreche ich dir, dass ich alles tun werde, um dir ein guter Mann zu sein.«

»Aber ich kann Sie … dich nicht heiraten«, rief Pauline, wand die Hände aus seinem Griff und trat zurück. »Ich habe meinen festen Willen.«

»Zum guten Glück«, entgegnete Julius und zog die Augenbrauen hoch.

»Ich bin viel zu rebellisch und zu aufmüpfig. Ich würde dir nie gehorchen.«

»Ich will keine Frau, die zu allem Ja und Amen sagt.«

»Wir würden ständig nur streiten.«

Er zuckte die Schultern. »Dass wir das bestens können, haben wir schon mehrmals bewiesen.«

Pauline stöhnte auf. Er wollte einfach nicht verstehen.

Hilfesuchend richtete sie den Blick auf Else. Um ihre Worte zu verdeutlichen, lehnte sie sich über den Tisch vor und hob flehend die Hände. »Else, ich schwöre dir, das war nie und nimmer meine Absicht. Ich bin keine Nutznießerin, aber das ist es, was die Leute behaupten werden. Sag du's deinem Sohn. Sag ihm, dass das nicht geht, dass er euren guten Namen nicht riskieren darf. Ich bin ein Niemand. Ich … ich kann ihm doch nichts biet…«

»Du hast ihn zurückgebracht«, unterbrach die Ältere sie. Ein ungewohnt sanftes Lächeln machte ihre Züge auf einmal weicher, als sie über den Tisch langte und Pauline übers Haar strich. »Dank dir hat er überhaupt wieder angefangen zu leben, dafür werde ich ewig in deiner Schuld stehen. Außerdem habe ich mein Einverständnis schon längst gegeben.«

Pauline stutzte. Hatte sie das?

»Und was die Sache mit der Vaterschaftserklärung für Sofiechen angeht …« In einer entschlossenen Geste zupfte Else die

Ärmelsäume ihrer Wolljacke über der Bluse zurecht, ehe sie nickte. »Immerhin bleibt die Tradition in der Familie.«

Verständnislos starrte Pauline sie an. Was meinte sie damit?

»Es ist nicht das erste Mal, dass der Erbe des Lauerer Hofs die Vaterschaft für ein uneheliches Kind übernimmt«, erklärte die Winzerin seelenruhig und blickte ihren Sohn voller Zuneigung an.

Dieser erwiderte den Blick sanft lächelnd.

An Pauline gewandt sagte Else schließlich: »Ich weiß, was es heißt, in deiner Haut zu stecken. Allein ein Kind in diese Welt setzen zu müssen, ist das Erschreckendste überhaupt. Genau das macht Frauen wie dich und mich so hart im Nehmen.«

Mit einem tiefen Aufseufzen erhob sie sich und kam um den Tisch herum auf Pauline zu. Ehe sie sich versah, beugte Else Lauer sich vor und küsste sie sachte auf die Stirn. »Es ist jedoch ebenso unser gutes Recht, nach dem Glück zu greifen, wenn es sich uns offenbart, vergiss das nicht, Liebes.«

Liebes?

»Jetzt habe ich allerdings endgültig genug von dem ganzen heutigen Durcheinander. Macht ihr jungen Leute das unter euch aus. Aber wie immer ihr euch entscheidet, wehe, ihr weckt mich vor morgen früh.«

Noch immer fassungslos sah Pauline der Winzerin nach. Und mit einem Schlag wurde ihr so vieles klarer: Elses Reaktion, als Pauline ihre Schwangerschaft damals vor allen eröffnet hatte. Und die fast schon nüchterne Fassung, mit der sie die Ereignisse des Tages hinnahm und die Entscheidung ihres Sohnes akzeptierte.

Es ist unser gutes Recht, nach dem Glück zu greifen, wenn es sich uns offenbart. Kein Wunder, eine uneheliche Schwangerschaft musste damals noch von viel harscheren Folgen geprägt gewesen sein. Ein Brandmal für jede Frau, egal, aus welcher gesellschaftlichen Schicht sie kam.

»Pauline?« Julius' Stimme.

Sie drehte sich zu ihm um. »Du warst auch ein uneheliches Kind? Wie Sofie?«, fragte sie leise.

»Nach allem, was ich weiß, war mein leiblicher Vater ein Kolonialwarenhändler aus Straßburg, der nie mehr von einer seiner Reisen aus Übersee zurückgekehrt ist«, antwortete er und nickte. »Mutter hingegen stammt ursprünglich aus Stuttgart. Ihrem Vater gehörte eine Motorenfabrik.«

»Sie ist gar keine Winzerstochter?« Nahmen die Überraschungen denn heute kein Ende mehr?

Julius schmunzelte. »I wo.« Mit sanfter Stimme erklärte er dann: »Wegen der Schande ihrer unehelichen Schwangerschaft hat ihre Familie sie damals zu entfernten Verwandten ins Breisgau, nach Littenweiler, abgeschoben. Seit jenem Tag hat Mutter sämtlichen Kontakt mit ihrer Familie abgebrochen, und sie weigert sich, die Namen ihrer Eltern und Geschwister auch nur zu erwähnen.«

Das wiederum sah Else nur zu ähnlich. Pauline konnte es ihr nicht verübeln.

»Ich war nicht einmal ein Jahr alt, als sie den frisch verwitweten Weinbauern Lauer geheiratet hat. Dessen Frau ist bei der Geburt gestorben, zusammen mit dem gemeinsamen Kind.«

»Wie schrecklich.« Pauline war ehrlich betroffen.

Es sei zu Beginn eine reine Zweckehe gewesen, erklärte Julius weiter: Der Winzer brauchte einen Erben und Else Sicherheit für sich und ihr Kind.

»Emil Lauer war jedoch ein guter Mann – hart, aber gerecht. Und er hat Mutter und mir seinen Namen gegeben.« Jetzt streckte Julius die Hand aus. »Dasselbe will ich auch für dich und Sofie tun.« Er trat näher, ließ seine Finger langsam über Paulines Wange gleiten – ganz sachte nur –, ehe er ihr Kinn anhob. »Aber nicht, weil es den Zweck erfüllt, sondern weil ich dich liebe, Pauline. Und das tue ich von ganzem Herzen, ich …«

Doch ehe er noch mehr Zeit mit Worten verschwenden konnte, unterbrach ihn Pauline mit einem Kuss.

47 – Was, wenn …?

Januar 1918, Sankt Georgen, Rosenhof

Die Nachricht über die Verlobung von Pauline und Julius löste auf dem ganzen Rosenhof einen Begeisterungssturm aus: Selma trocknete sich die Freudentränen mit einem Zipfel ihrer Schürze. Emma, Dorle und Leni umarmten Pauline so fest, dass man ihre Rippen knacken hörte. Hannes' Bart erzitterte unter einem Schmunzeln, und Toni ließ die Hupe des Traktors im ganzen Dorf ertönen.

Die Neuigkeit kam überraschend, doch Helene freute sich dafür umso mehr für die Freundin. Endlich wieder etwas Frohsinn, endlich wieder etwas Heiterkeit – sie alle hatten es so bitter nötig.

Trotzdem wollte Pauline mit der Hochzeit noch warten bis nach dem Krieg. Aus Taktgefühl und weil Georg sie zum Altar führen sollte. Die Bewohner des Rosenhofs hätten in den folgenden Wochen und Monaten ohnehin kaum Zeit gehabt, sich um die Vorbereitungen zu kümmern. Erst recht, als mit Tonis Musterungsbefehl eintraf, was sie alle auf dem Rosenhof längst befürchtet, jedoch mit aller Macht verdrängt hatten.

Ohne die Späße des Stallburschen wurde es fortan noch stiller am Esstisch. Es war zudem ein weiteres Paar Hände, das bei der Arbeit fehlte.

Doch nicht nur Tonis Einberufung war der Grund für die bedrückte Stimmung auf dem Hof. Die politischen Vorgänge hielten das ganze Land in Atem. Es begann damit, dass die Regierungen Deutschlands und Österreich-Ungarns die Friedensordnung des amerikanischen Präsidenten Wilson, das sogenannte 14-Punkte-Programm, strikt ablehnten.

»Dieses Programm ist eine Farce ohnegleichen«, empörte sich auch Doktor von Lüdow, als die einzelnen Forderungspunkte in sämtlichen Tageszeitungen abgedruckt wurden. Unter anderem verlangte Wilson nicht nur die Räumung und Wiederherstellung Belgiens, Montenegros und Serbiens sowie die Aufgabe von Elsass-Lothringen. Zudem sollte aus Polen ein eigener Staat entstehen, während Deutschlands Rüstungsindustrie empfindliche Einschränkungen erfahren würde.

Die allgemeine Empörung ging jedoch noch Ende des Monats in der Welle aus Massenprotesten und Streiks der Metallarbeiter in Kriegs- und Rüstungsunternehmen unter, die, angefangen in Berlin, nach und nach über das ganz Land schwappten. Auch in Freiburg gingen die Arbeiter auf die Straße, wenn auch in einem viel kleineren Ausmaß. Die Forderungen waren jedoch stets dieselben: Frieden und Brot – bessere Lebens- und Arbeitsbedingungen, das Ende des Krieges und eine Demokratisierung der Verfassung.

Anders als in Kiel, Berlin oder Hamburg ging man hier in Freiburg zumindest nicht mit militärischer Gewalt gegen die Streikenden vor, und es wurde zum Glück auch kein Belagerungszustand verhängt. Dennoch war es Helene, als läge eine knisternde Spannung über der ganzen Stadt, während die Leute gebannt in die Zukunft schauten. Erst recht, als Russland Anfang März in

Brest-Litowsk dem Friedensvertrag mit den Mittelmächten zustimmte.

Die Nachricht sorgte für einen ersten hellen Hoffnungsstrahl seit Jahren. Und als auf dem Turm der St. Thomas Kirche in Betzenhausen zum ersten Mal seit Langem wieder ein Storchenpärchen sein Nest baute, war das für alle Freiburger ein eindeutiges Zeichen, dass das Kriegsende wahrhaftig nur noch eine Frage der Zeit sein konnte.

Wie gerne wäre Helene selbst auch so optimistisch gewesen. Die nicht abflauenden Ankünfte ständig neuer Lazarettzüge von der Westfront zeigten jedoch ein ganz anderes Bild.

»Das ist das Resultat der Frühjahrsoffensive, die die Oberste Heeresleitung angekündigt hat«, erklärte Professor Faller. Er sagte nichts weiter dazu. Das brauchte er auch nicht, die tiefen Furchen zwischen seinen Augenbrauen machten seine Meinung über den erneuten, unnötigen Verschleiß von Menschenleben nur zu deutlich.

Gegenüber den Bewohnern des Rosenhofs sagte Helene wohlweislich nichts von alledem. Sie alle machten sich schon genug Sorgen um Toni, und auch um Guscht, von dem sie seit Längerem kein Lebenszeichen mehr erhalten hatten.

Ebenfalls was ihr sonstiges Leben anging, fiel es Helene immer schwerer, guten Mutes zu bleiben. Bald war es ein ganzes Jahr her, seit sie Christian zuletzt gesehen hatte, und er fehlte ihr mehr denn je.

Ihre einzigen Lichtblicke waren die bisher drei Briefe von ihm. Sie wusste bis heute nicht, wie er es geschafft hatte, diese hinauszuschmuggeln, ohne dass die Internatsdirektion etwas davon merkte. Doch die paar Zeilen ihres Sohnes waren zu ihrem allergrößten Schatz geworden. Wie ein Gebet las Helene sie fast täglich vor dem Schlafengehen in ihrem Zimmer.

Sie hatte sogar schon den kühnen Gedanken gefasst, selbst nach Roßleben zu fahren und bei der Schulleitung vorzusprechen in der Hoffnung, sie würden sie den Jungen sehen lassen. Es war jedoch ausgerechnet Pauline, die sie von dem Vorhaben abbrachte.

»Wenn dein Mann sogar den Briefverkehr verbietet, wird dich die Schulleitung Christian bestimmt erst recht nicht sehen lassen. Im Gegenteil. Was, wenn sie Robert über deine Besuchsversuche informieren? Könnte das während des Scheidungsprozesses vom Gericht nicht sogar gegen dich verwendet werden?«

Damit hatte sie natürlich völlig recht. Helene musste vorsichtig sein, jeden einzelnen Schritt doppelt und dreifach überdenken, ehe sie ihn tat, das hatte ihr auch Anwalt Appel ans Herz gelegt. Das machte das Ganze jedoch nicht weniger frustrierend. Denn bis jetzt hatte Robert sämtliche Karten allein in der Hand.

Zwar hatte Appel inzwischen alle möglichen Hebel in Bewegung gesetzt, um die Sistierung ihrer Immatrikulation nach Roberts Zustimmungsrückzug aufzuheben. Doch solange Robert im aktiven Kriegsdienst stand, galt er als rechtlich verhindert, und das Scheidungsverfahren sowie alle dazugehörigen Punkte, wie auch der Zustimmungsrückzug, würden erst nach Kriegsende aufgenommen werden. Bis dahin blieb ihr somit auch die Teilnahme an den Vorlesungen verwehrt.

Es waren Momente wie diese, die Helene immer mehr zweifeln ließen. War ihr Traum das alles überhaupt wert, oder ging es hier nicht doch nur um ihren eigenen Egoismus?

Vor lauter Arbeit bemerkte sie kaum, wie der Frühling vorbeiging und der Sommer kam. Schon seit der Schneeschmelze hatten die Bauern alles gesät und gepflanzt, was sie nur auftreiben konnten. Zusätzlich zu den üblichen Zwangsarbeitern waren nun sogar

Soldaten aus den in Freiburg kasernierten Regimentern für die Feldarbeit verpflichtet worden. Ganze Schulklassen strömten zur Beerenernte in die Wälder. Entweder barfuß oder mit Holzsandalen, weil es außer den unbequemen und schlecht fabrizierten Einheitsschuhen aus Papiertuch kein anderes Schuhwerk mehr zu kaufen gab.

»Diese Schuhe bringen mich noch um«, ächzte Stine und zog eine schmerzverzerrte Grimasse, während sie den kleinen Rollwagen mit den Tüchern und dem Verbandsstoff vor sich her stieß.

Helene sah die Mitschwester mitfühlend an. Stine konnte kaum noch richtig gehen, und an der Ferse war bereits ein dunkler rötlicher Fleck zu sehen. »Ich habe noch ein paar Watteeinlagen, vielleicht kannst du damit die Druckstellen etwas polstern.« Sie selbst war froh, dass sie ihr altes Paar Lederschuhe wenigstens im Moment noch benutzen konnte, selbst wenn die Seitennähte schon bedenklich durchgescheuert waren.

Das röchelnde Husten aus einem der nächststehenden Betten ließ sie den Kopf wenden. Sofort beugte sie sich über den dort liegenden Patienten.

»Leutnant Steiner, wie geht es Ihnen?«, fragte sie ruhig und routiniert, während sie gleichzeitig seine Stirn befühlte.

Zur Antwort kam nur ein heiseres Keuchen, gefolgt von einem weiteren Hustenanfall. Der Soldat war aufgrund einer Schusswunde am Oberschenkel eingeliefert worden, vor vier Tagen hatten jedoch aus heiterem Himmel die influenzaartigen Symptome angefangen: allgemeines Unwohlsein, hohes Fieber, Schüttelfrost, Gliederschmerzen und keuchender Husten.

Und er war längst nicht mehr der einzige Patient an der Hildaschule mit demselben Krankheitsbild. Vor etwa drei Wochen hatte es mit einem gerade erst eingelieferten Gefreiten aus Bremen angefangen. Innerhalb kürzester Zeit war danach rund ein

Drittel der Männer im gleichen Bettensaal von ganz ähnlichen Symptomen betroffen gewesen.

Professor Fallers Miene war düster gewesen, als er die ständig wachsende Zahl der Erkrankten kommentierte: »Es muss sich dabei um dieselbe Grippe handeln, die Anfang Juni bei den Truppen im westlichen Frontbereich aufgetaucht ist. Sowohl bei den unsrigen als auch bei den Gegnern.«

Als ob die Massen an Kriegsverletzten nicht bereits reichten – egal welcher Nationalität.

Schlussendlich war die Zahl der Grippekranken aber so weit angestiegen, dass sie die ohnehin schon kritischen Patienten in einen isolierten Saal hatten bringen müssen, um eine weitere Ausbreitung zu verhindern. Dasselbe Szenario spielte sich seither in nahezu allen Lazaretten und Hospitälern der Stadt ab.

»Leutnant Steiner, können Sie mich hören?«, fragte Helene nun eindringlicher. Sein Puls raste, und sein Röcheln klang immer angestrengter. Er hatte die Augen weit aufgerissen, sein Gesicht und die Lippen waren grau-bläulich angelaufen.

»Schnell, ruf einen der Ärzte her«, rief sie Stine über die Schulter hinweg zu, während sie dem Soldaten eilig das Hemd aufknöpfte und das Kissen unter dem Kopf wegzog, um ihm so das Atmen zu erleichtern.

»Was ist denn mit dem Heinrich, Schwester?«, hörte Helene den Patienten aus dem Nebenbett fragen. Doch sie gab keine Antwort, konzentrierte sich stattdessen auf die Lungengeräusche, die sie durch das Stethoskop in der Brust des Leutnants hörte: feuchte Rasselgeräusche. So, als würde er an seinem eigenen Atem ersticken. Typisch für eine Pneumonie.

Wie war das möglich? Wie konnte sich so schnell eine Lungenentzündung entwickeln? Noch gestern Abend hatte der Leutnant zwar über Kopfschmerzen und Erschöpfung geklagt, aber dabei gescherzt, dass ein Kuss seiner Verlobten ihn schnell wieder gesund machen würde.

Er fasste nach Helenes Hand, versuchte, etwas zu sagen, die Augen starr vor Angst, während sich seine Lippen stumm bewegten.

»Ganz ruhig. Ich bin da. Ich bin bei Ihnen.« Sie strich ihm den Schweiß von der Stirn, drückte seine Hand. Mehr konnte sie nicht tun. Die Gewissheit war niederschmetternd.

Und als Doktor von Lüdow endlich kam, atmete Leutnant Steiner schon nicht mehr.

»Das war der dritte Tote wegen Influenza innerhalb von fünf Tagen«, flüsterte Helene später im Ärztezimmer, als sie zusah, wie der Arzt die Sterbefallanzeige ausfullte. Diese würde sowohl dem Standesamt als auch der Truppeneinheit des Verstorbenen weitergeleitet. »Ich verstehe das nicht. Wie ist es möglich, dass sich der Zustand einiger Grippekranken so rapide verschlimmert und bei anderen nicht?« Sie schluckte den bitteren Geschmack im Mund hinunter. Nach vier Jahren Krieg sollte sie eigentlich abgeklärt sein, und doch traf sie jeder einzelne Todesfall ihrer Patienten, als wäre ein Bekannter gestorben.

Der Arzt drehte die Kappe seines Füllfederhalters zu und sah auf. »Ich kann es Ihnen beim besten Willen nicht sagen, Helene. Was wir von der Westfront hören, lässt einen tatsächlich den Mut verlieren. Nahezu jedes Regiment ist mehr oder weniger betroffen. Dazu kommt eine ähnlich desaströse Situation unter der Zivilbevölkerung. Die Zahlen der dortigen Ansteckungsopfer ist allerdings eine reine Mutmaßung.«

»Aber was können wir denn tun?«

Er schüttelte nachdenklich den Kopf. »Es scheint eine Art Epidemie zu sein, die Menschen jeden Alters und Standes treffen kann. Wir können nur versuchen, die Ausbreitung möglichst einzudämmen, was unter den gegebenen Umständen ein Kampf gegen Windmühlen ist.«

Dann ließ er den Blick einen Wimpernschlag lang auf Helene ruhen. »Sie sehen erschöpft aus. Wann haben Sie sich eigentlich zuletzt einen freien Tag gegönnt?«

Helene konnte sich nicht mehr erinnern. Sie brauchte die Arbeit, um sich abzulenken. Es war das Einzige, was sie selbst in der Hand hatte, und sie klammerte sich mit aller Kraft daran fest.

»Ich wollte mich übrigens schon längst bei Ihnen entschuldigen«, sagte er auf einmal in beiläufigem Ton.

Erstaunt sah sie von Lüdow an. »Entschuldigen? Wofür?«

Er legte den Füllfederhalter ab und erhob sich vom Tisch. »Für mein Verhalten damals aufgrund Ihrer sehr wohl korrekten Diagnose der Verletzungen des Kanoniers Steinmüller.«

Es brauchte ein paar Augenblicke, bis sie sich wieder erinnerte. Richtig, der Soldat mit der nicht diagnostizierten Milzruptur. Du lieber Himmel, das war schon fast vier Jahre her. Und trotzdem erinnerte sich von Lüdow sogar noch an den Namen des Soldaten?

»Meine Erstbeurteilung war unvollständig und unaufmerksam, was den Patienten um ein Haar das Leben gekostet hätte. Ich hätte mich außerdem nicht so abwertend über Ihre Meinung äußern sollen. Es tut mir aufrichtig leid.«

Helene wusste gar nicht, was sie darauf antworten sollte. »Reden wir nicht mehr darüber«, sagte sie schließlich noch immer über alle Maßen erstaunt. Hatte sie von Lüdow all die Jahre lang falsch eingeschätzt?

Er nickte, kurz und zackig wie immer. »Gut.« Ein winziges Lächeln zupfte dabei an seinen Mundwinkeln – ganz kurz nur, ehe er es sofort gekonnt unterdrückte, zur Tür ging und sie für Helene aufhielt.

Während sie vor ihm hinausging, räusperte er sich. »Im Übrigen muss ich Professor Faller beipflichten: Sie haben tatsächlich das Zeug zur Ärztin.« In süffisanter Manier runzelte er die Stirn. »Umso mehr ist mir das Verhalten Ihres Gatten ein Rätsel.« Damit schloss er die Tür hinter ihnen und schritt mit wehendem Kittel und weit ausholenden Schritten im Gang davon.

Helene sah ihm nach. Hatte ausgerechnet Doktor Viktor von Lüdow ihr da eben ein Kompliment gemacht?

Doch sie konnte das Gefühl gar nicht richtig auskosten. Vor lauter Arbeit trat sogar die Nachricht über den Tod des russischen Zaren und die Ermordung seiner Familie durch die Bolschewiken völlig in den Hintergrund.

Gegen Anfang August nahm die Anzahl der Grippeerkrankten in Freiburg deutlich ab, unter den Truppen an den Fronten hatte die wochenlange Influenzaepidemie jedoch derart gewütet, dass die anfänglichen Überraschungserfolge der deutschen Frühjahrsoffensive bereits Mitte Juli ein rasches Ende genommen hatten. Obwohl die Zeitungen noch immer von den Erfolgen an allen Fronten berichteten und die Bevölkerung zur Zeichnung der neunten Kriegsanleihe aufgerufen wurde, überraschte es an der Hildaschule jedoch insgeheim niemanden, als bereits Ende August die Meldungen über den Beginn der Rückverlegung hinter die Siegfriedstellung die Runde machten.

Dass die Moral der Soldaten zu bröckeln begann, bemerkte Helene auch unter den Lazarettinsassen. War es in den vergangenen Jahren ein Unding gewesen, das Wort »Niederlage« auch nur zu denken, hörte man nun auf einmal immer öfters ganz leise die Frage: »Was, wenn …?«

Die Männer hatten endgültig genug vom Kämpfen, Töten und Sterben. Die militärische Führung hatte ihnen einen ehrenhaften Siegfrieden versprochen, wenn sie ein letztes Mal all ihre Tapferkeit in der Schlacht zeigten. Stattdessen blieb ihnen jetzt nur noch die Enttäuschung eines Rückzugs. Ohne jede Aussicht auf einen Sieg. Ohne Ehre.

So wunderte es niemanden, dass immer öfter von Deserteuren gemunkelt wurde – Soldaten, die während Truppentransporten einfach von den Lastwagen sprangen und sich davonmachten. Erst recht, als Ende September die Front in Bulgarien zusammenbrach.

»Der Reichskanzler ist zurückgetreten«, sagte Julius am selben Abend, während er am langen Küchentisch saß und das Abendblatt der *Freiburger Tagespost* las. Seit der Verlobung waren er und Else immer öfter hier anzutreffen anstatt im Herrenzimmer.

»Wer soll denn sein Nachfolger werden?« Die Frage kam von Pauline, die den Suppentopf auf den Tisch stellte.

Sie waren wirklich ein hübsches Paar. Bei der Erinnerung an die unzähligen Streitigkeiten, wutschnaubenden Stimmen und zugeschlagenen Türen musste Helene lächeln. Wenn man die beiden jetzt sah, die Vertrautheit, mit der sie miteinander umgingen, die kleinen, bedeutsamen Gesten – hier ein kurzes Streifen mit der Hand über die Schulter, dort ein verschmitztes Augenzwinkern im Vorbeigehen –, hätte man nie erahnen können, dass die beiden einmal wie Hund und Katz gewesen waren.

Zwischen Robert und ihr hatte es so etwas nie gegeben, nicht einmal zu ihren allerfriedlichsten Zeiten.

Julius schüttelte den Kopf. »Davon steht nichts in dem Artikel.« Er faltete die Zeitung zusammen. »Wir werden es bestimmt bald … Mutter, was ist denn? Geht es dir nicht gut?«

Als sie den alarmierten Unterton in Julius' Stimme hörte, hob Helene den Blick von ihrer Näharbeit auf und sah Else dort beim Geschirrschrank stehen. Sie taumelte, stützte sich mit der Hand gerade noch rechtzeitig an der Schrankwand ab.

»Else.« In zwei Schritten eilte Helene zu ihr. Sie brauchte nicht einmal ihre Stirn zu befühlen, um zu erkennen, dass sie vor Fieber glühte. »Pauline, hilf mir. Wir müssen sie nach oben bringen. Ich brauche nasse Tücher und Essig.«

Helene erkannte die Symptome sofort, obwohl sie bei jedem Erkrankten unterschiedlich sein konnten. Sie hatte inzwischen jedoch so viele Grippepatienten gesehen, um sie einschätzen zu können. Auch in den städtischen Lazaretten war die Zahl der Ansteckungen während der vergangenen Tage wieder deutlich angestiegen, und allein an der Hildaschule zählten sie innerhalb von nur vier Tagen schon sieben Influenzatote.

In derselben Nacht kam das Unwohlsein ebenfalls bei Emma, der Küchenmagd.

»Die beiden brauchen Ruhe und viel zu trinken. Am besten Kamillentee oder rote Beete. Das ist gut, um ihre Immunabwehr zu stärken. Gegen das Fieber und die Schmerzen hilft Aspirin«, wies Helene Pauline, Dorle und Leni an, während sie den Umhang ihrer Schwesterntracht zuknöpfte. »Sorgt dafür, dass die Räume mehrmals am Tag gut gelüftet werden, und wer sich um die beiden kümmert, muss sich unbedingt jedes Mal danach die Hände waschen. Auch wenn ihr ihnen nur zu essen bringt.« Sie wünschte, sie könnte mehr tun, aber es erwartete sie eine weitere lange Schicht im Lazarett.

Auch dort hatte sich die Lage innerhalb nur eines Tages noch mehr verschlimmert.

»Wir wissen gar nicht mehr, wo wir die ganzen neu Angesteckten unterbringen sollen. Inzwischen haben wir sie schon auf zwei Bettensäle aufgeteilt, aber es werden immer mehr. Dieses Mal ist es noch viel schlimmer als im Frühling«, flüsterte Greta und strich sich mit dem Handrücken über die Stirn. Sie wirkte erschöpft und abgekämpft.

Dasselbe Bild herrschte auch in allen anderen Lazaretten und Hospitälern der Stadt vor. Greta hatte recht: Dieses Mal war es viel schlimmer, denn es schien, als verschlechtere sich der Zustand der Kranken manchmal sogar innerhalb weniger Stunden. So rasant, dass sie oft gar nicht erst dazu kamen, die Patienten nach Schweregrad einzuteilen.

Sie arbeiteten unermüdlich – Krankenschwestern, Pfleger und Ärzte –, gönnten sich meist nur kurze Pausen. Gerade lange genug, um nicht selbst vor Erschöpfung zusammenzubrechen. Durchhalten. Sie mussten durchhalten. Sie hatten Jahre des Krieges hinter sich, sie würden auch das hier überstehen. Irgendwie.

Nur ganz am Rande bekam Helene mit, dass Prinz Max von Baden inzwischen zum neuen Reichskanzler ernannt und mit seinem Kabinett eine neue parlamentarische Volksregierung gebildet worden war. Zum ersten Mal in der Geschichte des Kaiserreichs.

Als sie drei Tage später müde und mit schmerzendem Rücken durch das Tor des Rosenhofs trat, bemerkte sie als Erstes die Stille.

Instinktiv blieb sie stehen und lauschte. Eigenartig, es war Mittagszeit, und normalerweise hörte man zumindest das Klappern der Pfannen aus der Küche. Doch da war nichts. Kein Stimmengeplapper. Kein Hämmern aus dem Stall. Nichts.

Sie zuckte zusammen, sobald sich die Tür beim Kücheneingang öffnete und Pauline heraustrat. Auf ihren Armen trug sie einen Korb voller Leinentücher.

Tiefe schwarze Ringe hatten sich unter ihre Augen gegraben. Vielleicht waren es auch der schwarze Rock und der schwarze Wollumhang, die ihrem Gesicht eine ungewohnte Härte verliehen.

Augenblicklich fühlte Helene, wie sich ihr die Brust zusammenschnürte.

Als Pauline sie erkannte, ließ sie den Wäschekorb zu Boden sinken. Ihre Schultern sackten nieder, sie schüttelte den Kopf, die Lippen fest zusammengepresst. Wortlos fiel sie in Helenes Arme.

Sie beerdigten Emma zwei Tage später auf dem Friedhof von Sankt Georgen. Sie war nach nicht einmal drei Tagen Krankheit gestorben. Vom Fieber geschwächt hatte ihr die Kraft zum Weiteratmen gefehlt.

Zwar war Else noch immer etwas wacklig auf den Beinen, trotzdem bestand sie darauf, an der Beerdigung teilzunehmen, und niemand wagte es, sie davon abzubringen.

Wie sehr Emmas stille und doch allgegenwärtige Präsenz fehlte, fiel erst jetzt auf. Vor allem Sofiechen vermisste sie ganz bitterlich, und mehr als einmal ertappte Helene die Köchin Selma dabei, wie sie allein mit sich redete, als arbeite die junge Küchenmagd noch immer Seite an Seite neben ihr.

Mit den kommenden Ereignissen kehrte jedoch endlich die Hoffnung zurück, denn plötzlich schien wahr zu werden, was bis vor ein paar Monaten noch undenkbar gewesen war. Am 6. Oktober stand es auf allen Titelseiten der Zeitungen zu lesen: Im Einverständnis mit sämtlichen Regierungsstellen hatte der neue Reichskanzler, Prinz Max von Baden, dem amerikanischen Präsidenten Wilson eine Note geschickt, in der er ihn bat, die Friedens- und Waffenstillstandsverhandlungen mit den kriegsführenden Nationen einzuleiten.

Ob beabsichtigt oder nicht, präsentierte sich die *Freiburger Tagespost* schon am nächsten Tag mit einer neuen Aufmachung der Spalte der *Tagesereignisse*, die das Freiburger Münster vor den Strahlen eines Sonnenaufgangs zeigte.

Nebst den Berichterstattungen über die unablässig tobenden Kämpfe an der Westfront veröffentlichten die Zeitungen von nun an fast täglich Punkt für Punkt die Forderungen Wilsons und der

Entente-Staaten einerseits sowie die Antworten der deutschen Regierung andererseits. Tage-, nein, wochenlang sah es aus, als hätte sich das Ringen um die Kräfteverhältnisse plötzlich von den Schlachtfeldern auf das diplomatische Hin und Her aus gegenseitigen Vorwürfen, Drohungen, Zugeständnissen und Ansprüchen verlagert, während das Volk nur tatenlos zusehen konnte. Bald schon waren in den Zeitungen die ersten zynischen Worte wie *Gewaltfrieden* zu lesen oder Sätze wie *Die Zukunft des deutschen Volkes steht auf des Messers Schneide.*

Bis Anfang November zum allerersten Mal von der Abdankung des Kaisers die Rede war. Die politische Notwendigkeit eines Thronverzichts sei ihm seitens des neuen sozialdemokratischen Staatssekretärs Scheidemann dargelegt worden, hieß es. Wilhelm II. hingegen hatte sich offenbar schon vor Tagen ins Große Hauptquartier der Obersten Heeresleitung ins belgische Spa zurückgezogen.

Als hätte die Flucht des Kaisers der lange aufgestauten Enttäuschung der Soldaten Luft gemacht, fingen nun die Soldatenaufstände an: zuerst mit der Befehlsverweigerung und der anschließenden Revolte der Matrosen der Kriegsmarine in Kiel. Innerhalb kürzester Zeit entfachte diese jedoch ein ungeahntes Lauffeuer im ganzen Land. In Braunschweig, München, Frankfurt, Berlin, Lübeck oder Stuttgart – überall bildeten sich Großdemonstrationen von Garnisonssoldaten unterstützt von Fabrikarbeitern, die die Gunst der Stunde nutzten. Die Forderungen der Protestierenden waren mehrheitlich überall dieselben: die Abschaffung der Monarchie, die Ausrufung einer Republik, die Verbesserung der Versorgungslage und Frieden. Sie besetzten öffentliche Gebäude, Bahnhöfe, Post- und Telegraphenämter. Arbeiter- und Soldatenräte wurden aufstellt, um wenigstens ein Maß an Ruhe und Ordnung zu gewährleisten. Doch nicht immer verliefen diese Proteste völlig ohne Gewalt, und vielerorts kam es zu Auseinandersetzungen mit Monarchisten.

»Das gefällt mir nicht. Das gefällt mir ganz und gar nicht«, brummte Julius deshalb nicht grundlos mit finsterer Miene, als sie am frühen Nachmittag des 9. November in der Kaiserstraße standen – er zusammen mit Helene, Pauline, Else, Mina und Luise Sachs. Sie hatten sich alle hier in der Stadt getroffen, wo Else im Namen des Frauenvereins eine Fürsorgestelle für Kriegsversehrte zu organisieren versuchte.

»Wir sollten besser gehen«, drängte Julius erneut.

Doch keine der Frauen beachtete ihn. Ja, er tat Helene sogar ein bisschen leid. Denn statt auf ihn zu hören, starrten sie alle fasziniert auf die Hunderten von Soldaten, die mit roten Kokarden an ihren Mützen und flankiert von Trommlern und Ordnungsmännern in Richtung Altstadt zogen.

Ein Umbruch lag in der Luft. Etwas Neues. Etwas nie Dagewesenes. Sie alle konnten es fühlen.

Und plötzlich war da der Ruf des Zeitungsjungen, der alle die Köpfe wenden ließ. »Letzte Nachricht per Sonderdepesche: Der Kaiser hat abgedankt! Der Kronprinz verzichtet auf den Thron! Das ist das Ende der Monarchie! In Berlin ist die Republik ausgerufen worden.«

Das Ende der Monarchie. Und bald hoffentlich auch das Ende des Krieges.

Helene sah Pauline an. Deren Augen leuchteten erwartungsvoll. Ihr Verlobter Julius stand neben ihr, das Gesicht ernst, aber gewappnet. Elses Miene indes war unergründlich wie immer. Mina und Luise – so unterschiedlich ihre Herkunft auch sein mochte, so gut schienen sie sich zu verstehen. Auch jetzt hatte sich Mina bei der Arbeiterfrau untergehakt.

Ein kleines Grüppchen von Menschen, die der Krieg zusammengebracht hatte.

In einer schlichten Geste fasste Pauline nach Helenes Hand und drückte sie tapfer lächelnd.

Trotz allem war die Zuversicht ansteckend. Viele Veränderungen und viel Ungewisses standen ihnen allen noch bevor, aber sie hatten schon so viel durchgemacht, zusammen würden sie auch das schaffen.

Schließlich war es Else, die entschlossen den Kopf hob und sich umdrehte. »Gehen wir. Wir haben noch viel zu tun.«

Epilog – Aus Elses Tagebuch

April 1921

Der Krieg endete zwei Tage später, am 11. November 1918. Wirklich glauben konnten wir es allerdings erst, als auf den Titelseiten sämtlicher Abendzeitungen in riesigen Lettern das Wort Waffenstillstand *zu lesen war.*

So kam das Kämpfen und Töten nach über vier langen Jahren zwar endlich zu einem Ende – dem Himmel sei Dank –, wie sollten wir aber zu einer Normalität zurückkehren, die es so gar nicht mehr gab? Aus dem Deutschen Kaiserreich war eine Republik geworden, der Kaiser ins Exil nach Holland gegangen. Sämtliche fürstlichen Regenten waren entweder abgesetzt worden oder hatten mehr oder weniger freiwillig abdanken müssen. Dementsprechend war auch Prinz Max von Baden als Reichskanzler zurückgetreten. An seiner Stelle hatte nun der Sozialdemokrat Friedrich Ebert das Schicksal des Landes in der Hand.

Noch tagelang hörte man von bewaffneten Straßenkämpfen, die in Berlin zwischen Königstreuen und Revolutionären stattfanden. In Freiburg hatte der Stadtrat einen besonderen Verhandlungsausschuss gebildet, dessen Aufgabe es war, mit den Vertretern des Arbeiter- und Soldatenrats zu verhandeln. Man bemühte sich redlich um einen raschen, möglichst friedlichen Konsens zum Wohl der Bürger. Einer der ersten Beschlüsse war die Wiedereinführung der Straßenbeleuchtung. Endlich wurden im Dezember auch die Brotrationen erhöht. Kleine, aber wichtige Anfänge. Auch wenn durch den Regierungswechsel die Teller der Leute noch längst nicht wieder gefüllt wurden und die Nahrungsmittelknappheit weiter andauerte.

Am 19. Januar 1919 fand schließlich die Wahl zur Deutschen Nationalversammlung statt. Die erste reichsweite Wahl nach Kriegsende und die erste, bei der auch Frauen das Wahlrecht hatten. Dieses war im November des Vorjahres von der Übergangsregierung im ganzen Land eingeführt worden.

Ich werde das Bild mein Lebtag nicht vergessen: der ganze Kirchhof von Sankt Georgen voller Frauen, die in ihrer besten Sonntagstracht Schlange standen, um zum allerersten Mal in ihrem Leben einen Wahlzettel in die Urne zu werfen. Darunter auch wir – Pauline, Helene, Selma, Dorle, Leni und ich.

Wie tief die Wunden des Krieges jedoch tatsächlich reichten, sollten wir auf dem Rosenhof in den nächsten Monaten erst merken, als wir vergebens auf die Rückkehr von Guscht und Toni warteten. Erst durch den Suchdienst des Roten Kreuzes fand Julius heraus, dass Guscht bereits vor drei Jahren wegen Kriegshysterie in einer Heil- und Pflegeanstalt in der Nähe von Köln gelandet war, wo er nach zehn Monaten starb. Er sei seinen geistigen Leiden erlegen, hieß es auf dem Totenschein.

Und Toni … Ach, wenn ich doch nur eine Möglichkeit gefunden hätte, um ihn vor der Einberufung zu bewahren. Aber ich weiß, er hätte es mir nie verziehen. Er wollte gehen, wollte sich beweisen. Unbedingt. Er fiel am 13. Juli in Flandern. Nur vier Monate, bevor der Waffenstillstand eintrat. So kurz vor dem Ende.

Zur Erinnerung an alle unsere Verluste steht nun ein Gedenkstein draußen unter dem Quittenbaum. Guschts, Tonis, Helmers und

Emmas Namen sind darauf eingemeißelt. Zusammen mit dem von Paulines Verlobten André.

Bereits zu Beginn des Jahres kamen schließlich die ersten Regimenter zurück nach Freiburg. Es dauerte allerdings noch länger als ein halbes Jahr, bis nach dem Abschluss des Vertrags von Versailles und damit dem formellen Kriegsende auch Paulines Bruder Georg endlich aus der Gefangenschaft heimkehrte.

Pauline hatte uns bereits vor seiner Ankunft über die Beziehung zwischen ihm und Emma aufgeklärt. Wir alle waren überrascht, denn niemand von uns hatte eine Ahnung gehabt, nicht einmal Selma. Die schüchterne, unscheinbare Emma und der vor Überschwänglichkeit strotzende Georg – wer hätte das gedacht.

Krieg und Gefangenschaft hatte jedoch ihre Zeichen in ihm hinterlassen. Genauso wie die Trauer um Emma. Es waren keine sichtbaren Zeichen, die Narben lagen viel tiefer. Georgs Übermut war einer Härte gewichen, die nicht zu einem so jungen Menschen mitten im Leben passte.

Unermüdlich stürzte er sich in die Arbeit auf dem Hof – rastlos, ruhelos, friedlos. Er lachte auch kaum noch. Und wenn doch, dann nur, wenn er zusammen mit Sofiechen auf dem Traktor fuhr, mit ihr die Tiere im Stall versorgte oder über die Wiesen spazierte und sich von ihr Gänseblümchen ins Knopfloch stecken ließ.

Ansonsten verbrachte er jede freie Minute an Emmas Grab auf dem Friedhof. Saß einfach da auf dem Boden neben dem schlichten Holzkreuz, den Kopf gesenkt und ohne zu irgendjemandem ein Wort zu sagen.

Pauline war der einzige Mensch, dem er sich wenigstens ein Stück weit zu öffnen schien. Nächtelang saßen die Geschwister oben auf dem Heuboden, wo Georg sich wie immer seinen Schlafplatz eingerichtet hatte. Er weigerte sich strikt, Tonis Bett zu benutzen.

Oft habe ich die leisen Stimmen der beiden von dort oben gehört. Manchmal auch ein Schluchzen.

Ich kann bis heute nicht sagen, was genau es gewesen ist, das Georg umgetrieben hat – ob seine Erlebnisse im Krieg oder der Verlust von Emma. Im Grunde spielt es auch gar keine Rolle. Es war an einem Montag im November des Jahres 1919, als er fortging. Ohne ein bestimmtes Ziel.

Zuvor hatte er Pauline, mich und Julius zwar von seiner Absicht unterrichtet und blieb immerhin so lange, bis wir einen neuen Knecht sowie einen neuen Stallburschen gefunden hatten. Sein Fortgehen war ein schwerer Schlag sowohl für Pauline als auch für die kleine Sofie.

Doch erst begleitete Georg seine Schwester noch an den Traualtar, wie sie es sich gewünscht hatte. Julius und Pauline heirateten am 1. August 1919 in der Kirche von Sankt Georgen. Es war ein schlichtes, aber schönes Fest, und mit ihrem selbst genähten Kleid wurde Pauline mit einem Schlag im ganzen Dorf bekannt. Ich muss zugeben, sie hat sich damit auch wirklich selbst übertroffen. Ein Brautkleid, das ohne großen Schnickschnack auskam und nur durch seinen simplen, aber effektiven Schnitt bestach. Genäht aus den wenigen Materialien, die ihr zur Verfügung standen: einem von ihrer Freundin Mina gestifteten weißen Sommerkleid und passenden Stoffresten, die sie sich von überallher zusammengesucht hatte. Als Schleier musste ein Vorhang aus dem Aufenthaltsraum des inzwischen demobilisierten Lazaretts an der Hildaschule herhalten.

Pauline war eine strahlende Braut. Und seither kann sie sich vor lauter Schneideraufträgen kaum noch retten. Inzwischen kommen die Leute sogar aus Freiburg und der ganzen Umgebung hierher und wollen sich von ihr alte Kleider ändern lassen. Auch wenn ich mich nie mit diesen Frauenhosen werde anfreunden können, scheinen sie tatsächlich bequem und sogar nützlich zu sein. So behauptet zumindest Luise Sachs. Und auch Dorle und Leni tragen ihre Ho-

sen inzwischen häufiger als die alten Röcke, sogar wenn sie nicht bei der Arbeit sind.

Ja, ich bin stolz auf meine neue Schwiegertochter. Sie hat viel durchgemacht in ihrem Leben und trotzdem nie aufgegeben. Sie ist ehrlich, unverfälscht, mutig und zäh. Und sie macht Julius glücklich. Nie zuvor habe ich ihn so zufrieden gesehen, endlich im Reinen mit sich selbst und seinem Schicksal.

Es ist auch Julius oder vielmehr sein Werdegang gewesen, der mich dazu gebracht hat, mich für die Unterstützung der Kriegsversehrten einzusetzen. Zwar war in Freiburg schon während des Krieges eine Kriegsbeschädigtenfürsorgestelle eingerichtet worden, die sich um die medizinische Versorgung sowie um sämtliche rechtliche und soziale Fragen der Versehrten kümmerte, so gut es in jenen turbulenten Jahren möglich war.

Inzwischen hat die Stadt selbst die Organisation der Stelle übernommen. Es besteht sogar eine enge Zusammenarbeit mit der Universitätsklinik für sämtliche medizinischen Anliegen einerseits, sowie mit Handwerks- und Gewerbeschulen andererseits, die sich, falls nötig, um eine berufliche Umschulung der Betroffenen kümmern.

Auch unser Frauenverein ist seither immer stärker in die Organisation mit eingebunden. Wir bemühen uns vor allem um die Unterstützung der Ehefrauen und Familien von schwer Versehrten. Sei es mit Hauswirtschafts- oder Pflegekursen oder auch nur, um den Frauen einen Ort zu geben, wo sie sich untereinander austauschen können.

Zu Beginn war vor allem Pauline sehr engagiert und verbrachte fast jeden freien Moment damit, betroffene Familien zu besuchen, mit den Frauen zu sprechen oder die Kaffeestube in unserem Versammlungsraum zu organisieren. Mit der Zeit waren auch Mina und Luise immer öfters dort anzutreffen. Inzwischen sind sie beide dem Frauenverein beigetreten und helfen mit, wo sie nur können.

Auch Helene half ab und an mit, vor allem in den ersten Monaten, während die Lazarette der Stadt nach und nach aufgelöst wurden – so auch das Lazarett an der Hildaschule. Sie war seinerzeit die Erste der Krankenschwestern beim Aufbau gewesen, und sie war auch die Letzte, die zusammen mit den Ärzten bis ganz am Schluss blieb. Das jedoch nicht allein aus reinem Pflichtgefühl, wie sie mir anvertraut hat. Sondern, weil sie nicht wusste, was sie sonst hätte tun sollen.

Solange ihr Ehemann Robert noch im Dienst stand und der Scheidungsprozess somit nicht fortgesetzt werden konnte, befand sich Helene in einem – wie nannte sie es gleich noch? – Schwebezustand.

Wohin hätte sie gehen sollen? Aufgrund einer von Robert erwirkten, richterlichen Verfügung durfte sie das gemeinsame Haus in Lehr nicht einmal betreten, um ihre Sachen abzuholen. Natürlich hätte sie auch bei ihren Verwandten unterkommen können, doch das verbot ihr der Stolz. Am meisten traf Helene allerdings die Distanz zu ihrem Sohn.

Als Mutter kann ich das nachvollziehen. Nichts verletzt einen so tief in der Seele, wie wenn einem die eigenen Kinder entrissen werden.

Umso größer war die Überraschung, als Christian am Dreikönigstag nach Kriegsende an die Tür des Rosenhofs klopfte. Hat er doch tatsächlich die Feiertagsferien und die Mitwisserschaft seiner Großmutter – Helenes Schwiegermutter – ausgenutzt, um den ganzen Weg von Ulm nach Freiburg zu fahren.

Was für ein höflicher und kluger junger Mann. Und er ist Helene wie aus dem Gesicht geschnitten, obwohl sie das Gegenteil behauptet. Ich glaube, die zwei Tage zusammen mit ihrem Sohn haben ihr über so viele der noch kommenden Hürden hinweggeholfen.

Robert kehrte Ende Mai 1919 nach Ulm zurück. Bereits zwei Wochen später fand die Gerichtsverhandlung statt, zu der Pauline und ich als Zeuginnen geladen waren.

Die Verhandlung am Ulmer Landgericht dauerte drei Tage und lockte neben einigen Schaulustigen sogar einen Journalisten des Ulmer Tagblatts *an. Der Scheidungsprozess des bekannten Chirurgen Robert Erhardt sorgte für Schlagzeilen.*

Nie zuvor habe ich Helene so sehr bewundert wie während jener Tage. Ihre Ruhe, mit der sie die einzelnen Vorfälle geschildert und die Fragen der Anwälte beantwortet hat. Völlig sachlich und gefasst.

Selbst als Robert sämtliche Vorwürfe abgestritten und darauf gepocht hat, dass sie am Tag des letzten Vorfalls aufgrund ihrer Doppelbelastung mit der Arbeit im Lazarett und dem Studium an überreizten Nerven gelitten haben musste. Außerdem sei sie durch die lange Trennung zweifellos auf Abwege geraten.

Niemand, nicht einmal Helene, hatte jedoch damit gerechnet, dass Anwalt Appel es irgendwie fertigbringen könnte, Gisela Erhardt, Roberts Mutter, und Professor Faller zu einer Zeugenaussage zu bewegen.

Ich weiß noch ganz genau, wie Roberts Schultern mit einem Schlag zusammensackten, als seine Mutter dem Gericht von seinem Morphiumkonsum berichtet hat. Diese Aussage zusammen mit Fallers Bezeugung der Blessuren in Helenes Gesicht haben sogar Roberts Verteidiger aus dem Konzept gebracht.

Sie sind allerdings überzeugend genug gewesen, damit das Gericht die Scheidung zu Helenes Gunsten anerkannt hat. Zwar wurde ihr kein Unterhalt zugesprochen, da sie eigenes Vermögen besitzt, aber der Richter hat ihr das Recht zur Wiederaufnahme des Studiums zuerkannt. Außerdem darf sie von nun an auch ihren Sohn regelmäßig im Internat besuchen.

Eine Frau, die sich öffentlich gegen ihren Ehemann, noch dazu einen bekannten Mediziner, stellt und den Prozess gewinnt. Ein gefundenes Fressen für die Presse und die Schandmäuler der lokalen Oberschicht.

Damit hat jedoch auch Helenes Zeit auf dem Rosenhof ein Ende gefunden. Fast genau einen Monat später ist sie nach Göttingen gezogen, wo sie dank Professor Fallers Beziehungen einen Studienplatz an der dortigen Medizinischen Fakultät erhalten hat. So ist sie näher bei Christian und kann ihn jederzeit besuchen.

Auch uns hier auf dem Rosenhof besucht sie seither, wann immer es ihre Zeit erlaubt, manchmal sogar zusammen mit Christian. Das immer sehr zu Sofiechens Freude, denn sie hat einen Narren an dem Jungen gefressen. Natürlich war auch Helene bei Paulines und Julius' Hochzeit dabei und hat ein paar Monate später sogar die Patenschaft für Sofies kleinen Bruder übernommen.

Die Jahre mögen vergehen, doch der Rosenhof bleibt bestehen und hält die Erinnerungen an all seine Bewohner fest verwurzelt. Auch wenn sie inzwischen weit weg sind, finden ihre Nachrichten immer den Weg zurück. Erst gestern ist ein Brief von Georg angekommen. Aus Kenia, wo er nun als Wildhüter arbeitet.

Und ich … Ich gewöhne mich allmählich daran, dass nicht mehr ich es bin, die die Verantwortung auf dem Winzerhof trägt. Trotzdem wird es mir so schnell nicht langweilig werden, dafür sorgen sowohl meine Arbeit im Frauenverein als auch meine beiden Enkel, Sofie und Klein-Georg.

Ab und zu gehe ich jedoch gern allein im Schönberg spazieren, genieße die Ruhe inmitten der Weinberge. Oben beim Käppelespitz steht eine Sitzbank. Von dort aus kann man über ganz Sankt Georgen und bis zu den ersten Häusern von Haslach blicken. Stellt man sich auf die Zehenspitzen und reckt den Kopf, sieht man sogar das Dach vom Lauerer Winzerhof, unserem Daheim. Dort, wo der große Quittenbaum steht und im Sommer die Kletterrosen blühen.

ENDE

Zum Weiterlesen

Buske, Sybille: Fräulein Mutter und ihr Bastard. Eine Geschichte der Unehelichkeit in Deutschland 1900–1970. Wallstein Verlag 2004.

Chickering, Roger: Freiburg im Ersten Weltkrieg: Totaler Krieg und städtischer Alltag 1914–1918. Schöningh 2009.

Clark, Christopher: Die Schlafwandler – Wie Europa in den Ersten Weltkrieg zog. Pantheon Verlag 2015

Daniel, Ute: Arbeiterfrauen in der Kriegsgesellschaft: Beruf, Familie und Politik im Ersten Weltkrieg. Vandenhoeck & Ruprecht 1989.

Devin, Dr. G.: Die Deutschen Militärapotheker im Weltkriege: Ihre Tätigkeit und Erfahrungen. Springer 1920.

Eckart, Wolfgang U. u. Gradmann, Christoph: Die Medizin und der Erste Weltkrieg. Centaurus Verlag & Media UG 2015.

Enzensberger, Alina: Übergangsräume: Deutsche Lazarette im Ersten Weltkrieg. Vandenhoeck & Ruprecht 2021.

Esmarch, Friedrich von: Handbuch der Kriegschirurgischen Technik Teil 1–2, Digitale Version von Wellcome Collection, Edinburgh. Original. Verlag Carl Rümpler, Hannover 1877.

Münkler, Herfried: Der Große Krieg – Die Welt 1914–1918. Rowohlt 2015.

Neue Frauenkleider und Frauenkultur. Organ des Deutschen Verbandes für Verbesserung der Frauenkleidung. Digitale Sammlung der Badischen Landesbibliothek Karlsruhe. Original im Verlag der G. Braunschen Hofbuchdruckerei, Karlsruhe i. B. 1914.

Werthmann, Dr. L.: Freiburger Lazarette im Völkerkrieg. Digitale Sammlung der Badischen Landesbibliothek Karlsruhe. Original: Caritasverlag, Freiburg i. Breisgau 1915.

Westwell, Ian: Der Erste Weltkrieg: dargestellt in über 500 Fotos, Karten und Schlachtplänen. Neuer Kaiser 2012.

Nachwort

Der US-amerikanische Historiker George F. Kennan bezeichnete den Ersten Weltkrieg als die *Urkatastrophe des 20. Jahrhunderts.* Als *das* welthistorische Großdesaster, das die Weltordnung unwiderruflich verändert hat. Andere Geschichtsgelehrte definieren dessen Auswirkungen auf Gesellschaft und Politik oft sogar als Ursprung allen Übels und als Auftakt der folgenden Konflikte, wodurch das Ereignis allerdings zwangsläufig in den Schatten des noch verheerenderen Zweiten Weltkriegs geraten ist.

Die jüngste deutsche Gesichtswissenschaft verfolgt nun jedoch einen differenzierteren Ansatz und verortet die Jahre zwischen 1914–1918 in einem eigenständigen, historischen Kontext mit ganz eigenem Charakter. Völlig zu Recht, wie ich finde.

Denn bereits die Betrachtung der unmittelbaren geopolitischen Folgen des Ersten Weltkriegs mit dem Zerfall der Imperien Österreich-Ungarn, Deutschland, Russland und des Osmanischen Reiches macht die gewaltigen Umwälzungen, die seinerzeit stattgefunden haben, nur zu deutlich.

Wir alle kennen zwar die unter die Haut gehenden Bilder der Soldaten in den Gräben oder der unvorstellbaren Materialschlachten an der Westfront. Vielleicht haben die einen oder anderen sogar die Gedenkorte auf den einstigen Schlachtfeldern von Verdun und an der Somme besucht und die bis heute bestehenden Kraterlandschaften gesehen, die sogar auf Google Maps noch deutlich zu erkennen sind. Und natürlich haben wir alle seinerzeit im Geschichtsunterricht von dem Attentat in Sarajevo gehört, bei dem der Thronfolger Österreich-Ungarns, Erzherzog Franz Ferdinand, und seine Gattin ermordet wurden.

Aber Hand aufs Herz, wem sind die komplexen politischen Vorgänge bewusst, die schon lange vor dem Besuch Franz Ferdinands in Sarajevo den Weg zur Eskalation geebnet und unwissentlich eine unaufhaltsame Kettenreaktion in Gang gesetzt haben, deren Ende zu dem Zeitpunkt niemand erahnen konnte?

Ich muss gestehen, dass mein Wissen über die Ursachen und Gründe für den ersten totalen Krieg der Menschengeschichte lange sehr oberflächlich war. Auch zu meiner Zeit wurde im Geschichtsunterricht der Hauptfokus noch auf den Zweiten Weltkrieg gelegt.

Bereits eine kurze Basisrecherche hat mich jedoch auf so wichtige Details wie den *Schlieffen-Plan* stoßen lassen. Jenen strategisch-operativen Plan basierend auf dem Memorandum des preußischen Generalfeldmarschalls Alfred Graf von Schlieffen, der bereits im Jahr 1905 die Angriffsstrategien des deutschen Heers im Falle eines Zweifrontenkriegs gegen Frankreich und Russland vorsah.

Zugleich habe ich Wissenswertes über die politische Situation Europas nach dem Deutsch-Französischen Krieg von 1871 und die aggressive Außen- und Kolonialpolitik Kaiser Wilhelms II. erfahren, mit der er – anfangs unterstützt durch das Bündnissystem seines Außenministers Otto von Bismarck – Deutschland zu einer England und Frankreich ebenbürtigen Kolonialmacht machen wollte, sein Reich dabei allerdings immer weiter in eine Isolation innerhalb Europas manövrierte. Denn selbstverständlich ließen sich Frankreich, Russland und Großbritannien die Allüren des Kaiserreichs nicht lange gefallen und schlossen sich ruckzuck zu einem Dreibund, der sogenannten *Triple Entente*, zusammen. Was im deutschen Kaiserreich erst recht für Einkreisungsbefürchtungen sorgte.

Nicht zuletzt führte diese angespannte Situation zu einem internationalen Wettrüsten. Dazu gesellte sich 1912/13 auch noch die Balkan-Krise, an der sowohl Österreich-Ungarn als auch Russland mit ihren Besitzansprüchen nicht unbeteiligt waren. Gegenüber all diesen Faktoren war das Attentat von Sarajevo, ausgeführt von einem serbischen Nationalisten mit Verbindungen zum Geheimbund *die Schwarze Hand*, schlussendlich nur der letzte Tropfen in einem längst übervollen Fass.

Das ist nun sehr salopp zusammengefasst und kratzt kaum recht an der Oberfläche einer viel tiefergehenden Geschichte. Man bräuchte wahrscheinlich mehrere Romane im Format von Folianten, um ihr wirklich gerecht zu werden. Wer sich eingehender mit der Vorgeschichte und den Hintergründen zum Ersten Weltkrieg befassen möchte, dem empfehle ich unbedingt das Buch *Die Schlafwandler* von Christopher Clark. Eine fundierte und ebenfalls hervorragend dargelegte Analyse der Ereignisse vor und während des Krieges findet sich zudem im Buch *Der Große Krieg: Die Welt 1914–1918* des Politologen Herfried Münkler.

Und so beginnt ein Ereignis, das die Weltordnung in den Grundfesten erschüttert und insgesamt etwa 17 Millionen Menschenleben kostet. Während der grausamen Materialschlachten werden ganze Landstriche von geschätzt 850 Millionen Granaten zu regelrechten Mondlandschaften zerbombt. Insgesamt 75 % der Weltbevölkerung befindet sich während der folgenden vier Jahre früher oder später im Kriegszustand. Allein in Deutschland verhungern rund 800 000 Menschen aufgrund völlig unzureichender Lebensmittelversorgung, unter anderem bedingt durch die britische Seeblockade.

Zugegeben, im Vergleich zum Zweiten Weltkrieg mit etwa 25 Millionen Opfern allein in der Sowjetunion wirken diese Zahlen bescheiden. Jedoch müssen wir auch hier den Kontext beachten und das Ganze in Relation setzen: Der Erste Weltkrieg war der erste industriell geführte Massenkrieg der Geschichte. Während seiner Dauer erlebte die Entwicklung der Medizin (man bedenke, dass es damals noch nicht einmal Penizillin gab), des Maschinen-, Schiff- und Flugzeugbaus – und ja, leider auch die Entwicklung der Waffensysteme – einen Fortschritt wie noch nie zuvor.

Zugleich sind durch den Krieg auch bis anhin undenkbare gesellschaftliche Veränderungen eingetreten: Auf einmal mussten die daheimgebliebenen Frauen aus ihrem Schattendasein treten und sich der bisher mehrheitlich von Männern dominierten, außerhäuslichen Welt stellen, allein die Verantwortung für die Familie tragen, Geldgeschäfte tätigen. In gewisser Weise war es der Moment einer nie da gewesenen Selbstbestimmung.

Dementsprechend wurde der Erste Weltkrieg öfters als Motor der Emanzipation betrachtet und die Einführung des Frauenwahlrechts 1919 als die logische Konsequenz davon. Schließlich schien die Rolle der Frauen mit der Erwerbsarbeit endlich eine gesellschaftliche Festigung erreicht zu haben.

Ganz so einfach ist es allerdings nicht. Jüngste sozial- und kulturgeschichtliche Untersuchungen zeigen nämlich ein ziemlich relativierendes Bild. So deuten zum Beispiel die Zahlen der Sozialversicherungsmitgliedschaften während der Jahre 1914 bis 1918 zwar auf eine Zunahme des Anteils erwerbstätiger Frauen hin, insgesamt ist der Anstieg aber geringer als in den Vorkriegsjahren. Das lässt somit lediglich auf einen Wechsel der weiblichen Erwerbstätigen von einem Sektor in den anderen schließen. Dementsprechend war ein Großteil der erfassten Frauen auch vor dem Krieg schon berufstätig, hat jedoch die Arbeit in der Konsumgüterindustrie bei Kriegsbeginn entweder verloren oder freiwillig aufgegeben und sich einer neuen, meist besser bezahlten Tätigkeit in einer der kriegswichtigen Fabriken zugewandt.

Dabei haben viele Frauen oft die Arbeitsplätze ihrer männlichen Verwandten eingenommen, damit Letztere diese nach ihrer Rückkehr wieder einnehmen konnten. Ein Gewinn für die Fabrikinhaber, die den Frauen für dieselbe Arbeit gerade mal die Hälfte des Lohns der männlichen Arbeiter bezahlten. Die Arbeitsverhältnisse in der Kriegsproduktion waren außerdem schwer und nicht ungefährlich. Schichten von elf bis zwölf Stunden ohne besondere Schutzmaßnahmen waren keine Seltenheit.

Für Frauen mit Kindern war der Einstieg in die außerhäusliche Erwerbstätigkeit jedoch nur dann interessant, wenn sie die Möglichkeit einer günstigen oder gar kostenlosen Betreuung der Kinder hatten. Viele von ihnen besserten ihr Einkommen viel eher mit Heimarbeit (wie zum Beispiel Flickarbeiten an Uniformen) auf. Zusammen mit den staatlichen Unterstützungsgeldern und dem Geld, das ihre Ehemänner ihnen von der Front schickten, kamen sie einigermaßen über die Runden.

Einen kleinen Emanzipationsprozess hat der Krieg mit der neuen Rollenverteilung dennoch bewirkt. Denn zum ersten Mal traten die Frauen in den Vordergrund und wurden als Schornsteinfegerinnen, Straßenbahnführerinnen, Schaffnerinnen oder Kellnerinnen überhaupt wahrgenommen. Diese strukturelle Veränderung ist auch nach 1918 im Bewusstsein der Gesellschaft geblieben. Ein erster wichtiger Schritt war damit getan.

Bestimmt sind Ihnen während des Lesens auch die Zeitungsartikel aufgefallen. Dabei handelt es sich um reale, veröffentlichte Beiträge (oder Auszüge davon) aus verschiedenen zeitgenössischen Tagesblättern. Es ist erstaunlich, wie viel sich aus solchen

Texten herauslesen lässt. Sie vermitteln nicht nur ein eindrückliches Bild der Alltagsrealität in der Front- und Lazarettstadt Freiburg im Breisgau während der Kriegsjahre, sie erlauben zudem einen Einblick in das Denken und Handeln der gewöhnlichen Leute von damals. Besonders spannend ist dabei auch die oft völlig unterschiedliche Darstellung ein und desselben Ereignisses aus deutscher oder gegnerischer Sicht.

Sämtliche Zeitungsartikel können online nachgeschlagen werden. Nachfolgend finden Sie eine nach Ursprungsland und Tagesblatt gegliederte Auflistung der Links. Die Übersetzungen der Texte aus dem Französischen und Englischen habe ich selbst vorgenommen.

Aus Deutschland und der Schweiz

- Freiburger Lokalzeitungen: www.ub.uni-freiburg.de/recherche/digitale-bibliothek/
- Schweizer Tageszeitungen: www.e-newspaperarchives.ch/?l=de
- Berliner Tageblatt: https://zefys.staatsbibliothek-berlin.de/list/title/zdb/27646518/-/1916/
- Frankfurter Zeitung: www.ub.uni-frankfurt.de/wertvoll/ffmztg4.html

Aus England und Frankreich

- Daily Mail & The Times: www.britishnewspaperarchive.co.uk/content/free_access
- La Dépêche: https://gallica.bnf.fr/ark:/12148/bpt6k4150369f
- Le Petit Parisien: https://gallica.bnf.fr/ark:/12148/bpt6k565846z?rk=21459;2

Aus Kanada und den USA

- Evening Record & Morning Chronicle: www.oldnews.com/en/newspapers/canada
- Muskogee Times Democrat Oklahoma: www.newspapers.com/paper/muskogee-times-democrat/262/
- Restl. Zeitungen USA: www.loc.gov/collections/chronicling-america/titles/?searchType=advanced&st=table&sb=title_s_asc

Dank

Das letzte Wort sei wie immer all denjenigen gewidmet, die zur Entstehung dieses Buches beigetragen haben:

Angefangen mit meinem Agenten Niclas Schmoll, der an die Idee zu der Geschichte geglaubt hat, als sie noch nicht mehr als ein aus ein paar Wörtern bestehendes Gedankengekritzel gewesen ist.

Und natürlich Lena Schäfer, Lektorin beim Goldmann Verlag, dank der *Der Rosenhof* ein Zuhause gefunden hat und sich hier zudem pudelwohl fühlen kann.

Wer mich kennt, weiß, dass ich nichts so sehr liebe wie eine eingehende Recherche und noch viel ausführlichere Recherchereisen. Trotzdem hat Dr. Petra Rohde dem brütenden Hitzetag getrotzt, um mir mit viel Enthusiasmus und großem Wissen die Stadt Freiburg im Breisgau zu zeigen und mir dabei viele lokale Hintergrundinformationen über die Zeit während des Ersten Weltkriegs zu vermitteln. Den anschließenden Eisbecher auf dem Münsterplatz haben wir uns redlich verdient.

Und schließlich meine Lektorin Dr. Ulrike Brandt-Schwarze, die sich mutig der Herausforderung gestellt hat, es mit all meinen Helvetismen und eigenwilligen Wortkreationen aufzunehmen und daraus eine schöne Geschichte zu schneidern.

Die Bewohner vom Rosenhof und ich sagen: »Vielen herzlichen Dank!«